HISTOIRE

DE LA

MUSIQUE MODERNE

ET DES

MUSICIENS CÉLÈBRES

EN ITALIE, EN ALLEMAGNE ET EN FRANCE

DEPUIS L'ÈRE CHRÉTIENNE JUSQU'A NOS JOURS

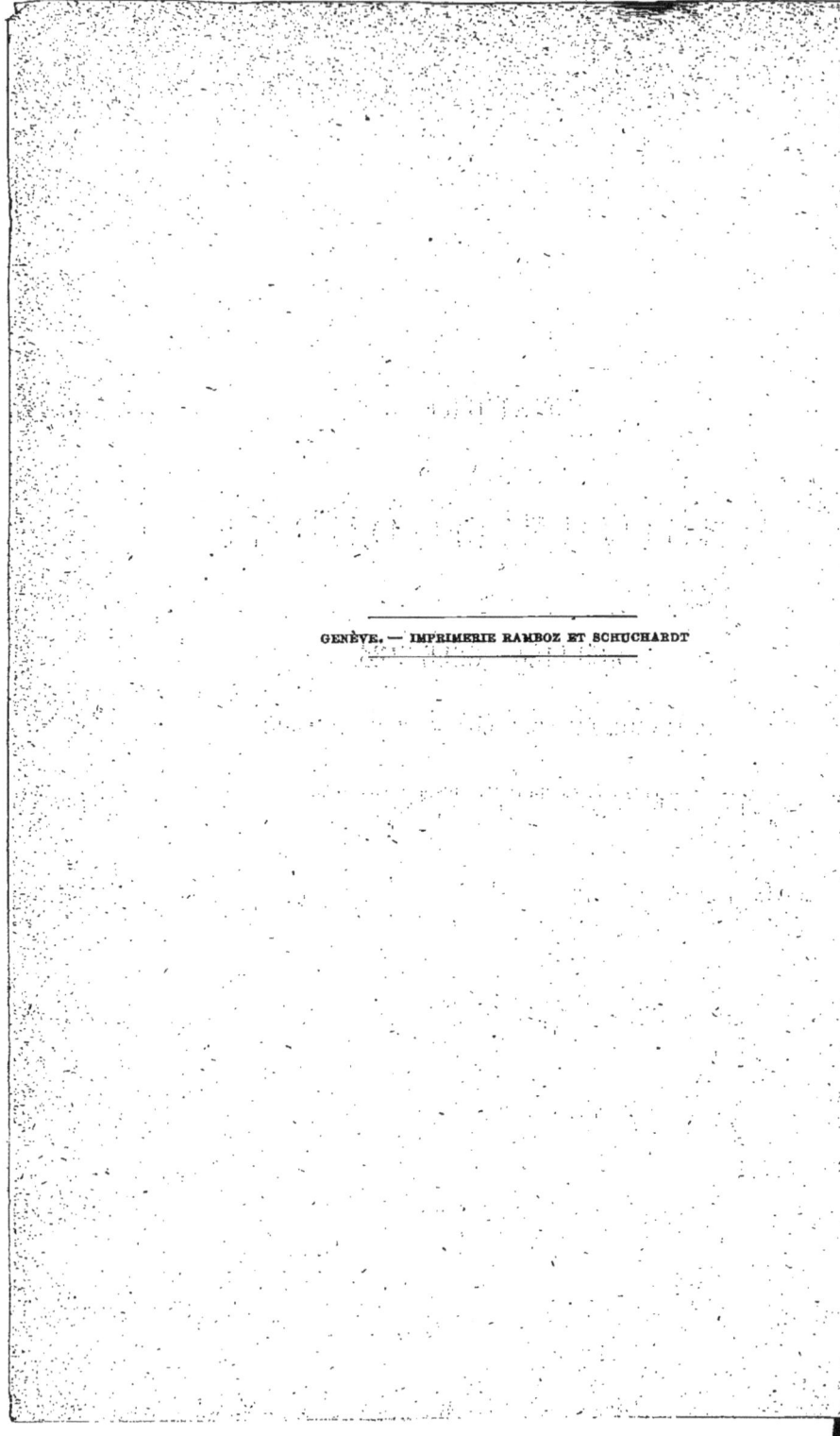

GENÈVE. — IMPRIMERIE RAMBOZ ET SCHUCHARDT

HISTOIRE

DE LA

MUSIQUE MODERNE

ET DES

MUSICIENS CÉLÈBRES

EN ITALIE, EN ALLEMAGNE ET EN FRANCE

DEPUIS

L'ÈRE CHRÉTIENNE JUSQU'A NOS JOURS

AVEC UN ATLAS DE 22 PLANCHES

PAR

F. MARCILLAC

Membre du Comité du Conservatoire de musique de Genève.

PARIS

SANDOZ ET FISCHBACHER, LIBRAIRES-ÉDITEURS

RUE DE SEINE

1876

AVANT-PROPOS

L'histoire de la musique, de cet art divin qui est la source de tant de jouissances pures et élevées, ne saurait intéresser qu'à une double condition : en premier lieu, que l'art musical, à l'époque où l'on se propose d'en étudier le développement, ait déjà produit des chefs-d'œuvre et soit parvenu à un degré de perfection tel qu'on ne puisse, pour ainsi dire, rien imaginer au delà; en second lieu, que les esprits soient convenablement disposés, c'est-à-dire qu'ils soient affranchis de toute prévention et surtout de toute sympathie exclusive pour le goût contemporain, ce qui les rendrait ou indifférents ou injustes pour les productions d'une époque antérieure.

Ces deux conditions se trouvent-elles remplies de nos jours ? Oui, assurément. Et d'abord personne ne niera que la musique ait produit d'admirables chefs-d'œuvre dans tous les genres : c'est un point sur lequel il serait oiseux d'insister. Quant à la disposition des esprits, au moins des esprits cultivés, il est facile de voir qu'elle est telle qu'on la peut souhaiter. Que voyons-nous en effet aujourd'hui ? La musique poussée à ses derniers

1.

effets de sonorité, d'éclat et de coloris harmonique par les deux grands compositeurs en qui se résume tout l'art au XIXme siècle, Beethoven et Rossini, et plus encore par la foule de leurs imitateurs, semble vouloir briser toutes les barrières, et sortir des attributions naturelles dans lesquelles elle devrait se renfermer; et ces tendances exagérées ont abouti à une réaction qu'il était facile de prévoir, et qui se manifeste par un retour vers les productions musicales d'époques plus ou moins éloignées de nous. Nos oreilles, blasées par le bruit assourdissant des voix et des instruments, par cette recherche constante de l'effet, défauts qui caractérisent la plupart des œuvres modernes, surtout dans le genre dramatique, réclament des sensations plus douces et viennent se rafraîchir aux sources pures et vives de la musique classique. Pour se reposer de l'instrumentation bruyante des Meyerbeer, des Verdi, des Wagner, on court aux quatuors de Haydn et de Mozart, ou aux opéras de l'ancien répertoire, et l'on est tout étonné de rencontrer, chez des compositeurs que la mode avait fait tomber dans l'oubli, des beautés resplendissant d'une éternelle jeunesse. On a compris alors qu'il y a autre chose en musique que les œuvres dramatiques que chaque jour voit éclore et que les feuilletons des journaux portent à l'envi jusqu'aux nues. Et ce premier pas fait, on en est venu tout naturellement à désirer de faire plus ample connaissance avec le passé de l'art musical, avec les grands musiciens qui l'ont fait ce qu'il est, et avec les phases qui en ont marqué les progrès.

Mais où trouver ces renseignements ? Les ouvrages qui traitent de l'histoire de la musique, en vue des profanes, sont d'une rareté telle qu'il y a vraiment lieu de s'en étonner. On le comprend cependant jusqu'à un certain point, quand on songe à la situation où se trouve le public vis-à-vis des œuvres des musiciens des temps passés. Il faut, pour qu'il puisse les connaître et en apprécier le mérite, qu'on les lui fasse entendre, qu'un virtuose leur donne place dans son répertoire, ou bien, quand il s'agit de grandes compositions pour voix et orchestre, qu'un directeur de musique les fasse étudier par une masse d'instrumentistes et de chanteurs, et exécuter dans un concert public. Sous ce rapport, les peintres, les sculpteurs, les prosateurs, les poëtes sont bien mieux partagés : leurs œuvres, exposées à tous les regards dans les musées, ou multipliées par l'impression, sont à la portée de tous ; tous peuvent à tout instant et sans aucune préparation les examiner, les étudier à loisir et les admirer. Mais aussi longtemps que les compositions des grands musiciens restent enfouies sur les rayons des bibliothèques, elles sont lettre morte pour la grande masse du public, et il n'y a qu'un bien petit nombre d'initiés qui puissent en comprendre le sens. Il est vrai que les réductions pour le piano qu'on a faites de quelques-uns des chefs-d'œuvre des maîtres les mettent à la portée d'un certain nombre d'amateurs ; mais avec quelle infidélité ! et que ces sortes de traductions sont loin de donner une idée un peu juste de la valeur des œuvres originales ! Telle est, à ce qu'il semble, l'explication la plus naturelle du petit nombre d'ouvrages où l'on peut se renseigner quand on veut connaître le passé de l'art musical.

Et cependant le sujet ne manque certes pas d'intérêt ; et, en dépit de l'impossibilité où se trouve l'historien de la musique de fournir des preuves à l'appui de ses appréciations et de mettre ses lecteurs en état de juger par eux-mêmes, l'histoire de la musique moderne offre une assez grande multitude de faits ignorés ou mal connus, qui peuvent se passer de démonstration et qu'il est intéressant de connaître, pour qu'un ouvrage de ce genre soit assuré d'être le bienvenu auprès de la foule des amateurs qui, cultivant la musique, doivent désirer d'en connaître et les origines et les progrès. Malheureusement, comme il a été dit plus haut, ces ouvrages sont très-rares.

Il y a à peine une cinquantaine d'années qu'il n'existait en fait d'ouvrages sur l'histoire de la musique que ceux de l'Anglais Burney, de l'Italien Martini et de l'Allemand Forkel, trésors de science et d'érudition, sous forme d'épais in-quarto, et qui, par cela même, étaient d'une trop difficile digestion pour les profanes, sans compter que leurs auteurs avaient embrassé leur sujet dans sa plus vaste généralité, c'est-à-dire comme l'histoire de l'art musical pris à sa source et à l'origine même de tous les peuples qui ont apparu successivement sur la terre et qui ont laissé une trace plus ou moins lumineuse dans l'histoire de l'humanité : si bien que tout ce qui a trait à notre musique moderne n'y pouvait occuper qu'une bien faible place, et encore à condition que ces bénédictins de l'art musical eussent pu achever leur œuvre, ce qui n'a pas toujours été le cas.

Conçue sur un plan aussi vaste, on comprend que l'histoire de la musique soit plus propre à intéresser les savants que les amateurs. Qu'importe, en effet, à ceux-ci de connaître la constitution et les noms des notes de la gamme des Chinois, des Égyptiens, des Indiens et de tous les peuples qui n'ont eu que de très-lointains rapports avec les nations à la civilisation desquelles la nôtre se rattache, et dont le système musical n'offre qu'une bien faible analogie, si analogie il y a, avec celui des Européens? Ce qui intéresse le dilettante, c'est l'histoire de la musique qu'il comprend et qu'il sent, de celle qui lui procure de si vives jouissances. D'où cet art est-il sorti? Où a-t-il puisé ses éléments constitutifs, c'est-à-dire sa gamme? Est-il fondé sur les mêmes principes que la musique grecque, dont les écrivains anciens racontent tant de merveilles? Ce principe de l'harmonie, qui a imprimé à notre musique un si puissant essor et qui lui donne un si riche coloris, est-il un emprunt fait à l'étranger ou un héritage des Latins et des Grecs? Quand et comment s'y est-il introduit, et par quels degrés est-il devenu ce que nous le voyons aujourd'hui? Quels sont les hommes qui ont eu la gloire d'attacher leur nom à quelqu'un des progrès de notre musique? Quels sont les compositeurs dont nous pouvons encore goûter les ouvrages, et pourquoi tant d'œuvres musicales anciennes sont-elles perdues pour nous? Où va l'art moderne? Est-il en progrès? Est-il en décadence? Telles sont les questions que tous tant que nous sommes, artistes ou amateurs, nous nous sommes plus d'une fois adressées, mais auxquelles les ouvrages cités plus haut ne sauraient guère donner de réponse.

Ce sont les Allemands qui ont été les premiers à s'apercevoir de la lacune que présentait sous ce rapport la littérature musicale, et c'est en Allemagne qu'on a d'abord compris quel intérêt devait s'attacher à un ouvrage qui, laissant de côté toute la partie de l'histoire de l'art musical qui ne se rapporte pas directement à notre musique moderne, prendrait celle-ci comme unique sujet d'étude, et présenterait un résumé, un aperçu général de son développement depuis son origine jusqu'à nos jours. Un Viennois, d'une grande érudition, Kiesewetter, donna le premier l'exemple, et publia en 1834, en un mince volume in-quarto, avec un atlas de planches, et sous le titre d'*Histoire de notre musique actuelle*, un résumé excellent, clair et précis, qui présente, comme en autant de tableaux, les différentes phases de notre art musical.

Une fois la voie ouverte, d'autres écrivains s'y engagèrent, et l'on vit bientôt paraître plusieurs ouvrages traitant du même sujet, mais avec un grand appareil de considérations philosophiques, ou comme une thèse dans laquelle l'auteur cherchait à justifier les doctrines de l'école à laquelle il appartenait. C'est dire que l'ouvrage de Kiesewetter, dont une seconde édition a paru en 1846, a conservé toute sa valeur, en dépit de sa brièveté, étant écrit sans parti pris et sans préoccupation des questions de systèmes et d'écoles qui divisent encore l'Allemagne à l'heure qu'il est.

Quant à la France, elle s'est tenue complètement à l'écart : elle semble n'avoir eu aucune idée de ce qui se passe outre-Rhin, et l'on peut dire sans exagération qu'il n'existe aucun ouvrage français sur l'histoire générale de la musique moderne qui puisse être mentionné. On a pu, il est vrai, espérer un moment qu'après s'être laissé devancer par l'Allemagne, la France allait reprendre son rang, grâce à la publication du grand ouvrage auquel Fétis avait travaillé toute sa vie. Malheureusement la mort a enlevé l'illustre écrivain avant qu'il eût pu achever son œuvre. Les trois premiers volumes de son *Histoire générale de la musique* ont seuls paru jusqu'à ce jour, et il n'y est question que de la musique des peuples asiatiques et de celle des Grecs et des Romains : le troisième volume finit juste au moment où commence la musique moderne, en sorte que la fâcheuse lacune que présentait notre littérature musicale existe encore.

C'est cette lacune que, dans la mesure de ses forces, l'auteur du présent ouvrage s'est efforcé de combler. L'histoire de notre musique a toujours été pour lui un sujet de prédilection ; aussi y a-t-il consacré de longues années d'études, et c'est le résultat de ces travaux qu'il offre aujourd'hui au public. N'étant qu'un profane en musique, n'ayant l'honneur d'être ni un érudit, ni .

un artiste, il lui sera facile de se mettre à la portée de tous ses lecteurs. Est-il besoin de dire qu'il a eu soin de puiser aux meilleures sources et de consulter les ouvrages les plus estimés, soit en France, soit en Allemagne? Ce sont ceux de Forkel, de Kiesewetter, de Brendel, de Schilling, de Fétis, de Coussemaker, pour ne citer que les principaux, qui lui ont fourni la plus grande partie des matériaux de son travail. C'est donc sous le patronage de ces écrivains qu'il le place, et c'est à eux qu'il se fera un devoir de rapporter le succès de ce livre, s'il rencontre auprès du public l'accueil favorable qu'il en ose espérer.

Genève, septembre 1875.

INTRODUCTION

De la musique: en quoi elle diffère des autres arts. Son origine et sa
haute antiquité. Diversité de ses éléments constitutifs et, par suite,
du caractère de la musique chez les différents peuples. — Des deux
grandes périodes dans lesquelles peut se diviser l'histoire de la musique moderne.

On a donné de la musique bien des définitions: la plus
juste nous semble être celle de Fétis qui la définit *l'art
d'émouvoir par la combinaison des sons*. Émouvoir, c'est-
à-dire agir sur le siége du sentiment, produire des impressions sur l'âme, c'est bien là, en effet, le but suprême
de l'art musical. Mais comme une définition, quelque bonne
qu'elle soit, ne saurait donner qu'une idée fort incomplète
de son objet, cherchons à nous rendre mieux compte du
caractère essentiel de la musique, de sa nature propre,
en la comparant à quelques-unes des autres branches des
beaux-arts, afin de voir par quels côtés elle s'en rapproche,
et par quels côtés elle s'en éloigne.

Les arts d'imitation sont évidemment ceux avec lesquels la musique a le moins d'analogie; et cela se conçoit,
puisque leur point de départ est essentiellement différent.

Toute œuvre de peinture ou de sculpture présente, en effet,
à nos yeux un objet pris dans la nature extérieure, et dont
elle est la représentation, représentation plus ou moins
idéale, cela va sans dire, mais toujours circonscrite dans
les bornes assez étroites de la réalité. Le sculpteur pourra
bien embellir son modèle, concentrer sur son œuvre toutes
les perfections de détail qu'il aura recueillies de toute part,
l'animer, par la puissance de l'expression, d'un rayon de
vie, faire jaillir sur un front de marbre l'auréole d'une
pensée, le feu d'une passion, donner en un mot, nouveau
Prométhée, une âme à cette pierre que fouille son ciseau ;
mais son œuvre, quelque idéale qu'elle soit, sera toujours
la reproduction de quelque chose de réel dont la nature
extérieure lui aura fourni le type.

Il suit de là que l'impression produite en nous par la
vue d'un beau tableau ou d'une belle statue n'est point
aussi spontanée qu'on pourrait le croire au premier abord,
mais qu'elle dépend en quelque sorte d'une opération préliminaire de notre esprit qui est appelé à comparer les
objets représentés avec leurs types dans la nature, et à
pénétrer l'intention de l'artiste, en étudiant son œuvre dans
tous ses détails et dans leurs rapports avec l'ensemble.
Il y a là comme une énigme à deviner, et qui réclame
l'action simultanée de la plupart de nos facultés intellectuelles.

En musique rien de pareil. Les moyens particuliers de
manifestation dont cet art dispose, je veux dire les sons,
lui donnent un caractère tout spécial. En effet, ce n'est
pas à l'esprit que les sons s'adressent : immatériels et fu-
gitifs, ils frappent l'oreille et arrivent, sans autre intermédiaire, dans les régions les plus intimes de notre être,
où ils éveillent des impressions diverses suivant la nature

de leurs combinaisons. Les impressions ainsi produites sont au plus haut point spontanées; elles naissent sans la participation ni de notre volonté, ni de notre intelligence.

La poésie semblerait, au premier abord, se rapprocher bien plus de la musique que les arts d'imitation. Elle a, en effet, avec notre art plusieurs points de contact : comme lui elle est soumise à la succession du temps et aux lois du rhythme; comme lui encore, elle se manifeste autrement que par des formes extérieures, sensibles, occupant une étendue dans l'espace. Mais, d'un autre côté, plus que tous les autres arts, la poésie, par sa dépendance des formes exactes et précises du langage parlé, s'adresse à la partie intellectuelle de notre être, c'est-à-dire à celle précisément qui, comme nous l'avons vu, joue le rôle le moins important dans les impressions produites par la musique.

On voit déjà que ce qui distingue tout particulièrement la musique des autres branches des beaux-arts, c'est son action directe, immédiate sur l'âme. Il ne faut, pour être touché par la musique, qu'être doué de la faculté de sentir. Mais il y a plus : non-seulement la musique agit directement sur l'âme, mais elle en procède, elle en est une émanation. Voyez le musicien : l'inspiration lui vient de son âme et ne lui vient que de là. Il n'imite rien; il compose sous l'impression d'un sentiment intime dont il subit l'influence et dont son œuvre devient le reflet. Une œuvre musicale est donc la manifestation au moyen des sons d'un certain état de l'âme ; et le langage vague et mélodieux qu'elle parle pénètre l'âme qui le comprend spontanément et sans l'intermédiaire d'aucune des facultés intellectuelles. On pourrait donc appeler la musique le *langage de l'âme*, puisqu'elle a pour mission d'en révéler les mouvements secrets, la vie intime, les phases diverses par lesquelles elle passe de la tristesse à la joie, du trouble au calme, de l'abattement à l'enthousiasme.

Or s'il est vrai que la musique se rattache d'une manière aussi intime à l'âme humaine, elle doit être sans contredit le plus ancien de tous les arts. Et quand l'histoire ne serait pas là pour nous prouver qu'elle se trouve à l'origine de tous les peuples, au berceau de toutes les civilisations, nous pourrions hardiment affirmer, en nous appuyant sur les considérations précédentes, que l'origine en est aussi ancienne que celle de l'homme lui-même, et qu'elle doit dater du moment où le roi de la création eut conscience de l'admirable instrument que Dieu lui avait donné pour qu'il pût communiquer ses pensées à ses semblables.

Il ne faut pas, en effet, chercher autre part l'origine de la musique. Jamais, nous l'avons vu, elle n'a été et n'a pu être un art d'imitation, et il y a quelque chose de véritablement puéril dans l'hypothèse sérieusement soutenue par plus d'un écrivain, que c'est à l'observation de quelque phénomène de la nature extérieure, comme le chant des oiseaux ou le bruissement des roseaux agités par le vent, qu'est due l'invention de la musique. Reconnaissons que cet art a une plus noble origine : que la voix humaine a été son véritable point de départ. Grâce à la manière admirable dont l'organe vocal est constitué, la voix humaine peut, par les nombreuses inflexions dont elle est susceptible, se prêter à l'expression de tous les mouvements subits de l'âme. Et quelle n'est pas, dans ces circonstances, la clarté de son langage ! Qu'on prenne l'homme à quelque degré de civilisation que ce soit, et qu'on dise s'il a jamais pu exprimer la joie avec les accents de la tristesse ou réciproquement, si sa voix a jamais été l'interprète infidèle de son âme!

Sans doute qu'il y a loin de ces accents bruts et instinctifs à ceux du chant proprement dit, et qu'il a fallu bien du temps, bien des siècles pour que la musique se dégageât comme art de ces grossiers rudiments; mais il n'en est pas moins vrai, et c'est là ce que je tenais avant tout à démontrer, que l'homme a trouvé ces éléments en lui-même, dans l'organisation merveilleuse dont la Providence l'a doué, et que, dans le domaine de la musique aussi bien que dans toute autre branche des beaux-arts, il n'a eu de leçons à demander ni aux oiseaux ni au vent.

Si nous consultons l'histoire, elle nous apprend que la musique a joué un rôle important dans ces époques primitives où nous voyons les hommes et les dieux se confondre, parce que les bienfaiteurs de l'humanité étaient transformés en divinités, ou tout au moins en héros. Ainsi les Indiens, dont on s'accorde assez généralement à regarder la civilisation comme la plus ancienne, attribuaient l'invention de la musique à leur dieu suprême Brahma: ils ne pouvaient en faire remonter l'origine à une source plus éloignée. Chez les Égyptiens, il en est de même: c'est Osiris qui invente la flûte, c'est Hermès qui invente la lyre et qui formule déjà un système musical complet.

En Grèce nous retrouvons les mêmes traditions, mais embellies par la vive et riante imagination des Grecs. Ceux-ci mettent la musique sous la protection d'Apollon, le dieu du soleil, l'Art incarné, et par suite le dieu le plus cher à cette nation d'artistes. Dans ces temps reculés, la musique exerce déjà une magique influence: Amphion élève au son de sa lyre les murs de Thèbes; Orphée endort Cerbère, et le redoutable Roi des enfers se laisse toucher par ses accents, et lui permet d'emmener son Eurydice. Toutes ces légendes sont intéressantes en ce qu'elles prouvent la haute antiquité que les anciens eux-mêmes attribuaient à la musique.

Mais il est un autre caractère de la musique, plus important sans comparaison que sa haute antiquité, et sur lequel je désire surtout insister, c'est la diversité de formes qu'elle revêt chez les différentes nations du globe. Cette diversité, nous avons à la vérité peu d'occasions de l'observer, habitués que nous sommes à n'entendre, chez la plupart des peuples avec lesquels nous entretenons des relations suivies, d'autre musique que celle à laquelle nos oreilles sont habituées. Mais si nous nous transportons en Orient, par exemple, nous sommes tout surpris de l'étrangeté des chants qu'il nous arrive d'entendre : ils nous paraissent faux, discordants; nous n'en pouvons saisir la mélodie qui marche par des successions d'intervalles que notre oreille ne peut apprécier; et dans notre impatience nous sommes tout prêts à mettre sur le compte d'une civilisation arriérée l'effet choquant, insupportable que cette musique produit sur nous. Nous aurions tort cependant; et pour nous défendre d'un jugement aussi précipité, il nous suffirait de réfléchir que les Arabes qui ont tenu sous leur domination une grande partie de l'Asie, de l'Afrique et même de l'Europe, furent civilisés bien avant les peuples occidentaux du moyen âge ; que dès le VIIIme siècle les sciences, les lettres et les arts jetaient à la cour des califes de Bagdad et de Cordoue un éclat d'autant plus vif qu'il contrastait avec les profondes ténèbres dans lesquelles l'Europe était encore plongée, et que par conséquent le système musical des Arabes, à quelque époque qu'il ait reçu sa forme définitive, ne saurait être regardé comme celui d'un peuple barbare.

Et ce que j'ai dit de la musique des Arabes, est également vrai de celle de tous les peuples qui n'ont pas subi l'influence de la civilisation européenne, et qui ont conservé intact leur système musical. Leur musique nous présente ce même caractère d'étrangeté que nous avons constaté dans la musique arabe ; et, chose plus singulière encore et qu'on ne sait pas assez, notre musique, tout excellente qu'elle nous paraît, n'a pour eux aucun charme ; ils la trouvent aussi discordante, aussi dure, aussi baroque, aussi intolérable pour tout dire, que nous trouvons la leur.

Il est vrai que l'on peut, à la longue, s'y habituer, et que l'oreille peut refaire son éducation, et finir par trouver un certain charme à une musique qui l'avait d'abord affreusement déchirée. Voici ce qu'on lit à ce sujet dans Villoteau : « Nous avons connu en Égypte des Européens remplis de goût et d'esprit qui, après nous avoir avoué que, dans les premières années de leur séjour en ce pays, la musique arabe leur avait causé un extrême déplaisir, nous persuadèrent néanmoins que, depuis dix-huit à vingt ans qu'ils y résidaient, ils s'y étaient accoutumés au point d'en être flattés, et d'y découvrir des beautés qu'ils auraient été fort éloignés d'y soupçonner auparavant : elle n'est donc pas aussi baroque et aussi barbare qu'elle le paraît d'abord [1]. »

Que conclure de tout cela, sinon que la diversité des systèmes musicaux est intimement liée à la diversité même des races humaines ; que la musique est susceptible, plus encore que toute autre manifestation de l'esprit humain,

---

[1] Villoteau, *De l'état actuel de la musique en Égypte*, page 116.

de se modifier sous l'influence des mêmes circonstances générales qui donnent aux différentes nations leur caractère particulier ? En pouvait-il être autrement d'un art qui, comme nous l'avons vu, tient par de si profondes racines à ce qu'il y a de plus intime dans l'homme ? Et le fait même de cette diversité n'est-il pas la justification de l'idée que nous nous sommes faite de la musique et de son essence ? Si l'homme avait partout les mêmes penchants, les mêmes goûts, les mêmes mœurs, elle aurait revêtu un caractère de parfaite uniformité, et nous l'aurions trouvée sensiblement la même chez tous les peuples, à toutes les latitudes, sous tous les climats, comme cela a lieu pour la peinture, pour l'architecture, pour la sculpture, et même pour la poésie. Les hommes de génie qui ont produit des chefs-d'œuvre dans ces différents genres composent, pour ainsi dire, comme une famille à laquelle nous sentons que nous appartenons en quelque sorte nous-mêmes, puisque nous partageons l'admiration qu'ont ressentie pour eux leurs contemporains. Il y a dans leurs ouvrages quelque chose d'immuable, une vérité accessible à tous, une beauté indépendante des circonstances de temps, de lieu et de nationalité, de telle sorte qu'ils restent pour nous comme d'éternels modèles ; et quand bien même l'art et la poésie se sont ouvert de nouvelles voies, l'Odyssée, le Parthénon, l'Énéide, la Transfiguration n'ont rien perdu pour cela et ne perdront jamais rien de leur valeur et de l'estime dont toutes les générations les ont entourés. Mais pour la musique il en est tout autrement, et quand il nous serait donné d'assister à l'exécution de quelque chef-d'œuvre musical de la Grèce antique, nous éprouverions une sensation aussi désagréable que celle que nous fait éprouver la musique des Arabes ou des Chinois, parce que cette musique est l'expression de sentiments qui ne sont pas les nôtres, et que le système musical des Grecs diffère trop de celui que nous connaissons et auquel nos oreilles sont habituées : c'est une langue perdue dont nous n'avons pas la clef.

Pour nous rendre compte de ce qui constitue cette diversité, il suffit d'examiner les modes de division de l'échelle tonale sur lesquels sont fondés les différents systèmes de musique, et de les comparer avec le mode de division adopté par les Européens.

Entendons-nous bien d'abord sur ce que l'on appelle *échelle tonale*. Ce n'est rien moins que l'ensemble de tous les sons imaginables qui peuvent se produire soit au moyen de la voix, soit au moyen de quelque instrument à cordes, ou plus simplement d'un monocorde, c'est-à-dire d'une corde tendue sous laquelle on promènerait un chevalet. Ces sons, depuis le plus grave que l'oreille puisse percevoir jusqu'au plus aigu, sont, on le comprend, en nombre infini, et se fondent, pour ainsi dire, les uns dans les autres comme les couleurs du spectre solaire ou de l'arc-en-ciel. Cependant, un son étant donné, si l'on veut monter ou descendre successivement les imperceptibles degrés de l'échelle tonale, on s'apercevra bien vite que notre oreille ne peut distinguer et apprécier qu'un son qui soit à une certaine distance du précédent. Mais quelle sera la nature, la valeur exacte, mathématique de cet intervalle? C'est ce qu'il est impossible de déterminer ; et c'est ici déjà que commence la diversité. Nous autres peuples de l'Occident nous n'admettons pas d'intervalle plus petit que celui que nous appelons demi-ton; mais bien des peuples, les Arabes par exemple, admettent fort bien des intervalles équivalant au tiers et même au quart de notre ton. Il en est d'autres au contraire, comme les Chinois, qui

n'admettent pas d'intervalle aussi petit que notre demi-ton,
et dont la gamme ne présente que des intervalles de l'espèce de ceux que nous désignons sous les noms de seconde
majeure et de tierce mineure. Et rien n'empêche de supposer, car ici, qu'on y prenne garde, il n'existe pas de fil
conducteur, et l'oreille est souveraine maîtresse, rien, dis-
je, n'empêche de supposer que tous les modes possibles
de division de l'échelle tonale ont été essayés et mis en
pratique.

Mais ce n'est pas tout : la nature des différents intervalles une fois fixée, il a fallu décider dans quel ordre et
suivant quelles combinaisons ils devaient se succéder, en
d'autres termes déterminer la *gamme*, espèce d'échelle à
échelons irrégulièrement espacés, et servant comme de
base à toute mélodie. Ici encore nous rencontrons la même
diversité, chaque peuple ayant adopté une gamme différente qui donne à sa musique un caractère tout particulier.
Chacun sait que nous divisons l'échelle des sons musicaux
en groupes de huit sons entre lesquels les tons et les demi-
tons occupent une place fixe et immuable ; et cette division
de l'échelle nous paraît si naturelle, si simple, que nous
pouvons à peine nous en figurer une autre. Et cependant,
en dépit de tant de motifs qui en justifient la convenance,
il faut bien qu'on sache qu'elle ne se rencontre telle quelle
chez aucun des peuples étrangers à notre civilisation ; que
les anciens Grecs ne l'ont admise que fort tard, car pendant les beaux temps de leur histoire ils n'ont connu et
pratiqué que la division par tétracordes, ou groupes de
quatre notes, et qu'enfin elle n'a été introduite qu'à une
époque relativement récente dans notre système musical.

Il suffit d'avoir indiqué le fait de toutes ces différences
profondes et fondamentales dans les modes de division de

l'échelle tonale pour qu'on comprenne qu'elles ont dû imprimer à la musique de chaque peuple un caractère particulier. Au surplus, sans aller chercher si loin de nous, nous pouvons constater un effet analogue dans notre musique moderne. Il n'est personne qui n'ait eu l'occasion d'observer combien les intervalles chromatiques ou de demi-tons obtenus par l'altération accidentelle des notes naturelles au moyen des dièzes ou des bémols, donnent à la mélodie une expression passionnée, à l'opposé des intervalles diatoniques (un ton) qui impriment à la période musicale un caractère de gravité majestueuse ; et l'on sait que notre mode mineur doit son caractère mélancolique au retour fréquent des demi-tons qui s'y trouvent au nombre de trois, tandis que la gamme majeure n'en a que deux.

On peut conclure déjà de ces observations que de deux peuples dont l'un admet dans son système musical de très-petits intervalles et l'autre de très-grands, le premier sera suivant toute probabilité un peuple sensuel et passionné; tandis que le second sera plutôt grave et flegmatique : ce que nous avons dit de la musique des Chinois et des Arabes en fournit un exemple frappant. Mais ces analogies ou affinités ne se rencontrent pas seulement quand on compare deux systèmes différents : on a pu en constater l'effet dans deux phases successives du développement d'un même système. L'histoire de notre musique moderne en présente un exemple trop frappant pour que je ne le cite pas, bien que ce soit anticiper sur un sujet qui trouvera plus loin sa place. A l'époque où l'on s'occupa d'organiser le chant religieux dans les églises chrétiennes, il semble qu'on eût dû tout naturellement recourir à la musique vulgaire, c'est-à-dire à celle qui était en usage parmi le peuple ; mais l'Église la rejeta comme par instinct, parce qu'elle comprit que le genre chromatique sur lequel elle était fondée ne pouvait convenir à la gravité du culte, et le plain-chant fut constitué sur le genre diatonique. Pendant tout le moyen âge, époque où l'Église régna sans contrôle sur les esprits comme sur les consciences, le plain-chant subsista dans toute sa pureté primitive; mais lorsque, à la Renaissance, les esprits se dégagèrent de leurs entraves, cette révolution se traduisit dans la musique par une réforme qui amena la prédominance de ce même genre chromatique, et altéra du même coup la musique religieuse elle-même.

En présence de tous ces faits si frappants, on ne saurait, je pense, mettre en doute la réalité des rapports qui existent entre l'état moral et intellectuel d'un peuple et sa musique, rapports sur lesquels Fétis, avec l'autorité de sa vaste érudition, a pu poser les bases d'une véritable philosophie de la musique. Il va même un peu loin dans cette voie, témoin ce passage tiré du Résumé qu'il a mis en tête du premier volume de sa *Biographie des musiciens* : « Il est de certains systèmes de tonalité dans la musique qui ont un caractère calme et religieux, et qui donnent naissance à des mélodies douces et dépouillées de passion, comme il en est qui ont pour résultat nécessaire l'expression vive et passionnée. A l'audition de la musique d'un peuple, il est donc facile de juger de son état moral, de ses passions, de ses dispositions à un état tranquille ou révolutionnaire, et enfin de la pureté de ses mœurs ou de ses penchants à la mollesse. Quoi qu'on fasse, on ne donnera jamais un caractère vraiment religieux à la musique sans la tonalité austère et l'harmonie consonnante du plain-chant; il n'y aura d'expression passionnée et dramatique possible qu'avec une tonalité susceptible de beaucoup de

modulations, comme celle de la musique moderne; enfin
il n'y aura d'accents langoureux, tendres, mous, efféminés,
qu'avec une échelle divisée par de petits intervalles, comme
les gammes des habitants de la Perse et de l'Arabie, ou
avec des multitudes d'intervalles inégaux comme les modes
des Hindous. L'inspection de la musique d'un peuple peut
donc donner une idée assez juste de son état moral[1]. »

De tout cet ensemble de faits et de considérations on
doit forcément tirer cette conclusion que, s'il est vrai que
la musique n'ait partout qu'un seul et même but, qui est
d'émouvoir, de parler au cœur, son langage n'est point
partout identique; que non-seulement elle subit l'influence
des goûts et du caractère particuliers à chaque nation, mais
qu'elle se modifie chez un même peuple en raison des
phases diverses de son développement social; de telle sorte
que de toutes les manifestations de l'esprit humain, l'art
musical est sans comparaison celle qui est la plus variable
et soumise aux transformations les plus fréquentes et les
plus profondes.

Cette conclusion, qui résume toute notre introduction,
est d'une extrême importance. L'histoire de la formation
et du développement général de la musique chez les différentes nations ne serait, en effet, pour celui qui ne la
jugerait qu'au point de vue de son sentiment musical individuel, de ses habitudes musicales, qu'un mélange confus
de systèmes monstrueux ou absurdes. Il ne saurait même
suivre avec intérêt ni comprendre les phases diverses de
l'histoire de notre musique moderne, qui ne s'est point
formée de toutes pièces et d'un seul coup, mais par suite de
progrès lents et successifs, et après bien des tâtonnements

[1] Fétis, *Résumé*, etc., p. LIII.

dont il est souvent assez malaisé de se rendre compte. Pour celui, au contraire, qui a compris les différences profondes par lesquelles la musique se distingue des autres branches des beaux-arts, et les causes de ces diversités, chaque phase de l'histoire de l'art musical, quelque bizarre système qu'elle ait vu éclore, a sa raison d'être ; et s'il ne parvient pas toujours à démêler nettement les circonstances qui l'ont déterminée, il l'accepte du moins et ne s'en scandalise point, sachant qu'il doit la juger par rapport à elle-même ou à une phase antérieure, et non point relativement à un état plus perfectionné.

Cette espèce d'impartialité, qui consiste à juger du développement de l'art musical en dehors de toute préoccupation actuelle et des exigences de notre goût moderne, est plus difficile à acquérir qu'on ne pense. On a vu de savants historiens de la musique en manquer dans certaines occasions et tomber ainsi dans de graves erreurs. Aussi ne saurais-je assez engager tous mes lecteurs à se mettre dans la situation d'esprit que je viens d'indiquer et qui est indispensable à qui veut étudier avec fruit l'histoire de notre musique.

Notre musique moderne pourrait s'appeler musique chrétienne; car née avec et dans l'Église, c'est dans l'Église qu'elle s'est constituée pour se répandre de là dans le monde. Son histoire peut se diviser en deux grandes périodes : période de l'art *ecclésiastique* ou religieux, et période de l'art *mondain* ou dramatique. En effet, pendant toute la première, qui commence à la naissance du christianisme et s'étend jusqu'à la fin du XVIᵐᵉ siècle, l'histoire ne connaît d'autre musique que celle qui était usitée dans l'Église, l'existence d'une musique vulgaire, à l'usage du peuple, n'étant qu'une probabilité, vu l'insuffisance des débris qui sont parvenus jusqu'à nous. La constitution du plainchant, et la naissance de l'harmonie qui donne à notre musique son caractère distinctif, sont les deux grands faits de cette période dont Palestrina, qui la ferme, est la plus haute expression.

La seconde période s'ouvre par une transformation des éléments du chant ecclésiastique et la création d'une nouvelle tonalité, ou, si l'on veut, d'un nouveau système musical. L'opéra, qui naît en même temps, ne fut autre chose que l'application de la musique aux choses de la terre, aux intérêts temporels, aux passions humaines. La nouvelle forme musicale qui naquit alors concentra en elle toutes les ressources de l'art, et le style dramatique se substitua bientôt partout, et dans l'Église, même au style religieux. C'est en outre dans cette même période, si riche de toutes manières, que nous verrons apparaître la musique instrumentale qui est peut-être la manifestation la plus élevée de l'art moderne.

PREMIÈRE PÉRIODE

ART ECCLÉSIASTIQUE

CHAPITRE I

Musique des premiers chrétiens. Musique des Hébreux. Saint Ambroise, évêque de Milan. Du système musical des Grecs. Constitution de la première échelle tonale dans le *chant ambrosien*. — Le pape Grégoire le Grand : *chant grégorien* ou *plain-chant* et les huit tons d'église. L'antiphonaire de saint Grégoire. École fondée par ce pape pour l'éducation des chantres. Mode d'appellation des notes dans le système grégorien. Origine du *bécarre* et du *bémol*. Ce qu'était, suivant toute probabilité, le plain-chant primitif : opinions diverses des musiciens à ce sujet. — Altération rapide du chant grégorien ; mesures prises par Charlemagne pour y remédier.

Nous savons par le témoignage des Apôtres que le chant des cantiques était d'un usage ordinaire parmi les premiers disciples du Christ, qui ne faisaient en cela que suivre aux coutumes hébraïques : « Après qu'ils eurent chanté le cantique, » dit saint Mathieu (XXVI, 30), « ils sortirent pour aller à la montagne des Oliviers. » Dans les Actes, aussi bien que dans les Épîtres, nous trouvons même à ce sujet des exhortations pressantes qui prouvent que le chant était déjà regardé comme un puissant moyen d'édification: « Soyez remplis de l'Esprit, » dit saint Paul dans son

Épître aux Éphésiens (V, 18), « vous entretenant par des
psaumes et par des cantiques spirituels, chantant et psal-
modiant de votre cœur au Seigneur ; » et dans l'Épître
aux Colossiens (III, 16) : « Que la parole de Christ habite
abondamment en vous, avec toute sorte de sagesse, vous
instruisant et vous exhortant les uns les autres par des
psaumes, par des hymnes, et des cantiques spirituels,
chantant du fond de vos cœurs au Seigneur avec reconnaissance. »

Il suffit de ces quelques citations pour prouver que le
chant des psaumes et des cantiques était d'un usage habituel chez les premiers chrétiens. Cette coutume se per-
pétua dans les temps postérieurs, comme nous l'apprennent
les historiens contemporains des premiers siècles de l'É-
glise, et au plus fort des persécutions, les disciples du Christ
continuèrent de célébrer leur culte suivant les formes usitées, faisant retentir de leurs chants pieux les cavernes
mystérieuses où ils étaient contraints de chercher un refuge : c'est ce que prouve en particulier la célèbre lettre de
Pline le Jeune à l'empereur Trajan qui l'avait chargé, alors
qu'il était proconsul de Bithynie, d'informer contre les
chrétiens dont le nombre s'augmentait de plus en plus : « Leur
prétendu crime, » écrit-il, « consiste à se rassembler à certains jours avant le lever du soleil, pour chanter des
hymnes en l'honneur du Christ qu'ils adorent comme un
Dieu. »

Quant à la nature de ces chants de la primitive Église
et au système musical dont ils procédaient, en l'absence
de tout document qui pourrait nous éclairer, l'on ne peut
s'en faire une idée que par conjecture. Quelques écrivains
modernes ont avancé que ces chants n'étaient que des mélodies païennes empruntées aux *nomes* ou airs sacrés des

anciens Grecs, et dont on se contenta de changer les textes. Mais il est bien difficile d'admettre une pareille hypothèse : elle tient, en effet, trop peu de compte des circonstances au milieu desquelles le christianisme s'est produit. Les premiers chrétiens, bien loin d'admettre dans leur liturgie des mélodies païennes, durent au contraire, dans leur zèle de néophytes, rejeter avec dégoût tout ce qui appartenait à un culte abhorré. D'autre part, quand on réfléchit que le christianisme procédait immédiatement du judaïsme, et que le berceau de la nouvelle religion fut cette même Judée où vécurent les Apôtres et d'où ils se répandirent dans le monde païen pour y semer la parole du Maître, apportant naturellement partout avec eux les traditions et les usages religieux de leur pays, on est bien plutôt porté à croire que les chants en usage dans la primitive Église ne furent vraisemblablement que des mélodies juives, ou tout au moins des chants composés dans le système musical des Hébreux.

On sait que le chant et les instruments jouaient chez ce peuple un rôle très-considérable, qu'ils se mêlaient à tous les actes solennels de la vie et tout particulièrement aux cérémonies pompeuses du culte hébraïque. Malheureusement il ne nous reste aucun document authentique, aucun bas-relief, aucune médaille qui auraient pu nous donner quelque idée de la forme de leurs instruments et de la nature de leur système musical; et nous en sommes réduits aux vagues inductions que nous pouvons tirer de l'examen de la notation en usage dans le chant liturgique. On sait, en effet, que la lecture qui se faisait de l'Ancien Testament dans les synagogues était chantée, et que la notation des chants adaptés aux textes sacrés se composait d'accents placés entre les lignes, et qui exprimaient, non pas des sons déterminés, comme cela a lieu dans notre notation moderne, mais des groupes de notes ou traits de chant (*gruppetti, fioritures*, etc.), qui terminaient une phrase plus ou moins longue chantée sur la même note ; d'où il résulte que ce chant liturgique n'était qu'une espèce de déclamation accentuée, sans mesure ni rhythme; et nuancée de certains traits ou ornements un peu arbitraires que le chantre exécutait aux endroits marqués par les accents. Un chant aussi simple pouvait fort bien s'adapter aux hymnes des premiers chrétiens, et rien n'empêcherait de supposer qu'elles eurent ce caractère, et qu'elles se transmirent ainsi d'une génération à l'autre et d'église à église. Mais il est fort probable que, dans l'état d'indépendance où se trouvaient alors les différentes églises les unes vis-à-vis des autres, le chant liturgique ne put se maintenir partout identique, et qu'il dut subir dès l'origine l'influence des différents systèmes musicaux avec lesquels il se trouva en contact.

Quant à la part plus ou moins grande faite aux fidèles dans le chant des psaumes et des cantiques, elle dut également varier de communauté à communauté. Les Constitutions apostoliques avaient toutefois réglé ce point. On y voit que, après la lecture de la Bible, l'un des assistants devait chanter un psaume dont l'assemblée entière répétait en chœur les derniers mots. En un autre endroit il est dit que, aussitôt que le diacre a achevé la prière, les enfants entonnent le *Kyrie eleison* que la masse des fidèles répète après eux pour finir. D'autre part, Tertullien, dans la description qu'il fait des Agapes, nous apprend que, lorsque les fidèles s'étaient lavé les mains et qu'on avait allumé les lampes, on invitait celui qui en était le plus capable à chanter quelque page des saintes Écritures ou quelque cantique de sa composition.

Bientôt, cependant, la participation active des fidèles au culte par le chant de certains fragments de la liturgie diminua insensiblement, à mesure, sans doute, que le goût se montra plus exigeant et que les chantres attitrés firent preuve de plus d'art et d'habileté, et bientôt ces derniers furent exclusivement chargés de chanter dans les églises. . Il semblerait au premier abord que le chant liturgique eut tout à gagner à ce changement; mais il en résulta un abus fâcheux : les chantres se voyant recherchés à proportion de leurs talents, il arriva que, en l'absence de toute règle et d'une notation précise et exacte, livrés jusqu'à un certain point à eux-mêmes, ils perdirent de vue le but pour lequel ils avaient été institués, abandonnèrent peu à peu les traditions, et ne songèrent bientôt plus qu'à exciter l'admiration de la foule en mêlant à leur chant les ornements et passages qui pouvaient le mieux faire ressortir l'étendue et l'agilité de leur voix; aussi le chant d'église ne tarda-t-il pas à subir de graves et profondes altérations.

C'est sans doute pour remédier à un pareil état de choses que le pape Sylvestre Ier, qui occupait le siége pontifical en 320, fonda à Rome une espèce d'école normale destinée à former des chantres. Mais le mal était déjà si invétéré, les différences d'église à église étaient si grandes, qu'il fallut procéder à une réforme radicale. On comprit la nécessité d'organiser le chant ecclésiastique d'après des principes fixes, et de tracer les limites exactes dans lesquelles il lui serait désormais permis de se mouvoir. C'était tout un système musical à créer, c'est-à-dire qu'il fallait choisir dans la série infinie des sons musicaux une échelle, une gamme d'une étendue déterminée, et fixer la nature et le mode de succession des intervalles compris entre ses limites.. C'est à saint Ambroise, évêque de Milan, qu'était réservée la solution de ce problème, et c'est lui qui, par conséquent, peut être considéré comme le véritable créateur de notre système musical ; c'est lui, tout au moins, qui en a posé les bases.

Saint Ambroise, fils d'un préfet des Gaules, avait fait ses études à Rome, où il s'était distingué de bonne heure par son talent oratoire et par son aptitude pour les sciences philosophiques. Appelé au gouvernement de la Ligurie, il sut si bien se faire aimer que le peuple, sans s'inquiéter s'il était seulement chrétien, voulut absolument l'avoir pour évêque. Ambroise ne céda qu'à son corps défendant ; mais une fois installé dans son siége épiscopal (374), il se voua tout entier à sa tâche, déploya une énergie et une activité admirables, et introduisit dans toutes les parties de l'administration de son diocèse d'importantes et utiles réformes. Nous n'avons à nous occuper ici que de celles qui concernent la musique d'église.

Pour comprendre tout ce qui va suivre, il est nécessaire d'avoir quelque idée de ce qu'était la musique des anciens Grecs. Je n'ai pas la prétention d'en faire ici un exposé méthodique ; rien, en effet, de plus compliqué que leur système musical, et bien des savants ont vainement fatigué leur cerveau, sans arriver à en débrouiller le chaos. Il ne pouvait en être autrement ; car, outre que les ouvrages originaux parvenus jusqu'à nous sont très-rares, ils sont eux-mêmes fort peu d'accord entre eux et présentent de notables différences, non pas seulement sur des points de détail, mais sur certains faits qui touchent aux bases mêmes du système ; de telle sorte que, dans l'impossibilité où l'on se trouve de les concilier, on est forcé d'admettre qu'il s'est produit à différentes époques dans la musique grecque des transformations qui l'ont profondément modifiée. Je me contenterai donc de choisir, parmi les faits généralement admis comme certains, ceux qui se rapportent plus directement à notre sujet.

Dès les temps les plus reculés, les Grecs divisaient l'échelle tonale en groupes de quatre notes qu'ils appelaient *tétracordes*. De ces quatre notes deux étaient mobiles, variables ; c'étaient les deux notes intermédiaires, et les deux autres, c'est-à-dire la première et la quatrième, étaient fixes, immuables. Cette mobilité des notes intermédiaires permettait différentes combinaisons dans le mode de succession des intervalles, d'où résultaient trois tonalités ou *genres* appelés : genre *diatonique*, genre *chromatique* et genre *enharmonique*. Dans le genre diatonique les intervalles se succédaient par tons et demi-tons : *mi, fa, sol, la* ; dans le genre chromatique, par demi-tons : *mi, fa, fa♯, la* ; et dans le genre enharmonique, par quarts de ton *mi, mi┤, fa, la*. Au point de vue de l'impression produite, chacun de ces genres avait un caractère spécial : le genre diatonique était regardé comme grave et viril, le chromatique comme agréable et pathétique, l'enharmonique comme doux et animé. Il est juste d'ajouter que le premier était considéré comme le plus naturel et le mieux à la portée du peuple, et qu'il était de beaucoup le plus usité. Quant à l'enharmonique, que les théoriciens s'obstinaient à regarder comme le plus distingué, sans doute parce qu'il était le plus difficile, il fut surtout en usage dans les temps primitifs, et tomba peu à peu en désuétude, si bien que, dans les beaux temps de la Grèce, on en déplorait déjà la perte.

Outre les trois genres dont je viens de parler, les Grecs avaient plusieurs *modes* (gammes), dont le nombre varia suivant les époques. Ils distinguèrent en particulier jusqu'à cinq modes principaux, dont les autres n'étaient que des dérivés, et dont les noms rappelaient ou les peuples qui en avaient introduit la connaissance en Grèce, ou les contrées d'où ils étaient originaires : c'étaient le mode *dorien*, le mode *ionien*, le mode *phrygien*, le mode *éolien* et le mode *lydien*. Ces différents modes se distinguaient les uns des autres non-seulement par le degré qu'occupait sur l'échelle tonale le premier son, ou tonique comme nous dirions aujourd'hui, mais aussi et surtout par la position des demi-tons qui variait suivant les modes.

La place différente qu'occupaient les demi-tons donnait sans doute à chacun de ces modes un cachet particulier; et cependant on a quelque peine à comprendre comment ces modes pouvaient produire sur les oreilles grecques, quelque délicates qu'on les suppose, des effets pareils à ceux que rapportent quelques écrivains de l'antiquité. Et, pour n'en citer qu'un exemple, voici ce que dit à ce sujet Héraclide de Pont : « Le mode dorien est grave, solennel et entraînant; l'éolien est à la fois doux et pompeux, et convient également à dresser les chevaux et à la réception des hôtes; il a, en outre, quelque chose de simple et de cordial qui le rend éminemment propre à la joie et à l'amour; le mode ionien est plutôt dur et sombre, avec un mélange de force et de grandeur. » Il est bon toutefois d'ajouter que ces appréciations ne pouvaient se rapporter qu'à des temps antérieurs, « car, dit l'écrivain, dans les temps actuels (il vivait au milieu du IVme siècle avant J.-C.), la corruption des mœurs ayant tout perverti, ces caractères particuliers des anciens modes se sont effacés. »

Il paraît, en effet, qu'à l'époque où vivait Héraclide de Pont, il s'était déjà fait une transformation complète dans le système des modes, qui tous avaient été ramenés à une formule unique, à une seule et même gamme, en sorte que les modes ne se distinguaient plus les uns des autres que par la nature de la tonique, et qu'il suffisait dès lors d'accorder une lyre à un demi-ton plus haut ou plus bas, à faire, comme nous disons aujourd'hui, une simple transposition, pour passer d'un mode dans un autre. C'est ce système qui fut en usage en Grèce pendant les siècles de décadence. Bientôt, cependant, on vit ce principe si naturel de distinguer les modes par la place variable donnée aux demi-tons faire sa réapparition dans la musique grecque sous le nom d'*espèces d'octaves*. Dans ce système, l'échelle était divisée en séries de huit sons, dans chacune desquelles les demi-tons occupaient une place différente par le fait du changement de la tonique et de la persistance des demi-tons entre les mêmes notes de l'échelle. Au fond, c'était le retour à l'ancien système des modes à demi-tons variables. mais simplifiée par la suppression du genre chromatique et des tétracordes.

Je ne saurais m'arrêter plus longtemps sur le système musical des anciens Grecs. Mais dans le peu que j'en ai dit, on aura peut-être été surpris de ne pas m'entendre prononcer le mot d'harmonie : c'est que, si ce mot est grec, la chose qu'il exprime dans notre langue musicale est bien différente de ce que les Grecs entendaient par là. En fait de sons différents émis simultanément, ils ne connaissaient que le concert des voix d'homme accompagnées, soit à l'unisson, soit à une octave supérieure ou inférieure, par les voix de femme ou d'enfant, ou par les instruments; et les termes de *symphonie*, d'*antiphonie*, de *diaphonie*, etc., dont ils se servaient ne désignaient pas autre chose. Fétis a consacré une partie de son troisième volume de l'*Histoire géné-*

rale de la musique à démontrer l'erreur de ceux qui, appuyés sur certains textes mal compris, ont cru pouvoir affirmer que les Grecs connaissaient l'harmonie; et la seule concession qu'il fasse, c'est qu'ils ont pu, dans les temps de leur décadence, accoupler les intervalles de quinte et de quarte. Il y a loin de là à l'harmonie, comme nous l'entendons, qui est bien un élément caractéristique, un privilége exclusif de notre musique moderne, et dont j'aurai avant peu l'occasion de raconter la naissance et les progrès.

Comment alors expliquer les effets extraordinaires attribués à la musique grecque par les historiens anciens? Fétis ne craint pas de déclarer qu'il y a là beaucoup d'exagération. « A quelque point de vue, dit-il, qu'on examine les assertions des philosophes et des critiques, concernant les caractères moraux attribués aux modes, on n'en peut trouver la justification..... L'imagination des Grecs, qui s'est donné une si large carrière dans la mythologie, était portée naturellement à tout exagérer et à transformer en prodiges des choses fort simples et d'un médiocre intérêt; c'est à propos de la musique que cette même imagination s'est particulièrement exercée[1]. » Il est fort probable que ces effets merveilleux doivent être en grande partie attribués à la poésie dont la musique était la très-humble servante. La poésie grecque fortement rhythmée et rehaussée par une accentuation sonore était déjà à elle seule une espèce de musique. D'autre part, il ne faut pas oublier que chaque mode avait son rhythme particulier, qui devait contribuer, pour une bonne part, à lui imprimer son caractère distinctif.

Au surplus, il est un fait qui démontre surabondamment

---

[1] Fétis, *Histoire générale de la musique*, III, p. 78.

que les Grecs s'exagéraient à eux-mêmes les effets moraux que pouvait produire leur musique, c'est que leurs écrivains sont loin d'être d'accord sur le caractère distinctif des différents modes. Ainsi, tandis que Platon considère le mode phrygien comme doux, suave et tout particulièrement convenable aux chants religieux, Aristote assure qu'il excite des sensations impétueuses, passionnées : « ce caractère passionné, » dit-il, « éclate surtout dans les chants phrygiens, comme le dithyrambe, par exemple, dont personne ne conteste l'origine toute phrygienne. » Il en est de même du mode lydien que Platon retranchait de sa République comme dangereux pour les mœurs, tandis qu'Aristote le recommande tout particulièrement pour l'éducation de la jeunesse.

Le mérite de St. Ambroise fut de ne prendre dans la musique grecque que ce qu'elle avait de bon, de raisonnable, pourrait-on dire, de comprendre, en particulier, que le genre diatonique était celui qui convenait le mieux à la gravité du culte chrétien, et de rejeter par conséquent le genre chromatique qui, suivant les propres expressions de St. Augustin son contemporain, « renfermait un poison mortel et amollissait les cœurs, en inspirant d'amoureuses pensées ; » enfin d'adopter le système des *espèces d'octaves*, ou de division de l'échelle en groupes de huit notes. Et comme il admettait également l'idée que la place variable des demi-tons donnait à chaque mode un caractère différent, il établit quatre modes, quatre gammes pour me servir de l'expression moderne, auxquels, pour plus de simplicité, il donna les noms de premier, deuxième, troisième et quatrième tons. Le premier commençait à *ré*, comme l'ancien mode dorien, le second à *mi*, le troisième à *fa*, le quatrième à *sol*. En voici le tableau qui montrera comment s'y faisait la succession des intervalles :

1er ton : Ré, mi, fa, sol, la, si, ut, ré.

2me ＞ : Mi, fa, sol, la, si, ut, ré, mi.

3me ＞ : Fa, sol, la, si, ut, ré, mi, fa.

4me ＞ : Sol, la, si, ut, ré, mi, fa, sol.

On voit qu'aucune de ces séries tonales ne correspond exactement à notre gamme moderne, parce que les demi-tons ne s'y trouvent point à la place où nous sommes habitués à les voir. En effet, dans le système ambrosien les demi-tons se trouvant toujours et invariablement entre les mêmes notes *mi-fa*, *si-ut*, comme ces notes changent de place en même temps que la note fondamentale, il en résulte que la place des demi-tons est différente dans chacun des quatre tons. C'est donc, on le voit, la place particulière qu'occupaient les demi-tons qui donnait à chacun des tons ambrosiens son caractère distinctif.

St. Ambroise ne se contenta pas de créer une échelle musicale appropriée au chant d'église ; il composa lui-même plusieurs hymnes ou cantiques qui se sont conservés jusqu'à nos jours dans la liturgie catholique, entre autres le *Te Deum* dont St. Augustin passe pour avoir composé les paroles. Il est bon cependant d'avertir que ces antiques mélodies avaient à l'origine une forme assez différente de celle sous laquelle elles se présentent aujourd'hui, et qu'elles ont subi d'assez graves altérations. Il paraît certain, en effet, que les hymnes de St. Ambroise étaient rhythmées, c'est-à-dire soumises à une mesure régulière et symétrique, et c'est sans doute par ce caractère particulier que le chant ambrosien, introduit dans l'église de Milan, se distingua pendant longtemps du chant usité dans les autres églises chrétiennes.

Au surplus, il règne une assez grande incertitude sur la nature des réformes musicales introduites par St. Ambroise dans la liturgie de son diocèse. Ses biographes racontent que l'impératrice Jùstine, femme de Valentinien II, emportée par son zèle pour l'arianisme, ayant voulu forcer St. Ambroise à céder aux Ariens une des églises de Milan, l'évêque s'y refusa, et que, pour prévenir une surprise, il s'enferma dans cette église avec un certain nombre de fidèles auxquels, pour leur faire prendre en patience cette captivité volontaire, il fit chanter des cantiques et des psaumes, suivant l'usage des églises d'Orient. C'est sans doute sur ce fait que plusieurs historiens de la musique se sont appuyés pour prétendre que la principale innovation introduite par St. Ambroise dans l'église de Milan consistait en ce qu'il fit chanter les psaumes et cantiques par tous les fidèles, tandis qu'avant lui le chant liturgique était exclusivement confié au clergé ou à des laïques suffisamment qualifiés. D'autres historiens assurent que l'évêque de Milan fit adopter dans son diocèse la manière de chanter usitée dans les églises d'Orient, et qui consistait en chants alternés ou à double chœur, désignés sous le nom *d'antiphones*, mot qui a passé dans la liturgie romaine, et d'où est venu le terme très-usité *d'antienne*. Il en est même qui ont été jusqu'à prétendre que St. Ambroise fut le premier qui introduisit l'usage du chant dans les églises d'Occident. Mais nous avons vu que le chant avait été d'un usage constant dès la fondation du christianisme: si donc il était tombé en désuétude, St. Ambroise n'aurait fait que le rétablir.

Au fond, ces détails importent peu: ce qui est avéré, et ce qui est surtout intéressant pour l'historien de la musique, c'est que St. Ambroise doit être considéré comme le créateur de notre système musical, puisque c'est lui qui, en adoptant le genre diatonique et la division de l'échelle en octaves, a posé les bases sur lesquelles ce système repose encore aujourd'hui. Sans doute qu'il devait subir bien des modifications, et que le XVIme siècle, comme je l'ai déjà dit, devait être le témoin d'une véritable transformation; mais il n'en est pas moins vrai que les quatre tons de St. Ambroise furent comme la première assise posée de cet édifice grandiose que nous pouvons aujourd'hui embrasser du regard.

St. Ambroise mourut en 397; peu d'années après commença la grande invasion des peuples barbares. Au milieu du bouleversement général qui en fut la suite pour l'Europe occidentale, il est difficile de suivre les vicissitudes du chant ecclésiastique. Mais à peine le calme était-il rétabli que le pape Grégoire le Grand, au VIme siècle, reprit, en la développant, l'œuvre de St. Ambroise, et constitua le chant d'église sur des bases qui devaient être désormais immuables. Aux quatre tons ambrosiens il en ajouta quatre nouveaux dérivés des premiers et ayant leur note fondamentale ou tonique plus bas d'une quarte. C'était donc la cinquième note, ou, comme nous l'appelons aujourd'hui, la dominante de chaque ton primitif qui, transportée à une octave au-dessous, était prise pour tonique du ton dérivé. Il donna à ces nouveaux tons ainsi formés le nom de *plagaux* (de πλάγιος oblique, en terme de grammaire autre que le nominatif) qui rappelait leur dépendance des tons primitifs: ceux-ci furent désignés sous le non d'*authentiques*. Voici en notes modernes le tableau de ces huit tons qui ont été depuis lors et sont encore aujourd'hui les seuls usités dans le chant de la liturgie romaine:

1er ton authentique. . . . . . .RÉ, mi, fa, sol, La, si, ut, ré.

2me » plagal. . . . LA, si, ut, Ré, mi, fa, sol, la.

3me » authentique. . . . . .MI, fa, sol, la, Si, ut, ré, mi.

4me » plagal. . . . ∿ . . SI, ut, ré, MI, fa, sol, la, si.

5me » authentique. . . . . .FA, sol, la, si, Ut, ré, mi, fa.

6me » plagal. . . . . UT, ré, mi, Fa, sol, la, si, ut.

7me » authentique. . . . . SOL, la, si, ut, Ré, mi, fa, sol.

8me » plagal. . . . . RÉ, mi, fa, Sol, la, si, ut, ré.

On voit que les tons de St. Grégoire, comme ceux de St. Ambroise, se distinguaient les uns des autres et par la tonique et par la place des deux demi-tons [1]. Mais ce qu'il est important de remarquer, c'est qu'il existait entre un ton authentique et son plagal une relation beaucoup plus intime qu'il ne paraît au premier abord. En effet, outre que chaque ton plagal avait pour tonique la cinquième note ou dominante de l'authentique correspondant, sa dominante à lui n'était point sa cinquième note, mais sa quatrième, soit la tonique du ton authentique dont il dérivait, ce qui donnait à la mélodie d'un ton plagal un caractère particulier; et c'est justement cette différence dans la dominante du premier et du huitième ton, l'un authentique et l'autre plagal, qui les distingue assez nettement l'un de l'autre, bien qu'ils aient la même tonique et les mêmes notes, et qu'ils présentent la même succession d'intervalles. Cette dominante est *la* pour le premier ton et *sol* pour le huitième, et comme c'est sur la dominante que se font le plus souvent les repos, et que cette note joue un rôle assez important dans les cadences, même mélodiques, on comprend que

---

[1] Chaque ton peut se décomposer en une quinte et une quarte : seulement dans les authentiques la quarte est superposée à la quinte, tandis que dans les plagaux c'est la quinte qui est superposée à la quarte.

la place plus ou moins éloignée qu'elle occupe relativement
à la tonique donne à ces cadences et à la phrase musicale
en général un cachet particulier. Au surplus les cadences
des modes plagaux, qui consistent à descendre de la quatrième note supérieure ou à monter de la cinquième inférieure à la tonique, sont devenues d'un usage assez général, même en dehors du style d'église : le nom qu'elles
portent de *cadences plagales* indique assez leur origine.

Cadence plagale.

On remarquera, en outre, que des huit tons grégoriens,
un seul, le sixième, est conforme à notre gamme moderne,
encore la dominante est-elle différente ; quant aux autres,
sauf le troisième et le quatrième où le premier demi-ton se
trouve placé entre la première et la seconde note, il suffirait de hausser la septième note d'un demi-ton ou de
faire du *si* un *si♭* pour les ramener à la formule de notre
gamme du mode majeur ou du mode mineur. Mais il va
sans dire que de pareilles substitutions n'étaient point per-
mises, et que le chant grégorien n'admettait point de signes
d'altération, à une seule exception près dont je parlerai
plus loin.

Après avoir ainsi réglé le système tonal qui devait ré-
gir la musique d'église, St. Grégoire s'occupa de former un
recueil des chants liturgiques qu'il voulait mettre à l'abri
de toute altération. Dans ce but il rassembla tous ceux qui
s'étaient conservés jusqu'à lui, et en ajouta de nouveaux
tirés d'anciennes mélodies grecques et latines qu'il fit rentrer, au moyen d'un remaniement indispensable, dans les

huit tons établis. Quant aux hymnes de St. Ambroise, si elles étaient rhythmées, il ne les admit probablement qu'après les avoir dépouillées de leur rhythme. Le recueil ainsi formé reçut le nom d'*Antiphonarius Cento*, ce qui veut dire Antiphonaire composé de fragments ou chants compilés ; et, pour plus de sûreté, le pape le fit sceller par une chaîne de fer au maître-autel de la cathédrale de St.-Pierre, avec défense, sous les peines les plus sévères, de rien changer dorénavant à ces chants qui devaient servir de types pour toutes les églises de la chrétienté.

En outre, St. Grégoire fonda à Rome une école où devaient se conserver dans leur pureté primitive les traditions du chant ecclésiastique, et destinée à former des chantres capables d'en propager partout la théorie et la pratique. Deux bâtiments furent affectés à cette école : l'un près de l'église de St.-Pierre, l'autre près de St.-Jean de Latran. Les biographes de St. Grégoire nous apprennent qu'il attachait tant d'importance à cette école qu'il s'en était réservé la direction, et qu'il ne dédaignait pas d'y enseigner en personne. L'un d'eux ajoute que de son temps (il vivait trois siècles après ce pape), on montrait encore le lit sur lequel il s'asseyait quand il donnait ses leçons, et le fouet dont il se servait pour stimuler le zèle des élèves paresseux, ou pour châtier ceux qui répondaient mal à ses questions.

Une autre amélioration importante due à St. Grégoire, ou peut-être à St. Ambroise, est celle qui concerne le nom des notes. Je n'ai rien dit, et pour cause, du mode d'appellation usité dans le système musical des anciens Grecs : il me suffira de dire que, comme ils désignaient chaque note par un nom qui rappelait sa place et sa distance de la note voisine, et que cette place et cette distance variaient suivant les modes, qu'en outre, les noms des notes étaient différents suivant que le genre était diatonique, chromatique ou enharmonique, et suivant qu'il s'agissait de musique vocale ou instrumentale, il en résulte que les Grecs durent avoir jusqu'à 1620 noms, et par conséquent 1620 signes différents pour désigner les notes ! C'est le savant Burette qui a fait ce calcul. Qu'on fasse aussi grande qu'on le voudra la part de l'exagération ou de l'erreur, on conviendra qu'un pareil système ne brillait pas par la simplicité. L'on peut d'ailleurs en juger par ce tableau des différentes dénominations que pouvait recevoir la note *si,* et qui suivant Fétis, étaient au nombre de onze :

paramèse	dans le mode hypodorien diatonique.	
lichanos méson . . .	» »	dorien chromatique.
lichanos hypaton . .	» »	hyperdorien chromatique.
trite synèmenon. . .	» »	hypoionien diatonique.
parhypate méson . .	» »	ionien diatoniq. et chromatiq.
paranète synémenon.	» »	hypoionien enharmonique.
parhypate hypaton .	» »	hyperionien diaton. et chrom.
mèse	» »	hypophrygien.
hypate méson	» »	phrygien.
hypate hypaton . . .	» »	hyperphrygien.
proslambanomène . .	» »	hyperlydien.

Mieux avisé, St. Grégoire adopta un mode d'appellation, une nomenclature beaucoup plus simple et qui vraisemblablement avait été en usage chez les Romains : elle consistait à donner aux sept notes le nom des sept premières lettres de l'alphabet latin ; et comme, à l'exemple des Grecs, il avait donné pour première note à son échelle la *proslambanomène* (c'est-à-dire la note ajoutée), qui correspondait au *la* inférieur de la voix de basse, c'est celle-ci qui fut appelée A, et les notes suivantes prirent les noms de B, C, D, E, F, G ; la seconde octave fut désignée par les mêmes lettres minuscules, ce qui suffisait amplement, l'échelle de St. Grégoire ne s'étendant pas au delà de deux octaves.

C'est ici le lieu de faire remarquer que cette lettre B, qui désignait notre *si*, ne devait pas tarder à devenir une véritable pierre d'achoppement. Dès les temps mêmes de St. Grégoire, et sans doute avant lui, les musiciens et surtout les chanteurs durent être désagréablement impressionnés par la dureté de l'intervalle de triton, c'est-à-dire de trois tons consécutifs, qui se présentait lorsqu'une phrase musicale montait d'un trait du *fa* au *si*, sans arrêt sur quelqu'une des notes intermédiaires. Aussi ne se fiton pas faute de baisser dans certains cas ce *si* d'un demiton, et l'on imagina dès lors deux espèces de B, le B rond et le B carré. C'est des deux noms affectés suivant l'occasion à la note *si* que sont venus les termes fort usités aujourd'hui de *bémol* et *bécarre*.

Ce mode d'appellation des notes par les lettres de l'alphabet offrait, semble-t-il, les bases d'une notation toute naturelle et d'une parfaite simplicité; et cependant, chose bizarre! il ne paraît pas que St. Grégoire ait songé à écrire les notes de cette manière. Du moins est-il certain, et c'est Kiesewetter qui l'affirme, que jusqu'à présent on n'a trouvé nulle part un livre de liturgie romain noté en lettres latines, qu'aucun écrivain du moyen âge sur la musique n'a parlé de l'emploi des caractères alphabétiques comme signes usuels de notation, et qu'enfin le plus ancien document que nous possédions de ces temps reculés, à savoir le célèbre Antiphonaire de St.-Gall, qui est suivant toute probabilité l'une des deux copies de l'Antiphonaire de St. Grégoire que le pape Adrien Ier envoya à Charlemagne, vers l'an 780, est noté en *neumes* ou *notes romaines;* d'où l'on peut conclure que ce mode de notation, dont l'usage fut général aux Xme, XIme et XIIme siècles, était le seul employé dans les premiers siècles de l'ère chrétienne, et en particulier au temps de St. Grégoire. Cette hypothèse est d'autant plus admissible que les neumes, comme nous le verrons lorsque nous aurons à étudier la notation usitée au moyen âge, avaient une assez grande ressemblance avec les accents qui servaient de signes de notation aux Hébreux.

Tel est en résumé ce chant grégorien que l'on désigna plus tard et que l'on désigne encore aujourd'hui sous le nom de *plain-chant*, c'est-à-dire chant plane, chant égal, uni, et qui depuis douze cents ans sert au culte catholique. Mais si nous savons ce qu'il était en théorie, il n'est pas si facile de s'imaginer l'effet qu'il devait produire dans la pratique ; car, en dépit de toutes les précautions prises par St. Grégoire, il ne tarda pas à s'altérer, si bien qu'il n'est plus aujourd'hui, tant s'en faut, ce qu'il était à son origine. Aussi l'imagination peut-elle se donner librement carrière, et ne s'en est-elle pas fait faute. La question de la réforme du plain-chant, dans le sens d'un retour au pur chant grégorien, a été en France, il y a quelques années, l'objet d'une discussion passionnée. Quelques admirateurs fanatiques de ce chant primitif, prenant les rêves de leur imagination pour la réalité, ont cherché à le représenter comme incomparablement supérieur au plain-chant moderne. Ils ont avancé, en particulier, contrairement à l'opinion presque unanime des savants, que dans l'origine le chant grégorien ne se traînait point sur des notes d'égale durée, comme le nom de *chant plane* semblerait le faire supposer ; mais qu'il avait un rhythme particulier, différent de notre rhythme moderne, fondé sur d'autres bases, et dans tous les cas plus libre et plus varié : « Quand on con-

naîtra, » dit l'un de ces écrivains, « la prodigieuse variété
de rhythmes, les nombreux ornements dont le plain-chant
était pourvu, alors aussi on se figurera ce qu'il a pu être
et les immenses ressources dont il disposait pour émouvoir
ses auditeurs et faire pénétrer dans leurs cœurs les sentiments les plus élevés [1]. » Et si l'on veut savoir ce que l'auteur entendait par cette prodigieuse variété de rhythmes,
la citation suivante peut en donner une idée : « Ce rhythme
n'était fondé ni sur la mesure, ni sur le retour d'un même
mètre. Semblable au rhythme oratoire, il était plus libre,
plus varié, plus compliqué, plus multiplié que le rhythme
musical; il était en même temps très-déterminé, très-re-
connaissable, très-nécessaire. C'était, suivant l'expression
de l'abbé Baini, l'âme du chant grégorien [2]. »

Qu'il en ait été l'âme, je le veux bien; mais en quoi consistait cette âme? c'est ce que l'auteur n'a pas réussi à
nous expliquer. Au surplus, quand on admettrait que le
plain-chant primitif ne se composait pas seulement des notes écrites ou plutôt indiquées tant bien que mal sur les
antiphonaires, et qu'il s'y mêlait, ce qui n'est point impossible, certaines figures de chant, certaines variétés de
rhythme dont la connaissance et l'emploi, par suite de l'insuffisance même du système de notation, ne pouvaient se
propager que par tradition, je ne sais trop jusqu'à quel
point on serait fondé à en conclure que ces ornements ont
dû donner au chant liturgique un caractère plus conforme
à son but. Je serais, pour ma part, beaucoup plutôt disposé à n'y voir que de ces hors-d'œuvre peu en harmonie
avec la majestueuse gravité des mélodies grégoriennes, et

---

[1] Coussemaker, *Histoire de l'harmonie au moyen âge,* p. 124.
[2] Coussemaker, ibid. 22.

contre lesquels se sont élevés à plusieurs reprises, comme nous le verrons plus tard, et les papes et les conciles.

Quoi qu'il en soit, ces ornements accessoires, pas plus que les altérations qui se sont produites plus tard par suite de l'introduction dans le chant d'église de trois valeurs différentes de notes, n'ont pu changer essentiellement les mélodies originales qui, fondées sur des successions d'intervalles réglées d'une manière immuable par la constitution des huit tons ecclésiastiques, ont dû conserver au moins leur trame originelle. Elles nous permettent donc d'apprécier la saveur des mélodies grégoriennes. Eh bien, ces mélodies ont conservé certaines beautés, et ne manquent point d'admirateurs enthousiastes. Voici ce que dit Fétis à ce sujet : « L'examen attentif du chant ecclésiastique ne laisse pas de doute sur l'heureux choix des modes employés par ceux qui l'ont composé, relativement au sentiment exprimé dans les textes ; et l'on est également frappé de la propriété qu'ont les modes de répondre à ces sentiments, chacun par son caractère particulier et par la position plus ou moins grave, plus ou moins élevée qu'il occupe dans l'échelle des sons. Pour ne citer que quelques exemples, examinons d'abord le caractère de douce joie qui règne dans tout le chant de la fête de Noël composé en grande partie dans les modes les plus élevés de l'échelle, dont l'analogie avec les tons majeurs de la musique moderne est remarquable. Le septième mode, dont la division harmonique (dominante) est sur la cinquième note parce qu'il est authentique, est le plus fréquemment employé. C'est dans ce mode que sont écrits les chants *Puer natus est*, *Magnificat*, etc., etc. La plupart des autres chants sont dans le huitième mode. Quelle placidité dans l'hymne *Jesu redemptor*, résultant, non-seulement de la

beauté du chant en lui-même, mais du choix de la tonalité
et de son mode authentique ! Quel enthousiasme mêlé de
reconnaissance et de vénération dans le *Te Deum*, où la
tonalité seconde si bien les inspirations du compositeur !
Comparons le chant de cette solennité avec celui de la semaine sainte, et nous aurons une preuve évidente de la
puissance de la tonalité ; car, dans ce dernier chant, le
caractère de mélancolie, de tristesse profonde, est le produit des quatre premiers modes, analogues aux tons que
nous appelons mineurs. C'est dans ces modes que les auteurs du chant ont trouvé des accents propres à rendre les
sentiments dont ils étaient animés. Cette conception des
propriétés tonales pour l'expression des sentiments, si bien
sentie et si bien appliquée par les chrétiens des premiers
siècles, fut une nouvelle et grande manifestation du beau
dans l'art, parce qu'elle est tout à fait indépendante de
l'effet rhythmique. »

On voit, par cette citation, que c'était peine superflue
aux admirateurs platoniques du plain-chant primitif de
chercher, par d'assez hasardeuses hypothèses, à démontrer sa supériorité sur le plain-chant moderne, puisque, au
dire de Fétis, ce dernier n'aurait, semble-t-il, rien à envier à l'ancien. Mais, à dire le vrai, je ne sais trop si l'on
peut prendre au pied de la lettre les expressions enthousiastes de cet écrivain, quelque incontestable que soit son
autorité en pareille matière. En tout cas, ce qu'on peut
affirmer, c'est qu'il n'appartient guère qu'à des érudits
comme lui de pouvoir sentir les beautés d'un chant qui est
conçu dans un système musical si différent du nôtre, sans
compter qu'on ne loue guère parmi ces mélodies antiques
que celles, et il y en a fort heureusement, dont la tonalité
ressemble à celle à laquelle nos oreilles sont habituées.

Pour apprécier le mérite du plain-chant, il faudrait pouvoir, et c'est là la grande difficulté, le juger d'une manière absolue, dans sa convenance au culte catholique, et en dehors de l'éducation musicale que nous a faite l'audition des œuvres modernes dans lesquelles nous voyons la mélodie et l'harmonie, ces deux éléments constitutifs que nous ne pouvons plus séparer, élever l'art musical à une puissance et à une variété d'expression auxquelles l'ancienne tonalité grégorienne ne saurait prétendre.

Il ne faut donc point s'étonner que le plain-chant soit aujourd'hui peu populaire, qu'on l'accuse de froideur, de monotonie, et qu'on lui préfère les compositions religieuses écrites dans le style moderne. Il ne saurait en être autrement ; et c'est à peine si l'on pourrait espérer, en cherchant à populariser la connaissance de l'histoire et de l'esthétique de la musique, de voir les masses reprendre goût aux anciennes mélodies ecclésiastiques. L'art marche en se transformant suivant les modifications que subit le milieu moral et religieux qui forme le principal élément de la vie des nations. Et s'il est vrai que la foi religieuse du XIXme siècle, empreinte des agitations et des inquiétudes de nos temps de révolutions, ne soit plus la foi simple et naïve du moyen âge, comment la musique de deux époques si différentes n'aurait-elle pas aussi un caractère essentiellement différent ? Si donc, de nos jours, quelques hommes de conviction ont pu rêver le rétablissement du chant grégorien rendu à sa pureté primitive, on est fondé à croire, quelque intérêt qui s'attache à leur entreprise, que ces tentatives ne sauraient aboutir à aucun résultat sérieux.

Nous avons vu quelles précautions minutieuses St. Grégoire avait prises pour rendre son œuvre durable, et

qu'elle fut, s'il faut en croire la tradition, l'occasion d'une dispute entre les chantres de la chapelle du roi des Francs et ceux du pape. Voici comment cette anecdote est racontée par l'un des biographes de Charlemagne : « Ce prince étant venu à Rome en 787, pour y célébrer les fêtes de Pâques, il s'éleva, durant son séjour en cette ville, une querelle entre les chantres romains et les chantres français. Ceux-ci prétendaient chanter mieux que les premiers, tandis que les Italiens les accusaient d'avoir corrompu le chant grégorien. La dispute ayant été portée devant le roi : Déclarez-nous, dit ce prince à ses chantres, quelle est la plus pure, de l'eau que l'on puise à la source même, ou de celle qu'on prend au loin dans le courant ? — Celle de la source, répondirent les chantres. — Eh bien, dit le roi, remontez donc à la source de St. Grégoire dont vous avez évidemment corrompu le chant. Alors Charlemagne demanda au pape des chantres pour corriger le chant français, et le pape lui en donna deux très-instruits, nommés Théodore et Benedict, avec des antiphonaires notés par St. Grégoire lui-même. Ces deux chantres furent envoyés l'un à Soissons et l'autre à Metz ; et Charlemagne fit procéder à une révision de tous les antiphonaires français que chacun avait altérés, ajoutant ou retranchant au gré de son caprice. Il ordonna, en outre, à tous les chantres et maîtres d'école de France de prendre des leçons des chantres romains ; mais leurs gosiers barbares ne pouvaient rendre convenablement certains ornements du chant. » On peut croire que Charlemagne ne fut pas satisfait des résultats obtenus, car trois ans s'étaient à peine écoulés depuis l'arrivée en France de Théodore et de Bénédict, que nous voyons le même pape Adrien envoyer encore une fois à Charlemagne deux chantres munis d'exemplaires officiels de l'antiphonaire de St. Grégoire; mais l'un d'eux, appelé Romain, étant tombé malade en traversant les Alpes, s'arrêta à St.-Gall et ne poursuivit pas plus loin son voyage ; et c'est le précieux antiphonaire qu'il apportait avec lui qui s'est conservé jusqu'à nos jours dans la bibliothèque de cette ville.

Au surplus, Charlemagne donna bien d'autres preuves de l'intérêt qu'il prenait au chant religieux, et l'on trouve dans ses Capitulaires de nombreuses ordonnances desti-nées à le remettre partout en honneur dans ses vastes États. Il y était poussé autant par son dévouement à l'É-glise que par cet instinct de l'unité, dans le domaine reli-gieux comme dans le domaine politique, qui est le fonde-ment et le soutien des grandes monarchies.

Il chercha même à abolir le chant ambrosien partout où il était en usage, et c'est avec peine que l'église de Milan échappa aux effets de cette proscription. Lui-même était un amateur passionné de musique ; il avait étudié cet art et y avait acquis une certaine habileté. Quand, dans ses fréquents voyages, il traversait quelque ville, il lui arrivait souvent d'entrer dans l'église la plus proche et d'y chanter au lutrin, et il exigeait que les gens de sa suite en fissent autant. L'école de chant attachée à sa chapelle n'avait pas d'inspecteur plus zélé et plus vigilant que lui ; il s'en était réservé l'organisation et la direction, et n'y admettait que les chantres qui avaient fait devant lui leurs preuves de capacité : ceux-ci étaient astreints à des règle-ments fort sévères, et il tenait la main à ce qu'ils fussent strictement observés. Il prenait même quelquefois plaisir à enseigner lui-même ; et l'on a encore du grand empereur un portrait qui le représente chantant au milieu d'un groupe d'enfants.

4

Néanmoins les efforts combinés des papes et des empereurs ne réussirent point à préserver le plain-chant des altérations auxquelles l'exposait fatalement un système de notation très-imparfait, sans compter que les tentatives de réforme rencontraient souvent une résistance plus ou moins vive. Ainsi l'on raconte qu'un savant clerc, nommé Amalarius, choqué de voir combien le chant liturgique, dans le diocèse de Lyon, était peu conforme au chant romain, eut à ce sujet une violente altercation avec l'archevêque, mais que celui-ci se montra très-récalcitrant et plus froissé que touché des reproches qui lui étaient adressés. Bien d'autres faits d'ailleurs prouvent que sous les successeurs de Charlemagne, on entendit se renouveler les mêmes plaintes sur le peu d'uniformité du plain-chant dans les différents diocèses de l'empire franc.

Mais nous touchons au moment où un élément nouveau, introduit dans la musique telle qu'elle avait été constituée par St. Grégoire, vint rompre d'une manière définitive, quoique lente, tous les liens qui la rattachaient encore à la musique grecque, et lui imprimer un caractère tout particulier et sans antécédent dans l'histoire de l'art musical. Je veux parler de l'*harmonie*, dont il est bien certain, comme nous l'avons vu, que les Grecs n'eurent et ne purent avoir aucune idée, et qui est si bien devenue le cachet distinctif de la musique des peuples modernes de l'Europe, que nous pouvons à peine nous représenter un système musical qui en serait dépourvu, en sorte que l'histoire de la musique moderne, actuelle, n'est au fond que celle de la naissance et des progrès de l'harmonie.

CHAPITRE II

Premiers essais d'harmonie : **Isidore de Séville** (VIIme siècle). — **Hucbald,**
moine de St.-Amand et son *Organum* ou *Diaphonie* à la quinte et à
la quarte, premier système harmonique (Xme siècle). Comment on
peut expliquer qu'Hucbald et ses contemporains aient pu trouver
du charme à de pareilles combinaisons harmoniques. — De l'Orgue
et de son origine. Mention faite de cet instrument par Julien l'Apostat et Cassiodore. Orgue envoyé par l'empereur Constantin Copronyme à Pépin le Bref, point de départ des premières orgues construi-
tes dans l'Europe occidentale. Le système de l'organum conservé
dans les jeux de mixture. — De la musique populaire ou vulgaire
dans les premiers siècles du moyen âge. Ce qui la distinguait du
chant ecclésiastique. Chansons en latin et chansons en langue vulgaire. Hypothèse de Coussemaker. — De la notation au moyen âge :
les *Neumes*, rudiments des notes modernes : leur origine suivant Coussemaker. Insuffisance d'une pareille notation. Neumes à hauteurs
différentes et neumes sur des lignes, point de départ de la portée.
Notation en usage dans les églises d'Orient.

Dans le résumé que Fétis a placé en tête de sa *Biographie des musiciens*, cet écrivain attribue aux peuples du
nord l'introduction de l'harmonie dans la musique moderne, et il fonde cette hypothèse, en premier lieu, sur l'examen des anciens chants de ces peuples, qui offrent, suivant lui, une échelle musicale et une contexture mélodique telles que l'harmonie leur est en quelque sorte inhé-
rente, et, en second lieu, sur la manière toute favorable à
l'harmonie dont sont accordés certains instruments particuliers aux peuples septentrionaux, tels que la balalaïka
des paysans russes et la harpe des bardes scandinaves.

Dans le dernier volume paru de son *Histoire de la musique*, il revient occasionnellement sur cette question et y

soutient la même opinion, mais sans y insister, se réservant de la discuter à fond dans le prochain volume. En attendant, on peut de prime abord y objecter que, pour qu'elle fût admissible, il faudrait que les premiers essais d'harmonie eussent été faits sur les accords consonnants composés d'une tierce et d'une quinte, que nous appelons *accords parfaits*. Or, il n'en fut point ainsi : pendant plusieurs siècles, comme nous le verrons bientôt, les théoriciens ne reconnurent comme consonnances, et on n'employa dans le plain-chant que les intervalles de quarte et de quinte qui durent incontestablement avoir été empruntés aux Grecs, car c'étaient les seules consonnances qu'ils connussent, parce qu'elles étaient les seules qui pussent se concilier avec le système des tétracordes.

On pourrait à la vérité supposer que les accords avec tierce furent en usage dans la musique populaire bien longtemps avant d'être admis dans la musique savante. Et cette supposition serait d'autant plus admissible qu'un assez grand nombre de faits tendent à établir que, dès les premiers siècles du moyen âge, et peut-être même de tout temps, il exista, à côté de la musique d'église, la seule dont les savants daignassent s'occuper, une musique à l'usage du peuple, sensiblement différente de la première et qui ne réussit qu'à la longue à se faire accepter des théoriciens. Mais ce n'est là qu'une supposition toute gratuite, vu que les documents qui pourraient nous renseigner manquent complétement, et rien ne prouve que la musique populaire ait connu et employé, si toutefois elle en a connu et employé, d'autres intervalles harmoniques que ceux admis par les théoriciens.

Le plus ancien écrivain du moyen âge, dans les ouvrages duquel il est fait mention de l'harmonie, est Isidore,

évêque de Séville et contemporain de St. Grégoire. C'était,
non pas un musicien, mais un savant qui, à côté d'un assez grand nombre d'ouvrages de théologie, de philolo-
gie et d'histoire, nous a laissé un écrit intitulé : *Sentences
sur la musique*, dans lequel il définit la musique harmonique une « concordance et un arrangement (*coaptatio*) de plusieurs sons. » Il n'admet comme consonnances ou *symphonies* (c'est le nom sous lequel il les désigne) que la quarte,
la quinte et l'octave : c'est assez dire qu'il ne faut voir
dans l'évêque de Séville qu'un élève des théoriciens grecs,
dont il avait sans doute lu les ouvrages et dont il repro-
duisait les idées, sans même peut-être les bien comprendre; et qu'il faudrait bien se garder de conclure de cette
première mention faite de l'harmonie dans les écrits d'un
savant du VIIme siècle que l'harmonie fût déjà mise en pratique de son temps.

Quant à déterminer l'époque précise où l'usage du chant
en harmonie s'introduisit dans l'église, c'est chose absolument impossible dans l'état actuel de nos connaissances
en ce qui concerne l'histoire de la musique. On a cru pouvoir conclure du fait que le pape Vitalien avait attaché à
sa chapelle pontificale des enfants de chœur appelés *sym-
phonistes (pueri symphoniaci)* à l'introduction du chant har-
monisé dans l'église dès le milieu du VIIme siècle. Mais,
comme l'a fort bien fait remarquer Kiesewetter, ce mot
symphoniaci n'indiquait que l'accord des voix d'enfant accompagnant à une octave supérieure les voix d'homme :
c'était là en effet, comme nous l'avons déjà vu, le sens que
le mot *symphonia* avait chez les Grecs.

Un passage d'un des biographes de Charlemagne
pourrait autoriser à croire que du temps de cet empereur,
c'est-à-dire vers la fin du VIIIme ou le commencement

du IXme siècle, l'usage du chant accompagné de quelques grossiers rudiments d'harmonie était déjà en usage[1]. Mais ce qui est certain, c'est que dès la fin de ce même siècle nous trouvons la musique à sons simultanés réduite en un système complet et très-méthodiquement rédigé dans les écrits d'Hucbald, savant moine du couvent de St.-Amand en Flandres, qui, après avoir consacré la plus grande partie de sa vie à l'étude et à l'enseignement de la musique, mourut en 930 dans un âge fort avancé.

Le nom d'Hucbald est resté attaché à un système harmonique particulier, dont les éléments existaient sans doute bien longtemps avant lui, mais qu'il a du moins coordonné et consigné dans deux de ses plus importants ouvrages. L'un est intitulé : *Musica enchiriadis*, c'est-à-dire *Manuel de musique*; il est divisé en dix-neuf chapitres dont plusieurs sont spécialement consacrés à l'harmonie; l'autre qui a pour titre : *Scholia enchiriadis de arte musica*, c'est-à-dire *Commentaire du Manuel de musique*, n'est en quelque sorte que la reproduction du premier, avec quelques développements et sous la forme d'un catéchisme par demandes et réponses.

Hucbald, comme Isidore, ne reconnaît que les trois consonnances ou symphonies de quarte, de quinte et d'octave, et ne dit mot ni de la tierce, ni de la sixte. Ce n'était donc,

---

[1] « Les chantres romains apprirent aux chantres français l'art d'orga-« niser (*ars organandi*). » Chroniq. du moine d'Angoulême. Le passage suivant du célèbre philosophe Érigène Scott est plus explicite : « Un chant « organique, dit-il, est composé de sons de diverses qualités et quantités. « Lorsqu'on les entend à part et isolément, ces sons paraissent séparés « par des proportions d'élévation et d'abaissement bien éloignées l'une « de l'autre; mais lorsqu'ils sont réunis simultanément entr'eux, suivant « les règles déterminées et rationnelles de l'art musical qui concernent « chaque ton, ils produisent un certain charme. » (Coussemaker, 10, 11.)

encore une fois, que l'ancienne théorie grecque ; mais il y
avait un pas, un grand pas de fait depuis Isidore : la théorie avait passé dans la pratique, et cela par suite d'un
raisonnement très-simple et en apparence fort logique que
l'on fit sans doute et qui n'était autre que celui-ci : puisqu'il est généralement admis que deux sons à distance de
quarte ou de quinte entendus simultanément produisent
une impression agréable, il n'y a qu'à multiplier ces accouplements de sons pour prolonger la durée de cette impression ; l'on avait donc essayé de faire succéder sans interruption ces intervalles, en d'autres termes, d'accompagner
toutes les notes d'un chant par leurs quartes ou leurs quintes ; et l'on donna à ce procédé harmonique, qui avait à
coup sûr le mérite de la simplicité, le nom de *diaphonie* ou
d'*organum*, dénominations sous lesquelles ce système est
encore connu de nos jours.

Tout s'y réduisait donc à une suite de quartes ou de
quintes marchant par mouvement parallèle, c'est-à-dire à
la plus affreuse cacophonie qui se puisse imaginer ; et cependant les oreilles du moine de St.-Amand, non-seulement n'en étaient point effarouchées, mais y trouvaient un
grand charme, comme le prouvent ces mots qu'il écrit dans
toute la naïveté de son admiration : « Vous verrez naître
de ce mélange de sons un suave concert » (*suavem concen-
tum*).

Hucbald distingue deux espèces d'organum : dans l'une,
la partie principale est accompagnée soit à la quinte, soit
à la quarte ; on peut en outre doubler à l'octave l'une ou
l'autre des voix ou toutes les deux, de manière à former un
organum à trois et même à quatre voix ; quant à l'autre
espèce d'organum, elle n'était point soumise à une marche
aussi uniforme : elle n'admettait qu'une partie accompa-

gnante qui avait une allure plus libre et pouvait se mouvoir dans différents sens, ce qui produisait des agrégations
d'intervalles plus variées, telles que des tierces et des secondes, mais d'une manière toute fortuite et passagère.
Les intervalles de quarte et de quinte s'y rencontraient
toutefois en beaucoup plus grand nombre, et l'effet, on le
conçoit, n'en était pas plus satisfaisant. Voici un exemple
de chacune de ces espèces d'organum :

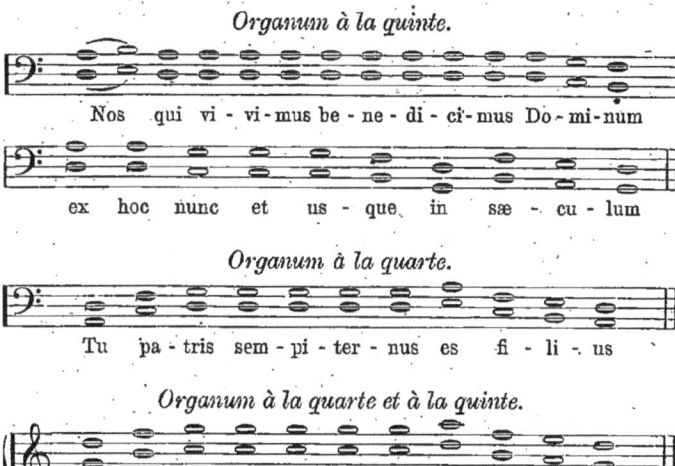

Organum à la quinte.

Nos qui vi - vi-mus be - ne - di - ci - mus Do - mi - num

ex hoc nunc et us - que in sæ - cu - lum

Organum à la quarte.

Tu pa - tris sem - pi - ter - nus es fi - li - us

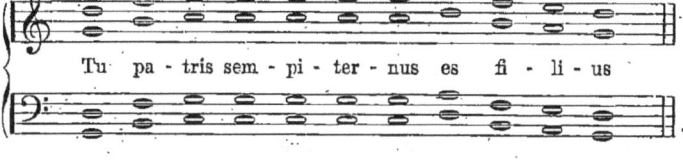

Organum à la quarte et à la quinte.

Tu pa - tris sem - pi - ter - nus es fi - li - us

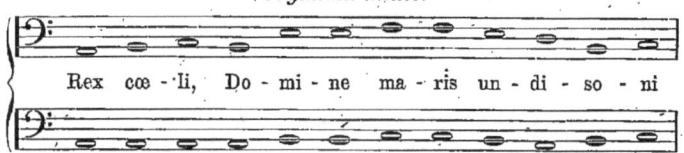

Organum mixte.

Rex cœ - li, Do - mi - ne ma - ris un - di - so - ni

Une pareille harmonie offusque à tel point nos oreilles,
que Kiesewetter a été jusqu'à contester formellement

l'existence ou du moins la pratique de l'organum d'Hucbald, et à n'y voir que le résultat d'une aberration d'esprit du moine de St.-Amand[1]. Mais, n'en déplaise à Kiesewetter, sa supposition est absolument inadmissible et contredit les faits les mieux constatés. Comment supposer qu'Hucbald ait pu recommander et enseigner un système harmonique qu'il n'aurait pas mis à l'épreuve, quand l'épreuve en était si facile à faire, soit au moyen d'un instrument quelconque, soit au moyen de l'orgue dont l'usage, comme nous allons le voir, était déjà assez répandu, soit, ce qui était encore plus simple, en faisant chanter ses diaphonies par des musiciens quelque peu exercés. Il est d'ailleurs de toute notoriété que la pratique de l'organum se généralisa rapidement, et que pendant des siècles on ne connut pas d'autre harmonie. Au reste, il n'est point impossible de se rendre compte de la vogue d'un système harmonique comme celui de l'organum, bien qu'il paraisse une véritable monstruosité; il suffirait pour cela de se rappeler ce que j'ai dit dans l'Introduction de l'influence toute puissante des habitudes musicales sur l'oreille, influence telle, qu'un assemblage ou une succession de sons qui produit une impression agréable sur les uns en produit une tout opposée chez les autres. Mais, outre ces considérations générales qui pourraient déjà faire comprendre le plaisir qu'au moyen âge on trouvait à l'organum, il en est une autre, tirée des lois de notre tonalité moderne, qui

---

[1] « Si Hucbald, dit-il, avait entendu de ses propres oreilles l'effet de « son organum, il l'aurait abandonné à l'instant même, et s'il eût voulu en « faire juges les religieux de son couvent, le supérieur n'aurait pas at- « tendu la fin du premier verset pour arrêter la répétition, car une pa- « reille pénitence dépassait toutes celles qui pouvaient être imposées par « les règles de l'ordre. » Kiesewetter, *Geschichte der europæisch-abendländ-lichen oder unsrer heutigen Musik*, 2e édition, Leipzig, 1846, page 18.

explique fort bien le sentiment de répulsion que font naître
en nous des suites de quintes. L'intervalle de quinte nous
donne en effet la sensation d'un accord parfait, parce que
nous sous-entendons involontairement la tierce qui manque. Il en résulte que, quand deux ou plusieurs quintes se
succèdent, c'est comme si nous entendions deux ou plusieurs accords parfaits se succédant dans l'ordre diatonique. Or ces successions blessent notre oreille, d'abord
parce que ces tons voisins sont sans affinité les uns avec
les autres, et en second lieu parce qu'elles détruisent l'u-
nité mélodique, les marches de quintes produisant, par
suite de l'identité de succession des intervalles à partir
de la tonique et de la dominante, l'effet d'une mélodie qui
serait chantée en même temps dans deux tons différents.
La même observation s'applique nécessairement aux suites de quartes, puisque la quarte n'est qu'une quinte ren-
versée.

L'organum d'Hucbald rappelle le nom de l'instrument
puissant qui, depuis des siècles, est en possession du privilége d'accompagner le chant d'église. *Organum* est, en
effet, le nom grec et latin de l'orgue, et c'est par conséquent celui sous lequel cet instrument nous apparaît dès
son origine. Malheureusement les historiens ne sont point
d'accord sur l'époque à laquelle on doit en faire remonter
l'invention, ou plutôt l'usage dans les églises, et la question
est d'autant plus difficile à résoudre, que ce mot *organum*
a chez les anciens écrivains trois significations différentes;
car il sert à désigner les instruments en général, l'orgue
et la diaphonie; de telle sorte que l'embarras est grand
quand il s'agit de traduire ou d'interpréter les passages où
cette expression se rencontre; et que l'on a vu les écrivains modernes, qui se sont occupés de l'origine de l'or-

gue, invoquer les mêmes textes à l'appui d'opinions tout opposées. Les uns, et Fétis en tête, affirment que l'harmonie diaphonique existait avant l'orgue ; les autres, et c'est le plus grand nombre, prétendent que l'invention de l'orgue a précédé celle de la diaphonie ; en sorte que ce serait l'instrument qui aurait, jusqu'à un certain point, donné naissance au système harmonique.

Ces derniers ont évidemment raison au point de vue philologique : il est certain, en effet, que le terme *organum*, comme désignant une espèce d'harmonie à sons simultanés, n'est qu'une acception particulière et nouvelle de ce même mot qui servait anciennement à désigner tous les instruments en général. Mais les documents historiques semblent aussi leur donner raison, comme nous allons le voir, si même nous nous en tenons à ceux qui font mention de l'orgue à air ou à soufflets, et que nous laissions de côté tous ceux qui pourraient se rapporter à l'orgue hydraulique, ou orgue à eau, que les anciens connaissaient certainement ; mais qui n'était, suivant toute probabilité, qu'une espèce d'instrument de physique ou d'acoustique dont ils ne firent aucune application à l'art musical.

Le plus ancien de ces documents est la description poétique, mais fort exacte, que nous a laissée l'empereur Julien l'Apostat, d'un instrument dans lequel on reconnaît instantanément l'orgue, bien que le mot ne s'y trouve pas : « Je vois ici une tout autre espèce de tuyaux ; car ils ont pris naissance dans un sol de bronze ; leurs sons bruyants ne sont point produits par notre souffle ; mais le vent s'élançant d'un antre formé de peaux de bœuf, pénètre dans tous les conduits, tandis qu'un artiste vigoureux promène ses doigts habiles sur les touches qui y correspondent, et

produit ainsi des sons mélodieux [1]. » Le mot orgue n'est
pas prononcé, à la vérité, mais qui pourrait s'y tromper ?
Nous allons le trouver d'ailleurs dans le passage suivant
extrait du commentaire de St. Augustin sur le 56me
psaume : « Le mot *organa* sert à désigner tous les instruments de musique, et l'on appelle *organum*, non-seulement cet instrument de grande dimension qui est alimenté
par l'air des soufflets, mais tout autre instrument matériel avec lequel on peut accompagner le chant [2]. »

Enfin, Cassiodore, le célèbre ministre de Théodoric, au
VIme siècle, nous donne, dans son commentaire sur le 150me
psaume, une description de l'orgue qui n'est pas moins
exacte, ni moins détaillée que celle de l'empereur Julien :
« Un orgue, » dit-il, « est comme une tour construite de
divers tuyaux qui, recevant l'air de soufflets, rendent des
sons très-puissants ; et pour qu'elle produise une belle
mélodie, elle est pourvue à l'intérieur de certaines langues
de bois qui, pressées avec art par les doigts des musiciens, font entendre un chant aussi puissant que mélodieux [5]. »

Nous arrivons ainsi jusqu'à l'orgue dont, suivant le récit d'Eginhard, l'empereur grec Constantin Copronyme
fit présent à Pépin le Bref en 756. C'est cet orgue qui
passe généralement pour être le premier qu'on eût vu jusqu'alors en Europe. Pour quelles raisons la plupart des
historiens de la musique regardent-ils comme nuls et non
avenus les documents cités plus haut qui prouvent
assez que l'orgue à soufflet était connu en Europe bien

[1] Forkel, *Allgemeine Geschichte der Musik*, Leipzig, 1788, IIe vol.
page 355.
[2] Forkel, ibid., II, 352.
[3] Forkel, II, 356.

avant l'époque de Pépin le Bref, c'est ce qu'il m'est absolument impossible de comprendre. Je suis tout prêt à reconnaître avec Forkel, auquel ces documents sont empruntés, que ces orgues n'avaient point la dimension des grandes orgues de nos cathédrales, et que, composées vraisemblablement d'un petit nombre de tuyaux, c'étaient plutôt des instruments de salon faciles à transporter et qui ressemblaient à nos pianos ou à nos harmoniums[1]; mais il n'en est pas moins vrai qu'elles présentaient déjà toutes les parties constitutives de l'orgue d'église, et que, au pis aller, elles pouvaient fort convenablement servir à tous les essais possibles d'harmonie diaphonique.

On est donc fondé à faire remonter au moins au IVme siècle de notre ère l'invention de l'orgue à soufflet, d'autant plus que la principale, l'unique raison du peu d'attention que les historiens croient devoir accorder aux orgues de Julien et de Cassiodore, savoir leur petitesse, peut s'appliquer aussi bien à l'orgue de Pépin. C'est Forkel lui-même qui en fait la remarque : « La possibilité, » dit-il, « de transporter si facilement un orgue de Constantinople à Compiègne, de le déballer ensuite et de le faire entendre instantanément, prouve assez sa petitesse et son insignifiance. Celui qui voudrait aujourd'hui démonter et transporter ainsi de Constantinople à Aix-la-Chapelle la plus petite de nos orgues d'église, aurait besoin de quelques mois pour en assembler toutes les parties[2]. »

Quoi qu'il en soit, depuis Pépin le Bref, l'histoire de l'orgue est plus facile à suivre. Charlemagne en fit construire un par ses propres ouvriers sur le modèle de celui

[1] Voir le dessin d'une de ces anciennes petites orgues que Forkel a mis au frontispice du tome II de son histoire générale de la musique.
[2] Forkel, II, 359.

de Constantin. Sous Louis le Débonnaire, son successeur, un prêtre vénitien, appelé George, offrit ses services, comme facteur d'orgues, à l'empereur, qui l'envoya à Aix-la-Chapelle, où on lui fournit tout ce qui était nécessaire. Ce Georges fit sans doute des élèves, car dès lors l'Allemagne était en état de fournir des facteurs et des organistes au reste de l'Europe. Nous voyons, en effet, dès le milieu du IXme siècle, le pape Jean VIII s'adresser à un évêque bavarois pour en obtenir un orgue et un artiste capable d'en jouer et d'en construire.

Ainsi donc, on peut regarder comme certain que l'orgue, connu en Europe dès le IVme siècle et formellement introduit au plus tard dans le courant du V.IIIme, était d'un usage assez répandu au IXme, puisque Venise et l'Allemagne pouvaient fournir des facteurs aux contrées voisines. Comme, d'un autre côté, rien ne prouve que l'organum ait été pratiqué à une époque de beaucoup antérieure à Hucbald, on peut, semble-t-il, conclure à l'antériorité de l'orgue [1]. Au fond, la chose n'est pas d'une bien grande importance, et il nous suffit de savoir que l'instrument et le système datent à peu près de la même époque et qu'ils se prêtèrent un mutuel secours. L'orgue était, en effet, pour l'organum un moyen précieux et facile d'application pratique, d'expérimentations harmoniques, et l'organum, de son côté, dut gagner en popularité, parce que l'instrument, par sa puissance de sonorité, devait rendre plus marquants, je n'ose dire plus brillants, les effets de l'harmonie diaphonique.

[1] Jean Cotton, écrivain sur la musique du XIme siècle, dit que le chant appelé *organum* a reçu ce nom « parce que la voix humaine, qui exprime d'une manière convenable des sons dissemblables, ressemble à l'instrument appelé *organum*. » Coussemaker, *Histoire de l'harmonie au moyen âge.* Paris, 1852, page 13.

Il ne faut point cependant juger des premières orgues d'après celles qu'on fabrique de nos jours. La construction, on le comprend, en était fort imparfaite. Les touches, en particulier, étaient d'une telle dimension, et le mécanisme si dur et si grossier, qu'il fallait pour les faire mouvoir se servir du poing ou du coude, ou bien encore de bâtons gros et courts que l'organiste tenait à la main; d'où vient qu'encore aujourd'hui les Allemands se servent de l'expression *frapper l'orgue* (*Orgel schlagen*). Dans de pareilles conditions, il est clair qu'on ne pouvait faire résonner plus de deux notes à la fois, une de chaque main. Et ce qui prouverait encore une fois, s'il en était besoin, à quel point l'harmonie diaphonique était en faveur, c'est que, dans le but de rendre plus facile la production de sons simultanés, on ne tarda pas à appliquer à ces premières orgues un appareil composé de plusieurs tuyaux accordés à la quinte et à l'octave, et qui, sous la pression d'une seule touche, faisaient entendre ces mêmes successions de quintes, de quartes et d'octaves qui avaient, comme nous l'avons vu, tant de suavité pour les oreilles d'Hucbald.

Et qu'on ne se hâte pas trop de rire de ce bon moine de St.-Amand, car cette cacophonie n'est pas complétement morte : elle a survécu à toutes les vicissitudes de l'art musical, et, en dépit des anathèmes des théoriciens plus modernes, on la retrouve encore aujourd'hui dans presque toutes les orgues de nos églises où elle témoigne d'une manière incontestable de l'existence de l'organum et de la vogue dont il a joui. C'est, en effet, à ce bizarre système harmonique qu'il faut attribuer certain jeu, appelé *jeu de mixture* ou *jeu de fourniture*, dont sont encore pourvues la plupart des orgues modernes : il donne à la fois toutes les notes de l'accord parfait ; aussi produirait-il un effet intolérable, si l'on n'avait pas soin de l'accompagner — de beaucoup de jeux de flûtes accordés à l'octave, qui n'en laissent entendre que ce qui suffit pour frapper l'oreille d'une sensation vague, indéfinissable, mais pénétrante et riche d'harmonie [1]. »

Jusqu'ici je n'ai eu l'occasion de parler que de la musique d'église ; tout un côté de l'art musical qui offre cependant un grand intérêt, à savoir la musique vulgaire, la musique à l'usage du peuple, a dû forcément rester dans l'ombre. La faute en est au manque absolu de documents capables de nous renseigner, et au dédain profond que ressentaient pour cette musique les savants théoriciens dont nous pouvons consulter les ouvrages. Ce silence, de leur part, a fait croire à quelques historiens de la musique, et à Forkel en particulier, qu'il n'y eut pas dans les premiers siècles du moyen âge d'autre musique que celle adoptée par l'Église, ou que, du moins, le chant populaire, s'il existait, n'était pas essentiellement différent du chant ecclésiastique, ce qui au fond revient absolument au même.

Mais une pareille supposition ne saurait être admise, et bien des faits viennent la contredire. Qu'on se rappelle d'abord ce passage de St. Augustin déjà cité et qui révèle d'une manière assez claire l'existence d'une musique autre que celle usitée dans l'église, par le fait de « ces mélodies dramatiques qui distillent un venin mortel en inspirant d'amoureuses pensées. » D'un autre côté, Hucbald nous apprend que, de son temps, « les joueurs de cithare et de flûte, et même les chanteurs et chanteuses profanes, avaient recours à toutes les ressources de l'art pour charmer leurs auditeurs. » Enfin, à mainte reprise,

---

[1] Fétis, *Résumé*, etc., page CLIX.

nous voyons les papes, les conciles ou les évêques lancer anathème sur anathème contre les chansons mondaines, souvent même obscènes, quelquefois accompagnées de danses, par lesquelles le peuple profanait le voisinage et l'enceinte même des églises. Ainsi, dans le 23ᵐᵉ canon du Concile de Tolède, il est dit : « Il faut abolir la détestable habitude que le public a prise de se livrer à la danse et de chanter de sales cantiques dans les intervalles des cérémonies religieuses. »

Mais, quand l'histoire serait absolument muette, et qu'aucun fait constaté ne démontrerait l'existence d'une musique vulgaire, on ne saurait néanmoins la mettre en doute, parce qu'on ne peut raisonnablement admettre qu'un peuple puisse se passer de chants et de danses, et vivre sans traduire dans des mélodies originales les sentiments divers qu'éveillent en lui soit le spectacle des magnificences de la création et des phénomènes de la nature, soit les événements petits ou grands dont il est le témoin, la victime ou le héros. A la naissance de la société moderne, en particulier, le grand fait de l'invasion des barbares et de l'établissement de nouvelles races conquérantes au cœur de l'empire romain secoua trop violemment l'Europe et mit en jeu trop de passions diverses pour qu'il n'ait pas laissé de traces dans les chants populaires de cette époque.

Et si, par impossible, les peuples de l'Europe soumis à la domination romaine, abâtardis par le despotisme impérial, eussent été incapables de manifester par des chants leurs haines ou leurs espérances, leurs oreilles ne pouvaient manquer d'être frappées des chants de ces bardes qui, venus des contrées septentrionales, apportaient avec eux leurs poëmes nationaux dans lesquels étaient consignés

5

les exploits de leurs héros, et qu'ils chantaient en s'accompagnant de la harpe.

Les bardes de la Bretagne et les Skaldes de la Scandinavie sont surtout célèbres; mais il paraît certain que les Germains et les Gaulois eurent aussi les leurs. Le roi des Huns lui-même, le terrible Attila, avait deux bardes attachés à sa cour; et, dans le poëme des Niebelungen, l'un des chevaliers les plus braves de la cour du roi de Bourgogne est le barde [1] Folcher. Son instrument était une espèce de viole (fidle) dont il jouait au moyen d'un archet à dos tranchant comme un glaive, et dont les coups étaient aussi redoutés que ceux de son épée. C'est lui qui, au commencement des festins, porte la santé des personnages marquants. Au moment de faire ses adieux à la margrave de Pechlar, « il lui joue, » dit le poëte, « de doux airs et lui chante de belles chansons: *Er videlt suse done und sang ir sinu liet.* »

Le fait de l'existence d'une musique profane et populaire dès les premiers siècles du moyen âge est donc hors de doute. Coussemaker, dans son ouvrage déjà cité, distingue deux sortes de chants profanes: ceux écrits en langue latine et ceux écrits en langue vulgaire. Les premiers se rapportent généralement à quelque événement historique. Composés plus particulièrement pour la classe lettrée, ils ne jouissaient pas d'une popularité aussi universelle que les autres; mais ils durent à la langue savante dans laquelle ils étaient composés et qui les mettait à l'abri des variations, de trouver des mémoires empressées à les retenir et des écrivains disposés à les recueillir. Aussi les plus anciens chants profanes qui nous sont parvenus accompagnés de leurs mélodies, tels que le chant sur la bataille de Fontanet, une complainte sur la mort de Charlemagne, le

[1] Spileman, Videler.

chant de Godeschalk, etc., qui datent du IXme siècle, appartiennent-ils à cette catégorie. La mélodie de ces chants, que Coussemaker a donnés en original et en traduction, est en général simple et empreinte d'une certaine mélancolie. Elle se compose de mouvements de voix peu étendus : les secondes, les tierces sont les intervalles le plus fréquemment employés ; les quartes, les quintes et les sixtes y sont rares, en sorte que les airs se renferment presque toujours dans les limites assez restreintes de quatre ou cinq notes. Mais il va sans dire que ces traductions, véritables déchiffrements faits en vertu de règles un peu arbitraires, par suite d'une notation très-grossière, ne peuvent donner qu'une idée approximative des mélodies originales.

Si l'on considère la tonalité dans laquelle ces chants étaient composés, on reconnaît qu'elle s'éloignait un peu de celle du plain-chant ; mais ils s'en distinguaient surtout par le rhythme. Ce rhythme, suivant Coussemaker, ne pouvait être que celui des anciens : la versification de ces chansons latines lui semble ne laisser là-dessus aucune incertitude, et c'est d'après les règles de l'ancienne rhythmique qu'il a cru devoir les traduire. Ce savant historien de la musique était sans doute dans le vrai ; car il paraît certain que les traditions de l'ancienne rhythmique et l'usage de chanter les compositions en vers, comme aux beaux temps de la littérature grecque et romaine, s'étaient perpétués à travers le moyen âge. On peut en donner pour preuve certains fragments notés de l'Énéide et des odes d'Horace qui sont parvenus jusqu'à nous et qui datent du Xme siècle, aussi bien que les odes de Boèce, le secrétaire de Théodoric, notées aussi et fort intéressantes au point de vue musical, quoiqu'elles ne nous offrent, suivant toute probabilité, que de mélodies d'une époque postérieure à celle où vivait ce poëte.

Il semble donc qu'on ne devrait regarder tous ces chants en langue latine, qu'ils s'appliquent à des sujets historiques ou à des sujets plus légers, que comme de véritables pastiches de l'antiquité faits par de savants latinistes, et renoncer, par conséquent, à l'idée d'y chercher quelque indication sur la musique vulgaire des premiers siècles du moyen âge. Et cependant, Coussemaker n'hésite pas à bâtir sur ces documents tout un système. Après avoir montré que ces mélodies diffèrent du plain-chant, non-seulement par le rhythme, mais par leur tonalité qui se rapproche beaucoup de la nôtre, les repos et les finales se faisant sur les mêmes notes que dans notre gamme majeure et mineure (tonique et dominante), il en arrive à cette conclusion que « la tonalité appelée par nous tonalité moderne, et qui ne s'est révélée dans la musique artistique et harmonique que vers la fin du XVIme siècle, a une origine qui ne saurait être fixée chronologiquement, puisque nous en trouvons le caractère essentiel dans les mélodies les plus anciennes parvenues jusqu'à nous. Il en résulte qu'il y a eu, dès l'époque la plus reculée du moyen âge, une musique vulgaire, qui se distinguait du plain-chant par deux points essentiels, le rhythme mesuré et la tonalité [1]. » Cette opinion concorderait assez avec celle de Fétis qui, comme nous l'avons vu, prétend que l'harmonie, et à plus forte raison la tonalité sur laquelle elle est basée, a été introduite en Europe par les peuples du nord; mais encore faudrait-il, pour l'admettre, qu'elle s'appuyât sur des preuves convaincantes. Or, ce n'est point ici le cas. La notation de

---

[1] Coussemaker, l. c., p. 97.

ces anciens chants en neumes du IXme siècle est si grossière, si incertaine, comme nous aurons l'occasion de nous en assurer bientôt, que ce n'est qu'à force de tâtonnements et au moyen d'un système forgé de toutes pièces, que le traducteur est parvenu à en faire le déchiffrement. Aussi semble-t-il impossible que ces traductions, quelque soin consciencieux qu'on y ait mis, soient d'une fidélité suffisante pour qu'on puisse en tirer des conclusions générales sur l'état de la musique vulgaire de cette époque.

Quant aux chansons en langue vulgaire qui étaient sans doute en bien plus grand nombre que celles en latin, et qui seraient bien plus intéressantes pour le musicien, nous ne possédons malheureusement aucun document qui puisse nous donner quelque idée de la nature des mélodies qui y étaient adaptées. A en juger par analogie, on doit penser que, puisque les chansons latines s'éloignaient déjà d'une manière assez sensible, par le rhythme surtout, du système du plain-chant, les chansons populaires en langue vulgaire durent s'en éloigner encore davantage. On ne s'expliquerait pas sans cela l'attrait qu'elles avaient pour le peuple, et qui est assez prouvé par les nombreuses interdictions ecclésiastiques dont les chansons profanes furent frappées à diverses époques, si bien que, pour en détourner les fidèles, le clergé ne trouva rien de mieux que de s'emparer de celles qui avaient le plus de vogue, et d'y adapter des paroles pieuses. Ce fut même là, à ce que l'on croit généralement, l'origine des hymnes qui vinrent peu à peu s'ajouter au chant liturgique, et dont les plus anciennes remontent, comme nous l'avons vu, à une très-haute antiquité.

Le rhythme, que l'on peut définir avec Coussemaker, la combinaison symétrique de sons plus ou moins longs, plus ou moins brefs, et qui est tout particulièrement caracté-

risé par le retour, à des intervalles égaux, de sons sur lesquels la mélodie s'appuie plus fortement que sur les autres, sons qui constituent ce que nous appelons aujourd'-
hui les temps forts, c'est-à-dire les temps frappés, le
rhythme est sans contredit l'élément qui, soit dans la poésie, soit dans la musique, saisit le plus fortement l'esprit
du peuple, parce qu'il est le plus à sa portée, le plus simple, et qu'il se produit dans mille circonstances de la vie
ordinaire (le pas d'un homme en marche, les battements
du pendule, les coups de fléau des batteurs en grange, les
batteries de tambour, etc.). Aussi le retrouve-t-on toujours comme partie essentielle dans toute mélodie populaire; et la preuve que les chants à l'usage du peuple dès
les premiers siècles du moyen âge avaient bien ce caractère, c'est cette chanson composée à l'occasion d'une victoire de Clotaire II sur les Saxons (622), et qui, au dire
d'un ancien chroniqueur, était devenue si populaire, que
les femmes elles-mêmes la chantaient en dansant et en bat-
tant des mains, ce qui ne peut se dire que d'une chanson
fortement rhythmée. Le besoin du rhythme était même si
grand, que, quand le peuple mettait un texte profane sur
une mélodie de plain-chant, ce qui arrivait quelquefois, il
donnait instinctivement à celle-ci le rhythme dont elle était
dépourvue.

Tout ce qui précède prouve surabondamment qu'il exista
de tout temps, à côté du chant ecclésiastique, un chant
profane à l'usage du peuple, sensiblement différent du
premier par le rhythme, probablement aussi par la tonalité, et que, s'il a laissé si peu de traces, il faut s'en prendre au dédain profond des savants théoriciens pour toute
musique qui ne se rattachait pas directement au plain-
chant traditionnel, et aussi à l'état d'imperfection dans le-

quel se trouvait alors la notation musicale. En quoi consistait cette notation, c'est ce qu'il nous reste à examiner.

Si l'on pense aux difficultés qu'il faut surmonter pour créer un système convenable de signes destinés à représenter le langage parlé, on ne sera pas étonné qu'il ait fallu des siècles à la musique pour se constituer un système parfait ou du moins suffisant de notation. Le problème de la représentation des sons au moyen de signes conventionnels est en effet bien autrement difficile à résoudre que celui de la représentation des mots ; car, tandis que dans l'écriture alphabétique chaque signe ou lettre n'a à exprimer qu'un son, qu'une inflexion de la voix, les caractères musicaux doivent exprimer tout à la fois un son et sa durée.

Nous avons vu combien était compliqué le mode d'appellation que les Grecs avaient appliqué aux notes. Quant à leur système de notation, il devait présenter la même complication ; et cependant il reposait sur une idée simple, c'était de représenter les sons par les lettres de l'alphabet ; et comme les lettres de l'alphabet n'étaient pas en nombre suffisant, tant s'en faut, on leur donnait toutes les positions imaginables, droites, inclinées, renversées, couchées, etc. Quant à la valeur ou durée des sons, elle s'indiquait par certains signes particuliers placés au-dessus des lettres. Ce mode de notation par les lettres de l'alphabet paraît avoir été aussi en usage chez les Latins et s'être répandu dès les premiers siècles du christianisme dans les contrées occidentales de l'Europe ; et nous avons vu que St. Grégoire donna aux sept notes de son système le nom des sept premières lettres de l'alphabet latin. Il paraît cependant que St. Grégoire lui-même ne trouva pas que les lettres de l'alphabet fussent convenables comme signes usuels de notation, et qu'il donna la préférence au système des *neumes* dont nous allons parler. Les lettres alphabétiques, comme signes de notation, ne furent pas à la vérité rejetées d'une manière absolue ; mais, sauf quelques rares exceptions, ce ne furent plus guère que les théoriciens qui continuèrent à s'en servir, parce qu'ayant une signification plus précise, elles convenaient mieux à leurs démonstrations.

Quant aux *neumes* [1] dans lesquels furent notés, dès l'époque de St. Grégoire et peut-être même avant lui, tous les livres liturgiques, tous les antiphonaires, comme on les appelait alors, et en particulier celui de St. Grégoire, il y en avait de deux sortes : « les uns en forme de virgules, de points, de petits traits couchés ou obliques, représentaient des sons isolés ; les autres en forme de crochets, de traits diversement contournés et liés, exprimaient des groupes de sons composés d'intervalles divers [2] » et semblables à ces ornements du chant que nous appelons aujourd'hui *fioritures*, comme *grupetti, trilles* et *appogiatures*.

Les écrivains modernes qui font autorité en cette matière ne sont point d'accord sur l'origine de ces signes de notation, qui ont été le point de départ de la notation qui est aujourd'hui en usage chez toutes les nations européennes. Kiesewetter les regarde comme une invention romaine, en se fondant sur le nom de *notes romaines* que les anciens écrivains donnent aux signes adoptés par St. Grégoire pour son antiphonaire. Fétis attribue l'introduction des neumes, comme celle de l'harmonie, aux peuples septentrionaux qui, suivant lui, les auraient reçus, à une époque plus ou moins reculée, de l'Orient ; et il fonde cette

---

[1] Du grec νεῦμα signe ou πνεῦμα souffle.

[2] Coussemaker, l. c., 151.

hypothèse sur l'analogie qu'il affirme avoir reconnue entre la notation neumatique et celle des Abyssiniens, des Arméniens et des Juifs orientaux. Il assigne même une origine spéciale aux neumes primitifs qu'il appelle notation *saxonne*, et aux neumes carrés qui ont servi de transition entre les neumes primitifs et la notation carrée, et qu'il appelle notation *lombarde*. Enfin, Coussemaker affirme que les neumes ne sont qu'une modification et une application extensive des accents en usage chez les Grecs comme chez les Romains. Je ne pense pas pouvoir mieux faire que de reproduire ici les raisons qu'il donne à l'appui de son hypothèse : « Pris dans son sens restreint et tel qu'on l'entend habituellement, l'accent *(accentus,* c'est-à-dire accompagnement de chant) consiste dans l'élévation et l'abaissement de la voix. L'élévation était marquée par le signe appelé *accent aigu;* l'abaissement par le signe appelé *accent grave;* lorsque l'élévation et l'abaissement avaient lieu sur la même syllabe, on marquait cette modification par le signe appelé *accent circonflexe*. Ces signes tendant dans l'application au même but que les signes de notation musicale, y a-t-il rien eu de plus naturel que de s'en servir pour marquer les inflexions du chant? Y a-t-il rien eu de plus simple, de plus logique même, que d'étendre à toutes les syllabes les signes qui, dans le langage ordinaire, s'appliquaient à quelques-unes seulement, et de les combiner entre eux de façon à exprimer les diverses modulations musicales, plus nombreuses évidemment que les modulations vocales? Les fonctions que les accents remplissent, la place qu'ils occupent, le but qu'ils poursuivent, tout démontre d'une manière irrésistible qu'ils sont l'origine des neumes avec lesquels ils ont une analogie parfaite sous tous les rapports[1]. »

[1] Coussemaker, l. c., 158.

Coussemaker a pu d'ailleurs appuyer son opinion sur un manuscrit du XIme siècle qui semble lui donner raison : c'est un petit tableau des neumes qui porte pour titre : *Accents ou noms des notes*, et dans lequel trois neumes y figurent sous les noms d'accent aigu, accent grave et accent circonflexe. On voit donc que le système de Coussemaker a pour lui plus que la vraisemblance.

J'ajouterai que Schubiger, dans son intéressant ouvrage sur l'*École des chantres de St-Gall*, partage l'opinion de Coussemaker. Voici ce qu'il dit à ce sujet : « L'accent aigu, l'accent grave et l'accent circonflexe semblent être les éléments du système des neumes. La *virga* indique, comme l'accent aigu, l'élévation de la voix ; le *point* neumatique, comme l'accent grave, l'abaissement de la voix ; enfin la *clinis (clivus)*, comme l'accent circonflexe, indique l'élévation et l'abaissement successif de la voix. Ce dernier signe apparaît aussi renversé, et, sous le nom de *podatus*, indique l'abaissement et l'élévation successive de la voix. Ce sont là les formes fondamentales sur lesquelles on peut construire tout le système de la notation neumatique, la plupart des autres signes n'étant que des modifications ou des combinaisons de ceux-là [1]. »

Quoi qu'il en soit de ces diverses hypothèses sur l'origine des neumes, on peut admettre comme positif que depuis St. Grégoire, sinon avant, jusqu'à la fin du XIIme siècle, les neumes ont été la notation le plus généralement adoptée en Europe, tant pour les chants ecclésiastiques que pour la musique profane, et qu'ils ont subi pendant ce temps d'importantes modifications qui les ont rapprochés de plus en plus de la notation carrée. Dans l'origine, les

---

[1] P. Anselm Schubiger, *Die Sängerschule St-Gallens vom achten bis zwölften Jahrhundert*. Einsiedeln 1858, page 6.

neumes se plaçaient horizontalement les uns à la suite des
autres au-dessus des mots du texte : ils ne se distinguaient
donc point par leur hauteur relative et ne pouvaient dès
lors tirer leur signification que de leur forme et de certaines particularités dont il n'est pas facile de s'expliquer la
nature. En outre, aucun signe n'indiquait dans quel ton
était écrit le chant, ni quelle en était la première note.
Les chanteurs devaient donc se trouver souvent fort embarrassés, si du moins ils mettaient quelque importance
à chanter exactement les mélodies qu'ils avaient sous les
yeux. Mais ils étaient fort excusables; car il paraît que
les maîtres eux-mêmes, ceux qui enseignaient le chant et
qui écrivaient sur la musique, n'étaient pas toujours d'accord entre eux. Témoin cette facétieuse observation d'un
écrivain sur la musique, appelé Jean Cotton, et qui vivait
au XIme siècle : « Maître Salomon, » dit-il, « faisait chanter la quinte là où maître Albin enseignait qu'il fallait
chanter la quarte et où maître Trudon ne voulait admettre
que la tierce. »

Vers la fin du IXme siècle ou le commencement du Xme un
pas important et décisif fut fait par l'usage qui s'établit d'é-
crire les neumes à différentes hauteurs, de telle sorte que
leur signification relative se traduisait immédiatement
d'une manière claire et sensible à l'œil, et que l'esprit était
astreint à un effort bien moins grand qu'auparavant (Planche II, n° 1). L'introduction du principe de la hauteur relative des neumes était un progrès considérable et dont les
effets ne pouvaient manquer d'amener une véritable transformation dans le système de la notation musicale. Bientôt,
en effet, et pour plus de clarté, on imagina de tracer au-
dessus du texte une ligne horizontale qu'on marqua d'abord
sur le parchemin à la pointe sèche, puis à la plume avec

de l'encre rouge ou noire (Planche II, nos 2 et 3). Cette ligne reçut une note fixe et servit de point de départ aux chanteurs pour trouver les notes placées au-dessus ou au-dessous, et leur en faciliter l'intonation. Il va sans dire qu'elle rendait aussi le travail des copistes plus exact. L'invention de la ligne était la conséquence toute naturelle du principe de la hauteur relative des neumes, et elle devait aboutir tôt ou tard; par l'adjonction de nouvelles lignes à la portée musicale qui est l'élément essentiel et distinctif de la notation moderne. Mais les choses ne marchèrent point aussi vite qu'on pourrait le croire. Pendant bien longtemps encore, et jusqu'à l'époque de Gui d'Arezzo, au XIme siècle, on ne se servit que d'une seule ligne ou tout au plus de deux colorées, le plus souvent en rouge, quelquefois de deux teintes, l'une rouge, l'autre jaune par exemple. Il arrivait aussi que pour plus de clarté on écrivait un *f* en tête de l'une des lignes et un *c* en tête de la seconde : ces deux lettres indiquaient la note *fa* et la note *ut*, et c'est dans l'espace compris entre les deux lignes que venaient se placer, à hauteur respective, les trois notes *sol*, *la* et *si*, comprises dans l'intervalle de *fa* à *ut* (Planche II, no 4). On devine que c'est là l'origine des clefs qui complètent notre système de notation.

La notation neumatique, généralement adoptée en Europe, surtout pour le chant ecclésiastique, ne pénétra point en Orient, où l'on conserva pendant assez longtemps l'usage d'une notation passablement différente bien que fondée sur le même principe *(accents)*. St. Jean Damascène, au VIIIme siècle, passe pour avoir introduit dans l'église grecque, en même temps qu'un assez grand nombre d'hymnes de sa composition, une notation qui s'est conservée jusque dans ces derniers temps, dit-on, dans les livres liturgiques, et dans laquelle les signes, ne représentaient pas un certain son, une certaine note, mais indiquaient l'intervalle, soit de seconde, soit de tierce, soit de quarte, etc., qui se trouve entre un son et celui qui le suit. Malgré le petit nombre des caractères qu'il emploie, ce système est fort embrouillé par suite des règles bizarres auxquelles ils sont soumis, et parce qu'il se complique de signes muets (*aphones*) qui indiquent certaines modifications dans le mode d'intonation et d'exécution.

CHAPITRE III

Guido d'Arezzo (XIme siècle) inventeur d'une nouvelle méthode pour enseigner la musique. Son *Micrologue*. Origine des noms *ut, ré, mi, fa, sol, la,* et du mot *gamme*. Perfectionnements apportés à la notation par Guido. Il ne changea presque rien au système de l'harmonie. Du système des *hexacordes*, ou gammes de six notes, et des *muances*. La *main harmonique*. Transformation des neumes en notes carrées. — **Francon de Cologne** (XIIme siècle) créateur de la musique *figurée* ou *mesurée*. *Notes simples, pliques, ligatures* et *pauses*. Complication singulière de ce système de notation. État de l'harmonie au temps de Francon. Le *Déchant*, second système harmonique.

Peu de noms, dans l'histoire de la musique, jouissent d'une célébrité aussi grande que celui de Guido. S'il fallait en croire la renommée, il ne serait rien moins que le restaurateur, si ce n'est même le créateur de notre musique. C'est à lui, en particulier, que nous serions redevables de la gamme, de la notation alphabétique, des neumes, du monocorde, de l'hexacorde, de la solmisation, de la main harmonique, du clavecin, du contre-point même, et que sais-je encore ! Mais la critique moderne a démontré qu'il y avait dans tout cela beaucoup d'exagération. On aura pu remarquer que dans le nombre des inventions attribuées à Guido, plusieurs sont d'une date antérieure au XIme siècle. D'autres, comme nous le verrons, sont plus ou moins postérieures à cette époque. La part de ce musicien reste cependant encore assez belle pour qu'il ait droit à une place fort honorable dans l'histoire des progrès de l'art musical.

Guido d'Arezzo, ou Gui d'Arezze, comme les Français

l'appellent ordinairement, né à Arezzo, ville de la Toscane, entra de bonne heure, comme moine bénédictin, et séjourna longtemps dans le couvent de Pomposa, aux environs de Ferrare. Musicien consommé, mais doué moins de génie que de bon sens et d'esprit pratique, il fut dès l'abord frappé de tout ce que l'enseignement de la musique présentait de défectueux; et abandonnant bientôt le domaine des théories, il se mit à la recherche d'une bonne et facile méthode de chant ou plutôt de lecture musicale, de solfége pratique, comme nous dirions aujourd'hui. Il réussit, paraît-il, assez promptement, et les succès remarquables qu'il obtint par l'application de sa méthode ne tardèrent pas à le convaincre de sa supériorité. En effet, au lieu de plusieurs années d'études qu'il fallait faire pour être en état de chanter à livre ouvert, les élèves de Guido n'avaient plus besoin que de quelques leçons, et devenaient d'excellents musiciens en moins d'une année.

Le succès qu'obtint son enseignement et la célébrité qui ne tarda pas à s'attacher à son nom excitèrent la jalousie des autres moines; et il se forma bientôt contre lui une cabale à la tête de laquelle se trouvait son supérieur et homonyme, l'abbé Guido. Forcé de quitter son couvent, notre Guido se réfugia dans sa ville natale, à Arezzo, et trouva dans l'évêque qui y résidait un protecteur zélé, qui lui facilita les moyens de continuer ses études et de poursuivre ses travaux. Le bruit de sa renommée parvint jusqu'aux oreilles du pape Jean XIX, qui occupait alors la chaire de St-Pierre (1024-1033), et qui l'invita à se rendre auprès de lui pour lui exposer sa méthode. Le pape, émerveillé de voir qu'après une seule leçon de cet habile maître il avait pu chanter à première vue une mélodie inconnue dans un antiphonaire noté d'après sa nouvelle méthode, le renvoya comblé de magnifiques témoignages de sa satisfaction.

Après ce voyage de Rome, on ne connaît que très-imparfaitement les particularités de la vie de Guido. Les uns prétendent qu'il rentra dans son couvent de Pomposa où ses anciens confrères, honteux de leur conduite passée, l'accueillirent avec empressement ; d'autres affirment qu'il se retira dans le couvent de Ste-Croix d'Avellana, près d'Arezzo, où, après avoir exercé pendant ses dernières années les fonctions de supérieur ou abbé, il mourut en 1050. Cette version, confirmée tout récemment par les recherches que Fétis a faites dans les archives du couvent d'Avellana, doit être admise comme la seule vraie. Quant à un voyage que, sur l'invitation de l'archevêque Hermann, Guido aurait fait à Brême pour y enseigner sa méthode, comme il est affirmé par le témoignage d'écrivains contemporains et dignes de foi, rien n'empêche d'y croire et de supposer que Guido, pendant son séjour au couvent de Ste-Croix, obtint de son supérieur un congé de quelques mois pour se rendre à l'invitation qui lui était faite.

Mais laissons là ces détails biographiques qui n'offrent qu'un assez mince intérêt, et parlons des ouvrages que nous a laissés le moine de Pomposa, des services qu'il a rendus à la musique et des inventions qui lui sont dues. Le plus remarquable de ses ouvrages est celui qui a pour titre : *Micrologus de disciplina artis musicæ*, c'est-à-dire *Micrologue* ou *Petit traité des règles de l'art musical* ; il nous offre, en effet, un tableau assez complet de l'état de la musique au XIme siècle, et c'est en examinant attentivement cet écrit qu'on a dû se convaincre que le mérite de Guido avait été

singulièrement exagéré, et qu'on lui a fait honneur de bien
des découvertes qui ne lui appartiennent point.

De tous ses titres de gloire, celui qui semblait le plus
solidement établi, c'était d'avoir inventé les noms que
nous donnons encore aujourd'hui aux notes, au moins dans
les pays latins : *ut*, *ré*, *mi*, *fa*, *sol*, *la*. Eh bien, cela n'est
vrai que dans une certaine mesure. C'est bien lui qui a mis
en usage ces nouvelles appellations, mais il ne les avait
proposées que comme un procédé destiné à faciliter à ses
élèves l'intonation des notes. Le passage suivant d'une
lettre qu'il écrivait à un de ses amis le fera suffisamment comprendre, en même temps qu'il donnera une idée
de sa méthode. Après avoir recommandé comme moyen
de se familiariser avec l'intonation des notes et avec leurs
intervalles l'emploi du monocorde, instrument composé
d'une table au-dessus de laquelle est une corde tendue
sous laquelle on fait glisser un chevalet mobile, Guido
ajoute : « Cette méthode n'est toutefois bonne que pour
les commençants. Elle ne suffit plus du moment qu'on
veut faire de la musique une étude sérieuse. J'ai connu
plusieurs savants distingués qui, dans ce but, ont con-
sulté non-seulement des professeurs italiens, mais des
français, des allemands et même des grecs, et qui, pour
s'être tenus à cette méthode, n'ont pu devenir ni musiciens, ni même bons chanteurs. Il vaut donc mieux se
passer de maîtres et d'instruments, et graver dans sa
mémoire les sons avec leurs différences de gravité et de
hauteur. Les enfants auxquels j'enseigne la musique par
cette méthode deviennent en moins de trois jours capables
de chanter certaines mélodies à première vue, résultat
qu'on pouvait à peine obtenir en autant de semaines par
l'ancienne manière. Et pour arriver à donner à chaque

6

note l'intonation convenable, il suffit de se rappeler
bien exactement le son des syllabes initiales d'un air
quelconque bien connu. L'air dont je me sers ordinairement dans mes leçons est celui de l'hymne de St. Jean-
Baptiste :

> Ut queant laxis
> Resonare fibris
> Mira gestorum
> Famuli tuorum
> Solve polluti
> Labii reatum
> Sancte Johannes. »

Si Guido avait choisi de préférence la mélodie de cette
hymne, très-populaire paraît-il, et qui se chantait pour
obtenir la guérison des enrouements, à ce que dit Forkel,
c'est que les six notes qui correspondaient aux six syllabes
initiales présentaient une série diatonique régulière, vu
que chacune de ces notes s'élevait successivement d'un ton
ou d'un demi-ton sur l'échelle (Planche I, n° 5). Or, cette
série diatonique correspondait exactement aux notes désignées par les lettres C, D, E, F, G, A, dans le système
grégorien. Il n'y avait donc plus qu'à faire apprendre par
cœur aux élèves le chant de cette hymne jusqu'à ce que le
son des syllabes initiales fût parfaitement gravé dans leur
mémoire, pour qu'ils pussent ensuite facilement trouver
l'intonation convenable à chacune des notes qui se présentaient dans un morceau de musique.

De cet exercice fréquemment répété il dut résulter que
les élèves de Guido, et tous ceux qui étaient enseignés
d'après la même méthode, prirent insensiblement l'habitude de nommer les notes par les syllabes de l'hymne de
St. Jean qui y correspondaient dans leur esprit : d'appeler, par exemple, *ut* la note qui correspondait à la lettre

C, *mi* celle qui correspondait à la lettre E, de substituer
en un mot la série des syllabes *Ut, ré, mi, fa, sol, la*, aux
lettres alphabétiques du système grégorien, qui peu à peu
tomba en désuétude. Mais il est évident que Guido ne doit
point être rendu responsable de cette substitution, et qu'il
n'était jamais entré dans son esprit de changer les anciens
noms des notes.

Au premier abord, il semble que ce changement n'avait
pas grande importance : rien ne semblait modifié dans tout
le reste ; et cependant, chose bizarre et à peine croyable,
c'était toute une révolution, comme nous allons le voir.
L'hymne de St. Jean n'avait pu fournir que six noms
nouveaux, le dernier vers ayant dû être négligé par Guido
parce que sa note initiale n'était que la répétition d'une
des notes précédentes. La septième note B n'avait donc
pas de nom dans la nouvelle solmisation. Lui en donner un
aurait été chose facile et toute naturelle, semble-t-il ; mais
les élèves de Guido s'en gardèrent bien. Croyant peut-être
que si leur maître n'avait pas donné de nom au B, c'est
qu'il l'en croyait indigne, en raison sans doute de sa position particulière sur l'échelle et de l'altération forcée qu'on
lui faisait subir dans certains cas, et qui en faisait une
sorte de note double, ils ne trouvèrent rien de mieux que
d'ériger en système ce qui, dans le procédé de leur maître,
n'était qu'un accident fortuit, et de supprimer la division
de l'échelle par octaves, pour y substituer une gamme de
six notes ou hexacorde ; système absurde, sans fondement
rationnel, et que l'on était d'autant moins excusable d'attribuer à Guido, qu'il n'en dit pas un seul mot dans ses
ouvrages, et que même un chapitre tout entier de son
Micrologue est consacré à expliquer comment il se fait
qu'il n'y a que sept sons dans l'échelle musicale. Il vaut la

peine d'en citer un passage : « Il y a, dit-il, sept tons, et il ne peut y en avoir que sept : de même qu'après les sept jours de la semaine, les mêmes jours se répètent, de telle sorte que le premier et le huitième portent le même nom, de même le premier et le huitième tons doivent être représentés par le même signe, parce que nous sentons qu'ils produisent le même son. » On ne saurait, semble-t-il, être plus clair. N'importe! malgré tout, Guido passera pendant bien des siècles, et passe même encore aujourd'hui auprès de bien des gens, pour l'inventeur du système inqualifiable de l'hexacorde ou gamme de six notes.

Si Guido est innocent de l'hexacorde et de la nouvelle appellation des notes, il l'est également de toutes les autres inventions dont on lui a fait si longtemps honneur. Il n'y a pas jusqu'à la note appelée *Gamma*, qu'il passait généralement pour avoir ajoutée au-dessous de la première note A de l'échelle de St. Grégoire, et dont nous avons fait le mot *Gamme*, si usité de nos jours, qui ne fût employée avant lui, et cela de son propre aveu, comme le prouvent ce passage de son *Micrologue* : « En premier lieu est placé le Γ grec ajouté par les modernes, » et cet autre du même écrit : « Quelques auteurs placent avant la première lettre le Γ grec. »

La notation est peut-être celle des diverses parties de la musique qui doit le plus à Guido ; non pas qu'il ait rien innové, mais il a donné à certains perfectionnements, qui avaient été imaginés avant lui ou de son temps, le sceau de son autorité. Il est certain qu'il sentit vivement l'imperfection de la notation usuelle, et qu'il chercha à l'améliorer : « Nos chanteurs, dit-il, quand ils auraient chanté tous les jours pendant cent ans de suite, ne seraient pas capables de déchiffrer sans l'aide d'un maître la moindre antiphonie : ils perdent à ce travail un temps qui leur aurait suffi à apprendre toute la science religieuse et profane ; et lorsqu'ils chantent dans l'église, maîtres et écoliers ne parviennent pas à s'entendre ; si bien qu'il y a autant d'antiphonaires différents que de maîtres de chapelle. On ne parle plus de l'antiphonaire de St. Grégoire : on ne connaît que celui de Léon, d'Albert ou de quelque autre. »

Guido chercha donc à remédier à cet état de choses. Il recommande à cet effet un système de notation qui, sans doute, était déjà connu, de quelques musiciens de son temps, car il ne prétend point en être l'inventeur : « Chacun des sons, dit-il, qui se trouvent dans un morceau de chant, doit avoir une place fixe : pour obtenir ce résultat, on trace des lignes et l'on pose les notes sur les lignes et dans les intervalles des lignes ; toutes les notes qui se trouvent sur la même ligne ou dans le même interligne ont le même son, et pour indiquer quel est le son qui est affecté à chaque ligne ou interligne, on les marque par des lettres et l'on colore en outre les lignes. Pour ma part, je me sers de deux couleurs, le jaune qui désigne l'*ut* et le rouge qui désigne le *fa.* »

Ne dirait-on pas, en vérité, qu'il s'agit ici de notre notation moderne, du système de la portée et des clefs, car on a sans doute reconnu les clefs dans ces lettres mises en tête des lignes, et c'est en effet sous ce nom qu'elles furent bientôt généralement désignées. Et cependant nous en sommes encore bien loin, et il faudra encore bien du temps avant que ce nouveau principe si naturel, si simple et si clair passe à l'état de fait accompli et généralement admis. Guido lui-même s'est montré très-souvent infidèle

au système qu'il préconisait, et il lui est souvent arrivé
de se servir, pour ses exemples, soit des lettres grégoriennes, soit d'une espèce de portée composée d'un nombre indéfini de lignes dont il laissait les intervalles vides.
Quoi qu'il en soit, on a peine à comprendre comment
le principe des lignes et des clefs, une fois expliqué
et recommandé par Guido, n'a pas été immédiatement
adopté partout. Cela tient sans doute à l'état d'imperfection dans lequel se trouvaient les moyens de publi-
cité dont on disposait alors; n'oublions pas que les manuscrits étaient d'un prix fort élevé et qu'ils ne circulaient
qu'en fort petit nombre, que bien des écrits restaient enfouis dans la bibliothèque du couvent où ils avaient pris
naissance, et que, d'un autre côté, les ouvrages des écrivains étaient à la merci de copistes ignorants pour la plupart, ou qui, s'ils étaient érudits, ne se faisaient aucun
scrupule de faire des corrections, suppressions ou additions qui dénaturaient plus ou moins les opinions des écrivains dont ils se faisaient les traîtres traducteurs: quel
contrôle aurait-on pu exercer? Tel est l'état de choses
qu'il ne faut jamais perdre de vue quand il s'agit du
moyen âge, et qui explique la lenteur avec laquelle nous
voyons que les meilleures idées se propageaient avant l'invention de l'imprimerie.

Enfin, en ce qui concerne l'harmonie, l'examen des ouvrages de Guido démontre qu'elle n'a pas fait un pas
pendant les cent cinquante années qui séparent cet écrivain d'Hucbald. Telle nous l'avons trouvée dans les écrits
du moine de St.-Amand, telle elle se retrouve dans ceux
du moine de Pomposa. C'est toujours le même organum
avec ses *symphonies* ou séries continues de quartes ou de
quintes redoublées à l'octave. La seule différence qu'on

puisse noter, c'est que Guido préfère l'organum à la quarte; il déclare qu'il le trouve plus doux, plus agréable (*mol-
lior*) que celui à la quinte. Ainsi que Hucbald, il mêlait,
comme assaisonnement à ces suites de quartes et de quintes, quelques intervalles de tierce et de seconde, et cela
par le même procédé dont nous avons parlé, et qui consistait à donner de temps à autre à la partie d'accompagnement une marche irrégulière, qui donnait une certaine variété, un certain piquant aux effets harmoniques.

On voit par tout ce qui précède que la critique moderne
a été dure pour Guido. Mais s'il a quelque droit de se
plaindre qu'elle lui ait enlevé une grande partie de sa
gloire d'emprunt, il doit lui savoir gré d'autre part de ce
qu'elle l'a absous de ce monstrueux système de l'hexacorde
qui a arrêté si longtemps l'art musical dans son développement. Il n'en reste pas moins à Guido le mérite, fort
grand assurément, d'avoir par une méthode commode et
facile popularisé l'enseignement de la musique, et propagé
de plus en plus le goût de cet art, non-seulement en Italie,
mais en France et même en Allemagne où s'ouvrirent de
nombreuses écoles dans lesquelles sa méthode était pratiquée avec un égal succès.

Disons maintenant quelques mots de ce système de l'hexacorde qui, dans le courant du XIme siècle, remplaça l'ancienne division si naturelle de l'échelle en octaves. Comme
dans l'opinion des élèves de Guido, leur maître n'avait reconnu que six notes, il fallait de toute force créer une
gamme de six notes. Or l'échelle musicale se composait, à
cette époque, de deux octaves et une quinte, soit de dix-
neuf notes, ni plus ni moins, depuis le Γ ou *sol* grave de
la voix de basse jusqu'au *ré* du médium de la voix de
soprano. Elle se présentait ainsi dans les ouvrages de

Guido : Γ, A, B, C, D, E, F, G, a, b, c, d, e, f, g, aa,
bb, cc, dd, et voici comment on s'y prit pour la diviser
suivant le nouveau système : le premier hexacorde fut formé de la première série ou tranche de six notes qu'on dé-
tacha de la partie inférieure de l'échelle :

Γ, A, B, C, D, E.

Le demi-ton s'y trouvait placé au centre, entre la troisième et la quatrième note. L'hexacorde ainsi obtenu fut
adopté comme type et devint la formule sur laquelle les
autres hexacordes durent se calquer, de manière à présenter le même nombre de tons et demi-tons se succédant
dans le même ordre. Une fois cette règle posée, les autres
hexacordes se détachaient pour ainsi dire d'eux-mêmes de
l'échelle. Ainsi le second commençait à C et le troisième à
F. Les suivants n'étaient que la répétition des trois premiers à une octave supérieure ; quant au septième, il fallut
le compléter en ajoutant à l'échelle de Guido une vingtiè-
me note qui était le *mi*, désigné par ee dans la notation
alphabétique.

Voici le tableau de ces sept hexacordes :

1. Γ, A, B, C, D, E, soit : sol, la, si, ut, ré, mi (dur ou bécarre).
2. C, D, E, F, G, a, » ut, ré, mi, fa, sol, la (naturel).
3. F, G, a, b, c, d, » fa, sol, la, si♭, ut, ré (mol).
4. G, a, b, c, d, e, » sol, la, si, ut, ré, mi (dur ou bécarre).
5. c, d, e, f, g, aa, » ut, ré, mi, fa, sol, la (naturel).
6. f, g, aa, bb, cc, dd, » fa, sol, la, si♭, ut, ré (mol).
7. g, aa, bb, cc, dd, ee, » sol, la, si, ut, ré, mi (dur ou bécarre).

La grande bizarrerie de ce système était qu'il n'avait
point de nom pour une note qui se trouvait cependant
comprise dans l'échelle des sons et que l'on ne pouvait en
expulser, d'où résultait un grand embarras lorsque cette

note se présentait dans un morceau de chant qu'il s'agissait de solfier. Pour surmonter cette difficulté, on ne trouva rien de mieux que de changer le nom des notes suivant
les circonstances, et d'appeler invariablement *mi* et *fa* celles entre lesquelles se trouvait placé le demi-ton. *Muances*
était le terme dont on se servait pour désigner ces changements, par suite desquels une même note pouvait recevoir jusqu'à trois dénominations différentes. Ainsi, dans
ces deux successions : c, d, e, f, g, a, ♮, c. — g, a, b, c,
la note c s'appelait successivement *ut, fa* et *sol*[1]. En outre,
les trois formules d'hexacorde avaient un caractère et un
nom particuliers : la gamme qui commençait par *ut*, ne contenant point la fatale note B, s'appelait hexacorde *naturel*;
celle qui commençait par *fa*, ayant le bémol à la quatrième
note, s'appelait hexacorde *mol*; enfin, on donnait le nom
d'hexacorde *dur* à la gamme commençant par *sol*, où se
trouvait le B carré (*si* naturel). Et il était fort important
de s'assurer d'avance si un morceau devait se chanter par
nature, par *mol* ou par *bécarre*, parce qu'il y avait des
règles particulières à observer pour chaque cas.

Mais en voilà assez sur ce bizarre système des hexacordes et sur celui des muances qui en était le corollaire obligé. Le peu que j'en ai dit suffit à faire comprendre la
confusion qui devait en résulter et les difficultés inextrica-
bles qu'il offrait dans la pratique. Et cependant, malgré
toute son absurdité, malgré toutes les raisons qui auraient
dû le faire abandonner, ce système se soutint pendant des
siècles : pendant des siècles il fit le désespoir des professeurs et des écoliers; et ce n'est que vers la fin du XVIme
siècle qu'on pensa enfin à donner un nom à cette septième

---

[1] *ut*, ré, mi, fa, sol, la, si, ut. — sol, la, si♭, ut.
ré, mi, *fa*.   ré, mi, fa, *sol*.

note d'où venait tout le mal, ou plutôt à lui rendre un nom qu'elle avait toujours eu, et que, par suite d'une aberration d'esprit mal justifiée par leur aveugle soumission aux prétendues doctrines d'un maître vénéré, les musicologues du moyen âge avaient sottement retranché. L'historien de la musique doit une couronne au Flamand *Waelrant* (vers 1550), qui, en réintégrant la septième note dans ses droits et en lui donnant son nom de *si*, mit fin d'un coup au système des hexacordes et rejeta les muances dans les limbes du moyen âge.

Il est juste de reconnaître qu'après s'être ingénié à rendre aussi difficile que possible la lecture de la musique, on inventa des procédés pour faciliter la pratique des muances. L'un de ces procédés jouit pendant longtemps d'une grande faveur : c'était la *main harmonique*, appelée plus communément *main guidonienne*, parce qu'on ne manqua pas d'en attribuer avec tout le reste, et avec aussi peu de raison, l'invention à Gui d'Arezzo. Sur les phalanges et aux extrémités des cinq doigts d'une main ouverte, on inscrivit les notes de l'échelle dans un ordre particulier, en ajoutant au nom de chaque note les dénominations diverses qu'elle recevait par suite des muances. Forkel remarque, à propos de la main guidonienne, que ce n'était qu'une espèce de jeu ; qu'on aurait pu à la rigueur trouver cent autres procédés qui auraient peut-être mieux rempli le but, mais que la main avait l'avantage de mieux frapper l'imagination, de se graver plus facilement dans la mémoire, et surtout de mieux s'approprier au goût du temps, par suite de la coïncidence quasi cabalistique des 19 points fournis par les phalanges et les extrémités des doigts avec les 19 notes de l'échelle de Guido : « L'inventeur de la main, » ajoute-t-il, « connaissait son épo-

que, et il réussit probablement, au moyen de ce jeu in-
structif, à développer le goût de la musique et à se rendre
ainsi plus utile à l'art que s'il eût fait quelque découverte
importante. »

Gui d'Arezzo mourut vers le milieu du XIme siècle. Dès
ce moment la musique fit de rapides progrès, grâce peut-
être à l'impulsion donnée aux études musicales par le
moine de Pomposa. Aussi peut-on considérer le XIIme siècle
comme une époque décisive pour notre art. Il se fit alors
un travail qui, bien que sourd et caché au point d'échapper au contrôle de l'historien de la musique, n'en fut pas
moins actif et fécond. C'est à cette époque, en particulier,
qu'on doit faire remonter la transformation des neumes en
notes carrées et la constitution définitive de la portée de
quatre lignes, telle qu'elle est encore aujourd'hui en usage dans les livres de plain-chant (Planche II, n° 5). Le
système des lignes, à la fois si simple et si rationnel, devait en effet s'imposer partout; et à mesure qu'il prévalut,
les neumes durent recevoir une forme plus nette et plus
précise. Leurs traits déliés se confondant avec les lignes,
il fallut leur donner un corps plus apparent, et bientôt ce
qui n'était d'abord qu'un simple angle aigu, un trait courbé ou contourné, prit peu à peu la forme d'un point carré
à contours nettement accusés. Une fois ce premier pas fait,
il était tout simple qu'on en vînt à imaginer plusieurs
figures de notes et à faire correspondre chacune de ces
figures à une valeur déterminée de temps ou de durée, afin
de rendre ainsi la notation capable de répondre aux nouveaux besoins de l'harmonie.

L'harmonie, en effet, n'était point restée stationnaire.
En faisant l'essai de nouvelles combinaisons d'intervalles,
on s'était convaincu qu'il y avait d'autres consonnances

que la quarte et la quinte; que la tierce et la sixte, en particulier, si décriées jusqu'alors, n'étaient point aussi désagréables à l'oreille qu'on voulait bien le dire, que leur emploi, aussi bien que celui des dissonances passagères résultant de la rencontre de deux notes contiguës de l'échelle diatonique entendues simultanément, pouvait avantageusement s'entremêler aux suites de quartes et de quintes et en rompre la monotonie. Enfin on avait compris qu'il était bon de donner aux voix une allure plus libre, de les rendre plus indépendantes les unes des autres, de faire entendre, par exemple, en même temps, une seule note dans l'une des parties et deux dans une autre. Une fois sur cette voie, il fallut bien déterminer la durée de chaque note et chercher à la rendre sensible aux yeux en créant plusieurs figures de notes. Dès lors, la notation pouvait être regardée, quoique dans une certaine mesure, comme parfaite, puisque l'intonation était indiquée par la place de la note sur les lignes ou entre les lignes de la portée et sa valeur par sa forme.

Tous ces perfectionnements de détails, soit dans la notation, soit dans la théorie et dans la pratique de l'harmonie, signalent une phase intéressante de l'histoire de l'art, et donnent à cette époque une grande importance. La transformation qui s'opéra alors doit être considérée comme le premier pas fait par la musique pour s'affranchir du joug de l'Église et des traditions grégoriennes. La faculté de disposer de notes de différentes valeurs était un don inappréciable fait à la musique, car c'était lui donner les moyens de se mouvoir librement, c'était lui donner le rhythme, sans lequel il n'y a pas de vraie mélodie, le rhythme qu'on a si justement nommé l'âme de la musique, le rhythme enfin qui, banni de l'Église, s'était conservé dans les chansons populaires en dépit de tous les efforts faits pour l'anéantir et qui rentrait maintenant dans ses droits.

On peut dire qu'il y eut alors une véritable scission entre le plain-chant qui continua pendant quelque temps encore à n'employer que des notes d'égale valeur ou tout au plus, et tout à fait empiriquement, de deux valeurs de notes, et la nouvelle musique qui prit le nom de musique *figurée* par allusion aux diverses figures données aux signes de notation, ou musique *mesurée (mensurable* proprement), parce qu'elle admettait différentes valeurs de notes.

On aura déjà pu remarquer que, pendant la plus grande partie du moyen âge, l'histoire de la musique n'est, à tout prendre, que l'histoire des ouvrages des théoriciens sur la musique. Cela provient en premier lieu de ce que l'art musical est en voie de formation, qu'il se cherche pour ainsi dire, et en second lieu, de ce que la musique n'a jamais été pour les savants musicologues du moyen âge un art de sentiment, mais une science de calcul et de combinaison, à l'étude de laquelle ils ne se livraient qu'en prenant pour guides les écrits fort abstraits et très-confus, comme nous l'avons vu, des anciens sur la matière. L'époque où nous sommes arrivés fut peut-être plus féconde encore que les précédentes en théoriciens; mais il serait fort difficile de déterminer d'une manière un peu précise la part qui revient à chacun dans le mouvement musical auquel ils furent tous plus ou moins mêlés.

Celui de tous ces théoriciens qui s'est fait de beaucoup le nom le plus célèbre, et dont les ouvrages exercèrent le plus d'influence, est Francon de Cologne, au sujet duquel une controverse assez vive s'est élevée récemment. Les anciens écrivains s'étaient tous accordés à placer l'existence de ce musicien dans la seconde moitié du XIme siècle, à en faire ainsi presque un contemporain de Guido. Suivant eux, Francon aurait été écolâtre (*scolasticus*) de la cathédrale de Liége, où il vivait encore en 1083. Mais Kiesewetter a entrepris de démontrer, par des raisons tirées surtout de l'examen de ses ouvrages, dans lesquels se trouve l'exposition d'un système plus avancé de beaucoup que celui de Guido, surtout en ce qui concerne la mesure et l'harmonie, que Francon n'a pu vivre que cent et même cent cinquante ans après ce dernier. Pour le croire son contemporain, il faudrait supposer qu'il a créé de toutes pièces son système de la musique mesurée; or Francon lui-même vient détruire cette hypothèse, car il parle de la musique mesurée comme d'une chose connue et pratiquée de son temps. Au surplus la question n'est pas vidée, car si la plupart des écrivains allemands et Coussemaker se sont rangés à l'avis de Kiesewetter, Fétis a pris parti pour l'écolâtre de Liége, et l'on ne saura vraiment à quoi s'en tenir en ce qui concerne Francon que lorsqu'on aura découvert quelque document authentique sur son compte. En attendant, nous pouvons, sans trop d'inconvénient, admettre que les ouvrages de ce théoricien présentent l'état des doctrines musicales du XIIme siècle.

Le plus intéressant et le plus complet de ces ouvrages est un *Traité sur la musique et le chant mesurés*. L'auteur y définit la musique mesurée, « un chant mesuré par des *temps* brefs et des temps longs, » et il ajoute que « dans la musique plane (plain-chant) il n'y a rien de semblable. » Le *temps* est « une mesure fixe appliquée aussi bien à un son émis et soutenu qu'à un silence appelé communément pause, car, dit-il, la pause se mesure aussi par le temps;

sans cela, « deux chants différents, dans l'un desquels se trouveraient des pauses, ne pourraient point être réduits aux mêmes proportions. »

On se sent déjà ici sur un tout autre terrain que celui de Guido. La notation nous montrera un progrès encore plus marqué (Planche III, n° 1). Francon distingue trois sortes de notes : les *notes simples*, les *ligatures* et les *pliques*. Les notes simples étaient au nombre de quatre :

1° La *double longue* ou *maxime*, formée d'un double point carré, avec queue à droite ;

2° La *longue*, formée d'un point carré avec une queue à droite ;

3° La *brève*, formée d'un point carré sans queue ;

4° La *semi-brève*, formée d'un point en losange.

Voilà donc quatre valeurs de notes bien nettement déterminées et qui devaient permettre au chant à plusieurs voix une liberté d'allure suffisante, car elles répondaient à toutes les exigences d'une rhythmique encore peu compliquée. Cette première notation, caractérisée par des notes à tête pleine, est connue sous le nom de *notation noire*, pour la distinguer de la notation blanche qui remplaça la première dans le courant du XIVme siècle.

La *plique* était un ornement du chant, une espèce d'appoggiature qui représentait un intervalle de seconde, de tierce ou même de quarte et de quinte. Sa forme était celle d'une note carrée ou brève, pourvue de deux queues d'inégale longueur et tournées tantôt en haut, tantôt en bas, suivant la valeur de la note qu'elle représentait.

Les *ligatures* ont joué un grand rôle dans la musique du moyen âge. Elles servaient, comme leur nom l'indique, à unir, à lier ensemble plusieurs notes qui ne formaient dès lors qu'une seule et même figure. Mais au lieu d'employer dans ce but un simple trait de liaison, comme nous le faisons aujourd'hui, on liait les notes en les juxtaposant, quand il ne s'agissait que d'un intervalle de seconde, et en les réunissant toutes ensemble par de larges traits obliques lorsqu'il s'agissait d'intervalles plus grands.

Enfin, d'autres signes appelés *pauses* étaient destinés à représenter les silences. On en comptait plusieurs espèces qui exprimaient autant de différentes valeurs dedurée. Ces signes n'étaient autre chose que des barres verticales qui occupaient une partie plus ou moins grande de la portée.

Si du peu de détails dans lesquels j'ai dû me renfermer on concluait à la simplicité de ce système de notation, on tomberait dans une grande erreur. Les érudits du moyen âge, qu'ils fussent musiciens, théologiens ou philosophes, semblent avoir eu l'horreur du simple et du naturel, et ils trouvaient dans les combinaisons de la mesure une trop belle occasion de donner satisfaction à leur manie d'analyse et de classification, et à leur passion de toutes les subtilités de la scolastique pour qu'ils se fissent faute d'en profiter. Aussi le procédé de notation, dont je n'ai donné qu'une courte analyse, se compliquait-il d'une foule de règles escortées d'autant d'exceptions, et fondées pour la plupart sur la place qu'occupaient les uns par rapport aux autres les différents caractères de notes et de silences. C'est ainsi que la longue, par exemple, valait tantôt trois temps, tantôt deux, selon le nombre et la nature des notes dont elle était précédée ou suivie. Dans les mêmes circonstances, la brève était tantôt simple, tantôt double, la semi-brève tantôt majeure, tantôt mineure, sans compter bien d'autres cas où ces différentes valeurs de notes étaient modifiées par d'autres raisons.

Le système des ligatures était encore plus compliqué, s'il est possible; car il existait pour cette espèce de signe un grand nombre de règles spéciales et sans analogie avec celles qui déterminaient la valeur des notes simples. Ainsi chacune des notes dont se composait une ligature avait une valeur différente suivant qu'elle se trouvait au commencement, au milieu ou à la fin, suivant que la ligature était ascendante ou descendante, qu'elle était sans queue ou avec queue, suivant que la queue était tournée en bas ou tournée en haut, placée à droite ou placée à gauche; de là naissaient de nombreuses catégories de ligatures : ligature *avec propriété*, ligature *sans propriété*, ligature *avec propriété opposée*, etc., etc.

De la disposition et de la combinaison, dans un morceau de chant, des maximes, des brèves et des semi-brèves résultaient différentes sortes de groupes rhythmiques que Francon appelle des *modes*, et qui avaient une grande analogie avec ce que les anciens désignaient sous le nom de *mètres*. Ainsi une longue suivie d'une brève − ∪ (trochée), une brève suivie d'une longue ∪ − (iambe), une longue suivie de deux brèves − ∪ ∪ (dactyle), etc., étaient autant de modes différents. Mais l'emploi de ces modes n'avait point pour effet de donner à un chant un rhythme déterminé, en le faisant rentrer dans quelqu'une des combinaisons de la mesure binaire ou ternaire; car au temps de Francon, et peut-être même avant lui, on ne connaissait pas d'autre division du temps que la division ternaire; et il paraît positif, malgré tout ce que ce fait peut présenter d'incroyable [1], que la mesure binaire, qui

[1] La remarque est de Coussemaker, et il l'appuie de l'autorité de Jean des Murs dont il cite le passage suivant : « Les anciens (c'est-à-dire Francon et ses contemporains) n'employaient dans tous leurs chants que

nous paraît la plus simple et la plus naturelle, était bannie, je ne dis pas de la musique vulgaire, mais de la musique savante. En veut-on savoir la raison ? « Le nombre trois, » dit Francon, « est le plus parfait, parce qu'il tire son nom de la Trinité qui est la pure et vraie perfection. » Et c'est pour cela que la longue s'appelait *parfaite* quand elle valait trois temps et *imparfaite* quand elle n'en valait que deux ; il en était de même pour le mode qui, lui aussi, était *parfait* ou *imparfait,* suivant que les notes qui y entraient valaient trois temps ou deux temps. La perfection ou l'imperfection du mode s'indiquait par des signes qui étaient placés au commencement du morceau lorsqu'il était tout entier composé dans le même mode, ou dans le courant du morceau quand le mode venait à changer. Dans ce dernier cas, on faisait aussi quelquefois usage de notes colorées en rouge.

De tout ce que nous venons de dire, il résulte que ce mot de musique *mesurée* est au fond un véritable trompe-l'œil, et qu'il faut bien se garder de croire que cette musique pût se lire avec la même facilité que la nôtre. Outre que la valeur des notes, comme nous venons de le voir, n'avait rien de fixe, puisqu'elle dépendait d'une foule de circonstances pour chacune desquelles il y avait une règle spéciale que le chanteur devait appliquer instantanément et qui donnait aux notes une valeur différente du signe qui les représentait, il manquait à ce système de notation deux éléments essentiels : les barres de mesure et les signes indicateurs de la mesure. Que l'on pense à la diffi-

les modes parfaits et la mesure parfaite. Il n'en est pas de même des chanteurs modernes ; ils ont un double mode, le mode parfait et le mode imparfait ; ils ont une double mesure, la mesure parfaite et la mesure imparfaite. » Coussemaker, 206.

culté que nous aurions à déchiffrer un morceau de musique qui serait dépourvu de ces indications, pour peu qu'il fût composé de notes de différentes valeurs! Et que serait-ce, si bon nombre de ces notes devaient avoir une valeur autre que celle du signe qui les représente! Quelle confusion! quel chaos! On en est à se demander si cette soi-disant musique mesurée était vraiment rhythmée, c'est-à-dire si la mélodie se décomposait en groupes comprenant un nombre variable de notes, mais dont la valeur totale était toujours égale et représentait un intervalle de temps partout identique, et si, en outre, ces groupes ou mesures, comme nous dirions aujourd'hui, rentraient toutes également dans l'une ou l'autre des différentes espèces de mesures à deux, à trois ou à quatre temps. On a pu voir, en effet, que nos vénérables aïeux partaient d'un principe tout différent de celui des modernes, du moins en ce qui concerne la musique; car, tandis que nous faisons tous nos efforts pour simplifier le plus possible notre système musical et pour le rendre abordable, intelligible au plus grand nombre, les théoriciens du moyen âge semblent avoir pris plaisir à faire de la musique un objet d'effroi pour le commun des mortels, une sorte de science occulte, aux mystères de laquelle on ne pouvait être initié qu'au prix d'un travail opiniâtre et d'une persévérance à toute épreuve. Et pour qu'on ne pense pas que j'ai rien exagéré, je rapporterai un passage très-significatif du savant Forkel, dont l'autorité en cette matière ne saurait être récusée : « Quelque confus, » dit-il, « que soit le système de notation de Francon, j'ai cru devoir en exposer l'essentiel, afin de fournir au lecteur qui aurait envie de s'y casser la tête de quoi contenter son désir. Le système des modes est assez compréhensible; mais la combinaison de ces pieds ou mètres, où les différentes valeurs de notes n'ont jamais rien de fixe, mais dépendent de la valeur des notes qui les précèdent ou les suivent, est si peu compréhensible et présente tant d'incertitude et de confusion, qu'il devient extraordinairement difficile de s'y retrouver; le résultat qu'on pourrait obtenir serait d'ailleurs hors de proportion avec la peine qu'on se serait donnée. »

Si les écrits de Francon nous renseignent assez exactement sur son système de notation, il n'en est pas de même en ce qui concerne l'harmonie, parce que l'unique chapitre qui traite de cet intéressant sujet est plus obscur et plus difficile à comprendre que le reste, d'autant plus que les exemples cités par l'auteur sont fort inexactement reproduits par le savant écrivain (l'abbé Gerbert), auquel on doit la conservation des écrits de Francon. On peut y relever toutefois quelques indications précises et qui ont une certaine importance; ainsi, en ce qui concerne les consonnances ou *concordances*, comme il les nomme, on voit qu'il en distingue trois espèces : les concordances *parfaites,* qui sont l'unisson et l'octave; les concordances *moyennes,* qui sont la quinte et la quarte, et les concordances *imparfaites,* qui sont les deux tierces, mineure et majeure.

On voit par là que les doctrines harmoniques de Francon, en ce qui concerne la nature des intervalles et leur classification en dissonances et consonnances, ne diffèrent guère de celles de ses devanciers. La tierce n'est encore qu'une concordance imparfaite et cède le pas à la quarte et à la quinte qui, dit-il, « sonnent plus agréablement à l'oreille que la tierce. » Mais ce qu'il y a de plus extraordinaire encore, c'est qu'après avoir admis la tierce dans les consonnances, il range dans les dissonances la sixte qui n'est au fond que le même intervalle renversé.

Rien ne prouve mieux que Francon, comme tous les théoriciens du moyen âge, était sous l'influence de certaines idées préconçues, et qu'il se laissait guider beaucoup plus par des considérations étrangères à l'art que par les impressions de ses oreilles.

Mais si la théorie de l'harmonie semble être stationnaire, il y a progrès dans la pratique, et l'harmonie diaphonique est déjà bien menacée. En effet, dès le temps de Francon, il existait une autre harmonie appelée *déchant* (*discantus*) dont il faut bien dire quelques mots. Le déchant, comme son nom l'indique, n'était originairement qu'un chant à deux voix, et se composait de la mélodie appelée *ténor* et de l'accompagnement qui formait le déchant proprement dit. Ce qui le distinguait de l'organum, c'est qu'il était mesuré, tandis que l'harmonie diaphonique était sans mesure et note contre note, la partie principale entraînant avec elle la voix d'accompagnement qui n'avait pas une marche libre, indépendante. Francon définit le déchant « une consonnance de plusieurs chants différents, dans laquelle ces chants différents sont ajustés proportionnellement au moyen des notes longues, brèves et semi-brèves, et représentés dans l'écriture par des figures diverses. » Cette définition, qui n'est appuyée d'aucun exemple, serait assez difficile à comprendre, si l'on ne possédait plusieurs déchants des XIIme et XIIIme siècles qui sont venus éclaircir tous les doutes, et nous renseigner d'une manière exacte sur la nature et le mode de composition de ce curieux produit de l'art musical du moyen âge. Rien n'était plus simple que le procédé usité pour déchanter : on prenait dans le recueil des chants liturgiques une mélodie quelconque, et l'on y adaptait quelque autre chant, religieux ou profane, peu importait, dont l'ensemble mélodique semblait susceptible de s'harmoniser tant bien que mal à ce thème. On ajustait ensuite les deux chants en modifiant la valeur des notes, prolongeant les unes, diminuant les autres, de telle manière que les deux parties pussent être exécutées ensemble.

Mais on ne s'en tint pas là, et le goût des déchants se propageant de plus en plus, on se mit bientôt à en composer à trois et même à quatre voix; le déchant à trois voix s'appelait *triplum,* celui à quatre voix *quadruplum.* Il va sans dire que le procédé n'était pas autre que celui employé pour le déchant simple ou à deux voix, en sorte que les déchants à plusieurs voix offraient jusqu'à trois et quatre mélodies différentes qui s'agençaient Dieu sait comment, car il n'est pas probable que les amateurs de déchant se donnassent la peine de se mettre en tête toutes les règles compliquées de l'art du déchant, et que, à supposer qu'ils les eussent apprises, il leur fût bien facile de les appliquer séance tenante, s'il est vrai, comme quelques écrivains l'affirment, que le déchant fût généralement improvisé.

La plus grande singularité du déchant, c'est que les voix ne chantaient point sur les mêmes paroles. La partie d'accompagnement pouvait se chanter sans paroles; mais quand elle avait des paroles, il va sans dire qu'elles étaient toutes différentes de celles de la mélodie principale, et qu'elles faisaient souvent le contraste le plus choquant. Coussemaker a publié plusieurs déchants de cette espèce qui sont fort curieux; tandis que la voix principale chante les paroles latines d'un fragment de plain-chant tiré de la liturgie, la voix supérieure l'accompagne en chantant des airs populaires avec des paroles comme celles-ci : *Lonc le*

*rieu de la fontaine… Dames sont en grand esmai… Dieus
je ne puis la nuit dormir…* (Planche III, n° 3).

Le procédé du déchant était sans doute bien grossier,
et devait amener des combinaisons harmoniques bien
étranges; mais, en choisissant les mélodies, il y avait à la
rigueur moyen de former une harmonie capable de charmer des oreilles habituées à la dure cacophonie de l'organum. Plusieurs écrivains, avons-nous dit, prétendent que
le déchant était souvent improvisé, ce qui serait difficile
à admettre pour le cas d'un triplum ou d'un quadruplum,
mais ce qui peut, jusqu'à un certain point, se comprendre
quand il ne s'agissait que d'un déchant à deux voix. Quoi
qu'il en soit, improvisé ou écrit, le déchant valait mieux
que l'organum et devait peu à peu se substituer à ce dernier. En effet, le mot organum a déjà chez Francon une
signification un peu différente que du temps d'Hucbald. Il
le définit « une espèce de déchant mesuré dans quelques-
unes de ses parties seulement, » ce qui prouve que l'organum tendait à se modifier sous l'influence des progrès de
l'harmonie et de la musique en général, et que, s'il se
conserva encore longtemps dans l'Église, ce n'était plus
dans sa forme originaire.

CHAPITRE IV

Premiers documents de musique vulgaire. Les Troubadours et les Trouvères. Chansons du châtelain de Coucy et de Thibaut de Champagne. Chansons à trois-voix d'Adam de la Hale : *li Gieus de Robin et de Marion.* — Du théâtre au moyen âge. — Le *faux bourdon,* troisième système harmonique et point de départ de l'harmonie moderne. — Réprobation que rencontre la musique mesurée de la part du clergé. — Mensuralistes du XIVme siècle : Marchetto de Padoue et Jean des Murs. — Compositions de Guillaume de Machault et de Landino.

Pendant le XIIIme siècle, l'harmonie resta, à peu de chose près, dans le même état où nous l'avons vue à l'époque de Francon. Les ouvrages de ce dernier font seuls règle, et les mensuralistes de ce temps se contentent de les commenter sans y rien ajouter. Les noms de ces théoriciens sont donc peu intéressants à connaître, et il suffira de mentionner Jérôme de Moravie, dont le traité de musique offre, au dire de Coussemaker, une véritable encyclopédie musicale.

L'intérêt que présente cette époque n'est donc point dans les écrits des théoriciens, qui ne s'occupent d'ailleurs que de la musique savante; mais il se concentre tout entier sur la musique profane, qui se trouve alors mêlée à un mouvement littéraire important, et sur laquelle des documents authentiques jettent un jour intéressant. Le XIIme et le XIIIme siècles sont, en effet, une époque remarquable, brillante même, dans les fastes de la littérature française. C'est alors que l'on vit s'épanouir les premières fleurs de la langue romane dans les poésies des Troubadours pro-

vençaux et des Trouvères du nord de la France. Les troubadours étaient pour la plupart des seigneurs, de nobles
chevaliers, passionnés pour le *gay sabèr*, et qui célébraient
dans leurs vers la beauté de leurs dames, ou les exploits
des preux ; seuls ou le plus souvent accompagnés d'un
jongleur ou ménestrel, ils allaient de château en château
récitant ou chantant leurs poésies en se faisant accompagner de quelque instrument, et rencontraient partout un
accueil empressé. Ces poésies toutes lyriques, et composées d'un petit nombre de strophes, étaient éminemment
propres à être mises en musique et chantées ; et c'est sans
aucun doute sous cette forme que les troubadours les faisaient entendre. Quant aux ouvrages des trouvères, ils se
composaient de longs poëmes historiques ou épiques appelés *chansons de gestes*, expression qui indique assez qu'ils
étaient chantés, par fragments sans doute et comme le faisaient les rhapsodes de l'ancienne Grèce pour les poëmes
homériques. La plus célèbre de ces chansons de gestes est
la *Chanson de Roland*, qui était si populaire qu'on l'a appelée la Marseillaise de la chevalerie. Il est hors de doute
que les chevaliers en savaient par cœur des fragments
tout entiers qu'ils chantaient au moment de marcher à
l'ennemi. C'est là un fait attesté par un chroniqueur du
XIIme siècle : dans son *Roman du Rou*, Robert Wace raconte qu'au moment où, sur le champ de bataille d'Hastings, les Normands, conduits par leur duc Guillaume, allaient en venir aux mains avec les soldats saxons d'Harold, un chevalier, appelé Taillefer, sortit des rangs et,
en faisant caracoler son cheval, se mit à entonner la
chanson de Roland. Voici le passage traduit littéralement
du roman wallon :

Taillefer qui très-bien chantait
Sur un cheval qui vite allait
Devant le Duc allait chantant
De Charlemagne et de Roland
Et d'Olivier et des vassaux
Qui moururent à Roncevaux.

On possède une collection assez volumineuse des poé-sies des troubadours ; mais un bien petit nombre ont été retrouvées avec les airs sur lesquels on les chantait. Le savant Perne a publié avec la musique plusieurs chansons composées par le châtelain de Coucy, mort au siége de St-Jean d'Acre en 1191, pendant la troisième croisade, et célèbre par ses amours avec la dame de Fayel ; mais il a eu la malencontreuse idée d'y ajuster par-ci par-là des dièzes et des bémols et d'y joindre un accompagnement de piano. Ce procédé les rend fort chantables, mais il leur a ôté tout leur caractère. Si l'on veut avoir une idée juste de la musique profane de ce temps, il faut les chanter tel-les qu'elles sont ; on reconnaît alors que, quoiqu'elles aient une allure mélodique plus dégagée, leur tonalité ne diffère pas beaucoup de celle du plain-chant, et que ces mélodies s'éloignent encore trop de notre musique moderne pour que nous puissions y trouver quelque charme (planche IV, n° 1). Ce pouvait être de la musique profane, mais à coup sûr ce n'était pas de la musique populaire.

Une autre chanson intéressante de ce même temps, qui nous a aussi été conservée, est du célèbre Thibaut, comte de Champagne, qui vécut dans la première moitié du XIIIe siècle et que l'on a appelé un troubadour égaré dans le Nord (planche IV, n° 2). La mélodie en est beaucoup plus intelligible que celle de la chanson du sire de Coucy : le ton de *sol* majeur ressort facilement au moyen d'un seul dièze mis au *fa*, et ce qu'on appelle la carrure des phra-

ses, c'est-à-dire la division mélodique en groupes de quatre mesures, ne laisse rien à désirer. Mais le progrès est
bien autrement sensible dans les chansons d'un trouvère,
à la fois poëte et musicien, de la seconde moitié du XIIIme
siècle, dont un assez grand nombre de compositions récemment découvertes et publiées par Fétis sont venues
jeter sur l'état de la musique profane de cette époque un
jour tout nouveau, sous le rapport de la mélodie comme
sous celui de l'harmonie. Voici les détails biographiques
que Fétis a donnés sur ce personnage : « Adam de la Hale,
surnommé le Bossu d'Arras, à cause de sa difformité et du
lieu de sa naissance, vit le jour en 1240. Il porta l'habit ecclésiastique, mais son humeur inconstante le lui fit bientôt
quitter pour le reprendre ensuite. A la fin, il épousa une jeune
damoiselle qui, pendant qu'il la recherchait, lui semblait réunir tous les agréments de son sexe, et qu'il prit en aversion
dès qu'elle fut devenue sa femme. Il s'en sépara donc, et vint
à Paris où il se mit à la suite du Comte Robert d'Artois.
Ce prince ayant pris part à une expédition envoyée par le
roi de France au secours de son oncle, le roi de Naples
Charles d'Anjou, Adam le suivit en Italie où il mourut. »
A la fois poëte et musicien, Adam de la Hale montra surtout un grand talent pour la chanson ; mais, ce qui le distingue des autres trouvères ses confrères, c'est qu'il avait
étudié l'harmonie, de telle sorte qu'il était aussi capable
de composer un accompagnement que d'inventer des mélodies, et l'on possède de lui un assez grand nombre
de chansons à plusieurs voix intitulées *li Rondel Adan*,
c'est-à-dire les Rondeaux d'Adam, dont l'harmonisation
s'éloigne considérablement de l'ancienne diaphonie (planche V, n° 1). A la vérité, on y rencontre encore des suites
de quintes et d'octaves ; mais elles sont entremêlées de

tierces, de sixtes et même d'accords parfaits, ce qui, avec quelques marches harmoniques en mouvements contraires, donne à l'ensemble de la composition un certain caractère d'élégance. C'est encore une musique bien grossière; mais enfin c'est un premier pas vers le mieux.

On a aussi d'Adam de la Hale plusieurs compositions à trois voix, soit *motets*, dans le genre des déchants, et où les voix d'accompagnement (motet et triplum) chantent des chansons populaires et galantes en paroles françaises, tandis que le ténor a une mélodie de plain-chant. Mais celui de tous les ouvrages de ce poëte qui offre le plus d'intérêt à l'historien de la musique, c'est une espèce de pièce dramatique, avec couplets en musique, intitulée *li Gieus de Robin et de Marion*, sur laquelle Fétis a justement attiré l'attention. Composée, suivant toute probabilité, à Naples, pour le divertissement de la cour qui était toute française, cette pièce peut être considérée à la rigueur comme le premier essai de ce que nous appelons aujourd'hui *opéra-comique*. Elle est, en effet, divisée par scènes et entremêlée de chants qui consistent en airs, couplets et duos dialogués, auxquels viennent se mêler parfois les sons de la musette et du flageolet. Marion aime Robin et exprime son amour dans un air (planche V, nº 2); survient un jeune chevalier qui veut la séduire; elle rejette ses propositions et déclare qu'elle n'aimera jamais que Robin. Mais le jeune chevalier revient à la charge et enlève la *bergeronnette* sous les yeux de Robin qui ne sait que se désespérer. Lorsqu'ensuite elle a réussi à s'échapper des mains de son ravisseur, bergers et bergères se livrent aux jeux et à la danse. La musique de cette petite pièce, quelque faible que soit la part qui lui est faite, est intéressante. Tout s'y réduit, à la vérité, à de petits airs ou plutôt à de petits couplets (planche V, n° 3); mais les mélodies ne sont point dépourvues de grâce et n'ont rien de commun avec cette lourde psalmodie, comme on en trouve tant d'exemples dans les chansons des trouvères; ce sont des chansons bien rhythmées, dont les phrases ne manquent ni de régularité, ni de symétrie.

Cette pièce de *Robin et Marion* nous amène tout naturellement à jeter un coup d'œil sur l'état où se trouvait le théâtre au moyen âge, et à examiner le rôle qu'y jouait la musique. Les recherches faites dans ces dernières années par de savants archéologues ont abouti à la découverte de quelques manuscrits qui jettent un jour tout nouveau sur un sujet jusqu'alors mal connu, et il est aujourd'hui constaté que, pendant toute cette longue période, l'art dramatique ne sommeilla point, et qu'il y eut même, à partir d'une certaine époque, deux formes assez différentes de drames, l'un religieux, à l'usage du peuple, et l'autre profane, à l'usage des personnes d'une condition plus relevée.

Pour trouver l'origine du drame religieux, il faut remonter jusqu'à ces bizarres et naïves représentations scéniques qui se donnaient dans l'intérieur même des églises, et comme accompagnement des liturgies, pour la plus grande édification des fidèles. Les grandes fêtes religieuses, telles que le Vendredi-Saint, Pâques et Noël, qui rappelaient les circonstances les plus saisissantes de la vie du Sauveur, sans compter les fêtes des saints les plus populaires, étaient surtout favorables à une mise en scène qui, bien que grossière, ne pouvait manquer d'agir sur l'imagination des spectateurs. Les acteurs, qui n'étaient à l'origine que les prêtres et les desservants eux-mêmes, se contentèrent d'abord de réciter les textes bibliques en latin, et sans y rien changer. Peu à peu, on se permit d'y faire certaines additions, afin de donner à l'action représentée plus de développement et d'intérêt; puis, comme le latin n'était pas compris du public, on y fit entrer quelques fragments en langue vulgaire. De là vient le nom d'*épîtres farcies* donné à ces scènes dialoguées où les deux langues étaient employées à tour de rôle. A la fin, le latin céda complétement la place à la langue vulgaire, et, dès lors, ces sortes de drames, qu'on appelait *mystères*, sortirent de l'église et furent joués sur les places publiques par certaines confréries ou corporations d'acteurs ambulants qui transportaient leurs tréteaux d'une ville à l'autre.

Ces mystères étaient sans doute simplement récités, déclamés sur la scène; mais il y en avait qui étaient destinés à être chantés; et l'on doit à Coussemaker la publication en fac-simile d'un précieux manuscrit de la Bibliothèque de Paris, dans lequel se trouvent, entre autres morceaux intéressants, trois mystères tout en musique et notés en neumes du XIme siècle. Deux de ces mystères sont écrits entièrement en latin, et le troisième en latin entremêlé, farci de langue romane d'oc ou roman provençal. Ce dernier, de beaucoup le plus long et le plus intéressant, a pour sujet la parabole des *Vierges sages et des vierges folles;* c'est un curieux échantillon de ces épîtres farcies dont je viens de parler. Il est écrit en vers, et ces vers sont tous rimés, qu'ils soient en latin ou en langue vulgaire. En voici une analyse empruntée à Coussemaker lui-même : « Le chœur chante d'abord une espèce de prologue ou cantique à l'honneur de Jésus. Puis l'archange Gabriel, dans cinq strophes en roman, dites sur la même mélodie, annonce la venue du Christ et raconte ce que le Sauveur a souffert sur terre pour nos péchés. Chaque strophe est terminée par un refrain de deux vers, dont le second a le même chant que le premier vers de la strophe. Les vierges folles confessent leur faute, supplient leurs sœurs de prendre pitié de leur inexpérience et demandent secours. Ces trois strophes en latin ont une autre mélodie que les cinq précédentes ; elles sont terminées aussi par un refrain triste et plaintif dont les paroles sont en roman : *Dolentas ! chaitivas trop i avem dormit.* Les vierges sages refusent l'huile qu'on leur demande et invitent leurs sœurs à s'en procurer chez les marchands ; mais ceux-ci leur en refusent également et les renvoient. Toutes les strophes changent de mélodie à chaque changement de personnages. Le mystère se termine par l'intervention du Christ qui condamne les vierges folles. Les paroles prononcées par Jésus ne sont accompagnées d'aucune mélodie, soit que le musicien n'ait pas trouvé de chant qui lui ait paru digne d'être placé dans la bouche du Seigneur, soit que l'auteur du mystère l'ait voulu ainsi. »

Pour ce qui est de la musique, c'est une espèce de psalmodie assez monotone, dénuée de rhythme et de mesure, et qui a une grande analogie avec le plain-chant ; elle en diffère cependant par sa tonalité plus nettement accusée et qui donne aux mélodies un caractère un peu plus moderne. D'harmonie, il n'en est pas question.

Quant au drame profane, c'est-à-dire à celui dont les sujets étaient pris soit dans l'histoire grecque ou romaine, soit dans la société contemporaine, il est plus difficile de s'en faire une idée exacte. Les documents qui pourraient nous renseigner sont ici beaucoup moins nombreux, et l'on en est réduit aux essais dramatiques composés en latin par une certaine religieuse allemande, du nom de Hrosartha, et aux *Jeus* déjà cités d'Adam de la Hale. Mais cela suffit pour qu'on puisse en conclure que le drame profane, pour répondre à des exigences différentes, avait dû revêtir deux formes : l'une érudite, comme les drames d'Hroswitha, qui s'adressait aux clercs, aux savants pour lesquels la langue latine était la seule digne d'être écrite, et qui se jouait probablement dans l'intérieur des monastères ; l'autre plus populaire, plus mondaine et plus accessible aux différentes classes de la société illettrée. C'est à cette dernière forme qu'appartenait la pièce d'Adam de la Hale dont nous avons parlé, ainsi que deux autres du même genre que nous possédons de lui, et qui sont intitulées *li Jus Adan ou Jeu de la Feuillée* et *li Jus du pèlerin,* mais dans lesquelles la musique n'occupe qu'une place à peu près insignifiante.

Quoi qu'il en soit, du manque de documents originaux en fait de pièces dramatiques vulgaires composées pour le peuple et jouées sur les places publiques, on aurait tort de conclure à leur non-existence ; le peuple a dû avoir d'autres spectacles que ceux qui lui étaient offerts dans l'intérieur des églises, et « si aucune pièce de cette espèce n'est parvenue jusqu'à nous, c'est que l'autorité ecclésiastique non-seulement les a dédaignées, mais a manifesté contre elles, en toutes circonstances et non sans raison, une vive désapprobation. C'est à l'aide de quelques mots écrits en passant, dans des intentions toutes différentes, qu'il faut deviner leur existence. Leurs archives consistent surtout dans les prohibitions de l'autorité ecclésiastique [1]. »

Les nombreuses compositions à trois voix du Bossu d'Arras démontrent que l'usage de chanter en parties était déjà très-répandu en France. Aussi peut-on croire que c'est à cette époque que les chantres ou musiciens français

---

[1] Coussemaker, p. 140.

imaginèrent une espèce de déchant à trois voix qu'ils appelèrent *faux-bourdon*, et qui jouit pendant longtemps d'une grande vogue. Dans le faux-bourdon les deux voix supérieures qui accompagnaient la mélodie de plain-chant chantaient, l'une à la tierce, l'autre à la sixte au-dessus du ténor ; ce qui amenait une suite d'accords de tierce et sixte marchant par mouvements parallèles (Planche VI, n° 1) [1]. Les accords de sixte étaient trop mal vus par les théoriciens pour que ceux-ci se convertissent à cette nouvelle forme harmonique ; aussi n'en est-il fait aucune mention dans leurs ouvrages. Mais ce dédain n'empêcha pas le faux-bourdon de faire son chemin en France, d'où les chantres de la chapelle pontificale, qui avaient eu occasion de le connaître pendant le long séjour des papes à Avignon, l'apportèrent avec eux à Rome, où il paraît s'être conservé plus longtemps encore qu'en France.

Le faux-bourdon mérite peut-être plus d'attention qu'on ne lui en a donné jusqu'à présent. Il offre, en effet, le premier exemple de l'emploi pratique, usuel d'un accord qui n'est autre chose qu'un renversement de l'accord parfait ; on peut le regarder comme le premier pas fait résolûment hors du système de la diaphonie et du déchant proprement dit, où les quartes et les quintes avaient toujours eu la place d'honneur. Cette plus juste appréciation de la nature des tierces et des sixtes va briser enfin les liens au moyen desquels les savants avaient constamment cherché à rattacher la musique moderne à la musique grecque ;

---

[1] Ce faux-bourdon n'est pas tout à fait composé d'après les principes du genre, car l'on y trouve un certain nombre d'accords qui ne sont point des accords de sixte. Il est probable qu'il est l'œuvre de quelque savant musicien qui partageait les préjugés de ses confrères à l'endroit des sixtes et des tierces, et qui, tout en sacrifiant à la mode, aura cru devoir s'imposer une certaine réserve.

8

c'est le droit de cité donné à l'accord parfait, base de tout
notre système harmonique, et qui, une fois accepté, ne tardera pas à détruire l'ancienne tonalité du plain-chant, en
substituant aux huit tons ecclésiastiques une gamme unique ou plutôt notre double gamme majeure et mineure.
Toutefois les choses n'allèrent point aussi vite qu'on pourrait le supposer : les musiciens compositeurs, pas plus que
le public, ne pouvaient secouer d'un coup leurs habitudes
musicales, et il fallut encore bien du temps pour que le
principe posé produisît ses conséquences.

Au surplus, le faux-bourdon n'était point la seule forme
de déchant usitée en France à cette époque. Il y en avait
encore d'autres non moins bizarres : celui, par exemple,
où deux voix chantaient à l'unisson, sauf certains endroits
où le déchanteur descendait d'un degré en même temps que
le ténor montait d'un degré, ou vice versâ, ce qui amenait,
comme dans le faux-bourdon, des intervalles de tierce ou
de sixte. Dans une autre espèce de déchant, le déchanteur
exécutait, suivant son caprice, certains passages ou ornements qu'on nommait *fleurettes (fioriture)*. Quoique les
écrivains qui en parlent n'aient pas jugé nécessaire de donner des indications exactes sur cette espèce de déchant,
on peut présumer, vu l'état encore peu avancé de la science harmonique, vu la confusion des systèmes et le goût
grossier qui régnait partout, que ces fleurettes ne pouvaient guère produire qu'un effet bizarre et peu en rapport avec la majesté du saint lieu.

Le grand inconvénient de toutes ces espèces de déchants qui, sans nul doute, étaient improvisés, c'était de
laisser au déchanteur une liberté excessive et qui devait
infailliblement amener de fâcheux abus. En effet, s'il est
naturel d'admettre que les chantres des cathédrales

étaient familiarisés avec les règles compliquées qui concernaient les différentes sortes de déchant et avec celles qui déterminaient l'emploi des consonnances et des dissonances; il est certain que les chantres des petites villes et des campagnes n'étaient point aussi savants. Désireux de faire admirer l'agilité de leur voix et leur prétendue habileté, ils faisaient usage du déchant qui leur laissait le plus de liberté, au lieu de s'en tenir au plus simple et au plus facile. Et ils se faisaient sans doute d'autant moins de scrupule de violer les règles et de déchanter à l'aventure, qu'ils avaient affaire à des gens encore plus ignorants qu'eux et à des oreilles qui étaient fort peu capables de faire la distinction entre un déchant régulier et un déchant de fantaisie.

Mais les musiciens érudits ne pouvaient manquer de s'en scandaliser et de s'élever avec force contre les abus dont ils étaient témoins. On peut en juger par un passage curieux de Jean des Murs, dans lequel cet écrivain, exaspéré des excentricités que se permettaient les chantres de son temps, exhale contre eux toute sa bile : « De quel front, » dit-il, « osent-ils déchanter ou composer le discant, eux qui n'entendent rien au choix des accords, qui ne se doutent même pas de ceux qui sont plus ou moins concordants, qui ne savent ni desquels il faut s'abstenir, ni desquels on doit user le plus fréquemment, ni dans quels endroits il les faut employer, ni rien de ce qu'exige la pratique de l'art bien entendu! S'ils rencontrent, c'est par hasard; leurs voix errent sans guide sur le ténor; qu'elles s'accordent, si Dieu le veut; ils jettent leurs sons à l'aventure, comme la pierre que lance au but une main maladroite, et qui, sur cent fois, le touche à peine une..... O douleur! Ces défauts, on cherche, de notre temps, à les justifier par un absurde prétexte : c'est, disent-ils, une nouvelle espèce de déchant dans lequel on fait usage de nouvelles consonnances [1]. Mais leur musique offusque l'oreille et l'esprit de ceux qui en comprennent les défauts, et, au lieu de les charmer, leur cause une impression pénible. O prétexte absurde! ô excuse déraisonnable! Quel abus! quelle grossièreté! quelle bestialité! qu'on puisse prendre un âne pour un homme, une chèvre pour un lion, une brebis pour un poisson, un serpent pour un saumon! En effet, les concordances sont si bien confondues avec les discordances, qu'on ne peut plus les distinguer les unes des autres. Oh! si les anciens et habiles docteurs en musique avaient entendu de pareils déchanteurs, qu'auraient-ils dit? qu'auraient-ils fait? Certainement ils les auraient blâmés et se seraient écriés : Ce n'est pas de moi que tu as appris le déchant dont tu fais usage. De quoi te mêles-tu? Tu n'as rien de commun avec moi; tu es mon adversaire, tu m'es en scandale! Oh! que ne te tais-tu plutôt? Car tu ne concordes pas; tu délires et tu discordes. »

Ces abus attirèrent également l'attention du clergé; à mainte reprise ils furent flétris par les mandements épiscopaux et même par les bulles des papes. En 1322, le pape Jean XXII, qui résidait à Avignon, publia une décrétale dans laquelle on lit ce qui suit : « Quelques élèves de la *nouvelle école* (sans doute l'école des mensuralistes, déchanteurs ou faux-bourdonnistes), l'esprit tout préoccupé de temps à mesurer, aiment mieux inventer de nouvelles notes que de chanter les anciennes. Les hymnes liturgiques sont chantées en semi-brèves et en minimes, les mélodies coupées par des hoquets, défigurées par des tri-

---

[1] Ne s'agirait-il point ici des tierces et des sixtes et conséquemment du faux-bourdon?

ples et des motets vulgaires, si bien que les fondements
des antiphonaires et des graduels sont renversés. Confondant les tons qu'ils ne savent plus discerner, altérant, par
l'introduction d'une quantité de notes, l'allure grave du
plain-chant, ils enivrent les oreilles, ajoutent le geste à la
voix, et ainsi troublent l'édification et causent un véritable
scandale. »

Pour mettre fin à ce scandale, ou du moins aux inconvénients qui pouvaient résulter de l'usage abusif du déchant et du chant mesuré en général, quelques églises en
interdirent complétement l'usage et s'en tinrent strictement au plain-chant pur et sans aucun accompagnement.
Mais presque partout le déchant, généralement considéré
comme plus solennel ou plus attrayant, continua à jouir de
la faveur populaire et à se maintenir en dépit de tous ses
détracteurs.

Il est donc incontestable que, pendant l'époque que nous
venons de parcourir, c'est-à-dire pendant les XIIme et
XIIIme siècles, le goût de la musique mesurée et appliquée
au déchant et au faux-bourdon s'est développé de plus en
plus. Quant à la science harmonique, on peut se rendre
encore mieux compte des progrès qu'elle a faits depuis
Francon, par les ouvrages de deux théoriciens célèbres,
Marchetto de Padoue et Jean des Murs, qui vivaient à la
fin du XIIIme et au commencement du XIVme siècle. Le premier passa une grande partie de sa vie à Naples, où il enseignait la musique, sous le règne de Robert d'Anjou, et
c'est à ce prince qu'il dédia le plus célèbre de ses ouvrages, celui qui, sous le titre de *Pomœrium in arte musicæ
mensuratæ*, traite de la musique mesurée. On y trouve des
idées déjà avancées pour ce temps. Ainsi, en ce qui concerne les dissonances, Marchetto avait été frappé de la

tendance qu'elles ont à se résoudre en consonnances; aussi blâme-t-il formellement la succession de deux dissonances. Il avait, en outre, observé que les sons haussés tendent à monter et les sons baissés à descendre; c'est dire que les intervalles chromatiques avaient tout spécialement attiré son attention; et, en effet, il donne d'assez nombreux exemples de passages chromatiques qu'il accompagne d'une manière plus ou moins heureuse. Il a même fait l'essai d'intervalles harmoniques inconnus avant lui, tels que la septième, la quarte augmentée et la seconde mineure, « ce qui, » observe Forkel, « était d'une audace prodigieuse pour son temps. » Quant aux tierces et aux sixtes, bien qu'il reconnaisse qu'elles se rapprochent assez des consonnances pour que l'oreille les entende avec plaisir, elles n'en sont pas moins pour Marchetto des dissonances qui, comme telles, doivent se résoudre sur des consonnances. On voit encore là la preuve du peu d'accord qu'il y avait entre la théorie et la pratique.

En ce qui concerne Jean des Murs, soit Jean de Meurs (en latin *Johannes de Muris*), c'était un savant docteur de Sorbonne, dont la célébrité surpassa même celle de Marchetto. Il jouit de son temps d'une renommée au moins égale à celle de Guido, sans qu'elle reposât sur des raisons plus solides; car on avait été jusqu'à lui attribuer l'invention de la musique mesurée, dont il était, comme on le pense, fort innocent. Les règles données par Jean des Murs sont presque identiquement les mêmes que celles du théoricien de Padoue. Comme lui, il voit dans les tierces et les sixtes des dissonances qui doivent se résoudre en consonnances parfaites, savoir : la tierce mineure en l'unisson, la tierce majeure en une quinte, et la sixte en octave.

Exemple :

Mais ce qu'il y a peut-être de plus intéressant dans ses écrits, c'est qu'il a le premier enseigné que deux consonnances parfaites de suite, c'est-à-dire deux quartes[1], deux quintes ou deux octaves devaient être évitées, ce qui est la condamnation formelle et comme le coup de grâce de l'organum.

Comme tous les théoriciens de tous les temps, Jean des Murs se figurait que la musique était déjà parvenue au plus haut point de perfection possible ; et cependant il laisse voir par-ci par-là, dans ses écrits, une réserve qui a bien son mérite : « Si, » dit-il, « dans les règles que j'ai établies, il se trouve quelque chose d'erroné, je prie les honorables musiciens, auxquels j'ai voué dès ma plus tendre jeunesse une respectueuse affection, de ne point s'en formaliser et de corriger mes erreurs ; car la connaissance de toutes les vérités ne saurait se trouver dans la tête d'un seul homme, fût-ce celle d'un Anglais. Peut-être en sera-t-il de moi comme des anciens, qui croyaient avoir épuisé toute la science musicale. Les sciences sont soumises à une marche progressive qui amène de grandes modifications et qui est un dessein du Créateur. »

Quant aux compositeurs, ils sont encore bien rares dans ce siècle. On ne peut guère citer que le Français Guillaume de Machault et l'Italien Landino (Francesco).

---

[1] Chose bizarre ! dans ses écrits, Jean des Murs ne dit pas un mot de la quarte, en sorte qu'on ne sait comment il l'envisageait ; mais les musiciens qui l'avaient précédé l'ayant toujours classée parmi les consonnances parfaites, on est fondé, je pense, à appliquer ici à la quarte ce qui, dans la pensée de des Murs, ne concernait peut-être que la quinte et l'octave.

Le premier, valet de chambre de Philippe le Bel, puis secrétaire du roi de Bohême, Jean de Luxembourg, était
aussi célèbre comme poëte que comme musicien. On a de
lui des fragments d'une messe à quatre voix qui fut exécutée au couronnement du roi de France, Charles V, en
1364 (Planche VII, n° 1). Quant au second, il était surtout un très-habile organiste, ce qui lui avait valu auprès
de ses compatriotes le surnom de Francesco degli Organi ;
on l'appelait encore Francesco Cieco (l'Aveugle), ce qui
indique qu'il fut atteint de cécité. Au surplus, il n'était
connu que de nom jusqu'au moment où Fétis trouva dans
un manuscrit une chanson de lui à trois voix, qu'il a publiée dans la *Revue musicale* et qu'il suppose avoir été composée vers 1360 (Planche VI, n° 2). Il est facile de s'assurer, en examinant attentivement cette chanson, que l'harmonie avait fait d'importants progrès depuis Adam de la
Hale, et qu'en particulier les successions de quartes et de
quintes par mouvement direct, derniers vestiges de l'organum, ne s'y présentent plus que rarement.

Le même manuscrit, où Fétis a trouvé cette chanson de
Landino, renferme, en outre, un grand nombre d'autres
chansons italiennes à deux et à trois voix, de plusieurs
compositeurs différents ; ce qui prouve que l'harmonie était
d'un usage assez général dans la musique profane, et qu'elle
jouissait en Italie de la même faveur qu'en France. Au
reste, aucun de ces musiciens dont Fétis a déchiffré les
compositions ne montre, suivant lui, un talent comparable
à celui de Landino ; en sorte que c'est avec raison que les
historiens de la musique lui ont donné la première place
parmi ses contemporains.

CHAPITRE V

École flamande ou gallo-belge. **Guillaume Dufay**, le patriarche du contre-point (XVme siècle). Notation blanche. Messes composées sur des mélodies profanes. Origine de la *fugue*; le *Canon*. **Ockeghem**, trésorier de l'abbaye de St-Martin de Tours. — **Tinctor** à Naples et **Gafforio** à Milan. — Organistes célèbres : **Bernhard** à Venise, **Antonio degl'Organi** à Florence. — **Josquin des Prés**, maître de chapelle de Louis XII. Invention de la typographie musicale par **Ottavio Petrucci** à Venise, en 1502. — Élèves et contre-pointistes contemporains de Josquin des Prés en France, en Italie, en Allemagne et en Angleterre. Caractère bizarre de leurs compositions. Considérations sur le style canonique. — État de la musique instrumentale : les Ménétriers et leur tablature.

Marchetto et Jean des Murs ferment la série des théoriciens mensuralistes. L'harmonie, ce principe nouveau et certainement sans précédent dans l'histoire générale de l'art, a été, pendant toute la période que nous venons de traverser, le sujet des études et des expérimentations des érudits; et c'est grâce à leurs travaux, grâce aussi et surtout à l'abandon des doctrines des écrivains grecs, dont l'influence avait si longtemps et si malheureusement pesé sur la marche de l'art, que la musique moderne sort enfin du domaine des spéculations scientifiques, pour entrer dans le monde des faits. L'enfant, entouré dès son berceau de soins plus empressés qu'intelligents, peut enfin se tenir debout sur ses pieds; il va désormais marcher seul. Ses premiers pas seront encore chancelants; il trébuchera souvent; mais, à mesure que les forces lui viendront, sa marche sera plus assurée. Il est donc entendu que dès ce moment nous n'avons plus à suivre le développement de l'art musical dans les écrits des théoriciens, mais dans les productions musicales elles-mêmes, dans les œuvres des compositeurs.

Après tout ce qui a été dit de l'usage si répandu en France du déchant et du faux-bourdon, de la passion avec laquelle cette forme musicale était cultivée, il semble que c'est dans la patrie des troubadours et des trouvères, d'Adam de la Hale et de Guillaume de Machault, en France, en un mot, que les doctrines des mensuralistes durent d'abord trouver leur application, se populariser et faire école. Toutefois il n'en fut point ainsi : et ce n'est ni aux Français, ni aux Allemands, ni même aux Italiens que cette honorable et glorieuse mission fut dévolue, mais à un petit peuple voisin de la France, moitié gaulois, moitié germain, qui, pendant le moyen âge, s'était peu à peu enrichi par l'industrie et le commerce, et était arrivé, dès le XIVme siècle, à un haut degré de civilisation et de bienêtre. On devine qu'il s'agit des Flamands. Chez ces bourgeois de forte trempe et incessamment occupés à défendre leurs libertés municipales contre les empiétements des comtes de Flandre, leurs suzerains, le génie industriel n'avait point tué le goût des beaux-arts. La musique était chez eux tout particulièrement aimée et cultivée ; le témoignage de Guiccia rdini, neveu du célèbre historien, en fait foi : « Les Belges, » dit-il, « sont doués des plus heureuses dispositions pour la musique ; les hommes et les femmes y chantent d'instinct en chœur avec une grande justesse, et lorsque ces dispositions naturelles sont développées par l'étude, ils parviennent à exécuter dans une telle perfection toute musique, soit instrumentale, soit vocale, qu'on les recherche dans toutes les cours de l'Europe. »

Il est certain qu'il dut se former de bonne heure dans

ce pays des écoles de musique d'où sortirent de nombreux musiciens compositeurs ; car le savant abbé Baini, auteur d'une excellente biographie de Palestrina, assure que c'est des Pays-Bas que vinrent les premières messes écrites en contre-point. Et comme, d'un autre côté, l'on sait que l'inventeur de la peinture à l'huile, Jean Van Eyck, était de Bruges, on peut en conclure que les Flamands ont été les instituteurs de l'Italie dans l'art de la musique comme dans celui de la peinture.

L'école flamande, qui, depuis l'époque où nous sommes arrivés, c'est-à-dire depuis le milieu du XIVme siècle jusqu'à Palestrina au XVIme, ne cessa pas de fournir des chantres et des compositeurs à toutes les chapelles de France, d'Italie et d'Allemagne, a pour chef et fondateur Guillaume Dufay, qui, né à Chimay, dans le Hainaut, comme Fétis l'a démontré dans un mémoire couronné par l'Institut des Pays-Bas, passa presque toute sa vie à Rome où, dès l'année 1380, il était attaché à la chapelle du pape en qualité de ténor. Les archives de cette chapelle possèdent plusieurs messes de ce compositeur qui jouit, de son vivant et longtemps après sa mort, d'une grande célébrité ; en effet, c'est de tous les compositeurs flamands de cette époque[1] celui dont le nom et l'autorité sont le plus souvent cités par les anciens écrivains sur la musique, et dont les œuvres ont été le plus appréciées par ses contemporains.

Remarquons d'abord que dans les compositions de Dufay, l'aspect des notes est un peu changé, sans que la forme en soit, à proprement parler, modifiée ; au lieu d'être noires et pleines, comme elles l'avaient été depuis Francon de Cologne, elles sont vides et blanches ; en sorte

---

[1] Tels que Éloy, Brasart, Faugues, Binchois, etc., dont l'abbé Baini a trouvé des œuvres dans les archives de la chapelle pontificale.

que c'est à Dufay, ou plus exactement à son époque, qu'on doit faire remonter l'introduction dans la musique et l'emploi usuel de la notation blanche qui peu à peu remplaça l'ancienne notation noire. La valeur des notes ne subit point pour cela de changement, non plus que les noms qui servaient à les désigner, et l'on continua d'appeler *brève* la valeur type, et d'en déduire les autres valeurs de notes, telles que la *longue*, la *double-longue* ou *maxime* et la *semi-brève* (Planche III, nº 2).

Mais déjà le besoin d'un rhythme plus vif avait donné naissance à trois nouvelles subdivisions de la brève : c'étaient la *minime*, la *semi-minime* et la *fusa*, dans lesquelles on reconnaît facilement les notes (blanches, noires et croches) dont nous nous servons encore aujourd'hui ; et bientôt les grandes valeurs (maximes et longues), indispensables aussi longtemps que le chant se traînait péniblement sur de longues tenues, tombèrent peu à peu en désuétude ; de telle sorte qu'aujourd'hui c'est la semi-minime qui, sous le nom de noire, est devenue l'unité de durée, et que notre plus grande valeur de note est proprement l'ancienne semi-brève que nous appelons ronde, car on ne saurait compter la carrée (ancienne brève) qui n'est plus guère usitée que dans la musique d'église.

Toutefois, l'ancienne notation noire ne disparut point entièrement ; on conserva pendant assez longtemps encore l'usage de la mêler à la notation blanche. Et pour rendre encore plus compliquées les règles qui servaient à déterminer les valeurs relatives des notes, la valeur des notes noires ainsi intercalées fut modifiée et réduite au quart ou au tiers de leur valeur réglementaire, suivant que le temps était parfait ou imparfait. Il en résulte que la lecture ou le déchiffrement des compositions de ce temps, bien qu'é-

crites en notes modernes, est encore absolument impossible pour qui n'a pas fait une étude spéciale du grimoire de
ces anciennes notations. Disons une fois pour toutes que
l'écriture musicale n'est devenue vraiment lisible pour les
profanes que dans le XVIIme siècle; ce n'est qu'alors en
effet que l'usage des barres de mesure s'introduisit.

Les compositions de Dufay et de ses contemporains,
aussi bien que celles de ses successeurs pendant plus d'un
siècle et demi, ne sont que l'application, et l'application
exagérée des règles compliquées qui régissaient la musique mesurée. Pour ces premiers contre-pointistes, comme
on commençait à les appeler, la musique n'était qu'une
branche des mathématiques, une science exacte. Exagérant le faible lien qui la rattache au calcul, ils ne voyaient
rien au delà de ce mouvement plus ou moins cadencé qui
résulte de la succession des sons. Le côté esthétique de la
musique, celui par lequel elle touche à l'âme, en se faisant l'interprète de sa vie intime, celui qui en fait un art
dans le sens le plus élevé du mot, leur échappait complétement. De là vient que la musique semble avoir suivi
dans son développement une progression inverse de l'ordre naturel, en allant du composé au simple, c'est-à-dire
des combinaisons les plus recherchées et les plus étranges
du contre-point à l'harmonie simple et à la mélodie.

La mélodie, ai-je dit; c'était un mot qui n'avait, pour
ainsi dire, aucun sens dans le langage des contre-pointistes
flamands; elle n'existait pas pour eux; le compositeur était
une façon d'ouvrier, de ciseleur en contre-point. L'invention mélodique n'était point son affaire; il laissait cela au
vil ménétrier. Ses fonctions à lui consistaient uniquement
à forger un contre-point sur un thème donné. C'est sur ce
principe que sont composées toutes les œuvres musicales

de ce temps. S'agissait-il d'une messe, par exemple, le contre-pointiste choisissait une mélodie quelconque, soit dans les livres de plain-chant, soit dans le répertoire des chansons populaires, et autour de cette mélodie que chantait le ténor, il faisait mouvoir les autres voix qui chantaient *Kyrie eleison* ou *Gloria in excelsis*. On donnait pour titre à ces compositions les premières paroles de la chanson ou de l'hymne qui leur servait de texte. Ainsi, parmi les messes de Dufay que nous connaissons, l'une est appelée *Ancilla Domini*, une autre, la messe de *l'homme armé*, une troisième *Se la face ai pâle* (Planche VIII, n° 1), une quatrième *Tant que je me déduis*, etc.

Outre cela, les compositions de ces anciens maîtres de l'école flamande sont presque toujours traitées en style d'imitation plus ou moins strict ; c'est-à-dire que les diverses phrases qui forment les membres de la période musicale sont répétées successivement par les différentes voix, soit sur les mêmes notes, soit à l'octave, soit même à quelque autre intervalle supérieur ou inférieur. Il résulte de cette disposition dans la marche des voix qu'elles semblent se poursuivre, ou fuir les unes devant les autres, ce qui a fait donner dès l'origine le nom de *fugue* (*fuga*, fuite, chasse) à cette forme primitive du contre-point, mot qui a aujourd'hui encore à peu de chose près la même signification.

Le style d'imitation, dont on peut trouver des vestiges dans les ouvrages de bien des musiciens antérieurs au XIVme siècle, se prêtait on ne peut mieux au goût régnant pour les combinaisons scientifiques. On pouvait, en effet, varier à l'infini le mode d'imitation ; « on pouvait, par exemple, reproduire la phrase mélodique en intervertissant l'ordre des notes, de manière à lui donner un mouvement rétrograde ; on pouvait la commencer par la fin et la finir par le commencement; on pouvait la soumettre à l'augmentation ou à la diminution, c'est-à-dire la recomposer avec des notes de plus longue ou de moindre durée; on pouvait mille autres choses encore[1]. »

Mais ce n'est pas tout; les contre-pointistes n'auraient été qu'à moitié satisfaits si leurs compositions eussent pu être facilement déchiffrées par le premier musicien venu. On trouva piquant de les présenter sous une forme qui pût dérouter les plus habiles, et l'on imagina d'écrire les diverses voix, non pas au-dessous les unes des autres, mais à la file et sans indication des endroits où devaient se faire les entrées des différentes voix, de telle sorte que ces compositions, désignées sous le nom de *fugues fermées,* se présentaient comme des énigmes dont il fallait commencer par chercher la clef. L'on n'avait pour s'aider dans ce travail, qui était un véritable casse-tête, qu'une épigraphe, en latin plus ou moins barbare, que le compositeur écrivait en tête de son œuvre et qui portait le nom de *canon*, mot qui signifie règle. Mais le canon, on le devine, n'avait de mérite que s'il était obscur. On choisissait donc généralement quelque maxime ou sentence rédigée en jargon scolastique, ou des fragments de vers empruntés à Virgile ou à quelque autre poëte de l'antiquité, et qui n'avaient le plus souvent qu'un rapport fort lointain avec leur objet. Voici, comme exemple, quelques-uns de ces canons, choisis parmi les cinquante-quatre de différentes sortes que Forkel s'est donné la peine de recueillir :

Otia dant vitia, équivaut à notre proverbe : L'oisiveté est la mère de tous les vices. Ce canon signifiait que les

---

[1] Oulibicheff, *Nouvelle biographie de Mozart, suivie d'un aperçu sur l'histoire générale de la musique.* Moscou, 1842, 3 vol. 8°, tome II, 46.

chanteurs devaient chanter leurs parties sans observer les pauses, bien qu'elles fussent écrites sur la partition.

Cancrisat : il marche à la façon des écrevisses. Il signifiait que pendant qu'une voix chantait sa partie du commencement à la fin, l'autre voix devait chanter en allant à rebours, de la fin au commencement.

Crescit in duplo, triplo, etc., signe de l'augmentation du double, du triple de la valeur des notes.

Nigra sum sed formosa (je suis noire, mais belle) : les notes noires doivent être chantées comme des blanches.

Me oportet minui, illum autem crescere (il faut que je diminue et qu'il croisse) : la première voix doit diminuer de la moitié la valeur des notes, et la voix suivante l'augmenter du quadruple.

Vous jejunerez le quatre temps : la seconde voix doit entrer après quatre brèves, soit quatre temps.

Le mot *Canon,* qui servait d'abord à désigner les légendes qui étaient censées servir de clefs aux fugues fermées, devint peu à peu le nom qu'on donna à ces bizarres compositions elles-mêmes, dans lesquelles on trouve un art très-perfectionné, au moins en ce qui concerne le mécanisme.

Kiesewetter, qui en a eu beaucoup entre les mains et qui en a fait une étude spéciale, assure qu'en mettant des dièzes et des bémols partout où cela est nécessaire, comme il pense que devaient le faire instinctivement les chanteurs, elles n'offusquent point trop les oreilles. De plus, le savant écrivain a constaté que celles de Dufay se distinguent de toutes celles de ses contemporains par une harmonie moins dure et par une allure moins lourde, moins embarrassée ; et puisque tous ses confrères l'ont reconnu comme leur maître, c'est bien à lui que revient légitimement ce surnom de *patriarche du contre-point* que presque tous les historiens de la musique s'accordent aujourd'hui à lui donner.

Après Dufay, les compositeurs flamands se jetèrent de plus en plus dans toutes les subtilités du contre-point et du canon énigmatique, encouragés dans cette voie par le désir de briller et de surpasser leurs prédécesseurs en inventant de nouveaux artifices qui n'avaient d'autre but que de rendre d'autant plus compliqué et difficile le travail des contre-pointistes et celui des chanteurs chargés de déchiffrer leurs élucubrations. Le plus célèbre maître dans ce genre de style est Jean Ockeghem, ou Ockenheim comme l'appelaient les Allemands, qui brilla dans la seconde moitié du XVme siècle. On ignore le lieu de sa naissance, et l'on ne sait que peu de chose de sa vie; mais son nom indique assez une origine flamande. Certains documents récemment découverts feraient croire qu'il était originaire de Termonde, dans la Flandre. Il passa presque toute sa vie en France, sous les rois Charles VII, Louis XI et Charles VIII, et remplit longtemps les fonctions de trésorier de l'abbaye de St-Martin de Tours, en même temps que celles de maître de la chapelle royale. Il s'y trouvait encore dans les premières années du XVIme siècle, et c'est là sans doute qu'il termina sa carrière.

Ockeghem se distingua par l'habileté avec laquelle il maniait tous les artifices du canon. On cite de lui comme une des plus bizarres compositions en ce genre une messe dite *ad omnem tonum* (en tout ton), c'est-à-dire qui pouvait se chanter dans tous les tons, et qui, au lieu de clef et d'armure, ne présentait aux chanteurs qu'un malicieux point d'interrogation (Planche IX). Mais ce qui, d'après l'abbé Baini, le rendit surtout populaire, ce fut son style

9

évidemment plus facile, plus coulant que celui des autres compositeurs de son temps ; aussi se vit-il entouré d'élèves qui soutinrent dignement et portèrent au loin la renommée de leur maître et la gloire de l'école flamande. C'est ainsi que la direction de la première académie musicale fondée en Italie, savoir celle de Naples qui date de l'année 1470, fut confiée au Flamand Tinctor, aussi célèbre comme écrivain sur la musique que comme compositeur ; et lorsque, quelques années plus tard, le duc Ludovic Sforza fonda une pareille académie à Milan, ce fut un élève d'un maître flamand, Gafforio, auteur de plusieurs écrits sur la musique, qui en fut nommé le directeur. On peut même dire que la plupart des écoles de musique, soit en Italie, soit en France, soit même en Espagne, étaient entre les mains des Flamands.

Au moment de quitter l'époque d'Ockeghem, il est bon de dire que c'est dans le courant du XVme siècle que l'orgue reçut ses principaux perfectionnements. L'Allemand Bernhard, établi à Venise, en agrandit le clavier d'une octave entière, et inventa le pédalier, qui augmenta singulièrement la puissance de cet instrument. Le nom d'un autre organiste célèbre, qui vivait alors à Florence, est parvenu jusqu'à nous, c'est celui d'Antonio Sguarcialupo, appelé plus communément Antonio degli Organi. Il jouissait d'une telle célébrité, qu'au dire des chroniqueurs les étrangers affluaient à Florence pour l'entendre, et que ses compatriotes reconnaissants lui élevèrent un monument que l'on montre encore aujourd'hui.

De tous les élèves d'Ockeghem, le plus célèbre sans comparaison est Josquin des Prés ou du Prés, en latin *Jodocus pratensis* ou *a Prato*. Son nom remplit l'époque dans laquelle nous entrons et qui comprend la fin du XVme

siècle et le premier quart du XVIme. Né on ne sait quand,
ni où, à Cambrai suivant quelques auteurs, à Condé suivant d'autres, ou à St-Quentin si l'on en croit Kiesewetter, il entra tout jeune à l'école d'Ockeghem, remplit pendant quelque temps les fonctions de maître de musique à
la cathédrale de Cambrai, puis partit pour Rome, où il
entra comme chantre dans la chapelle du pape Sixte IV.
C'est là que son génie commença à prendre son essor,
et que sa réputation s'établit. Une messe de Josquin, qui
porte le nom du duc Hercule d'Este, a fait penser à Fétis
que notre compositeur fut attaché à la chapelle de ce prince qui fut le protecteur de tous les hommes distingués de
son temps.

Il ne résida cependant pas longtemps en Italie. Son humeur inconstante le ramena bientôt en France où il obtint
un emploi dans la chapelle du roi Louis XII. Fétis, n'ayant
pas trouvé le nom de Josquin dans les archives de la chapelle royale, en conclut qu'il n'a point dû y remplir de
fonctions officielles. Mais ses relations avec Louis XII ne
sauraient être mises en doute, et sont suffisamment consta-
tées par plusieurs anecdotes qu'ont rapportées les biographes de Josquin, et qui trouvent tout naturellement leur
place ici. Louis XII lui demanda un jour de composer un
morceau à quatre voix sur la mélodie d'une certaine chanson populaire qu'il affectionnait, et de lui réserver l'une
des parties. La proposition était embarrassante, car sa
Majesté ne possédait aucune notion de musique et n'avait
qu'une voix faible et fausse. Le compositeur réussit cependant à surmonter la difficulté en faisant du thème proposé un canon à l'unisson pour deux enfants de chœur;
quant à la partie du roi (*vox regis*), il n'y mit qu'une seule
note qui se répétait pendant tout le morceau, et se réser-

va la basse. On devine la satisfaction qu'éprouva le roi à pouvoir ainsi chanter sa partie d'un bout à l'autre.

En dépit de ses relations presque familières avec le roi, il paraît que Josquin n'avait pas lieu d'être satisfait de sa position, car c'est à cette même époque qu'il adressa à l'un de ses amis une lettre dans laquelle il se plaint amèrement du désordre de ses affaires et de ses embarras financiers. Dans sa détresse, il s'adressa à l'un des principaux personnages de la cour, qui était Italien, et le pria de demander au roi, en sa faveur, quelque bénéfice qui pût lui assurer une existence tranquille ; mais, malgré les assurances de son protecteur, Josquin ne voyait rien venir, et chaque fois qu'il revenait sur le sujet qui lui tenait au cœur, il recevait cette réponse : *Lascia fare mi* (laisse-moi faire). A la fin, impatienté de tant de promesses vaines, Josquin se vengea en écrivant une messe dont le thème se composait des cinq notes : *la, sol, fa, ré, mi,* et se répétait si souvent et si obstinément, qu'on en comprit à la fin le sens et l'intention, et que celui qui était l'objet de cette plaisanterie se vit la risée de toute la cour. Le roi, instruit par cette voie détournée de la position embarrassée de son musicien, lui promit qu'il s'occuperait de lui faire obtenir le bénéfice qu'il avait demandé. Le pauvre Josquin attendit longtemps en vain ; et, pour rappeler discrètement au roi ses promesses, il eut l'idée de composer un motet sur ces paroles : *Memor esto verbi tui* (souviens-toi de ta promesse). Mais le roi n'entendit pas ou feignit de ne pas entendre, et Josquin se vit réduit à exhaler ses lamentations dans un nouveau motet sur ce texte : *Portio mea non est in terra viventium* (ma portion n'est pas sur la terre des vivants). Le roi, paraît-il, se laissa enfin toucher, et accorda au musicien le bénéfice qu'il attendait

avec tant d'impatience. Josquin, qui ne savait exprimer
ses sentiments qu'en musique, composa, à cette occasion,
un dernier motet qui devait être comme un hymne d'actions de grâces envers son bienfaiteur, et choisit ce texte :
Bonitatem fecisti cum servo tuo, Domine (tu as témoigné ta
bonté à ton serviteur, Seigneur) ; mais les mauvaises langues prétendirent que le désir l'avait mieux inspiré que la
reconnaissance, et que le dernier motet ne valait pas les
précédents.

Plus tard, Josquin quitta la France et, quoique dans un
âge déjà avancé, se mit au service de l'empereur Maximilien. Il est probable qu'il mourut en Allemagne entre
1520 et 1525.

Bien peu de compositeurs ont joui d'une plus brillante
réputation pendant leur vie, et conservé leur renommée
aussi longtemps après leur mort. Allemands, Italiens,
Français, Anglais, tous ont proclamé Josquin le plus
grand musicien de son temps et le plus habile maître
qu'ait produit l'école flamande, ou gallo-belge, comme on
l'appelle aussi. Doué, ainsi qu'on l'a vu, d'une tournure
d'esprit très-originale, enclin à la jovialité et à la plaisanterie, même gouailleuse et narquoise, il poussa peut-être
plus loin que tous ses contemporains le goût des bizarre-
ries musicales et des subtilités du contre-point, qui étaient
à vrai dire dans le goût de son époque ; mais il se distingua de tous ses confrères par une grande richesse d'invention et par une facilité inouïe à se mouvoir dans les
entraves du style canonique. Luther, qui s'y connaissait,
avait la plus haute opinion de lui, et voici en quels termes
il l'a caractérisé : « Josquin est un maître en notes : il
leur fait faire ce qu'il veut ; tandis que les autres compositeurs doivent faire ce qu'elles veulent. »

Il faut dire cependant que l'abbé Baini se montre beaucoup plus sévère pour Josquin : « Si, » dit-il dans l'ouvrage déjà cité, « Josquin, qui, en dépit des contrariétés qu'il eut à supporter pendant sa vie, montra un fonds inépuisable de jovialité, avait su maîtriser son génie et en prévenir les écarts, en ne donnant aux textes sacrés que l'harmonie la plus simple et la plus naturelle, l'art y aurait certainement gagné, et ses ouvrages ne présenteraient pas autant de taches fâcheuses. Malheureusement, il ne savait rien prendre au sérieux ; partout il se montre léger et badin : messes, motets et chansons sont tout un pour lui, et la gravité du chant liturgique ne le touche guère. Sa position élevée à la cour des plus grands monarques lui imposa à la vérité quelquefois des pensées sérieuses, et il existe de lui quelques motets et de courtes messes qui témoignent de ce qu'il aurait pu faire dans le style élevé, s'il l'avait voulu. Mais le désir de gagner les applaudissements de la foule le fit tomber dans des extravagances dont on ne trouve pas d'exemple dans l'histoire de la musique. Aussi la plupart de ses compositions d'église étaient-elles chantées dans les réunions les plus joyeuses, et l'on dansait au son de ses mélodies religieuses. »

Ce jugement du respectable Baini est évidemment entaché d'exagération, et ne tient pas assez de compte du milieu dans lequel vivait Josquin et de l'influence que le goût et les idées de son temps ont dû avoir sur sa manière de composer. On peut opposer à cette critique les renseignements authentiques donnés par Cochlicus, l'un des élèves de Josquin ; il affirme entre autres choses que son maître ne faisait jamais exécuter en public aucune de ses compositions avant de l'avoir fait exécuter par ses élèves et d'avoir corrigé tout ce qui, à l'audition, lui avait paru défectueux.

Une découverte importante pour la musique donne à l'époque de Josquin un intérêt particulier : c'est celle de la typographie musicale, ou art de reproduire et de multiplier les compositions musicales au moyen de caractères mobiles ; elle était la conséquence naturelle de la merveilleuse invention dont Gutenberg avait doté le monde ; mais si grande était la difficulté d'appliquer cette découverte à l'impression de la musique, dont les caractères sont bien autrement compliqués que ceux de l'alphabet, que plus d'un demi-siècle se passa en tâtonnements et en essais infructueux.

C'est à Ottavio Petrucci que revient l'honneur d'avoir résolu le problème, et c'est en l'année 1502, à Venise, où il avait établi une imprimerie, qu'il commença à exercer cette nouvelle industrie pour laquelle il avait obtenu un privilége de la Seigneurie. Quelques années plus tard, en 1513, il se transporta avec ses presses à Fossombrone, son lieu natal, et obtint du pape Léon X un privilége de vingt ans valable pour tous les pays de la chrétienté. C'est de cette petite ville des États de l'Église que sortirent un grand nombre d'ouvrages de musique imprimés, et choisis presque exclusivement parmi ceux des compositeurs les plus célèbres de l'école flamande. Mais Petrucci étant mort en 1520, son privilége s'éteignit avec lui, et aussitôt de nombreuses imprimeries de musique s'élevèrent dans les principales villes de la France, de l'Italie et de l'Allemagne, et multiplièrent à l'envi les éditions des œuvres des grands musiciens. Si l'on réfléchit combien jusqu'alors il avait été difficile de se procurer des œuvres musicales, et de quel prix exorbitant il avait fallu payer les manuscrits qui, destinés d'ailleurs, pour la plupart, à être placés sur les lutrins des églises, étaient d'un format énorme et écrits, ou plutôt peints en notes d'un ou deux pouces de hauteur, on comprendra combien cette précieuse application de l'art typographique dut être favorable aux progrès de la musique et la populariser, en mettant les productions des compositeurs célèbres à la portée de tous. Le nombre des recueils de messes, de motets et de chansons à plusieurs voix qui se répandirent ainsi dans le public par la voie de l'impression, pendant la moitié du XVIme siècle, est immense. Aussi le goût pour le chant en parties se propagea-t-il partout rapidement, au point qu'en Italie le chant à une seule voix tomba en désuétude et que, suivant l'observation de Kiesewetter, il fallut, pour ainsi dire, le créer à nouveau.

Les élèves formés à l'école de Josquin sont trop nombreux pour qu'on les puisse citer tous; je me contenterai de mentionner parmi les Français, Clément Jannequin, surtout connu par une *Chanson sur la bataille de Marignan,* dans laquelle il a très-habilement reproduit les cris des soldats pendant la mêlée; parmi les Flamands, Mouton, qui fut maître de chapelle de Louis XII et de François Ier, et, parmi les Allemands, Henri Isaac, connu des Italiens sous le nom de Arrigo Tedesco (Henri l'Allemand), qui fut maître de chapelle de l'empereur Maximilien, et qui composa, outre ses œuvres d'église, un grand nombre de chansons allemandes à plusieurs voix.

S'il est vrai que, jusqu'à Josquin, la Flandre eut exclusivement, ou peu s'en faut, le privilége de fournir de musiciens toutes les chapelles de l'Europe, il ne faut point croire que les autres contrées de l'Europe soient restées longtemps dépourvues de contre-pointistes indigènes. Le goût du contre-point était devenu si général, que, dès la fin du XVme siècle, on vit apparaître un grand nombre de compositeurs qui, après avoir étudié sous les maîtres flamands, revinrent dans leur patrie et y trouvèrent une foule de gens empressés à exécuter ou à entendre leurs œuvres. C'est ainsi que nous voyons briller en Allemagne Adam de Fulda, habile compositeur en même temps qu'écrivain estimé sur la musique, Stephan Mahu, dont Forkel vante le style moins artificieux que celui de ses confrères et l'harmonie simple et naturelle, et bien d'autres encore qu'il serait trop long de nommer. En France, outre les élèves de Josquin dont nous avons déjà indiqué les noms et quelques-uns de ses condisciples à l'école d'Ockeghem, tels que Agricola, Compère, Brumel, etc., dont Petrucci a imprimé un assez grand nombre de compositions, mais sur la vie et la carrière desquels les détails manquent, on pourrait citer Éléazar Genet, surnommé par les Italiens il Carpentrasso, de Carpentras, sa ville natale, l'un des chanteurs les plus distingués de la chapelle pontificale, et qui fut élevé à la dignité épiscopale par son protecteur le pape Léon X.

Quant à l'Angleterre, elle ne peut nommer que Dunstable; il est vrai que le nom de ce compositeur a joui pendant longtemps d'une grande renommée, au point que bien des écrivains sur la musique lui ont fait l'honneur de l'invention du contre-point; mais il est suffisamment constaté aujourd'hui que ce Dunstable, dont le talent de compositeur a été d'ailleurs singulièrement surfait, est venu après Dufay, puisqu'il est mort en 1453. Vient enfin l'Italie. Si l'on consulte le catalogue des œuvres musicales sorties des presses de Petrucci, à l'exception de certaines chansons populaires appelées *frottole*, on n'y trouve d'autres compositions de musiciens indigènes que celles de Costanzo Festa, chantre de la chapelle du pape, et dans lequel l'abbé Baini a cru voir un précurseur de Palestrina. On chante encore aujourd'hui à la chapelle pontificale un *Te Deum* de ce compositeur écrit dans ce style simple, *familier*, dont Palestrina est généralement considéré comme le créateur et sur lequel nous aurons à revenir.

A l'époque où nous sommes, le goût du bizarre et des excentricités musicales n'était point éteint, tant s'en faut, et l'on vit plusieurs des contemporains et des imitateurs de Josquin se livrer aux plus folles extravagances, et chercher à renchérir les uns sur les autres pour se distinguer de leurs confrères. Ainsi, on trouva ingénieux de colorier les notes, et d'en varier les couleurs suivant la nature des mots, de donner, par exemple, des notes vertes aux mots plantes, prairies, arbres, etc., des notes rouges aux mots soleil, sang, des notes noires aux mots ténèbres, meurtre, mort, etc. ; on mit tout en musique, jusqu'aux armoiries d'un noble protecteur, jusqu'aux noms des montagnes et des fleuves. Quant à l'usage scandaleux de mêler des mélodies et des chansons profanes et même obscènes aux mélodies et aux textes sacrés, dont l'abbé Baini fait un reproche aux contemporains de Josquin, nous avons vu qu'il datait de loin et qu'il était aussi ancien que le contre-point lui-même.

Arrêtons-nous encore quelques instants, avant de la quitter, sur l'époque qui vit fleurir le style canonique. En y regardant de plus près, en pénétrant par la pensée au delà de ces subtilités scolastiques dans lesquelles semble se résumer toute la science du contre-point, nous ne tarderons pas à nous convaincre que les travaux des contrepointistes flamands, tout arides qu'ils paraissent au premier abord, eurent en définitive des conséquences fort heureuses pour l'art musical. Je ne saurais mieux faire que de citer sur ce sujet Oulibicheff, qui, dans l'introduction historique dont il a fait précéder son excellente *Biographie de Mozart*, a traité cette question de main de maître et avec beaucoup d'esprit et d'originalité :

« A voir aujourd'hui, » dit-il, « ces chefs-d'œuvre de patience et de sagacité, ces calculs où la mélodie et l'harmonie n'ont pas été portées en ligne de compte, ces problèmes dont la solution ne donne jamais rien qui ressemble à la musique, tout ce pénible labeur sentant si fort la lampe, les octaves et les quintes, on est tenté de dire : Canon que me veux-tu ? comme un savant français le demandait naguère à une sonate. N'ayant pas l'honneur de connaître la sonate, j'ignore ce qu'elle aurait pu répondre. Quant au canon, il vous répond très-clairement et très-intelligiblement : Je veux que vous reconnaissiez en moi le produit d'une tendance nécessaire qui seule pouvait diriger l'art vers l'accomplissement de ses hautes destinées. J'exige de vous, mélomane, respect et gratitude. Nommez quelque chose de grand et de durable, parmi les productions si habituellement éphémères de la musique, qu'une large part ne m'en revienne. Je suis, entendez bien ceci, la cheville ouvrière de la haute musique d'église, de la grande musique instrumentale et de la bonne musique de chambre ; et ceux qui me bannissent entièrement de la musique de théâtre se condamnent eux-mêmes à mourir jeunes. Si je vous apparais ridicule et misérable au XVme siècle, c'est que je n'avais pour m'aider ni les accords, qu'on connaissait à peine, ni la mélodie qu'on ne connaissait pas du tout. Pouvais-je me passer de leur secours et devenir de la musique moi seul ? Pas plus que le granit, le marbre, le

ciment et le fer ne peuvent se passer d'un plan d'architecture pour devenir un palais ou un temple. Mais aussi, que
seraient le palais et le temple s'il n'y avait ni pierres, ni
fer, ni mortier? Qu'auraient fait vos grands architectes
de l'harmonie, les Bach, les Händel, les Haydn et les
Mozart, si des ouvriers habiles et patients n'avaient, pendant deux siècles, extrait des carrières, tiré des mines,
préparé, taillé, façonné, forgé et équarri ces solides matériaux que moi, canon, je représente si fidèlement, avec
mes imitations, mes répliques, mes inversions, mes analy-
ses thématiques et mon contre-point double? Ce qu'ils eussent fait? de jolis pavillons en bois peint, avec des corni-
ches mélismatiques et des frises roulantes, frais et brillants pour une heure; après quoi, la mode aurait soufflé
dessus, et tout aurait disparu, jusqu'à la trace. »

« Ainsi donc, ce travail des compositeurs flamands, si oiseux en apparence, si misérable dans ses premiers résultats, si barbare et si gothique, au dire des historiens, était
en réalité un travail d'apprentissage ou de défrichement,
auquel les contre-pointistes se livraient avec ardeur, sans
en connaître le but qui appartenait à l'avenir. Dieu seul le
savait. A force de placer, de déplacer, d'intervertir, de
grouper et de combiner de toutes les manières les mots
incompris de la langue musicale, on leur arracha petit à
petit le secret de leur signification; et le sens, une fois en-
trevu, donnait de lui-même les constructions mélodiques et
harmoniques désormais exigées pour la produire. De la
juridiction des yeux, la musique passa ainsi, par degrés,
à la juridiction trop longtemps oisive de l'oreille, de l'état
de science parasite à l'état de poésie. Au XVIme siècle, la
musique fut de la musique enfin[1]. »

[1] Oulibicheff, *Nouvelle biographie de Mozart*, t. II, p. 48.

Telle est la manière dont le spirituel biographe de Mozart envisage le rôle qu'ont joué dans l'histoire de la musique les compositions des maîtres flamands; on ne saurait rien ajouter à ces considérations qui sont aussi justes que complètes, et présentées avec une piquante originalité.

Jusqu'à présent, et c'est une remarque que l'on n'aura pas manqué de faire, je n'ai pas dit un seul mot de la musique instrumentale, sauf en ce qui concerne l'orgue dont les progrès furent toujours liés à ceux de l'harmonie. La raison en est qu'il n'y avait absolument rien à en dire; en effet, jusqu'à l'époque où nous sommes arrivés, on ne rencontre pas trace de musique instrumentale, j'entends de musique instrumentale savante, reconnue par les théoriciens. Ce qu'on pourrait appeler de ce nom se réduit tout au plus à l'accompagnement des voix par quelques instruments à vent, tels que cornets, trombónes, flûtes et trompettes, qui jouaient à l'unisson des voix. La vielle ou viole, née en France de l'ancien rebec, et qui prit ensuite le nom de violon, était abandonnée aux musiciens ambulants désignés sous le nom de *ménestriers,* et aussi peu considérée qu'eux. Ceux-ci formaient depuis le XIVme siècle une confrérie ou corporation à la tête de laquelle était un important personnage appelé le *roi des ménestriers* ou *roi des violons,* et qui reçut une existence officielle en vertu de lettres-patentes signées du roi Charles VI. Ils y sont désignés sous le nom de *joueurs d'instruments tant hauts comme bas,* dénomination qui semblerait indiquer qu'il y avait déjà, à la fin du XIVme siècle, des espèces de basses de violes, ou violoncelles comme on dirait aujourd'hui.

En Allemagne, il en était de même; là aussi, les musiciens savants ou chanteurs et les instrumentistes proprement dits, dans lesquels il va de soi qu'on ne comprenait point les organistes, formaient deux classes distinctes. Les instrumentistes avaient, à ce qu'il paraît, une méthode particulière de notation, appelée *tablature*, et qui était fondée sur les lettres grégoriennes. Il faut dire cependant que, bien que les nombreux instruments, soit à cordes, soit à vent, qui étaient en usage en Allemagne dès les premières années du XVIme siècle, n'eussent pas droit de bourgeoisie dans le monde musical, il s'était déjà formé alors des virtuoses habiles dont les princes distinguèrent et récompensèrent le talent. Kiesewetter cite, comme exemple, Paulmann, de Nürenberg, qui, quoique aveugle de naissance, jouait de tous les instruments avec une habileté remarquable, et qui passe pour être l'inventeur d'une tablature particulière pour le luth.

Au reste, le témoignage de plusieurs écrivains confirme un fait que faisait déjà augurer l'examen de plusieurs compositions de ce temps, remarquables par l'excessive étendue des voix et les fréquents changements de clefs, à savoir, que certains contre-points, et particulièrement ceux qui étaient mis sur des airs profanes, étaient joués par les instruments.

CHAPITRE VI

La Renaissance au XVIme siècle. **Luther.** Haute idée qu'il se faisait de la musique; part importante qu'il lui fit dans le culte. Constitution du chant évangélique dans le *Choral*. Premier recueil de chants religieux, publié en 1525. Part prise à cette publication par Luther, comme poëte aussi bien que comme musicien. Sources où il a puisé. Le Choral au point de vue du nouveau système harmonique adopté par Luther. Immense popularité du Choral en Allemagne. **Walther**, collaborateur de Luther. **Ludwig Senfl.** — La réforme de Calvin. Psaumes traduits par Clément Marot et Théodore de Bèze, mis en musique et adoptés pour le culte. Auteurs présumés des mélodies. Travail harmonique fait sur les mélodies des psaumes par **C. Goudimel** : autres compositions de ce maître.

Nous sommes arrivés à ce moment solennel de l'histoire, où l'Europe, sortant du long sommeil du moyen âge, dans les ténèbres duquel s'est fait un lent et mystérieux travail d'élaboration, les lettres, les sciences et les arts reprennent vie au souffle de l'antiquité classique, dont les monuments, ensevelis depuis des siècles dans le fond des bibliothèques sous la garde de moines ignorants et grossiers, sont rendus à la lumière, remis en honneur, multipliés par la presse, et deviennent ainsi le patrimoine de tous. En même temps, la raison humaine reprend ses droits; les esprits, courbés pendant tant de siècles sous le joug de l'autorité, se réveillent de leur torpeur, et la liberté de la pensée humaine est énergiquement et hautement revendiquée. Quelque grand que soit l'intérêt que présente la Renaissance considérée au point de vue religieux, elle n'est pas moins intéressante au point de vue de l'histoire et des progrès de la musique ; car elle a été pour

beaucoup, comme nous allons le voir, dans la transformation que subit alors l'art musical, transformation à laquelle l'Allemand Luther a pris une part au moins égale à
celle de l'Italien Palestrina, bien que, comme musiciens et
compositeurs, on ne puisse songer à établir entre ces deux
grands hommes la moindre comparaison.

« Ceux qui tant de siècles ont désespéré l'âme humaine,
la laissaient inguérissable, inconsolable jusqu'au premier
chant de Luther. C'est lui qui commença et alors toute la
terre chanta, tous, protestants et catholiques. Ce ne fut
pas le morne chant du moyen âge, qu'un grand troupeau
humain, sous le bâton du chantre officiel, répétait éternellement dans un prétendu unisson ; ce fut un chant vrai,
libre, pur, un chant du fond du cœur, le chant de ceux
qui pleurent et qui sont consolés, la joie divine parmi les
larmes de la terre, un aperçu du ciel. »

C'est dans de pareils termes que l'historien Michelet
parle du chant protestant, tel qu'il sortit de la réforme de
Luther. C'est qu'en effet ce grand homme, ce véritable
enfant du peuple, avec son sens si juste et si droit, avait
admirablement compris quelles devaient être les conditions d'un chant religieux véritablement populaire.

Le génie de Luther offrait un curieux et bien rare mélange de sens poétique et d'esprit pratique. Il était singulièrement sensible aux beautés de l'art en général : « Je
ne suis point, » écrit-il quelque part [1], « de l'avis des fanatiques qui voudraient anéantir tous les arts, au nom de
l'Évangile ; je voudrais seulement qu'on les mît au service
de Celui qui les créa pour nous en faire don. »

[1] Préface de la 1re édition du Recueil de Cantiques à 4 voix. Voir
Rambach : *Ueber D. Martin Luther's Verdienst um den Kirchen-Gesang.*
Anhang 2.

Mais, de tous les arts, celui qu'il préférait de beaucoup, c'était la musique. Ses écrits familiers sont pleins de maximes et de réflexions qui se rapportent à ce sujet favori : « J'ai toujours aimé la musique, et je ne donnerais pas pour beaucoup le peu que j'en sais. » — « Je ne suis pas à mon aise avec ceux qui dédaignent la musique, comme le font la plupart des rêve-creux. La musique est comme une discipline : elle rend les hommes plus doux, plus vertueux et plus sages. Le chant est le plus beau des arts et le meilleur des exercices. Celui qui le possède est de la bonne espèce et propre à tout. Les chanteurs ne sont pas soucieux; ils sont gais et chassent les soucis par le chant. — On peut être sûr de trouver la semence de bon nombre de vertus dans le cœur de ceux qui aiment la musique; mais pour ceux qui n'y ont pas goût, j'en fais cas comme d'un bâton ou d'une pierre. — Je prétends, et je le déclare sans honte, qu'après la théologie, il n'y a pas d'art comparable à la musique. »

Au reste, Luther ne s'est pas contenté de témoigner, toutes les fois que l'occasion s'en présentait, de son enthousiasme pour la musique. Il a écrit, sous le titre de *Enkomion musices*, un éloge de la musique, qui résume toutes ses idées; le sujet y est traité avec cette remarquable vigueur de pensée et cette familiarité de style qui caractérisent tous ses écrits. Ne pouvant le donner en entier, je me contenterai d'en détacher le fragment suivant qui a trait au chant en chœur : « Mais lorsque la musique naturelle est perfectionnée par l'art, on comprend alors avec étonnement, autant du moins que cela peut être compris, la grande et parfaite sagesse de Dieu dans son œuvre admirable de la musique; elle offre, en effet, ceci de particulièrement merveilleux que si, à une voix qui chante

10

quelque méchant air; soit *ténor* comme les musiciens l'appellent, se joignent trois, quatre ou cinq autres voix, celles-ci, en se jouant et en dansant joyeusement autour de
cette plate mélodie, l'ornent et l'embellissent de telle sorte
que toutes ces voix semblent mener une danse céleste et
se chercher les unes les autres pour s'embrasser cordiale-
ment. Et ceux qui s'y entendent un peu en sont impressionnés au point de se dire qu'il n'y a rien de plus beau
au monde qu'un tel chant à plusieurs voix. Quant à celui
qui n'y trouve aucun plaisir et qui reste froid devant un
tel prodige, ce ne peut être qu'une stupide bûche, qui
n'est digne d'entendre que le sauvage cri des ânes ou la
musique des chiens et des pourceaux [1]. »

L'homme qui considérait la musique d'un point de vue
aussi élevé, et qui en ressentait si vivement les effets, était,
on le reconnaîtra sans peine, admirablement qualifié pour
donner au chant de la nouvelle Église qu'il venait de fonder la forme qui lui convenait le mieux. Inspiré par ce
sens pratique qui ne lui fit jamais défaut, Luther ne pro-
céda qu'avec beaucoup de ménagements à cette œuvre délicate; et s'il élimina, comme cela devait être, tout ce qui
dans la liturgie catholique était en désaccord avec les
nouveaux dogmes, il conserva soigneusement tout ce qui
pouvait sans inconvénient être conservé. Lorsque son
plan pour l'institution de la messe allemande fut bien
mûri, il appela auprès de lui deux musiciens de la cour de
l'Électeur de Saxe, le vieux Rumpf et Walther, leur com-
muniqua ses idées, s'éclaira de leurs conseils et les chargea de mettre la dernière main au travail qu'il avait lui-
même préparé. Il montra dans cette circonstance toute la
délicatesse de son sens esthétique, et, lorsqu'il s'agit de

[1] Rambach, Anhang 88.

fixer le ton ecclésiastique qui convenait le mieux à chacun des chants liturgiques, c'est d'après ses conseils qu'il fut décidé d'adapter le sixième ton à l'Évangile, parce que, « les paroles de Jésus-Christ sont remplies de douceur, » et à l'Épître, le huitième ton, « parce que St. Paul était un apôtre austère ». Le travail d'arrangement et de remaniement dont il s'agit ici se rapportait à la liturgie de la messe, que Luther, on le sait, avait d'abord conservée. Mais il se préoccupait en même temps des moyens de donner aux fidèles une part plus grande au service divin, par le chant d'hymnes composées spécialement pour eux : « Je voudrais, » disait-il, « que nous eussions bon nombre de chants que le peuple pût chanter pendant la messe ; car qui pourrait douter qu'autrefois l'assemblée n'ait chanté tout entière, au lieu du chœur, au moment où le prêtre bénissait ou priait ? Mais il nous manque de poëtes et de musiciens allemands qui puissent composer des cantiques spirituels, comme St. Paul les appelle, propres à être chantés chaque jour dans l'Église. » Et, sans retard, il se mit à en composer lui-même, en même temps qu'il encourageait tous ceux qui pouvaient l'aider dans ce travail. C'est ainsi qu'il écrivait à Spalatin, en 1524 : « Je voudrais qu'à l'exemple des prophètes et des anciens pères de l'Église, on composât des cantiques allemands qui, par le moyen du chant, servissent à annoncer la parole de Dieu parmi le peuple. Aidez-moi dans cette œuvre, et essayez d'écrire quelque psaume sur le modèle que je vous envoie. Mais il faudrait le faire dans un langage populaire, commun même, et qui, en même temps, rendît avec clarté l'idée du psalmiste ». Les instances de Luther eurent l'effet qu'il en espérait, et dès l'année 1525 son ami Walther publiait, sous son patronage, un premier recueil de chants

religieux à quatre voix qui, suivant toute probabilité, était
précédé de la célèbre préface signée de Luther, dont voici
les principaux passages : « Tous les chrétiens s'accordent
à dire que le chant des cantiques est une chose bonne et
agréable à Dieu ; non-seulement les prophètes et les rois
de l'Ancien Testament nous en ont donné l'exemple, mais
les apôtres, et tout particulièrement St. Paul, en ont fait
un devoir aux fidèles de la primitive Église. C'est pourquoi
j'ai rassemblé ces quelques chants destinés à glorifier le
Christ, notre Sauveur. Ils ont été mis à quatre voix, dans le
seul but de procurer à la jeunesse, à qui l'on doit enseigner la musique et les autres arts, le moyen de se débarrasser des chansons mondaines et profanes, et afin qu'elle
trouve ainsi du plaisir à faire ce qui est bien, comme il convient aux jeunes gens... Puissent tous les pieux chrétiens
accueillir favorablement ce recueil et s'aider à lui faire
produire d'heureux fruits [1]. »

Cette première édition des chants religieux rassemblés
par les soins de Luther fut rapidement épuisée ; mais
on vit bientôt paraître, à de courts intervalles, d'autres
éditions augmentées de nouveaux chants composés par différents poëtes et musiciens, et la vogue en fut telle que
beaucoup d'éditeurs s'empressèrent de publier soit des
contrefaçons de ces premiers recueils, soit d'autres recueils du même genre qui eurent un égal succès ; si bien
que l'usage de chanter des cantiques à quatre parties ou
chorals, comme on les appelait, se répandit dans tous les
pays de l'Allemagne qui avaient embrassé la réforme de
Luther, et dans toutes les classes de la société.

[1] Rambach, Anhang I. Cette préface se trouve proprement dans une
édition postérieure, de 1544 ; mais elle devait se trouver en tête du premier recueil de Walther, qui n'existe plus.

Winterfeld, dans son grand et bel ouvrage sur le chant évangélique au temps de la Réformation, a constaté que Luther a puisé à quatre sources différentes pour la composition des premiers chorals. Ce sont : les hymnes de la liturgie catholique ; les anciens chants religieux allemands connus sous le nom de *Marienlieder* (chants de Marie, litanies de la Vierge) ; les chants des frères Moraves, et enfin les chansons populaires.

Nous avons vu que Luther composa lui-même le texte d'un assez grand nombre de cantiques ; quant à la part exacte qu'il prit au travail musical, il est difficile de la déterminer d'une manière un peu précise. Bien que ses connaissances musicales fussent celles d'un amateur plutôt que d'un musicien de profession, il a donné par son célèbre cantique : *Ein feste Burg ist unser Gott*, que Michelet a appelé la *Marseillaise de la Réformation*, la mesure de ce que son génie, exalté par l'inspiration, pouvait créer dans un domaine étranger à sa sphère. Les historiens n'étant point d'accord entre eux sur les mélodies qu'on peut lui attribuer, il nous suffira de savoir qu'il en composa un certain nombre. Voici, suivant un éminent critique allemand, Rochlitz, comment Luther procédait dans ce travail. Lorsqu'il était occupé à traduire ou à remanier un texte pour l'adapter à une mélodie donnée, celle-ci résonnait à son oreille pendant tout le temps de son travail, et c'est sur elle qu'il mesurait avec soin les syllabes et les mots. L'on voit même en maint endroit qu'il dut faire une espèce de violence au langage, pour l'approprier aux exigences de la musique. S'il composait un texte libre, indépendant de toute mélodie, le chant qui convenait à ce texte se présentait de lui-même et clairement à son esprit. Quant à le traduire en notes et à lui donner l'harmonie convenable, suivant les règles de l'art, ce n'était point son affaire; cela regardait son ami Walther, à qui il la chantait et avec qui il s'entendait sur le ton ecclésiastique qu'il était le plus convenable de lui donner. On le faisait ensuite exécuter par le petit cercle d'intimes, tous plus ou moins musiciens, qu'il réunissait chez lui et qu'il appelait plaisamment sa chapelle domestique *(Kantorei im Hause)*; on corrigeait ce qui pouvait s'y trouver de défectueux, et c'est alors seulement qu'il voyait le jour.

Telles sont les origines du *choral,* de cette nouvelle forme du chant religieux qui, sortie des entrailles de la réformation luthérienne, fut désormais mêlée intimement à toute l'histoire de ce grand événement. L'Allemagne de Luther se reconnut dans ces chants graves et austères, où tous les sentiments qui l'animaient alors avaient trouvé leur expression. L'enfant les apprenait à l'école; le père de famille les répétait au milieu des siens, dans le sanctuaire du foyer domestique; on les entonnait tout d'une voix dans les circonstances solennelles et sur les champs de bataille; et l'enthousiasme qu'ils excitèrent fut tel qu'un écrivain catholique a pu dire que « Luther avait fait plus de mal au catholicisme par ses chants que par ses doctrines. »

Examinons de plus près ce qui donnait au choral cette puissance sur les masses. C'était sans doute, en grande partie, la haute et brûlante inspiration poétique qui s'exhalait des textes; mais ce n'était pas là tout; la forme musicale y contribua davantage encore. Luther, en effet, ne se contenta pas de choisir avec beaucoup de soin et de tact ce qu'il y avait de meilleur, soit dans les hymnes de la liturgie catholique, soit dans les litanies et dans les chants moraves, soit enfin dans les mélodies populaires; il donna au choral une harmonie toute différente de celle qui était partout en usage pour le chant ecclésiastique.

Jusqu'alors, l'art du contre-pointiste n'avait été, comme nous l'avons dit, qu'une science abstraite, une affaire de calcul et de proportionnalité, un pur travail de l'esprit. On avait cependant déjà vu, dans l'époque antérieure à la Réformation, plusieurs compositeurs essayer de ramener l'harmonie à des conditions plus simples et à un rôle plus digne d'elle; ils semblaient avoir enfin compris que la musique n'était pas faite uniquement pour réjouir le savant au fond de son cabinet et pour servir aux expérimentations des calculateurs; qu'il y avait dans l'harmonie proprement dite, c'est-à-dire dans une heureuse succession d'accords consonnants et dissonants, un charme intrinsèque, pour ainsi dire, qui saisissait le cœur avec bien plus de force que les enchevêtrements de notes, produit d'un laborieux et aride travail de contre-point.

Suivant Baini, Josquin, le fantasque Josquin lui-même, aurait été le premier à s'apercevoir d'une chose aussi simple, et à faire l'essai d'un nouveau style harmonique dans une de ses messes intitulée : *D'ung aultre amer*. Ce style, qu'en Italie on désigna un peu dédaigneusement sous le nom de *style familier*, consistait à écrire note contre note, en d'autres termes à régler la valeur des notes, dans les parties d'accompagnement, sur celle des notes de la partie principale, de telle sorte que la mélodie ne fût point étouffée par l'effet de l'entre-croisement des voix. C'est dans ce style que Festa, comme nous l'avons vu, écrivit quelques-unes de ses compositions religieuses. Mais il paraît certain que cette harmonie était depuis assez longtemps en usage, surtout en Allemagne où les chansons populaires, et en particulier les cantiques moraves, étaient harmonisés de cette manière. Luther, avec son admirable bon sens et son goût esthétique si délicat, comprit que c'était cette harmonie simple, expressive et éminemment populaire qui convenait le mieux au choral (Planche X, n° 1). Il l'adopta donc, et c'est à lui que revient ainsi l'honneur d'avoir enfin et définitivement débarrassé l'harmonie des langes dans lesquels la scolastique l'avait tenue si longtemps emmaillottée, et d'avoir ouvert la voie où les compositeurs des autres pays ne devaient pas tarder à le suivre.

Quant au rhythme admis pour le choral, il n'était point régulièrement cadencé comme le moderne; en d'autres termes, les trois valeurs de notes employées (brève, semibrève et minime) n'étaient pas toujours combinées de manière à constituer une unité de mesure, soit à deux, soit à trois temps; ces deux formes rhythmiques se mêlaient plutôt et se présentaient souvent à la fois dans le même chant. Mais ce défaut de rhythme était racheté en partie par l'énergie avec laquelle chantait la masse des fidèles.

Aujourd'hui, le choral n'existe plus dans sa pureté primitive; depuis le XVIme siècle, il a subi de notables modifications, qui en ont un peu altéré le caractère; ainsi on a aboli peu à peu les tons ecclésiastiques qui ne faisaient que comprimer l'essor de la mélodie et entraver la marche naturelle de l'harmonie; et pour cela on n'a eu besoin que d'ajouter par-ci par-là quelques dièzes ou bémols qui ont fait rentrer tous ces chants dans notre tonalité moderne; en outre, en modifiant la valeur de certaines notes, on a donné à l'ancien choral une allure rhythmique régulière. Enfin, on a ôté la mélodie à la voix de ténor, où elle se trouvait étouffée entre la basse et les autres voix, et on l'a mise à la voix supérieure d'où elle plane ainsi au-dessus de l'ensemble harmonique.

Une fois la forme du choral arrêtée, Luther encouragea les poëtes et les compositeurs à entrer dans cette
voie; mais le retentissement immense que le choral eut
par toute l'Allemagne rendait ces encouragements superflus; musiciens et poëtes rivalisèrent de zèle, et vouè-
rent leurs talents et leur génie au service du chant évangélique dont le trésor s'accrut et s'enrichit rapidement.
Aussi peut-on dire que le choral a été le point de départ
presque unique du développement de l'art musical en Allemagne pendant les XVIme et XVIIme siècles.

En terminant ce qui concerne le chant luthérien, il est
juste de dire quelques mots de ce Walther, qui fut le
principal collaborateur de Luther dans son œuvre de réor-
ganisation musicale. Ce n'était point un musicien de profession, mais un docteur en philosophie, qui n'avait étudié la musique que parce qu'elle était alors considérée
comme le complément obligé des hautes études. Aussi est-
ce un sujet d'étonnement de voir avec quelle intelligence,
quelle sûreté de goût il a su donner aux chants de Luther
l'harmonie à la fois la plus simple et la plus convenable.
Ces qualités frappent d'autant plus que tout ce qu'il a écrit
en dehors du choral, comme ses motets travaillés en contre-point scientifique, manque complétement de mouvement
et de vie; tout y est régulier et conforme aux règles, mais
tout est raide, sec et lourd.

Un autre compositeur célèbre du même temps est Ludwig Senfl, né à Bâle ou à Zurich. Il avait été élève
d'Henri Isaac, et fut musicien de la chapelle de l'empereur Maximilien, et plus tard du duc de Bavière. Senfl
était un compositeur d'un talent bien supérieur à Walther. Il mit en musique les odes d'Horace; mais ses chants
religieux ont beaucoup plus d'intérêt, et sont un modèle du

genre. Luther l'estimait au-dessus de tous les musiciens allemands contemporains ; il l'invitait souvent à sa table, et ce sont ses motets qu'il chantait le plus volontiers. Winterfeld le considère comme le premier qui réunit le talent du mélodiste à celui du contre-pointiste.

Après avoir exposé les résultats, au point de vue musical, de la Réformation en Allemagne, et raconté l'origine du choral, il nous reste à dire quelques mots de l'introduction dans l'Église calviniste du chant des psaumes.

Lorsque Calvin commença à organiser l'Église réformée de Genève, il comprit la nécessité d'imiter Luther et de donner aussi aux fidèles une part active au culte par le chant des cantiques. Bien qu'il n'eût guère de talent pour la poésie, il eut un moment l'idée de traduire lui-même les psaumes de David et il paraît certain que la première édition, publiée à Genève en 1542, contenait quatre psaumes de sa composition. Heureusement pour lui l'arrivée de Clément Marot à Genève, vint le tirer d'embarras et lui faciliter les moyens de réaliser son projet.

Clément Marot fuyait la France, où il se trouvait peu en sûreté par suite de ses sympathies pour la Réforme et des persécutions que lui avait attirées, de la part de la Sorbonne, la publication de trente Psaumes de David, traduits par lui en vers français, et qui d'abord avaient été fort bien accueillis à la cour de François Ier, où on les chantait sur des mélodies populaires.

Calvin engagea Marot à continuer la traduction des psaumes, qui lui semblaient devoir parfaitement répondre à son but, et dès l'année suivante, en 1543, parut un premier recueil contenant cinquante psaumes avec musique, et précédés d'une préface de Calvin dans laquelle l'austère réformateur croyait devoir aussi faire l'éloge de la musi-

que. « Or, entre les choses qui sont propres pour récréer
l'homme et lui donner volupté, la musique est la première
ou l'une des principales ; et nous faut estimer que c'est un
don de Dieu député à cet usage..... A grand'peine y a-t-
il en ce monde chose qui puisse plus tourner ou fléchir çà et
là les mœurs des hommes, comme Plato l'a prudemment
considéré. Et de faict, nous experimentons qu'elle a une
vertu secrete et quasi incroyable à esmouvoir les cœurs
en une sorte ou en l'autre. Par quoy nous devons estre
d'autant plus diligens à la reigler en telle sorte qu'elle
nous soit utile, et nullement pernicieuse... »

Marot n'ayant pas tardé à quitter Genève, ce fut Théodore de Bèze que Calvin chargea d'achever la traduction
des psaumes. Mais Bèze, distrait par d'autres travaux, y
mit son temps, et ce n'est qu'en 1562 que parut le recueil
complet des cent cinquante psaumes de David. La traduction et la mise en musique des psaumes eut, dans les pays
de langue française, les mêmes résultats que l'introduction
du choral en Allemagne ; non-seulement ils devinrent une
partie intégrante du culte réformé, mais on prit bientôt
l'habitude de les chanter dans toutes les circonstances de
la vie, au foyer domestique et dans les fêtes de famille,
au milieu des champs, en voyage, devant le lit des malades, en France comme dans la Suisse romande, en Hollande comme en France. Dans son *Histoire du psautier,*
M. Bovet cite un passage d'un auteur catholique qui attribue au chant des psaumes une bonne part du succès que
rencontra la Réforme dans les Pays-Bas : « Beaucoup, »
dit-il, « se laissaient prendre à la nouveauté des idées ; un
grand nombre étaient attirés par le chant des psaumes
qui, traduits par Marot et Bèze et mis en musique, étaient
entonnés dans les campagnes par de grandes foules. »

Bien d'autres faits, quelques-uns singulièrement touchants, racontés par le même écrivain, démontrent l'immense popularité des psaumes. Seulement on ne les chantait point en parties, comme cela avait lieu en Allemagne ; le peuple des villes et des campagnes étant dénué de toute éducation musicale, il fallut se contenter de l'unisson ; mais l'élan n'était pas moindre, et il arriva même que le chant des psaumes, dont les calvinistes faisaient un si fréquent usage, devint comme le signe distinctif auquel on reconnut les disciples de Calvin, si bien qu'en France les catholiques durent y renoncer, de crainte de passer pour hérétiques.

Nous sommes fort mal renseignés sur tout ce qui concerne l'origine des mélodies des psaumes calvinistes. Les documents officiels faisant presque absolument défaut, on en est réduit aux conjectures ou à de vagues traditions, et à quelques renseignements plus ou moins contradictoires fournis par des historiens qui n'entendaient rien à la musique. On ne peut tirer aucune indication de la préface que Calvin mit en tête de l'édition de 1543. Ce qui a trait à la musique se réduit à ce peu de mots : « Touchant la mélodie, il a semblé le meilleur qu'elle fust moderée en la sorte que nous l'avons mise, pour emporter poids et maiesté convenable au subiect, et mesme pour estre propre à chanter en l'Église. »

Pendant longtemps Goudimel a passé pour l'auteur des mélodies des psaumes. Mais aucune preuve n'a jamais été fournie à l'appui de cette hypothèse. Le silence complet des préfaces et des archives est déjà une grave présomption de son peu de fondement : il est clair, en effet, que si un musicien célèbre, comme l'était Goudimel, eût pris part à ce travail, on aurait fait sonner bien haut un si

précieux concours. Une pareille hypothèse est d'ailleurs
en contradiction manifeste avec toutes les données historiques, et elle n'a pu être mise en avant que par des écrivains dépourvus de toute notion sur les conditions de l'art
musical au XVIme siècle. Le seul fait que Goudimel était
un musicien savant, un contre-pointiste, aurait dû la faire
rejeter. On a vu, en effet, que le contre-pointiste de ce
temps n'était point un mélodiste, que les deux fonctions
étaient parfaitement distinctes, et que l'invention de la
mélodie était plutôt l'affaire du poëte ou du premier venu.
D'ailleurs, Goudimel, à l'époque où parut la première édition du psautier, était établi depuis plusieurs années à
Rome, où il avait ouvert une école; il est donc évident
qu'il n'eut aucune part à cette publication, et comme il a
composé des messes jusqu'en 1558, et qu'il était par conséquent encore catholique à cette époque, on ne saurait
admettre qu'il ait collaboré d'aucune manière au recueil
de Théodore de Bèze.

Mais si nous n'avons aucune donnée positive sur l'origine des mélodies des psaumes, ne pouvons-nous pas préjuger la manière dont il y fut procédé, d'après ce que nous
savons des chants luthériens, et n'est-il pas plus que probable que dans des circonstances parfaitement identiques
on dut s'y prendre d'une manière analogue? On a donc
tout lieu de penser que la plupart des airs sur lesquels on
chanta, dès l'origine, les psaumes, n'étaient autre chose que
des mélodies populaires, religieuses ou profanes, dont on
se contenta, quand elles furent introduites dans le culte
public, de changer le rhythme et d'ajuster la tonalité trop
mondaine à celle du plain-chant qui était considérée comme la seule convenable à l'Église.

Le fait de chansons populaires adaptées à des poésies

religieuses ne pouvait avoir rien de choquant au XVIme siècle, où la mélodie savante, fruit de l'inspiration d'un compositeur, n'existait pas. D'ailleurs, on en changeait complétement le caractère par le travail de remaniement auquel on les soumettait préalablement. Nous avons vu que Luther puisa sans scrupule à cette source; et bien que, comme on l'a constaté par la découverte récente de chansons populaires antérieures à la Réformation, il ait donné accès dans son recueil à des mélodies dont le texte était plus que léger et même grivois, on ne voit point qu'il ait jamais pris la peine de se justifier d'une pareille liberté. Au surplus, le reproche de renfermer des airs mondains fut plus d'une fois adressé au psautier calviniste, et un écrivain réformé, cité par Bayle, accepte même une pareille accusation faite par un historien catholique contemporain, et voici comment il en atténue la portée : « Qu'on sache qu'on a octé aux poètes amoureux comme à des injustes possesseurs, ces mignardises; et leur pétulance est convertie en sainteté. Ce qui souloit leur appartenir leur est ôté et est sanctifié. Anciennement ce qui était d'un usage commun, fust ce même d'un butin, en estant ceremoniellement separé et sequestré, quand on l'appliquait au service du sanctuaire, il était réputé chose sainte. »

Il ressort de tout ce que je viens de dire que le rôle du musicien dans la composition des mélodies des psaumes a dû être presque nul, et que c'est au poète qu'il faut attribuer la plus grande part dans ce travail. Aussi peut-on soupçonner Théodore de Bèze lui-même d'être plus ou moins l'auteur ou le compilateur des mélodies adaptées à ses psaumes; supposition d'autant plus admissible qu'il est prouvé que Bèze connaissait la musique et qu'il composa même les mélodies de certains cantiques qu'il fut un moment question d'introduire dans la liturgie ; mais tout porte à croire qu'il s'adjoignit un musicien de profession, comme Luther l'avait fait, et ce musicien fut sans aucun doute Guillaume Franc, qui, venu d'abord de Rouen à Genève, où il avait rempli pendant quelque temps les fonctions de chantre de la cathédrale, avait été s'établir à Lausanne, où il exerçait la même charge qu'à Genève. Or Bèze se trouvait justement à Lausanne à cette époque. Nommé recteur de l'Académie, c'est là qu'il traduisit ses psaumes, et l'on sait que des relations s'établirent entre le poëte et le musicien. On est donc fondé à croire que c'est bien avec l'aide de ce musicien, le seul qu'il eût sous la main, que Bèze arrangea les mélodies de ses psaumes. Rien, d'ailleurs, n'empêche de supposer que Guillaume Franc eut une certaine part à l'invention même des mélodies ; car, d'après tout ce qu'on sait de lui, c'était plutôt un maître de chant qu'un compositeur ; dans tous les cas ce n'était pas un contre-pointiste.

Ainsi donc, dira-t-on, Goudimel n'a rien fait pour les psaumes, et ce serait sans aucune raison que le nom de ce célèbre musicien aurait été mêlé à l'histoire de l'Église de Genève ? Je répondrai que Goudimel a bien travaillé sur les psaumes, et qu'il n'est pas le seul ; mais il n'a fait que ce qu'il pouvait faire en sa qualité de contre-pointiste : il a appliqué un contre-point aux mélodies adoptées avant lui et sans lui. Un premier travail de ce genre parut en 1562, sous ce titre : *Seize psaumes mis en musique à quatre parties en forme de motets, par C. Goudimel.* Le titre indique assez que l'harmonie était travaillée en contre-point figuré, dans ce style d'imitation qui paraissait seul digne d'un élève des maîtres flamands. Mais, en 1565, Goudimel publia le recueil tout entier des cent cinquante psaumes ; et, cette fois, avec une harmonie toute différente. Influencé peut-être par la popularité des chorals luthériens, le compositeur qui, sans doute, appartenait alors à la Réforme, fit violence à tous ses préjugés d'école, rompit avec tous ses antécédents, et composa une harmonie simple dans le style *familier*, qu'il avait dû, d'ailleurs, connaître en Italie par les ouvrages de Costanzo Festa.

Il ne paraît cependant pas que Goudimel ait jamais pensé que son travail harmonique pût être utilisé pour le chant d'église. C'est ce que prouve clairement ce passage de sa préface : « Nous avons adiousté au chant des psaumes, en ce petit volume, trois parties; non pas pour induire à les chanter en l'église, mais pour s'esjouir en Dieu particulièrement ès maisons. Ce qui ne doit estre trouvé mauvais, d'autant que le chant duquel on use en l'Église demeure en son entier comme s'il estoit seul. » On peut conclure de ce passage que les psaumes ne furent point, du moins à l'origine, chantés à quatre parties dans l'église calviniste. Et il ne faut point s'en étonner. Outre que les réformés de la Suisse romande ne possédaient pas plus alors qu'aujourd'hui cet instinct naturel de l'harmonie qui se rencontre partout en Allemagne, Calvin ne l'aurait pas permis; il avait contre le chant en parties certains préjugés qui se sont fait jour en plusieurs endroits de ses écrits et en particulier dans son *Institution chrétienne,* où il s'exprime ainsi : « Les chants et mélodies qui sont composés au plaisir des aureilles seulement, comme sont tous les fringots et fredons de la Papisterie, et tout ce qu'ils appellent musique rompue et chants à quatre parties, ne conviennent nullement à la majesté de l'Église, et ne se peut faire qu'ils ne déplaisent grandement à Dieu. »

Jusqu'ici nous n'avons considéré Goudimel qu'au point

de vue de son travail sur les psaumes. Il va sans dire que ses autres ouvrages ont plus d'intérêt pour l'historien de la musique. Ils consistent en un grand nombre de messes et de motets à cinq, six, sept, huit et même douze voix, qu'il composa, pour la plus grande partie, à Rome où on les conserve en manuscrit. Il mit aussi en musique un certain nombre de chansons françaises, ainsi que les odes d'Horace. Goudimel a été certainement un musicien de mérite, et les nombreux élèves qu'il a formés, et parmi lesquels il faut citer en première ligne l'illustre Palestrina, prouvent assez l'excellence de son enseignement. Fétis, qui a mis en partition un assez grand nombre de ses compositions manuscrites, a constaté que son harmonie est toujours pure et correcte; il le met cependant au-dessous de Jannequin et d'Arcadelt, dans le genre des chansons françaises, pour l'élégance et l'esprit, ses mouvements de voix étant souvent lourds et dénués de grâce. On sait que Goudimel périt à Lyon, dans les massacres de la St-Barthélemy; mais on ne connaît d'une manière précise ni la date, ni même le lieu de sa naissance. Il est probable qu'il vit le jour vers 1510, dans quelque ville ou village de la Franche-Comté, sur les bords du Doubs; c'est du moins ce que l'on peut inférer d'une pièce de vers composée à l'occasion de sa mort, et dans laquelle il est dit que tous les fleuves de la France pleurèrent, et surtout le Doubs qui l'avait vu naître.

CHAPITRE VII

Influence de la Renaissance sur la musique en Italie. **Adrien Willaert,** maître de chapelle à St.-Marc, fondateur de l'école vénitienne. Ses compositions à plusieurs chœurs. — Chansons profanes à plusieurs voix. Le *Madrigal :* caractères de cette nouvelle forme musicale. — Réforme du chant ecclésiastique : la musique figurée menacée de suppression et sauvée par **Palestrina.** Enfance et jeunesse de ce compositeur. Il est nommé maître de chapelle à St.-Jean de Latran. Ses *Improperia.* La *Messe du pape Marcel ;* circonstances à l'occasion desquelles elle fut composée. Palestrina maître de chapelle de St.-Pierre du Vatican et directeur de l'école romaine. Ses derniers ouvrages. Sa mort. Apogée de la musique d'église fondée sur le plain-chant. Caractère particulier de la musique palestrinienne. Parallèle entre cette musique et le choral allemand. — État de la musique en Europe au temps de Palestrina. — **Cyprien de Rore, Marenzio, Gesualdo,** madrigalistes. **Gabrieli** à Venise. — **Roland Lass,** le dernier des maîtres de l'école flamande. — Musiciens contemporains de Palestrina en Allemagne, en France et en Angleterre.

Il est temps de revenir à l'Italie où, au souffle vivifiant de la Renaissance, l'horizon musical commence à s'éclairer des premiers feux de l'aurore, et où tout se prépare pour un prochain et splendide épanouissement de l'art.

Quand on pense à tout ce que le contre-point des maîtres flamands avait de dur, de raide et de choquant, on comprend que des gens d'un goût raffiné, doués d'une oreille délicate, et mesurant leurs jouissances aux impressions des sens, comme l'étaient les Italiens, n'aient éprouvé aucune sympathie pour cette musique barbare. Mais, du moment que les progrès de l'art eurent établi l'harmonie sur ses véritables bases, du moment que les règles du contre-point furent subordonnées aux exigences de l'oreille, que la musique devint un plaisir, une jouissance, un art enfin destiné à charmer les hommes, et non plus une science de calcul bonne à plaire aux yeux et à exercer les têtes savantes, l'Italie, à qui il était donné justement alors de contempler et d'admirer les chefs-d'œuvre des Léonard de Vinci, des Michel-Ange, des Raphaël, ne pouvait plus rester étrangère au mouvement musical. Et c'est, en effet, dans le courant du XVIᵐᵉ siècle que nous la voyons peu à peu prendre la place où elle ne tardera pas à trôner.

Parmi les Flamands qui vinrent chercher fortune en Italie, dans la première moitié du XVIᵐᵉ siècle, le plus illustre, sans contredit, fut Adrien Willaert, qui, né à Bruges en 1490, avait étudié la musique à Paris, sous Jean Mouton. Lorsqu'il arriva à Rome, il était encore fort peu connu, et l'on raconte que, s'étant rendu à la chapelle du pape, il fut tout étonné de reconnaître dans l'un des motets qu'on y chantait et qui passait pour une œuvre de Josquin, une de ses propres compositions. Il revendiqua aussitôt son bien, pensant que c'était là une excellente occasion d'établir sa réputation; mais le préjugé en faveur de Josquin était tel que, dès qu'on sut que le motet en question n'était pas de lui, on changea aussitôt d'opinion sur le mérite de cette composition, et on la mit de côté. Willaert, ainsi rebuté, se rendit à Venise où ses talents furent mieux appréciés, et où il parvint en peu de temps aux fonctions éminentes de maître de chapelle de la cathédrale de Saint-Marc (1527).

Willaert est surtout célèbre, dans l'histoire de la musique, comme fondateur de la grande et fameuse école vénitienne, et Kiesewetter fait observer qu'il suffirait amplement à sa gloire d'avoir formé des élèves tels que Cyprien de Rore, son compatriote, que les Italiens appelèrent *il divino*, Zarlino, le plus savant théoricien de ce siècle, et Costanzo Porta, l'un des plus habiles contre-pointistes, sans compter bien d'autres compositeurs ou écrivains sur la musique (Alfonso della Viola, Vicentino, etc.,) qui contribuèrent, avec les précédents, à propager le goût de la musique et la science musicale dans les villes de la Haute-Italie.

Le nom de Willaert est en outre resté attaché à une nouvelle forme du chant en chœur. Jusqu'alors on n'avait guère écrit que des chœurs à quatre ou cinq voix au plus; Willaert, l'un des premiers, imagina de composer des chœurs à un plus grand nombre de voix, dans lesquels il essaya de s'affranchir des formes du style canonique usité jusqu'à lui. Il alla même plus loin dans cette voie, où il se sentait poussé par son génie et par le goût du peuple vénitien pour tout ce qui, dans les productions de l'art, était marqué au coin de la magnificence et de l'éclat, et écrivit de grandes compositions à plusieurs chœurs qui devaient produire un effet grandiose et imposant dans l'enceinte des vastes et splendides cathédrales de Venise et des villes voisines. Aussi trouva-t-il bientôt de nombreux imitateurs, même hors de l'Italie.

Mais, à côté de ces grandes compositions qui n'étaient abordables que pour des masses chorales composées de chanteurs expérimentés, de chantres attitrés, il y avait déjà et depuis assez longtemps en Italie des compositions plus simples, d'un caractère moins sérieux et même tout profane, et semblables à ces chansons françaises à plusieurs voix qui jouissaient partout d'une grande vogue, et sur lesquelles les plus illustres maîtres flamands et français n'avaient pas dédaigné d'exercer leurs talents. L'in-

venteur de la typographie musicale, Ottavio Petrucci,
avait publié, dès l'année 1503, à Venise, un recueil de
cent cinquante chants à plusieurs voix, choisis pour la
plupart parmi les œuvres des maîtres flamands ou français. Les compositeurs italiens ne restèrent pas en arrière,
et l'on vit bientôt paraître des recueils de chansons italiennes qui, sous les noms divers de *villanelle*, de *villote
alla napolitana*, de *frottole*, de *balletti*, etc., répondaient
aux besoins du moment, et pouvaient, grâce aux simplifi-
cations introduites dans la notation, être déchiffrées sans
trop de difficulté par les cercles d'amateurs qui s'étaient
formés un peu partout.

Mais la forme musicale la plus distinguée et la plus intéressante de cette époque est le *madrigal*. Dans son acception moderne et littéraire, ce nom désigne une petite
pièce de vers d'un tour galant, et qui renferme un compliment plus ou moins bien tourné, à l'adresse d'une dame.
Mais en musique le madrigal a un sens assez différent :
il s'agit d'une composition d'un genre profane, traitée en
contre-point plus ou moins compliqué pour trois, quatre ou
un plus grand nombre encore de voix. Sorti vers 1530 de
l'école vénitienne fondée par Willaert, le madrigal se répandit bientôt dans toute l'Italie, et fut, pendant près
d'un siècle, la seule forme musicale admise comme musique de chambre. Ce qui le distinguait particulièrement de
la musique d'église et de la chanson à plusieurs voix, c'est
qu'il n'était point composé sur un thème quelconque, mélodie populaire ou plain-chant. L'harmonie était franche
et libre, ne relevant que d'elle-même, et les parties étaient
toutes et également indépendantes les unes des autres, ce
qui permettait la plus grande variété dans la forme et
dans le style. On le traitait soit en contre-point simple, de

note contre note, soit en contre-point plus ou moins travaillé. Le canon et la fugue n'en étaient pas précisément bannis; mais comme chacune des idées contenues dans le texte demandait un motif particulier, le travail harmonique d'un thème ne pouvait s'étendre indéfiniment jusqu'à se transformer en un canon perpétuel (Planche X, nº 2).

Les milliers de madrigaux qui, dans l'espace d'un siècle, ont été livrés à l'impression, témoignent de la vogue dont jouit cette forme musicale, qui fut pour l'Italie ce que le choral était pour l'Allemagne. L'introduction du style madrigalesque contribua beaucoup à épurer le goût et à faire considérer l'art musical d'un point de vue de plus en plus élevé. C'est alors seulement que les compositeurs comprirent que les sujets religieux n'étaient pas seuls de son domaine, et qu'il pouvait, en s'appliquant à des textes profanes, en renforcer le sens et la pensée, et revêtir une pièce de poésie d'un coloris qui en faisait mieux ressortir les beautés. C'est donc sous l'influence du madrigal que se fit l'évolution par suite de laquelle la musique devait bientôt se séculariser, et quitter l'enceinte de l'église, pour se faire, dans l'art dramatique, l'interprète des passions humaines.

On a vu ce que la musique d'église était devenue entre les mains des contre-pointistes flamands, et dans quelles bizarres extravagances elle était peu à peu tombée. Cet état de choses, supportable alors qu'on sortait du barbare système de l'organum, ne l'était plus du moment où le madrigal avait fait entrevoir ce que l'on pouvait attendre d'une harmonie constituée sur des principes raisonnables et pour un but véritablement esthétique. Il est probable aussi que la faveur populaire qui s'était attachée au chant évangélique, tel que Luther l'avait organisé, contribua

également à éclairer ceux que leur position ou leurs sympathies appelaient à prendre en mains les intérêts de l'é-
glise romaine. Aussi la question d'une réforme dans le
chant liturgique ne tarda-t-elle point à être portée devant
le concile de Trente, réuni pour aviser aux moyens d'arrêter les progrès de l'hérésie. Les abus étaient si criants,
les plaintes si unanimes, et le cas paraissait si désespéré
qu'on ne pensa d'abord à rien de moins qu'à bannir de l'É-
glise toute musique figurée, et à revenir purement et simplement au chant grégorien.

Toutefois, sur les instances de quelques pères du concile, et plus encore sur les représentations que fit faire,
par son ambassadeur, l'empereur Ferdinand Ier, grand
amateur de musique, le coup qui menaçait la musique figurée fut détourné; on finit par comprendre que, judicieu-
sement appliquée et débarrassée des artifices du contre-
point canonique, cette musique était plus susceptible que
le plain-chant de faire impression sur les fidèles, et qu'il
ne fallait pas, sans d'impérieux motifs, se priver d'un si
précieux moyen d'édification. L'arrêt fut donc adouci, et
après qu'on se fut bien entendu sur les abus qu'il fallait à
tout prix réformer, les pères du concile, reconnaissant
leur incompétence pour régler les formes et la nature de
la nouvelle musique d'église, renvoyèrent l'affaire au pape,
qui était alors Pie IV. Celui-ci nomma une commission de
huit cardinaux qu'il chargea d'étudier à loisir la question
et de lui soumettre un projet. Cette commission s'adjoignit
huit chantres de la chapelle, qui devaient l'aider de leurs
conseils et de leur expérience. On tomba facilement d'accord qu'il fallait abolir l'usage aussi bien de ces messes
et motets dans lesquels chaque voix avait un texte différent, que des messes composées sur des mélodies avec

texte profane, et en général de tous les chants dont le texte n'était emprunté ni aux saints livres, ni aux écrits des pères de l'Église. Mais il fut plus difficile de s'entendre sur une autre prétention des cardinaux, qui voulaient que les paroles chantées dans l'église pussent être toujours entendues et comprises du public. Les chantres, élevés dans le nouveau style, firent observer qu'il était de toute impossibilité d'obtenir un pareil résultat; car, disaient-ils, la musique harmonique ne pouvant se passer d'imitations canoniques ou fuguées, la dépouiller de cet élément vital, c'était la tuer. Les cardinaux ne manquèrent pas de se prévaloir du *Te Deum* de Costanzo Festa, et s'appuyèrent en outre sur certaines compositions du même genre dues au maître de chapelle de Ste-Marie Majeure et nommé Palestrina. Les chantres embarrassés répliquèrent que c'étaient là des compositions de peu d'étendue auxquelles une harmonie simple pouvait à la rigueur être appliquée; mais qu'on ne pouvait traiter dans le même style des morceaux plus développés, tels qu'un *Gloria* ou un *Credo*. On convint cependant de faire un essai, et de charger le compositeur dont le nom avait été mis en avant, et dont le talent avait déjà éveillé l'attention, de composer une messe entière dans un style qui conciliât toutes les exigences.

Arrêtons-nous sur l'homme célèbre dont le nom apparaît ici pour la première fois, et racontons ce que l'on sait de sa vie, antérieurement à l'époque où l'on remettait ainsi entre ses mains le sort de là musique d'église.

Le nom de famille de Palestrina n'est point connu; celui sous lequel on le désigne communément est celui de sa ville natale, l'ancienne Préneste, située dans le voisinage de Rome, ce qui explique comment il se fait qu'en latin le nom de Palestrina se transformait en *Prænestinus*. Ses noms de baptême étaient Giovanni-Pierluigi. La date de sa naissance est fort incertaine; on la fixe cependant assez généralement à l'année 1524. Les détails sur l'époque de sa jeunesse manquent complétement. On a dit qu'ayant été envoyé tout enfant à Rome, il y avait été recueilli par le maître de chapelle de Ste-Marie Majeure qui, l'entendant chanter dans la rue, avait été émerveillé de sa voix. Mais le biographe de Palestrina, le savant abbé Baini, a prouvé que cette anecdote, inventée un siècle et demi plus tard, ne repose sur aucune donnée certaine. Il est plus probable que les parents de Pierluigi, impatients de tirer profit des dispositions précoces que montrait leur enfant, et séduits par la perspective des avantages attachés alors à la profession de musicien et de chantre, se hâtèrent de l'envoyer à Rome, où nous savons qu'en 1540 il entra dans l'école que Goudimel venait d'y ouvrir. Après avoir achevé son éducation musicale, il chercha à en tirer parti, et en 1551 nous le trouvons attaché à la chapelle de Saint-Pierre du Vatican, d'abord en qualité de maître des enfants de chœur, puis comme maître de chapelle. C'est alors qu'il se maria avec une jeune fille dont on ne connaît que le nom de baptême, *Lucrezia*. Ce mariage eut pour lui, comme nous le verrons tout à l'heure, de fâcheuses conséquences.

C'est à cette époque aussi qu'il composa ses premiers ouvrages qui lui attirèrent la faveur du pape Jules III, auquel il les avait dédiés. Ils lui valurent une nomination de chantre dans la chapelle papale (1555), position honorable et très-recherchée, et contre laquelle il n'hésita pas à échanger sa place de maître de chapelle de Saint-Pierre. Mais, deux mois après, son protecteur mourut. Marcel II, son successeur, faisait à la vérité grand cas de Palestrina qui put espérer arriver, grâce à cette haute protection, à une position digne de son génie. Malheureusement pour lui, Marcel n'occupa le trône pontifical que pendant vingt-un jours, et sa mort eut pour Palestrina les plus fâcheuses conséquences. A peine Pie IV, le nouveau pape, était-il assis sur le trône, qu'enflammé d'un beau zèle de réformateur, il renvoya de sa chapelle tous les chantres mariés, sous prétexte que de pareilles fonctions ne pouvaient être décemment remplies que par des ecclésiastiques. Toutes les réclamations furent inutiles, et Palestrina, ainsi que deux de ses collègues que cette mesure brutale atteignait, dut quitter la chapelle, sans autre indemnité qu'une modique pension viagère de six écus par mois.

Le coup était rude, si rude que le pauvre Palestrina en fit une maladie qui le retint plus de deux mois au lit. Heureusement que la place de maître de chapelle à St-Jean de Latran étant devenue vacante, elle lui fut offerte, et il n'hésita point à l'accepter quoiqu'elle ne fût que bien maigrement rétribuée (1555). Il remplit ces fonctions pendant six ans, c'est-à-dire jusqu'à l'année 1561 qu'il quitta St-Jean de Latran pour Ste-Marie Majeure. Cette époque est la plus importante de sa vie; car c'est alors que son génie prit tout son essor.

Dans ses compositions antérieures, Palestrina s'était montré le fidèle disciple de Goudimel et des maîtres de l'école flamande. Mais, grâce aux études sérieuses auxquelles il s'était ensuite livré, grâce aussi à un travail de méditation fait sous l'influence de sa fervente piété, ses idées s'étaient agrandies et son génie avait vu s'ouvrir devant lui de nouveaux horizons. Le premier ouvrage dans lequel se manifestèrent ses nouvelles tendances était l'un de ceux que l'on désigne sous le nom d'*Improperia*, et qu'il

composa pour les solennités de la semaine sainte sur ces
paroles : *Popule meus quid feci tibi?..... Mon peuple, que
t'ai-je fait, ou en quoi t'ai-je contristé? Réponds-moi. Je
t'ai tiré du pays d'Égypte, et voilà, tu as préparé une croix
à ton Sauveur*. A ce texte, pénétré d'une mystérieuse poésie, Palestrina n'appliqua qu'un très-petit nombre d'accords simples dont l'effet était saisissant, et qui convenaient on ne peut mieux à l'expression des paroles tristes
et sévères que l'Éternel adresse à son peuple.(Planche XII,
nᵒ 1). Cette composition, d'un style si nouveau, excita
un tel enthousiasme, que le pape s'en fit immédiatement
donner copie et voulut qu'elle fût exécutée dans sa chapelle, à la solennité du vendredi saint; c'était en l'an
1560, et depuis lors on l'a exécutée, et on l'exécute encore
chaque année, avec d'autres compositions non moins célèbres, pendant la semaine sainte, dans la chapelle sixtine.
Le cérémonial qui accompagne alors l'exécution de ce
chant en rehausse encore l'effet. L'autel et tous les murs
de la chapelle sont dépouillés de leurs ornements; les tableaux sont voilés; les cardinaux sont revêtus de serge;
plus d'encens, plus de cierges; tout peint le trouble et la
désolation. On découvre alors la croix, que les fidèles viennent adorer deux à deux en se prosternant, et c'est à ce
moment que le chant triste se fait entendre dans les hauteurs de la chapelle. Qu'on juge de l'effet que dut produire cette composition sur des auditeurs qui n'avaient entendu jusqu'alors, dans ce moment solennel, que les froi-
des élucubrations des maîtres flamands, ou un plain-chant
monotone.

Lors donc qu'il fut question de ramener le chant d'église
dans une voie plus convenable à sa haute destination, on
comprend que les *Improperia* de Palestrina durent tout

naturellement se présenter à l'esprit et être proposés comme modèle, et que, lorsque la commission des cardinaux eut résolu de provoquer un essai en grand de ce nouveau style, elle ne put mieux faire que de s'adresser au célèbre maître de chapelle de Ste-Marie Majeure. Palestrina fut donc mandé auprès du président, le cardinal Charles Borromée, qui lui expliqua ce qu'on exigeait de lui et qui l'encouragea à faire tous ses efforts pour remplir l'attente du Sacré-Collége et du pape, lui faisant entendre que du succès de son travail dépendait en grande partie le sort de la musique religieuse.

Palestrina se mit avec ardeur à l'œuvre et présenta bientôt après à la commission des cardinaux trois messes, chacune à six voix, entre lesquelles il fallait choisir. Mais le choix était facile; en effet, deux de ces messes étaient encore conçues dans les formes du style flamand; tandis que la troisième, celle sans doute qui, dans l'opinion de l'auteur, devait résoudre le problème, était marquée au coin de la plus pure inspiration. Rien n'y trahissait l'éffort; les paroles y étaient presque partout intelligibles, et cette qualité essentielle ne portait préjudice ni à la mélodie, qui était empreinte d'un sentiment profondément religieux, ni à l'harmonie, qui était tantôt douce et pénétrante, tantôt vigoureuse et brillante, ni enfin à la variété dans les détails. Il résultait de tout cela un caractère de beauté élevée et absolument indépendante du mécanisme de l'art.

Le 21 avril 1565, les chantres de la chapelle pontificale se rendirent dans le palais du cardinal Vitellozzi, où s'étaient réunis tous les autres cardinaux; la troisième messe enleva tous les suffrages et rallia tous les membres de la commission dans un sentiment unanime; la cause de la musique figurée était définitivement gagnée et un nouveau style d'église prenait naissance. Lorsque, quelques semaines après, cette messe fut exécutée pendant l'office divin en présence du pape, celui-ci en fit ce magnifique éloge : « Ce sont là les harmonies du cantique nouveau que l'apôtre St. Jean entendit chanter dans la Jérusalem céleste, et dont un autre Jean nous donne une idée dans la Jérusalem terrestre » (Planche XII, n° 2).

La messe dont il est ici question porte le nom de *messe du pape Marcel,* d'où l'on avait conclu que c'était ce pape qui avait eu l'idée de réformer le chant d'église ; et c'est à son règne, par conséquent, que l'on rapportait, en les dénaturant, les circonstances qui avaient donné naissance à cette célèbre messe. Les consciencieuses recherches de l'abbé Baini ont démontré que les choses s'étaient passées comme nous venons de le voir. Quant aux raisons qui ont pu engager Palestrina à donner à sa messe le nom d'un pape mort depuis plusieurs années, elles s'expliquent assez par un sentiment de pieuse reconnaissance pour ce pape qui, comme nous l'avons dit, lui avait témoigné une véritable affection.

J'ai cru devoir raconter en détail cette époque si intéressante de la vie de Palestrina, parce que les faits qui s'y rapportent furent le point de départ d'une ère nouvelle pour la musique d'église. Je passerai plus rapidement sur l'époque postérieure, qui n'a été, au fond, que le développement de la précédente.

Le pape, pour donner à Palestrina un témoignage de sa satisfaction, le nomma compositeur de sa chapelle, titre qu'il conserva jusqu'à sa mort. Quelques années après, en 1571, il fut réinstallé dans les fonctions de maître de chapelle de St-Pierre au Vatican, qu'il avait remplies avant son entrée, comme chantre, dans la chapelle pontificale. A peu près à la même époque, Nanini, avec lequel il avait étudié sous Goudimel, ouvrit, à Rome, une école qui devint bientôt célèbre. Palestrina fut appelé à y enseigner, et il trouva là un autre centre d'activité digne de lui ; mais il va sans dire qu'il n'abandonna point pour cela son travail de composition.

En 1580, la mort de sa femme, qu'il aimait avec tendresse, vint le frapper douloureusement. Dans son désespoir, il prit la résolution de ne plus écrire. Son dernier ouvrage devait être le motet *Super flumina Babylonis*..... *Près des fleuves de Babylone nous nous sommes assis et nous avons pleuré en pensant à toi, ô Sion, et nous avons suspendu nos harpes aux saules du rivage.* Il avait choisi à dessein ce texte tout plein d'une mélancolique tristesse, et qui s'accordait si bien avec l'état de son âme. Mais il reconnut bientôt que cet art même auquel il voulait renoncer, en rattachant ses pensées et ses espérances à l'Être infini dont ses chants célébraient la grandeur, lui offrait un trésor de douces consolations. Toutes ses compositions de cette époque portent l'empreinte du sentiment de profonde tristesse sous l'influence duquel il écrivait, et appartiennent à ce qu'il a fait de plus beau.

En 1584, il acheva un ouvrage qui, par le feu de l'expression surpassait peut-être tout ce qu'il avait fait jusqu'alors : c'était le *Cantique des Cantiques*. Palestrina présenta lui-même ce chef-d'œuvre au pape Grégoire XIII auquel il était dédié, en lui disant : « Dieu veuille qu'en m'efforçant, comme je l'ai fait, de peindre avec feu les joies divines de cet épithalame, une étincelle d'amour soit venue embraser mon cœur. » On peut voir dans la dédicace de cet ouvrage quelles sérieuses pensées il apportait dans l'accomplissement de sa mission. « Autrefois, » dit-il, « j'ai chanté les joies de l'amour profane; mais je n'ai trouvé dans cette voie que honte et remords. C'est pourquoi je me suis voué sans réserve à la musique sacrée. J'ai chanté les louanges du Christ et de sa divine mère; et maintenant j'ai choisi le cantique de Salomon qui célèbre l'amour divin du Christ pour son épouse, et j'ai cherché à atteindre, par la force de l'expression, la brûlante inspiration qui déborde de cette poésie. »

Les dernières années de Palestrina ne furent pas les moins fécondes. Il semble qu'il redoublât d'activité à mesure que s'approchait le terme de sa carrière. Il ne se passait pas d'année qu'il n'achevât un nouveau livre de motets, de messes ou d'autres compositions sacrées; et c'est pendant cette période de travail opiniâtre qu'il écrivit quelques-uns de ses plus célèbres chefs-d'œuvre, tels que les *Lamentations* (1588), les *Hymnes* pour toutes les fêtes de l'année (1589), son *Stabat mater* (1590), les *Litanies de la Vierge* (1593), etc. La mort, on peut bien le dire, le surprit au milieu de ses travaux, pendant qu'il surveillait l'impression d'un livre de messes qu'il comptait dédier au pape Clément VIII.

Dès qu'il sentit les premières atteintes de la violente maladie qui allait l'emporter, il fit appeler auprès de lui Philippe de Neri, le fondateur des pères de l'Oratoire, avec qui il avait vécu pendant de longues années sur le pied de la plus douce intimité. Cet ami dévoué ne quitta plus le chevet du mourant, lui administra les sacrements et l'entretint sans cesse des grandes choses du salut et de la vie à venir. Toute la famille de Palestrina se réduisait alors à son fils Igin, le seul de ses quatre enfants qui lui eût été conservé. C'est à lui qu'il donna ses dernières instructions. « Mon fils, » lui dit-il, après lui avoir adressé de paternelles et chrétiennes exhortations, « je laisse après moi plusieurs ouvrages qui n'ont pas encore vu le jour. Grâce à la générosité de mes protecteurs, l'abbé de Baume, le cardinal Aldobrandini et le duc de Toscane, je te laisse aussi de quoi subvenir aux frais d'impression. Je te recommande donc de t'en occuper au plus vite, pour la gloire du Tout-Puissant et la célébration de son culte dans l'église. »

Voici comment l'abbé Baini raconte ses derniers moments : « L'inflammation et la fièvre allaient croissant; Pierluigi passa la journée du 1er février (1594) dans de douloureuses angoisses et dans d'intimes entretiens avec son confesseur. Enfin parut l'aube du 2 février; c'était un mercredi, jour de la purification de la sainte Vierge dont il avait célébré la gloire dans l'un de ses derniers ouvrages. Par ses exhortations de plus en plus pressantes, le saint consolateur excite chez le moribond le désir de quitter cette terre et d'aller prendre part à la fête que le ciel célèbre en l'honneur de la reine des anges et des saints. Oui, s'écrie le mourant en rassemblant toutes ses forces, c'est là mon seul désir; ah! que la sainte Vierge m'obtienne, par son intercession, cette grâce de son divin fils! A peine avait-il prononcé ces mots que, dans la pleine possession de ses facultés, calme et plein de confiance dans la miséricorde du Seigneur, il rendit son âme à Dieu, son Créateur, et s'envola, grâce à l'intercession de la sainte mère de Dieu, et par les prières de son saint confesseur, Philippe de Néri, au séjour bienheureux des chants éternels et de l'éternelle félicité. »

La nouvelle de la mort de Palestrina fit une grande sensation dans la capitale du monde catholique et dans toutes les classes de la population. Une foule immense suivit son convoi funèbre. Le corps du grand musicien fut inhumé dans la cathédrale de St-Pierre, et sur la pierre qui couvrit ses restes on grava cette simple inscription :

Johannes Petrus Aloysius Prænestinus, musicæ princeps.

Palestrina ne vécut que pour son art ; aussi a-t-il énormément écrit. On se tromperait toutefois si l'on pensait que toutes ses œuvres soient écrites dans le style familier des *Improperia*, ou dans le style mixte de sa *messe du pape Marcel*. Élève de l'école flamande, il n'a jamais complétement renié ses maîtres ; il lui est même arrivé quelquefois, dans ses toutes premières œuvres s'entend, de donner dans toutes les excentricités du style canonique ; lui aussi a écrit sa messe de l'*Homme armé* et une autre intitulée *ad fugam*, dans lesquelles il a répandu à profusion les plus bizarres artifices de notation proportionnelle, qui en font de véritables énigmes musicales. Mais il est évident que ce n'est pas là le Palestrina dont nous avons à nous occuper ; celui qui nous intéresse, c'est l'immortel compositeur des *Improperia*, de la *messe du pape Marcel*, du *Stabat mater* et des autres ouvrages écrits dans le même style, ouvrages qui seuls, aux yeux de la postérité, font la gloire de Pierluigi et lui ont mérité la place élevée qu'il occupe dans l'histoire de l'art. Là son style est toujours grave, élevé, soutenu, mais sans excès. Jamais l'expression de tristesse et d'abattement, dont sont empreints ses chants de la *Passion* ou ses *Lamentations*, ne dégénère en une sentimentalité affectée ; jamais l'énergie et l'élan qu'il a su mettre dans ses messes et dans ses hymnes ne touchent à la rudesse ou à la dureté ; nulle part on ne rencontre trace d'exagération ou de recherche ; nulle part de ces phrases insigni-

12

fiantes qui ne sont que du remplissage. Les mouvements des voix sont au suprême degré simples et naturels, comme ses modulations, ce qui rend plus saisissants les contrastes qu'il se permet accidentellement, quand la situation exige un déploiement subit de force et de vigueur. On peut même dire que, dans les compositions où il s'est montré l'élève et l'émule des musiciens flamands, il est si bien maître de tous les artifices du contre-point qu'il se meut, au milieu des entraves du style canonique, avec une grâce qui ne sent nulle part la gêne. Aussi peut-on dire que c'est à partir de Palestrina que les formes du contre-point compliqué ont cessé d'être le but de l'art, et qu'elles sont devenues ce qu'elles doivent être, un moyen, un instrument donné à la musique pour atteindre à l'expression des sentiments.

Pour se rendre bien compte du caractère particulier de la musique palestrinienne, il faut se rappeler qu'elle est tout entière fondée sur l'harmonie consonnante, c'est-à-dire sur des successions d'accords parfaits, et que les dissonances n'y interviennent que par suite du retard de l'une des notes d'un accord, qui se prolonge sur l'accord suivant. Les dissonances naturelles, attractives, ou dissonances sans préparation, comme l'accord de septième de dominante, qui sont, comme nous le verrons plus loin, la base de l'harmonie dans notre tonalité moderne, étaient à peine connues au temps de Palestrina; d'ailleurs, les compositeurs d'église ne pouvaient les employer qu'avec d'extrêmes ménagements, de peur de bouleverser la tonalité du plain-chant avec laquelle ces dissonances ne pouvaient se concilier [1]. Ainsi donc, une harmonie exclusive-

---

[1] On rencontre bien par-ci par-là, dans les œuvres de Palestrina, des

ment consonnante, forcée de se renfermer dans les modulations les plus élémentaires, dans celles des tons relatifs,
voilà tout ce que Palestrina avait à sa disposition ; et c'est
avec des ressources aussi bornées, avec des matériaux en
apparence aussi insuffisants qu'il a su créer tant d'immortels chefs-d'œuvre. C'est qu'il avait compris mieux que
ses timides ou trop érudits devanciers que, dans la succession d'accords, même consonnants, il y avait certaines
relations d'affinité d'où pouvait naître un pur dessin mélodique, et qui devenaient ainsi une source d'inépuisables
beautés ; son âme embrasée du sentiment religieux et son
génie sublime firent le reste ; et ainsi naquit cette musique calme, grave, solennelle, pleine d'onction religieuse,
qui, flottant dans une tonalité vague et indécise, berce
l'âme, l'élève au-dessus du monde terrestre et la fait pla-
ner avec elle dans le domaine de l'infini.

La citation suivante d'Oulibicheff complétera l'idée que
j'ai cherché à donner du style palestrinien : « L'effet purement harmonique de ces chants tient des impressions de
la harpe éolienne. Ces solennels ternaires (accords parfaits), tombant un à un, sans rhythme caractérisé, vous
arrivent comme un retentissement de l'harmonie des mon-
des, comme la voix de Dieu même, de ce Dieu triple et
un, dont le ternaire harmonique paraît un des emblèmes
matériels les plus profonds. Point ou presque pas d'accords copulatifs (attractifs) pour établir une causalité et
une dépendance entre ces grandes manifestations de l'absolu ; aucune de ces dissonances voluptueuses ou pathétiques, image de nos félicités d'un moment, de nos ten-
dresses et de nos agitations éphémères ; pas de rhythme.

dissonances de septième de dominante sans préparation ; mais ces cas
sont extrêmement rares.

qui suive le vol du temps mesuré aux pulsations d'un cœur mortel; pas de contours mélodiques pour circonscrire l'imagination dans quelque cercle arrêté du fini; rien, en un mot, qui éveille une pensée mondaine ou qui vous parle le langage des passions de la chair. Voilà certainement de la musique d'église comme jamais personne n'en composa de plus vraie. Elle est pure de tout mélange profane; elle est d'une beauté éternellement la même, parce qu'elle repose sur ce qui ne change point, sur un emploi pour ainsi dire élémentaire de l'accord; elle est antique, mais de cette antiquité qui ne connaît pas la vieillesse, qui grandit tout et ajoute si puissamment à la vénération qu'on a pour les choses saintes. Et, en effet, le temps a rajeuni Palestrina. Sa modulation, si originale et si frappante aujourd'hui, devait l'être beaucoup moins ou ne pas l'être du tout au XVIme siècle, quand on modulait généralement de la sorte. Rajeunir à force d'années, n'est-ce pas une destinée fort extraordinaire, pour un musicien surtout [1]. »

Au surplus, c'est dans les termes de la même admiration que tous les écrivains, tant anciens que modernes, s'expriment sur la musique de Palestrina. Jamais compositeur n'a joui d'une renommée aussi constante et aussi légitime. De son vivant même, tous les compositeurs italiens, ses contemporains, reconnurent sa supériorité; et, s'il eut de la peine à se créer une position digne de ses talents, si les éminentes fonctions qu'il remplit, mal rétribuées, le mirent à peine à l'abri du besoin, il ne paraît pas avoir eu à lutter contre l'envie ou la jalousie de ses rivaux. Uniquement préoccupé de l'art auquel il s'était voué, il travaillait à l'écart, loin du bruit du monde, et

[1] Oulibicheff, *Nouvelle biographie de Mozart*, tome II, 73.

ne songea point à courir après une bruyante popularité. Aussi son nom ne se trouve-t-il jamais mêlé à cette brillante foule d'artistes et de poëtes que, depuis l'époque de Léon X, la magnificence des papes attirait à Rome de tous les points de l'Italie.

Il y aurait un intéressant rapprochement à faire entre le choral luthérien et la musique palestrinienne. Bien que procédant également du plain-chant, ces deux formes musicales durent, en effet, revêtir un caractère distinct, en raison de la profonde différence qui existe entre les deux principes dont elles étaient la manifestation.

Luther avait donné au choral la forme la plus populaire. Les textes, composés en langue allemande, et par conséquent accessibles à toutes les classes, étaient pleins de poésie et d'inspiration lyrique ; coupés en vers énergiquement cadencés, ils devaient communiquer au chant un rhythme, sinon régulier, du moins fortement accentué, tel que l'exige une mélodie destinée à être chantée par la masse des fidèles. Palestrina, au contraire, n'a guère travaillé que sur des textes liturgiques en langue latine, et dont, par conséquent, les beautés poétiques ne pouvaient être comprises du peuple. Sa musique devait d'ailleurs se conformer aux exigences du rituel catholique et au rôle particulier que le chant y joue. On sait, en effet, que dans l'Église romaine le chant n'est qu'un accessoire du cérémonial qui accompagne le sacrifice de la messe ou les pompes des fêtes solennelles. Or ce cérémonial a pour but d'éveiller le sentiment de l'adoration, en parlant aux sens des fidèles ; l'éclat brillant des cierges, les vapeurs odorantes de l'encens, le costume des prêtres et des enfants de chœur, tout est calculé pour atteindre ce but. A ce point de vue, la musique de Palestrina est, on peut le dire, la musique catholique par excellence, et cela est si vrai, que, comme l'ont fort bien fait observer de judicieux critiques, elle perd incontestablement une partie de sa haute signification à être chantée hors de l'enceinte fastueuse des églises catholiques et sans l'accompagnement obligé du cérémonial romain; tandis que le choral s'est chanté partout, sous la voûte du ciel comme dans les nefs des cathédrales, autour du tranquille foyer domestique comme au milieu du fracas des batailles. Le chant de Luther est le chant énergique qui fortifie l'âme et la retrempe pour les combats spirituels; le chant de Palestrina la berce mollement et ne saurait l'élever plus haut que la contemplation extatique.

Ai-je besoin de dire que si, envisagé, comme je viens de le faire, au point de vue de son caractère populaire et de son effet sur les masses, le choral a une évidente supériorité sur le chant palestrinien, tout l'avantage revient à celui-ci quand on le considère par le côté purement musical. Il apparaît alors comme une forme plus savante, plus parfaite à tous égards que le chant évangélique.

En résumé, Palestrina a amené le plain-chant à son dernier degré de développement, à son plus haut point de perfection. Il est le dernier et le plus illustre représentant d'une grande période, de celle que nous avons appelée la période de l'art ecclésiastique ou de la musique religieuse fondée sur le plain-chant. Et si le plain-chant avait pu être le dernier mot de l'art musical, l'époque de décadence aurait immédiatement commencé; le XVIme siècle eût été l'âge d'or de la musique chrétienne, comme il le fut de la poésie, de la peinture et de la statuaire, et Palestrina serait encore pour nous le *prince de la musique*. Mais il n'en fut point ainsi. A peine le grand homme eut-il fermé les yeux que de hardis novateurs, cherchant à ouvrir à l'art de nouvelles voies, opérèrent dans la musique une véritable révolution, par suite de laquelle le plain-chant se vit dépossédé du rang incontesté qu'il avait occupé jusqu'alors, et forcé de céder la place à cette musique vulgaire si méprisée, et qui, pendant tant de siècles avait végété à côté de lui, sans parvenir à faire reconnaître ses droits à l'existence.

Mais, avant de passer au récit de cette importante transformation qui ouvre l'époque de la musique moderne ou de l'art dramatique, il me reste à parler de quelques compositeurs plus ou moins renommés, qui vécurent en Italie au temps de Palestrina, et à jeter un coup d'œil sur l'état où se trouvait l'art musical dans les autres pays de l'Europe.

Nous avons déjà rencontré sur notre chemin le nom de Nanini (Giovanni Maria), qui fut le condisciple, l'ami et l'un des plus fervents admirateurs de Palestrina dont il imita fort heureusement le style; il partage avec ce dernier l'honneur d'avoir fondé la célèbre école romaine, quoique Goudimel, leur maître à tous deux, ait, à vrai dire, plus de droit que ses élèves à le revendiquer. Après Nanini, on peut nommer Anerio (Felice) et l'Espagnol Vittoria (Lodovico), qui sont regardés comme les élèves les plus célèbres et les plus distingués de l'école romaine, et dans les ouvrages desquels on retrouve quelques-unes des qualités de Palestrina.

Mais si le style d'église, qu'on appelait déjà *alla Palestrina* ou *alla capella*, régnait presque exclusivement à Rome, il n'en était pas de même dans les autres villes de l'Italie. Là la vogue était au madrigal, et c'est dans ce genre que travaillaient tous les compositeurs qui visaient à conquérir la faveur populaire. La forme plus libre du madrigal devait, on le comprend, le rapprocher peu à peu de la musique vulgaire. Aussi vit-on bientôt les madrigalistes s'éloigner de plus en plus des anciens tons ecclésiastiques et chercher, en multipliant les signes chromatiques, à donner à leurs compositions le coloris que la tonalité du plain-chant ne pouvait leur fournir. L'emploi des signes chromatiques avait même été réduit en un système, et un savant, Vicentino (Don Nicolo), avait, dès l'année 1555, publié un ouvrage dans lequel il cherchait à démontrer que l'introduction du genre chromatique, tel que l'avaient pratiqué les anciens, était le seul moyen de régénérer la musique moderne et de lui donner la variété d'accents dont on sentait déjà le besoin. On voit donc que l'on peut constater, dès l'époque de Palestrina, les traces de la transformation qui allait s'opérer.

Nous avons vu que c'est de l'école vénitienne qu'était sorti le madrigal : l'un des premiers qui s'essaya dans ce nouveau genre, fut le Flamand Ciprien de Rore, élève de Willaert, et surnommé *il divino* par les Italiens, toujours facilement enthousiastes. Mais le plus célèbre des madrigalistes du XVIme siècle a été, sans contredit, Marenzio (Luca), que ses contemporains surnommèrent *il cigno più soave dell' Italia*. Né dans la Lombardie, il fut chantre de la chapelle pontificale. Ses madrigaux se font remarquer par un heureux emploi de plusieurs combinaisons nouvelles d'accords dissonants ; mais il ne réussit qu'à moitié, parce qu'il n'osa s'aventurer qu'avec une extrême timidité en dehors de la tonalité diatonique du plain-chant.

Naples avait aussi, à cette époque, un habile madrigaliste dans la personne de Gesualdo, prince de Venosa, dont les nombreuses compositions dans le genre à la mode étaient partout recherchées, et chantées ou jouées dans tous les cercles. Il fit un emploi plus fréquent que tous ses contemporains des signes chromatiques ; mais la recherche dans l'expression, et l'originalité souvent excentrique de son esprit l'entraînèrent plus d'une fois hors des bornes, en sorte que son style heurté et mal réglé présente un bizarre mélange de défauts et de qualités.

L'école de Venise, fondée par Willaert, tout en subissant l'influence du style de Palestrina, se distingua tout particulièrement par l'emploi plus fréquent des signes chromatiques, au moyen desquels on battait en brèche le plain-chant. Les deux plus célèbres compositeurs vénitiens de la seconde moitié du XVIme siècle furent les deux Gabrieli, le père et le fils (Andrea et Giovanni); qui se succédèrent dans les fonctions d'organistes de la cathédrale de St-Marc. Giovanni fut plus illustre encore que son père. Ses compositions d'église, à plusieurs chœurs, suivant le goût de l'école vénitienne, se distinguent par un style élevé, une grandeur imposante, et par les nouveautés harmoniques qu'on y rencontre. Sur ses vieux jours (il mourut en 1613), il fut le témoin de la révolution qui se fit dans l'art musical par la naissance de l'opéra ; mais il n'y prit aucune part, et n'écrivit jamais que pour l'église.

Remarquons, en outre, que c'est de Gabrieli que datent les rapports de plus en plus fréquents qui s'établirent entre l'Allemagne et l'école vénitienne, et l'influence que cette dernière commença à exercer sur le génie des compositeurs allemands au XVIIme siècle. Ce rapprochement s'explique, suivant Rochlitz, par la proximité de Venise, par les relations commerciales que cette ville entretenait avec les cités marchandes de l'Allemagne, et aussi par la tolérance, pour ne pas dire l'indifférence religieuse des

Vénitiens, qui leur permit de rester neutres dans la lutte ouverte entre la papauté et la Réformation.

Si maintenant nous portons les regards en dehors de l'Italie, nous verrons que l'école flamande était encore florissante, et qu'elle jeta, au temps même de Palestrina, un assez vif éclat, grâce à Roland Lass, compositeur célèbre, qui en fut le dernier représentant, et qui, de son vivant, contre-balança presque la renommée du chef de l'école romaine.

Ce Roland Lass, connu également sous son nom latinisé de Orlandus Lassus, et sous celui de Orlando Lasso que lui donnaient les Italiens, était né à Mons dans le Hainaut en 1520. Son nom de famille était proprement Lattre ; mais son père ayant été condamné, comme faux monnayeur, à une peine infamante, il changea son nom, s'expatria et passa en Italie. Après avoir séjourné quelque temps à Naples, puis à Rome, où, grâce à la protection d'un haut dignitaire de l'église, l'archevêque de Florence, il avait obtenu la place de maître de chapelle à St-Jean de Latran, des intérêts de famille le rappelèrent subitement dans sa patrie. Il voyagea ensuite en Angleterre et en France. Ayant enfin reçu du duc de Bavière, Albert V, l'invitation de se rendre à sa cour et d'amener avec lui d'autres musiciens flamands pour y organiser sa chapelle, il alla s'établir à Munich (1557), où il séjourna pendant de longues années et d'où sa réputation se répandit bientôt dans toute l'Europe.

Mais c'est en Allemagne qu'il exerça principalement son influence, et les Allemands lui décernèrent ce même titre de *prince de la musique,* que les Italiens avaient donné à Palestrina. Les princes et les monarques étrangers ne restèrent point en arrière et lui envoyèrent à l'envi de flat-

teuses marques de distinction. On alla jusqu'à frapper, en
son honneur, une médaille [avec ce jeu de mots qui était
dans le goût du temps : *Est ille Lassus lassum qui recreat
orbem* (c'est là ce Lass qui récrée le monde lassé). Sous
Charles IX, Lass fit un voyage à Paris et y séjourna pendant
quelque temps. Mais il revint bientôt à Munich où il
mourut en 1594, la même année que Palestrina.

Ses ouvrages, dont la plus grande partie se trouve encore
aujourd'hui en manuscrit dans la bibliothèque de Munich,
sont de genres fort divers. En sa qualité de dernier
venu de l'école flamande, il trouva dans un art plus perfectionné
des moyens d'expression qui avaient manqué à
ses prédécesseurs ; et c'est par là qu'il a sur eux un grand
avantage. Cependant, il ne put secouer complétement le
joug des traditions de son école, et il a payé, lui aussi, un
large tribut aux recherches du contre-point canonique, en
sorte que ses compositions, celles surtout qui datent de sa
première époque, offrent encore des traces de cette raideur
scolastique dont l'école romaine cherchait résolûment
à s'affranchir. Aussi la postérité met-elle une grande distance
entre Lass, dernier représentant d'une école qui est
morte avec lui, et Palestrina, créateur d'un style qui a fait
école et qui s'est perpétué assez longtemps après lui. A
la mort de Lass, les Pays-Bas, après avoir pendant
deux siècles fourni des musiciens à toute l'Europe, rentrent
dans l'obscurité et cèdent la place à l'Italie et à
l'Allemagne.

En Allemagne, en effet, l'art continua de progresser
dans la voie où Luther l'avait engagé. Presque tous les
compositeurs travaillaient ou sur les mélodies des chorals,
ou sur d'autres cantiques qui venaient accroître le trésor
du chant évangélique. Je me contenterai de citer, comme

les plus célèbres, Hænl (Jacob), plus connu sous son nom latinisé de Gallus, Hasler (Hans-Leo), organiste à Hambourg, puis attaché à la chapelle de l'empereur Rodolphe II, et qui avait étudié à Venise sous Gabrieli, enfin Schulz ou Prætorius, aussi organiste hambourgeois, et aussi renommé par son talent sur l'orgue que par le mérite de ses compositions d'église. C'est lui qui commença l'illustration d'une école d'orgue qui attira à Hambourg de nombreux élèves de toutes les parties de l'Allemagne.

Il est bon toutefois de dire que Fétis met au-dessus de tous les compositeurs que je viens de nommer un pauvre et obscur maître d'école d'Augsbourg, nommé Gumpelzhaimer, dans les ouvrages duquel l'éminent écrivain a découvert des nouveautés piquantes, dont il pense que les maîtres vénitiens de la fin du XVIme siècle purent avoir connaissance.

La France ne présente aucun musicien remarquable après Goudimel. Au temps de Charles IX, de Henri III et de Henri IV, ce sont les compositions de Claude le Jeune et de Du Caurroy qui eurent le plus de vogue. Fétis affirme que l'examen de leurs ouvrages ne justifie guère leur renommée, et qu'en tout cas le premier avait une incontestable supériorité sur son rival.

Quant à l'Angleterre, elle était alors mieux partagée que la France; Tallis et surtout Bird, son élève, tous deux organistes de la reine Élisabeth, furent deux compositeurs très-remarquables. Suivant Kiesewetter, leurs ouvrages peuvent être comptés parmi les meilleurs de ce temps. Oulibicheff va même plus loin, et déclare que ce sont les seuls compositeurs de cette époque qu'on puisse mettre à côté de Palestrina. « Il y a, » dit-il, « dans les chants fugués de Bird, plus de caractère, de mélodie et de tonalité que je n'en ai pu découvrir dans ceux d'aucun compositeur du même temps, ce qui fait aussi que son harmonie se rapproche quelquefois davantage de l'harmonie moderne. » On peut donc dire que la fin du XVIme siècle fut une époque, à la vérité bien courte, de gloire musicale pour la nation anglaise, qui a toujours mieux su se montrer généreuse pour les artistes étrangers que d'en produire d'indigènes.

Ici se termine la première des deux grandes périodes dans lesquelles se divise tout naturellement l'histoire de notre musique; nous avons à considérer maintenant la transformation qui s'opéra dès les premières années du XVIIme siècle, et dont nous avons déjà pu constater les signes avant-coureurs dans l'époque même que nous venons de traverser.

SECONDE PÉRIODE

ART DRAMATIQUE

CHAPITRE VIII

Histoire de la naissance de l'*Opéra*. Premiers *intermèdes* en musique adaptés aux pastorales qui se jouèrent à Florence et à Ferrare dans le courant du XVIme siècle. Premiers essais de *récitatif*, par **Emílio de' Cavalieri**. La *Dafne* de Rinuccini, mise en musique par **Peri** et **Caccini**. La *Rappresentazione dell' anima e del corpo*, oratorio d'**Emílio de' Cavalieri**, et l'*Euridice*, tragédie en musique de **Peri**, jouées à Florence, en 1600. Le *Nuove musiche* de **Caccini**, premier essai de monodie ou chant à voix seule. Autres compositions de **Caccini**.

Il aurait été bien étonnant qu'au milieu de ce grand mouvement intellectuel caractérisé par le nom de Renaissance, la musique, seule de tous les arts, fût restée stationnaire, ou n'eût continué de progresser que dans la voie où elle était engagée depuis les premiers siècles du moyen âge. Il n'en pouvait être ainsi, et le moment était venu où elle devait rompre définitivement les liens qui l'avaient toujours retenue attachée à l'Église. A la vérité, elle se laissa devancer par ses sœurs, et depuis longtemps la peinture, la sculpture, la poésie avaient enfanté de chefs-d'œuvre, alors que notre art, arrivé à un certain point de perfection dans la plus noble de ses manifestas tions, c'est-à-dire dans le domaine religieux, en était encore, pour tout le reste, à chercher la voie par laquelle il pouvait prendre son essor. On ne saurait, en effet, comparer Palestrina à Raphaël, bien que ces deux génies fussent contemporains, à quelques années près. Raphaël représente l'art de la peinture arrivé à son apogée, à ce moment suprême et unique où les tendances toutes spiritualistes, qui caractérisent la période de formation et de développement et donnent aux productions artistiques les formes raides, anguleuses qui les distinguent, viennent se féconder au souffle sensualiste de l'époque de décadence qui suit fatalement la première. Palestrina, au contraire, appartient évidemment et exclusivement à cette première époque, et si nous voulions nommer le peintre qui rappelle le mieux ce grand compositeur, c'est parmi les maîtres de l'ancienne école florentine qu'il faudrait l'aller chercher, parmi ceux qui, comme Fra Angelico, résument, en la fermant, la première phase de l'histoire de la peinture moderne.

Cependant, bien que devancée par les autres arts, la musique n'en subit pas moins l'influence de cette aspiration vers le progrès, qui s'était manifestée de toute part au XVIme siècle, et les modifications qui en résultèrent semblent avoir été d'autant plus profondes que l'art s'était traîné depuis plus longtemps dans la même ornière. Voyons donc comment s'opéra cette transformation par suite de laquelle, comme je l'ai dit, rompant enfin la chaîne des traditions, la musique se transporta du domaine de l'église sur le terrain du monde et des passions humaines, trouva le langage du drame, et se sécularisa dans l'opéra, en même temps que l'échelle des sons, constituée d'après une formule unique de succession des intervalles, donnait naissance à une nouvelle tonalité.

Si l'on voulait rattacher la naissance de l'opéra à la première application qui fut faite de la musique à une action scénique, il faudrait remonter bien haut, jusqu'à Adam de la Hale, par exemple, et à son *Jieux de Robin et Marion*, où, comme nous l'avons vu, l'on trouve déjà des couplets en musique entremêlés dans un drame pastoral, ou même jusqu'aux Mystères qui se jouaient dans les parvis des églises et qui étaient aussi assaisonnés de chants ou de psalmodies. Mais il est évident que ces frustes productions d'une époque encore barbare, où l'art n'avait aucunement conscience de lui-même, n'ont rien à voir dans notre étude et que nous n'avons point à nous en préoccuper. Encore une fois, c'est au souffle de la Renaissance que la musique devait se transformer.

Ceux qui rêvaient pour elle un plus brillant avenir comprirent qu'elle ne pouvait l'espérer qu'en se débarrassant des formes dans lesquelles elle était depuis tant de siècles comme emmaillottée. La poésie, cultivée avec éclat par des hommes de génie, venait de produire en Italie d'admirables chefs-d'œuvre; d'un autre côté, les écrits des anciens auteurs grecs et latins, retrouvés et étudiés avec passion, avaient révélé aux modernes les effets prodigieux dus dans l'antiquité à l'alliance intime de la poésie et de la musique. L'union de ces deux arts devint dès lors comme le mot d'ordre de tous ceux que préoccupaient et la situation précaire de la musique et son état manifeste d'infériorité relativement à tous les autres arts.

Il est difficile d'assigner une date précise aux premiers essais qui furent faits sous l'influence de ces nouvelles idées. Tout ce qu'on peut dire, c'est qu'ils durent coïncider avec les tentatives faites pour réformer l'art dramatique,

13

en ressuscitant les formes de la tragédie et de la comédie anciennes. De toutes ces tentatives, le drame pastoral, qui n'était à vrai dire que l'églogue amplifiée et arrangée pour la scène, fut celle qui eut le plus de vogue en Italie pendant le XVIme siècle. Et comme ces sortes de pièces, dans lesquelles les dieux et les demi-dieux de la fable étaient appelés à jouer un rôle, se prêtaient mieux que toute autre au luxe des décors et des costumes, aux danses et à tout l'appareil scénique, les souverains de la Haute-Italie s'empressèrent de les prendre sous leur patronage, parce qu'ils y trouvaient l'occasion de rivaliser de luxe et de magnificence. Aussi devinrent-elles bientôt le programme obligé de toutes les fêtes. On entremêla même à toutes les représentations dramatiques des scènes pastorales, qui se jouaient dans les entr'actes sous le nom d'*Intermèdes (intermezzi)*. La musique, on le comprend, y trouvait tout naturellement sa place, place très-secondaire sans doute à l'origine, mais qui ne devait pas tarder à prendre de l'importance. Laissons seulement la musique se glisser discrètement sur la scène; bientôt nous la verrons absorber peu à peu tous les autres éléments du drame, et se poser enfin en souveraine absolue à laquelle tout devra se subordonner.

L'une des plus anciennes représentations dramatiques, dans laquelle nous voyons déjà une part importante faite à la musique, est celle qui fut donnée à Florence en 1539, à l'occasion du mariage du duc Cosme de Médicis avec Léonore de Tolède. Voici sur cette représentation quelques détails empruntés à l'*Histoire littéraire de l'Italie* par Ginguené « Dans la première soirée on vit apparaître, au milieu de l'appareil le plus pompeux, Apollon entouré des neuf Muses ornées de tous leurs attributs; on entendit

Apollon chanter des stances poétiques en l'honneur des deux époux, et les Muses répondre à ce chant d'hyménée par un madrigal à neuf parties. On vit paraître successivement les villes de Toscane personnifiées, Florence, Pise, Arezzo, Volterre, Cortone, Pistoia, chacune entourée de nymphes et de dieux des rivières qui arrosent leurs murs et leur territoire, et chacune chantant avec ses nymphes et ses dieux une strophe lyrique à la louange des époux.

«La représentation d'une comédie en cinq actes, précédée d'un prologue, et entrecoupée de cinq intermèdes, remplit la seconde soirée. La comédie est en prose ; les intermèdes, qui sont en chant et en vers, n'y ont aucun rapport, mais ils se lient entre eux par un plan singulier et assez ingénieux. L'Aurore sur son char ouvrait la scène et réveillait par ses chants les bergers, les nymphes, les oiseaux et toute la nature. Ce chant, disent les relations de la fête, accompagné d'un clavecin, d'un orgue, d'une flûte, d'une harpe, du chant des oiseaux et d'une grande viole (*violone*), était si suave qu'il remplissait les oreilles et les âmes d'une incroyable douceur. Le soleil se levait ensuite, et s'avançant lentement dans les cieux, faisait connaître, acte par acte, l'heure du jour artificiel occupé par la durée du spectacle. Chacun des intermèdes était assorti à l'une de ces heures. A la fin de la comédie, la Nuit venait ramener le Sommeil que l'Aurore avait banni. Elle chantait, accompagnée de quatre trombones dont le son était si doux que, pour ne pas laisser les spectateurs endormis, on fit arriver sur la scène une troupe de bacchantes et de satyres chantant, riant, et dansant en désordre, au son d'instruments bruyants et joyeux. »

L'histoire fait mention de plusieurs autres comédies ou

intermèdes avec musique, qui furent joués en Italie, dans le courant du XVI⁰ siècle, jusqu'à l'année 1590. Je me contenterai de mentionner trois pastorales représentées à la cour de Ferrare, entre 1554 et 1567, avec chœurs du compositeur Alfonso della Viola; les intermèdes donnés à Florence, en 1556, aux noces du duc François de Médicis et de Jeanne d'Autriche, avec musique d'Alessandro Strigio et de Francesco Corteccia; une tragédie du poëte Politien, intitulée *Orfeo,* représentée à Venise, en 1574, à l'occasion du passage du roi Henri III qui, à la mort de Charles IX, s'était empressé de quitter son royaume de Pologne pour aller prendre possession du trône de France; les chœurs en avaient été écrits par le célèbre théoricien Zarlino; viennent enfin les *Intermezzi e Concerti* pour la comédie représentée à Florence, en 1589, aux noces du duc Ferdinand de Médicis et de Christine de Lorraine.

Ces fêtes de 1589 sont surtout remarquables par la magnificence qu'y déploya la cour des Médicis. On donna un soin tout particulier aux intermèdes, dont l'organisation fut confiée à un noble florentin, appelé Bardi; le libretto en fut écrit par le poëte Rinuccini, et la musique par les compositeurs le plus en renom, tels que le madrigaliste Marenzio, dont j'ai déjà eu l'occasion de parler, Jacopo Peri, Malvezzi et Emilio de' Cavalieri, sur la plupart desquels je serai appelé à revenir, parce que ces noms sont intimement liés à l'histoire des origines de l'opéra. Kiesewetter, qui a eu entre les mains la partition de ces Intermèdes et Concerts, imprimée à Venise, en 1591, en a donné une description assez détaillée, au moins en ce qui concerne la musique, dans son ouvrage sur le chant profane. En voici le résumé : « Ces intermèdes sont au nombre de six; la musique se compose d'une suite de madrigaux à quatre, cinq, six et jusqu'à huit voix, et de chœurs appelés *dialogues (dialoghi)*, pour douze, quinze, dix-huit et jusqu'à trente voix ; le tout est entremêlé de morceaux pour instruments, désignés sous le nom de *sinfonie*, à six parties, et écrits en différentes clefs, mais sans indication des instruments auxquels elles étaient appropriées. Le nombre des instruments dont se composait le *Concert (Concerto)*, c'est-à-dire l'Orchestre, comme nous dirions aujourd'hui, était fort considérable, puisqu'il est question de *Leuti grossi e piccoli, Chitarroni, Lire, Arciviolata Lira, Cetra,* (Cithàre), *Mandola, Salterio, Arpe ;* de différentes espèces de violes, telles que *Violino* et *Violina, Sopranin di Viola, Tenor di Viola, Basso di Viola, Sotto-basso di Viola, Viola bastarda ;* enfin de *Traverse, Tromboni, Cornetti* et *Organo di pivette* (orgue à soufflets). Chaque morceau de chant contient l'indication des instruments d'accompagnement. Dans les grands morceaux, ainsi que dans le ballet du dernier intermède, qui est chorégraphiquement décrit, l'orchestre tout entier doit donner, avec tous les chœurs des chanteurs, dans le ciel et sur la terre.

« De tous les intermèdes, c'est le troisième qui est de beaucoup le plus intéressant, aussi bien par le sujet et la beauté de la poésie, que parce que la musique en est de Marenzio, le plus célèbre de tous les compositeurs qui avaient collaboré à cette œuvre. Il avait pour sujet le *Combat d'Apollon avec le Serpent,* épisode tiré ou imité des anciens *péans* ou chants en l'honneur du dieu Pythien [1]. »

Quelque diversité qu'on puisse trouver dans les sujets choisis par les poëtes et dans l'agencement des scènes,

[1] Kiesewetter, *Schicksale und Beschaffenheit des weltlichen Gesanges,* etc. Leipzig, 1841, page 34.

toutes ces pièces dramatiques se ressemblaient pour ce qui est de la musique, et il serait difficile de constater dans les dernières quelque progrès sur les précédentes. Au fond, tout s'y réduisait à des chœurs traités dans le style madrigalesque ; les dialogues étaient généralement parlés. Nulle part on ne trouve trace d'une déclamation musicale et encore moins d'un air quelconque pour voix seule ; tout cela n'existait point encore ; et, ce qui prouve la force des habitudes prises, c'est que, chose bizarre, les parties dialoguées elles-mêmes étaient quelquefois chantées par plusieurs voix. C'est ainsi que, dans l'un des intermèdes dont nous avons parlé plus haut, celui qui fut représenté aux noces du duc François de Médicis avec Jeanne d'Autriche, en 1565, on voit Vénus et l'Amour converser ensemble ; mais les stances que le poëte met dans leur bouche ne sont ni plus ni moins que des madrigaux à huit et à cinq voix. Ce fait paraîtrait incroyable, si le libretto n'en faisait pas foi. « La musique des stances de Vénus et de l'Amour, » y est-il dit, « était chantée par des voix sur la scène et accompagnée derrière le théâtre par des instruments. »

D'autres fois, et c'était déjà là un progrès, l'un des personnages chantait une des parties d'un madrigal à plusieurs voix, tandis que les autres parties étaient exécutées par des instruments. Ainsi, dans l'un des intermèdes joués à Florence, en 1539, Silène célébrait les délices de l'âge d'or, en chantant la partie supérieure d'un madrigal à quatre voix, qui commençait par ces paroles : *O bell' età dell' oro*, et en s'accompagnant ou plutôt en soutenant sa voix d'une viole, tandis que des satyres jouaient les autres parties sur différents instruments (Planche XIV).

On pourrait croire, au premier abord, que ces soi-disant monologues devaient produire, sur le théâtre, le même effet que ce que nous appelons aujourd'hui des airs pour voix seule ; mais en y regardant de plus près, on reconnaîtra bien vite que ces prétendus chants n'avaient aucune valeur mélodique par eux-mêmes, étant le produit pour ainsi dire mécanique du contre-point, et qu'ils étaient d'une insignifiance absolue, du moment où on les séparait d'un ensemble harmonique dont ils formaient une partie intégrante. On se tromperait également si l'on pensait pouvoir en juger par l'effet que produirait l'une des parties d'un chœur moderne prise pour mélodie ; car aujourd'hui l'on exige impérieusement de tout compositeur que toutes les parties vocales soient également chantantes par elles-mêmes ; mais l'on aurait été fort mal venu à demander pareille chose aux compositeurs du XVIme siècle [1].

Telles étaient les conditions dans lesquelles se trouvait, vers le milieu du XVIme siècle, la musique dramatique, si toutefois il est permis de l'appeler ainsi, et l'on a pu voir que tous les essais faits dans ce genre étaient restés circonscrits dans le domaine du madrigal. Or, il devint bientôt évident pour tous ceux qui se préoccupaient de l'avenir de l'art musical, que ces formes surannées ne pouvaient convenir à l'expression du drame, et qu'il fallait de toute nécessité en créer de nouvelles.

[1] Dans son *Histoire de la musique dramatique en France*, M. Gustave Chouquet fait une longue description d'une pièce dramatique intitulée le *Ballet comique de la Reine*, qui fut représentée à Paris devant le roi Henri III et sa cour en 1581. Les détails qu'il donne sur la partie musicale pourraient faire supposer que la musique était alors plus avancée en France qu'en Italie, car il parle de solos, de duos et d'un chœur à échos dont il ne craint pas de comparer l'effet à celui de Leisring *O filii*. Ce serait un service à rendre à l'histoire de la musique que de publier tout ou partie de cette partition, afin que le public puisse s'assurer par lui-même de la valeur que peut avoir l'œuvre de l'Italien Baltasarini, autrement dit Balthasar de Beaujoyeux.

Florence, on le sait, était devenue, sous les Médicis, une des capitales les plus brillantes de l'Europe; c'était le rendez-vous des artistes et des poëtes, en même temps qu'un foyer d'érudition et de fortes études. Là, sous l'impulsion de savants grecs, Argyropoulos, Chalcondylas, etc., qui, chassés de Constantinople par les Turcs, y avaient trouvé un refuge, il s'était formé toute une école exclusivement vouée au culte de l'antiquité, et qui avait même ressuscité la philosophie néo-platonicienne. C'est dans cette même ville que furent faits les premiers essais de réforme musicale, et l'on devine déjà quelle direction ils durent prendre sous de telles influences. La musique grecque fut, en effet, l'idéal que les novateurs s'efforcèrent de réaliser; et ils étaient poussés avec d'autant plus de force dans cette voie, que les écrits des philosophes et des historiens grecs, lus et commentés avec avidité, mentionnaient nombre de faits qui constataient la puissance merveilleuse de leur musique. Celle-ci trouva bientôt un champion déclaré dans Vincenzo Galilei, père du fameux Galilée, qui, en 1581, écrivit, contre le Vénitien Zarlino, un ouvrage dans lequel il attaquait la musique moderne et cherchait à démontrer la supériorité de l'ancienne. Passant ensuite de la théorie à la pratique, il essaya, avec l'aide de Giovanni Bardi, de la maison des comtes de Vernio, amateur éclairé de musique, homme de goût et d'érudition, et membre, dès sa fondation, de la célèbre Académie *della Crusca*, de mettre en musique, dans un style qui rappelât l'ancienne mélopée grecque, quelques fragments de poésie destinés à être chantés ou plutôt déclamés par une voix seule. Le pathétique épisode du comte Ugolin, dans le poëme du Dante, et quelques morceaux des *Lamentations* de Jérémie servirent de texte à ces mélodies que Galilei chanta lui-même en soutenant sa voix par les sons de la lyre.

Cet essai fut couronné d'un plein succès, et bientôt, d'autres amis de la musique s'étant joints à Galilei, on vit se former à Florence une société qui tint des séances régulières dans le palais et sous la présidence de ce même Giovanni Bardi. Les principaux membres en étaient Mei (Girolamo), écrivain sur la théorie musicale, Emilio de' Cavalieri, noble romain, intendant de la musique du grand-duc, le poëte Rinuccini et les chanteurs Caccini (Giulio) et Peri (Jacopo); et c'est des tentatives faites par eux pour reconstituer l'ancienne déclamation lyrique, et pour doter la musique moderne d'un style approprié au récit et au dialogue dramatiques, que sortit un genre tout nouveau, et aujourd'hui très-populaire sous le nom d'*Opéra.*

De tous ceux que je viens de nommer, le premier qui appliqua avec succès le nouveau style à une représentation scénique paraît avoir été Emilio de' Cavalieri. Il est, en effet, l'auteur de la musique de deux pastorales où intermèdes, *il Satiro* et *la Disperazione di Fileno*, qui furent représentés à Florence, en 1590. Cette date, qui est authentique et qui prouve que les essais d'Emilio dans le genre dramatique précédèrent de plusieurs années ceux de ses collègues, suffirait à établir son droit de priorité, droit qui lui a été contesté, et sur lequel les historiens modernes ne sont pas tout à fait d'accord. Mais on peut encore invoquer en sa faveur l'opinion de Peri qui, dans la préface d'un de ses opéras (*Euridice*), rend là-dessus pleine et entière justice à son confrère : « Quoique, » dit-il, « ce soit à ma connaissance Emilio de' Cavalieri qui, avant tout autre, nous a fait entendre notre musique sur la scène, avec une admirable invention, j'ai cru pouvoir mettre en musique, en la traitant d'une autre manière, la fable de *Dafne*, composée par Ottavio Rinuccini, pour donner une simple preuve de ce que pourrait le chant de notre époque. » Un écrivain du commencement du XVIIme siècle, le Florentin Doni, auquel on doit de précieux renseignements sur les origines de l'opéra, reconnaît également, sinon le mérite, du moins la priorité des essais d'Emilio de' Cavalieri : « Chacun, » dit-il, « peut se rappeler quand et comment un drame entier fut pour la première fois mis en musique et chanté du commencement à la fin ; car rien dans ce genre ne fut tenté, qui mérite d'être rappelé, avant les essais d'Emilio de' Cavalieri, noble romain et fort habile musicien. »

Ces déclarations, dans la bouche de deux Florentins, doivent, ce me semble, lever tous les doutes et mettre fin à l'indécision que tous les écrivains de la musique montrent à l'endroit d'Emilio de' Cavalieri ; car elles établissent suffisamment son droit à être considéré comme le premier qui appliqua la nouvelle musique à une action scénique. Au surplus, cette incertitude des historiens n'est que la conséquence de l'injustice dont Emilio fut la victime. Il faut savoir, en effet, que les Florentins, ne pouvant sans dépit se voir ravir par un Romain l'honneur de la première application à la scène des théories musicales inventées par leurs compatriotes Galilei, Mei, Bardi, etc., formèrent une cabale contre lui, et après l'avoir forcé de quitter leur ville, cherchèrent à dénigrer le mérite de ses premiers essais dramatiques.

En quoi consistait cette nouvelle musique, c'est ce qu'il nous faut maintenant expliquer. Jusqu'alors, on le sait, la musique vocale, j'entends la musique savante, ou tout au moins écrite, ne se composait que d'hymnes liturgiques, de messes et de motets, destinés à être chantés dans l'église par des chœurs de chantres attitrés, ou bien de madrigaux et de chansons à plusieurs voix, écrites dans le style madrigalesque. Quant aux mélodies des chansons populaires, c'était là un produit spontané de l'instinct mélodique de la foule; l'art n'avait presque jamais rien à y voir. Aucune de ces formes musicales ne pouvait servir, quand il s'agit de donner une expression musicale aux paroles mises par le poëte dramatique dans la bouche de ses personnages, en d'autres termes, de parler en musique. Il fallait inventer un style nouveau, qui permît au compositeur de noter fidèlement l'accentuation syllabique, sans rhythme symétrique, sans mesure régulière, qui fût une véritable déclamation musicale, c'est-à-dire une déclamation dont le chant augmentât le pathétique, sans lui rien faire perdre de l'effet produit par les paroles. C'est ce style nouveau que les Italiens appelèrent *rappresentativo* ou *recitativo*, et c'est ce dernier nom dont nous avons fait le substantif *récitatif*. Un poëte, ami du Tasse (Angelo Grillo), écrivait à Giulio Caccini, l'un de ceux auxquels, avec Emilio de' Cavalieri, est due la création de ce style : « Vous êtes le père d'un nouveau genre de musique, ou plutôt d'un chant qui n'est point un chant, d'un chant *récitatif*, noble et au-dessus des chants populaires, qui ne tronque point, ne mange point les paroles, ne leur ôte point la vie et le sentiment, mais les leur augmente au contraire, en y ajoutant plus d'âme et de force [1]. »

Les premières œuvres dramatiques, dans lesquelles Emilio de' Cavalieri essaya d'appliquer la nouvelle musique, n'étant point parvenues jusqu'à nous, nous ne pouvons

[1] Ginguené, *Histoire littéraire de l'Italie*, VI, 474.

nous en faire une idée que par d'autres compositions du même genre, postérieures de quelques années, et dont nous parlerons un peu plus loin. Toutefois, quelle qu'ait pu et dû être la pauvreté de cette première forme du récitatif, soi-disant renouvelé des Grecs, il paraît certain qu'il visait déjà et atteignait même à l'expression pathétique, s'il est vrai, ainsi que Emilio de' Cavalieri nous l'apprend dans une de ses préfaces, que la Signora Achillei, célèbre cantatrice de ce temps, ait pu faire verser des larmes dans une scène du *Désespoir de Filène*.

Quelques années s'étaient écoulées depuis qu'Emilio de' Cavalieri avait fait représenter sur la scène les deux pièces dans lesquelles il s'était pour la première fois essayé dans le nouveau style, lorsque apparut à Florence une œuvre du même genre qui eut un grand retentissement. C'était un poëme pastoral, intitulé *Dafne*, dû à la collaboration du poëte Rinuccini et du chanteur-compositeur Jacopo Peri. Ces deux hommes éminents faisaient partie, comme je l'ai dit, de la société présidée par le comte Bardi. Après le départ de celui-ci pour Rome, cette société avait tenu ses séances dans le palais de Jacopo Corsi, noble florentin, aussi zélé pour la musique que l'avait été son prédécesseur ; et c'est à sa prière que Rinuccini et Peri s'associèrent pour faire un nouvel essai de musique dramatique. Malheureusement aucun fragment de cet ouvrage ne nous a été conservé, en sorte que nous ne le connaissons pas mieux que ceux d'Emilio de' Cavalieri qui l'avaient précédé.

Il serait oiseux de s'appesantir sur d'autres compositions dramatiques avec musique qui virent le jour entre 1595 et 1600, mais dont nous ne connaissons que les titres. Je crois cependant devoir mentionner l'*Anfiparnaso* du poëte-musicien Orazio Vecchi, parce que plusieurs historiens de la musique le considèrent comme le premier opéra-bouffe. C'était une espèce de comédie burlesque qui fut jouée à Modène en 1597, et dans laquelle apparaissent les principaux personnages de la comédie italienne, tels que Pantalon, Arlequin, Brighella, et un matamore espagnol, appelé le Capitano Cardono. Mais comme, suivant toute probabilité, la musique de cette pièce ne se composait, comme celle des anciens intermèdes, que de quelques madrigaux chantés sur la scène, et dont les voix étaient doublées, sur ou derrière le théâtre, par des instruments, c'est bien à tort que l'on a cru y voir le premier essai d'opéra-bouffe.

L'année 1600 est fort importante pour l'histoire de l'art musical : car c'est à cette époque que parurent à la fois deux drames en musique qui, en raison de leur mérite comme œuvres d'art, mérite que nous pouvons apprécier en connaissance de cause, puisqu'ils nous ont été conservés en entier, sont généralement considérés comme le véritable point de départ des deux genres connus sous les noms d'*oratorio* et d'*opéra*. Ces deux drames sont la *Rappresentazione dell' anima e del corpo*, d'Emilio de' Cavalieri, et l'*Euridice*, tragédie de Rinuccini, mise en musique par Peri.

L'origine de l'*oratorio*, genre intermédiaire entre la musique d'église et l'opéra, remonte à Philippe de Neri, l'ami de Palestrina, et le fondateur d'un ordre religieux, appelé la Congrégation de l'Oratoire ou des Oratoriens, qui devait bientôt devenir célèbre. Pour ranimer la piété des fidèles et attirer la foule à ses prédications, il avait imaginé de donner dans l'église de son couvent des espèces de représentations dramatiques mêlées de musique, et dont le sujet était tiré de l'ancien et du nouveau Testament. C'était comme l'importation en Italie de ces mystères dont nous avons parlé, et qui avaient eu longtemps en France une grande vogue. Ce moyen lui réussit à souhait ; la foule accourut à ces représentations, et bientôt on prit l'habitude de dire : aller à l'*Oratorio*, comme on aurait dit : aller à la messe, si bien que ce mot, détourné peu à peu de son sens primitif, finit par désigner les pièces mêmes qu'on y jouait. Dans l'origine, la musique des oratorios ne se distinguait point de celle qui, pendant tout le XVIme siècle, avait été en usage dans les intermèdes, et y fut réduite à quelques chœurs dans le style des madrigaux ; mais le récitatif nouvellement créé ne devait pas tarder à s'emparer aussi de ce domaine. La pièce d'Emilio de' Cavalieri dont je viens de parler, bien qu'elle ne soit désignée par son auteur que sous le titre d'*Azione sacra*, doit être regardée comme le premier essai d'oratorio dont l'historien de la musique ait à tenir compte. On voit donc que ce genre, assez difficile à classer, a la même origine que l'opéra dont, à vrai dire, il se rapproche plus que de la musique d'église.

C'est au commencement de l'année 1600 que le drame sacré d'Emilio de' Cavalieri fut représenté à Rome, dans l'église *della Vallicella*, qui appartenait à la congrégation de l'Oratoire, et où un théâtre avec décors avait été élevé à cet effet. Voici sur cette pièce quelques détails empruntés à l'*Histoire générale de la musique* de l'Anglais Burney : « Un madrigal à plusieurs voix renforcées par des instruments sert d'introduction. Les instruments doivent être placés derrière la scène : ils se composent d'une *lira doppia*, d'un *clavicembalo*, d'un *chitarrone* et de deux *flauti* ou *tibie all' antica*. Il est recommandé aux personnages actifs de tenir des instruments à la main, ce qui produira plus d'illusion qu'un orchestre *(concerto)* visible. Le chœur doit avoir une place réservée sur la scène, pour s'asseoir, ou se tenir debout en présence des personnages importants du drame. Les choristes doivent se lever pour chanter, et gesticuler convenablement.... Au moment où la toile se lève, paraissent deux jeunes gens qui récitent le prologue. Dès qu'ils sont sortis, le Temps entre en scène : le ton lui est donné par les instruments placés derrière le théâtre... Les symphonies et ritournelles doivent être jouées par un grand nombre d'instruments ; et, si un violon pouvait jouer la partie principale, ce serait d'un excellent effet... Si la pièce se termine par des danses, il faut qu'elles soient d'un mouvement lent et grave. Pendant la ritournelle, les quatre principaux danseurs exécutent un ballet animé de cabrioles et d'entrechats, sans chants ; ce qui peut se répéter après chaque stance, en ayant soin de varier les danses, telles que gaillardes, courantes et pas de canaris. Quant aux stances du ballet, elles doivent être chantées et jouées à la fois par tout le personnel, tant sur le théâtre que derrière. »

Disons encore, pour achever de donner une idée de ce qu'était la musique dans la pièce d'Emilio, que, chantée ou jouée sans interruption d'un bout à l'autre, elle ne présentait qu'une succession de récitatifs et de chœurs, ceux-ci en contre-point simple, sans fugues ni imitations ; quant à des airs, il est bien entendu qu'il n'en était point du tout question.

La seconde des pièces en musique qui virent le jour dans l'année 1600, à savoir l'*Euridice*, tragédie de Rinuccini, avec musique de Péri, fut représentée à Florence, à l'occasion du mariage du roi de France, Henri IV, avec Marie de Médicis. Cet événement était solennel pour la famille des Médicis : aussi le grand-duc Ferdinand, qui régnait alors, avait-il voulu que la pièce fût montée avec la plus grande magnificence. Le poëte Rinuccini et le chanteur-compositeur Péri se mirent donc avec ardeur à l'œuvre. Ils appelèrent à leur aide les machinistes, peintres décorateurs et musiciens les plus habiles, et s'assurèrent en particulier du concours du célèbre chanteur Caccini, qui, pour prix de sa coopération, demanda qu'on lui abandonnât la composition de tous les morceaux qui appartenaient à son rôle. La pièce, exécutée devant un brillant et nombreux public, avec toute la pompe imaginable, obtint le succès le plus éclatant, et fut la partie la plus goûtée du programme des fêtes ; et l'on peut dire que, si l'on considère l'ensemble des parties constitutives dont se compose aujourd'hui l'opéra, l'*Euridice* est la première pièce dramatique à laquelle on puisse véritablement donner ce nom.

Il ne faut pas s'attendre, toutefois, à y rien trouver qui rappelle les formes si compliquées, si multiples de notre opéra moderne. Le tout ne se compose que de longs récitatifs dont les accompagnements sont indiqués par une basse chiffrée, et de chœurs d'un rhythme monotone, et n'offrant qu'une insignifiante succession d'accords parfaits, harmonie sans couleur et sans charme pour nos oreilles modernes. Le rôle des instruments y est borné à quelques ritournelles et à l'accompagnement des chœurs, accompagnement qui ne fait que doubler les parties de chant. Quant à des airs proprement dits, il ne s'en trouve pas plus que dans le drame sacré d'Emilio de' Cavalieri. On y rencontre cependant, de temps à autre, des phrases un peu plus mélodieuses qui, grâce au talent du chanteur, pouvaient produire déjà sur les auditeurs une certaine impression, et si ce ne sont pas encore des *airs,* dans le sens que nous donnons aujourd'hui à ce mot, on peut y voir déjà le germe de ce style *arioso,* intermédiaire entre le récitatif et l'air proprement dit, et dont il ne manque pas d'exemples dans les opéras d'aujourd'hui.

Nous touchons ici à l'un des faits les plus curieux et les plus intéressants de l'histoire de la musique. Sans mélodie, dit-on, pas de musique ; et cependant, jusqu'alors la musique des nations chrétiennes de l'Europe, leur musique savante s'entend, s'était passée de mélodie. Pendant les dix siècles qui se sont écoulés entre Isidore de Séville et Palestrina, l'art musical n'a progressé que dans un de ses éléments, l'harmonie. C'est sur l'harmonie que se sont concentrés, comme nous l'avons vu, les travaux et les efforts des théoriciens et des mensuralistes, aussi bien que ceux des contre-pointistes flamands. La mélodie, fleur délicate, ne pouvait s'épanouir sur le sol incessamment fouillé et retourné par ces rudes ouvriers : il lui fallut se résigner et attendre de meilleurs jours. Ce ne fut que lorsque l'art, perfectionné dans son mécanisme par les travaux des maîtres flamands, fut mis en possession de tous ses moyens d'expression, qu'on sentit le besoin de la mélodie. Mais on en avait perdu jusqu'à la trace, et il fallut, pour ainsi dire, la découvrir à nouveau.

Si les musiciens et les érudits, qui inventèrent l'opéra sans le savoir, et en cherchant tout autre chose, n'avaient pas partagé le dédain qu'éprouvaient les théoriciens pour la musique vulgaire, c'est là, à sa vraie source, c'est-à-dire dans les chansons populaires qu'ils auraient trouvé ce qu'ils cherchaient. Mais, toujours et uniquement préoccupés de l'idée de retrouver ou de reconstruire de toutes pièces le style de la déclamation antique, ils ne pouvaient éprouver qu'une superbe indifférence pour les produits spontanés de la muse populaire, qui n'avaient rien de commun, il faut le reconnaître, avec l'objet exclusif de leurs savantes recherches, et qui de plus avaient le tort grave de rappeler, par leur rhythme fortement accentué, l'allure profane de la danse.

C'est donc dans le style récitatif nouvellement inventé que les compositeurs se virent réduits à chercher l'élément mélodique dont ils avaient besoin. Mais ce style était évidemment défavorable à la mélodie, et il devait l'être aussi longtemps qu'on s'obstinait à n'y voir qu'une imitation de la déclamation antique. Heureusement que l'attrait mélodique était plus fort que tous les systèmes, et qu'à tout prendre, le récitatif pouvait à la rigueur, en élargissant ses formes, lui donner pleine satisfaction. C'est en effet ce qui arriva; et, dès les premiers essais de composition dramatique, on peut suivre à la trace le développement progressif et continu d'une certaine forme du récitatif, qui, en passant par ce style *arioso* dont je viens de parler, devait aboutir, mais un siècle plus tard seulement, à l'*air* proprement dit.

Celui de ces premiers compositeurs dramatiques chez lequel la tendance mélodique est surtout sensible, c'est précisément ce même Caccini qui remplit dans l'*Euridice* de Rinuccini l'un des principaux rôles. Giulio Caccini, appelé aussi Giulio Romano, du lieu de sa naissance, s'était fixé de bonne heure à Florence, où il avait acquis une grande célébrité comme chanteur et comme professeur de chant. Il avait fait partie, dès sa fondation, de la petite Académie du palais Bardi, et avait eu plus d'une fois l'occasion d'y faire apprécier ses talents, son goût et son expérience. Comme Peri et de' Cavalieri, il avait été facilement gagné aux nouvelles idées adoptées par cette société d'élite, et, comme eux, il avait fait de bonne heure des essais dans ce qu'on était convenu d'appeler la *nouvelle musique*. Marchant sur les traces de Galilei, il s'appliqua surtout à mettre en musique des morceaux de poésie empruntés aux meilleurs poëtes du temps, en y adaptant un chant simple et qui visait avant tout à exprimer le plus convenablement possible le sentiment contenu dans le texte.

Caccini chanta lui-même ses compositions en public, et encouragé par le succès qu'elles obtinrent, il en publia en 1601 un premier recueil sous le titre de *Nuove musiche* (*Nouvelles musiques*). Dans la préface de cet ouvrage, il se donne pour le premier qui ait inventé de pareils chants à voix seule accompagnés d'un seul instrument, le chitarrone ou quelque autre instrument à cordes de ce genre; et il raconte que les auditeurs devant qui il les exécuta à Rome, pendant un voyage qu'il avait fait quelques années auparavant dans cette ville, avaient unanimement déclaré que jamais ils n'avaient rien entendu de pareil. Comme ces prétentions n'ont jamais été contredites, on n'a pas de raison de révoquer en doute le mérite que Caccini s'attribue, et c'est lui qu'on doit considérer comme le créateur de la *monodie* ou chant à voix seule, et du style mélodique.

L'examen des chants qui composent son recueil (Planche XV) et les conseils pratiques dont il les a fait précéder, démontrent que l'art du chant était déjà beaucoup plus avancé qu'on ne serait porté à le croire à une époque aussi reculée. Il suffit, pour s'en convaincre, de jeter les yeux sur le fragment d'un madrigal qui fut chanté par la signora Achillei dans une des scènes de l'intermède de

1589. A côté du chant tel qu'il avait été noté par le compositeur, on y voit les changements qu'y avait faits la brillante cantatrice (Planche XVI), et l'on peut constater que si ces ornements n'étaient pas tous de fort bon goût, ils supposaient du moins une grande agilité de voix et un organe déjà très-exercé.

Au surplus, Caccini ne se contenta pas d'écrire des mélodies détachées, et se sentit bientôt entraîné vers le genre dramatique qui jouissait alors de toute la faveur du public. Appelé à chanter dans la plupart des intermèdes et drames en musique qui furent représentés à Florence de son temps, il est probable qu'il se réservait la composition des morceaux qu'il était appelé à chanter; c'est ainsi, du moins, qu'on peut expliquer la collaboration que l'historien Doni lui prête à la *Dafne* de Peri. Mais, en ce qui concerne l'*Euridice*, il mit l'opéra tout entier en musique, et fit imprimer son travail à Florence, dans cette même année 1600, avec une dédicace au comte Vernio, en même temps que Peri publiait le sien, après en avoir retranché tous les morceaux intercalés par Caccini. Toutefois, de ces deux opéras imprimés simultanément, celui de Peri, qui seul avait eu les honneurs de la représentation officielle, conserva une popularité à laquelle l'œuvre de Caccini n'atteignit jamais.

On peut juger du mérite respectif des œuvres de ces deux compositeurs par les deux fragments de cette *Euridice*, empruntés à Kiesewetter, qui se trouvent aux Planches XVII et XVIII de l'atlas. La première chose qui frappe, c'est une singulière uniformité de style; de telle sorte qu'il est fort difficile de reconnaître dans l'œuvre de Caccini quelque trace de la supériorité qu'on s'attend à lui trouver sur son rival, sous le rapport des mélodies et de leur développement. Tout ce qu'on pourrait dire à son avantage, c'est que si ses phrases ne sont guère plus chantantes, les règles de l'accentuation syllabique y sont peut-être un peu mieux observées.

Pour compléter ce qui concerne Caccini, j'ajouterai que, à l'occasion de ces mêmes fêtes pour les épousailles de Marie de Médicis, il avait composé la musique d'une petite comédie, ou plutôt d'un petit poëme dramatique (*poemetto dramatico*) intitulé l'*Enlèvement de Céphale* (*il Rapimento di Cefalo*), qui fut représenté, mais non publié, en sorte qu'on ne sait s'il était écrit dans le même style que l'*Euridice,* ou si ce n'était qu'un dialogue parlé, entremêlé de chœurs. Quoi qu'il en soit, il est bien entendu que c'est cette pièce d'*Euridice*, à laquelle Peri et Caccini appliquèrent simultanément leurs talents de compositeurs, qui fixe la naissance de l'opéra, de même que le drame sacré d'Emilio fixe celle de l'oratorio. Nous y trouvons, en effet, et le récitatif pur, dans lequel le dialogue et la narration dramatiques ont trouvé leur juste expression musicale, et cette autre forme du récitatif, plus développée sous le rapport mélodique, que nous avons déjà appelée par anticipation *arioso,* et qui contient en germe l'*air* proprement dit. Il est évident qu'il n'y a plus qu'à laisser le temps faire son œuvre, pour que, par suite du perfectionnement graduel de tous les éléments du drame musical, l'opéra arrive enfin à l'état de complet épanouissement sous lequel il nous apparaîtra à la fin du XVIIIme siècle.

CHAPITRE IX

Claude Monteverde, compositeur dramatique et créateur de l'harmonie
moderne et de la modulation. Ses principales œuvres dramatiques;
son instrumentation. La *Toccata*, germe de l'*Ouverture*. Du style *concitato*. — Luthiers célèbres : les **Amati**, les **Stradivari**, les **Guarneri**. — L'opéra à Venise. — L'opéra en Allemagne : **Henri
Schütz** et sa *Daphné*. — Influence de la musique dramatique sur la
musique d'église : **Viadana** et ses *Concerti da Chiesa*. École romaine :
Allegri et son *Miserere*. Éducation des chantres de la chapelle pontificale. L'organiste **Frescobaldi** donne au contre-point double sa
forme définitive. — État de la musique dans l'Allemagne méridionale
pendant la première moitié du XVIIme siècle. — Compositions religieuses de **Henri Schütz**. Célèbres organistes hollandais et hambourgeois.

Après Emilio de'Cavalieri, Peri et Caccini, on vit de
nombreux compositeurs, poussés par le désir de perfectionner les formes nouvelles et d'agrandir le domaine de
la musique dramatique, s'engager à l'envi dans la voie
qu'avaient ouverte ces créateurs de l'opéra. Celui de tous
qui montra le génie le plus inventif et le plus hardi est
sans contredit Monteverde, dont le nom rappelle la plus
grande révolution qu'ait subie notre musique moderne, et
qui, à ce titre, mérite que nous nous y arrêtions. Claudio
Monteverde naquit à Crémone, vers 1566. Attaché d'a-
bord comme violiste à la chapelle du duc de Mantoue, ses
talents de compositeur dans tous les genres le firent
promptement arriver à l'emploi de maître de chapelle à la
même cour, emploi qu'il remplit pendant plusieurs années.
Appelé ensuite à Venise pour y faire exécuter un de ses
opéras, il y obtint la place éminente de maître de cha-

pelle de la cathédrale de St-Marc, qu'il conserva jusqu'à la fin de ses jours (1650).

Tel que l'histoire et surtout ses œuvres nous le présentent, Monteverde semble avoir été un de ces esprits ardents qui apparaissent ordinairement aux époques de transformation, soit politique, soit intellectuelle, et qui, sans racine dans le passé, sont prêts à briser toutes les traditions, à renverser toutes les idées reçues, pour obéir à ce besoin instinctif d'innovation qui les possède et dont ils ne songent pas toujours à se rendre compte. On peut croire cependant que Monteverde sentit que l'harmonie exclusivement consonnante du plain-chant n'était pas le dernier mot de ce principe fécond qui, déposé à l'origine du moyen âge dans la musique chrétienne, en avait fait un art tout nouveau dans les annales de l'esprit humain; que le drame musical, en particulier, appelé à peindre un ordre de sentiments tout autres que ceux qui lient l'homme à son Créateur, ne pouvait s'accommoder de l'harmonie calme et sereine qui convenait à la musique religieuse, et qu'enfin les dissonances, dont l'effet est de jeter dans l'âme un trouble, un malaise passager, étaient l'élément qui devait surtout trouver place dans la musique destinée à exprimer les agitations du cœur humain et la lutte des passions.

Toutefois, ce ne fut point par des compositions dramatiques qu'il débuta, mais par des madrigaux, dont il publia successivement plusieurs recueils, et dans lesquels il fit entrer toute sorte de combinaisons harmoniques, où dominaient les dissonances les plus audacieuses et les plus dures. Ces hardiesses excitèrent l'étonnement plus que l'admiration : elles donnèrent même lieu à de vives récriminations, et avec d'autant plus de raison que Monteverde, emporté par sa passion d'innover, procédait avec peu de discernement, parce qu'il n'avait pas une idée bien claire du but où il tendait. Mais ces tâtonnements n'aboutirent pas moins à des résultats considérables ; et, s'il est vrai qu'il fut le premier à employer les dissonances sans préparation, c'est bien à lui que revient l'honneur d'avoir transformé l'ancienne tonalité, en donnant à l'harmonie une base toute nouvelle.

Pour comprendre cela, il faut savoir que notre système harmonique actuel repose, pour ainsi dire, tout entier sur ce qu'on appelle l'accord de septième de dominante, c'est-à-dire sur l'accord formé de la dominante ou cinquième degré de la gamme, comme note fondamentale, de la sensible, de la sous-médiante et de la sous-dominante : par exemple *sol, si, ré, fa,* pour le ton d'*ut.* Cet accord, bien qu'il contienne une dissonance de seconde, celle du *fa* contre le *sol,* paraît doux à l'oreille, probablement en raison de cette agrégation de deux tierces mineures, *si-ré, ré-fa,* superposées à une tierce majeure, *sol-si.* Mais il ne la satisfait complétement que s'il est immédiatement suivi de l'accord parfait sur la tonique, accord qu'il semble appeler impérieusement. Il y a donc entre ces deux accords une relation intime et véritablement attractive ; et si l'on cherche quelles sont les notes de l'accord dissonant qui lui donnent plus particulièrement son caractère, on ne tarde pas à reconnaître qu'il est dû à l'intervalle de quinte mineure, *si-fa,* qui se trouve dans cet accord, et aux tendances attractives qu'ont les septième et quatrième degrés, en d'autres termes la sensible et la sous-dominante, l'un vers le premier degré ou tonique *ut,* et l'autre vers le troisième degré ou médiante *mi.* On sait que le renversement de l'intervalle de quinte mineure donne l'intervalle de triton *fa-si*. Ainsi donc, chose curieuse ! c'est précisément cet intervalle qui, sous le régime du système grégorien, paraissait si dur et si antimusical qu'on avait imaginé un signe, le bémol, pour en éviter la rencontre dans les successions mélodiques, qui est devenu la base de l'harmonie moderne.

A la vérité, on avait déjà compris, bien avant Monteverde, que les dissonances étaient une richesse de la langue musicale, et qu'en introduisant dans la période un trouble momentané qui rehaussait l'effet des consonnances, elles fournissaient un précieux élément de variété et de vie ; mais les seules dissonances qu'on eût employées jusqu'alors étaient, comme nous l'avons dit à propos de Palestrina, les dissonances *par prolongation* ou *par retard*, c'est-à-dire celles qui se produisaient lorsque, deux accords consonnants se suivant immédiatement, l'une des notes du premier accord, au lieu de monter ou de descendre en même temps que les autres, se prolongeait sur le second accord, de telle manière que la note dissonante avait été entendue comme consonnance dans l'accord précédent. Exemple :

C'est d'après ces mêmes principes que les compositeurs antérieurs à Monteverde avaient traité l'intervalle de quinte mineure, dont on trouve d'assez fréquents exemples dans leurs ouvrages ; on y rencontre même, quoique plus rarement, des accords complets de septième de la dominante, mais dans lesquels la note dissonante n'entrait que par l'effet de la prolongation. Et ce qu'il y a de singulier, c'est que le caractère résolutif de cet accord n'était point

compris : il avait même une résolution si peu forcée que,
dans beaucoup de cas, le quatrième degré, au lieu de se
porter sur le troisième, comme l'exige impérieusement notre oreille, descendait souvent sur la tonique, ou même
montait à la dominante ; et ce n'est qu'à partir de Monteverde qu'on commença à comprendre la véritable nature
de l'intervalle de quinte mineure, et que l'accord de septième de la dominante, employé sans préparation, entra
en possession du rôle considérable qu'il était appelé à jouer
dans la musique moderne : tant il est vrai que l'oreille et
l'intelligence ont une éducation préliminaire à faire, avant
d'admettre définitivement certaines combinaisons nouvelles de sons.

J'ai dit que l'introduction de cet accord caractéristique
n'allait à rien moins qu'à renverser l'ancienne tonalité et
à lui en substituer une nouvelle. En effet, l'accord de septième de la dominante ayant une résolution forcée sur
l'accord parfait de la tonique, il ne s'agissait plus que de
constituer, sur quelque degré que ce fût de la gamme diatonique ou chromatique, une agrégation d'intervalles
identique à celle dont est formé l'accord de septième de la
dominante, pour que chacun de ces degrés se transformât
en la dominante d'un nouveau ton. Dès lors se trouvait
créé d'un coup l'art de *moduler*, c'est-à-dire de passer
d'un ton dans un autre par une transition douce et régulière ; et la mélodie, emprisonnée jusque-là dans l'étroite
enceinte où elle avait été forcée de se mouvoir, voyait
s'élargir son domaine, et pouvait disposer de l'échelle entière des sons, aussi bien dans l'ordre diatonique que dans
l'ordre chromatique. Les barrières qui séparaient les anciens tons ecclésiastiques tombaient ainsi d'elles-mêmes,
et désormais il ne devait plus y avoir en musique qu'une

seule gamme, ou plutôt deux formules d'une même gamme, le *mode majeur* et le *mode mineur*.

Monteverde étant incontestablement, comme Fétis l'a démontré, celui qui le premier osa employer, non plus accidentellement mais d'une manière habituelle, l'accord de septième de la dominante sans préparation, c'est bien à lui que revient l'honneur de la transformation qui s'opéra dans la musique, dès les premières années du XVIIme siècle. Mais là ne se bornèrent point ses innovations : on lui doit le premier emploi d'autres accords essentiels, tels que ceux de neuvième de la dominante et de septième diminuée, dont les précédents compositeurs n'avaient eu aucune idée, et qui jouent aussi un très-grand rôle dans l'harmonie moderne. C'est dans ses différents recueils de madrigaux, et tout particulièrement dans son Vme livre, ainsi que nous l'apprend Fétis, que Monteverde essaya toutes ces nouveautés.

Mais il était dit que ce hardi novateur devait porter dans toutes les branches de la musique profane l'audace de ses inventions. De bonne heure il s'était senti attiré vers le genre dramatique ; et dès l'année 1607 il avait écrit l'*Orfeo*, tragédie de Rinuccini, qui fut représentée à la cour de Mantoue, et que suivirent, une année après, l'*Arianna*, drame dû à la plume du même poëte, et le *Ballo delle ingrate* (le *Bal des prudes*). Dans le premier de ces ouvrages, Monteverde prouva qu'il avait à un haut degré l'instinct du style dramatique : il y arrive même à des traits d'une expression très-pathétique, comme on peut le voir dans les stances que chante Arianne au moment où elle se voit abandonnée par son amant (Planche XIX, n° 1). En examinant cet air, on peut se convaincre du sentiment de profonde tristesse dont il est empreint, en dépit de la manière bizarre et souvent incorrecte dont il est accompagné. Dans les récitatifs de son *Orfeo*, on rencontre des phrases plus développées et qui se rapprochent de plus en plus du style *arioso* : on y trouve, en outre, le premier exemple de duo, dans la scène où Orphée et Apollon montent ensemble dans les cieux (Planche XIX, n° 2). Quant au *Ballo delle ingrate*, Winterfeld, dans son ouvrage sur *Gabrieli et son temps*, en fait une description qui prouve que cette composition, autant par la valeur du poëme que par celle de la musique, est l'une des plus remarquables de cette époque.

L'instrumentation reçut aussi de Monteverde quelques perfectionnements dont il est juste de lui tenir compte. Nous avons déjà vu que dans les plus anciennes compositions dramatiques, c'est-à-dire dans les intermèdes joués à Florence dans le courant du XVIme siècle, l'orchestre, bien que composé déjà d'un nombre assez considérable d'instruments, ne jouait pas un rôle proportionné à son importance numérique. Les compositeurs avaient alors sur l'emploi des instruments dans l'accompagnement des idées toutes différentes de celles de notre temps. Chaque instrument avait sa spécialité et était exclusivement affecté à l'un des personnages du drame ; de telle sorte que chaque acteur était toujours accompagné par le même instrument ou le même groupe d'instruments, et la masse entière de l'orchestre ne jouait que dans de rares occasions. Cette idée, qui nous paraît bizarre, reposait au fond sur des considérations très-justes, tirées des différences de sonorité par lesquelles les divers instruments se distinguent les uns des autres, et cette instrumentation devait produire des effets assez piquants. Monteverde lui-même n'a pas traité autrement l'orchestre. Voici comment, suivant Fétis, il a distribué les différents instruments auxquels il a donné un rôle dans son *Orfeo* : « Deux clavecins (*gravicembali*) jouaient les ritournelles et l'accompagnement du prologue qui était chanté par la Musique personnifiée. Deux contre-basses de viole (*contrabassi da viola*) accompagnaient Orphée, dix dessus de viole (*viole da brazzo*) faisaient les ritournelles du récitatif que chantait Euridice ; une harpe double (*arpa doppia*) servait à l'accompagnement d'un chœur de nymphes ; l'Espérance était annoncée par une ritournelle de deux violons français (*violini piccoli alla francese*) ; le chant de Caron était accompagné par deux guitares (*chitarroni*), le chœur des Esprits infernaux par deux orgues de bois (*organi da legno*), Proserpine par trois basses de viole (*bassi da gamba*), Pluton par quatre trombones (*tromboni*), Apollon par un petit orgue de régale (*regale*), et le chœur final des bergers par un flageolet (*flautino alla vigesima seconda*), deux cornets (*cornetti*), un clairon (*clarino*) et trois trompettes à sourdines (*trombe sordine*). » L'orchestre de Monteverde était, on le voit, bien plus compliqué que celui d'Emilio de' Cavalieri qui, dans son oratorio, n'avait employé qu'une lyre double, un clavecin, une guitare et deux flûtes : il l'était cependant bien moins que l'orchestre des intermèdes qui avaient été représentés antérieurement, à Florence et ailleurs, dans le courant du XVIme siècle. Mais l'exemple de Monteverde, en ce qui concerne le nombre des instruments admis à accompagner le chant dans les pièces dramatiques, ne fut pas suivi : bien loin de songer à renforcer de plus en plus les masses instrumentales, on revint peu à peu à un orchestre moins prétentieux et, disons-le, plus en rapport avec les ressources encore bornées qu'offrait l'art de l'instrumentation, aussi bien que les instrumentistes eux-mêmes. Mais ce dont on peut s'étonner, c'est du rôle subordonné qui, dans ces premiers opéras, était donné aux instruments à archet, dont la fabrication avait cependant atteint déjà un point de perfection qu'elle ne devait plus dépasser. C'est, en effet, dans les premières années du XVIIme siècle que vivait à Crémone la famille des Amati, luthiers célèbres, qui formèrent une école d'où devaient plus tard sortir les Stradivari et les Guarneri, dont les produits sont si recherchés de nos jours qu'on les paye au poids de l'or.

Quoi qu'il en soit, c'est moins dans le développement de l'orchestre que consiste le mérite de Monteverde que dans le rôle plus indépendant qu'il sut lui donner, et plus encore dans les formes nouvelles d'instrumentation dont il fit le premier l'emploi. C'est à lui, en effet, qu'on doit l'introduction dans les opéras de morceaux écrits exclusivement pour les instruments, et autres que les ritournelles. Ainsi, son *Orfeo* commence par une espèce d'introduction intitulée *Toccata,* qui devait être exécutée par tous les instruments à la fois. Quoiqu'elle ne se compose que d'une courte phrase qui ne sort pas du ton d'*ut* et qui se répétait trois fois de suite, il n'en est pas moins vrai que c'est là le point de départ d'une nouvelle forme musicale, l'*ouverture,* dont Lully est généralement regardé comme le créateur, parce que c'est lui qui, le premier, lui donna tout le développement dont elle pouvait être alors susceptible.

Monteverde varia, en outre, les formes de l'instrumentation, et chercha à donner à l'accompagnement une allure plus indépendante des parties vocales. Il comprit, en particulier, tout le premier, le parti qu'on pouvait tirer des différentes combinaisons de rhythmes et des divisions rhythmiques de la mesure. Il fit plusieurs essais de cette espèce, qui rencontrèrent une assez vive résistance de la part des musiciens instrumentistes, dont ces innovations bouleversaient toutes les habitudes. A ce sujet, on raconte que lorsqu'il fit exécuter à Venise, dans le palais Mocenigo, le *Combat de Tancrède avec Clorinde*, épisode dramatique tiré de la *Jérusalem* du Tasse, une émeute faillit éclater parmi les musiciens de l'orchestre, à propos d'un passage où, au lieu de notes tenues, le compositeur avait introduit des seizièmes de mesure, qui équivalaient à nos doubles-croches; mais Monteverde tint tête à l'orage, et quand il eut réussi à faire surmonter aux artistes récalcitrants cette grosse difficulté, ils durent reconnaître que les temps ainsi décomposés produisaient bien plus d'effet que les notes tenues.

Cette anecdote peut servir à expliquer ce qu'il faut entendre par le style ou genre *concitato* que, dans la préface d'un de ses recueils de madrigaux, Monteverde se vante d'avoir créé; « car, » ajoute-t-il, « il n'existait avant moi que le genre doux (*molle*) et le genre tempéré (*temperato*). » Ce genre *concitato*, qu'on ne saurait traduire que par *style animé*, visait évidemment à introduire dans la musique plus de vie, d'expression et de mouvement, et il était probablement caractérisé par l'emploi de rhythmes plus accentués qui rappelaient peut-être ceux de la danse ; c'est du moins ainsi que l'explique l'abbé Baini, et c'est ce qui a pu donner à Fétis l'idée d'attribuer à Monteverde la création du rhythme régulier « qui, » dit-il, « n'existait avant ce compositeur que dans la danse. »

Tout ce que nous avons dit des découvertes faites par Monteverde, et des progrès incontestables dont l'art musical lui est redevable, justifie assez la large place que nous lui avons consacrée. On ne saurait nier, en effet, qu'il devina, comme par instinct, les modifications profondes que la musique devait subir par suite de la création de l'opéra, et que, par ses tentatives hardies, et toutes plus ou moins heureuses, dans les différentes parties de cette nouvelle forme de l'art, il contribua plus qu'aucun de ses contemporains à la faire progresser vers les brillantes destinées que l'avenir lui réservait.

La période d'activité artistique de Monteverde se prolongea jusqu'à l'année 1642. C'est alors qu'il donna à Venise son dernier opéra, *l'Incoronazione di Poppea*, son chant du cygne, puisqu'il mourut dans les premiers mois de l'année suivante. Mais depuis longtemps déjà de nombreux compositeurs d'opéras partageaient avec lui la faveur du public. On peut citer comme les plus célèbres Giacobbi (Girolamo), Marco da Gagliano et Quagliati (Paolo). Ce dernier se transporta à Rome, à la tête d'une troupe de chanteurs ambulants, dressa ses tréteaux sur l'une des principales places publiques de la ville (1606), et initia ainsi les Romains à la connaissance de l'opéra.

Mais c'est à Venise et dans les villes voisines de la Haute-Italie que l'opéra, né à Florence, devait trouver le sol le plus propice et l'accueil le plus empressé. Cela n'a rien de surprenant pour qui a étudié les tendances particulières de l'art vénitien et les différences profondes par lesquelles il s'était dès longtemps distingué de l'art romain. Passionnés pour le plaisir et les fêtes, et recherchant avec ardeur les jouissances sensuelles auxquelles les conviaient les brises voluptueuses de leurs lagunes, les Vénitiens ne savaient demander aux beaux-arts que des impressions de même nature. De là l'incontestable supériorité de leurs peintres comme coloristes; de là aussi ce souffle de sensualité qui se retrouve dans presque toutes leurs œuvres, et qui se manifeste d'une manière aussi frappante dans les Vénus couchées, où le Titien a prodigué les trésors de sa palette, que dans ces grandes toiles de Paul Véronèse, où l'œil est ébloui par l'éclat des draperies et des vêtements, et par la profusion et la magnificence des accessoires. La musique vénitienne ne pouvait échapper à ces tendances; et les compositions à plusieurs chœurs, dont l'école de Venise avait eu la première idée, en étaient déjà une évidente manifestation. Mais c'est dans l'opéra qu'elles devaient trouver pleine et entière satisfaction, car cette forme musicale visait aussi à l'éclat extérieur, et, par l'appareil des décors, des costumes et de la danse, captivait bien autrement les sens que toutes les productions de l'art musical jusqu'alors connues.

Ainsi s'explique l'enthousiasme avec lequel les Vénitiens accueillirent l'opéra, qui trouva dans la ville des doges une seconde patrie, et où dès lors il régna, pour ainsi dire, en maître. C'est là en particulier que fut construit, en 1637, le premier théâtre public destiné à l'opéra. C'était le théâtre de San Cassio, qui fut inauguré avec une pièce intitulée *Andromeda*, due à la collaboration du poëte-musicien Ferrari et du compositeur Manelli. D'autres théâtres s'élevèrent bientôt dans la même ville, et la vogue de l'opéra y était telle que, dans le courant du XVIIme siècle, plusieurs centaines de pièces dramatiques en musique y furent représentées; mais de tous ces ouvrages, auxquels travaillèrent plus de quarante compositeurs, il n'est resté que peu de chose, parce que, éphémères comme la faveur populaire, ils ne furent point jugés dignes d'être transmis par l'impression à la postérité.

Cet immense succès de l'opéra italien devait, semble-t-

15

il, attirer l'attention de la France et de l'Allemagne, et l'on s'attend à voir les compositeurs de ces deux pays rivaliser pour doter leur patrie de cette nouvelle forme musicale. Mais il n'en fut point ainsi, et l'Allemagne seule nous offre l'exemple d'une tentative de cette espèce, tentative qui, d'ailleurs, devait, pour le moment du moins, rester infructueuse. C'est à Henri Schütz, connu aussi sous son nom latin de *Sagittarius*, que revient l'honneur d'avoir fait entendre à ses compatriotes le premier opéra. Ce musicien, distingué sous plus d'un rapport, et que les Allemands se plaisent à nommer le père de la musique allemande, composa une *Daphne*, traduite par le célèbre poëte Martin Opitz sur la pièce de Rinuccini, et la fit exécuter en 1627 à Torgau, en Saxe, à l'occasion du mariage de la sœur de l'Électeur, à la cour duquel il était attaché en qualité de maître de chapelle. Malheureusement, cet ouvrage s'est perdu, ce qui est d'autant plus à regretter que les compositions de ce maître, soit religieuses, soit instrumentales, qui sont parvenues jusqu'à nous, attestent un grand mérite et beaucoup d'originalité.

Suivant toute probabilité, il n'y avait dans tout cela, comme dans les pièces italiennes du même temps, que des récitatifs, entrecoupés de chœurs d'un style fort simple; mais il aurait été intéressant de pouvoir comparer l'œuvre de Schütz avec celles de Peri, de Caccini et de Monteverde, et de voir jusqu'à quel point le compositeur allemand avait su s'assimiler le nouveau style récitatif.

Comme je viens de le dire, ce premier essai d'opéra, fait dans une occasion toute spéciale et devant un public choisi, ne paraît pas avoir éveillé chez les Allemands le goût de ce genre de musique. Les circonstances politiques étaient d'ailleurs bien peu favorables à de pareils

amusements : la guerre de Trente ans, alors déchaînée sur
l'Allemagne, devait la couvrir, pendant bien des années
encore, de sang et de ruines ; et lorsqu'enfin la paix et le
repos ramenèrent les esprits vers les jouissances de l'art,
la musique italienne avait conquis une telle prééminence,
que les théâtres lyriques de l'Allemagne, et particulièrement ceux de Dresde, de Munich et de Vienne, ne purent
songer à chercher autre part qu'en Italie les opéras dont
ils avaient besoin pour monter et alimenter leur répertoire; et l'Allemagne, après avoir précédé la France dans
la carrière de la musique dramatique, dut attendre jusqu'à
l'époque de Keiser la création d'un opéra national, et se
laisser ainsi devancer par Lully, le fondateur de l'opéra
français sous Louis XIV.

Mais, avant de nous occuper de la France, cherchons à
nous rendre compte de l'influence que l'opéra exerça sur
la musique d'église. Cette influence se manifesta surtout
et en premier lieu, comme on pouvait s'y attendre, dans
les œuvres des maîtres de l'école de Venise. A peu près à
la même époque où Emilio de' Cavalieri et les autres membres de la société Bardi et Corsi faisaient leurs premiers
essais dans le style déclamatoire, on avait déjà vu Jean
Gabrieli faire entrer divers instruments, tels que violons,
cornets et trombones, dans des compositions religieuses
d'un genre particulier, qu'il publia, en 1597, sous le titre
de *Symphonies sacrées*, et dont le style s'éloignait beaucoup
de celui qui était alors usité dans la musique d'église.
On y trouve, en effet, non-seulement des chœurs accompagnés par les instruments, mais encore des parties exclusivement instrumentales et symphoniques, alternant avec
les chœurs, des chants pour voix seule sans accompagnement, et bien d'autres nouveautés qui tendaient évidem-

ment à rapprocher de plus en plus le style d'église de celui de l'opéra. Un autre compositeur du même temps et de la même école, mais dont l'influence fut encore plus décisive, et dont le nom vient tout naturellement se placer à la suite de celui de Gabrieli, est Viadana (Lodovico), Espagnol, établi à Mantoue en qualité de maître de chapelle de la cathédrale. Témoin de la faveur avec laquelle les essais de monodie, ou chant à voix seule, avaient été accueillis par le public, et des difficultés que rencontrait l'exécution de chœurs à plusieurs voix dans des chapelles qui ne pouvaient entretenir un nombre suffisant de chanteurs, ce compositeur eut l'idée d'écrire des morceaux religieux pour un petit nombre de voix seules, en complétant l'harmonie par un accompagnement d'orgue. Telle est l'origine de ses *Concerti da chiesa* ou *Concerti ecclesiastici (Concerts d'église)*, dont il publia un premier recueil en 1603. Dans la préface, Viadana se donne pour l'inventeur de la *basse continue*, c'est-à-dire d'une espèce de basse instrumentale sans pauses, et persistant pendant toute la durée d'un morceau. Ses prétentions à cet égard n'avaient point trouvé de contradicteurs, jusqu'au moment où, dans ces dernières années, Kiesewetter démontra que l'usage de la basse continue était connu avant Viadana, et pratiqué par les organistes qui accompagnaient les chœurs dans les églises. On peut d'ailleurs se convaincre, en examinant les fragments qui nous ont été conservés de l'*Euridice* de Peri et de celle de Caccini, que les récitatifs étaient déjà accompagnés par une véritable basse continue et même chiffrée. J'ajouterai que l'éditeur de l'oratorio d'Emilio donne dans la préface de cet ouvrage, publié en 1600, des directions sur l'usage de la basse chiffrée.

Mais si l'on a d'assez bonnes raisons de contester à

Viadana le mérite de cette invention, il faut reconnaître, d'un autre côté, qu'il y a dans ses *Concerts d'église* un sentiment mélodique beaucoup plus développé que dans les œuvres des autres compositeurs de ce temps, à tel point que Kiesewetter n'hésite pas à faire honneur à Viadana du premier essai heureux de style mélodique, et à le proclamer le véritable créateur du genre. Nous avons vu cependant que les *Nuove musiche* de Caccini sont antérieures aux *Concerti* de Viadana. Si donc, sous le rapport du mérite de la mélodie, on peut mettre ce dernier ouvrage au-dessus du premier, on ne saurait sans injustice contester à Caccini la priorité d'invention, et, par conséquent, le titre de créateur. D'ailleurs, Viadana lui-même, dans cette même préface où il prétend à l'invention de la basse continue, ne se donne point comme le créateur du chant à voix seule, mais seulement de la monodie *religieuse*, ce qui semble indiquer que la monodie profane existait déjà, et qu'il ne fit que transporter ce genre dans la musique d'église.

On ne sait point si les compositions de Viadana atteignirent le but qu'il s'était proposé en les écrivant. Rien ne saurait faire supposer qu'elles n'aient pas trouvé accès dans les petites chapelles. Il est probable aussi qu'elles furent également adoptées dans les cercles ou sociétés d'amateurs de musique de chambre, et qu'elles y furent chantées concurremment avec les compositions profanes, dont elles ne se distinguaient aucunement sous le rapport du style.

Ainsi donc, quelques années seulement se sont écoulées depuis la mort de Palestrina, et nous voilà déjà bien loin de l'art religieux tel que ce grand musicien l'avait compris. Du moment, en effet, où les instruments furent admis dans l'église, le caractère des compositions religieuses fut complétement dénaturé, et peut-être est-il permis de dire, avec Fétis, que « celui qui leur convenait le mieux fut pour jamais perdu. » Les voix humaines sont, en effet, et seront toujours le moyen de communication le plus naturel et le plus convenable entre l'homme et Dieu, sans compter que, par leur timbre plus sympathique, plus humain, elles produisent, quand elles s'élèvent seules dans la vaste et silencieuse enceinte des cathédrales, une impression, sinon plus forte, du moins incomparablement plus religieuse que si elles sont accompagnées par les instruments.

Ce furent sans doute des considérations de cet ordre qui engagèrent les papes à repousser les œuvres d'église composées dans le nouveau style, et à n'admettre dans leur chapelle que celles qui étaient écrites dans le style consacré par Palestrina et son école. Aussi vit-on les compositeurs romains contemporains de Monteverde résister aux influences de l'école de Venise, et s'inspirer uniquement des modèles laissés par leur illustre maître, bien qu'on puisse cependant constater déjà dans leurs œuvres une tendance marquée à multiplier les signes chromatiques, et à s'éloigner peu à peu des anciens tons grégoriens. Le plus célèbre de ces compositeurs est Allegri (Gregorio), qui appartenait à la même famille que le Corrége. Il est surtout connu par le *Miserere* qu'on exécute encore aujourd'hui, le vendredi saint, à la chapelle Sixtine, et auquel se rattache une anecdote bien connue de la vie de Mozart. A l'époque où, tout jeune encore, il fit son premier voyage en Italie, le *Miserere* d'Allegri n'était point gravé; il était même défendu, sous les peines les plus sévères, d'en délivrer copie à qui que ce fût; mais il suffit à l'artiste prédestiné de l'entendre une seule fois, pour le noter, en entier et sans faute, sur un chiffon de papier qu'il tenait caché dans son chapeau. Quoique ce *Miserere* soit empreint d'une expression profonde et touchante, exécuté en dehors des traditions, et sans l'appareil imposant de la cérémonie liturgique du vendredi saint, il produit moins d'effet qu'on n'est en droit d'en attendre d'une œuvre aussi célèbre, et paraît un peu monotone. Il en est de toutes ces compositions religieuses comme des plantes des tropiques, qui s'étiolent et perdent tout leur éclat quand on les arrache à leur sol natal, pour les exposer à la rigueur de nos climats.

Il est certain d'ailleurs, que la perfection avec laquelle les chœurs étaient chantés dans la chapelle pontificale devait aussi contribuer pour une bonne part à l'effet général. Il y avait déjà à cet égard, et depuis longtemps, des traditions qui se transmettaient soigneusement d'une génération à l'autre ; et, s'il faut en croire un écrivain du temps, qui nous a transmis de curieux détails sur le régime établi dans l'école où se formaient les chantres de la chapelle du pape, on a droit de s'étonner autant de la sévère discipline à laquelle les élèves étaient astreints, que du champ d'études singulièrement étendu que comprenait l'enseignement. Le matin, les élèves s'exerçaient pendant une heure aux intonations difficiles ; une autre heure était consacrée au trille, une autre aux passages rapides, une autre à la littérature ; une heure était en outre donnée à l'éducation du goût et de l'expression. Les élèves devaient ensuite s'exercer devant une grande glace, et s'étudier à éviter toute grimace, tout mouvement déplacé des muscles du front et des sourcils, toute contorsion de la bouche. L'après-midi, il y avait une demi-heure pour la théorie du son, une demi-heure pour le contre-point simple, une heure pour l'étude des règles de composition et pour l'application pratique de ces règles, une heure pour la littérature ; enfin, le reste de la journée était consacré à l'étude du clavecin ou à des exercices de composition. Quelquefois les élèves étaient conduits hors de la porte *Angelica*, non loin du *Monte Mario :* là ils devaient chanter tour à tour devant une paroi de rochers, qui faisait écho ; ce qui les mettait en état de juger par eux-mêmes de leurs défauts. Dans d'autres occasions, ils étaient appelés à chanter dans quelqu'une des églises de Rome, ou bien on les envoyait au Vatican pour y entendre les chantres de la chapelle. On devine assez à quels résultats remarquables on devait arriver, grâce à un pareil régime.

Parmi les compositeurs romains contemporains d'Allegri, nous nous contenterons de nommer Frescobaldi, organiste attaché à la cathédrale de St-Pierre, et dont le talent merveilleux attirait une foule d'auditeurs empressés. Les Allemands eux-mêmes venaient se former à son école, et apprendre de lui le secret d'unir l'expression mélodique à la science la plus profonde. C'est à cet organiste qu'on fait généralement remonter la création du *contre-point double* et même de la *fugue* proprement dite, qui toutefois ne reçut que plus tard sa forme et ses règles définitives.

L'Allemagne ne pouvait rester étrangère au mouvement qui, par suite des nouveautés introduites par l'école vénitienne, tendait à modifier le caractère et les formes qu'avait jusqu'alors revêtus la musique religieuse. Et ici revient encore se placer le nom de cet Henri Schütz, auteur, comme nous l'avons vu, du premier essai d'opéra allemand. Il était élève de Gabrieli, et c'est sous la direction de cet illustre maître qu'il s'était imbu des nouvelles doctrines ; aussi trouve-t-on dans le catalogue de ses œuvres

bon nombre de compositions d'église qui, par le titre autant que par le style, rappellent celles des maîtres vénitiens. Ce sont des *symphonies sacrées,* dans lesquelles les
instruments jouent un rôle important, des *chansons sacrées
(cantiones sacræ),* des *concerts d'église (concerti da chiesa,
Geistliche Concerte),* à une et à plusieurs voix, et beaucoup d'autres œuvres du même genre, dans lesquelles, à
côté de certaines incorrections qui provenaient de l'influence de l'école de Venise, apparaissent de grandes beautés et une incontestable originalité. S'il faut en croire
Brendel, Schütz donna une heureuse impulsion au chant
évangélique, et créa un nouveau genre de musique d'église,
approprié au service divin. Abandonnant les anciennes
formes du chant choral, il chercha à réaliser ses larges et
hardies conceptions, en prenant pour modèles les compositions des maîtres vénitiens de son temps. Cette nouvelle
manière de traiter la musique d'église devait avoir pour
effet de rendre de plus en plus difficile la participation des
fidèles au chant liturgique, et de porter ainsi un coup funeste à l'ancien choral; mais elle était un acheminement
vers une amélioration désirable, au point de vue esthétique
s'entend, et devait porter plus tard d'heureux fruits pour
l'art allemand en général.

C'est à l'époque où nous nous trouvons, c'est-à-dire
dans la première moitié du XVIIme siècle, que les grandes
nationalités de l'Europe occidentale commencèrent à imprimer un cachet propre à leur musique. L'Allemagne, en
particulier, nous présente déjà un fait curieux et sur lequel j'aurai plus d'une fois à revenir, mais qu'il est important de constater dès son origine : sous l'influence des
nouveautés de l'école vénitienne, nous voyons ce pays se
partager entre deux tendances, l'une de l'Allemagne mé-

ridionale vers la musique italienne, et l'autre, de l'Allemagne du Nord vers une forme de l'art plus nationale, plus conforme à l'esprit germanique. Ainsi, tandis que Schütz, formé à l'école vénitienne, initiait la cour de Saxe à l'opéra, et écrivait, comme Gabrieli et comme Viadana, des *symphonies sacrées* et des *concerts d'église* dans le nouveau style, dans le Nord d'autres musiciens allemands, fidèles aux traditions de Luther, cultivaient le choral dans sa forme originelle, et se vouaient à l'étude de l'orgue et des savantes combinaisons harmoniques auxquelles cet instrument se prête mieux que tout autre. Hambourg était alors de toutes les villes de l'Allemagne celle où l'art de jouer de l'orgue était cultivé et pratiqué avec le plus de succès : on y comptait plusieurs familles d'organistes dans lesquelles le talent se transmettait de père en fils. La plus célèbre est celle des Prætorius, dont le vrai nom allemand était Schulz, et qui était représentée alors par Jérôme et par son fils Jacob. Ce dernier avait développé ses riches talents naturels à l'école de Schweling, organiste hollandais d'une grande renommée. On peut leur adjoindre Scheidemann, qui fut l'ami de Jacob Prætorius et son condisciple à l'école de Schweling ; ses compatriotes l'avaient surnommé l'*Arion de Hambourg*. Ces deux habiles organistes réussirent également dans les compositions religieuses : on leur doit quelques-uns des plus beaux chorals qui se chantent encore en Allemagne.

CHAPITRE X

Carissimi, le créateur de la *Cantate.* — Compositeurs dramatiques italiens contemporains de Carissimi. Le chanteur et compositeur **Stradella.** Compositeurs d'église : **Benevoli.** — Histoire de la naissance de l'opéra français. **Lully** : sa biographie et ses travaux ; caractère de ses opéras : il créé l'*Ouverture.* — La musique en Angleterre pendant cette époque : **Henry Purcell.** — École de Naples : **A. Scarlatti,** éminent compositeur dans tous les genres, créateur du *récitatif obligé* et de l'*air* proprement dit. Son instrumentation. Parallèle entre les opéras de Lully et ceux de Scarlatti. Autres compositeurs napolitains : **Leo, Durante. Porpora,** compositeur et professeur de chant. **Pergolese** : Sa *Serva padrona* et son *Stabat mater.* Progrès que la musique doit aux compositeurs de l'école de Naples.

Nous avons vu comment naquit le drame musical ou opéra, et la part qu'eurent à cette invention les compositeurs contemporains de Monteverde et Monteverde lui-même. Mais les premiers essais faits dans ce genre étaient, on le comprend, et ne pouvaient être que très imparfaits. C'était au temps à développer les germes féconds qui se trouvaient renfermés dans cette nouvelle forme de l'art, et c'est aussi de ce côté que se portèrent tous les efforts des compositeurs du XVIIme siècle. Toutefois, chose digne de remarque, l'homme marquant de l'époque dans laquelle nous entrons maintenant ne fut point un compositeur d'opéras. Carissimi doit être plutôt considéré comme un compositeur d'église, car même celles de ses compositions qui n'appartiennent pas proprement au genre religieux se rapprochent beaucoup plus de l'oratorio que de l'opéra. Quoique né à Padoue, c'est-à-dire sur le territoire vénitien, il ne résida jamais à Venise, du moins pendant sa carrière active de compositeur, et passa presque toute sa vie à Rome où il occupait, dès l'année 1630, la place de maître de chapelle à l'église de St.-Apollinaire, et où il vivait encore en 1672, dans un âge fort avancé.

Le genre dans lequel il se distingua particulièrement, et dont il est même considéré comme le créateur, est la *Cantate*, espèce de drame en miniature ou d'épisode dramatique, dont le sujet était emprunté soit à l'histoire, soit à la mythologie, et qui était destiné à être chanté, sinon représenté, dans les salons où l'ancien madrigal avait jusqu'alors régné sans partage. La cantate était assez ordinairement à plusieurs personnages, et se composait des mêmes éléments que l'opéra, c'est-à-dire de récitatifs et de chœurs, entremêlés de petits morceaux de chant à une et à plusieurs voix seules.

Vénitien d'origine, et Romain par le long séjour qu'il fit dans la ville des papes, nul n'était mieux qualifié que Carissimi pour unir et combiner les tendances musicales des deux écoles. Ce fut là, en effet, sa mission, et c'est dans cette sphère que s'exerça son influence, influence douce et qui ne s'imposait point, mais qui n'en fut pas moins irrésistible, parce qu'elle procédait d'un tact sûr et d'une intelligence éclairée de l'art. Dans le travail de ses chœurs, Carissimi sut se tenir à une égale distance du style banal et décoloré des premiers opéras, et des combinaisons trop savantes des compositeurs d'église. Il imprima au récitatif plus de mouvement, de variété et de naturel, traita l'*arioso* avec plus de développement, lui donna une allure plus ferme et une expression plus vraie, et le rapprocha de plus en plus de l'air proprement dit, qui devait s'en détacher un peu plus tard. Les instruments, ceux à cordes particulièrement, prirent une place assez importante dans ses cantates, où il les employait surtout dans les ritournelles et dans les intervalles du chant, et c'est de lui que date le nom de style *concertant* appliqué aux compositions d'église dans lesquelles les instruments étaient admis, par opposition au style *alla Palestrina*, appelé aussi *alla Capella*, parce qu'il était exclusivement en usage dans la chapelle pontificale. Carissimi eut enfin, suivant Rochlitz, le don précieux de se communiquer, et d'attirer autour de lui de nombreux élèves, aux talents desquels il sut toujours donner une direction élevée et digne de l'art auquel ils s'étaient voués.

Il ne faut point cependant s'exagérer l'influence de ce maître : Carissimi n'était point un novateur; il appartenait plutôt à cette classe d'esprits éclairés, d'un goût fin et délicat, qui, apparaissant à une époque où l'art est encore rapproché de son berceau, ne peuvent que le faire progresser dans la voie où ils le trouvent engagé; et préparer ainsi le chemin à leurs successeurs. Les compositions de Carissimi, dont un certain nombre seulement ont été imprimées, sont presque complétement tombées dans l'oubli. On trouve cependant déjà dans ses cantates, et particulièrement dans celle de *Jephta*, qui passe pour son chef-d'œuvre, des beautés qui peuvent encore nous charmer; c'est surtout dans les chœurs que se révèlent les belles qualités de son talent. Quant à ses récitatifs, si on les compare à nos récitatifs modernes, ils paraissent encore bien secs, bien raides, tant sous le rapport mélodique que sous celui de l'harmonie qui les accompagne; mais mis en parallèle avec ceux des compositeurs de l'époque précédente, ils offrent un progrès marqué.

Les qualités comme les défauts de Carissimi, tels qu'on

peut les constater dans ses cantates, se retrouvent en partie dans les œuvres des compositeurs d'opéras de la même
époque. Ces opéras, il faut bien le dire, ne sauraient être
encore goûtés par les modernes: composés sur le patron de
ceux d'Emilio, de Peri, etc., ils n'offrent d'intérêt que
pour l'historien de la musique, qui peut y suivre le développement graduel, mais lent, des parties constitutives de
l'opéra, telles que le duo et le trio, et particulièrement de
l'air à voix seule qu'on y voit se dégager peu à peu du récitatif, et prendre une forme de plus en plus libre et indépendante. C'est ainsi que, dans les opéras écrits vers la
fin de cette période, on trouve l'air presque toujours composé de deux strophes ou couplets sur la même mélodie,
et entre lesquelles on jouait une ritournelle. A voir la timidité avec laquelle les compositeurs d'opéras procédaient
dans le développement des airs, on pourrait croire qu'ils
se faisaient scrupule de modifier la forme du récitatif,
dans lequel ils persistaient à voir l'élément essentiel, et
comme l'arche sainte de la musique dramatique.

Les noms de ceux de ces compositeurs qui, dans le
cours du XVIIme siècle, furent en possession de la faveur
du public, sont peu importants à connaître. Il suffira de citer, comme les plus célèbres, Cavalli, maître de chapelle
de St-Marc, à Venise; Cesti, élève de Carissimi, d'abord
maître de chapelle à Florence, puis chantre de la chapelle
du pape; enfin, Ferrari, qui, comme compositeur, se distingua autant dans la cantate que dans l'opéra; il était en
même temps poëte et virtuose, et son talent à jouer de la
théorbe l'avait fait surnommer *della Tiorba*; c'est par une
de ses pièces, faite en collaboration avec Manelli, que fut
inauguré, à Venise, comme nous l'avons vu, le premier
théâtre public destiné à la représentation de l'opéra; il

remplit ensuite pendant de longues années les fonctions de maître de chapelle du duc de Modène.

A ces trois noms, il est juste d'ajouter celui du célèbre chanteur et compositeur Stradella (Alessandro), qui, victime d'une *vendetta* italienne accompagnée des circonstances les plus dramatiques, fut enlevé tout jeune aux espérances et à l'admiration de l'Italie. Il avait composé des oratorios et des cantates dont rien ne nous est parvenu. Mais son admirable *air d'église (aria di Chiesa)*, devenu si populaire depuis que Fétis le fit entendre pour la première fois en public dans un de ses concerts historiques, atteste chez ce compositeur un génie qui semble avoir devancé son époque. Il prouve, en outre, à quel point de perfection l'air pouvait déjà arriver entre les mains d'un compositeur qui n'avait pas à se préoccuper des convenances dramatiques.

Quant à l'école romaine, elle était encore dignement représentée par quelques compositeurs de grand mérite, chez quelques-uns desquels cependant l'influence de l'école vénitienne est manifeste; c'est en particulier le cas pour Benevoli, maître de la chapelle du Vatican, fonction qu'il remplit depuis 1646 jusqu'à sa mort (1672); il a écrit un assez grand nombre de compositions à plusieurs chœurs, genre dans lequel il a dépassé tous ses prédécesseurs. Lors d'un service solennel célébré à l'occasion de la peste qui menaçait Rome, il fit exécuter par deux cents chanteurs une messe à six chœurs, dont l'un était placé dans la galerie supérieure de la coupole de l'église. On a peine à comprendre comment, dans de pareilles conditions, on pouvait arriver à un ensemble suffisant dans l'exécution. Fétis fait à ce sujet les réflexions suivantes : « La vaste étendue des églises d'Italie et l'usage assez commun d'y

établir plusieurs orgues, rendirent possible l'exécution de
ce genre de musique si compliqué, surtout depuis que les
Italiens avaient trouvé le moyen de faire jouer par le
même organiste des orgues placées aux diverses extrémités de l'église, séparément ou ensemble, comme cela se
pratiquait encore à Padoue, à l'époque de Burney. » Benevoli alla même plus loin, et fit exécuter à Rome, dans
l'église de Santa-Maria *sopra Minerva,* en 1650, une
messe à quarante-huit voix réelles en douze chœurs, ce
que l'on peut appeler un tour de force presque incroyable,
et qui, s'il atteste le talent du compositeur, ne témoigne
guère en faveur de son goût.

L'époque de l'art musical italien, que nous avons caractérisée par le nom de Carissimi, se rapporte en France au
règne de Louis XIV, qui vit s'ouvrir pour la musique
française une ère nouvelle; il fut, en effet, le témoin de
la création d'un opéra national, création due au génie de
Lully. Le règne de Louis XIII avait été pour la musique
française une époque de remarquable stérilité; non pas
qu'elle y fût peu cultivée ou que les compositeurs fissent
défaut, loin de là: l'histoire en mentionne même un assez
grand nombre; mais, ayant depuis longtemps perdu les
traditions de la grande musique religieuse, et ne pouvant
aucunement prétendre à rivaliser avec les Italiens dans le
genre concertant que ceux-ci avaient créé, ils se bor-
naient à écrire, sans originalité, des airs à une et à deux
voix, avec accompagnement de luth ou de clavecin.

Mais le moment n'était pas éloigné où les Français, dès
longtemps passionnés pour les représentations de ballets,
devaient faire connaissance de l'opéra, et s'assimiler en
peu de temps un genre qui, par la multiplicité des éléments dont il se composait, poésie, musique, danse, dé-

cors, etc., répondait tout particulièrement à leur goût pour la pompe et l'apparat. On sait que Mazarin fit venir à Paris une troupe de chanteurs italiens, qui, en 1645, jouèrent devant la cour quelques-uns des opéras alors en vogue en Italie. Ce premier essai, renouvelé deux ans plus tard et avec le même succès, éveilla l'attention des compositeurs français, et les engagea à s'essayer à leur tour dans l'opéra.

Robert Cambert, organiste de St-Eustache, est le compositeur qui eut l'honneur d'attacher son nom à cette première tentative; une pièce de sa composition, intitulée *La Pastorale* et écrite par un certain abbé Perrin, fut représentée, en 1659, à Vincennes, en présence de la cour. Le succès le plus complet couronna les efforts des auteurs qui, encouragés d'ailleurs par Mazarin, travaillèrent à d'autres ouvrages du même genre; mais la mort de leur protecteur les obligea d'interrompre leurs travaux. Ce ne fut que dix ans après, en 1669, qu'ils purent les reprendre. A cette époque, l'abbé Perrin ayant obtenu un privilége pour des représentations publiques, s'associa avec Cambert et un certain marquis de Sourdeac, engagea une troupe de chanteurs, musiciens et danseurs, et ouvrit dans la rue Mazarin un théâtre qui n'était rien moins que l'*Académie royale de musique*. Le premier opéra qui y fut représenté était intitulé *Pomone;* tout dépourvu qu'il était d'intérêt dramatique, il eut un tel succès qu'on le joua pendant plus de huit mois consécutifs, et qu'il rapporta près de trente mille livres aux heureux auteurs. Mais, bientôt après, des difficultés s'étant élevées entre les entrepreneurs, le musicien Lully, qui avait su se faire bien venir du roi et de la cour, en profita pour accaparer le privi-

16

lége de Perrin, qui lui fut concédé par lettres patentes du roi, en 1672. Cambert désespéré passa en Angleterre.

Jean-Baptiste Lully, qui fait ici son apparition, était né à Florence, d'où il était venu tout jeune en France avec les gens de la suite du duc de Guise. Relégué d'abord, en qualité de marmiton, dans les cuisines de Mademoiselle de Montpensier, il s'était fait bientôt distinguer par son talent de guitariste et violoniste, et avait obtenu un emploi subalterne dans la chapelle du roi. Mais, se sentant appelé à de plus hautes destinées, il avait organisé une bande de musiciens qui, exercée sans relâche, avait en peu de temps éclipsé la fameuse bande des vingt-quatre violons du roi, dont la création remontait au règne précédent; de telle sorte que le roi, enchanté autant peut-être de ses complaisances et de son zèle que de ses talents de directeur et de compositeur, l'avait élevé de dignité en dignité jusqu'à le nommer enfin intendant général de sa musique. Lully s'était essayé de bonne heure dans le genre de la musique de ballet. Dès l'année 1658, il avait composé la musique d'une pièce de cette espèce dans laquelle le roi lui-même jouait un rôle. C'est lui encore qui avait mis en musique les pièces-ballets de Molière, telles que *la Princesse d'Élide* et *l'Amour médecin*, qui furent jouées sur le théâtre de la cour. Mais sa carrière dramatique ne date véritablement que de l'époque où il succéda à l'abbé Perrin. Il s'adjoignit alors le célèbre poëte Quinault, en collaboration duquel il composa de nombreux opéras qui attirèrent la foule à son théâtre.

Le premier fut *les Fêtes de l'Amour et de Bacchus,* espèce de pastorale dans laquelle il intercala les meilleurs airs de ses ballets, et à laquelle succéda, en 1673,

Cadmus, pièce en cinq actes, avec prologue, qui est considérée comme la première tragédie lyrique du théâtre français. Viennent ensuite, par ordre de dates, *Thésée, Atis,
Isis* et bien d'autres qu'il serait trop long d'énumérer. Son
dernier opéra, on en compte dix-neuf, fut *Armide,* son
chef-d'œuvre, qu'il composa dans toute la vigueur de son
talent, et qui aurait sans doute été suivi de beaucoup d'autres, si, à la suite d'une blessure qu'il se fit au pied en
brandissant avec trop de vivacité son bâton de directeur,
la mort ne l'eût brusquement enlevé à ses travaux, en
1687; il avait alors cinquante-quatre ans.

Voici le portrait que fait de lui un de ses contemporains : « C'était un homme de petite taille, d'assez mauvaise mine et d'un extérieur fort négligé. Ses petits yeux,
bordés de rouge, qu'on voyait à peine et qui avaient peine
à voir, brillaient d'un feu sombre qui marquait tout ensemble beaucoup d'esprit et beaucoup de malice; un caractère de plaisanterie était répandu sur son visage, et
certain air d'inquiétude régnait dans toute sa personne. »

Courtisan jusqu'à la bassesse auprès des grands, dont la
protection pouvait être utile à ses desseins, il était inso-
lent et même brutal avec ses égaux et ses inférieurs. Le
crédit dont il jouissait à la cour lui donnait une puissance
dont il abusa souvent pour perdre ou pour humilier quiconque essayait de lui résister. Jaloux jusqu'à la frénésie
de tout artiste dont le talent pouvait se faire distinguer
par le roi, il employait tous les moyens, même les plus
odieux pour l'écarter. Véritable tyran de ses acteurs et
des musiciens de son orchestre, il lui arriva plus d'une
fois d'arracher à ceux-ci leur instrument pendant l'exécution d'un morceau et de le leur briser sur le dos. Sa brus-
querie quelquefois dépassait toutes les bornes, et s'exerça

même sur la personne du grand roi. C'est ainsi qu'à l'un
des divertissements de la cour, le roi, impatienté de la
longueur des préparatifs, lui ayant fait dire qu'il s'en-
nuyait d'attendre, Lully, qui se sentait indispensable, répondit au gentilhomme chargé de la commission royale :
« Le roi est bien le maître ; il peut s'ennuyer tant qu'il lui
plaira. »

Mais quand il s'agissait de rentrer dans les bonnes grâces du monarque, de reconquérir une faveur qui semblait
se refroidir, ce même homme qui, dans l'emportement de
son orgueil, se permettait les incartades les plus imperti-
nentes, ne rougissait pas de descendre aux plus basses
complaisances. Un jour, entre autres, que le roi semblait
lui témoigner moins de bienveillance qu'à l'ordinaire, voulant à tout prix regagner ses bonnes grâces, il prit le
rôle de Pourceaugnac, dans la comédie de Molière, et
chargea son rôle au point que, dans la scène où les médecins et les apothicaires poursuivent le héros de la pièce, il
s'élança de la rampe et se précipita dans le clavecin de
l'orchestre qu'il mit en pièces. Mais, ce qu'il y a de plus
bizarre dans cette aventure, c'est qu'elle lui valut la place
de secrétaire du roi, qu'il convoitait depuis longtemps. Le
rusé Lully avait répondu au roi qui lui faisait compliment
sur la manière grotesque dont il s'était acquitté de son rôle :
« Ah ! Sire, j'ai regret d'y avoir été obligé pour le service de
votre Majesté, car j'avais dessein d'être secrétaire du roi,
et Messieurs les secrétaires ne voudront plus me recevoir.
— Ils ne voudront plus vous recevoir ! répliqua le monarque ; ce sera bien de l'honneur pour eux ; allez et voyez
M. le chancelier. Lully alla trouver Louvois qui lui fit
des représentations, objectant que de pareilles fonctions
ne se donnaient pas à un danseur, à un baladin qui n'avait

d'autre mérite que d'avoir fait rire Sa Majesté. Si vous pouviez en faire autant, vous n'y manqueriez pas, lui répondit hardiment Lully, et tout ministre de la guerre que vous êtes, vous danseriez bien, si le roi vous l'ordonnait. »

On comprend qu'avec ce caractère à la fois bas et hautain, Lully dut se faire un grand nombre d'ennemis ; aussi les brocards et les vers satiriques ne lui manquèrent pas ; témoin ceux-ci dans lesquels Boileau l'a pour jamais stigmatisé :

> En vain, par sa grimace, un bouffon odieux
> A table nous fait rire et divertit nos yeux ;
> Ses bons mots ont besoin de farine et de plâtre ;
> Prenez-le tête à tête, ôtez-lui son théâtre,
> Ce n'est plus qu'un cœur bas, un coquin ténébreux ;
> Son visage essuyé n'a plus rien que d'affreux.

Mais les sarcasmes de ses ennemis n'ébranlèrent jamais le crédit dont il jouissait auprès du grand roi, ni la haute position qu'il occupait à la cour ; et lorsqu'il mourut, laissant une fortune évaluée à plus de six cent mille livres, ni les honneurs d'un magnifique mausolée, ni les épitaphes louangeuses ne manquèrent à sa mémoire.

Mais laissons l'homme pour considérer le musicien. Voici comment Fétis raconte qu'il composait ses opéras : « Il s'était attaché Quinault, dont il avait su deviner le talent, par un traité qui obligeait le poëte à lui fournir annuellement un libretto d'opéra pour le prix de quatre mille livres. Quinault faisait le plan de plusieurs opéras, et les portait au roi, qui en choisissait un. Lorsque ce choix était fait, Lully prenait connaissance du sujet et du plan, et faisait la musique des divertissements, des danses et de l'ouverture, pendant que le poëte versifiait sa pièce. Lorsque Quinault avait terminé son travail, il le lisait à l'Académie, et faisait les corrections qui lui étaient indiquées ; mais Lully ne tenait aucun compte de l'avis de l'Académie. Il corrigeait, faisait les suppressions et les changements qu'il jugeait nécessaires pour sa musique. Il fallait que Quinault fît ce qu'il voulait, et retournât versifier de nouveau. Si Lully était satisfait du poëme, il faisait le chant et la basse des scènes dans l'ordre où elles se trouvaient dans la pièce, et remettait ensuite ses brouillons à ses élèves Lalouette et Colasse, pour qu'ils écrivissent les parties d'orchestre sur ses indications, sorte de travail qu'il n'aimait pas et qu'il ne faisait pas avec facilité. Pour comprendre cela, il ne faut pas oublier qu'au temps de Lully on n'avait point encore appris à donner à l'instrumentation ces formes variées et pittoresques qu'on lui voit aujourd'hui, et que les violons et hautbois ne faisaient guère que suivre les voix, en brodant quelques traits. Tant que Lully vécut, son génie suffit à tout pour donner à l'opéra un intérêt toujours soutenu, et pour y attirer la foule : il était, en effet, à la fois le directeur, le régisseur, le maître de musique, le maître de ballets et le machiniste de son théâtre. »

On comprend que Lully ne put former son style que sur celui de Carissimi et des autres compositeurs italiens de cette époque. Mais s'il n'avait pas introduit quelque importante innovation dans la musique dramatique, s'il s'était contenté de tailler des opéras français sur le patron des opéras italiens, il n'aurait sans doute point acquis en France une aussi grande popularité, ou du moins cette popularité n'aurait point été d'aussi longue durée. Or, si pendant un siècle les Français n'ont voulu entendre que la musique de leur Baptiste, il faut bien qu'ils y aient reconnu, plus que dans toute autre, les qualités qu'en France on apprécie particulièrement dans les œuvres d'imagination. Ces qualités, qui sont, avant tout, la vérité et la clarté, se trouvent en effet à un degré comparativement élevé dans les opéras de Lully. Ce compositeur mit tous ses soins à traduire avec le plus de fidélité possible en langage musical la déclamation parlée, et dans ce but, il lisait et relisait avec attention son texte, puis il le déclamait à haute voix, et ce n'est que lorsqu'il s'était bien pénétré de l'accentuation convenable qu'il se mettait au clavecin pour composer (Voir un fragment de récitatif tiré de son *Armide*, Planche XXI).

Il arriva ainsi, en s'inspirant du sentiment dramatique qu'il possédait à un haut degré, à une certaine vérité d'expression musicale qui, bien qu'un peu banale, puisqu'elle s'attachait plutôt au sens des mots et qu'elle manquait du sentiment esthétique qui en aurait relevé la beauté, n'en était pas moins un acheminement réel vers un état plus perfectionné.

Si donc on veut se faire une idée exacte du style du fondateur de l'opéra français, il faut se le représenter comme presque exclusivement déclamatoire; cela est si vrai que ses opéras, pour être convenablement exécutés, demandaient des acteurs plutôt que des chanteurs; et la célèbre Le Rochois, qu'il forma lui-même, était bien plus une grande tragédienne qu'une cantatrice. C'est là ce qui donna à l'opéra français le caractère qu'il devait garder longtemps, en dépit des sarcasmes dont il fut constamment l'objet de la part des partisans de la musique italienne, plus mélodieuse sans contredit. En donnant à l'opéra français ce caractère déclamatoire, Lully, sans s'en douter peut-être, préparait le terrain sur lequel devait se faire, un siècle plus tard, grâce à la réforme de Gluck, la réconciliation des deux principes opposés qui en France et en Italie étaient à la base de la musique dramatique. Aussi, à ce point de vue, Lully peut-il être considéré comme le précurseur de Gluck.

Une autre cause du succès qu'eurent de prime abord les opéras de Lully fut l'introduction de couplets ou chansons populaires d'un rhythme bien accentué, et même d'airs de danse qu'il recueillit de partout, ou qu'il imita heureusement, et dont il sut tirer un excellent parti. Presque tous les petits airs à une ou à deux voix qu'on rencontre dans ses opéras n'ont pas une autre origine. Ajoutons enfin que les ballets, genre de divertissement qui a toujours eu un attrait particulier pour les Français, y jouaient un grand rôle, et que c'est peut-être ce qui attirait le plus la foule. Ainsi donc, danses et airs de ballets, couplets légers et d'un rhythme un peu vulgaire, déclamation énergique, fortement accentuée et d'un caractère plus convenable à la tragédie qu'au chant lyrique, tels sont les principaux éléments de l'opéra tel que Lully le fonda en France. Il n'en fallait pas tant pour charmer la cour brillante du grand roi et le public auquel elle donnait le ton et imposait ses goûts.

Quant à l'instrumentation de Lully, elle se borne généralement à une basse continue, assez pauvre de modulations, et qui se jouait sur le clavecin. Dans certains cas cette basse est remplacée par deux parties de violon, et plus rarement par deux flûtes, ou deux hautbois, ou deux trompettes. Tout cela ne forme, on le voit, qu'un orchestre bien maigre et en tout cas bien inférieur, au moins en ce qui concerne les masses instrumentales, à celui de Monteverde et des premiers compositeurs d'opéra italiens. Il n'y a donc pas là de progrès, bien au contraire ; mais il y avait progrès dans les formes de l'accompagnement in-

strumental, qui est déjà plus indépendant du chant, et qui
en suit avec moins de servilité la marche. Les ritournelles
et les entrées d'instruments appelées *préludes* y sont aussi
plus fréquentes. Enfin, et c'est ici que le compositeur français s'est montré décidément novateur, Lully composa
pour chacun de ses opéras des introductions instrumentales plus développées qu'il appela *ouvertures,* et qui furent
si goûtées qu'elles se popularisèrent même en Italie où,
pendant longtemps, et jusque dans les dernières années de
Scarlatti, il fut d'usage de les adapter aux opéras des
compositeurs italiens.

Bien que ces pièces instrumentales aient pour nous un
intérêt particulier, autant par la nouveauté de la forme
que par leur style qui, au dire de Kiesewetter lui-même,
rappelle parfois pour le pathétique celui de Händel, il ne
faudrait pas se faire une trop haute opinion de leur mérite.
Ce n'étaient, à tout prendre, que des préludes un peu développés, et écrits pour une partie de violon et un clavecin : les plus longs n'ont guère que trente à quarante mesures, avec une ou deux reprises. Mais si on ne peut voir
là qu'un germe qui avait besoin du temps pour être fé-
condé, il n'en est pas moins vrai que la gloire de l'invention
de cette nouvelle forme musicale, dont Monteverde n'avait
eu que l'intuition, appartient incontestablement au compositeur français.

Ainsi constitué, l'opéra français se maintint presque
sans aucun changement et conserva sa vogue à travers
tout le XVIIIme siècle ; et l'on peut dire que les successeurs
de Lully, parmi lesquels je me contenterai de citer Cam-
pra, ne furent applaudis que parce que leurs opéras
étaient calqués sur le patron de ceux du maître, et composés dans le même style. Rameau lui-même, qui finit par

supplanter Lully, n'introduisit point de formes nouvelles dans l'opéra, et ne fit, comme nous le verrons plus loin, que suivre l'ornière creusée par ses devanciers.

En Angleterre, la musique, qui avait jeté un assez grand éclat sous le règne d'Élisabeth, continuait d'être cultivée; et l'histoire nous a conservé les noms de quelques compositeurs qui fleurirent sous les deux premiers Stuarts, mais qui n'ont laissé que de petites pièces pour l'église, appelées *anthems*, des canons et des airs nationaux à plusieurs voix d'un style particulier. Leurs noms sont d'autant moins importants à connaître que leurs ouvrages, appréciés uniquement par les Anglais, n'ont pu exercer aucune influence sur les progrès de l'art. Il en est un cependant qui mérite d'être mentionné, c'est Henry Purcell, membre de la chapelle royale sous Charles II, artiste d'un grand mérite, et celui de tous dont l'Angleterre a peut-être le plus de droit de se glorifier. « Il fut, dit Fétis, le premier compositeur anglais qui introduisit les instruments dans la musique d'église, car avant lui on n'employait que l'orgue pour l'accompagnement des voix. Dans ses nombreux ouvrages d'église, aussi bien que dans ceux qu'il écrivit pour le théâtre, on trouve une grande originalité de pensée qui fait excuser bien des défauts de forme. » Après lui, les compositeurs anglais ne visèrent plus qu'à imiter les Italiens. Quant à créer un opéra national, ils ne semblent point y avoir songé, ou, s'ils y songèrent, ils furent probablement bientôt obligés de reconnaître leur impuissance; et l'établissement en Angleterre de l'abbé Perrin et de Cambert n'eut d'autre résultat que d'y populariser le goût de l'opéra français qui, pendant un certain temps, partagea avec l'opéra italien la faveur du public.

Le musicien en qui peut se résumer la période de l'art italien qui suit immédiatement celle de Carissimi, est Scarlatti (Alessandro). Né à Trapani, en Sicile, en 1649, il annonça de bonne heure des dispositions remarquables pour l'art qu'il devait illustrer, et vint tout jeune à Rome, attiré par la réputation de Carissimi qui l'admit au nombre de ses élèves et le traita comme un fils. Il s'initia ainsi à la connaissance des œuvres des grands maîtres, et fit de rapides progrès dans la composition. L'un de ses premiers opéras, intitulé *Onestà nell' amore*, fut représenté en 1680, à Rome, dans le palais de la reine Christine de Suède, en qui il avait trouvé une protectrice, et qui finit par l'attacher à son service en qualité de maître de sa chapelle. Il remplit ces fonctions jusqu'à la mort de cette princesse, en 1688. Quelque temps après, il accepta la place de maître de chapelle à la cour de Naples; mais forcé bientôt de quitter précipitamment cette ville, par suite des événements politiques, il retourna à Rome, où il occupa pendant quelque temps la place de maître de chapelle de Ste-Marie-Majeure. Lorsque enfin la tranquillité fut rétablie à Naples, d'où les Espagnols avaient été chassés, Scarlatti se hâta d'y retourner et s'y fixa définitivement. C'est là qu'il passa les dernières années de sa vie, partageant tout son temps entre la composition et l'enseignement, travaux au milieu desquels la mort le surprit en 1725.

Scarlatti est l'un des plus grands musiciens qu'ait produits l'Italie, et s'il ne fit que continuer l'œuvre de ses devanciers, et tout particulièrement de Carissimi, son maître, il eut l'heureuse chance de venir à une époque où tout était prêt pour un brillant épanouissement de l'art. Doué d'une imagination vive et d'une grande facilité de composition, il s'essaya dans tous les genres, et fit preuve d'une fécondité incroyable. Quand on pense qu'il a pu écrire près de quatre cents cantates, deux cents messes et au moins autant de motets, plus de cent opéras, un grand nombre d'oratorios et une foule de compositions, soit instrumentales soit vocales, de moindre importance, on reste confondu d'étonnement, bien qu'on sache assez qu'à cette époque les œuvres musicales, profanes ou religieuses, n'avaient point le développement qu'on leur donne aujourd'hui, et que l'instrumentation en était infiniment plus simple.

Mais ce qui fait la gloire de Scarlatti, c'est bien moins d'avoir beaucoup écrit que de s'être montré supérieur dans tous les genres. L'opéra attira tout particulièrement son attention, et il cherche à en perfectionner tous les éléments. Il donna plus d'ampleur et de mouvement au récitatif qu'il rapprocha ainsi d'une déclamation noble et expressive, et chercha à en relever l'accompagnement par le choix d'une harmonie en rapport avec la situation dramatique; enfin, il eut le premier l'idée de traiter certains récitatifs avec plus de soin et de développement, et de les faire accompagner par les instruments et non plus par le clavecin. Il créa ainsi le *récitatif obligé*, tel qu'on l'entend aujourd'hui, et lui donna, dès le principe, la forme qu'il a conservée jusqu'à nos jours.

C'est encore à Scarlatti que remonte la création de l'*air* proprement dit, qui, comme nous l'avons vu, se trouvait en germe dans le récitatif des premiers opéras, mais qui ne s'en dégagea que peu à peu, et bien lentement, puisqu'il lui fallut plus d'un siècle avant de parvenir à sa maturité. C'est, en effet, dans ses opéras et dans ses cantates que l'on trouve pour la première fois des chants assez développés pour peindre certaines situations dans lesquelles on voit les personnages du drame s'abandonner à un sentiment qui s'empare de leur cœur et les absorbe, pour ainsi dire. Ces espèces de monologues demandaient, pour être traités musicalement, un plus grand déploiement d'idées mélodiques et des ressources tout autres que celles qu'on pouvait tirer du style du récitatif. L'air, tel que Scarlatti le créa, et tel qu'il se conserva longtemps après lui, se composait de deux parties, avec un *da capo* qui ramenait la répétition de la première partie.

Enfin, Scarlatti fit faire de grands progrès à l'instrumentation, et s'appliqua à rendre l'accompagnement de plus en plus indépendant du chant. Il composa son orchestre avec plus de goût que ses prédécesseurs; ainsi, dans *Tigrane*, l'un des opéras qu'il fit représenter à Naples, en 1715, l'orchestre se compose de violons, violes, violoncelle, contre-basse, deux hautbois et deux cors: instrumentation sans exemple jusqu'alors. A l'exemple de Lully, il écrivit aussi des ouvertures pour ses opéras, et s'il n'ouvrit pas la voie, il eut du moins l'honneur d'affranchir l'opéra italien de l'espèce de servitude qu'il s'était imposée, en n'admettant d'autres ouvertures que celles du musicien français.

Scarlatti et Lully peuvent être considérés, l'un en Italie, l'autre en France, comme les représentants d'une époque très-remarquable de l'histoire de l'art, savoir celle où les productions musicales de ces deux grandes nations prirent un cachet bien distinct d'individualité, et s'imprégnèrent du génie particulier à chacune d'elles, l'époque, en un mot, où apparaît ce qu'on a appelé depuis lors *l'école italienne* et *l'école française*. J'ai eu l'occasion de faire observer que dans les compositions de Lully on retrouve déjà

quelques-unes des qualités du goût français, telles que la
vérité et la clarté. Celles du maître napolitain brillent par
d'autres mérites : on y trouve, en particulier, une intelligence plus élevée de l'art. Scarlatti cherche la réalisation
de l'expression dramatique dans une sphère plus haute
que celle de la déclamation syllabique, à laquelle Lully
avait cru pouvoir sacrifier jusqu'à l'unité de mesure, en
faisant fréquemment succéder les unes aux autres, dans le
courant d'un morceau de chant, les mesures à deux et les
mesures à trois temps. Mais, ce qui donne surtout à Scarlatti une supériorité décidée, c'est la beauté de ses airs,
aussi remarquables sous le rapport du rhythme et de l'idée
mélodique que sous celui du sentiment élevé dont ils sont
empreints. Rien de semblable dans les opéras de Lully,
où l'on ne trouve, comme je l'ai dit, que de longs récitatifs déclamatoires et de petits airs qui se rapprochent plutôt de la chanson à couplets ou vaudeville. Aussi la plus
grande partie des compositions de Scarlatti, dans le genre
de la cantate comme de l'opéra, consacrées aujourd'hui
par le temps, ont-elles pris rang, en dépit de certaines formes un peu vieillies, parmi les œuvres éminemment classiques, en ce sens que les jeunes compositeurs peuvent y
puiser d'excellentes leçons de beau style.

Quant à ses compositions religieuses, telles que messes
et motets, Scarlatti s'y montra généralement moins novateur que dans ses compositions profanes ou dans ses oratorios. Il paraît même qu'à mesure qu'il avança en âge, il
s'affermit de plus en plus dans la conviction que le vrai
style d'église était celui des maîtres de l'école romaine, et
il s'appliqua avec autant de soin à le conserver dans ses
compositions religieuses qu'à le repousser de celles où il
aurait été déplacé. Il revint même, sur la fin de sa vie,

aux chœurs pour voix seules sans accompagnement et traités dans le genre *alla capella ;* en sorte qu'on put, avec
quelque apparence de raison, l'accuser d'abandonner la
cause du style concertant, et de pousser à une véritable
réaction par ce retour inattendu à l'ancien style ; et c'est,
suivant toute probabilité, à cette circonstance qu'il faut
attribuer l'espèce de défaveur dont Scarlatti fut l'objet
dans ses vieux jours, et la rivalité fâcheuse qui s'éleva entre lui et son élève Durante, dont le génie moins timide et
moins attaché aux traditions anciennes comprit mieux les
exigences de l'esprit nouveau, et qui se vit bientôt en possession de toute la popularité dont avait si longtemps joui
son maître. Scarlatti se montra très-affecté de cet abandon, et son caractère, jusque-là enjoué, aimable et bienveillant, prit une teinte morose et misanthropique, dont
quelques critiques ont cru reconnaître l'influence dans ses
dernières compositions.

Quoi qu'il en soit, le nom de Scarlatti est impérissable,
et, quand tous ses ouvrages seraient condamnés à subir la
loi du temps, il lui restera toujours la gloire d'avoir fondé
cette célèbre école de Naples, d'où sortirent une foule d'illustres compositeurs qui portèrent haut et ferme la bannière de l'art pendant le XVIIIme siècle. Aussi put-il, à
son lit de mort, contempler, sans inquiétude, l'avenir de
la musique italienne. Son enseignement avait porté d'excellents fruits, et il laissait après lui deux élèves distingués, entre les mains desquels l'art, rattaché aux grandes
traditions, ne pouvait péricliter. Ces deux élèves étaient
Leo et Durante.

Né dans un petit village du royaume de Naples, en
1694, Leonardo Leo fut d'abord élève de Scarlatti ; mais
il passa la plus-grande partie de sa jeunesse à Rome, où

il étudia sous Pitoni, maître de chapelle de la cathédrale de St-Pierre, compositeur d'église dont la réputation attirait à Rome tous les musiciens qui voulaient faire de leur art une étude sérieuse, et s'initier aux traditions palestriniennes. A la mort de Scarlatti, ce fut Leo qui eut l'honneur de succéder à son ancien maître, dans la direction du Conservatoire de Sant' Onofrio, fonctions qu'il remplit jusqu'à sa mort. Leo composa dans tous les genres, et son génie, aussi souple que fécond, lui permit de traiter avec une égale distinction la musique d'église, l'oratorio, la cantate, l'opéra sérieux et même l'opéra bouffe. Les qualités qui le distinguent tout particulièrement sont : une grande richesse d'invention, une vérité d'expression qui atteint aux plus grands effets par les moyens les plus simples, une habileté remarquable à faire marcher les voix de la manière la plus naturelle, enfin une connaissance approfondie du contre-point. On peut citer son oratorio *Santa Elena al Calvario* comme une des compositions les plus remarquables par le sentiment religieux dont elle est empreinte, et son *Miserere* à deux chœurs, comme l'un des plus beaux modèles de style *alla capella* que nous ait légués l'école de Naples.

Quant à Durante (Francesco), sa carrière fut, sinon plus brillante, du moins plus longue que celle de Leo, puisque, plus âgé que lui de dix ans, il lui succéda à la tête de l'école de Naples et ne mourut qu'en 1755. Comme Leo, il fut d'abord élève de Scarlatti ; comme lui aussi, il alla achever son éducation musicale à Rome, et étudia avec soin les œuvres des maîtres de cette école. Il revint ensuite à Naples où, dès l'année 1718, il fut chargé de la direction du Conservatoire *dei Proveri di Gesù Cristo*, fonction qu'il remplit pendant vingt-deux ans. Mais la destination de cet établissement ayant été changée, il dut renoncer à l'enseignement public jusqu'à ce que, la mort de Leo ayant laissé vacante la place de directeur du Conservatoire de Sant' Onofrio, il fut tout naturellement appelé à le remplacer.

Il est important de faire observer que Durante ne voulut jamais travailler pour le théâtre, malgré toutes les offres qui lui furent faites : il sentait sans doute qu'il lui manquait la vivacité d'imagination et la richesse d'invention qu'exige le genre dramatique, qualités que son maître Scarlatti et son rival Leo possédaient à un très-haut degré. C'est donc à la musique religieuse qu'il se consacra exclusivement. Mais c'est surtout dans l'enceinte de l'école que Durante exerça une influence considérable sur son temps; il avait le don naturel de l'enseignement, et son autorité, comme professeur, était universellement reconnue et acceptée. Aussi est-ce de tous les maîtres de l'école de Naples celui qui, sans contredit, a formé le plus grand nombre d'élèves : il suffit de nommer Pergolèse, Jomelli, Piccinni, Sacchini, Paisiello, etc.

Aux noms de Leo et de Durante, ces deux coryphées de l'école de Naples, il faut joindre celui de Porpora (Nicolo), qui contribua aussi à l'illustration de sa ville natale, moins par ses talents de compositeur, quoiqu'il ait beaucoup écrit et que ses Cantates pour voix seule soient de vrais chefs-d'œuvre, que par la célébrité qu'il s'acquit comme professeur de chant. C'est à son école que se formèrent les chanteurs les plus distingués du XVIIIme siècle. Il vécut beaucoup plus longtemps en Allemagne et en Angleterre qu'en Italie, où cependant il revint se fixer dans ses dernières années. Son influence sur l'art du chant, et

17

par suite sur le style de la musique vocale, fut d'autant plus grande qu'il parvint à un âge fort avancé.

La plupart des élèves de Leo et de Durante appartiennent à la seconde moitié du XVIIIme siècle : le seul contemporain de ces deux maîtres qui ait sa place ici, parce qu'il mourut jeune, c'est Pergolèse (Giovanni-Batista). Né à Jesi dans la marche d'Ancône, en 1710, il étudia à Naples sous Gaetano Greco, puis sous Durante, et écrivit son premier ouvrage pour le théâtre à vingt-un ans. Quelques années après, ayant été appelé à Rome pour y écrire, concurremment avec son ami Duni, l'opéra du carnaval (*Olimpiade*), il fut vaincu dans cette lutte. Humilié et confus de son échec, il retourna à Lorette, où il occupait la place de maître de chapelle de l'église de Notre-Dame, et renonça à écrire pour le théâtre, quoiqu'il possédât à un degré éminent le génie du genre bouffe, comme le prouve sa *Serva padrona (la Servante maîtresse)*, chef-d'œuvre de mélodie spirituelle et de vérité dramatique. Mais, attaqué d'une phthisie pulmonaire, il dut quitter Lorette et, sur l'avis des médecins, vint s'établir à Pouzzoles, près de Naples. C'est là qu'il écrivit son célèbre *Stabat mater* pour deux voix de femme. Cette composition, qui a donné l'immortalité au nom de Pergolèse, est toute empreinte de cette tendresse mélancolique, apanage ordinaire des talents qui sont destinés à mourir jeunes, et avant le moment de leur complet développement. Voici comment Fétis raconte les circonstances touchantes qui accompagnèrent les derniers moments de Pergolèse : « Ce *Stabat mater* lui avait été commandé par une confrérie qui lui avait payé d'avance le prix convenu, savoir dix ducats. Il avait commencé son travail à Lorette, et il l'apporta avec lui à Pouzzoles où il le continua, bien que dévoré par une fièvre qui épuisait ses forces et le faisait tomber dans un état de faiblesse extrême. Un de ses anciens maîtres, nommé Feo, ayant été le visiter dans un de ces moments, désapprouva les efforts de son courage, et lui dit qu'il fallait rompre avec la composition jusqu'à sa guérison : — Oh ! cher maître, répondit Pergolèse, je n'ai pas de temps à perdre pour achever cet ouvrage, qui m'a été payé dix ducats, et qui ne vaut pas dix *baiocchi* (dix sous). Après quelques jours, Feo retourna près de son élève mourant et le trouva à ses derniers moments; mais le *Stabat* était terminé et envoyé à sa destination. Ce fut bien véritablement pour Pergolèse son chant du cygne, car il s'éteignit dans la même semaine, à l'âge de vingt-six ans.

« A peine eut-il fermé les yeux, que l'indifférence dont il avait été l'objet de la part de ses compatriotes fit place aux plus vifs regrets. Dès ce moment, sa réputation s'étendit; ses opéras furent joués sur tous les théâtres : Rome voulut revoir son *Olimpiade* et l'applaudit avec transport; enfin dans les églises mêmes on n'entendit, pendant quelques années, d'autre musique que celle de l'auteur du *Stabat*. En France, où régnait une ignorance à peu près complète des grands artistes des pays étrangers, la musique de Pergolèse fut introduite, quatorze ans après la mort de son auteur, par une troupe italienne de chanteurs médiocres : elle y excita des transports d'admiration. La *Serva padrona* fut traduite en français, représentée sur les théâtres de la foire, et la partition en fut gravée. Au concert spirituel, le *Stabat* obtint aussi un succès d'enthousiasme, et l'on en fit plusieurs éditions. Enfin, rien ne manqua plus à la gloire de Pergolèse. »

Suivant Kiesewetter, l'amélioration essentielle que réalisa l'école napolitaine fut de régler ce qui concerne la rhétorique de la mélodie, et de changer la forme de l'air. Avant elle, les lois du rhythme, la rhythmopée n'existait point encore; la phrase musicale était généralement trop courte, ce qui amenait des cadences beaucoup trop fréquentes, et ne permettait pas à l'air de prendre les développements suffisants pour faire pénétrer dans l'âme des auditeurs le sentiment qu'il avait pour but d'exprimer. Les maîtres napolitains donnèrent donc plus d'extension et des proportions plus convenables et à la période musicale et à l'air, se conformant ainsi aux lois qui, dans l'architecture, exigent, non-seulement la beauté des lignes et des formes considérées isolément dans les différentes parties de l'édifice, mais encore la symétrie dans leur groupement général en vue de l'ensemble. Nous avons déjà indiqué la forme que Scarlatti donna à l'air; ce type, auquel on peut reprocher d'être trop conventionnel, fut adopté par tous les compositeurs d'opéras et subsista presque sans modification jusqu'à la réforme de Gluck. Il y eut cependant aussi des airs d'une forme moins solennelle et sans seconde partie, qu'on appelait déjà, comme aujourd'hui, *cavatines*.

CHAPITRE XI

École de Venise. **Lotti. Marcello** et ses *Psaumes*. **Caldara.** — État de l'opéra en Italie; le librettiste **Metastasio**. L'art du chant; abus résultant de la faveur exclusive dont il était l'objet. — Violonistes célèbres : **Corelli, Tartini** et sa *Sonate du diable*. — **Domenico Scarlatti**, créateur de l'art du clavecin. — État de la musique en Allemagne. Efforts infructueux de **Reinhard Keiser** pour fonder un opéra allemand. Caractère particulier de la musique allemande comparée à la musique italienne. Comment l'Allemagne est devenue la patrie adoptive de la fugue.

Dans le temps même où Naples s'enorgueillissait de l'école fondée par Scarlatti, et continuée d'une manière si distinguée par ses élèves, d'autres villes de l'Italie rivalisaient avec elle. L'école de Venise n'avait presque rien à envier à celle de Naples, et pouvait lui opposer plusieurs compositeurs dont le mérite ne le cédait guère à celui des Leo et des Durante; il suffit de nommer Lotti et Marcello.

Lotti (Antonio), d'abord organiste, puis maître de chapelle à St-Marc, n'était inférieur à aucun des plus illustres musiciens, ni dans l'art du contre-point le plus compliqué, ni dans le style d'église sévère ou concertant. On peut le ranger parmi les harmonistes les plus hardis et en même temps les plus réguliers. Il était vraisemblablement né à Hanovre, où son père était maître de chapelle de la cour électorale. Mais, sauf un séjour d'une année qu'il fit à Dresde, où l'avait appelé l'Électeur de Saxe, en 1718, il passa toute sa vie à Venise, et c'est là qu'il mourut en

1740. Il composa un assez grand nombre d'opéras qui eurent un très-grand succès, et dans lesquels il s'abandonna à toutes les hardiesses du nouveau style; mais celles de ses compositions qui ont pour nous le plus d'intérêt, ce sont ses œuvres d'église dont malheureusement un bien petit nombre nous sont parvenues, et dans lesquelles on admire une singulière élévation de pensée et un goût sévère, unis à une grande richesse d'harmonie.

Marcello (Benedetto) est plus connu que Lotti, grâce à ses psaumes qui se chantent souvent dans les concerts spirituels. Marcello était un patricien de Venise, qui remplit d'importantes fonctions publiques, et qui trouva toujours le temps de cultiver la musique, pour laquelle il avait une véritable passion. Son principal ouvrage, celui qui a fait oublier tous les autres, et qui a immortalisé son nom, ce sont les *Cinquante psaumes* à une et à plusieurs voix, avec chœurs et solos, qu'il composa sur une fort belle paraphrase faite par un autre grand seigneur de ses amis, le patricien Giustiniani. La première partie parut imprimée à Venise, en 1724, sous le nom de *Estro poetico-armonico (Extase poético-harmonique)*. C'était déjà une grande nouveauté que d'écrire de la musique religieuse sur un texte en langue profane; on peut considérer comme une autre innovation le soin scrupuleux avec lequel le compositeur s'attacha à rendre, avec le plus d'exactitude et de vérité possible, les pensées et les sentiments contenus dans le texte, ne reculant point, pour atteindre plus complétement ce but, devant des changements fréquents de ton, de mesure, de rhythme et de mouvements. L'intention était sans doute excellente, et le principe judicieux; mais il l'appliqua peut-être avec trop de rigueur, et lui sacrifia quelquefois cette unité de conception qui

est le sceau du génie. Aussi peut-on dire que l'œuvre de
Marcello, tout admirable qu'elle se présente dans son ensemble, perd, par suite de ce défaut, une partie de la
haute valeur que lui donnent une grande force d'invention,
beaucoup de hardiesse dans l'harmonie, et des chants heureux et d'une expression toujours juste, quoique parfois
d'un goût douteux. On a reproché aussi à ses psaumes un
peu de monotonie et des répétitions fréquentes. C'était l'é-
cueil presque inévitable d'un ouvrage d'aussi longue haleine, où ne jaillit qu'une source d'inspiration; et cependant, on doit bien plutôt admirer la variété qu'il a su introduire dans cette vaste composition, et s'étonner qu'il
ne soit pas tombé davantage dans le défaut qu'on lui reproche un peu trop légèrement.

Au reste, quelque opinion qu'on se fasse de ces psaumes, ils n'en sont pas moins devenus classiques, sans cesser d'être populaires, et ils ont pris rang parmi les productions du XVIIIme siècle qui honorent le plus l'art
italien. L'accompagnement se borne généralement à une
basse chiffrée, destinée à être jouée sur l'orgue ou le clavecin : les instruments, violoncelle et violes, n'y interviennent que de loin en loin. Notons enfin que, tout amateur ou dilettante qu'il était, Marcello possédait une
grande érudition littéraire et musicale, et qu'il a fait entrer dans ses psaumes plusieurs antiques mélodies juives
et même païennes qu'il recueillit on ne sait d'où.

A côté de Lotti et de Marcello, on peut encore nommer,
comme l'un des compositeurs les plus distingués de l'école
vénitienne, Caldara (Antonio), qui passa presque toute sa
vie à Vienne, où il remplissait les fonctions de maître de
chapelle de l'empereur Charles VI, et où il mourut dans
un âge très-avancé, en 1763. Il composa un grand nom-

bre d'opéras et d'œuvres d'église : toutes ses compositions se font remarquer par la variété et l'heureux choix des mélodies, autant que par une habileté consommée dans l'art du contre-point.

L'école vénitienne, on le voit, pouvait se vanter de marcher de pair avec sa rivale, et peut-être contribua-t-elle dans une égale mesure aux progrès de l'art pendant le XVIIIme siècle. Mais ce qui donnait à Venise une certaine supériorité sur Naples, c'est la situation prospère de l'opéra qui s'y déployait avec beaucoup plus de luxe et de magnificence, et qui excitait de plus vives sympathies. L'art des machinistes et des décorateurs y était poussé à un point de perfection auquel les autres villes de l'Italie ne pouvaient atteindre ; et l'on vit alors le peintre Bibiena se faire un nom par la beauté de ses décors, comme San-quirico s'en fit un dans la même ville, au commencement de notre siècle.

Au surplus, d'un bout à l'autre de l'Italie la vogue était alors partout à l'opéra : partout ce genre était en possession de la faveur du public, et, comme on pouvait s'y attendre, le chant, qui n'était dans l'origine qu'une déclamation musicale destinée à faire ressortir les beautés de la poésie, le chant avait peu à peu accaparé à lui seul tout l'intérêt. L'expression par le chant, l'art d'émouvoir, de toucher par le charme de la voix humaine armée de tous les moyens imaginables de séduction, était devenu le but suprême de la musique, et c'est à développer, par tous les moyens possibles, cette admirable faculté d'expression qui en fait le charme, que s'appliquaient les professeurs qui étaient à la tête des écoles de chant établies dans les principales villes de l'Italie, Porpora à Naples, Pistocchi et Bernacchi à Bologne, Fedi à Rome, etc. Aussi peut-on considérer ce temps comme celui du règne, et du règne sans partage, de la voix interprétant les passions humaines.

D'autres circonstances vinrent encore favoriser ces tendances; et l'on ne saurait méconnaître l'influence qu'eut, à ce point de vue, l'illustre poëte Métastasio, qui voua un talent incontestable à la composition de poëmes lyriques où toutes les conditions scéniques étaient combinées de la manière la plus heureuse, en vue de faire ressortir le talent des chanteurs. Aussi ceux-ci ne voulurent-ils bientôt plus entendre parler que des opéras de Métastase, et les compositeurs se soumirent d'autant plus volontiers à ces exigences, que ces drames émouvants, écrits en fort beaux vers, réunissaient au plus haut degré tout ce qui pouvait plaire au public italien. Il y aurait une liste bien longue à faire de tous les opéras composés sur l'*Olimpiade*, la *Sofonisbe*, le *Demofonte*, la *Didone abbandonata*, et quelques autres encore, qui défrayèrent presque exclusivement les théâtres d'Italie pendant tout le XVIIIme siècle. Il arrivait même souvent qu'un même compositeur s'essayait plusieurs fois sur le même sujet.

Tous ces opéras n'étaient, au reste, qu'une suite d'airs, de récitatifs et de chœurs, dans lesquels on intercalait de loin en loin un ou deux duos sur lesquels reposait ordinairement tout le sort de la pièce, et que l'on attendait alors comme aujourd'hui l'on attend un de ces brillants finales où le compositeur rassemble toutes les forces de l'orchestre et du personnel chantant. Les airs étaient presque tous écrits pour les voix de soprano et pour celles de contralto, ou plutôt de *falsettiste*, car c'étaient des hommes à voix artificielle de fausset qui remplissaient ces rôles. Les airs de ténor ou de basse étaient fort rares, et en tout cas complétement effacés et sacrifiés aux autres. Tout le mérite du compositeur consistait à varier autant que possible le caractère de ces airs qui, du reste, n'exprimaient que des sentiments ou des passions assez uniformes, et dont les joies ou les tristesses de l'amour faisaient l'invariable fond. Heureusement que le public n'était point exigeant; et, comme chacun connaissait par cœur le sujet de la pièce, on ne prêtait l'oreille que dans les moments où l'on savait qu'elle présentait une situation intéressante qui était la pierre de touche du compositeur. Pourvu qu'il se trouvât dans l'opéra un ou deux airs et un duo dont la mélodie touchante pût fournir à la *prima donna* ou au *primo musico* l'occasion de déployer leur talent et de toucher les auditeurs par le charme de leur voix, ou d'exciter leur admiration par les brillantes fioritures dont ils ornaient leur chant, l'œuvre du maestro allait aux nues et avait chance de durer toute la saison.

Quant à l'instrumentation, les compositeurs y mettaient, s'il est possible, encore moins de façon; car non-seulement on ne leur aurait su aucun gré d'un accompagnement trop compliqué, mais on leur en aurait fait un sujet de reproche, comme d'un accessoire malencontreux et qui ne pouvait que compromettre l'effet du chant et nuire aux chanteurs.

Tout cela démontre assez combien l'opéra avait dévié des principes sur lesquels il avait été fondé, et explique comment tous les opéras italiens de cette époque, quoique composés par d'illustres maîtres, offrent si peu d'intérêt de nos jours; de telle sorte qu'à l'exception de quelques airs et duos qui resteront toujours comme d'admirables modèles de chant expressif, tout ce que nous y trouvons nous paraît fade, alanguissant et monotone.

Il en est tout autrement de la musique religieuse : là,
les maîtres de l'école napolitaine, comme ceux de l'école
vénitienne, se montrent encore à nous environnés de tout
l'éclat de leur renommée. Leur gloire, c'est d'avoir rani-
mé, vivifié le style d'église au souffle de la mélodie, c'est
de l'avoir dépouillé de la raideur des formes anciennes, et
d'avoir opéré cette transformation avec mesure, c'est-à-
dire sans la pousser au delà des limites dans lesquelles il
importait à la dignité du style religieux de se renfermer;
en sorte que leurs ouvrages dans ce genre, empreints d'un
caractère grave et sévère, mais qui n'exclut ni la grâce,
ni le sentiment, peuvent être considérés à juste titre comme ce que l'art catholique a produit de plus parfait; placés à égale distance de la raideur gothique des temps passés et du sensualisme mondain d'une époque postérieure,
ils marquent peut-être le point culminant de l'art italien.

On vient de voir à quel point l'instrumentation était né-
gligée dans les opéras italiens. Ce n'était cependant point
faute d'instrumentistes habiles. L'époque de Scarlatti vit
apparaître plusieurs virtuoses qui se firent un nom par leur
talent d'exécution. L'un des plus remarquables est Corelli,
né dans le Bolonais vers le milieu du XVIIme siècle. On le
regarde généralement comme le créateur de l'art du violon, bien qu'avant lui on puisse nommer quelques autres
virtuoses-compositeurs, tels que Bassani, de Bologne, qui
publia, en 1679, plusieurs sonates pour violon seul et pour
plusieurs instruments à cordes. Corelli ne se fit connaître
que dans son âge mûr. Sa renommée date d'un concert que
la reine Christine de Suède, cette providence des artistes,
donna à Rome, en 1686. Le cardinal Ottoboni, charmé
de ses talents de directeur et de virtuose, lui offrit immédiatement la place de maître de sa chapelle, et c'est de-

puis lors que sa réputation et son influence commencèrent à s'étendre au loin. Ses compatriotes, toujours un peu exagérés dans l'expansion de leur enthousiasme, le surnommèrent *le plus grand virtuose et le véritable Orphée de leur temps.*

Le talent de Corelli consistait à chanter avec beaucoup d'expression sur son instrument; il paraît avoir manqué d'agilité et de vigueur, ce que prouve une petite altercation qu'il eut avec Händel, lorsque celui-ci fit exécuter à Rome une de ses ouvertures d'opéra. Corelli, qui jouait la première partie de violon, mettant trop de mollesse dans son jeu, Händel, qui n'était pas patient, lui arracha le violon des mains et joua le passage avec le feu et l'énergie qu'il fallait y mettre; Corelli, sans se fâcher, lui répondit : « Cher Saxon, votre musique est dans le goût français auquel je n'entends rien. »

On peut dire que Corelli créa le *Concerto,* qui est, comme on le sait, la forme la plus brillante du solo instrumental. On en connaissait déjà de son temps deux espèces: le *grand concerto (concerto grosso),* dans lequel il y avait des *tutti* de tous les instruments, et le *concerto de chambre (concerto da camera),* qui n'avait qu'une partie principale avec un accompagnement. Les pièces de cette espèce, composées par Corelli, aussi bien que ses sonates, se distinguent par un style tendre, mélodieux et d'une naïve simplicité; en Allemagne elles furent encore plus appréciées qu'en Italie ou en France.

Un autre violoniste italien, plus célèbre encore que Corelli, est Tartini, qui commença à briller vers 1720. Il avait eu d'abord l'intention de se faire professeur d'escrime; mais un emprisonnement forcé dans un cloître, où il s'était réfugié pour échapper aux poursuites des parents

d'une jeune fille qu'il avait épousée sans leur consentement, détermina sa vocation d'artiste musicien. Il s'essaya
par désœuvrement à jouer du violon, et bientôt le goût
qu'il prit à son instrument s'accrut à proportion de ses rapides progrès, de telle sorte que, lorsque, après deux ans
de captivité, les circonstances lui permirent de sortir du
cloître et de se faire entendre en public, il était devenu
un artiste de premier ordre. Il s'établit alors à Padoue,
où, dans sa jeunesse, il avait commencé des études de
droit, et y fonda, en 1728, une école célèbre, d'où sont
sortis les plus fameux violonistes du XVIIIme siècle (Nar-
dini, Pugnani, etc.), ce qui lui valut le glorieux surnom
de *maestro delle nazioni (maître des nations)*. L'agilité des
doigts et du coup d'archet, et une facilité brillante dans
l'exécution des plus grandes difficultés étaient ses qualités
distinctives. Sa célèbre *Sonate du Diable*, composition fort
difficile, dans laquelle le chant est presque continuellement doublé d'une sorte d'accompagnement en trilles,
prouve à quel point il avait poussé l'art du violoniste.
Tartini assurait que cette sonate n'était qu'une réminis-
cence d'un morceau que, dans un rêve, il avait entendu
jouer par le diable en personne.

Outre ses œuvres nombreuses pour le violon, dans lesquelles se retrouvent les brillantes qualités qui distinguaient son jeu, Tartini a publié plusieurs écrits scientifiques, et en particulier un *Traité sur la théorie du son*, qui
laisse beaucoup à désirer du côté de l'exactitude et de la
rigueur des calculs mathématiques, mais qui n'en a pas
moins ouvert la voie à la science de l'acoustique.

Quant aux instruments à vent, tels que la flûte, le hautbois et le basson qui entraient seuls alors, avec les cors
et les trompettes, dans la formation des orchestres, ils

étaient incomparablement moins cultivés que ceux à cordes, et les artistes se contentaient d'apprendre ce qui leur était indispensable pour s'acquitter tant bien que mal du peu qui était exigé de ces instruments.

Depuis quelques années, c'était le clavecin qui peu à peu était devenu l'instrument favori des dilettantes ; mais l'art du clavecin ne date que de Domenico Scarlatti, l'un des fils du grand Scarlatti, qui, au commencement du XVIIIᵐᵉ siècle, se fit un nom aussi bien par son talent d'exécution que par ses innombrables compositions pour le clavecin, où les pianistes de nos jours peuvent encore trouver à apprendre, et qui ne sont pas tellement vieillies qu'on ne puisse encore les entendre avec plaisir. Ce compositeur, après avoir longtemps séjourné en France et en Angleterre, finit par se fixer à Madrid, où il est probable qu'il mourut vers le milieu du siècle. C'est lui qui a le plus de droit à être considéré comme le créateur de l'art du pianiste. Quant à l'orgue, le goût croissant pour la musique instrumentale et pour l'opéra, en Italie s'entend, dut lui porter un coup funeste ; aussi, bien que quelques chapelles se fussent refusées à donner accès aux instruments, et eussent conservé intactes les anciennes traditions, cette époque ne présente en Italie aucun organiste d'un mérite comparable à Frescobaldi.

Tournons maintenant nos regards vers l'Allemagne où nous avons vu que les progrès de l'art musical avaient subi un temps d'arrêt par suite de la guerre de Trente ans. Lorsqu'enfin la tranquillité ramena dans les cours allemandes le besoin des plaisirs et des fêtes, il arriva tout naturellement, par suite de l'essor qu'avait pris la musique en Italie sous l'influence de Carissimi et des maîtres de l'école de Naples et de celle de Venise, que ce fut à l'Italie que les souverains demandèrent des chanteurs et des compositeurs. Aussi la musique italienne régna-t-elle bientôt sans partage dans les grandes villes de l'Allemagne méridionale, et surtout à Vienne, à Munich, à Dresde, à Stuttgart, qui rivalisaient entre elles, et où l'opéra était monté avec autant de luxe et de magnificence qu'à Venise même. Les plus petits princes tenaient à honneur d'entretenir à grands frais à leur cour des artistes italiens, et les musiciens allemands n'obtenaient quelque estime dans leur patrie que s'ils avaient étudié et séjourné en Italie.

Mais pendant que l'Allemagne méridionale se traînait ainsi à la remorque de l'Italie, l'Allemagne du Nord, dont j'ai déjà cherché à caractériser les tendances, présentait un tout autre spectacle et montrait encore, au moins en fait de musique, un esprit de nationalité qui semblait éteint dans les villes du Sud. C'est alors, en effet, que l'on vit Hambourg devenir le centre d'un mouvement musical fort intéressant, et qui avait pour but la création d'un opéra allemand, et d'un autre côté, deux simples organistes élever la musique allemande à une hauteur où ses antécédents immédiats ne faisaient guère prévoir qu'elle pût arriver en si peu de temps, et lui imprimer, d'une manière désormais ineffaçable, le sceau du génie national.

Racontons d'abord ce qui concerne cette nouvelle tentative faite pour créer un opéra national, tentative qui ne devait pas mieux réussir que celle qu'Henri Schütz avait faite une cinquantaine d'années auparavant, et dont l'insuccès prouva encore une fois que l'opéra n'était pas la carrière où les musiciens allemands devaient de longtemps s'illustrer.

En 1678, quelques lettrés et musiciens s'associèrent pour construire à Hambourg un bâtiment destiné à l'opéra. La première pièce qui y fut représentée était intitulée *Adam et Ève*, et avait été composée par un maître de chapelle, élève de Schütz, musicien fort peu connu, nommé Theiles. Le texte indique qu'elle se rapprochait beaucoup, par sa naïveté, des anciens mystères, mais la musique s'en est perdue. Cette première pièce fut suivie d'autres du même genre, et aussi de drames profanes tirés de l'histoire ou de la mythologie. Ces essais, à défaut d'autre mérite, eurent celui d'éveiller le goût des Hambourgeois pour les représentations lyriques, et de susciter quelques compositeurs obscurs qui frayèrent la route à celui qui devait faire briller l'opéra allemand d'un éclat malheureusement éphémère.

Reinhard Keiser s'était formé dans l'école de St.-Thomas à Leipzig, et s'était même déjà essayé dans un ou deux opéras qui avaient eu un certain succès. Attiré à Hambourg par la renommée de son théâtre, il y débuta, en 1694, par l'opéra *Basilius*, qui fut accueilli avec beaucoup de faveur et établit sa réputation. Dès lors, il écrivit un nombre considérable d'opéras et de compositions religieuses qui répandirent son nom par toute l'Allemagne. Bien que quelques écrivains de son temps aient de beaucoup exagéré son mérite, on doit reconnaître que Keiser possédait un talent musical fort distingué : il était surtout doué d'une fécondité et d'une force d'invention remarquables : le nombre de ses opéras ne s'élève pas à moins de cent ; mais un petit nombre seulement ont été conservés. Ils brillent généralement par la richesse des mélodies, qualité assez peu commune chez les Allemands, pour qu'elle vaille la peine d'être relevée ; l'on y trouve une foule d'airs de petite dimension, d'un caractère simple, gracieux et naïf, qui les rapproche du *lied* ou chant populaire : tout le reste se compose de récitatifs sans caractère et de petits chœurs assez insignifiants.

Keiser, on le voit, ne possédait donc que quelques-unes des qualités du compositeur dramatique, et la popularité dont ses opéras jouirent de son temps s'explique par le charme des mélodies qu'il y semait à pleines mains. Mais y avait-il là des éléments suffisants pour créer un opéra national ? Les faits ont prouvé que non. L'opéra allemand ne pouvait s'élever sur les mêmes bases que l'opéra italien. Or, l'Italie venait de conquérir le sceptre de la mélodie et du chant ; c'est par là qu'elle régnait dans le domaine dramatique, et c'est par là que sa musique avait conquis une popularité à laquelle l'Allemagne elle-même s'était laissé gagner. Ce n'est donc pas sur ce terrain qu'elle pouvait songer à faire concurrence aux Italiens, et il paraît évident que l'opéra allemand avait fait fausse route à son début.

Aussi, en dépit des efforts et des incontestables talents des musiciens formés à l'école de Keiser, tels que Telemann, Mattheson, et même Händel qui séjourna pendant quelques années à Hambourg et y fit représenter ses premiers ouvrages dramatiques, la fortune des théâtres où se jouait l'opéra allemand ne se soutint pas longtemps. La décadence commença du vivant même de Keiser, et quelques années après lui il ne restait plus trace de toutes les œuvres dramatiques inspirées par une pensée, généreuse sans doute, mais qui n'avait pas rencontré les éléments indispensables à sa réalisation. La musique italienne rentra en possession de tous les théâtres d'où l'on avait essayé de l'exclure, et les compositeurs allemands n'eurent d'autre ressource que d'écrire des opéras italiens, de texte et de style : l'opéra allemand devait attendre pendant de longues années encore son Prométhée.

Mais si l'Allemagne ne se montrait point encore mûre pour l'opéra, elle avait de quoi se dédommager d'un autre côté ; car c'est à cette-époque même qu'elle enfanta les deux grands musiciens dont nous avons maintenant à étudier l'immense et décisive influence. Pour comprendre et apprécier cette influence, il est nécessaire de jeter un regard rétrospectif sur les tendances générales de l'art allemand, et sur la direction qu'il avait suivie pendant la période qui sépare Händel et Bach des temps de la Réformation.

Deux grandes nationalités, fort distinctes par leur langue, se partagent l'Europe occidentale : la nationalité romane (gréco-latine) et la nationalité germanique. Chacune a son caractère particulier dont l'influence doit nécessairement s'exercer dans toutes les manifestations de la vie, soit intellectuelle, soit morale, soit artistique, des peuples appartenant à ces deux familles, et tout particulièrement des Allemands et des Italiens qui en sont la souche et le type. Or, si l'on réfléchit au caractère particulier de ces deux nations, on y découvre bientôt des différences profondes, dont il faut tenir compte pour expliquer, non-seulement leur histoire politique, mais aussi et surtout celle de leurs arts, de leur littérature et de toute leur civilisation. Ainsi, et pour ne parler que de ce qui se rapporte plus directement à notre sujet, ce qui frappe au premier abord, quand on examine les tendances naturelles de l'esprit allemand, c'est cette force de concentration qui le porte de préférence vers l'étude des phénomènes du monde intérieur et vers les hautes spéculations de la métaphysique et de la psychologie. L'Italien, au contraire, est plus at-

taché au monde visible ; chez lui les sens parlent plus
haut, et il abandonne volontiers à l'Allemand le domaine
de l'absolu, de l'infini; pour courir après des jouissances
plus faciles et plus sensuelles. Ces traits distinctifs, qui ne
sont, cela va sans dire, qu'une des faces de la physionomie générale des deux peuples, on devait s'attendre à les
retrouver dans leur musique ; et, en effet, aussitôt que
l'art musical se fut dépouillé de cette raideur uniforme
qu'il avait revêtue pendant l'époque de son premier développement, et qu'il fut devenu un art véritablement expressif, et susceptible de prendre diverses formes sous des
influences de diverse nature, on pût reconnaître dans la
musique allemande et dans la musique italienne les caractères qui différenciaient d'une manière si frappante les
deux nationalités.

Le grand fait de la Réformation mit ces diversités encore plus en évidence, et creusa davantage encore la ligne
de démarcation, aussi bien par l'impulsion nouvelle qu'il
donna aux tendances spiritualistes de l'esprit allemand,
que par suite des modifications immédiates qu'il apporta
dans le rôle de la musique d'église. Cela demande explication. Nous avons vu que la Réformation avait donné
naissance à une forme musicale nouvelle et éminemment
populaire, le *choral*. Or, le choral, dans l'église luthérienne,
ne pouvait être accompagné que par l'orgue. C'est donc
presque uniquement dans cet accompagnement que se
résumait le talent des organistes. Il est probable que, dans
l'origine, ceux-ci accompagnèrent le choral par des successions d'accords simples, et plaqués sur les notes des différentes parties vocales ; mais peu à peu, et à mesure que
l'usage de chanter le choral en parties se perdit, ils durent chercher à orner cet accompagnement trop simple,

et à faire briller leur talent de contre-pointistes. Aucun instrument, en effet, ne se prête, comme l'orgue, aux combinaisons du contre-point. Les organistes allemands s'appliquèrent donc toujours plus à l'étude de cette partie plus particulièrement spéculative de l'art musical, vers laquelle ils étaient d'ailleurs portés d'instinct et par leur goût naturel.

L'Italie avait eu aussi ses organistes; mais l'invasion du style dramatique et des instruments dans l'église avait mis fin à leur règne, au moment même où en Allemagne les organistes brillaient autant par leur nombre que par leur habileté. C'est grâce à leurs travaux et à leurs efforts que les règles du contre-point se fixèrent, et que la fugue en particulier reçut sa constitution définitive. Comme c'est cette nouvelle forme musicale qui est devenue la base du développement ultérieur de l'art allemand, et qu'il est par conséquent indispensable d'en bien comprendre la nature et le caractère, on ne trouvera pas mauvais que nous nous y arrêtions un moment, bien que ce qui va suivre ne semble être, au premier abord, qu'une sorte de répétition de ce qui a été dit au chapitre V, à propos du style canonique. C'est dans ce style, comme nous le savons déjà, qu'il faut chercher l'origine de la fugue, style fondé sur les *imitations*, c'est-à-dire sur la répétition successive, par les différentes voix du chœur, d'une même phrase mélodique. Avec le temps, l'emploi des imitations, qui d'abord était fort arbitraire, se régularisa, et, dans la fugue moderne, telle qu'elle se constitua au XVIIme siècle, on n'admet plus qu'un thème principal, ou *sujet*, et un thème accessoire, ou *contre-sujet*, d'un dessin différent, et qui est traité comme le premier. Le sujet, présenté d'abord par une des voix, est repris successivement par les autres voix à mesure

qu'elles entrent, et persiste, concurremment avec le contre-
sujet et avec une sorte de remplissage, appelé l'*harmonie
intermédiaire,* pendant toute la durée de la fugue qui marche ainsi, sans solution de continuité jusqu'à la pérorai-
son, toutes les voix étant également obligatoires, essentielles, parce que chacune a une marche mélodique indépendante.

Telle est, en peu de mots, la nature de cette forme musicale qui a été, et qui est encore aujourd'hui, un sujet d'inépuisables discussions, et sur laquelle les opinions sont singulièrement divisées ; car, tandis que la plupart des musiciens, en Allemagne surtout, la vantent comme le *nec plus
ultra* de l'art musical, la masse du public, et dans le nombre il faut mettre tous les dilettantes, qui ne jugent de la
musique que par les impressions de l'oreille, montre à son
égard une prévention, qui s'explique facilement quand
on examine les conditions particulières dans lesquelles il
est indispensable que soient placés les auditeurs, pour comprendre quelque chose à une œuvre aussi compliquée. On
comprend, en effet, d'après la définition que nous en avons
donnée, que tout l'intérêt d'une fugue consiste à pouvoir
non-seulement reconnaître chacun des thèmes dont elle se
compose, au moment où ils font leur entrée dans l'ensemble polyphonique, mais en suivre le développement du
commencement à la fin, sans pour cela perdre jamais de
vue l'effet de l'ensemble. Or ces phrases musicales sont si
bien mêlées, engrenées les unes dans les autres, qu'il faut
une longue habitude pour s'y reconnaître et pour ne pas
perdre le fil d'Ariadne sans lequel on s'égare infailliblement dans ce labyrinthe. Les musiciens de profession eux-
mêmes sont parfois déroutés ; mais ils ont un moyen de se
tirer d'affaire, c'est de consulter la partition et d'y étu-

dier, à loisir et dans le silence de leur cabinet, la marche des différentes parties. Les yeux viennent ainsi au secours de l'oreille, et ils la remplacent même fort bien; car un homme du métier vous dira qu'il éprouve autant de jouissance à lire une fugue bien faite qu'à l'entendre exécuter. Mais quand on n'a pas cette ressource, et c'est le cas de tous les profanes, que reste-t-il à faire : qu'à baisser la tête et attendre patiemment que le ciel s'éclaircisse. Je sais bien que l'audition fréquente des chefs-d'œuvre des maîtres dans le domaine de la musique religieuse et instrumentale peut, en une certaine mesure, suppléer à la connaissance du contre-point; mais qu'il est petit, au milieu de la grande masse du public, le nombre de ces privilégiés!

Telles sont les difficultés contre lesquelles se heurte forcément le dilettante qui assiste à l'exécution d'une fugue stricte. Aussi, ceux qui s'en font les défenseurs et les admirateurs reconnaissent-ils volontiers que ce n'est point une forme populaire, que, pour en sentir les beautés, il faut en avoir étudié les règles. Ils reconnaissent encore que la jouissance qu'elle procure n'est point du même genre que celle due à la mélodie; mais ils déclarent qu'elle est plus pure, plus élevée, parce que c'est une jouissance de l'esprit, et qu'autant l'esprit est élevé au-dessus de la matière, autant le charme qu'un musicien goûte à l'audition d'une belle fugue est supérieur à celui que le premier venu goûtera en entendant une gracieuse mélodie.

Jouissance de l'esprit, à la bonne heure : réduite à ces termes, la question se simplifie, et peut-être y a-t-il moyen de s'entendre; mais on avouera que, dès lors, il faut chercher à la musique une autre définition: elle n'est plus l'art d'émouvoir, de toucher les cœurs; parce qu'une fugue est

le produit du calcul et non de l'inspiration, et que ses règles rigoureuses forcent la main du compositeur, et ne lui
laissent qu'une liberté très limitée dans le choix des combinaisons harmoniques ou mélodiques. Aussi, Oulibicheff
me paraît-il avoir donné de la fugue l'idée la plus juste et
la définition la plus exacte, quand il l'appelle « une thèse
musicale, qui se discute simplement ou contradictoirement,
selon qu'il y a un ou plusieurs sujets, et avec des argu-
ments tirés des seules convenances de l'harmonie et du
contre-point, de la musique qui joue avec ses éléments
d'une manière ingénieuse, et pour ainsi dire, abstraite. »
C'est, en d'autres termes, de la musique spéculative et
non point de la musique expressive ; ce qui ne veut pas
dire qu'une fugue soit nécessairement froide et sans
expression parce qu'elle est fugue ; il y en a, je me plais à
le reconnaître, de fort belles ; mais celles qui ont une réputation méritée, et dont la beauté est plus accessible au
vulgaire, doivent généralement ce privilége soit à la beauté
mélodique du thème, soit à leur qualité de fugues libres,
dont les règles moins rigoureuses permettent au compositeur de se mouvoir avec plus de liberté et de laisser parler son âme.

Mais, dira-t-on, pourquoi s'étendre aussi longuement
sur une question que le temps a déjà jugée, puisque la fugue est une forme musicale démodée aujourd'hui, et que,
si elle sert encore dans les écoles à donner aux élèves l'occasion de montrer leur savoir-faire, on ne voit plus guère
de compositeurs qui songent encore à l'introduire dans
leurs ouvrages ? Pour deux motifs, répondrai-je : le premier, c'est qu'il est impossible d'avoir une idée exacte de
l'influence exercée par Bach et Händel sur l'art musical, et
du rang qu'ils occupent parmi les compositeurs, si l'on ne

sait en quoi consiste la fugue; qu'on ne saurait même sans
cela apprécier à leur juste valeur les compositions de ces
maîtres; le second, c'est que, si la fugue stricte est aujourd'hui une forme vieillie et même tout à fait abandonnée, l'étude et la pratique n'en sont pas moins indispensables aux musiciens qui prennent leur art au sérieux
et qui prétendent à une renommée que la postérité ratifie;
car elle est la source du style fugué, sans lequel il n'exis-
terait pas de véritable musique instrumentale, de ce style
qui, en se combinant avec le style mélodique, donne une
si haute valeur aux œuvres des Haydn et des Mozart, et
qui a ouvert à l'art musical une ère nouvelle, celle de la
musique instrumentale d'orchestre et de chambre, qui
brille encore aujourd'hui de tout son éclat, et dont rien
ne fait prévoir la fin prochaine.

CHAPITRE XII

Händel (Georges-Frédéric), 1684-1759. Son éducation musicale. Son
séjour à Hambourg. Son voyage en Italie. Il se fixe définitivement
en Angleterre. Ses travaux comme directeur de l'Académie royale,
puis du théâtre de Haymarket. Il abandonne le théâtre, et se voue
à l'oratorio. Ses principales œuvres dans ce genre : le *Messie*, etc.
— **Bach** (Jean-Sébastien), 1685-1750. Son éducation musicale. Il est
nommé directeur de musique à l'école de St.-Thomas, à Leipzig. Son
activité et ses travaux. Caractère de ses œuvres. — Parallèle entre
Händel et Bach. — Compositeurs allemands contemporains de Händel et Bach : **Hasse, Graun.** — Albrechtsberger et Rameau, théoriciens.

Händel (Georges-Frédéric), né à Halle en 1684, montra dès ses plus jeunes années un goût prononcé pour la
musique. Son père, qui était médecin, voulait en faire un
juriste, et chercha par tous les moyens à le détourner de
l'art qu'il passionnait : peine perdue ! l'enfant n'en montrait
que plus d'antipathie pour la vocation qu'on voulait lui
faire embrasser. Tout son bonheur était de s'enfermer
dans un grenier où il avait trouvé un vieux clavecin de
rebut, et de faire courir ses doigts sur ce misérable instrument. A force de s'exercer, il finit par acquérir ainsi, et
sans l'aide de personne, une certaine habileté : à tel point
que, son père l'ayant conduit à Weissenfels, le duc de
Saxe-Weissenfels, qui entendit par hasard l'enfant toucher
l'orgue de l'église paroissiale, devina qu'il y avait en lui
l'étoffe d'un grand musicien, et pressa le père de laisser
son enfant suivre la carrière vers laquelle l'appelaient des
talents si précoces. Grâce à ses sollicitations, le jeune

Händel fut confié à Zachau, l'organiste de la cathédrale de Halle, sous la direction duquel il étudia l'orgue et la composition pendant sept ans, au bout desquels il n'avait plus rien à apprendre de son maître ; en effet, à peine âgé de quinze ans, il était déjà un organiste et un claveciniste éminent. Il partit alors pour Berlin où il reçut des encouragements du maître de chapelle Buononcini, revint à Halle, puis se rendit à Hambourg (1703), où l'opéra allemand fondé par Keiser était en grande faveur. Là on l'engagea à écrire pour le théâtre : c'était aller au-devant de tous ses désirs, et dès 1705 il faisait représenter son premier opéra, *Almire*, qui eut un très-grand succès, et qui fut bientôt suivi de plusieurs autres. Il passa ainsi quelques années à Hambourg, dans l'intimité de Keiser, de Mattheson et de Telemann, donnant des leçons de clavecin pour vivre, et écrivant, outre ses opéras, de nombreuses compositions pour le chant ou pour son instrument. Il est probable qu'il fit un premier voyage en Italie, en 1707, car plusieurs de ses œuvres, écrites à Rome, portent cette date ; mais on n'a de renseignements certains que sur le voyage qu'il entreprit en 1709. Händel n'eut qu'à se louer de l'accueil qui lui fut fait par les Italiens, car tous les opéras qu'il donna successivement sur les théâtres de Florence, de Venise, de Rome et de Naples, eurent un très-grand succès, ce qui s'explique par le fait qu'il travaillait alors dans le style de tous les opéras qui se disputaient la faveur du public italien. On sait cependant que son instrumentation paraissait plus nourrie que celle à laquelle on était généralement habitué, et que, par un emploi plus fréquent des instruments à vent, il produisait de plus grands effets dans ses opéras, en sorte que son style était déjà considéré comme plus énergique et plus imposant que celui de ses confrères. Sa discussion avec le violoniste Corelli, que j'ai rapportée plus haut, en est la preuve.

Toutefois, le séjour de Händel en Italie ne se prolongea pas au delà d'une année. En 1710, il fut appelé à Hanovre, où l'Électeur lui offrait la place de maître de sa chapelle. Mais il ne séjourna que peu de temps dans cette ville, et passa en Angleterre où le goût pour l'opéra s'était peu à peu propagé. La reine Anne et les seigneurs de sa cour firent au musicien allemand l'accueil le plus empressé. Il écrivit aussitôt pour le théâtre italien l'opéra de *Rinaldo*, qui ne lui coûta que quatorze jours de travail, et dont le succès dépassa son attente. Ses fonctions le forcèrent bientôt de retourner à Hanovre; mais les lauriers qu'il avait recueillis en Angleterre l'avaient attaché à ce pays, et il demanda, pour s'y rendre, un congé qu'il prolongea indéfiniment et contre la volonté de son protecteur. Dès ce moment (1712), Händel adopta pour seconde patrie ce pays où il se voyait si apprécié. Les années qui s'écoulèrent de 1712 à 1720, comparées avec celles qui suivirent, furent les moins actives de sa carrière. C'est cependant durant cette époque qu'il composa son célèbre *Te Deum*, et son *Psaume 100* ou *Jubilate*, à l'occasion de la paix d'Utrecht qui avait mis fin à la longue guerre de la succession d'Espagne. Il écrivit aussi deux ou trois opéras et une assez grande quantité de morceaux d'église, ou de pièces instrumentales qui lui étaient commandées par plusieurs seigneurs anglais qui s'honoraient de son amitié, et avec lesquels il vivait sur un pied de parfaite égalité.

A partir de 1720, la carrière de Händel s'élargit, et c'est alors que commence une époque d'activité et de fécondité remarquables, qui nous présente deux phases bien distinctes : dans la première, nous voyons Händel, devenu directeur de théâtre, partager son temps entre les soins et les travaux de toute nature que lui imposaient ces difficiles fonctions, et la composition d'opéras nombreux qu'il écrit coup sur coup pour alimenter son répertoire ; dans la seconde, dégoûté et du théâtre et de l'opéra, par suite des contrariétés sans fin contre lesquelles il avait eu à lutter, il abandonne pour toujours la composition dramatique et se voue à un genre spécial, l'oratorio, que son génie devait élever à un point de perfection inouïe.

L'opéra italien de Londres avait été jusqu'alors entre les mains d'entrepreneurs particuliers qui l'exploitaient comme une affaire commerciale ; mais en 1720, il fut transformé en Académie royale, à l'instar de l'opéra français de Paris, et placé sous le haut patronage du roi et de plusieurs seigneurs de la cour qui s'engagèrent à le soutenir au moyen de souscriptions particulières. Händel accepta la direction de ce nouveau théâtre pour lequel il devait écrire des opéras, et engagea dans sa troupe les meilleurs chanteurs italiens. Le premier opéra qu'il écrivit dans ces circonstances fut *Rhadamista*, dans lequel l'air *Ombra adorata*, écrit pour le chanteur Senesino, eut un succès prodigieux. Mais dès lors commença cette petite guerre de rivalités et de jalousies italiennes, dans laquelle Händel devait se trouver impliqué pendant tant d'années, et qui devait finir par l'éloigner complétement du théâtre. Buononcini, le même qui, à Berlin, avait encouragé les premiers pas de Händel, se trouvait alors à Londres ; il partageait avec son ancien protégé le privilége d'écrire pour le nouveau théâtre ; il s'agissait donc, pour l'évincer, de faire mieux que lui, et, ce qui était plus difficile, de capter et de savoir conserver la faveur d'un public exigeant, qui aimait qu'on flattât ses goûts et ses caprices. L'opéra de *Muzio Scevola* dont Händel, Buononcini et un autre compositeur italien moins connu devaient écrire chacun un acte, fut le terrain sur lequel ces trois champions, d'un mérite si inégal, se rencontrèrent. Il faut dire, à l'honneur du public anglais de ce temps, que c'est Händel qui sortit vainqueur de la lutte. Dès lors, il resta sans contestation maître de son théâtre, et l'administra jusqu'en 1729. Pendant cet intervalle de temps, il écrivit de nouveaux opéras; mais ces huit à neuf ans furent remplis pour lui de tracasseries de toute espèce, occasionnées par les exigences de ses chanteurs et de ses cantatrices qui, gâtés par un public sur lequel le charme de leur voix exerçait une magique influence, et se sentant appuyés, dans leurs prétentions exagérées, par une grande partie des seigneurs de la cour, voulaient faire plier sous leur volonté le pauvre *impresario*. Mais Händel n'était pas homme à céder : son caractère violent, impérieux et inflexible, la conscience qu'il avait de son génie, son orgueil d'artiste, ne pouvaient se courber sous de semblables pressions. Aussi résista-t-il énergiquement aux prétentions de ses acteurs, et usa-t-il même de moyens de violence pour étouffer toute opposition. Un jour, il saisit de son bras vigoureux la fameuse cantatrice Cuzzoni qui se refusait à chanter un air écrit pour elle, et la menaça de la jeter par la fenêtre si elle ne se soumettait pas. Les choses ne pouvaient cependant longtemps marcher ainsi. Une discussion violente avec Senesino amena enfin une rupture ; n'ayant pu obtenir l'expulsion de ce capricieux chanteur, que soutenait la cabale des grands seigneurs, Händel quitta l'administration de l'Académie royale, et alla fonder un nouveau théâtre à

Haymarket. De leur côté, les seigneurs établirent un théâtre rival dans un autre quartier de Londres, et engagèrent les chanteurs et compositeurs le plus en renom, tels que Porpora, Hasse, et le fameux Farinelli (Carlo Broschi), qui fit tourner toutes les têtes, en sorte que Händel, après avoir fait de grands et inutiles sacrifices pour soutenir son théâtre et y ramener la foule, se vit obligé de l'abandonner à ses adversaires. Il ne se tint pourtant point encore pour battu, et essaya, pendant quelque temps, d'élever théâtre contre théâtre; mais la fortune et le public continuèrent de lui tenir rigueur, et son opiniâtreté à soutenir une lutte où il avait contre lui les personnages les plus influents de l'aristocratie anglaise, lui coûta la perte de sa fortune, et l'aurait peut-être conduit au tombeau, si une cure, qu'il fit à Aix-la-Chapelle, n'eût rétabli sa santé sérieusement ébranlée.

Rebuté par tous les ennuis qu'il avait éprouvés pendant le cours de sa carrière de compositeur dramatique, et convaincu qu'on ne pouvait réussir qu'au prix de concessions de toute espèce, soit au goût du public, soit aux prétentions des chanteurs, concessions qui, aux yeux d'un musicien tel que lui, équivalaient à une véritable abdication, Händel se décida à abandonner un genre où il ne pouvait suivre librement l'essor de son génie, pour se vouer à l'oratorio.

Déjà auparavant, il avait fait quelques essais dans ce genre: ainsi il avait composé à Rome une pièce, la *Risurrezione,* qui était un véritable oratorio; plus tard, en 1720, il avait écrit *Esther,* pour le duc de Chandos, et cette pièce avait été exécutée dans la maison du duc, et, l'année suivante, sur le théâtre de Haymarket, avec tout l'appareil scénique, et avec le concours des chantres de la

chapelle royale, et des membres de la société philharmonique ; enfin, en 1732, il avait composé *Déborah*, l'une
de ses plus belles œuvres, et l'année suivante *Athalie*,
qui avait été exécutée à Oxford à l'occasion d'une solennité universitaire. Toutes ces pièces ne furent que les
avant-coureurs d'une série d'ouvrages du même genre qui,
dès l'époque où il abandonna le théâtre, et à partir de
1738 où parut son *Israël en Égypte*, se succédèrent à des
intervalles fort rapprochés. Händel avait eu d'abord l'idée
de faire représenter ses oratorios avec tout l'appareil scénique ; mais l'évêque de Londres s'y opposa formellement ;
force lui fut donc de se contenter d'une simple exécution
musicale et sans aucune mise en scène, sur le théâtre de
Haymarket ; l'orchestre était renforcé par un accompagnement d'orgue, qu'il s'était réservé et qui produisait l'effet le plus grandiose ; les entr'actes étaient aussi remplis
par des morceaux d'orgue.

Toutefois, quoique composés sur des textes anglais, ces
oratorios n'eurent pas d'abord le succès sur lequel Händel
avait compté ; mais il ne se découragea point, et, sentant que son génie avait trouvé sa voie, il continua ses
travaux, assuré que le jour de la justice luirait tôt ou
tard.

En 1741, Händel venait de mettre la dernière main à
son immortel chef-d'œuvre, le *Messie*, dont il avait lui-
même composé le libretto de fragments tirés des livres sacrés. Ce sujet sublime, dont il avait longtemps couvé et
mûri l'idée, avait exalté son inspiration d'une manière
toute particulière, et en moins de vingt et un jours il avait
achevé cet ouvrage colossal. Il le fit entendre pour la
première fois le 12 avril 1741 ; mais il ne produisit qu'un
effet des plus médiocres ; à la seconde représentation, la

salle était presque vide. « Tant mieux, » s'écria Händel, « ma musique résonnera mieux. » Mais la caisse se vidait au lieu de s'emplir. Händel pensa alors à quitter pour quelque temps Londres, et se rendit à Dublin où le succès du *Messie* fut du premier coup complet et décisif. De nombreuses représentations de cet oratorio se succédèrent aux applaudissements de toute la ville; les Irlandais se montrèrent ainsi meilleurs connaisseurs que les Anglais. Après un séjour de huit mois à Dublin, Händel revint à Londres, où il trouva tous les esprits changés à son égard. La victoire était remportée sur les hésitations des uns, sur les préventions des autres; on écouta le *Messie* avec recueillement, et l'enthousiasme fut d'autant plus grand que l'on avait d'abord montré plus de froideur. Dès lors, la foule revint, constante cette fois et fidèle jusqu'au bout, aux représentations de Haymarket.

D'autres chefs-d'œuvre suivirent le *Messie*; je citerai comme les plus célèbres : *Samson* (1742), *Judas Macchabée* (1746), *Josué* (1747) et enfin *Jephta* qu'il écrivit en 1751, presque aveugle et septuagénaire, et dans lequel on trouve encore une force d'invention, une vigueur de pensée étonnante chez un musicien de cet âge. Ce fut son dernier ouvrage; il continua cependant, quelques années encore, à diriger l'exécution de ses oratorios, et mourut d'une attaque d'apoplexie en 1759. Sa ville d'adoption lui accorda les honneurs d'une sépulture à Westminster, où il repose aujourd'hui entouré des hommes illustres dont l'Angleterre s'honore.

Telle fut la vie de ce grand musicien, vie pleine d'activité et de luttes, laborieuse et pénible d'abord, mais brillante et honorée dès le moment où l'Angleterre eut reconnu la supériorité de son génie. Ce qui dominait dans son caractère, c'étaient, comme dans l'homme physique, la puissance et l'énergie. Une fois à la tête de son orchestre, il se montrait intraitable ; sa voix était forte, brève et impérieuse. Malheur aux auditeurs qui se seraient permis de babiller ou d'arriver trop tard ; il les apostrophait directement, quel-que fût leur rang, et il n'épargnait même pas dans ces occasions les membres de la famille royale.

On a remarqué avec justesse que ce fut pour lui un bonheur qu'il s'établît en Angleterre. Ce n'est que là qu'il pouvait réussir. Ni l'Italie, ni l'Allemagne, ni la France n'étaient dans les conditions convenables pour le comprendre et encourager l'artiste dans la voie nouvelle où il s'était engagé : l'Italie, parce qu'elle était sous le charme des cantilènes mélodieuses de ses compositeurs dramatiques ; la France, parce qu'elle était encore enthousiasmée par la musique de Lully et de son successeur Rameau, et qu'en tout cas elle n'aurait compris de Händel que ses opéras, c'est-à-dire le genre dans lequel il se montrait le moins novateur ; l'Allemagne enfin, parce que des deux grandes fractions dans lesquelles elle était divisée, l'une était vouée au culte de la musique italienne, tandis que l'autre, partagée en un grand nombre de petits États et de villes libres, enfermés dans le cercle étroit de leurs intérêts industriels et mercantiles, ne pouvait offrir un sol propice aux idées et aux plans grandioses de Händel.

Je ne mentionnerai que pour mémoire une assez grande partie de l'œuvre considérable de Händel, comme ses pièces pour l'orgue et ses compositions de chambre qui, pour la plupart, sont tombées dans l'oubli, quoiqu'au dire des connaisseurs on y retrouve ici et là ce cachet de grandeur qui distingue tous ses ouvrages. Je ne m'arrêterai pas davantage sur ses œuvres d'église, auxquelles cependant ap-

19

partiennent deux chefs-d'œuvre : le *Te Deum*, pour la paix d'Utrecht (1713), dont nous avons parlé, et celui qu'il composa pour la bataille de Dettingen (1743).

Bien que, comme compositeur dramatique, Händel ne se soit guère élevé au-dessus des idées et des goûts du jour, et qu'il n'ait eu dans sa manière d'envisager l'opéra aucune vue d'ensemble, aucun principe fécondant, il n'aurait pas été Händel si ses opéras eussent été composés exactement dans le style à la mode. Son génie le poussait, comme à son insu, à régler les airs sur le caractère des personnages, et ce mérite donne à quelques-uns des airs de ces anciens opéras aujourd'hui oubliés une vérité d'expression qui fait qu'ils ne vieilliront jamais; ainsi, on ne saurait mieux peindre qu'il ne l'a fait les plaintes menaçantes d'un Rhadamiste, le désespoir sombre d'une Médée, l'orgueil démesuré d'un Lucifer et les tendres rêveries du *Pastor fido*. Mais quelles que soient les qualités qu'il ait déployées dans ses ouvrages dramatiques, c'est incontestablement et sans aucune comparaison dans l'oratorio qu'il a pu le mieux donner l'essor à son puissant génie; c'est dans ce genre qu'il a marqué irrévocablement sa place. L'histoire merveilleuse du peuple de Dieu, telle qu'elle nous est racontée dans les écrits inspirés des prophètes, offrait une mine inépuisable de scènes imposantes et grandioses qui devaient tenter le génie de Händel, génie dont l'élévation et la grandeur faisaient le principal caractère. Tous ces grands épisodes de la vie d'un peuple que Dieu conduit par la main et qu'il châtie de ses folles révoltes, ces lamentations à l'occasion d'une ville tombée aux mains des ennemis, cet abattement dans la détresse, cette joie turbulente des Gentils, ces prières ardentes pour une délivrance prochaine, toutes ces situations émouvantes devaient trouver dans Händel le plus digne interprète ; et c'est, on peut le dire, cette convenance parfaite entre les sujets choisis et la nature de son génie qui donne à ses oratorios une si haute valeur.

Au reste, Händel sentait si bien que c'était sur ses oratorios que devait se fonder sa renommée, et par eux seulement que son nom devait conquérir l'immortalité, qu'il ne se fit aucun scrupule d'y faire entrer des fragments de ses opéras ; c'est le cas pour tous ses oratorios et même pour le *Messie*, quoiqu'ici il ait mis plus de réserve dans ses emprunts.

Le plus grand nombre de ses oratorios se rapprochent assez, par le sujet et par le tissu du drame, des pièces scéniques ; mais quelques-uns, et tout particulièrement *Israël en Égypte* et le *Messie*, s'en éloignent considérablement ; car ils n'ont pour texte que des fragments des livres saints mis à la suite les uns des autres et sans liaison aucune ; en sorte que l'action ne présente d'unité et de continuité que dans la pensée du compositeur ; c'est par là, en effet, que la forme de l'oratorio doit nettement se distinguer de celle de l'opéra ; Händel semble surtout avoir compris cette différence lorsqu'il composa son *Messie*. Un évêque anglican, ayant appris qu'il avait formé le plan de cet oratorio, lui fit dire qu'il se mettait à sa disposition pour la composition du poëme. « Eh quoi, » s'écria vivement Händel, « croit-il pouvoir faire mieux que les prophètes et les apôtres, qui reçurent l'inspiration du St-Esprit ? ou pense-t-il que je ne connaisse et n'apprécie pas la Bible autant que lui ? » C'est ce point de vue élevé, et qui partait d'une foi et d'une piété sincères, qui a donné à la plupart de ses oratorios une couleur si religieuse, et qui fait que Händel peut être considéré à bon droit comme un compositeur d'église. On ne trouve point, il est vrai, dans ses oratorios, la dévotion humble et contrite du pécheur accablé sous le poids de ses fautes ; mais on y entend la voix de l'humanité qui, dans un hymne sans fin, exalte les grandeurs de Jéhovah.

Bach (Jean-Sébastien) naquit en 1685, une année seulement après Händel, dans la ville d'Eisenach, où son père était maître de musique (*Stadtmusicus*) ; ses ancêtres avaient dû quitter la Hongrie, leur patrie, pour avoir embrassé les croyances réformées : plusieurs des membres de cette famille avaient fourni de bons musiciens aux petites villes de la Thuringe. Notre Bach, ayant perdu son père de bonne heure, fut confié aux soins d'un oncle, chantre d'un village voisin, qui l'initia aux principes de la musique et lui apprit à jouer du clavecin. L'enfant montra pour cette étude une ardeur sans exemple, et on le vit passer des nuits entières à copier en cachette et au clair de la lune un volume d'exercices qu'on avait refusé de lui prêter, et qu'il avait pris à la dérobée. Bientôt il s'essaya à la composition, jouant la nuit ce qu'il avait écrit pendant le jour. La mort de son oncle le força à quitter son village et à chercher fortune ailleurs ; il partit alors avec un de ses camarades pour Lunebourg, où sa belle voix de soprano le fit remarquer ; de là il faisait de temps à autre des excursions à Hambourg, où il avait occasion d'entendre le célèbre organiste Reineken. En 1704, on le trouve établi à Arnstadt, en qualité d'organiste. Il resta dans cette petite ville près de trois ans, et se perfectionna pendant ce temps dans le jeu de l'orgue et dans la composition. En 1708, après un court séjour à Mulhouse, il fut appelé à Weimar, où il se fit entendre avec un très-grand succès à la cour ; il y remplit pendant neuf ans les fonctions d'organiste et de maître de chapelle, et c'est pendant cette époque que sa réputation commença à se répandre au loin. Ce qui contribua surtout à le faire avantageusement connaître, c'est la lutte qu'il se déclara prêt à soutenir contre un célèbre organiste français, nommé Marchand, lutte que ce dernier, convaincu de son infériorité, crut devoir esquiver par une retraite prudente. De Weimar Bach alla à Anhalt-Cœthen, où il remplit pendant six ans la place de directeur de la chapelle ducale; à cette époque se rapporte un nouveau voyage qu'il fit à Hambourg, où son prodigieux talent d'organiste excita un véritable enthousiasme. Enfin, en 1723, il accepta les fonctions de chantre (*cantor*) et de directeur de musique à l'école de St-Thomas, que lui fit offrir la ville de Leipzig, et qu'il devait conserver toute sa vie.

C'est à partir de ce moment que commence véritablement sa carrière active. Dès son entrée en fonction, il porta toute son attention sur l'état de la musique d'église, et entreprit de la perfectionner, en rehaussant l'éclat des solennités religieuses par l'exécution aussi parfaite que possible d'œuvres composées exprès pour ces occasions. C'est ainsi que pour la fête commémorative de la promulgation de la confession d'Augsbourg, en 1730, il fit exécuter une de ses plus importantes compositions. Les ressources musicales qu'il trouvait dans les élèves de son école étaient singulièrement bornées; car il affirme, dans un petit écrit qu'il publia sur l'amélioration de la musique d'église, qu'il ne pouvait disposer que de dix-sept chanteurs et d'un nombre encore moindre d'instrumentistes, dont les connaissances musicales et l'habileté d'exécution laissaient beaucoup à désirer. Aussi se vit-il obligé d'adjoindre à ce

chœur un certain nombre d'étudiants de l'université, auxquels il tâchait d'inculquer le goût de la musique.

Ses fonctions, quelque actives et honorables qu'elles
fussent, n'étaient cependant pas exemptes de désagréments; car, s'il trouva dans le public appui et sympathie
pour l'œuvre qu'il poursuivait avec tant de conscience et
d'abnégation, il n'en était point de même dans l'intérieur
de l'école, dont les recteurs ne partageaient point toutes
les vues de Bach et son zèle pour l'avancement de l'art.
Il s'ensuivit des frottements fâcheux qui furent pour Bach
une source d'ennuis et de contrariétés de tout genre. C'est
autant pour y mettre fin que pour récompenser ses efforts
en élevant sa position, que l'Électeur de Saxe lui donna, en
1736, le titre de compositeur de sa cour. Onze ans plus
tard, Bach fut encore l'objet d'une distinction flatteuse
qui réjouit ses dernières années : Frédéric le Grand, qui
aimait beaucoup la musique et qui même la cultivait,
l'invita à se rendre à Potsdam; il accueillit le modeste organiste avec la plus grande affabilité, et lui fit lui-même
les honneurs de son palais. Il lui montra un nouveau clavecin à marteaux ou forte-piano de Silbermann, sur lequel
Bach improvisa une fugue dont le roi lui avait fourni le
sujet. Il quitta Potsdam chargé d'honneurs et de présents.
Ce voyage fut la dernière lueur qui illumina sa vie; bientôt après vinrent les tourments et les peines. Un travail
incessant de composition avait de bonne heure affaibli sa
vue; la gravure de ses œuvres, qu'il voulut entreprendre
lui-même, empira son état. Menacé d'une cécité complète,
il dut se soumettre à une opération qui, mal pratiquée,
porta à sa santé le dernier coup. Après une douloureuse
maladie de six mois, il mourut en 1750. Ni ses souffrances, ni sa cécité ne purent lui faire interrompre ses tra-

vaux; il dictait ses pensées musicales, et conserva jusqu'à ses derniers moments la pleine possession de toutes ses facultés intellectuelles.

Bach s'était marié deux fois : il eut de ses deux femmes vingt enfants : plusieurs de ses fils devaient se rendre illustres dans l'art qui avait immortalisé le nom de leur père. Le plus ressemblant de ses portraits se trouve dans la bibliothèque de Berlin : « Quand on considère, dit un écrivain moderne, la solide charpente de son corps, et ses yeux noirs si brillants, on croit voir un rocher qui jette du feu. L'expression de son grand front sérieux et plein de pensée est adoucie par le sourire qui joue autour de sa bouche, et par un air de bonne humeur qui n'est point incompatible avec ce qu'on sait de l'austérité et de la fermeté de ses convictions religieuses. »

Bach a énormément écrit et dans tous les genres connus de son temps, sauf le genre dramatique. Il a composé, en particulier, de nombreuses pièces pour l'orchestre et pour divers instruments ; ce sont même ses compositions pour l'orgue et pour le clavecin qui seules ont fait pendant longtemps sa réputation. Mais aujourd'hui on met à bien plus haut prix ses œuvres d'église ; c'est là qu'il se montre à nous dans toute la puissance de son génie. Élevé à l'ombre du sanctuaire, loin du monde et de ses distractions, voué tout entier à ses humbles fonctions d'organiste, dont il s'acquittait avec une consciencieuse fidélité, chrétien convaincu et plein de foi, il avait pris au sérieux la mission à laquelle il se sentait appelé, et n'eut d'autre préoccupation que de consacrer son génie à la gloire de Celui qui le lui avait départi, et d'embellir par sa musique les cérémonies du culte.

Parmi ses nombreuses compositions d'église, on peut

mentionner comme les plus remarquables, ses *Motets* pour simple ou pour double chœur, avec ou sans accompagnement, ses *Hymnes* et *Cantates* pour les dimanches et fêtes, ses *Messes* et tout particulièrement celle en *si mineur*, qui est peut-être son chef-d'œuvre, enfin ses deux *Passions*, l'une selon *St. Jean*, l'autre selon *St. Matthieu*, compositions véritablement colossales, surtout la seconde qui, exécutée pour la première fois le Vendredi saint de l'année 1729, est considérée par tous les critiques comme ce que l'art protestant a produit de plus grandiose dans le domaine de la musique.

Dès ses plus jeunes années, Bach fut initié au style que les maîtres flamands avaient inoculé à l'ancienne école italienne, et que les organistes de l'Allemagne protestante n'avaient pas tardé à s'approprier. Ce style, sur lequel nous nous sommes arrêtés longtemps dans le précédent chapitre, à propos de la fugue, dont il procède et dans laquelle il plonge ses racines, a, on ne saurait le nier, un caractère de sévère grandeur qui convient bien aux grandes compositions vocales destinées à être exécutées dans l'intérieur des églises, et particulièrement dans les églises protestantes où rien ne vient éveiller les impressions des sens. Et c'est précisément cette grandeur sévère, austère même, qui est le caractère du génie de Bach, car elle se retrouve non-seulement dans ses œuvres capitales, mais jusque dans ses moindres ébauches et dans les pièces les plus légères, non-seulement dans ses *Messes* et ses *Passions*, mais jusque dans ses mélancoliques *sarabandes* et dans ses *gigues* les plus animées, parceque toutes ses compositions sont traitées dans ce même style où il était passé maître, ou plutôt qu'il s'était assimilé au point de ne pouvoir, pour ainsi dire, toucher à aucun thème sans apercevoir d'un coup, et comme par intuition, toutes les diverses modifications et combinaisons auxquelles il était possible de le soumettre. Aussi n'avait-il jamais besoin de chercher : trouvant tout sous sa main ou dans sa tête, il n'avait qu'à choisir. C'est ce qui fait que ses compositions marchent du commencement à la fin avec la sûreté d'une démonstration mathématique, sans interruption, sans une ombre d'hésitation : toutes les parties s'enchaînent dans une variété infinie, se meuvent avec aisance et se précipitent enfin avec un redoublement d'énergie vers la conclusion.

Voilà pourquoi, au point de vue du travail harmonique, les œuvres de Bach sont et resteront les modèles éternels du style fugué, et c'est à cette source que viendront toujours puiser les musiciens qui veulent faire de leur art une étude sérieuse, et se rendre maîtres de tous les artifices de la composition. Mais Bach, j'ai hâte de le dire, était quelque chose de plus qu'un habile contre-pointiste : c'était avant tout, comme nous l'avons vu, un chrétien de robuste et ferme conviction, pour qui la musique était un moyen d'expression, un langage et non un but, et qui n'aurait jamais fait de l'art pour l'art. Aussi, en sa qualité de protestant, comprit-il bien vite que le choral devait avoir sa place dans toute œuvre musicale inspirée par la foi protestante, que c'était là le cachet, le sceau de la Réforme, et il a tiré d'admirables effets de cet élément nouveau, et rajeuni, jusqu'à un certain point, le style fugué, en lui inoculant ce principe de variété et de vie. Cependant, il faut bien le reconnaître, cela ne pouvait suffire à rendre ce style vraiment populaire, j'entends dans le noble sens de ce mot, et cela pour les raisons que nous avons données ailleurs, et qui tiennent à son essence même. Ce qui im-

pressionne surtout la foule, c'est la mélodie. Or, quel rôle
joue la mélodie dans les compositions de Bach ? Je ne dirai pas qu'elle fait défaut ; aucun compositeur peut-être
ne possède une veine mélodique aussi riche que la sienne ;
mais ce qu'on peut dire, c'est que la mélodie disparaît
trop dans l'ensemble harmonique. Dans les chœurs, entraînée par le mouvement de va-et-vient des parties qui,
en obéissant aux combinaisons du contre-point, la prennent
et l'abandonnent tour à tour, la déchirent et s'en renvoient
les unes aux autres les lambeaux, la mélodie n'est plus
une reine, mais une esclave, une pauvre victime avec laquelle le contre-point joue comme le chat avec une souris,
si l'on veut bien me passer cette comparaison.

Dans les airs à voix seule, c'est l'accompagnement toujours très-compliqué, très-travaillé et par conséquent très-
intéressant, qui étouffe en quelque sorte la mélodie, comme
le lierre le fait du chêne en l'enlaçant de ses mille bras.
Je sais bien que pour beaucoup de gens ce n'est point là
un défaut, bien au contraire : il est devenu de mode aujourd'hui, et nous aurons plus d'une fois encore l'occasion
d'en faire la remarque, de traiter fort légèrement la mélodie, et de faire beaucoup plus de cas de l'accompagnement. Pour tous ceux qui pensent ainsi, et c'est le cas de
tous les enthousiastes de Bach, ce reproche porte donc à
faux. Il y a d'ailleurs, dira-t-on, quelque chose de plus
important à examiner dans une mélodie que la manière
dont elle est accompagnée, c'est le caractère même de
cette mélodie. Or, peut-on nier que les mélodies de Bach
ne soient, comme tout le reste, marquées du sceau de son
génie ? Ne brillent-elles pas toutes par la profondeur de
pensée autant que par l'austérité de la forme ? Y trouve-
t-on jamais trace de banalité ? Peut-on dire que le compo-

siteur ait jamais obéi à des considérations autres que celles de l'art envisagé de son point de vue le plus élevé, et ne sent-on pas dans toutes ses mélodies le souffle d'un esprit vigoureux qui puise à une source intarissable d'inspiration ?

Oui, je le reconnais, tout cela est vrai et j'y souscris volontiers. Mais qu'on reconnaisse aussi qu'on est en droit de reprocher à Bach de s'être trop peu préoccupé des exigences de l'organe vocal. Ses mélodies vocales sont traitées comme si elles devaient être jouées par des instruments, l'orgue par exemple; et cela est également vrai des parties de chœur, qui présentent souvent de grandes difficultés soit d'intonation, soit de mesure, et qui supposent, de la part des choristes, une sûreté d'intonation et une agilité de voix tout à fait exceptionnelles. Et qu'on ne s'imagine pas que ce défaut ait moins d'inconvénient quand il s'agit d'airs pour voix seule; car s'il est vrai, comme tout le monde peut s'en convaincre, que pour être capable de chanter la plupart des airs de Bach, il ne suffit pas d'avoir une voix exercée et d'être bon musicien, mais qu'il faut encore, que l'on soit amateur ou artiste, avoir fait des études spéciales et s'être initié par un long travail au style du compositeur, c'est là un fait que les enthousiastes de Bach doivent être les premiers à déplorer. Sans doute que cela n'ôte rien à la valeur esthétique de ces mélodies; mais c'est encore là une des raisons qui expliquent pourquoi les œuvres de Bach ne comptent encore dans la masse du public qu'un si petit nombre d'admirateurs; car de deux choses l'une : ou bien, vu le petit nombre de solistes capables de chanter convenablement les airs contenus dans les grandes œuvres religieuses de Bach, le public n'a que de très-rares occasions de les entendre, et ne peut, par conséquent, en juger en connaissance de cause, ou bien, les solistes sont insuffisants, et le fâcheux effet qui en résulte est mis sur le compte du compositeur.

Quand on se représente Bach composant sans trêve devant son orgue ou son clavecin, et, à mesure que ses compositions étaient achevées, les entassant dans des portefeuilles, où elles devaient rester enfouies pendant de longues années sans jamais voir le jour, on en vient à se demander si cette existence solitaire, loin du monde et de la société des hommes, tournant toujours dans le même cercle, est bien celle qui convient à un artiste, à supposer même, comme c'est le cas pour Bach, qu'il ne voie dans son art qu'un moyen d'entrer en communication intime avec son Créateur, et de faire monter jusqu'à lui les supplications du pécheur courbé sous le poids de son péché, ou les actions de grâces du converti qui se sent racheté et sauvé. La réclusion prolongée, devenue un état habituel, permanent, ne saurait être favorable au libre et plein développement du génie. Et qu'on n'objecte pas que Palestrina a mené une existence aussi retirée : il habitait une ville qui était le foyer des arts, le rendez-vous et l'Eldorado des artistes. Aussi le bruit du monde ne pouvait-il manquer d'arriver jusqu'à lui ; sans compter que, grâce à la douceur du climat, on vit en Italie bien plus au dehors que dans nos pays septentrionaux. Et voilà pourquoi la musique de Bach, en dépit de ses incontestables beautés, a quelque chose de cette raideur gothique qui caractérise les tableaux des peintres allemands du XVIme siècle, tels qu'Albert Dürer et Lucas Cranach. Comme à ces peintres, ce qui manque à Bach, c'est la grâce sans laquelle, dans le domaine des beaux-arts du moins, le plus grand génie semble incomplet.

Il n'en est pas moins vrai que l'influence exercée par Bach sur l'art allemand a été décisive. Il devint, de son vivant, le chef d'une école de clavecinistes et d'organistes qui répandirent dans toute l'Allemagne du Nord le nom et les doctrines de leur maître; ce sont ses œuvres pour le clavecin et l'orgue, dont tous les théoriciens ont depuis lors invoqué l'autorité, et où ils ont puisé tous leurs exemples. Pendant bien des années cependant, ses œuvres les plus considérables, ses *Passions,* ses *Messes,* ses *Cantates,* ses *Motets,* restèrent absolument ignorés du public. Lorsque Mozart passa par Leipzig en 1789, le vieux Doles, élève de Bach, fit exécuter devant lui plusieurs motets de son maître vénéré dont Mozart ne connaissait que quelques pièces pour l'orgue et pour le clavecin. Chose à peine croyable! les partitions de ces compositions vocales n'existaient même pas, et Mozart ne put en prendre connaissance que sur les parties détachées. Ce n'est que dans ces derniers temps qu'on a enfin secoué la poussière qui recouvrait tous les manuscrits de Bach, et qu'on a fait exécuter en public ses grandes compositions d'église. Dès lors, le nom de Bach a retenti partout, et sa renommée s'est propagée dans presque tous les pays de l'Europe. Mais c'est en Allemagne, on le comprend, surtout à Leipzig et dans le nord, qu'il a rencontré les plus nombreux et les plus enthousiastes admirateurs. Des sociétés se formèrent pour l'étude et l'exécution de ses œuvres dont on publia de nombreuses éditions, et l'on a même vu s'élever une véritable école qui ne reconnaissait d'autre maître que Bach, d'où est sortie toute une génération de compositeurs dont quelques-uns jouissent d'une célébrité incontestée, et

parmi lesquels on pourrait citer Mendelssohn, si ce grand
compositeur n'était pas lui-même une individualité trop
marquante pour être mis en si nombreuse compagnie.

L'apparition simultanée des deux grands musiciens qui
ont été la gloire de l'Allemagne pendant la première moitié du dix-huitième siècle appelle tout naturellement un
parallèle qui ne saurait manquer d'intérêt, et qu'on n'a
pas manqué de faire. Rochlitz, critique dont l'autorité n'a
jamais été récusée en Allemagne, l'a fait aussi, et, suivant
moi, avec beaucoup de justesse : mes lecteurs me sauront
peut-être gré de le mettre sous leurs yeux ; il achèvera de
fixer leurs idées :

« Händel et Bach naquirent presque au même moment,
après une longue période stérile en productions originales.
Tous deux moururent dans un âge avancé, pleins de force
et d'activité jusqu'à leur dernier moment : tous deux étaient
Saxons ; tous deux, de naissance obscure, furent élevés
misérablement. Chez tous les deux se manifeste avec une
égale force, et dès l'âge le plus tendre, un talent hors ligne pour la musique. Tous deux reçoivent dès leur enfance
un enseignement sérieux dans la pratique et dans la théorie de l'art, pour devenir, comme leurs maîtres, d'excellents organistes. Tous deux sont appelés plus tard et de
bonne heure à une vocation plus haute. Devenus célèbres,
ils sont tous deux comblés de marques de distinction par
les plus grands princes de leur temps. Tous deux se montrent reconnaissants ; mais ni l'un ni l'autre ne se laissent
pour cela détourner d'un cheveu de la voie qu'ils suivent.
Tous deux s'essayent dans toutes les formes élevées de
l'art connues à cette époque : tous deux finissent par se
vouer exclusivement au genre le plus grand, le plus noble
de tous, au genre religieux. Tous deux sont des hommes

pleins de droiture et de loyauté, attachés de tête et de cœur à leur foi chrétienne, qui prend chez tous deux, dans leurs dernières années, une teinte un peu mystique, et cela sans négliger aucune de leurs affaires ou de leurs relations du monde. Tous deux deviennent aveugles sur la fin de leur carrière, sans devenir infidèles à leur art. Tous deux meurent dans la paix du croyant, honorés et respectés, mais peu compris de leurs contemporains, et appréciés seulement par la postérité. Que de points de ressemblance, et pourtant, quelle différence entre eux, et comme hommes et comme musiciens !

« Comme hommes : cela saute aux yeux de quiconque connaît leur vie. Händel, entraîné par un esprit inquiet, abandonne de bonne heure ses foyers, et se jette, tout jeune encore, dans le tourbillon du monde, où il se complaît jusque vers le milieu de sa carrière, courant après toutes les jouissances, luttant contre tous les obstacles, attiré vers tout ce qui frappe l'imagination des hommes, et faisant du monde et de ses luttes une connaissance pratique qui profite à son esprit et à son art. Il aimait surtout à avoir affaire avec la masse du peuple au milieu duquel il vivait, et avec les grands ayant autorité ; mais il ne se laissait influencer ni par les uns ni par les autres, et ne se donnait à personne. En s'essayant ainsi à tout et à tous, il fit maintes expériences, et de toute espèce, d'heureuses et de tristes. Ce n'est que lorsqu'il fut arrivé à l'âge mûr que, satisfait et rassasié, il commença à compter avec lui-même et avec le monde. Il choisit alors ce qui convenait le mieux à son génie, y resta fidèle jusqu'à la mort, et conquit ainsi une place où il devait régner longtemps sans égal. Il ne se maria jamais, mourut riche, et il repose aujourd'hui à Westminster sous un glorieux monument. Sa vie a quelque chose d'*héroïque*. »

« Quant à Bach, du moment où il eut le bonheur d'obtenir la place d'organiste à Arnstadt, avec un appointement de soixante-dix thalers par année, ses vœux furent comblés, et s'il accepta plus tard d'autres places, c'est qu'elles vinrent le chercher ; il y voyait non point une récompense de son mérite, mais un don gratuit de la Providence. Dès qu'il était installé dans une place, il mettait tous ses soins à s'acquitter de ses fonctions le plus consciencieusement possible, accommodant son génie de compositeur aux exigences qui lui étaient imposées. C'est ainsi que, comme organiste, il écrivit des pièces pour l'orgue, comme compositeur de la chapelle du duc de Weimar, des psaumes et des cantates spirituelles, et c'est lorsqu'il était directeur de musique à Leipzig, qu'il composa pour le chœur de ses élèves ses grands ouvrages d'un travail plus compliqué, et que les plus savants musiciens ne sauraient apprécier ni comprendre complétement sans en étudier les partitions. Lorsque les rois et princes désiraient l'entendre, il se rendait, sans faire étalage de zèle, à leurs invitations, satisfaisait à leurs désirs et retournait avec le même calme, la même modestie à son pauvre logis. Il ne pouvait ignorer qu'il était le plus grand organiste de son temps : c'était chose trop connue et trop incontestée ; il devait également savoir qu'en France et en Angleterre on récompensait généreusement les musiciens qui se distinguaient par leurs talents sur l'orgue, et cependant il ne vint même pas à la pensée de Bach de mettre le pied hors de son pays. Il se maria de bonne heure, eut un grand nombre d'enfants, mourut pauvre, et il repose dans le ci-

metière commun, on ne sait où. Sa vie a quelque chose de
patriarcal.

« Comme compositeurs, les différences profondes qu'offrent leurs ouvrages proviennent de la différence de leur
génie et de leur vie. Voyons en quoi elles consistent :
Händel, dans tout ce qu'il faisait, était préoccupé de l'idée
d'agir sur la foule, au moins sur celle qui méritait sa considération. Pour arriver à son but, il employait tous les
moyens, pourvu qu'ils fussent compatibles avec ses vues
élevées sur l'art. Quant à Bach, il n'avait d'autre pensée,
en composant, que de faire le mieux possible, s'en remet-
tant, pour l'effet à produire, à sa bonne cause et à l'intelligence des connaisseurs. Il n'employait que les formes
usitées de son temps et reconnues comme entièrement
conformes aux règles ; mais il les appliquait d'une manière
originale, avec toute l'audace d'un génie contenu, aidé en
cela par sa merveilleuse capacité de combinaison et par
son habileté dans l'art du contre-point. Aussi le style de
Händel fut-il populaire dans la haute acception de ce
mot, et à la manière du Titien, du Véronèse, de Rubens
ou de Shakespeare ; celui de Bach ne pouvait l'être, parce
que Bach n'essaya d'être populaire que dans de très-rares
circonstances. Chez Händel, le mouvement des voix, même
dans ses chœurs du caractère le plus grandiose et le plus
sévère, est toujours naturel et facile ; dans Bach, il est
souvent compliqué, aussi difficile à suivre pour les chanteurs que pour les auditeurs. Tous les deux soignent l'instrumentation et donnent à l'orchestre un rôle indépendant
du chant ; mais Händel choisit avec un tact exquis ce qui
peut le mieux contribuer à l'effet, tirant plus particulièrement du chant lui-même les motifs de l'accompagnement.
Bach vise moins à l'effet qu'à revêtir chaque morceau de

20

sa forme la plus riche et la plus complète, en donnant presque toujours aux instruments un motif tout différent de celui du chant, et travaillé avec autant de soin qu'un morceau d'orchestre. Enfin, Händel *voyait* devant lui ses créations, son but était de les représenter de telle sorte que l'auditeur se sentît vivre avec elles; Bach *sentait* en lui ce qu'il voulait exprimer par des sons. »

Quoi qu'il en soit, l'influence de ces deux grands génies fut presque nulle en Allemagne : les cours de Vienne, de Munich, de Dresde étaient, comme nous l'avons vu, inféodées à la musique italienne; Berlin elle-même s'y laissa bientôt gagner, par suite de l'antipathie que Frédéric le Grand éprouvait pour toutes les productions du génie allemand; aussi les deux compositeurs qui eurent alors le plus de vogue en Allemagne, Hasse et Graun, étaient-ils plus ou moins des imitateurs de la musique italienne.

Doué d'une belle voix de ténor, et de remarquables aptitudes musicales, Hasse débuta sur le théâtre de Hambourg, où Keiser le forma à l'art du chant et lui apprit la composition. Il alla ensuite en Italie; à Naples, il sut se concilier les bonnes grâces du vieux Scarlatti qui s'offrit à lui servir de maître. C'est dans cette ville qu'il fit ses débuts comme compositeur d'opéra; ses succès auprès du public napolitain répandirent promptement son nom par toute l'Italie, et les Italiens, charmés de sa bonne mine, de sa jeunesse, de la beauté de sa voix et de son talent de claveciniste autant que du mérite de ses opéras, ne l'appelèrent bientôt plus que le *cher Saxon (caro Sassone)*. Ayant épousé, à Venise, la célèbre cantatrice Faustina, il revint avec elle en Allemagne, et fut, peu de temps après, nommé directeur du théâtre de la cour de Dresde, où

Faustina remplit les fonctions de première chanteuse, avec de magnifiques appointements.

Hasse était si bien considéré à cette époque comme l'un des compositeurs les plus illustres de son temps, que, lorsque les administrateurs du théâtre de Londres songèrent à opposer un digne rival à Händel, c'est sur lui qu'ils jetèrent les yeux. Son triomphe sur le grand homme dont il était le premier à reconnaître la supériorité, ne lui fit aucune illusion, et il quitta bientôt Londres pour retourner à Dresde, où il se livra à la composition avec un redoublement d'activité. Plus tard, il alla se fixer à Venise, et c'est là qu'il passa tranquillement le reste de ses jours, occupé surtout à des compositions religieuses qui ont survécu à ses opéras, et sur lesquelles seules sa renommée repose aujourd'hui. On y trouve les défauts et les qualités de l'école dont il s'était fait l'élève, des mélodies gracieuses, bien écrites pour la voix et soutenues par un accompagnement fort simple, de la clarté, du naturel, mais point de profondeur et aucune originalité d'invention.

Quant à Graun, auquel on peut aussi reprocher d'avoir sacrifié sur l'autel de la musique italienne, c'est également comme chanteur qu'il commença à se faire connaître. Il débuta sur le théâtre de Dresde dans les opéras du Vénitien Lotti, puis fut engagé au théâtre de Brunswick; c'est là qu'il s'essaya d'abord à la composition. Ses succès attirèrent sur lui l'attention, et il se vit bientôt élevé aux fonctions de vice-maître de chapelle, qu'il remplit sans cesser de chanter sur le théâtre. Il entra ensuite au service du prince héréditaire de Prusse (depuis Frédéric le Grand), et composa alors plusieurs cantates qu'il chantait lui-même, et dont le prince dilettante lui fournissait souvent le libretto français. Graun devint ainsi son musicien favori, et lorsque le prince fut devenu roi, l'un de ses premiers soins fut d'organiser un opéra italien dont il confia à Graun la direction. Celui-ci alla en Italie pour y engager les meilleurs chanteurs et les plus habiles cantatrices; il passa une année dans ce pays de la mélodie, et y fit apprécier sa voix et son chant. De retour en Allemagne, il voua tout son temps à la composition de nouveaux opéras pour son théâtre, et pendant l'intervalle de 1742 à 1756 il ne se passa guère d'année où il n'en fît exécuter au moins deux. C'est dans le genre expressif qu'il réussissait le mieux, et l'on cite, comme l'un des morceaux qui faisaient infailliblement verser des larmes, l'air célèbre du *Demofonte : Misero pargoletto,* qui était la pierre de touche du talent des compositeurs dramatiques, au siècle passé. Mais, comme ceux de Hasse, les opéras de Graun n'ont plus pour nous qu'un intérêt historique, tandis que ses compositions religieuses ont encore aujourd'hui une haute valeur. On peut même dire que sa célébrité repose tout entière sur son célèbre oratorio, la *Mort de Jésus (Tod Jesu),* dont le texte allemand fut composé par le poëte Rammler. Ce sujet convenait tout particulièrement à sa tendre et délicate nature, et c'est en s'en pénétrant profondément et en s'abandonnant franchement et sans arrière-pensée à son inspiration qu'il créa un chef-d'œuvre. On n'y trouve point sans doute le souffle puissant de Händel; mais il y a peut-être plus d'âme, plus d'émotion sentie.

Graun a sur Hasse l'avantage d'une connaissance plus approfondie du contre-point; il a aussi le tact de ne l'employer que dans une juste mesure, et là où il est à sa place et de ne jamais lui sacrifier la mélodie. On trouve, en effet, dans cette œuvre, à côté de récitatifs et d'airs remplis d'expression et de pathétique, et de chœurs d'un style sim-

ple et mélodique, des fugues aussi belles que les plus belles de Bach ou de Händel. C'est grâce à toutes ces qualités réunies que cet ouvrage s'est conservé jusqu'à nous, et
qu'il jouit en Allemagne d'une popularité que des audi-
tions fréquentes et périodiques ne font que consolider.

Pendant que les Bach et les Händel créaient des chefs-
d'œuvre, de laborieux théoriciens les étudiaient avec soin,
et en tiraient un corps de doctrine qui fixait définitivement
les règles de la composition; le plus célèbre ouvrage de ce
genre, dont s'enrichit alors la littérature musicale de l'Allemagne, est le *Gradus ad Parnassum* de Fux, le célèbre
maître de chapelle de l'empereur Charles VI. Il parut en
1725, à Vienne, et fut bientôt traduit en plusieurs langues, en sorte qu'il trouva accès non-seulement en Allemagne, mais en Italie, en Angleterre et en France. Toutefois, dans ce dernier pays, Rameau avait publié, trois
ans avant l'apparition de l'ouvrage de Fux, son *Traité
d'harmonie*, dans lequel il prétendait fonder un nouveau
système, en prenant pour base les accords donnés par les
vibrations des corps sonores, théorie ingénieuse, mais
empirique et incomplète en ce qu'elle ne rend compte que
d'un petit nombre de combinaisons harmoniques.

Le nom de Rameau est une transition toute naturelle à
la France où nous allons être témoins de la grande transformation opérée par Gluck dans l'opéra.

CHAPITRE XIII

L'opéra en France : Rameau, successeur de Lully. Naissance de l'O-
péra-comique. Les Bouffes italiens à Paris. Rivalité entre les parti-
sans de la musique italienne et ceux de la musique française. J.-J.
Rousseau ; son *Devin du village*. Duni, créateur de l'opéra-comique.
Monsigny et Philidor. Grétry ; ses principaux opéras. Dalayrac.
— Naissance de l'opéra-comique en Allemagne : Hiller et Dittersdorf. — Gluck, réformateur de l'opéra français. Son séjour à
Vienne. Ses premières compositions. L'*Orfeo e Euridice* et l'*Alceste*.
Aperçu des réformes qu'il se proposait d'introduire dans l'opéra.
Son arrivée à Paris. Succès de ses opéras traduits en français. Les
partisans de la musique italienne lui opposent Piccinni. Gluckistes
et Piccinnistes. Caractère des opéras de Gluck. — Compositeurs italiens et allemands contemporains de Gluck.

Pendant qu'en Allemagne, au temps de Händel et de
Bach, le champ de l'opéra ne présentait qu'un sol stérile,
et que la musique religieuse était la seule branche de
l'art dans laquelle les compositeurs montrassent de l'originalité et qui fût marquée au coin du génie germanique, en
France, presque toute la musique se concentrait dans l'o-
péra, qui avait su résister aux influences exercées partout
ailleurs par la musique italienne, et avait conservé son caractère national. L'œuvre fondée par Lully subsistait encore pleine de vie, et soutenue par les sympathies de la
nation, lorsque Rameau, qui ne s'était fait connaître jusqu'alors que par son éminent talent d'organiste et par le
traité d'harmonie dont j'ai parlé, entra résolûment dans
la carrière dramatique. Mais, comme il avait sa réputation à faire, il lui fallut, pour obtenir un libretto, promet-
tre cinquante louis d'or à l'abbé Pellegrin, qui écrivit pour

lui l'opéra d'*Hippolyte et Aricie* (1732). Le succès dépassa toute attente, et, après la première représentation, le poëte enchanté se jeta au cou du musicien et déchira l'engagement qu'il lui avait fait signer. Dès lors, le nom de Rameau remplit toutes les bouches. D'autres opéras, parmi lesquels on peut citer, comme les plus célèbres, *Dardanus* et *Castor et Pollux*, succédèrent à *Hippolyte et Aricie*, et bientôt la renommée du compositeur français s'étendit même en dehors de la France ; et, chose inouïe, quelques-uns de ses opéras, traduits en allemand, furent représentés à Dresde et dans quelques autres villes de l'Allemagne.

Ce ne fut cependant point sans lutte que Rameau réussit à s'imposer et à faire reconnaître son mérite. Il fut attaqué avec violence, aussi bien dans son système d'harmonie que dans ses compositions qui devaient en être la justification. En France, ce furent les partisans de Lully qui se mirent sur la brèche, pour défendre leur idole qu'ils croyaient menacée. Mais ils finirent par se calmer lorsqu'ils purent se convaincre que Rameau ne songeait point à faire sortir la musique française de la voie dans laquelle l'avait engagée le fondateur de l'opéra, et qu'il ne faisait que la perfectionner, en renforçant l'harmonie et en donnant à l'accompagnement une allure plus indépendante, et à l'orchestre un rôle plus important. Il faut reconnaître, en effet, que, sous ce rapport, les opéras de Rameau offrent une supériorité réelle sur les opéras italiens de la même époque ; comparés à ceux de Lully, leur supériorité est encore plus évidente ; et, quoiqu'ils procèdent des mêmes principes et de la même manière d'envisager la musique dramatique, on y reconnaît la main d'un compositeur qui disposait de moyens plus variés et d'un art plus perfectionné. L'opéra français ne reçut donc de Rameau aucune atteinte, et il continua de se développer, dans ses défauts comme dans ses qualités, en conservant les traits particuliers qui lui ont donné et qui lui donnent encore de nos jours son cachet individuel et national.

Mais, au moment où Rameau soutenait si dignement en France la gloire de l'opéra, la musique française, attaquée par un parti hostile et dévoué à la musique italienne, se voyait menacée dans son existence même. Hâtons-nous de dire que, de cette rivalité tant redoutée des uns, entretenue avec tant de passion par les autres, il ne sortit qu'une nouvelle conquête de l'art français, je veux dire l'*opéra-comique*, mélange de l'opéra-bouffe italien et des anciens vaudevilles. C'est l'origine de cette nouvelle forme musicale que j'ai actuellement à raconter, origine qui, on le voit, remonte aux premières années de la seconde moitié du XVIIIme siècle.

A diverses époques déjà, des bouffes italiens avaient donné des représentations à Paris. Les pièces qui composaient leur répertoire étaient généralement improvisées sur un canevas donné, moitié en italien, moitié en français; et les morceaux de chant qu'on y intercalait étaient tirés des opéras qui avaient le plus de vogue en Italie. Mais le séjour de ces acteurs avait toujours été de courte durée, vu que la jalousie des entrepreneurs des théâtres français finissait toujours par obtenir leur expulsion. On sait qu'outre ce théâtre italien intermittent, il se tenait à Paris, pendant certaines foires, un spectacle du même genre, qu'on connaissait sous le nom d'*opéra-comique*, et où l'on jouait des farces entremêlées de vaudevilles. Ce théâtre forain eut à subir les persécutions des grands théâtres privilégiés, et se vit contraint, pour subsister, d'acheter de l'opéra le droit de faire jouer ses pièces mê-

lées de chants, de danses et de symphonies. Bientôt après,
s'introduisit l'usage de composer des airs spéciaux pour
chaque pièce, au lieu des vaudevilles connus dont on
s'était contenté jusqu'alors. Un musicien nommé *Gilliers*
fut le premier qui essaya cette nouveauté dans un prologue intitulé *les Dieux à la foire* (1724). L'orchestre suivit
peu à peu les progrès du chant; on commença à adapter à
ces petites pièces des ouvertures et des espèces de symphonies; et cette musique, d'un caractère plus vif et plus
léger que celle de l'opéra, attira la foule, en sorte que les
succès de l'opéra-comique allaient toujours croissant, lorsqu'en 1752, une troupe de bouffes italiens, ayant obtenu
la permission de donner des représentations sur le théâtre du Grand-Opéra, vint, en réformant le goût du peuple
parisien, modifier les conditions de l'ancien opéra-comique. Le succès qu'eurent, dès le début, les opéras italiens,
tels que la *Serva padrona* de Pergolèse, joués par des
chanteurs dont l'art s'était formé dans les excellentes écoles d'Italie, fut immense. Pour les Français, accoutumés
à la bruyante musique de leurs compositeurs, à la déclamation forte et aux cris de leurs chanteurs *(urlo francese*, comme disaient les Italiens), les cantilènes suaves
des maîtres italiens, soutenues par un accompagnement
discret qui ne couvrait jamais la voix, devaient avoir un
charme infini. Aussi se forma-t-il bientôt à Paris deux partis bien tranchés : celui de la musique nationale, et celui
de la musique italienne; on désignait plus communément le
premier par le nom de *coin du roi*, et le second par celui
de *coin de la reine*, dénominations tirées de la place qu'ils
occupaient au parterre du théâtre. Du côté du coin de la
reine, ou de la musique italienne, vinrent se ranger Grimm,
Diderot et J.-J. Rousseau. Ce dernier, qui venait de faire

applaudir son *Devin du village,* composé sous l'inspiration de la musique qu'il avait entendue en Italie, alla, dans sa *Lettre sur la musique française,* jusqu'à prétendre que les Français ne pouvaient avoir de musique parce que leur langue était trop rebelle à la mélodie ; il faillit payer sa témérité d'un emprisonnement à la Bastille ; mais un décret, qui expulsait de Paris les bouffes italiens, mit un terme à l'ardente polémique que leur présence avait soulevée (1754).

On pourrait s'étonner de voir des hommes comme Rousseau et Diderot, qui recherchaient le vrai et le naturel en toute chose, prendre parti pour la musique italienne, dans laquelle les formes conventionnelles dominaient plus que dans toute autre, si l'on ne savait que l'opéra-bouffe, pour lequel ils prenaient parti, prêtait beaucoup moins à cette critique que l'opéra sérieux. Au surplus, les idées sur la musique étaient alors si confuses, on professait à ce sujet des théories si étranges, qu'il serait oiseux de chercher de la logique dans toutes les brochures publiées à l'occasion de cette querelle.

Le départ des bouffes italiens n'arrêta point le mouvement qui s'était fait vers la musique italienne. On se mit à traduire en français les opéras italiens qu'on avait applaudis, et il se forma, pour les jouer, une troupe de chanteurs français qui, en dépit de l'infériorité de leurs talents, eurent un grand succès. D'un autre côté, quelques musiciens français se piquèrent d'honneur, et s'appliquèrent à mettre en musique des pièces d'opéra-comique toutes françaises. On peut citer, en particulier, d'Auvergne, qui fit représenter sur la scène ses *Troqueurs* en 1753. Mais le succès qu'obtinrent ces premiers essais fut éclipsé par celui des opéras d'un musicien napolitain, appelé Duni ; et c'est à lui que l'on attribue généralement la création de l'opéra-comique, parce qu'il en perfectionna les formes, et qu'il avait un talent de beaucoup supérieur à celui de ses prédécesseurs [1].

Ninette à la cour, tel était le titre du premier opéra de Duni, fut représenté en 1755, et fut suivi d'une série d'autres pièces du même genre, qui durent leur succès à un style léger et facile et au caractère gracieux des mélodies. Duni trouva bientôt des imitateurs : le premier qui marcha sur ses traces fut Monsigny, à qui l'audition d'un opéra italien révéla sa véritable vocation, et qui étudia la composition pour écrire des opéras-comiques. Le poëte Sedaine, témoin du succès de son premier opéra, ne voulut plus écrire que pour lui. Chez Monsigny, l'insuffisance des connaissances musicales était compensée par le talent qu'il avait de donner une expression juste et naturelle aux petites pièces, appelées *romances*, dont le public raffolait. Son *Déserteur* a triomphé de l'épreuve du temps, et conserve aujourd'hui dans toute leur première fraîcheur les qualités qui le firent applaudir. Philidor débuta en même temps que Monsigny dans la même carrière. Avec plus de connaissances théoriques il n'avait guère moins de naturel, de grâce et de facilité d'invention ; mais sa passion pour les échecs l'éloigna de bonne heure du théâtre.

Tels furent les trois compositeurs qui créèrent en France l'opéra-comique, et qui le soutinrent pendant plusieurs années de leurs talents ; et c'est un fait caractéristique que l'opéra-comique, enfant du vaudeville et de la

---

[1] Si l'on pouvait, en pareille matière, ne tenir compte que des dates, l'honneur d'avoir le premier composé un opéra-comique sur un texte français original reviendrait à J.-J. Rousseau, dont le *Devin du village* fut représenté à Fontainebleau, devant la cour, en octobre 1752, et l'année suivante à l'Académie royale de musique.

chanson, ait reçu son premier perfectionnement d'un musicien qui, comme Duni, ne pouvait prétendre à des succès dans un genre plus relevé, et de deux dilettantes qui faisaient de la musique dans leurs moments perdus. Mais lorsque Grétry se fut jeté dans cette carrière avec toute l'énergie d'un talent qui a trouvé sa voie, la situation changea. C'est à lui que revient l'honneur d'avoir donné à l'opéra-comique sa forme complète; c'est lui qui lui imprima le caractère qui distingue encore aujourd'hui ce produit éminemment national de l'esprit français dans le domaine de la musique dramatique.

Né à Liége, en 1741, Grétry manifesta de bonne heure de grandes dispositions pour la musique; dès qu'il fut en âge de courir seul le monde, il partit pour Rome, où il se mit sous la direction de Casali et de Piccinni; il y passa sept ans, sans toutefois tirer grand profit de ses études, sa complexion délicate ne lui permettant pas un travail assidu. Mais la nature avait tout fait pour lui. En revenant d'Italie, il passa par Genève où, en 1767, il fit représenter son premier opéra français, *Isabelle et Gertrude*, qui eut six représentations. Il se rendit ensuite à Paris; accueilli avec bienveillance par Philidor et par Monsigny, il eut cependant bien des contrariétés à surmonter avant de pouvoir faire représenter son *Huron* (1768), qui lui concilia d'un coup la faveur du public. Dès lors, Marmontel, Sedaine et les meilleurs poëtes du temps s'empressèrent de lui fournir des librettos. Ces écrivains comprirent que la poésie dramatique devant représenter l'espèce humaine dans ses conditions naturelles, il n'y avait pas lieu de faire pour l'opéra-comique la distinction admise en Italie entre l'opéra sérieux et l'opéra bouffe; et, pour donner à ce nouveau genre plus d'intérêt dramatique, et au musicien un

champ plus vaste, ils firent entrer dans leurs librettos tous
les sentiments nobles et sérieux et toutes les passions humaines, à commencer par l'amour. Quant à l'élément bouffon, sans en être entièrement banni, il tomba au second
rang; et c'est ainsi que l'opéra-comique, en admettant ce
mélange de gaîté et de sérieux fondé sur l'observation de
la nature, se rapprocha de plus en plus du drame ou de
la comédie sérieuse; mais le caractère particulier qu'il prit
par l'absence des récitatifs, remplacés par le dialogue
parlé, suffit à le distinguer nettement du grand opéra, en
même temps que ce dialogue parlé, dans lequel le librett-
tiste pouvait donner carrière à ses saillies, offrait un attrait
piquant pour des oreilles françaises et imposait à la musique des allures moins solennelles.

Tel fut le genre que Grétry s'appliqua à perfectionner.
Ce qui dominait dans son génie, c'était moins la grandeur
des conceptions que la grâce, la délicatesse et le goût. Les
impressions étaient chez lui plutôt vives et faciles à exciter que profondes; mais il avait à un haut degré l'intelligence de l'expression vraie des sentiments de l'âme, et
c'est à la plus grande vérité possible d'expression par le
chant, par la mélodie pure, qu'il visa avant tout. Lorsqu'il
composait une mélodie, il pesait chaque mot, afin de lui
donner l'accentuation musicale le plus en harmonie avec
l'accentuation syllabique, et c'est dans cette relation toute
prosodique entre le chant et le texte qu'il faisait consis-
ter l'expression musicale. On reconnaît là les mêmes principes que ceux qui dirigeaient Lully; mais l'instinct mélodique de Grétry l'empêcha de tomber dans le genre déclamatoire. Grétry a ainsi écrit une foule de choses charmantes, fort distinguées dans leur genre et composées avec
infiniment d'esprit et de goût; mais elles ne sortent guère

du genre gracieux et sentimental. Quant à l'accompagnement, il n'a, dans ses opéras, qu'un rôle insignifiant; Grétry, soit par principe, soit parce que le travail harmonique ne fut jamais son fait, le traite comme un accessoire de peu d'importance; au reste, cette simplicité d'instrumentation, qui se justifie assez dans le genre de l'opéra-comique, ne fit que rendre ses ouvrages plus populaires en France.

On voit que la théorie de Grétry, théorie qu'il a lui-même développée dans ses *Mémoires* avec une singulière naïveté d'amour-propre, n'était au fond qu'une espèce de compromis entre la mélodie italienne et la déclamation française. Aussi, ce compositeur eut-il l'insigne bonheur de se voir également apprécié par les deux partis entre lesquels se partageait le public français : les encyclopédistes étaient surtout enchantés de retrouver dans ses opéras le charme mélodique de la musique italienne, et Jean-Jacques le remerciait, avec une effusion qui n'était point simulée, d'avoir « rouvert son cœur à des émotions dont il ne le croyait plus susceptible. »

Les opéras de Grétry jouirent en France, pendant bien des années, d'une vogue immense ; plusieurs même, tels que *Zémire et Azor*, le *Tableau parlant*, *Richard, Cœur-de-lion*, la *Fausse magie*, etc., firent le tour de l'Europe, et font encore aujourd'hui les délices de bien des gens : des vieillards d'abord, qui y retrouvent les impressions de leur jeunesse, et puis de tous ceux qui n'ont pas encore le goût assez blasé pour rester insensibles à cette musique naïve, expressive et discrète. Grétry forma plusieurs jeunes compositeurs qui poursuivirent la même carrière. C'est à lui, en particulier, que Dalayrac dut de pouvoir se vouer à la composition, et de doter la France de nombreux et charmants opéras dont quelques-uns, tels que *Adolphe et Clara, Nina, Gulistan,* etc., n'ont rien perdu de leur fraîcheur d'inspiration.

Les Allemands se montrèrent beaucoup plus sympathiques à l'opéra-comique qu'au grand opéra, et cette importation française, si bien marquée au coin de l'esprit gaulois, trouva en Allemagne un accueil que rien, semble-t-il, ne devait faire présager; et, chose bizarre, c'est dans cette même ville de Leipzig, dont le goût musical s'était formé en grande partie sous l'influence des compositions sévères de Séb. Bach, que l'opéra-comique allemand, ou *opérette,* prit naissance. Hiller, *cantor* de l'école de St.-Thomas, écrivit, dès 1764, sur les instances du directeur du théâtre, plusieurs opérettes conçues dans le même esprit et sur le même modèle que les opéras de Duni, de Monsigny et de Philidor, et qui eurent un succès retentissant dans toute l'Allemagne; le compositeur viennois Dittersdorf s'illustra aussi dans la même carrière : ses ouvrages, très-populaires dans son temps, ont encore aujourd'hui un certain intérêt. Mais ces tentatives faites pour fonder un opéra-comique allemand ne devaient pas être plus heureuses que celles de Keiser pour fonder un grand opéra.

L'ordre des faits nous appelle maintenant à parler de la transformation que Gluck fit subir à l'opéra. Nous avons vu comment, en Italie, l'opéra était sorti des tentatives faites par quelques érudits dans le but de retrouver le style de la déclamation tragique des anciens, tentatives qui avaient abouti à la création d'une forme musicale nouvelle, le récitatif; comment le récitatif, en se développant et en agrandissant son cadre, avait donné naissance à l'air; comment enfin l'air, par suite du perfectionnement de l'art du chant, et de la faveur populaire qui s'attacha exclusivement aux chanteurs, avait fini par absorber tout l'opéra.

Il ne pouvait plus être question pour le compositeur dramatique italien de but idéal à poursuivre, dès le moment où tout se réduisait pour lui à servir d'intermédiaire entre le chanteur et le public, et où tous ses talents devaient être forcément employés à faire ressortir de la manière la plus avantageuse le talent du premier. En France, les choses n'allaient guère mieux; et si Lully et, à son exemple, tous les compositeurs qui vinrent après lui, donnèrent plus d'attention à la vérité de l'expression, les formes déclamatoires et ampoulées de l'opéra français n'étaient guère moins éloignées que les molles cantilènes italiennes de l'idéal vers lequel la musique dramatique devait tendre. Ces défauts durent frapper tous ceux que préoccupait sérieusement l'état de l'opéra, soit en Italie soit en France, et plus d'un musicien de conviction dut rechercher par quels moyens il serait possible de le détourner de cette pente funeste sur laquelle il était entraîné, et qui l'éloignait de plus en plus de son but. Telles étaient au moins les pensées qui s'agitaient alors dans la tête du grand musicien dont nous avons à nous occuper, et qui, après une carrière déjà bien remplie, et marquée par des succès qui auraient pu suffire à sa gloire, avait formé le projet de réformer la musique dramatique.

C'était en 1762 : le chevalier Gluck (Christoph-Willibald) était alors âgé de quarante-huit ans. Né en 1714, à Weidenwangen, petit bourg du Palatinat bavarois, sur les frontières de la Bohême, sa jeunesse s'était passée à courir le monde. Il avait d'abord visité l'Italie, où il avait étudié la composition, et où il avait fait représenter ses premiers opéras. Il avait séjourné quelque temps à Londres, et y avait reçu les conseils de Händel. Partout ses opéras avaient été favorablement accueillis. Mais sentant l'insuffisance de ce style italien dans lequel il avait écrit tous ses ouvrages, il était revenu dans sa patrie mécontent de lui et des autres. A Vienne, où l'opéra italien était encore dans tout son éclat, Gluck s'occupa à différents travaux de composition, et fut bientôt nommé maître de chapelle du théâtre de la cour; il composa, dans ces fonctions, plusieurs petits opéras-comiques sur des textes français, et quelques mélodrames, genre nouveau que l'Allemand Benda avait récemment mis à la mode. C'est au milieu de ces travaux variés, interrompus par de fréquents voyages en Italie, où il était appelé pour y faire représenter ses ouvrages, que les idées de Gluck se mûrirent et que son plan de réforme de l'opéra se dessina dans son esprit. Lorsqu'il crut être suffisamment préparé pour son nouveau rôle, il s'adressa non point à Metastasio, le librettiste en vogue, mais au poëte Calzabigi qui partageait ses vues, et qui écrivit, à son intention et sur ses indications, le libretto d'*Orfeo ed Euridice*. Cet ouvrage, rempli de situations fort dramatiques dont Gluck sut tirer un admirable parti, fut le premier pas fait par le réformateur vers la réalisation de ses idées ; mais la réforme ne s'y montrait pas encore dans toute son étendue, et le succès que cet opéra obtint à Vienne et en Italie prouve assez qu'il n'offrait rien de trop antipathique aux idées reçues. Aussi ne peut-il être considéré que comme une transition entre le premier et le second style de Gluck.

Quelques années après, en 1767, parut sur le théâtre de la cour *Alceste*, et c'est dans cet opéra que Gluck rompit, plus complétement que dans ses précédents ouvrages, avec les anciennes traditions; c'est là que l'on put apercevoir dans tout son jour la portée de la réforme qu'il prétendait réaliser. Et pour qu'on ne s'y pût méprendre, il expliqua au long tout son plan dans la dédicace, en langue italienne, mise en tête de la partition de son opéra qui parut imprimée en 1769. Voici les principaux passages de cette pièce intéressante : « Je me suis proposé, dit-il, de mettre fin à tous les abus qui, introduits par suite de la vanité malentendue des chanteurs ou de la trop grande condescendance des compositeurs, défigurent depuis si longtemps l'opéra italien, et qui, du plus magnifique et du plus noble des spectacles, en font le plus ridicule et le plus ennuyeux. J'ai voulu renfermer la musique dans ses attributions véritables, qui consistent à rehausser la poésie par l'expression et par les situations du drame, sans interrompre l'action et sans la refroidir par des ornements inutiles et superflus. J'ai cru qu'elle devait faire le même effet que, sur un dessin correct et bien disposé, la vivacité et le contraste judicieux de la lumière et de l'ombre, qui servent à animer les figures sans en altérer les contours. En conséquence, je n'ai pas voulu qu'un acteur s'arrêtât, ni au moment le plus intéressant du dialogue pour attendre une ennuyeuse ritournelle, ni au milieu d'un mot et sur une voyelle favorable pour lui donner l'occasion de faire parade, dans un long passage, de l'agilité de sa voix, ou pour attendre que l'orchestre lui donne le temps de reprendre haleine pour un point d'orgue. Je n'ai pas cru devoir passer rapidement sur la seconde partie d'un air, quand elle avait une réelle importance, pour avoir l'occasion de répéter régulièrement quatre fois les paroles de la première partie, et terminer l'air juste à l'endroit où peut-être le sens n'est point achevé, et tout cela uniquement pour que le chanteur puisse faire voir qu'il est capable de modifier autant de fois un même passage, suivant son caprice. En somme, j'ai cherché à bannir tous ces abus contre lesquels se récrient depuis si longtemps et la raison et le bon sens. Je pense que la symphonie doit préparer les auditeurs à l'action, dont elle doit être, pour ainsi dire, l'argument; que les instruments doivent se proportionner à l'intérêt et à la passion, qu'il ne faut pas laisser un si grand intervalle entre le récitatif et l'air, de peur de couper les phrases à contre-sens, et d'interrompre mal à propos la force et la chaleur de l'action. J'ai cru, en outre, devoir viser à une noble simplicité : aussi ai-je évité avec soin de sacrifier la clarté aux difficultés ; et je n'ai introduit en fait de nouveautés que celles qui pouvaient se justifier par la situation et par l'expression. Enfin, j'ai cru devoir sacrifier même les règles à l'effet. Tels sont les principes qui m'ont dirigé, etc. »

C'était mettre hardiment le doigt sur la plaie, et aucun esprit impartial ne pouvait contester la force, non plus que la vérité et l'à-propos d'une pareille critique. Mais qu'importait au public ! Habitué à l'opéra tel qu'il était alors, les défauts si franchement signalés par Gluck ne l'offusquaient guère, et il était bien plutôt disposé à blâmer le musicien assez osé pour vouloir lui prouver que ses sympathies étaient déplacées, et qu'il n'avait plus qu'à brûler ce qu'il avait adoré. N'est-ce pas là l'éternelle histoire de tous les grands hommes qui ont fait progresser d'un pas l'esprit humain ? Ne se voient-ils pas trop souvent méconnus, en butte à l'envie, à l'indifférence ou au mépris ? Heureux encore, s'ils vivent assez pour voir leurs idées acceptées, et leur nom acclamé par les mêmes bouches qui n'avaient naguère que des paroles de moquerie et de dénigrement !

Les choses n'allèrent peut-être point aussi loin pour le musicien réformateur ; mais enfin, il n'obtint pas les ré-

sultats qu'il attendait de son *Alceste;* et si le public ne se-
montra pas décidément hostile, il resta froid. C'était faire
beau jeu aux critiques qui, ne comprenant point la portée
des innovations que Gluck avait introduites dans son opéra, se déchaînèrent contre lui, si bien qu'il se crut obligé
de reprendre la plume pour expliquer et défendre son œuvre : « Ce n'était, dit-il dans la préface de *Paride ed Elena*
qui suivit *Alceste,* que dans l'espérance de trouver des
imitateurs que je me suis décidé à publier la musique de
l'*Alceste :* Je pensais qu'on s'empresserait de me suivre
dans la voie que je venais d'ouvrir, et de mettre fin aux
abus qui se sont introduits dans l'opéra italien. Mais mon
espoir a été déçu. Les demi-savants et les critiques qui
forment malheureusement la majorité du public et qui,
de tout temps, ont fait mille fois plus de tort aux beaux-
arts que les ignorants, se sont ameutés contre un projet
de réforme qui bouleverse toutes leurs habitudes. On a cru
pouvoir juger d'un coup *Alceste* qui a été mal étudié, mal
dirigé et encore plus mal exécuté. On a voulu calculer
dans une chambre l'effet d'un opéra qui est écrit pour la
scène, et cela avec la légèreté d'esprit des Abdéritains qui
prétendaient juger à quelques pieds de distance l'effet de
statues qui devaient être placées sur le sommet de hautes
colonnes. De là vient qu'un dilettante pédant, un de ceux
qui n'ont d'âme que dans l'oreille, trouve un air trop énergique, un passage trop dur ou trop peu préparé, ne comprenant pas que ce passage, que cet air, dans la situation
où se trouvent les personnages, demandaient précisément
la plus forte expression, pour produire l'effet de contraste
le plus frappant. Un harmoniste a découvert une négligence, qui est un trait de génie, et il ne manque pas de
crier à la violation des règles. Il y a ainsi une foule de

bavards tout prêts à critiquer cette musique et à la déclarer barbare, sauvage et tendue. »

Le fait est qu'à cette époque l'Allemagne n'était pas capable de comprendre Gluck, et Vienne moins que toute autre ville allemande. Là, comme en Italie, on ne demandait à l'opéra qu'une jouissance sensuelle ; on n'y voyait qu'une agréable distraction. Il n'y avait alors en Europe qu'un public qui fût en état d'apprécier les idées élevées que Gluck avait sur l'art dramatique, et qu'une scène où elles pussent recevoir leur réalisation : c'étaient l'Académie royale de Paris et le public parisien. Celui-ci n'était point, comme les Viennois, inféodé à la musique italienne ; le caractère particulier donné à l'opéra français par Lully était le résultat des tendances naturelles de l'esprit français ; ce que le public parisien recherchait dans l'opéra, c'était moins la musique elle-même, que son application convenable à une action dramatique, mettant ainsi les jouissances de l'oreille après celles de l'esprit et de l'imagination. Aussi le récitatif y jouait-il un rôle beaucoup plus important que l'air, et y était-il le moyen essentiel d'expression.

Ces circonstances, qui semblaient combinées à souhait, offraient au réformateur de l'opéra un point d'appui précieux : Gluck le comprit et s'ouvrit à un attaché de l'ambassade française à Vienne, Bailly du Rollet, homme de goût et amateur distingué de musique, qui était en relations d'amitié avec Gluck depuis plusieurs années et appréciait dignement son génie. Du Rollet applaudit à l'idée du compositeur ; et sans perdre de temps, il se mit à arranger lui-même en opéra l'*Iphigénie en Aulide* de Racine. Il ne pouvait choisir un sujet mieux en rapport avec le talent de Gluck, et qui fût plus sympathique au public parisien. Gluck eut bientôt achevé son travail : il en fit entendre quelques fragments à Du Rollet qui aussitôt écrivit à Paris pour faire ouvrir au compositeur allemand les portes de l'Académie royale. Cette première démarche resta sans succès, et l'admission de l'*Iphigénie* aurait traîné peut-être longtemps encore en longueur, si Gluck ne s'était assuré la protection de la jeune reine Marie-Antoinette qui, avant son mariage, alors qu'elle n'était qu'archiduchesse d'Autriche, avait été son élève. Gluck put enfin partir pour Paris. A peine arrivé, il se mit à diriger les répétitions de l'*Iphigénie* qui, après de nombreuses difficultés, provenant en grande partie de l'entêtement des chanteurs et des musiciens de l'orchestre, et que Gluck ne parvint à surmonter qu'à force d'énergie et de résolution, parut enfin sur la scène française (1773).

L'attention était d'autant plus vivement éveillée que les Français apportaient alors à ces questions d'art toute la fougue et l'impétuosité qu'ils devaient porter plus tard dans la politique, et que la guerre entre bouffonistes et antibouffonistes n'était pas encore éteinte. La sensation fut immense, et le triomphe de Gluck ne fut pas un instant douteux. Cependant ce succès n'était pas fait pour réconcilier les partis : c'était plutôt un nouveau brandon de discorde. Les partisans de la musique italienne, qui comptaient alors dans leurs rangs Laharpe et Marmontel, ne voyant dans celle de Gluck que l'ancienne musique française à peine modifiée, n'étaient pas plus disposés à prendre parti pour le compositeur allemand que les partisans de la musique française, qui eux ne voulaient reconnaître d'autres dieux que Lully et Rameau. Il se forma donc un troisième parti, celui des Gluckistes, dans lequel vinrent se ranger tous ceux qui n'étaient enrôlés sous aucun drapeau, et quelques rares transfuges, J.-J. Rousseau entre autres, esprits impartiaux qui, reconnaissant dans Gluck le génie du grand réformateur, abandonnèrent leurs anciennes idées et se jetèrent sans arrière-pensée dans les nouvelles.

Gluck ne voulut pas laisser refroidir l'intérêt qui s'était attaché à lui, et dès l'année suivante, en 1774, il fit représenter *Orphée*, qui n'était autre que l'*Orfeo ed Euridice*, traduit en français et arrangé pour la scène de l'Académie royale ; plus tard, il donna son *Alceste*, auquel il avait fait subir un remaniement complet, et quelques autres ouvrages de moindre importance qui eurent plus ou moins de succès.

Les partisans de la musique italienne ne désespéraient cependant pas de leur cause. Pour contre-balancer, pour détruire même, s'il était possible, l'influence de Gluck, ils firent venir à Paris Piccinni, qui passait alors pour le compositeur le plus distingué de l'Italie. Son arrivée à Paris (1776) et la rivalité qui s'établit immédiatement entre les deux compositeurs, rallumèrent la fureur des partis, et la querelle des Gluckistes et des Piccinnistes, entretenue par la publication d'un grand nombre de brochures et de pamphlets plus acerbes les uns que les autres, continua de partager la France en deux camps. Il faut lire dans les Mémoires du temps, et particulièrement dans la *Correspondance littéraire* de Grimm, les détails souvent comiques de cette guerre d'opinion, pour avoir une idée de l'acharnement qu'on montrait des deux côtés. « La discorde, dit Grimm, s'est emparée de tous les esprits : elle a jeté le trouble dans nos académies, dans nos cafés, dans toutes nos sociétés littéraires. Les gens qui se cherchaient le plus se fuient, les dîners même, qui conciliaient si heureusement toute sorte d'esprits et de caractères, ne respirent plus que la contrainte et la défiance. Les bureaux d'esprit les plus brillants, les plus nombreux jadis, à présent sont à moitié déserts. On ne demande plus : Est-il Janséniste, est-il Moliniste, philosophe ou dévot ? On demande : Est-il Gluckiste ou Piccinniste ? Et la réponse à cette question décide toutes les autres. »

Quant au public, qui ne cherchait point à analyser ses impressions, et qui n'avait ni sympathie, ni prévention systématique, il laissait dire, et tandis que les beaux-esprits disputaient, critiquaient, écrivassaient, il courait aux opéras de Gluck et les applaudissait sans arrière-pensée.

En 1777, Gluck donna son *Armide :* elle n'eut pas beaucoup de succès aux premières représentations ; mais peu à peu le public y prit goût, et cette pièce devint bientôt aussi populaire que les autres. Cependant Piccinni travaillait de son côté : on lui avait confié le *Roland,* de Quinault, dont Marmontel lui traduisait mot à mot le texte, car le compositeur italien ne savait pas un mot de français. Lorsque vint le jour de la représentation, Piccinni, dont le caractère timide se trouvait mal à l'aise au milieu des intrigues qui se croisaient autour de lui, désespérant du succès, voulait quitter la partie et retourner à Naples. Mais le public fit à son ouvrage l'accueil le plus flatteur. A quoi attribuer ces revirements apparents dans l'opinion publique, et comment concilier cet enthousiasme pour la musique italienne avec celui que le même public avait manifesté pour les opéras de Gluck ? La chose n'est pas facile à expliquer. Peut-être le succès du *Roland* de Piccinni n'était-il qu'un hommage rendu à l'auteur de la *Cecchina,* opéra-comique qui avait fait les délices des Pari-

siens à l'époque des Bouffes italiens, et qui avait passé
ensuite dans le répertoire de l'opéra-comique français sous
le titre de *la Bonne fille*. Quoi qu'il en soit, le succès de
l'opéra de Piccinni donna un nouvel aliment aux passions,
et la guerre entre les partisans des deux musiciens rivaux
continua plus ardente que jamais. En 1779 parut l'*Iphigénie en Tauride* : aucun des opéras de Gluck ne fut accueilli avec autant d'enthousiasme, et le succès, décidé
dès le premier jour, ne fit que se consolider de plus en
plus. Il fut suivi, quelques mois plus tard, d'*Écho et Nar-
cisse*, drame lyrique, qui fut reçu assez froidement. Ce
furent là les dernières productions du génie de Gluck.
Son âge avancé (il avait soixante-cinq ans) l'avertissait
qu'il était temps de songer au repos; il se décida enfin à
quitter le théâtre de sa gloire, et se retira à Vienne où
il mourut quelques années après, en 1787.

La citation que j'ai faite de la préface imprimée par
Gluck en tête de son *Alceste* a déjà donné une idée de la
portée de la réforme qu'il visait à opérer dans la musique
dramatique. On a pu voir que, considérée de près, cette
réforme n'était au fond qu'un retour vers le passé et aux
principes mêmes qui avaient dirigé les créateurs de l'o-
péra, principes dont les compositeurs dramatiques s'étaient
de plus en plus écartés, au point que l'opéra italien n'était
plus, au temps de Gluck, qu'une suite d'airs destinés à
faire briller le talent des chanteurs, et que tout intérêt
tiré du drame même, de la situation et des passions des
personnages, en était complétement banni. Gluck envisagea
tout autrement les conditions du drame lyrique : il y vit,
comme dans la tragédie, une action complète, suivie, et
d'un intérêt d'autant plus soutenu que la musique devait
la mettre encore plus en relief, en s'attachant avant tout

à la vérité de l'expression dramatique ; et cette vérité d'expression, il ne chercha pas à la réaliser seulement dans certaines situations particulières du drame, dans un certain air ou dans un certain duo, mais dans toutes les parties de l'opéra, dont chaque détail était, dans sa pensée, également essentiel, et devait concourir également à l'effet général. C'est en partant de ces principes qu'il demandait au librettiste, non plus seulement des scènes à airs et à récitatifs, mais encore des situations imposantes, émouvantes, dans lesquelles des chœurs, des marches, des danses même pussent entrer comme partie intégrante et liée à l'action dramatique, et fournir au compositeur l'occasion d'un développement grandiose de l'élément musical.

Voyons maintenant ce que les parties essentielles, les éléments de l'opéra ont gagné dans les opéras de Gluck. Ses airs, si on ne les considère que sous le rapport de l'inspiration mélodique, ne se distinguent guère de ceux des compositeurs italiens ; mais la coupe n'en est plus la même : Gluck en a retranché ce qu'ils avaient de trop conventionnel, les reprises, les ritournelles déplacées, et toutes ces formules contre lesquelles nous avons vu qu'il s'était si fortement élevé. La mélodie en est d'une grande, d'une majestueuse simplicité ; elle est surtout éminemment expressive. Le talent de Gluck ne se pliait pas facilement à l'expression de tous les sentiments, et s'il a quelquefois rencontré la grâce, il faut reconnaître que c'est surtout dans les situations fortes qu'il est à l'aise ; c'est là qu'apparaît avec le plus d'éclat le sentiment profond du grand, du sublime, qui est le caractère principal de son génie, et qui se manifeste par cet élan passionné qu'on admire chez ses personnages, comme aussi par la simplicité des moyens qu'il met en œuvre.

Quant au récitatif, il prit dans les opéras de Gluck une importance réelle ; on n'y rencontre plus guère que le récitatif obligé, et pour le rendre digne du rôle essentiel qu'il lui donnait, Gluck mit tous ses soins à le relever par la vérité de l'expression dramatique. C'est ici surtout qu'on trouve l'application des principes qu'il professait sur les rapports de la poésie et de la musique. Suivant lui, la musique devait être en une certaine mesure subordonnée à la poésie ; mais son tact l'empêcha de tomber dans l'erreur des compositeurs français, qui avaient imaginé de donner pour base à la déclamation musicale les règles de l'accentuation syllabique. Le point de vue de Gluck est bien plus élevé, et s'il cherchait avant tout à rendre avec le plus de soin et de vérité possible, par la déclamation notée, le sens des paroles prises isolément, il ne se contenta pas de cette vérité d'expression ; il voulut que les phrases du récitatif eussent leur beauté propre, leur valeur esthétique, fondée sur l'heureux choix du rhythme et de la mélodie, et sur des formes d'accompagnement en rapport avec la situation.

L'accompagnement, en effet, ce puissant auxiliaire du chant, ne pouvait pas être négligé par Gluck ; il comprit, le premier, la variété infinie d'effets qu'on pouvait obtenir soit par le rhythme et les différentes figures d'instrumentation, soit par le choix des instruments employés dans une situation donnée, la différence de leurs timbres ou de leurs sonorités rendant les uns plus propres que les autres à l'expression de certains sentiments. Il suffirait, pour démontrer à quel point Gluck avait l'intelligence des effets qu'on pouvait tirer de l'accompagnement, de rappeler sa réponse presque sublime à certain critique qui lui demandait pourquoi il avait mis une figure d'accompagnement qui peignait l'agitation et le trouble, sous ces paroles chantées par Oreste : « Le calme renaît dans mon cœur. » « Il ment, » s'écria Gluck, « il a tué sa mère. »

Il faut cependant reconnaître que les résultats n'ont pas toujours répondu à la grandeur du but que Gluck poursuivait, et qu'il est resté quelquefois au-dessous de sa tâche, parce que sa puissance d'invention, d'imagination créatrice, n'était pas proportionnée à ses autres facultés. S'il avait à un haut degré l'instinct de la grandeur, du sublime, il ne lui était pas facile de descendre de ces hauteurs, et de peindre des sentiments et des passions d'un caractère moins élevé. Il en résulte que ses personnages sont tous un peu jetés dans le même moule ; les passions, les sentiments qu'il met en jeu sont tous de la même famille et découlent de la même source : l'amour maternel, filial ou conjugal, le courage, l'audace, la colère, tel est le cercle dont il ne sort guère ; et, s'il est vrai qu'il se montre incomparable dans la peinture de ces sentiments, il faut reconnaître, d'un autre côté, que le génie d'un compositeur dramatique n'est complet qu'à la condition de faire résonner toutes les cordes de l'âme humaine. Gluck n'a voulu ou n'a su en faire vibrer que quelques-unes ; il n'a pas su non plus mettre en présence des caractères différents, et tirer de leur opposition ces piquants effets de contraste que nous admirons dans les œuvres plus modernes.

Le monologue est encore dans les opéras de Gluck l'élément essentiel sur lequel roule tout le drame ; c'est là la cause de l'uniformité et, tranchons le mot, de la monotonie qui y règne. S'ils ont cette grandeur noble et sévère qui rappelle la tragédie grecque, ou le bas-relief antique, ils manquent de la variété et de la souplesse de style que l'on demande aux compositeurs dramatiques de notre temps.

Avec tout cela, Gluck n'en reste pas moins une grande et puissante individualité. Son intelligence, aussi vaste que profonde, embrassait d'un coup d'œil l'ensemble d'une œuvre dramatique, sans laisser échapper le moindre détail et sans s'y perdre. Sa préoccupation constante fut une recherche réfléchie, raisonnée, de la vérité dramatique qu'il réalisa complétement, au moins dans le style tragique. C'est là ce qui le caractérise, et ce qui le rend digne de la place élevée qu'il occupe dans l'histoire de la musique française. Je dis de la musique française; car Gluck, comme nous l'avons vu, fut le continuateur de Lully et de Rameau, aussi bien par sa manière d'envisager les conditions du drame lyrique que par son style. Ce style simple, pauvre même au point de vue de l'harmonie, est français par la déclamation et italien par la mélodie; par aucun côté il ne se rattache à la musique allemande. Aussi les Allemands seraient-ils assez mal fondés à revendiquer Gluck pour l'un des leurs; et si les œuvres de ce compositeur, mal accueillies dans l'origine en Allemagne, ont fini par s'y acclimater et s'y soutiennent encore aujourd'hui sur les grands théâtres, elles doivent ce privilége moins peut-être à la sympathie réelle qu'elles rencontrent, qu'à un sentiment bien naturel d'amour-propre national qui tient à inscrire le nom glorieux du réformateur de l'opéra sur la liste, si pauvre jusque dans ces derniers temps, des compositeurs dramatiques allemands.

Au surplus, Gluck, qui s'était plaint, après la publication de son *Alceste*, du peu d'accueil que rencontraient ses idées en Allemagne et de l'hésitation que montraient les compositeurs contemporains à le suivre sur le terrain nouveau où il avait transporté l'opéra, ne semble pas avoir trouvé plus de sympathie chez les compositeurs français.

Grétry, à la vérité, partageait sa manière de voir; il avait même été en quelque sorte son précurseur; mais le genre auquel il s'était voué était sensiblement différent de celui de l'opéra, et Gluck, à la fin de sa vie, se retrouva isolé comme auparavant; si bien que, lorsque la direction de l'Académie royale lui demanda de désigner celui qu'il croyait le plus capable de lui succéder, ce n'est pas sans hésitation que le vieillard se décida à recommander un Italien, Salieri, son élève, comme celui qui était le mieux entré dans ses idées. Le moment n'était pas encore venu où de dignes mains devaient recueillir la riche succession de Gluck.

En Italie, l'école napolitaine était encore dans tout l'éclat de sa gloire, et continuait de former de nombreux compositeurs qui marchaient sur les traces de leurs prédécesseurs, sans se douter que la réforme de Gluck sapait par sa base l'opéra sur lequel ils bâtissaient leur renommée. J'ai nommé ceux qui avaient été les successeurs et élèves immédiats de Leo et de Durante. A cette liste il convient d'ajouter le nom de Jomelli (Nicolò), né dans la même année que Gluck, et que le succès de ses premiers opéras représentés à Naples fit appeler à Rome en 1740. Sa réputation s'y consolida; on trouvait dans ses mélodies riches et abondantes du feu, de la verve, et ces brillantes qualités devaient être d'autant plus appréciées qu'elles étaient plus rares chez les compositeurs de ce temps. Aussi devint-il bientôt le favori des Romains qui le surnommèrent l'*Incantatore* (l'*Enchanteur*). Jomelli avait fait de son art une étude sérieuse, et, après avoir achevé son éducation musicale à Naples, il était allé se perfectionner à l'école du père Martini à Bologne. Mais si la popularité s'acquiert vite en Italie, elle se perd aussi avec la même facilité. Un jeune compositeur portugais, nommé Terradeglias, réussit bientôt à gagner la faveur de ce même public romain qui s'était montré si bienveillant pour Jomelli. Il écrivait aussi bien dans le genre d'église que dans le genre dramatique. Le carnaval de 1747, à l'occasion duquel les deux rivaux écrivirent chacun un nouvel opéra, décida du sort de Jomelli dont l'ouvrage fut sifflé, tandis que celui du Portugais fut porté aux nues. Le lendemain on trouva le corps de Terradeglias dans le Tibre, percé de coups de stylet. Rien ne prouve que Jomelli ait eu part à ce crime; mais il saisit le premier prétexte qui se présenta pour quitter Rome, et il accepta l'invitation que lui fit le duc de Wurtemberg de venir à Stuttgart, où il trouva un théâtre d'opéra fort bien monté, et une place lucrative, où il eut l'occasion de déployer, soit comme compositeur, soit comme directeur d'orchestre, des talents qui répandirent sa renommée dans toute l'Europe.

Après un séjour de vingt ans dans cette capitale, Jomelli retourna en Italie, s'établit dans une jolie maison de plaisance à Aversa, près de Naples, et fit représenter dans cette capitale, mais sans grand succès, quelques-uns des opéras qu'il avait écrits en Allemagne. Il mourut en 1774. Jomelli a aussi composé quelques œuvres d'église, en particulier un *Benedictus*, une messe de *Requiem* et un *Miserere* à deux voix de femme, qui fut son chant du cygne. Ces ouvrages, d'un fort beau style, ne seraient cependant pas, s'il faut en croire certains critiques, à la hauteur de ses opéras; Mozart, qui s'y connaissait, avait, paraît-il, la même opinion. Il n'en est pas moins vrai que les compositions religieuses de Jomelli figurent encore aujourd'hui avec honneur sur le programme des concerts spirituels, tandis que ses opéras sont complétement tombés dans l'oubli.

On peut citer encore, comme contemporains de Gluck, quelques instrumentistes célèbres, tels que le violoniste Pugnani, élève de Tartini, dont il continua l'école, et en Allemagne le flûtiste Quanz, le maître de Frédéric le Grand, auteur d'un grand nombre de compositions pour son instrument, et de la première méthode de flûte publiée en Allemagne ; enfin, et surtout, le second et le plus célèbre des fils du grand Sébastien Bach, Karl-Philippe-Emmanuel, qui fut d'abord l'accompagnateur attitré du roi de Prusse, et qui s'établit ensuite à Hambourg, où il mourut en 1788, ce qui lui a valu le surnom de Bach de Hambourg. Ses compositions dans le genre de l'oratorio, de la cantate religieuse et du choral, lui assurent une place distinguée parmi les compositeurs d'église. Ce sont cependant plutôt ses nombreuses compositions instrumentales, pour lesquelles Haydn et Mozart professaient la plus grande estime, qui ont établi sa réputation. On peut dire que par son *Essai sur la véritable manière de toucher le clavecin,* digne pendant du *Wohl temperirte Klavier* de son illustre père, et par ses excellentes compositions pour cet instrument, il a fondé l'école allemande de piano, que continuèrent après lui Mozart, Clementi et les autres pianistes de l'époque classique.

CHAPITRE XIV

Haydn. Son enfance et son éducation musicale. Il est nommé directeur
de la chapelle du prince Esterhazy, à Eisenstadt. Son activité et
ses travaux pendant cette époque. Son voyage en Angleterre. Son
retour à Vienne. La *Création* et les *Saisons*. Caractère général des
œuvres de Haydn. Origine de la *Symphonie*; Haydn lui donne,
ainsi qu'au *Quatuor*, sa forme définitive. — **Mozart**. Sa prodigieuse
précocité. Ses voyages en France, en Angleterre et en Italie. Ses
premières compositions. Second voyage à Paris. Son retour; il se fixe
à Vienne. Son activité et ses travaux pendant cette époque; les
Nozze di Figaro, Don Giovanni, la Flûte enchantée, etc. Histoire
mystérieuse du *Requiem*. Mort de Mozart. Sa mission : il représente
l'art moderne arrivé à son apogée. — Compositeurs italiens contemporains de Haydn et Mozart : Piccinni, Sacchini, Paisiello et
Cimarosa.

La réforme tentée par Gluck, et réalisée en partie par
ce grand génie, devait infailliblement amener une transformation complète de l'opéra ; mais cette transformation ne
pouvait se faire instantanément : il fallait d'abord que la
musique instrumentale reçût les perfectionnements nécessaires pour être en état de répondre aux nouvelles exigences. Ces perfectionnements, c'est à Haydn qu'elle les
doit ; ce fut la mission que ce grand musicien eut à accomplir, et c'est là ce qui marque sa place dans l'histoire de
la musique.

Rien de plus calme, de moins accidenté, de plus monotone que la vie de Joseph Haydn. L'aîné d'une famille
qui devait compter jusqu'à vingt enfants, il naquit à Rohrau, petit bourg de la Basse-Autriche, tout près de la
frontière de Hongrie, en 1732. Son père, pauvre char-

22

ron, avait bien de la peine à gagner sa vie; après son rude travail du jour, son plus grand plaisir, c'était de jouer de la harpe et d'accompagner sa femme qui aimait à chanter des mélodies populaires. Le petit Joseph faisait sa partie, en promenant sur son bras, en manière d'archet, la canne paternelle. Ces chants, qui bercèrent son enfance, frappèrent si vivement son imagination, qu'ils restèrent gravés dans sa mémoire, et que jusque dans ses vieux jours il se plaisait à les redire. Le maître d'école d'Haimbourg, passant un jour par Rohrau et assistant à cette scène d'intérieur, remarqua que le petit bonhomme observait la mesure, et conseilla aux parents de le lui confier, s'engageant à pourvoir à son instruction et à faire son éducation musicale. L'enfant demeura trois années à Haimbourg, où son temps se passait en leçons de toute espèce; mais il recevait, disait plus tard Haydn, « plus de coups que de bons morceaux. » Le maître de chapelle de la cathédrale de St-Étienne à Vienne étant venu à Haimbourg, on lui parla des dispositions précoces du petit Joseph, et il consentit à l'emmener avec lui et à lui donner place parmi les enfants de chœur de sa chapelle. Mais il ne donna à son jeune protégé que quelques leçons de chant, et celui-ci fut obligé d'étudier lui-même la composition dans les ouvrages de Fux, ce qui ne l'empêcha pas d'écrire, et de s'essayer dans les compositions les plus compliquées, telles que des chœurs à huit et à seize voix qui faisaient hausser les épaules à son maître.

Lorsque sa voix mua, il se vit congédié et alla se loger dans une mansarde sans poêle, ni fenêtres, où le lit était sa seule ressource contre le froid. Toujours étudiant et composant, il vivait de quelques leçons et de l'argent qu'il gagnait à jouer dans les orchestres ou dans les sérénades.

Cette vie misérable avait encore des charmes pour lui, sa passion pour la musique lui tenant lieu de tout. « Quand j'étais assis devant mon vieux clavecin vermoulu, » disait-il plus tard, « je n'aurais pas échangé mon sort contre celui d'un roi. » Les sonates d'Emmanuel Bach étant tombées entre ses mains, il ne se leva de son clavecin que quand il les eut jouées d'un bout à l'autre, et il déclara plus d'une fois qu'il devait beaucoup à ce compositeur. La connaissance qu'il fit aussi, par hasard, du célèbre Porpora lui fut fort utile ; il devint son accompagnateur et put ainsi profiter des leçons de cet éminent professeur. Sa position n'était pourtant pas brillante : Porpora n'était guère patient ; il malmenait rudement le pauvre Haydn, mais celui-ci souffrait tout sans mot dire, et lui rendait même gratuitement tous les services d'un domestique, brossant ses habits, cirant ses souliers, heureux de profiter, à ce prix, de l'enseignement d'un tel maître ; il lui arriva quelquefois de l'accompagner au piano en présence de Gluck et d'autres musiciens célèbres ; le suffrage de tels hommes était pour lui un puissant encouragement.

C'est vers cette époque qu'il commença à se faire connaître par ses premières compositions ; il faut croire qu'elles respiraient déjà cette humeur douce, joviale même, qu'on retrouve dans presque toutes ses œuvres ; car de pédants aristarques déclarèrent que c'était profaner la musique que de la faire descendre à de pareils badinages. Vers le même temps, un directeur de théâtre qui, en entendant une de ces sérénades que Haydn donnait souvent avec ses amis pour gagner quelques sous, avait pris une haute idée du jeune compositeur, le chargea d'écrire la musique d'une petite pièce satirique qui fut défendue après trois représentations. Haydn écrivait déjà alors de nombreuses piè-

ces de clavecin, et même des trios et des quatuors qui
avaient beaucoup de vogue, mais qui ne lui rapportaient
que de la gloire, l'éditeur accaparant tout le profit.

En 1759, un certain comte Mozzin lui offrit la place de
maître de sa musique; c'est pour ce personnage qu'il écrivit
sa première symphonie. Se voyant alors dans une position
relativement aisée, et croyant son avenir assuré, il n'eut
rien de plus pressé que de prendre pour femme la fille d'un
brave perruquier qui lui avait témoigné beaucoup d'intérêt et qui fut charmé d'en faire son gendre. Mais ce mariage ne fut point heureux; sa femme, fort dévote, s'en-
toura de prêtres et de moines dont la société déplaisait fort
à Haydn, et elle ne fit connaître à son mari ni les joies de
l'amour, ni celles de la paternité. Ce fut, au reste, le seul
événement qui ternit la sérénité de la vie de notre compositeur.

Jusqu'alors Haydn n'avait guère fait qu'un apprentissage et de la vie et de son art. L'époque intéressante de
sa carrière commence en 1760, lorsque du service du
comte de Mozzin il passa à celui du prince Esterhazy, qui
le nomma directeur de sa chapelle, avec un appointement
de quatre cents florins. Le prince passait la plus grande
partie de l'année dans son château d'Eisenstadt, en Hongrie, et seulement deux ou trois mois d'hiver à Vienne. Il
y avait chez lui théâtre d'opéra, concerts profanes et concerts spirituels, et Haydn dut prendre la haute main sur
tout cela, composer, faire étudier orchestre et chanteurs,
diriger les répétitions, donner des leçons de musique, et,
par-dessus le marché, accorder lui-même les clavecins.
Mais sa bonne volonté était inépuisable, et il réussit à
suffire à tout.

Les trente années qu'il passa chez le prince Esterhazy

furent trente années d'un travail continu et sans relâche :
aussi écrivit-il énormément, et c'est de cette époque que
date la plus grande partie, on peut presque dire la totalité de ses compositions. Entièrement dévoué à son art,
Haydn s'acquittait avec d'autant plus de conscience et de
régularité de ses fonctions qu'il y voyait avant tout une
précieuse occasion de perfectionner son style : « Le prince,
dit-il lui-même, était toujours content de mes travaux, et
y applaudissait ; en ma qualité de chef d'orchestre, je pou-
vais faire des essais, observer ainsi ce qui produit et augmente l'effet, corriger, ajouter ou retrancher à mon gré ;
isolé du monde, je n'avais dans mon entourage personne
qui pût m'imposer ses goûts ou sa volonté, et c'est ainsi
que je pus rester moi-même. »

La mort du prince, arrivée en 1790, bouleversa cette
douce et facile existence : la chapelle fut dissoute, et
Haydn, libre de tout engagement, n'eut rien de mieux à
faire que d'accueillir les offres qui lui furent faites par
Salomon, directeur d'une société de concerts à Londres,
et de partir avec lui pour cette capitale. Alors commença
pour Haydn une nouvelle carrière, carrière aussi brillante que celle qui se fermait derrière lui avait été obscure
et cachée. Il reçut à Londres l'accueil le plus empressé,
et se vit l'objet des distinctions les plus flatteuses et d'un
empressement général. De tout côté on réclamait ses leçons que l'on payait largement ; il lui fallait en outre diriger les concerts publics et particuliers, s'y faire entendre
lui-même, et consacrer à la composition une bonne partie
de son temps. Ce séjour de trois ans qu'il fit en Angleterre
fut dans la vie de Haydn une véritable révolution : le pauvre chef d'orchestre, confiné jusqu'alors dans un manoir
perdu de la Hongrie, et qui avait toujours vécu dans la

domesticité d'un grand seigneur, confondu avec les valets, marchait en Angleterre de pair avec les plus grands personnages. D'un autre côté, il eut l'occasion d'entendre les compositions de Händel, et se trouva mêlé au monde des artistes, à la tête desquels trônait la Billington pour qui il écrivit sa cantate d'*Ariadne abandonnée*. Ce concours de circonstances ne pouvait manquer d'agrandir ses idées et de donner l'essor à son génie ; aussi les ouvrages qu'il composa pendant son séjour en Angleterre, tels que ses douze symphonies dites anglaises, ou symphonies de Salomon, ses derniers quatuors, et d'autres compositions, soit profanes, soit religieuses, sont-ils considérés comme ses meilleurs.

Lorsqu'enfin, en 1794, il quitta l'Angleterre pour retourner à Vienne, il emporta avec lui le texte d'un oratorio intitulé *la Création*, que le baron Van Swieten traduisit en allemand, et qui devait être l'un des plus beaux fleurons de la couronne de Haydn, bien qu'il eût soixante-six ans lorsqu'il y mit la dernière main (1798). Cette magnifique composition eut un immense succès, et fit bientôt le tour de l'Europe, soulevant partout les mêmes applaudissements. Cet oratorio fut suivi, peu de temps après, d'un autre ouvrage du même genre, les *Saisons*, où l'on retrouve la même fraîcheur d'idées que dans la *Création*, mais un jet moins vigoureux. Ce fut là le dernier ouvrage de Haydn. Peu à peu ses forces corporelles et intellectuelles diminuèrent. Il passa les dernières années de sa vie dans une petite maison retirée d'un des faubourgs de Vienne, entouré de considération et de respect. Une dernière joie devait illuminer la fin de sa carrière : le 27 mars 1808, on l'entraîna, presque malgré lui, à une représentation de la *Création*. Son entrée fut saluée par des

fanfares de trompettes et de trombones : on le plaça sur
un fauteuil au centre du parterre, où il avait à ses côtés la
princesse Esterhazy et une foule d'artistes, d'amis et d'é-
lèves. Au moment où le chœur entonna le fameux : « Et
la lumière fut, » tout l'auditoire éclata, comme d'usage,
en applaudissements. Haydn leva alors les mains vers le
ciel et s'écria : « Elle vient de là-haut. » Mais, craignant
les effets d'une trop grande émotion, il se fit ramener chez
lui après la première partie.

En 1809, les événements de la guerre amenèrent les
Français devant Vienne : Haydn, déjà fort affaibli, en reçut un coup dont il ne devait plus se relever. Il mourut le
31 mai. Ses dernières paroles furent un chant, le chant
national autrichien, le chant de son empereur bien-aimé :
« Dieu garde l'empereur François, » et, à ce moment même, c'en était fait de la puissante maison de Habsbourg-
Autriche.

Après avoir raconté la vie si calme, si sereine de Haydn,
il nous reste à étudier le compositeur dans ses ouvrages et
à caractériser son influence sur l'art musical.

Haydn, nous l'avons vu, ne vécut que pour son art : faire
de la musique fut sa mission, mission acceptée avec joie,
remplie avec conscience. Ne refusant aucune occasion
d'écrire, il se fit toute sa vie le musicien de tout le monde : dans la première partie de sa carrière, avant qu'il
eût une position fixe, c'était tantôt un menuet pour une
noce bourgeoise, tantôt un quatuor pour une sérénade en
plein vent ou pour quelqu'un de ses protecteurs, des sonates ou autres pièces de clavecin pour ses élèves ; plus tard,
lorsqu'il fut installé chez le prince Esterhazy, il fallut
composer des opéras, des symphonies, des cantates, des
messes, des chœurs profanes ou religieux, et jusqu'à des

morceaux de baryton, instrument favori du prince. Haydn, qui était difficile pour lui-même, comme le prouvent ses brouillons chargés de ratures, et qui avait besoin d'un mois pour composer une symphonie, ne réussit à suffire à toutes ces exigences que par un travail assidu et régulier de quinze à seize heures par jour. Quel compositeur aurait résisté à un pareil régime, et ne fût devenu un manœuvre? Haydn s'en trouva fort bien, et n'y perdit rien de sa bonne humeur et de sa fraîcheur d'idées. Heureux de faire de la musique, il mettait tous ses soins à la faire aussi bonne que possible pour faire honneur à ses fonctions ; et bien que, pour ne parler que de la musique instrumentale d'ensemble, on ait de lui cent dix-huit symphonies et quatre-vingt-trois quatuors, jamais on n'a pu lui faire le reproche d'avoir écrit trop rapidement et par acquit de conscience.

Éminemment ponctuel, méthodique et rangé, Haydn était un scrupuleux observateur des convenances. On ne sache pas que, même dans les circonstances les plus décisives de sa vie, il ait jamais rien changé à ses habitudes. Dès le matin, il faisait sa toilette complète, de manière à n'avoir à prendre, pour sortir, que sa canne et son chapeau. Lorsqu'il entreprenait une grande composition, il endossait ses meilleurs habits, et ne manquait pas de mettre à son doigt la bague dont Frédéric le Grand lui avait fait présent ; il choisissait le papier le plus fin, le plus blanc, et écrivait de sa plus belle main. Chaque soir, il faisait le compte de ses dépenses. On voit qu'il y avait en lui deux personnes, le bourgeois simple et rangé, et l'artiste de génie. Quoique appelé à vivre avec les grands, il ne rechercha jamais leur intimité, et préférait la société des gens de sa classe, ou même de ses inférieurs. Catholique un peu formaliste, il s'acquittait scrupuleusement de tous les actes de dévotion que lui imposait sa religion. Lorsque, en composant, il sentait son imagination se refroidir, ou que quelque difficulté l'arrêtait, il lui arrivait souvent de se lever de son clavecin, et de prendre son rosaire : moyen qui, assure-t-il, ne manquait jamais son effet ; mais sa piété n'avait rien d'austère ; c'était un peu celle de l'enfant, elle en avait toute la naïveté et semblait plutôt le fait d'habitudes anciennes avec lesquelles il n'avait jamais rompu.

Ce sont ces traits particuliers de son caractère qui donnent à ses œuvres le cachet qui les distingue et, en particulier, cette teinte de bonne humeur, de douce jovialité qui se retrouve partout, et jusque dans ses messes. Celles-ci n'ont rien, en effet, de l'austérité ou même du sérieux que réclame ce genre : on lui en fit souvent un reproche, mais il répondait : « Que voulez-vous ? Je ne puis pas lever les yeux vers ce tendre et bon Père qui nous garde, sans me réjouir. » Et cette pensée de la bonté infinie de Dieu le remplissait, disait-il, « d'une si joyeuse confiance qu'il aurait mis en *tempo allegro* jusqu'au *Miserere*. »

Il lui est même arrivé, comme à Josquin, de mettre son art au service de son humeur joviale ; quelques-unes de ses symphonies sont célèbres sous ce rapport : celle, par exemple, dans laquelle tous les musiciens de l'orchestre terminent successivement leur partie, plient bagage, soufflent leur bougie et disparaissent les uns après les autres, de telle sorte qu'à la fin le premier violon se trouve jouer seul. On assure que Haydn imagina cette plaisanterie pour détourner le prince Esterhazy du projet qu'il avait eu de réduire le nombre des musiciens de sa chapelle. Une autre fois, Haydn, pour amuser la société d'Eisenstadt,

alla acheter, dans un bourg voisin où se tenait une foire,
tous les petits instruments d'enfants qu'il put trouver :
sifflets, petits violons, coucous, trompettes de bois, etc. Il
prit la peine d'étudier leurs registres et le caractère de
leurs timbres, et composa pour ces seuls instruments une
sorte de symphonie enfantine fort plaisante, dans laquelle,
à côté des *tutti*, se trouvent des solos pour quelques-uns
de ces joujoux : on devine l'effet comique qui doit en résulter.

Une autre fois, pendant son séjour en Angleterre,
Haydn ayant remarqué que le public, qui goûtait fort les
mouvements vifs et animés, s'endormait volontiers dans les
andante et les *adagio*, quelques beautés qu'il cherchât à y
accumuler, composa un *andante* plein de douceur et de
suavité, et du chant le plus tranquille ; tous les instruments
semblaient s'éteindre peu à peu, lorsque, au milieu du plus
grand *pianissimo*, partant tous à la fois et renforcés par
un violent coup de timballes, ils réveillèrent en sursaut
les auditeurs endormis.

Mais il est temps de considérer Haydn par son côté le
plus intéressant, c'est-à-dire comme symphoniste, car c'est
par là surtout qu'il s'est fait dans l'histoire un nom qui ne
périra point. Qu'était la symphonie avant Haydn ? C'est ce
qu'il convient d'abord d'examiner.

On a vu comment l'usage de la musique instrumentale
savante s'introduisit peu à peu dès le seizième siècle et
peut-être avant. Le rôle des instruments se borna d'abord
à s'adjoindre aux parties de chant en les doublant ; peu à
peu les compositeurs écrivirent des morceaux qui pouvaient se chanter ou se jouer à volonté ; enfin parurent des
compositions écrites spécialement pour les instruments.
Dans la musique moderne, le mot *sinfonia* servit d'abord à

désigner les entrées instrumentales dont on faisait précéder les premiers opéras. Quant aux *symphonies sacrées* de Gabrieli et de Schütz, ce n'étaient point des pièces instrumentales proprement dites, mais des espèces de cantates religieuses, où les instruments accompagnaient le chant et jouaient quelques ritournelles. C'est donc dans l'ouverture qu'il faut chercher la véritable origine de la symphonie. On sait la forme que Lully lui avait donnée ; Scarlatti la perfectionna en la composant de deux morceaux d'un mouvement vif, séparés par une seconde partie d'un mouvement lent. Mais il n'y avait guère dans ces œuvres instrumentales qu'une partie chantante et une basse ; ce n'en fut pas moins le germe de la musique à grand orchestre, qui fit de plus en plus de progrès à mesure que les instruments eux-mêmes se perfectionnèrent et que les instrumentistes acquirent plus d'habileté et surent les faire mieux valoir. En Italie, Sammartini fut peut-être le premier qui écrivit des symphonies pour un orchestre presque complet ; il sépara l'alto du violoncelle, et donna aux seconds violons une partie spéciale. Quant aux *six symphonies* que le violoncelliste Boccherini fit imprimer à Paris, en 1768, ce n'étaient réellement que des quatuors de violon avec violoncelle obligé.

C'est à l'Allemagne et non point à l'Italie qu'il appartenait de perfectionner la musique instrumentale, parce que ce genre, comme nous allons le voir, demande pour être traité convenablement une connaissance approfondie du contre-point. Les instruments, en effet, ne sauraient être traités comme les voix, car si le triomphe de la voix humaine est dans son timbre même si expressif, et par conséquent dans le chant et la mélodie, les instruments ont de tout autres moyens d'effet, une échelle de sons plus grande à parcourir, un mécanisme plus facile et qui permet de franchir sans hésitation les intervalles les plus scabreux, et d'exécuter avec plus de sûreté les traits d'agilité les plus compliqués ; enfin la musique instrumentale n'étant point asservie à un texte, doit viser à une vérité d'expression plus générale, et partant plus vague ; d'où il résulte qu'il doit y avoir pour la musique instrumentale un style particulier tout différent de celui qui convient à la musique vocale ou dramatique. Avant Haydn, ce style n'existait pas : c'est lui qui le créa ; le premier, il comprit que la solution du problème, à savoir l'unité jointe à la variété et à la progression d'intérêt, ne pouvait se trouver que dans l'analyse thématique, en d'autres termes, dans la décomposition d'une idée musicale, d'une mélodie, dans ses éléments, et cela par la science du contre-point.

« Au lieu de réunir, bout à bout, des fragments disparates, comme cela s'était pratiqué jusqu'alors, il montra comment on pouvait construire un tout plein de grandeur et de beauté, avec une seule idée musicale, développée et analysée sous plusieurs faces, et comment, à l'exemple de l'orfévre, on pouvait étendre un petit lingot d'or en longs fils, composés de particules absolument homogènes. C'était un retour vers la musique pure, qui consiste dans l'art d'inventer un thème fécond, de l'analyser et de construire avec ses parties un tout motivé et complet, soit que le compositeur travaille en style mélodique et d'après les exigences du goût contemporain, soit qu'il suive les lois du contre-point et de la fugue. Dans les deux cas, l'unité de l'œuvre apparaîtra d'autant plus évidente qu'on y aura mieux senti, d'un bout à l'autre, l'expression musicale d'un seul et même sentiment [1]. »

[1] Gerber, *Lexikon der Tonkünstler*.

Or, c'est dans ce travail thématique, qui consiste à donner à un thème les développements les plus variés, qu'est la grande supériorité de Haydn, et c'est ce style qui est devenu, grâce à lui, le véritable style instrumental. C'est donc à bon droit qu'on a surnommé Haydn le père de la musique instrumentale. La symphonie étant la plus haute et la plus complète expression de ce genre de musique, il convient d'examiner la forme qu'il lui donna. Les trois parties de l'ancienne symphonie furent conservées ; mais au lieu de les lier intimement l'une à l'autre, Haydn les sépara, et donna à chacune un développement beaucoup plus considérable et un cachet particulier. Quant à la manière de traiter ces trois parties, il prit pour guide et pour modèle Emmanuel Bach, et transporta dans la symphonie les formes de style que ce compositeur avait données à ses sonates pour le clavecin. Après la petite phrase d'introduction d'un mouvement lent, que Haydn conserva, mais qui se perdit après lui, la symphonie haydnienne commence ordinairement par un *allegro* coupé en deux parties, dont la première expose le thème principal avec d'autres motifs accessoires, et la seconde présente un premier travail thématique. Vient ensuite un second morceau, d'un mouvement lent, à l'imitation de la *cavatine*, et d'un travail plus simple, présentant une mélodie principale développée avec différentes modifications dans tout le cours du morceau. La troisième et dernière partie, d'un mouvement vif et gai, est conçue dans la forme du *rondo* ; elle offre plusieurs motifs qui, en se pénétrant mutuellement, en s'enchevêtrant les uns dans les autres, donnent lieu à un travail de contre-point très-serré, mais qui n'ôte rien au caractère gai et enjoué qui naît du rhythme et du mouvement. A ces trois parties Haydn en ajouta plus tard une quatrième, le *menuet*, air de danse noble et gracieux qui prit sa place entre l'*andante* et le *rondo*.

Telle est la forme que Haydn donna à la symphonie, et qu'elle a conservée jusqu'à nos jours, sauf quelques légères modifications, dont la principale, qui n'est guère qu'une modification de mot, fut de remplacer le *menuet* par un *scherzo*, en lui donnant un caractère un peu plus brillant. Le *quatuor*, ayant la même origine et le même caractère que la symphonie, dont il n'est, à tout prendre, qu'une réduction, il n'y a rien de plus à en dire, sinon que sa forme définitive se calqua tout naturellement sur celle de la symphonie.

Les premières symphonies de Haydn furent composées sans intention d'expression, et sous l'influence de sentiments dont il ne cherchait probablement pas à se rendre compte. Plus tard, il comprit que la musique instrumentale était, aussi bien que la musique dramatique, susceptible de se prêter à l'expression de certains sentiments et même de certaines idées métaphysiques ou morales. Ainsi il lui arrivait quelquefois, en composant une symphonie, de se représenter quelque scène plus ou moins romanesque et compliquée d'incidents divers, qui fournissaient un aliment à son imagination, et dont son œuvre devait présenter une vague peinture. Lui-même a affirmé que, dans un de ses *adagio*, il avait voulu représenter un pécheur repentant devant son Juge, et qu'en composant une de ses symphonies, il s'était représenté un père de famille partant pour l'Amérique, essuyant une tempête sur mer, etc. Et c'est sans doute là l'origine de ces noms bizarres sous lesquels sont connues quelques-unes de ses symphonies, telles que la *Belle Circassienne*, la *Roxelane*, le *Maître d'école amoureux*, la *Reine*, etc.

Je regrette de ne pouvoir m'étendre davantage sur
Haydn, et d'être obligé de laisser dans l'ombre plusieurs
côtés intéressants de ce grand génie; de ne rien dire, par
exemple, de ses grandes compositions vocales, telles que
la *Création*, les *Saisons* et même les *Sept paroles*[1], trois
chefs-d'œuvre, bien que d'inégale valeur, dans lesquels il
s'est élevé à une hauteur d'inspiration et à une vérité
d'expression qui n'ont guère été dépassées, et où, sans
être absolument créateur, il a su admirablement unir le
style sévère de Händel et de Bach au style mélodique de
l'école italienne. Mais l'historien de la musique a un champ
plus restreint que le biographe; il doit se contenter de
ne mettre en lumière que le côté par lequel les grands
musiciens ont influé sur leur siècle et sur l'art en général;
et voilà pourquoi je suis forcé de ne considérer dans Haydn
que le père de la musique instrumentale.

C'est maintenant Mozart qui réclame toute notre attention.

Pour comprendre la mission de Mozart, il faut jeter un
regard en arrière sur le développement général de l'art
musical depuis la Renaissance, et se bien pénétrer de l'é-
tat où il se trouvait au moment où nous sommes arrivés.
Le plain-chant avait dit son dernier mot par Palestrina.
Après lui, les éléments du style dramatique s'étaient peu
à peu perfectionnés; la mélodie et le chant à voix seule,
grâce aux écoles d'Italie, avaient pris un merveilleux essor, tandis qu'en Allemagne l'étude assidue des combinai-

---

[1] Les *Sept paroles* ne furent au début que sept pièces instrumentales
qu'il écrivit pour une église de Cadix où il était d'usage, le Vendredi
saint, de mêler les instruments à la lecture des paroles prononcées
par Jésus sur la croix. On adapta plus tard des paroles à ces morceaux,
et on les transforma ainsi en une espèce de cantate spirituelle ou oratorio.
C'est son frère Michel qui fit les paroles.

sons harmoniques avait créé le style fugué, définitivement
constitué dans les œuvres de Bach et de Händel. Gluck
avait introduit dans la tragédie lyrique la vérité de l'expression dramatique ; enfin Haydn venait de donner naissance à la musique instrumentale, en appliquant à ce nouveau genre les principes du style fugué. Toutes les parties
de l'art étaient donc arrivées au terme de leur perfectionnement. Les deux éléments constitutifs de la musique, la
mélodie et l'harmonie, après s'être développés parallèle-
ment et en quelque sorte indépendamment l'un de l'autre,
avaient produit tout ce qu'il leur était donné de produire séparément, dans leur isolement. Le moment était
arrivé où ils devaient se combiner, s'unir, se pénétrer et,
par cette union intime, réaliser enfin ce qu'on pouvait attendre, non plus dans un genre seulement, mais dans tous
les genres, de l'art moderne arrivé à son plus haut point
de perfection. L'artiste prédestiné, à qui cette mission
était réservée, devait réunir les dons naturels et les talents les plus rares et les plus divers : imagination féconde
et vive, cœur tendre, chaud et sympathique, esprit observateur et délié, expérience du monde, instinct de la mélodie, connaissance approfondie de tous les mystères de
l'harmonie et bien d'autres conditions encore. Voyons, par
l'étude de la vie et des ouvrages de Mozart, comment il
lui fut donné d'accomplir cette haute mission.

Mozart (*Wolfgang-Amadeus*) naquit à Salzbourg, en
1756, le 27 janvier. Il était le cadet de sept enfants, dont
lui et une de ses sœurs, plus âgée que lui de cinq ans,
survécurent seuls. Son père, Léopold Mozart, qui eut une
très-grande influence sur le développement musical de notre héros, était second maître de chapelle de l'archevêque de Salzbourg ; c'était un homme fort remarquable ;

non-seulement par ses talents comme musicien, mais aussi par son caractère loyal et droit, et par un esprit singulièrement cultivé, mais pratique ayant tout, et tourné de préférence vers le côté positif de la vie. Wolfgang appartient à la classe des enfants prodiges, mais il fut de ceux qui tiennent et au delà tout ce que promettait leur précocité. A peine âgé de trois ans, il assistait aux leçons de musique de sa sœur, et son plus grand plaisir était de chercher des accords sur le clavecin, enchanté quand il tombait juste. A quatre ans, son père commença à lui apprendre quelques airs de danse. Ce n'était qu'un jeu pour l'enfant, et ses progrès furent si rapides qu'à cinq ans il improvisait déjà de petits morceaux que son père écrivait pour l'encourager. Il montrait déjà alors un cœur aimant et un singulier besoin d'affection; il lui arrivait souvent de demander aux personnes qui l'entouraient si elles l'aimaient, et il se prenait à pleurer s'il n'obtenait pas la réponse qu'il espérait. La passion de la musique s'empara bientôt de tout son être, et il s'y serait livré sans partage si son père n'eût pas insisté pour qu'il ne négligeât aucun des autres objets d'étude sans lesquels il n'y a pas d'éducation complète. Au surplus, l'enfant montrait une égale aptitude pour tout ce qu'il apprenait, et surtout pour le calcul.

Bientôt son talent de claveciniste improvisateur dépassa tout ce qu'on aurait pu imaginer, si bien que son père songea à le produire dans le monde, à exhiber ce prodige. Il emmena d'abord ses deux enfants à Munich; puis à Vienne, où les petits virtuoses, ayant eu l'honneur de se faire entendre à la cour, excitèrent un étonnement général. Wolfgang appréciait déjà tout particulièrement le suffrage des musiciens compétents et le préférait, comme il le préféra toute sa vie, aux applaudissements et aux louanges banales des gens du monde. « Pourquoi M. Wagenseil n'est-il pas ici? » dit-il un jour à l'empereur François, au moment de se mettre au clavecin; « faites-le donc venir; c'est celui-là qui s'y connaît. » Si jamais enfant eut la science musicale infuse, c'était bien le petit Mozart; le mécanisme des instruments ne l'arrêtait pas plus que tout le reste, et, peu de temps après son retour à Salzbourg, il étonna son père en jouant à première vue sa partie dans un quatuor, sur un petit violon qu'il avait rapporté de Vienne.

L'année 1763 marque le premier pas de notre héros sur le chemin de la célébrité. Ce fut alors qu'il entreprit, âgé de sept ans à peine, son premier voyage hors de l'Allemagne. Sous la conduite de leur père, Wolfgang et sa sœur traversèrent Munich, Augsbourg, Mannheim, Francfort, Bruxelles, donnant concert dans chaque ville et recueillant partout des applaudissements. On arriva enfin à Paris. Wolfgang se fit d'abord entendre à la cour de Versailles où il toucha l'orgue de la chapelle royale, puis dans plusieurs concerts publics. C'est à Paris qu'il publia ses deux premières œuvres. De là on se rendit à Londres, où Wolfgang reçut un accueil très-bienveillant, et où il excita comme partout l'étonnement par ses talents divers et également prodigieux de claveciniste, d'organiste, de compositeur, d'improvisateur et même de chanteur. D'Angleterre on passa en Hollande où les deux enfants tombèrent assez sérieusement malades; puis, après un second séjour de deux mois à Paris, on reprit le chemin de Salzbourg.

Ce premier voyage avait duré trois ans; mais ce temps n'avait point été perdu pour Mozart, dont le talent s'était

développé et mûri de plus en plus. En 1768, l'empereur
Joseph II chargea le prodigieux enfant d'écrire un opéra-
bouffe, la *Finta simplice*, qui obtint le suffrage de Hasse ;
mais une cabale organisée par l'envie, ou peut-être un
sentiment de défiance, pardonnable jusqu'à un certain
point, en empêcha la représentation ; quoi qu'il en soit,
quelque temps après, chargé d'écrire une messe pour une
solennité religieuse, l'artiste de douze ans fit taire la cabale en dirigeant lui-même avec un merveilleux aplomb
l'exécution de son ouvrage. Après un repos d'une année à
Salzbourg, Léopold Mozart jugea qu'il était temps que
son fils complétât son éducation musicale par un voyage
en Italie ; après les grands maîtres allemands, dont il connaissait tous les ouvrages, il fallait aller étudier sur place
les grandes œuvres des différentes écoles italiennes, trem-
per ses lèvres à la coupe d'où s'épandait toute mélodie, et
recueillir les suffrages qui seuls faisaient alors les réputa-
tions. A peine le jeune Mozart, accompagné de son men-
tor, fut-il arrivé à Milan, que sur la foi de sa renommée
l'impresario du théâtre de la Scala lui commanda un
opéra ; mais, avant de se mettre à l'œuvre, Mozart alla
visiter à Bologne l'illustre père Martini, dont l'opinion
était partout reçue comme un oracle, et qui lui fit subir un
examen sévère dont l'enfant se tira à son honneur et de
manière à prouver qu'il possédait aussi bien que les plus
habiles l'art de traiter la fugue. A Rome, il donna une
autre preuve plus extraordinaire de ses merveilleuses facultés. Pendant la semaine sainte, on exécutait à la chapelle Sixtine le fameux *Miserere* à deux chœurs d'Allegri.
Il était défendu aux chantres de la chapelle, sous peine
d'excommunication, d'en délivrer copie à qui que ce fût ;
mais Mozart sut éluder la défense. Après l'avoir entendu

une seule fois, il le transcrivit en entier de mémoire, et lorsque le surlendemain il assista à une seconde audition du même morceau, il n'eut presque aucune correction à faire à son manuscrit. Ce tour de force est véritablement si extraordinaire que l'on ne pourrait y croire si toutes les circonstances n'en étaient relatées au long dans une lettre écrite par Léopold Mozart à sa femme.

A Naples, Mozart se fit entendre au Conservatoire de la *Pietà*, et étonna autant les professeurs que les élèves qui crurent que c'était à l'influence magique d'une bague qu'il devait son talent; il lui fallut, pour ne pas être traité de sorcier, jouer sans bague. Ainsi comblé d'honneurs et de distinctions, créé par le pape chevalier de l'ordre de l'Éperon d'or, et honoré du diplôme de membre de la célèbre société philharmonique de Bologne et de celle de Vérone, qui lui valut le titre de *cavaliere filarmonico*, Mozart retourna à Milan et se mit à la composition de l'opéra dont il avait été chargé. En moins de deux mois *Mitridate* fut écrit et étudié; on le donna pour l'ouverture de la saison (26 décembre 1770), et cet opéra, d'un enfant de quatorze ans, eut un très-grand succès et plus de vingt représentations consécutives.

Les années suivantes se passèrent en allées et en venues entre Salzbourg et Milan, où Mozart écrivit successivement une cantate, *Ascanio in Alba*, pour les noces d'un archiduc, puis l'opéra *Lucio Silla*. A Salzbourg, il occupait ses loisirs à l'étude des grands maîtres et à la composition de différents morceaux d'église, tels que messes, offertoires, etc. Cette seconde période du développement musical de Mozart se clôt par un opéra-bouffe *la Finta giardiniera*, qu'il écrivit pour le théâtre de Munich, et par une espèce de sérénade dramatique *il Re pastore*, qu'il composa pour fêter l'arrivée de l'Électeur de Cologne à Salzbourg (1776).

Mais quoiqu'il composât déjà beaucoup, et que ses ouvrages rencontrassent en Italie un accueil empressé, Mozart n'avait aucune position fixe ; les gages qu'il recevait de l'archevêque de Salzbourg étaient véritablement dérisoires : douze florins et demi (trente francs) par année, ni plus, ni moins ! Son père, voyant qu'il n'y avait rien à espérer de l'Allemagne, où le génie du grand musicien était méconnu, tourna alors les yeux vers Paris, et il fut décidé que Wolfgang retournerait, en compagnie de sa mère, dans cette ville où il avait rencontré tant de sympathie treize ans auparavant. Il frappa, en passant, à plusieurs portes, à celle de l'Électeur de Bavière d'abord, puis à celle de l'Électeur palatin, qui entretenait à Mannheim une excellente chapelle dont l'abbé Vogler était vice-directeur ; mais aucune ne s'ouvrit pour lui.

A Paris d'autres déceptions l'attendaient : il y arriva au moment où tous les esprits étaient surexcités par la querelle des Piccinnistes et des Gluckistes, et malgré la protection de Grimm, Mozart, admiré comme toujours pour son talent de virtuose, ne trouva finalement pour vivre que quelques leçons maigrement payées ; l'Académie de musique, accaparée par les deux rivaux sur lesquels tout l'intérêt du public se concentrait, lui ferma ses portes, et il ne put se produire comme compositeur que dans une symphonie et dans quelques chœurs qui lui furent commandés pour le concert spirituel, et dans lesquels il crut devoir se conformer au goût français. La mort de sa mère acheva de lui rendre le séjour de Paris insupportable, et il se décida à retourner à Salzbourg, où son père venait de lui assurer la place d'organiste de la cour ar-

chiépiscopale et de la cathédrale (1779). Il resta deux ans
dans sa ville natale, et c'est pendant ce temps que, comme
le dit Oulibicheff, « s'acheva le travail intérieur qui, déga-
geant peu à peu les idées de Mozart du levain de la rou-
tine et de l'alliage du goût contemporain, les amenait,
par une épuration progressive, à ces formes originales, à
la fois mélodieuses et savantes, qui resteront à jamais le
type du beau musical. »

En 1781, l'Électeur de Bavière, qui gardait un bienveillant souvenir de notre héros, lui commanda un opéra.
C'était une magnifique occasion de se distinguer, car la
chapelle de l'Électeur était l'une des meilleures de l'Europe, et des mieux montées en instrumentistes comme en
chanteurs. Mozart, alors âgé de vingt-cinq ans, était dans
la fleur de son génie ; de plus, il était amoureux, et le souvenir de celle qu'il aimait, et qu'il ne pouvait songer à
épouser que lorsqu'il se serait créé, par ses talents, une
position convenable, devait exalter au plus haut degré ses
facultés. Aussi l'*Idomeneo*, quoiqu'il ne se soit pas soutenu
au théâtre, est-il l'un des meilleurs ouvrages de Mozart,
et celui des enfants de son imagination pour lequel il conserva toujours le plus de tendresse.

C'est de cette œuvre que date la grande époque de Mozart. Dégoûté du service de son archevêque, homme
avare, ignorant et orgueilleux, qui le traitait comme le
dernier de ses valets, Mozart quitta Salzbourg et alla s'é-
tablir à Vienne, où il se sentait attiré aussi bien par l'appât des plaisirs faciles que cette ville offrait à ses habitants que par les précieuses ressources que devait y trouver un compositeur, et par les maîtres illustres qui, tels
que Gluck et Haydn, l'avaient choisie pour séjour. C'est
là que Mozart passa tout le reste de sa vie (vie malheu-

reusement bien courte), dans une position souvent gênée, jamais brillante, n'ayant pour soutenir sa famille que le produit fort casuel de ses leçons et de ses concerts, la vente fort peu productive de ses compositions, et une très-modique pension que lui assura plus tard l'empereur, avec le titre de compositeur de sa chapelle, « pension trop considérable pour ce que j'ai à faire, disait Mozart, trop mesquine pour ce que je serais capable de faire. »

Joseph II, grand réformateur, comme chacun sait, et enflammé d'un généreux patriotisme, eut l'idée de fonder un opéra national allemand, et d'employer à ce noble but les talents de Mozart. C'est à cette circonstance que l'on doit l'opéra allemand intitulé l'*Enlèvement du sérail*. Étant encore sous l'influence des mêmes sentiments qui remplissaient son âme pendant la composition de l'*Idomeneo*, Mozart mit dans cet opéra un feu, une verve, une passion qui déborde de partout et qui a donné aux deux personnages principaux, Osmin et Belmonte, une physionomie admirablement caractérisée. Le plus brillant succès couronna cet essai d'opéra national, en dépit de la cabale des chanteurs italiens qui étaient fort intéressés à le faire échouer, et l'*Enlèvement* fut bientôt joué sur les principaux théâtres de l'Allemagne. C'est surtout à Prague que cet opéra fut goûté, et c'est de ce moment que se forma, entre Mozart et les habitants de cette ville éminemment musicale, un lien sympathique qui valut plus tard au monde le chef-d'œuvre des chefs-d'œuvre, *Don Juan*.

Le succès de l'*Enlèvement* avait donné du cœur à Mozart; il crut alors avoir le droit de réclamer des parents de sa prétendue le consentement qu'ils avaient refusé jusqu'alors à son mariage. Mais les parents firent encore la sourde oreille, et Mozart, imitant le héros de son opéra,

se détermina à enlever aussi sa Constance. Le mariage
lui imposait de nouveaux devoirs et un redoublement d'activité. Aussi ses journées étaient-elles on ne peut plus
remplies; on en peut juger par ce fragment d'une lettre
qu'il écrivait à la fin de l'année 1782 : « J'ai tellement à
faire, que je ne sais souvent où donner de la tête. Toute
la matinée, jusqu'à deux heures, est consacrée aux leçons.
Puis vient le dîner. Après le dîner, il faut bien s'accorder
une petite heure pour la sieste ; ce n'est donc guère que
dans la soirée que je puis composer; et encore ne puis-je
trop y compter, car j'ai souvent des invitations pour des
concerts ou des soirées. » Quand on ajoute à toutes les
occupations qui absorbaient ainsi son temps les visites
d'affaires ou d'amitié, et les distractions que Mozart allait
volontiers chercher dans les lieux publics (car il eut toujours un faible pour le bon vin, le jeu et le beau sexe),
enfin les demandes de services de toute espèce que son
excellent cœur ne savait jamais refuser, on s'explique à
peine comment il a pu, pendant une vie comparativement
si courte, trouver le temps de composer et d'écrire tout ce
qui est sorti de sa plume. Mais il faut savoir que chez Mozart le travail de la composition se faisait tout entier dans
la tête, et qu'il avait une force de recueillement et d'abstraction telle que rien de ce qui l'entourait ne pouvait le
distraire de sa pensée, qu'il pouvait même, tout en suivant
son idée, prendre part à tout ce qui se faisait autour de
lui. On sait, par exemple, qu'il a composé un de ses plus
beaux quatuors, tout en faisant le garde-malade auprès de
sa femme qui, alitée dans la chambre même où il composait, réclamait à chaque instant l'aide et les soins de son
mari. C'est en jouant une partie de billard dans un café
public qu'il a trouvé le charmant quintetto de la *Flûte*

enchantée. On comprend dès lors qu'il n'avait plus qu'à
écrire, dans ses moments de loisir, ce qu'il avait ainsi ré-
colté tout en vaquant à ses occupations journalières; ce
qui n'était plus pour lui qu'un travail de copiste; il lisait
dans sa tête; aussi ses manuscrits n'offrent-ils presque pas
de ratures.

En 1785, Mozart publia ses six quatuors dédiés à
Haydn, « fruit d'un long et pénible travail, » disait-il
dans sa modeste dédicace; et, en effet, il y avait travaillé
pendant plus de deux ans. Son père, alors à Vienne, dut
se dire qu'il pouvait maintenant mourir, que sa tâche
était accomplie, quand il entendit le patriarche Haydn,
ravi de ces chefs-d'œuvre, prononcer ces solennelles paroles : « Je vous déclare devant Dieu, et foi d'honnête homme, que votre fils est le plus grand compositeur qui ait jamais vécu. » Cette haute opinion ne varia plus. « S'il
m'était possible, » écrivait-il plus tard, « d'imprimer les
inimitables productions de Mozart dans l'âme des amateurs et surtout des grands de ce monde, de les leur faire
sentir comme je les sens moi-même, bientôt toutes les nations se disputeraient l'acquisition d'un tel trésor. »

Deux autres ouvrages importants appartiennent à cette
même année 1785. C'est, en premier lieu, l'oratorio *Davidde
penitente,* qui lui fut commandé par la société des concerts
au profit des veuves de musiciens; pressé par le temps,
Mozart se tira d'affaire en ajustant au texte qui lui avait
été fourni des fragments d'une de ses premières messes,
auxquels il ajouta deux airs et un trio. Aussi ne peut-on le
considérer que comme une sorte de pastiche qui, quoique
rempli de beautés de premier ordre, ne saurait donner
la mesure de ce que Mozart aurait pu faire dans le genre
de l'oratorio. C'est, en second lieu, les *Nozze di Figaro,*

l'une de ses plus remarquables productions. Cet opéra fit
cependant un fiasco complet à la première représentation,
ce que l'on ne saurait attribuer qu'à la même cabale italienne, qui prenait sa revanche du coup que l'*Enlèvement
du sérail* lui avait porté. Le compositeur Salieri, directeur du théâtre de la cour, était à la tête de cette cabale,
et c'est à lui qu'il faut s'en prendre de la chute de l'opéra
de Mozart, qui fut on ne peut plus pitoyablement exécuté,
et du succès de l'opéra de Martin la *Cosa rara*, qu'il avait
pris sous son patronage. Mais Prague devait être pour
les *Nozze di Figaro* ce que Dublin avait été pour le *Messie*; les Bohêmes l'accueillirent, en effet, avec un enthousiasme indescriptible et en firent leurs délices pendant
tout un hiver.

Mozart devait au moins une visite aux habitants de
Prague, dans lesquels il trouvait de si dignes appréciateurs de son talent; il n'y manqua pas. On avait applaudi
le compositeur, on eut occasion d'applaudir le virtuose,
qui, excité par l'accueil enthousiaste qui lui fut fait, se
surpassa et montra dans ses improvisations une grandeur
d'inspiration à laquelle il lui était sans doute rarement
arrivé d'atteindre.

Profondément ému de la réception qui lui avait été
faite, et charmé de trouver pour la première fois dans la
foule une si vive intelligence des beautés de l'art, Mozart
voulut donner aux habitants de Prague un témoignage
éclatant de sa reconnaissance et de sa haute estime :
« Puisqu'ils me comprennent si bien, dit-il, je veux écrire
un opéra tout exprès pour eux. » Et, en effet, à peine de
retour à Vienne, il demanda un libretto à l'abbé Lorenzo
da Ponte qui lui avait fourni celui des *Noces de Figaro*. Le
poëte lui montra l'ébauche d'un opéra qu'il venait juste-

ment d'achever, et qu'il avait tirée d'un vieux drame espagnol. C'était *Il dissoluto punito, ossia il Don Giovanni*, sujet que T. Corneille et Molière avaient déjà traité. Mozart
vit du premier coup d'œil les magnifiques ressources que
lui offrait ce sujet éminemment dramatique, et se mit immédiatement à l'œuvre. Lorsque l'ouvrage fut assez avancé, il se rendit à Prague et fit aussitôt commencer les répétitions. Une anecdote, qui donne la mesure de la rapidité
avec laquelle Mozart composait, se rattache à l'ouverture.
Notre compositeur semblait n'y avoir point songé. On
était arrivé jusqu'à la veille de la représentation, et rien
n'était fait. Le soir, une joyeuse société s'était réunie chez
Mozart pour boire au succès prochain de la pièce nouvelle.
Il était minuit quand on se sépara. Les copistes devaient
venir le lendemain matin au point du jour pour copier les
parties de l'ouverture. Mozart, à moitié assoupi, se met à
l'œuvre, entre un bol de punch et sa femme qui, pour le
tenir éveillé, lui débite les contes les plus fantastiques. Sa
plume court sur le papier, plus prompte que celle du plus
exercé des copistes, et en moins de cinq ou six heures,
cette ouverture, l'une des plus belles que l'on connaisse,
est achevée. Le même soir, les musiciens de l'orchestre,
électrisés par leur vaillant chef, la jouèrent à première
vue, et de manière à soulever une tempête d'applaudissements. *Don Giovanni* fut immédiatement compris et apprécié par les habitants de Prague, comme il méritait de
l'être, tandis qu'à Vienne le sort de cet opéra fut bien
différent : mal monté, mal étudié et mal joué, il fut complétement éclipsé par je ne sais quel opéra de Salieri,
comme les *Noces de Figaro* l'avaient été précédemment
par la *Cosa rara* de Martin.

Au reste, les Viennois n'étaient pas seuls à méconnaître

le génie de Mozart. Sa musique trop difficile, trop riche d'harmonie, et d'une instrumentation trop compliquée, au gré de ceux qui ne connaissaient et n'appréciaient que l'opéra italien, était presque partout rebutée. On le regardait plutôt comme un compositeur bizarre que comme un génie créateur. On a de la peine à croire qu'à Leipzig même, la ville de S. Bach, un concert donné par Mozart, peu de temps après les grandes journées de *Don Giovanni*, rapporta à peine de quoi payer les frais. Il y rencontra cependant quelques plus justes appréciateurs : c'est ainsi que le vieux Doles, en l'entendant toucher l'orgue, s'écria que Séb. Bach, son maître vénéré, avait enfin trouvé un successeur. Il lui montra la collection des motets de Bach enfouis dans les archives de l'école. Mozart les lut avidement et ne put maîtriser son admiration : « Il y a là, dit-il, quelque chose à apprendre. » A Berlin, où il se rendit ensuite, il fut beaucoup mieux accueilli qu'à Leipzig. Le roi Frédéric-Guillaume II lui offrit même la direction de sa chapelle, avec trois mille thalers d'appointements. Mais Mozart, quoiqu'une pareille place fût tout ce qu'il ambitionnait, n'eut pas le courage d'accepter : « Comment, dit-il, pourrais-je quitter mon bon maître ! » Et ce bon maître, ne l'oublions pas, le laissait dans le dénûment.

C'est vers cette même époque, entre 1788 et 1790, que Mozart, sur les conseils du baron Van Swieten, remania l'instrumentation de quelques-unes des plus belles compositions de Händel, et en particulier du *Messie,* auquel il mit un soin égal à son admiration pour ce chef-d'œuvre. Il composa aussi, pour le théâtre italien de Vienne, l'opéra *Cosi fan tutte* qui, à en juger par le silence des chroniques contemporaines, et le peu de renseignements qu'on a pu recueillir sur le sort de cette pièce, n'eut probablement pas plus de succès que les précédentes. Nous arrivons ainsi à la fatale année 1791, qui devait être la dernière de Mozart. A voir avec quel redoublement d'activité, avec quelle fiévreuse impatience, il travailla pendant cette dernière époque de sa vie, il semble qu'il devinât sa fin prochaine, et qu'il ne voulût pas quitter le monde sans avoir donné la forme et l'être à ce flot tumultueux d'idées musicales qui assiégeaient son cerveau. C'est alors que furent composés coup sur coup, et presque à la fois, de juillet à la mi-novembre; la *Flûte enchantée*, la *Clemenza di Tito* et le *Requiem*, qui eussent suffi à immortaliser le nom d'un compositeur.

Mozart écrivit la *Flûte enchantée* (*Zauberflöte*) pour rendre service au directeur d'un petit théâtre de Vienne, qui, à bout de ressources, et ne sachant plus à quel saint se vouer, vint supplier Mozart de mettre la musique à une pièce allemande qu'il venait d'écrire pour sa troupe, et qui, étant, assurait-il, tout à fait dans le goût du public qui fréquentait son théâtre, devait avoir un succès certain. Il s'agissait seulement de faire une musique à l'avenant. Mozart, qui ne savait rien refuser, accepta l'offre, et ne dédaigna même pas d'écouter les conseils de ce saltimbanque qui ne se gênait point pour critiquer le travail de son musicien. Schikaneder avait raison : La *Flûte enchantée* eut un succès prodigieux, sans exemple, une vogue qui se propagea rapidement, et qui fit la fortune, non pas de Mozart, cela va sans dire, mais de Schikaneder, lequel, rusé fripon qu'il était, ne se contentant pas d'accaparer la totalité des grosses recettes de son théâtre, vendit encore pour son compte la partition dont Mozart s'était réservé la propriété.

La *Clémence de Titus*, pièce de Métastase, avait été

commandée à Mozart par le théâtre de Prague, à l'occasion du couronnement de l'empereur Léopold II. Déjà
épuisé par le travail de son dernier opéra, Mozart se mit
en route pour Prague, composant en chemin, pour ne pas
perdre une minute. Pressé par le temps, il se fit aider par
son élève Süssmayr, qui écrivit les récitatifs et même
quelques airs. Dans ce dernier de ses opéras, Mozart se
rapprocha davantage du goût italien, et fit une espèce
d'infidélité à ses principes. Il renferme cependant de grandes beautés qui lui assurent à jamais un rang élevé parmi
les productions dramatiques.

Ce voyage de Prague, dans lequel les amis de Mozart
avaient vu pour lui une occasion heureuse de distraction,
et peut-être une chance de rétablissement, avait bien
donné à son corps une excitation passagère ; mais il se
retrouva à Vienne plus affaibli et plus énervé qu'auparavant. Concentré en lui-même, et préoccupé par un travail
intérieur qui absorbait sa pensée, il lui arrivait quelquefois d'oublier complétement tout ce qui l'entourait, d'é-
prouver même des défaillances qui lui ôtaient tout sentiment. Aussi l'idée d'une mort prochaine s'empara-t-elle de
lui. Un événement, entouré de circonstances mystérieuses
et bien propres à frapper son esprit déjà affaibli, vint
augmenter encore ses funestes pressentiments. Un homme
vêtu de deuil, et qui ne voulait point se faire connaître,
était venu rendre visite à Mozart et lui avait commandé,
sous le sceau du secret, une messe de mort ou *Requiem*,
dont il avait payé le prix d'avance et sans marchander.
Au jour fixé pour la livraison du manuscrit, le même personnage s'était présenté; mais Mozart, occupé d'autres
soins, n'était pas prêt; on avait alors fixé un nouveau
terme, et l'inconnu s'était retiré avec le même mystère.

Après le voyage de Prague, Mozart libre de toute préoccupation put enfin se consacrer tout entier à ce *Requiem*. Il sentait que ce devait être son dernier ouvrage, et il voulait y mettre tous ses soins, d'autant plus que l'idée de sa mort prochaine lui faisait croire que c'était pour lui-même qu'il l'écrivait. C'est avec cette pensée qu'il se mit à l'œuvre. Mais ses forces le trahissaient de plus en plus ; malgré cela, il ne voulait point renoncer à son travail : plus d'une fois il fallut lui arracher des mains le fatal manuscrit ; mais le moribond y revenait toujours et s'y cramponnait comme à la seule chose qui le rattachât à la vie. C'était comme une lutte entre lui et la mort, lutte dont celle-ci sortit victorieuse, car l'œuvre sublime devait rester inachevée.

Le mystère qui avait entouré le *Requiem* a été plus tard dévoilé et s'est expliqué par des raisons toutes simples : il s'agissait d'un comte autrichien, grand amateur de musique, et surtout bouffi de prétentions, qui, trouvant dans la mort de sa femme, une occasion toute naturelle de donner la mesure de son affection conjugale, et de prouver en même temps ses talents de compositeur, n'avait rien imaginé de mieux que de commander en secret à Mozart un *Requiem* dont il comptait se faire honneur.

Nous avons vu que Mozart ne fut pas apprécié pendant sa vie. Ce ne fut qu'à son lit de mort que, par une cruelle dérision, la fortune vint le trouver. Dans les derniers jours de sa maladie, on lui apporta sa nomination à la place très-lucrative de maître de chapelle de la cathédrale de St.-Étienne. Des offres honorables lui arrivèrent en même temps des principaux théâtres de l'Allemagne, car le succès de la *Flûte enchantée* avait ouvert les yeux des directeurs sur le mérite du compositeur. Aussi le pauvre

Mozart dut-il plus que jamais regretter la vie. « Eh quoi! s'écria-t-il, il me faut donc mourir quand enfin j'aurais pu vivre tranquille! m'arracher à mon art au moment où, débarrassé des spéculateurs et délivré de l'esclavage de la mode, rien ne m'aurait empêché d'écrire suivant les libres inspirations de mon cœur! Quitter ma famille, mes pauvres enfants, au moment où j'aurais été en état de mieux pourvoir à leur bien-être! M'étais-je trompé quand je disais que c'est pour moi que j'écrivais ce *Requiem* ? »

Mozart mourut le 5 décembre 1791. La nouvelle de cette mort ne fut nulle part plus douloureusement sentie qu'à Prague, où un service solennel fut aussitôt célébré. A Vienne, si les amis de Mozart, et ils étaient nombreux, sentirent cruellement sa perte, ces regrets ne prirent point, comme dans la capitale de la Bohème, les proportions d'un deuil public; le corps du défunt, traîné sans le moindre cortège dans le corbillard du pauvre, fut jeté dans la fosse commune. Aujourd'hui encore on cherche en vain le lieu où repose l'homme de génie auquel l'art musical doit tant de chefs-d'œuvre.

C'est en Mozart, comme je l'ai dit plus haut, que viennent se résumer les progrès que les siècles avaient fait faire à la musique. Sa mission fut d'unir les différentes écoles, de concentrer en lui-même toutes les tendances, de rassembler les matériaux préparés de longue main par ses devanciers, et d'en construire l'édifice de l'art moderne, de se faire enfin reconnaître, non plus comme le musicien de telle ou telle nation, mais comme le musicien de l'humanité. Pour cela, il fallait non-seulement qu'il arrivât à son heure, mais qu'il réunît toutes les qualités morales et intellectuelles qui étaient essentielles à l'accomplissement de cette mission. Le portrait suivant, que j'emprunte à Oulibicheff, prouvera qu'il les possédait toutes au plus haut degré : « Des sens inflammables et un esprit contemplatif, un cœur exubérant de tendresse et une tête merveilleusement organisée pour le calcul ; d'un côté, l'amour du plaisir, la diversité de goûts et de penchants qui caractérisent le tempérament sanguin ; de l'autre, cette constance opiniâtre dans le travail, cette tyrannie d'une passion exclusive, ces excès meurtriers de l'activité intellectuelle qui sont l'attribut des tempéraments mélancoliques ; le jour, se laissant emporter au gré du tourbillon où il vivait ; la nuit, veillant à la lueur d'une lampe que le démon de l'inspiration tient allumée jusqu'à l'aurore ; tour à tour exalté et libertin, hypocondriaque et bouffon, catholique dévot et joyeux compère : voilà quel, à peu près, fut Mozart, l'homme inexplicable, parce qu'il était le musicien universel, qui porta dans son art la force de la volonté jusqu'à l'immolation de soi-même, et fut dans tout le reste une contradiction vivante et la faiblesse personnifiée. »

Ce caractère si disparate, ouvert à toutes les influences, accessible à toutes les impressions, ne répond-il pas de tout point à l'idéal que nous nous formons de l'homme appelé à peindre tous les sentiments, à donner une voix à toutes les passions du cœur humain et à réaliser, comme je viens de le dire, dans le domaine musical, une véritable monarchie universelle ?

Voyons maintenant comment il réalisa dans ses ouvrages cette fusion de toutes les écoles et de toutes les tendances. L'étude des œuvres des anciens maîtres avait été, on le sait, son occupation constante : « Il n'y a pas de maître tant soit peu connu, dit-il lui-même, que je n'aie étudié une ou plusieurs fois dans ma vie. » Nous l'avons vu pendant vingt ans parcourir les différentes contrées de

24

l'Europe, s'initiant par la pratique au génie musical de chacune, s'essayant à tous les styles et à tous les genres, prenant toutes les manières : Italien à Milan, Français à Paris, Allemand à Salzbourg, et finissant cependant, après cette espèce d'apprentissage, par être lui, en se soumettant toutes les formes, sans se rendre esclave d'aucune. Le style de Mozart est un composé, un amalgame du style mélodique puisé aux sources les plus pures de la mélodie italienne, et du style fugué ou contrapontique qu'il maniait avec autant de dextérité que les plus habiles ; et c'est dans cette fusion heureuse des deux styles, dans leur parfait équilibre, qui est tel que l'on ne peut pas dire que jamais l'un domine au préjudice de l'autre, que consiste le cachet de supériorité, de perfection même, dont sont marqués les chefs-d'œuvre de ce maître dans tous les genres. Ainsi les contre-pointistes flamands et allemands, comme les mélodistes italiens, semblent avoir travaillé pour lui ; il a su même tirer de magnifiques effets du style palestrinien ou du plain-chant, qu'il n'a pas hésité à introduire dans quelques-uns de ses opéras, et avec quel bonheur ! Qu'on se rappelle les accords funèbres dont il a accompagné les paroles prononcées par le Commandeur quand il se rend à l'invitation de Don Juan.

Mozart, génie universel, a touché à tous les genres, et il les a tous traités avec une égale supériorité. Dans la musique instrumentale, il procède de Haydn, son maître et son modèle ; mais il s'est élevé plus haut que lui, grâce à la fécondité et à la souplesse de son génie, et à la hauteur du sentiment esthétique qui était inné en lui ; il a en outre renforcé l'orchestre, et a donné aux deux classes d'instruments à cordes et à vent les proportions qu'elles ont conservées jusqu'à nous, en déterminant exactement le rôle que chacune doit remplir dans l'ensemble symphonique. Il a ressuscité le trombone, connu avant lui, mais négligé par ses prédécesseurs, et lui a marqué sa place convenable dans l'orchestre, où nous le voyons aujourd'hui remplir un rôle exagéré. Ce qui caractérise ici encore la musique de Mozart, c'est qu'il ne fit jamais qu'un emploi discret et raisonné de toutes les forces instrumentales, tout en produisant des effets aussi grandioses que ceux qu'obtiennent les compositeurs contemporains par des moyens infiniment plus compliqués et plus prétentieux.

Dans la musique d'église, il faut reconnaître qu'il est inégal : la plupart de ses messes ont été composées à l'époque où il était attaché à la chapelle de cet archevêque de Salzbourg, au goût mondain duquel le pauvre Mozart devait se conformer ; mais les beaux chœurs de son *David pénitent*, son offertoire : *Misericordias Domini*, son sublime *Ave verum*, son *Requiem* enfin, tout inachevé qu'il est, et bien d'autres ouvrages d'un mérite presque égal, témoignent de ce qu'il aurait pu faire dans ce genre, s'il eût eu le loisir de s'y vouer de cœur et d'âme et de réaliser l'idéal qu'il s'était formé. Quelques historiens ont prétendu que Mozart faisait lui-même peu de cas de sa musique d'église et de la musique religieuse en général : c'est là une de ces assertions hasardées qui ne reposent sur aucun fait positif. Il est certain, au contraire, qu'il s'est souvent vanté de posséder le style d'église ; et l'empressement qu'il mit à soumettre ses compositions dans ce genre au jugement du père Martini, prouve l'importance qu'il y attachait. Une anecdote rapportée par Rochlitz, et qui se rapporte à son voyage à Leipzig, prouve encore mieux de quel point de vue élevé il considérait la musique religieuse :

« La conversation, dit Rochlitz, roulait sur la musique
d'église. Quel dommage, dit l'un des interlocuteurs, que
beaucoup de grands musiciens, surtout du temps passé,
aient eu le même sort que beaucoup d'anciens peintres,
pour avoir appliqué les forces immenses de leur génie à
des sujets aussi stériles et aussi mortels pour l'imagination
que le sont les sujets d'église. A ces paroles, Mozart qui,
depuis un moment, retiré dans l'embrasure de la fenêtre,
ne prenait plus part à la conversation, se retourna vivement. Tout son extérieur était complétement changé ; son
langage, jusqu'alors badin, était devenu sérieux : Voilà
bien, dit-il, un de ces bavardages d'artistes comme j'en ai
si souvent entendus. Peut-être en cela y a-t-il quelque
chose de vrai pour vous autres protestants *éclairés*, comme
vous vous appelez, parce que vous avez votre religion dans
la tête et non dans le cœur. Chez nous, il en est tout autrement. Vous ne sentez pas ce que veut dire : *Agnus Dei
qui tollis peccata mundi, dona nobis pacem*. Mais lorsqu'on
a été comme moi, introduit, dès sa plus tendre enfance,
dans le sanctuaire de notre religion, que, l'âme agitée de
désirs vagues mais pressants, l'on a écouté le service divin
avec ferveur, sans trop savoir ce qu'on venait chercher ;
que l'on est sorti de l'église fortifié et soulagé, sans trop
savoir ce que l'on avait éprouvé, quand on a compris la
félicité de ceux qui, agenouillés sous les accords touchants
de l'*Agnus Dei*, attendaient la communion, et la recevaient
avec une indicible joie, tandis que la musique répétait :
Benedictus qui venit in nomine Domini, oh ! alors, c'est
bien différent, voyez-vous. Tout cela, il est vrai, s'évapore
ensuite, à travers la vie du monde ; mais du moins, quand
il s'agit de mettre en musique ces paroles mille et mille
fois entendues, tout cela me revient et se replace devant

moi et m'émeut jusqu'au fond de l'âme. Ensuite Mozart
raconta quelques scènes de son enfance, âge où les émotions religieuses s'allient si bien à la pureté virginale du
cœur, et le remplissent d'une extase si angélique. Il s'arrêta particulièrement aux souvenirs de l'époque où, chargé
par Marie-Thérèse d'écrire un *Te Deum* pour la consécration d'un hospice, il dirigeait à l'église toute la chapelle
impériale, lui l'auteur du *Te Deum*, le bambin de quatorze
ans : Ah ! qu'éprouvais-je alors, qu'éprouvais-je, grand
Dieu ! s'écria-t-il à plusieurs reprises. Non, de pareils moments ne reviennent jamais. On s'agite dans le vide d'une
existence triviale, et puis..... Cette dernière phrase qu'il
n'acheva point, fut prononcée avec amertume. Il remplit
son verre, but beaucoup, et il ne fut plus possible après
cela d'en tirer une parole raisonnable. »

C'est toutefois dans ses œuvres pour le théâtre que Mozart montre toute la grandeur et l'universalité de son génie : on peut dire que dans ce genre il n'a point été dépassé ; ayant à un degré éminent l'intelligence et l'instinct
des convenances dramatiques, comme le prouvent les conseils qu'il donnait à ses librettistes, et les fines critiques
que contiennent quelques-unes de ses lettres à son père,
il se montra supérieur, incomparable dans le genre sérieux comme dans le genre bouffe, dans le dramatique
comme dans le sentimental : il faudrait analyser chacun
de ces chefs-d'œuvre qui s'appellent *Don Juan*, les *Noces
de Figaro*, la *Flûte enchantée*, *Idomeneo*, *Cosi fan tutte*,
etc., pour donner une idée exacte et complète de Mozart ;
mais cela nous entraînerait trop loin : il faut se contenter
de quelques remarques générales.

On a dit que l'opéra de Mozart était un composé de
déclamation française et de mélodie italienne : on aurait

dû ajouter et d'instrumentation allemande ; car il réunit, en effet, dans son style dramatique, les qualités particulières à la musique des trois grandes nations musicales de l'Europe, et il les anima de son génie ; les récitatifs de Gluck étaient trop longs : Mozart réduisit cet élément à ses proportions convenables, et lui donna, par la richesse et la beauté de l'accompagnement, un intérêt encore plus grand. Quant à ses mélodies, il faut renoncer à en analyser froidement la beauté toujours noble et élevée, la grâce toujours simple et naturelle, l'expression toujours juste et vraie, et leur parfaite convenance à la situation et au caractère des divers personnages : qualités qui leur donnent une jeunesse éternelle. Mozart est en outre le véritable créateur des morceaux d'ensemble, et c'est là surtout, dans le conflit de ces passions diverses et de ces sentiments de toute nature qui viennent se heurter à la fois sous le coup d'une des grandes péripéties du drame, que Mozart montre toute la puissance de son génie. Ses personnages ne se perdent point au milieu de cette mêlée ; chacun conserve son individualité, grâce à la variété infinie des figures mélodiques et des rhythmes ; en sorte que, comme le dit Oulibicheff, plus il y a d'interlocuteurs simultanément occupés, mieux ils se détachent les uns des autres, et plus le tableau musical gagne en beauté, en richesse, en importance et en intérêt. »

A côté des grandes, des incomparables beautés que Mozart a répandues dans toutes ses compositions dramatiques, on est peiné de rencontrer parfois, dans quelques-unes, des traces non équivoques des concessions qu'il était obligé de faire au faux goût de son temps. Il lutta cependant de toute sa force contre les prétentions du public, qui se traduisaient par les plaintes et les recommandations de ses éditeurs. « Décidez-vous, lui écrivait l'un d'eux, à composer dans un style plus populaire, sans quoi je ne pourrai vous vendre. » « Eh! que m'importe, répondit Mozart, je jeûnerai. » Mais il fallait vivre, et le pauvre compositeur était bien obligé quelquefois d'en passer par où le voulait son seigneur et maître, le public. Reconnaissons, du moins, que Mozart résista à ces exigences avec toute la fermeté et l'énergie dont il était capable, et, en pensant qu'il lui eût été facile de devenir un compositeur à la mode et de se faire ainsi une position brillante dans le monde, louons-le, comme il le mérite, de ce qu'il a sacrifié sa popularité à ses vues élevées sur l'art dramatique, et de ce qu'il est resté pauvre pour n'avoir pas consenti à rabaisser son génie.

Si c'est tout particulièrement à ses ouvrages pour le théâtre que Mozart doit la place éminente qu'il occupe dans l'histoire de l'art, c'est par là aussi qu'il a exercé sur ses contemporains et ses successeurs une influence décisive ; et cette influence ne s'est pas exercée seulement sur les Allemands, tels que Winter, Weigl, etc., mais sur les Italiens et les Français, et l'on peut la constater aussi bien dans les ouvrages de Cherubini et de Boïeldieu, que dans ceux mêmes de Rossini, qui amenèrent une transformation dans la musique italienne.

Il va sans dire que cette admirable fusion de tous les styles, qui, comme nous l'avons vu, caractérise la musique de Mozart, ne se retrouve au même degré chez aucun de ses successeurs. Après lui, l'équilibre si heureusement maintenu entre les tendances des diverses nationalités fut de nouveau rompu ; toutefois, l'influence de Mozart avait été trop puissante pour que les choses revinssent à l'état où elles étaient avant lui ; et si les compositeurs retournèrent à leurs styles nationaux, on put remarquer que les différences qui existaient entre les styles s'étaient considérablement adoucies, et que la conciliation réalisée par Mozart avait eu d'heureux effets.

J'ai nommé parmi les compositeurs d'opéras qui, en Allemagne, s'illustrèrent au temps de Mozart, Winter et Weigl, le premier connu surtout par son *Sacrifice interrompu*, et le second par sa *Famille suisse;* on pourrait leur ajouter Naumann et l'abbé Vogler, dont les compositions religieuses sont toutefois plus appréciées aujourd'hui que les opéras. Quant à l'Italie, elle présente au temps de Mozart quelques compositeurs célèbres, dont il faut bien aussi dire quelques mots.

Pendant que, grâce à Haydn et à Mozart, la musique instrumentale et dramatique voyait s'ouvrir une ère nouvelle, les compositeurs italiens continuaient de marcher dans la voie de leurs devanciers; la mélodie devait pendant longtemps encore régner en souveraine absolue dans la musique italienne. C'est l'opéra-bouffe qui est alors à la mode, et c'est dans ce genre, dont la *Cecchina* de Piccinni avait fait la fortune, que se distinguent plusieurs compositeurs dont les ouvrages jouissent encore aujourd'hui d'une estime méritée. Pour être juste envers tout le monde, il faut dire que, quand on attribue à Mozart la création des morceaux d'ensemble, c'est plutôt eu égard à la perfection avec laquelle il les traita; au fond, ils existaient avant lui : l'honneur de l'invention revient au Napolitain Logroscino, contemporain et condisciple de Piccinni, qui, le premier, termina les actes par des finales à un plus ou moins grand nombre de voix, et divisés en plusieurs scènes donnant lieu à des motifs différents. Piccinni, né à Bari, en 1728, et élève de Leo et de Durante, imagina de marquer les changements de scènes et de situations par des changements de mouvement et de mesure, et de donner ainsi aux finales, avec moins d'uniformité, plus de développement et d'étendue. Ce fut dans la *Cecchina* qu'il fit entendre cette nouveauté musicale, et, encouragé par le succès, il la reproduisit bientôt après dans un opéra sérieux, l'*Olimpiade*, qui fit oublier tous ceux de ses devanciers. C'est dans ce même opéra que Piccinni fit l'essai d'une nouvelle forme de duo; il en retrancha la reprise traditionnelle et lui donna deux mouvements, l'un lent et l'autre rapide, se fondant sur ce principe que, lorsque deux personnages se sont abandonnés à l'expression d'un sentiment tendre ou douloureux, la passion croissant par degrés, doit prendre, en parvenant à son comble, une expression plus énergique et plus rapide, et ne permet point un retour au premier mouvement; c'est là l'origine de ces *cabalette*, de ces *strette*, dont Rossini et ses imitateurs ont tant usé et abusé.

Nous avons vu comment Piccinni, appelé à Paris en 1776 par les adversaires de Gluck, joua, bon gré mal gré, un rôle assez important dans l'histoire de l'opéra français; c'est à Paris qu'il donna sa *Didon*, qui est regardée comme son plus bel ouvrage dans le genre sérieux. La Révolution française le priva de ses pensions; il se détermina alors à quitter la France pour retourner à Naples; mais compromis dans les troubles politiques, et se voyant en butte aux persécutions d'une police tracassière, il réussit à s'échapper et à regagner Paris, où il mourut en 1800.

Parmi les autres compositeurs italiens, contemporains de Haydn et de Mozart, qui furent les représentants de ce beau style mélodique qui fit la gloire de l'Italie au dix-huitième siècle, il faut citer, par ordre de date, Sacchini, Paisiello et Cimarosa, tous les trois élèves, comme le précédent, de la célèbre école napolitaine.

Sacchini, né à Naples en 1735, se distingua d'abord comme violoniste; il donna ses premiers opéras à Rome en concurrence avec Piccinni, fut pendant quelque temps directeur du Conservatoire de Venise, puis passa en Angleterre. Il fit représenter plusieurs de ses ouvrages sur le théâtre italien de Londres; mais, criblé de dettes, il se vit bientôt forcé de quitter cette ville pour éviter les poursuites de ses créanciers (1782). Il se rendit alors à Paris où sa réputation l'avait précédé. Les premiers ouvrages qu'il donna à l'Académie royale de musique n'eurent pas le succès auquel on s'attendait; mais lorsqu'il se fut familiarisé avec le goût du public parisien, il créa un des chefs-d'œuvre qui ont fait le plus d'honneur à la scène française, *Œdipe à Colone*, dans lequel on admire encore aujourd'hui de fort beaux airs, d'un caractère noble ou touchant, et qui sont restés classiques. Les contrariétés qu'il eut à subir pendant que son opéra était à l'étude, abrégèrent ses jours; il mourut en 1786. Paisiello, plus jeune de quelques années que Sacchini, s'est surtout illustré par deux opéras, l'un du genre bouffe, la *Serva padrona*, qu'il composa à St-Pétersbourg, où il séjourna quelques années à la cour de Catherine II, et l'autre du genre sérieux, *Nina* ou *la Pazza per amore*, qu'il composa à Naples; ces deux chefs-d'œuvre de grâce et de pathétique firent le tour de l'Europe. Mandé à Paris par le premier consul, qui le mit à la tête de sa chapelle, il écrivit en cette qualité plusieurs œuvres d'église; mais sa santé le força bientôt de retourner à Naples. Dans une notice biographique écrite par lui-même, et que Choron a insérée dans son *Dic-*

tionnaire des musiciens, Paisiello prétend que c'est lui qui le premier mit en usage les airs à deux mouvements, qui servirent depuis lors de modèle à tous les compositeurs ; il se vante, en outre, d'avoir le premier introduit les finales dans les opéras sérieux, et imaginé de mêler des chœurs à des airs pour voix seule.

Quant à Cimarosa, le dernier et le plus illustre représentant de cette brillante époque, il naquit à Naples, en 1755. Son père, pauvre savetier, le mit en apprentissage chez un boulanger. Parmi les pratiques chez lesquelles il devait aller porter la provision de pain se trouvait un certain professeur de chant, nommé Aprile, chez qui l'enfant avait l'occasion d'entendre de belles voix qui faisaient sur lui une impression indéfinissable. Un beau jour, on le surprit, l'oreille collée contre la porte de la chambre où se donnait la leçon de chant, et Aprile ayant remarqué les dispositions musicales du garçon boulanger, le fit entrer au Conservatoire de *la Pietà.* Il étudia plus tard sous Sacchini et au Conservatoire de Loreto, où se conservaient les traditions de l'école de Durante. Dès ses premiers essais dramatiques, il annonça un compositeur de génie, et ses opéras acquirent bientôt une grande popularité et furent joués sur tous les théâtres de l'Italie ; quelques-uns furent même traduits en allemand. Appelé à St-Pétersbourg, en 1787, il passa près de trois ans dans cette capitale, revint ensuite en Italie, et fut bientôt après nommé, par l'empereur Léopold, maître de sa chapelle, à la place de Salieri. Le premier opéra qu'il composa à Vienne fut son *Matrimonio segreto,* qui fit une telle sensation qu'immédiatement après la représentation l'empereur exigea que, sans désemparer, l'opéra fût répété d'un bout à l'autre. Mais peu de temps après, Léopold étant mort et Salieri étant parvenu à se faire réinstaller dans sa place, Cimarosa retourna à Naples où, comblé d'honneurs, il composa encore plusieurs opéras qui ne pouvaient plus rien ajouter à sa gloire. Bientôt la politique vint donner un autre cours à ses idées ; il embrassa avec ardeur les opinions révolutionnaires et se vit condamné à la peine capitale. On lui fit cependant grâce de la vie ; mais le long emprisonnement qu'il avait eu à subir avait ruiné sa santé, et, peu de temps après sa libération, il mourut à Venise, en 1801. On répandit le bruit d'un empoisonnement, et le gouvernement napolitain crut devoir se justifier publiquement de cette accusation.

Des nombreux opéras de Cimarosa il n'est resté que son *Matrimonio segreto*, qui suffit à l'immortaliser, et que la postérité a placé au rang des chefs-d'œuvre dramatiques ; on y trouve une verve inépuisable et une richesse de mélodie telle qu'on a pu dire, non toutefois sans exagération, qu'un seul finale contenait des idées suffisantes pour un opéra tout entier. Cimarosa avait eu l'occasion de connaître les opéras de Mozart, pour lequel il professait une grande admiration ; un peintre lui assurant qu'il avait surpassé Mozart : « Que diriez-vous, » répliqua-t-il modestement, « à qui vous affirmerait que vous êtes supérieur à Raphaël ? » Cette réponse fait d'autant plus d'honneur à Cimarosa que les compositeurs italiens se voyaient recherchés, non-seulement en Italie, mais en Allemagne, en France, en Angleterre et jusqu'en Russie ; c'étaient leurs noms qui étaient dans toutes les bouches, tandis que Mozart végétait presque inconnu, même dans sa patrie.

CHAPITRE XV

Influence de la Révolution française sur l'art musical. — État de la musique en France sous l'Empire. **Méhul** et ses opéras. **Cherubini** :
ses compositions pour le théâtre et pour l'église. Son influence
comme directeur du Conservatoire de musique de Paris. Autres compositeurs français de la même époque. **Boïeldieu** à l'opéra-comique.
Spontini au grand opéra. Caractère de son style.
Beethoven. Ses premières années et ses premières œuvres. Trois époques
dans sa vie, correspondant à trois styles distincts. Caractéristique
générale de son œuvre. Pourquoi il ne pouvait réussir dans la musique dramatique. Ses compositions instrumentales, et particulièrement
ses symphonies. Ses dernières œuvres ; diversité des appréciations
auxquelles elles ont donné lieu. La symphonie *avec chœur*, point de
départ d'une nouvelle école.

L'époque de Mozart est passée. Elle s'est terminée
avec l'ancien régime social et politique. Bientôt l'Europe
entière s'ébranle aux premières commotions de la Révolution française qui va tout embraser, renouveler partout
les idées, détruire les préjugés de castes, proclamer un
droit nouveau, et ouvrir aux peuples une ère nouvelle,
fondée sur ces deux principes dont on devait tant abuser :
la liberté et l'égalité. Autres temps, autres mœurs, dit-on ;
nous pouvons dire, avec autant de raison : Autres temps,
autre musique. L'époque classique de l'art musical est
close. Mais est-ce à dire qu'il n'y aura désormais plus de
musique, ou que toutes les productions de l'art tourneront
désormais dans le même cercle, que nous n'aurons plus à
chercher et à admirer le beau que dans les œuvres écrites
sous l'inspiration des maîtres d'une autre époque, et que
nous devrons déclarer d'avance indignes de nos sympa-

thies et de notre admiration toutes celles qui seront conçues dans un autre esprit, et qui s'éloigneront plus ou
moins des formes reconnues? Gardons-nous d'un pareil
exclusisme. Si le beau est immuable, éternel, nombreuses
sont les voies par lesquelles l'art peut atteindre à ces hauteurs où il brille. Pas plus que l'humanité ne retourne sur
ses pas, l'art ne saurait revenir en arrière ou rester stationnaire ; seulement il se modifie et se transforme pour
répondre aux nouveaux besoins et aux nouvelles idées qui
naissent de la marche même de la civilisation. Je dis que
l'art se transforme, et non point qu'il se perfectionne. Il
est arrivé à son point de perfection lorsque, complétement
maître des procédés qu'il emploie, de son mécanisme, il
peut se prêter à l'expression vraie, complète et saisissante
des sentiments généraux du cœur humain. C'est là l'époque classique, caractérisée, comme j'ai déjà eu l'occasion
de le dire, par l'admission définitive de l'élément sensualiste, et par l'union des deux principes, dont un seul, l'élément spiritualiste, avait jusqu'alors régné exclusivement.
Après cette époque, l'art entre fatalement dans une époque de décadence où l'équilibre entre les deux principes
est de nouveau rompu aux dépens de celui dont la période
de développement avait subi la prépondérance.

Mais comme, d'un autre côté, la marche du temps
amène dans les idées des peuples de continuelles modifications, que de nouveaux besoins moraux, intellectuels et
politiques se créent, que le développement des sciences
ouvre à l'esprit et à l'activité humaine de nouvelles routes, il faut bien que l'art, qui est pour le moins autant
que la littérature l'expression de la société, réponde à
ses nouvelles destinées. Ainsi fait-il ; mais au lieu de progresser, il s'élargit, s'étend. Comme il ne saurait avoir

des sentiments nouveaux à peindre, il s'attache aux nuances, au détail, et tombe trop souvent dans une affectation, dans une recherche qui le fait se perdre dans l'abus du procédé, c'est-à-dire dans ce qu'il a de moins élevé, de plus matériel. Voilà la pente, voilà le danger; mais jusquelà, il y a place encore pour de hautes et belles œuvres d'art, et les grands esprits qui savent résister à ces funestes tendances peuvent acquérir des droits d'autant mieux fondés à notre admiration et à notre estime, que placés plus près de nous, ils sont les interprètes de l'esprit et du goût contemporains.

J'ai presque fait dans ces quelques lignes la critique de la musique de nos jours. Qu'on ne me prenne cependant point pour un de ces esprits chagrins, attachés sans réserve au passé, et qui ne voient dans toutes les œuvres du temps présent que décrépitude et décadence. L'art est impérissable; voilà ce qu'il ne faut cesser de se dire; mais il se transforme, et il faut bien accepter ces transformations, qui sont une conséquence nécessaire, impérieuse des progrès de l'esprit humain. Aussi personne n'est peut-être mieux placé, pour être juste et impartial à l'égard des œuvres que nous voyons éclore sous nos yeux, que celui qui a mesuré le chemin parcouru par l'art, et qui peut ainsi tenir compte des circonstances qui influent sur sa marche et ses tendances.

On peut dire que toute la musique du dix-neuvième siècle se résume en deux hommes : Beethoven et Rossini ; l'un, génie immense qu'il a fallu des années pour comprendre, qui ne s'est dévoilé que peu à peu aux regards de la postérité, et dont la puissante individualité offre encore des côtés plongés dans une ombre qui paraît impénétrable ; l'autre, qui prit d'un coup possession du domaine dramatique, et, en flattant les goûts de son public, arriva sans efforts à une popularité dont il n'y avait eu que bien peu d'exemples. Mais tournons d'abord nos regards vers la France où la Révolution eut sur l'art musical une influence qu'il est impossible de méconnaître, et qu'il convient d'étudier avant d'aborder ces deux grands génies qui nous amèneront tout naturellement à l'époque contemporaine.

L'opéra-comique, qui y avait pris naissance, et le grand opéra dont Gluck avait renouvelé les formes, continuaient de jouir de toute la faveur du public; et c'est encore la musique dramatique qui, dans l'époque qui succéda à celle de Gluck, avait le pas sur tous les autres genres. L'influence du grand réformateur s'y faisait encore sentir, mais dans une proportion plus modeste; car, comme il arrive presque toujours aux réformateurs, Gluck avait un peu dépassé le but; en s'attachant trop à un point de vue particulier, il avait négligé les autres. Excellentes en principe, et au point de vue de la vérité dramatique qu'on avait jusqu'alors méconnue, les améliorations introduites par Gluck dans le grand opéra n'avaient pu lui donner sa forme parfaite, définitive; la lutte des deux éléments, français et italien, représentés l'un par Gluck et l'autre par Piccinni et Sacchini, ne pouvait se terminer que par une conciliation dont l'effet le plus immédiat devait être d'introduire dans l'opéra français, à côté de la vérité dramatique qui faisait presque à elle seule le fond des opéras de Gluck, le beau chant et la grâce de l'école italienne. Enfin, l'opéra français devait faire son profit de tous les perfectionnements réalisés par Mozart, soit dans l'instrumentation, soit dans le développement et l'ampleur donnés aux finales, quand la situation le demandait.

Telle était la tâche dévolue aux compositeurs français contemporains de la Révolution; et la nécessité de ces améliorations se faisait d'autant plus vivement sentir que la crise que subissait alors la France avait exalté tous les sentiments et toutes les idées, et que le public, habitué aux fortes émotions de la rue, commençait à être blasé sur la musique discrète et sobre des opéras de la précédente époque. Aussi vit-on les anciens compositeurs abandonner la simplicité de leur première manière et viser aussi à l'énergie: c'est alors que Grétry compose son *Guillaume Tell*, et Dalayrac son *Camille ou le Souterrain*. Mais de tous les compositeurs de l'époque révolutionnaire qui s'illustrèrent dans l'opéra, ceux dont l'influence s'exerça avec le plus de puissance furent sans comparaison Méhul et Cherubini.

Méhul (Étienne-Henri), né à Givet, en 1763, vint tout jeune à Paris, où il s'attacha à Gluck dont il embrassa avec enthousiasme les idées; ses études musicales avaient été fort incomplètes, mais il avait l'instinct de l'expression dramatique et celui des ressources de l'harmonie; sentant tout ce qui manquait à la musique française, il eut l'ambition d'y suppléer en composant son *Euphrosine*, drame lyrique représenté en 1790, ouvrage remarquable, suivant Fétis, par la route nouvelle qu'il traçait aux compositeurs français, et qui introduisit pour la première fois dans l'opéra-comique des morceaux d'ensemble d'une facture large et bien proportionnée, et un orchestre intéressant et soigné dans ses détails. Méhul écrivit, à partir d'*Euphrosine*, plusieurs autres opéras qui se succédèrent à des intervalles plus ou moins longs. *Stratonice*, et quelques années après *Joseph*, qui date de 1807, sont de beaucoup ceux qui eurent le plus grand et le plus légitime succès; mais qu'importe ici le succès? C'est à leur mérite intrinsèque

que la postérité peut et doit juger les œuvres d'art; à ce point de vue elle a placé bien haut l'opéra de *Joseph*, dans lequel se fait sentir d'un bout à l'autre une inspiration soutenue, et où Méhul a su trouver, pour exprimer la piété filiale d'un Joseph et d'un Benjamin, la tendresse paternelle d'un Jacob, les remords d'un Siméon, des accents d'une vérité saisissante. Aussi a-t-on de la peine à comprendre comment Fétis a pu dire que ce compositeur, qu'il reconnaît capable de grandes conceptions, écrivait plutôt par calcul que par inspiration. En Allemagne, on apprécie mieux Méhul, et ses ouvrages y sont encore aujourd'hui plus souvent représentés qu'en France. L'instrumentation de Méhul est riche et bien nourrie; sa célèbre ouverture de chasse, dite du *Jeune Henri*, prouve avec quelle supériorité il savait manier l'orchestre et en tirer les plus grands et les plus magnifiques effets. Je ne citerai que pour mémoire son opéra bouffe l'*Irato*, qu'il composa pour démontrer que ce genre n'était point inabordable aux compositeurs français; il le fit même passer pour une production de quelque musicien italien, et le public français s'y laissa prendre; mais il faut bien reconnaître que, quoiqu'il renferme quelques morceaux bien réussis, et en particulier un quatuor bien connu, l'ouvrage manque de verve comique. Plus tard, Méhul, frappé de la supériorité que Cherubini avait sur lui par les connaissances théoriques, essaya de suppléer par un travail tardif à ses premières études; mais il ne fit ainsi qu'alourdir son talent, et tomba dans l'abus de certaines formules qui ôtent à ses derniers ouvrages une grande partie de leur valeur.

Cherubini (Marie-Louis-Charles-Zénobe-Salvator), né à Florence en 1760, s'était depuis longtemps fait un nom en Italie par ses ouvrages pour le théâtre, lorsqu'il vint, en 1786, s'établir en France qui fut pour lui une seconde patrie. Mais toute cette première époque de sa vie, pendant laquelle il avait sacrifié sans réserve au goût italien, fut pour ainsi dire perdue pour l'art, et l'histoire ne connaît que sa seconde période, bien autrement brillante que la première. Ce fut l'audition d'une symphonie de Haydn qui changea les idées de Cherubini et qui le décida à abandonner la voie qu'il avait suivie jusqu'alors. L'impression que cette musique fit sur lui fut des plus vives : ce fut une véritable crise accompagnée de transport, d'abattement et de larmes. Dès ce moment, sa vocation fut décidée, et sa sympathie acquise pour jamais aux ouvrages de Haydn et de Mozart, qu'il étudia avec passion et qu'il devait faire plus tard connaître au public français. Bientôt il débuta à Paris, dans la carrière dramatique, par son opéra de *Lodoïska* (1791), dans lequel se montrait déjà une science profonde unie à l'instinct mélodique inné chez tout compositeur italien. Cette pièce fit un tel effet sur le public, qu'après chaque morceau les spectateurs se levaient en masse pour saluer le compositeur de leurs acclamations. Dans les années suivantes, Cherubini écrivit d'autres opéras, parmi lesquels nous nous contenterons de mentionner *Médée*, ouvrage très-travaillé et qui donne peut-être le mieux la mesure du génie du compositeur, mais qui pèche contre les convenances dramatiques, et les *Deux Journées* (1800). Dans ce dernier ouvrage, Cherubini réussit à éviter les longueurs et les défauts qui déparaient les précédents; il y règne en outre tant de chaleur et de tendresse, une si grande vérité d'expression et un si heureux emploi des effets d'orchestre, que cet opéra est un de ceux qui se sont soutenus le plus longtemps sur la scène.

Par suite des qualités plutôt sérieuses et élevées, austères même de son génie, et des tendances allemandes que
révélait le travail de son instrumentation, Cherubini devait trouver de fervents admirateurs en Allemagne. Appelé à Vienne, en 1805, par le directeur du théâtre de la
cour, il y composa *Faniska*, et fit jouer quelques-uns de
ses anciens opéras auxquels le public viennois fit le plus
favorable accueil. Il vécut là dans l'intimité de celui qui
avait eu sur sa carrière musicale une si grande influence,
et l'on raconte que, lorsqu'il prit congé de Haydn, le vieillard l'embrassa en l'appelant « son cher fils, » et lui remit,
comme souvenir, le manuscrit d'une de ses dernières symphonies. En 1813, Cherubini composa les *Abencérages* que
l'on peut considérer comme son dernier opéra, puisque
Ali-Baba qui parut beaucoup plus tard, en 1833, n'est
que le remaniement d'un ancien ouvrage.

On voit que la brillante carrière fournie par Cherubini,
dans le genre dramatique, aurait suffi à immortaliser le nom
de ce compositeur; mais il réussit également bien dans la
musique d'église, vers laquelle devaient tout naturellement
le porter les tendances de son génie et son goût pour le
style sévère qu'il maniait avec une grande facilité, grâce à
sa connaissance approfondie du contre-point. Aussi s'est-il
élevé dans ce genre à une hauteur telle qu'il est peu de
noms qu'on puisse placer à côté du sien. Dans ses quatre
grandes messes, dans son *Requiem*, aussi bien que dans
ses innombrables compositions de plus petite dimension,
motets, hymnes, offertoires, etc., il a montré une élévation de pensée, une grandeur de conception, qu'on ne saurait assez admirer ; et si une critique sévère est en droit
de lui reprocher l'emploi de formes trop dramatiques, surtout dans ses *Gloria* et ses *Credo*, où il a cru devoir sacri-

fier à l'éclat la sévérité du style d'église, ce défaut est amplement racheté par les grandes beautés qui se révèlent à chaque page. Aujourd'hui on ne joue plus guère les opéras de Cherubini, et l'on n'a plus guère l'occasion de juger son talent dramatique que par les fragments qu'on exécute de temps à autre dans les concerts publics. Mais la haute valeur de ses compositions religieuses subsiste encore tout entière, et peu de noms, dans le domaine de la musique d'église, jouissent d'une aussi grande popularité.

Pour achever de donner une idée complète de l'importance et du mérite de Cherubini, il est juste de lui tenir compte des services signalés qu'il rendit à l'art musical en France pendant le temps où il fut à la tête du Conservatoire. Cette belle institution, dont l'origine remonte aux premières années de la Révolution, ne se contenta pas de former, grâce à l'excellent enseignement qui s'y donnait, de bons musiciens, compositeurs et instrumentistes, mais il contribua encore puissamment à propager le goût de la belle musique, par ses concerts qui devinrent en peu de temps célèbres dans toute l'Europe. Cherubini, après y avoir exercé le professorat pendant de longues années, devint directeur de cet établissement en 1822, et remplit ces fonctions jusqu'à sa mort (1842), avec un zèle et une intelligence au-dessus de tout éloge; aussi lui revient-il une large part de la juste renommée dont jouit encore aujourd'hui l'orchestre du Conservatoire de Paris, qui pendant bien des années n'eut pas de rival.

Après Méhul et Cherubini, on peut nommer encore plusieurs compositeurs français qui se sont fait un nom dans le genre dramatique. Lesueur (né à Paris en 1763, mort en 1837), avait déjà une réputation faite de compositeur d'église lorsque la révolution le jeta dans la carrière du théâtre. Il y débuta par la *Caverne*, où l'on admira des chœurs d'une facture grandiose, et dans lequel on retrouvait ce cachet prononcé d'originalité un peu bizarre qui distingue toutes les œuvres de ce maître. Plus tard, sous l'Empire, et à la suite de quelques autres opéras de moindre mérite, Lesueur produisit les *Bardes* qui est son chef-d'œuvre et qui lui valut, à la retraite de Paisiello, la place de maître de chapelle de l'empereur. Ses œuvres d'église sont aujourd'hui plus recherchées que ses opéras, sans qu'on puisse dire que le style en soit plus approprié au genre.

Berton (Henri-Mouton) entra dans la carrière dramatique sous les auspices de Sacchini. Peu après ses débuts, éclata la révolution française, sous l'influence de laquelle il composa les *Rigueurs du cloître*, et d'autres opéras dus à la même source d'inspiration. Son chef-d'œuvre est *Montano et Stéphanie*, dont le libretto était destiné au vieux Grétry, mais que celui-ci fit donner à Berton dont il avait deviné le mérite. Cette pièce brille par de grandes qualités, parmi lesquelles il faut placer en première ligne la force de l'expression et la belle unité de conception. Ses ouvrages postérieurs ne pouvaient qu'affermir sa renommée sans l'élever plus haut. Ses dernières années furent consacrées à l'enseignement dans le Conservatoire, dont il fut un des professeurs les plus actifs, et à la publication de quelques ouvrages théoriques.

Boïeldieu (Adrien-François), né près de Paris en 1775, est de tous les compositeurs dramatiques qui jouirent de la faveur populaire sous l'Empire et pendant les premières années de la Restauration, de beaucoup le plus célèbre. Il fit aussi ses débuts sous la Révolution, car son premier ouvrage, la *Dot de Suzette*, parut en 1795. Passionné pour les ouvrages de Grétry, de Dalayrac et de Méhul, il avait étudié par lui-même les principes de son art. Nommé professeur de piano au Conservatoire, il eut ainsi l'occasion de se rapprocher de Cherubini qui s'attacha à lui et lui donna d'excellentes directions. Cette heureuse influence se fit reconnaître dans *Beniowski*, qui, bien que reçu d'abord avec froideur, devait se soutenir longtemps au répertoire de l'opéra-comique. Le *Calife de Bagdad* et *Ma tante Aurore*, qui suivirent *Beniowski* fixèrent enfin l'attention du public, et Boïeldieu occupa dès lors sur la seconde scène française cette place élevée où son nom brille encore de nos jours. Le séjour prolongé qu'il fit à St-Pétersbourg, pendant les premières années de l'Empire, lui fut nuisible, en ce qu'il travailla avec trop de négligence, en sorte que les opéras qui datent de ce temps sont de beaucoup inférieurs aux premiers. De retour à Paris, en 1811, il y trouva Nicolo (Isouard) en possession de la faveur exclusive du public, et c'est avec le désir de supplanter son rival que Boïeldieu écrivit coup sur coup deux de ses meilleurs ouvrages, *Jean de Paris* et le *Nouveau Seigneur du village*, après lesquels il y a comme une seconde lacune dans son œuvre. La Restauration n'était guère favorable aux beaux-arts; c'est d'ailleurs à cette époque que l'influence de Rossini commençait à s'imposer partout, en sorte que Boïeldieu, se voyant oublié, tomba dans le découragement. Appelé enfin à la place que la mort de Méhul laissait vacante au Conservatoire, sa position s'améliora, et reprenant courage, il se remit à l'œuvre, et écrivit le *Petit Chaperon rouge*, qui fut suivi de son immortel chef-d'œuvre, la *Dame blanche* (1825), dans lequel se trouvent heureusement réunies toutes les brillantes qualités de son génie : fraîcheur et richesse de mélodie, instrumentation élégante, vérité d'expression, intelligence des effets dramatiques. Aussi cet opéra, traduit dans toutes les langues, fit-il le tour de l'Europe ; aujourd'hui encore c'est, sans contredit, l'une des pièces les plus goûtées du répertoire de l'opéra-comique français.

Nous ne pouvons mentionner ici bien d'autres compositeurs qui, formés à l'école des fondateurs de l'opéra-comique, conservèrent fidèlement les traditions du genre. Ce qui contribua encore à attirer de plus en plus le public aux représentations du second théâtre français, c'était la réunion des artistes d'élite qui y étaient attachés, et qui formèrent pendant une longue suite d'années un ensemble qui ne devait plus se rencontrer : il suffit de rappeler Mme Dugazon, le ténor Elleviou et le baryton Martin, dont les noms célèbres sont restés attachés aux emplois qu'ils remplissaient.

Le grand opéra jeta aussi un vif éclat sous l'Empire, et ce fut encore un compositeur étranger, Spontini, qui, plus que Lesueur et que Cherubini, s'illustra sur la scène de l'Académie de musique. Spontini (Gasparo), né à Maiolati près de Jesi, dans la Marche d'Ancône, en 1784, élève du Conservatoire de Naples et honoré tout jeune des conseils de Piccinni et de Cimarosa, avait déjà composé plusieurs opéras qui avaient été assez bien accueillis en Italie, avant de venir s'établir à Paris, où il arriva inconnu et presque sans protection, en 1803. Il réussit cependant à faire représenter sur le théâtre Feydeau quelques-uns de ses essais dramatiques, qui attirèrent sur lui l'attention. L'impératrice Joséphine s'intéressa à lui, et il finit par obtenir que Jouy lui confiât le poëme de la *Vestale*, qui était reçu

depuis longtemps à l'Académie de musique, et dont ni
Cherubini ni Méhul n'avaient voulu se charger. Exalté
par les situations dramatiques de cette pièce, par le souvenir de Gluck dont il se rapprochait par plus d'un côté
de son génie, et par le noble désir de faire honneur à ses
protecteurs, Spontini créa un chef-d'œuvre. La *Vestale*,
représentée en 1807, est certainement l'un des plus beaux
ouvrages qui aient paru sur la scène française ; le succès
qui l'accueillit à l'origine, s'est soutenu pendant plus d'un
quart de siècle. Le mérite de cet opéra consiste surtout
dans la force et la vérité de l'expression dramatique, rehaussée par une instrumentation vigoureuse et richement
colorée : aussi peut-il être mis à côté des meilleurs ouvrages de Gluck ; mais comme eux aussi, il pèche peut-être
par une élévation, une pompe trop soutenue et qui n'est
pas exempte d'affectation, par une plénitude de style qui
accuse la recherche et l'effort, fatigue l'attention et en-
gendre la monotonie. Mais ces défauts, qui nuisent à la
Vestale dans l'opinion des modernes, et qui ont été sans
doute la cause principale de l'échec que ce chef-d'œuvre a
éprouvé, lorsqu'il y a quelques années on voulut le remettre au répertoire, étaient, à l'époque où il fut écrit, des
qualités qui devaient en assurer le succès, parce qu'ils
étaient en parfait accord avec la pompe et la grandeur
d'apparat qui distinguent l'époque impériale. C'est à ce
point de vue qu'on peut dire avec vérité que la *Vestale* a
réalisé l'expression de la gloire de l'Empire. Dans aucun
de ses autres ouvrages, Spontini ne s'est élevé à une pareille hauteur, et l'on ne peut guère nommer, après la
Vestale, que *Fernand Cortès* qui fut donné deux ans après.
Spontini quitta la France en 1819, outré du peu de succès
qu'avait eu un de ses opéras (*Olimpia*), et alla s'établir à

Berlin où le roi de Prusse lui avait offert la direction
de sa chapelle. Il y resta jusqu'à la mort du roi (1842),
occupé autant à composer des ouvrages qui ne pouvaient rien ajouter à sa gloire, qu'à se défendre contre
les attaques d'un parti puissant qui s'était formé contre
lui, et qui finit par lui rendre le séjour de Berlin insupportable. Il revint alors à Paris, et s'y fixa, faisant de
là de fréquents voyages dans sa patrie. C'est pendant un
de ces voyages qu'il mourut, dans le lieu même de sa
naissance (1851).

Malgré la célébrité de quelques-uns des compositeurs
que j'ai eu l'occasion de nommer dans cette revue rapide
de l'état de la musique française sous la Révolution et
l'Empire, tous, on peut le dire, se rattachent au passé :
leur principale mission fut, comme je l'ai dit en commençant, de faire profiter l'art et surtout le théâtre français
des progrès réalisés par Mozart. A vrai dire, Beethoven,
chronologiquement du moins, appartient à la même époque ; mais, considéré sous le rapport de l'influence considérable qu'il exerça après sa mort, et des voies nouvelles
que son puissant génie ouvrit à l'art musical, il est plutôt
l'homme des temps modernes. Demandons aux faits de sa
vie extérieure le fil qui servira à nous conduire dans l'appréciation et l'intelligence de ses œuvres.

Ludwig van Beethoven naquit à Bonn, en 1770. Son
père, chantre de la chapelle de l'électeur de Cologne,
voulut faire de lui un musicien ; mais l'enfant ne s'y prêta
d'abord que d'assez mauvaise grâce. Il prit cependant peu
à peu goût à la musique, et acquit en peu de temps un talent remarquable sur le clavecin et sur le violon, à tel
point qu'à l'âge de quinze ans, il obtint la place d'organiste de la chapelle. Il s'essayait déjà alors à la composi-

tion, et lorsque Haydn passa par Bonn, allant en Angleterre, il lui soumit une cantate à laquelle le célèbre maître donna son approbation. Pendant l'hiver de 1786 à 1787, Beethoven fit un premier voyage à Vienne, et improvisa devant Mozart qui lui donna des encouragements. Quatre ans plus tard (1792), il vint se fixer définitivement à Vienne où il trouva dans le baron Van Swieten et dans le prince Lichnowski de précieux protecteurs. Ce dernier lui assura une pension de six cents florins pour tout le temps où il n'aurait pas de position fixe. La princesse s'affectionna tout particulièrement au jeune Beethoven, en dépit de son humeur déjà fort capricieuse : « Je trouvai en elle, disait-il plus tard, l'affection empressée et anxieuse d'une grand'mère ; elle m'aurait volontiers mis sous cloche pour me soustraire au contact des profanes. » Beethoven étudia d'abord sous la direction de Haydn, dont le génie réglé, méthodique, ne devait guère convenir à cet esprit déjà impatient de tout frein ; aussi Haydn ne fit-il pas grand fond sur les talents de son élève. Il étudia ensuite sous Albrechtsberger, le plus grand théoricien de ce temps. En même temps que son génie se développait, l'originalité de son caractère allait croissant. Il montrait déjà une grande indépendance d'esprit et une rudesse qui ne savait se plier devant aucune supériorité sociale ; ce qui lui attira beaucoup de désagréments dont il se mettait lui-même fort peu en peine, mais qui faisaient le désespoir de ses amis et de ses protecteurs, auxquels il laissait le soin de réparer les suites de ses incartades.

C'est à cette époque qu'il composa ses premiers ouvrages dans le genre instrumental, tels que les trois premiers trios, les trois sonates dédiées à Haydn, quelques quatuors, le septuor et les deux premières symphonies, dans

lesquelles on reconnaît encore l'influence des maîtres qu'il
avait particulièrement étudiés.

Jusque-là, l'accueil sympathique qu'il avait rencontré à
Vienne, les commandes qui lui arrivaient de toute part et
la possibilité de se livrer sans arrière-pensée à la culture
de son art lui avaient rendu la vie douce et facile. Mais, à
l'époque où nous sommes parvenus, commence pour lui une
longue et interminable série de contrariétés, de tracasseries et de malheurs de toute espèce, qui devaient de
plus en plus aigrir son caractère et empoisonner toute sa
vie. La perte de l'ouïe est sans doute la plus grande ca-
lamité qui puisse frapper un compositeur. Mais si, à côté
de ce malheur, Beethoven eût trouvé dans son intérieur
les soins empressés de l'amitié, les joies intimes du foyer,
son âme se serait peut-être relevée de ce coup, ou s'y serait tout au moins résignée. Mais il était dit que ses parents ne devaient être pour lui qu'une lourde charge de
plus, et que ni les avides exigences de ses deux frères, ni
l'ingratitude et les écarts d'un neveu, qu'il recueillit
et adopta comme son fils, ne lui laisseraient un seul instant de repos. C'est sous l'impression des douloureuses
pensées qui l'assiégeaient déjà, qu'en 1802 il écrivit son
testament d'où s'épanche une tristesse sombre et na-
vrante, un profond dégoût pour la vie.

Cependant, l'automne de cette même année lui ayant
apporté quelque soulagement, il réalisa le plan qu'il avait
conçu depuis longtemps d'écrire une œuvre instrumentale
destinée à célébrer le héros du temps, Bonaparte, qui était
alors dans tout l'éclat de sa gloire, et dans lequel Beethoven voyait surtout le représentant des idées républicaines vers lesquelles son âme généreuse se sentait atti-
rée. Telle est l'origine de la troisième symphonie qui fut

terminée en 1803. Beethoven en avait écrit lui-même une copie, sur la première feuille de laquelle il avait inscrit le nom de Bonaparte. Mais au moment où il allait l'envoyer à Paris, il apprit que le premier consul venait de se faire proclamer empereur. Froissé alors dans ses opinions républicaines, et désillusionné sur le compte de son héros, il déchira avec colère le titre et jeta au loin le manuscrit. Plus tard, cette symphonie parut sous ce titre : *Sinfonia eroïca per festeggiare il sovvenire d'un grand' uomo ;* mais l'*andante* était transformé en une marche funèbre.

On voit quelque temps après Beethoven s'essayer à la composition dramatique : en 1805, il fit représenter, sur le théâtre, son opéra *Léonore,* plus connu sous le nom de *Fidelio.* Mais, à ce moment, l'Autriche et la France étaient aux mains, et Napoléon s'avançait sur Vienne, où il entrait bientôt en vainqueur. Les Viennois ne pouvaient avoir cœur à la musique, et un parterre français n'était pas capable d'apprécier l'œuvre de Beethoven. Telles sont les raisons que l'on donne pour expliquer le peu de succès qu'elle eut à la représentation. L'exemple de Mozart autorise toutefois à penser qu'il n'aurait probablement pas reçu un meilleur accueil devant un auditoire allemand, même en état de l'écouter sans autre préoccupation : cette pièce était conçue dans une forme trop différente de celle que l'usage avait consacrée, pour qu'on dût en apprécier d'un coup la valeur.

Quoi qu'il en soit, ayant eu à lutter, à propos de cet opéra, contre des difficultés de toute espèce, Beethoven se dégoûta de la carrière dramatique au point qu'il renonça, et pour toujours, à un genre qui était d'ailleurs antipathique à son génie. Beethoven était trop étranger au monde, trop concentré en lui-même pour qu'il pût prétendre aux lauriers du compositeur d'opéra; aussi les beautés répandues dans *Fidelio* tiennent-elles à des qualités d'une tout autre nature que celles qu'exige le style de la musique dramatique.

Les années qui suivirent ne furent pas moins fécondes et virent éclore trois nouvelles symphonies. En même temps, la position de Beethoven subit une notable amélioration. Des offres brillantes lui ayant été faites par Jérôme, roi de Westphalie, quelques grands seigneurs autrichiens, dans le but de le retenir à Vienne, se cotisèrent pour lui assurer une pension de quatre mille florins, grâce à laquelle notre compositeur pouvait vivre à l'aise, d'autant mieux qu'il avait encore la ressource de ses leçons et du produit de la vente de ses œuvres. Mais, outre que la meilleure partie de ce qu'il gagnait s'en allait, on ne sait par quelles voies détournées, dans la poche de ses frères, ou servait à payer les dettes du neveu, l'ordre, il faut le dire, ne régnait guère dans sa maison. Il ne pouvait se passer d'une habitation à la campagne pendant l'été; il avait, en outre, la passion des déménagements, et, pressé de changer de logement, il lui arriva plus d'une fois de se trouver avec deux ou trois appartements sur les bras. Enfin, sa pension ne lui fut régulièrement payée que pendant un petit nombre d'années: on la rogna d'abord, puis on la lui retira complétement; et voilà comment Beethoven, avec les goûts les plus simples, vécut toujours dans un état voisin du dénûment et dut, vers ses dernières années, descendre à des détails de ménage et à des habitudes parcimonieuses qui l'ont fait, avec quelque apparence de raison, accuser d'avarice.

L'année 1810, dans laquelle il composa sa première messe (en *ut*), clôt la période de sa plus grande activité;

le chiffre de ses œuvres approchait déjà de la centaine.
Aussi sa renommée était-elle déjà grande, bien qu'on n'appréciât guère encore que ses œuvres pour le piano. Pendant le congrès de Vienne, Beethoven se vit l'objet d'un empressement flatteur : les plus grands personnages se firent un devoir de lui témoigner l'intérêt qu'ils lui portaient. Mais ce fut la dernière éclaircie dans son ciel. Depuis lors, les chagrins domestiques vinrent l'assaillir avec un surcroît de violence ; d'un autre côté, c'est à ce moment que commençait à se lever et à briller sur l'horizon musical l'étoile de Rossini, devant laquelle l'astre de Beethoven devait peu à peu pâlir et même s'éclipser pendant plusieurs années. Aussi Beethoven se laissa-t-il aller à un sombre découragement ; ses idées de plus en plus tristes et noires imprimèrent aux compositions de cette dernière période de sa vie un caractère de plus en plus profond, étrange même. Ce sont la seconde messe (en *ré*), à laquelle il travailla pendant près de trois ans, ses dernières sonates pour piano, ses derniers quatuors et enfin sa neuvième symphonie *avec chœur*, qu'il acheva en trois mois, de novembre 1823 à février 1824. La symphonie et la messe furent exécutées à Vienne, dans un concert organisé à grand'peine par les soins de ses amis et de ses protecteurs ; le succès sembla d'abord répondre à leur attente : le public de Vienne se montra prodigue d'applaudissements et de témoignages d'admiration ; mais, lorsque, quelque temps après, l'entrepreneur du théâtre impérial, encouragé par ce succès, se décida à organiser un concert dont le morceau capital était cette même symphonie, la salle se remplit à peine à moitié ; ce qui prouve que les ouvrages de Beethoven n'étaient point populaires, même à Vienne. Au reste, toute l'Allemagne partageait

alors l'indifférence des Viennois, et ce n'est guère que depuis 1830 que les œuvres de Beethoven commencèrent à s'y populariser.

La neuvième symphonie fut le dernier ouvrage de Beethoven. Sa position empira dès lors de toute manière : aux chagrins vinrent s'ajouter les infirmités corporelles et les souffrances physiques. C'est alors que, découragé et l'esprit sans doute affaibli, il fit auprès de la société philharmonique de Londres, qui lui avait fait précédemment des offres brillantes, une démarche pour en obtenir quelques secours ; mais ils arrivèrent trop tard pour qu'il pût en profiter. Alité dès les derniers jours de 1826, par suite d'une inflammation d'entrailles qui dégénéra en hydropisie, Beethoven succomba à cette maladie le 24 mars 1827, à l'âge de cinquante-six ans. Son biographe, Schindler, rapporte que la longue et cruelle agonie du grand musicien fut accompagnée par les détonations d'un violent orage qui se déchaîna sur Vienne.

Dans cette courte biographie de Beethoven, j'ai dû chercher à mettre en évidence les trois grandes phases dans lesquelles se partage sa vie ; elles répondent, en effet, dans ses ouvrages à trois styles bien distincts. Le premier, bien qu'accusant déjà une incontestable originalité, se rapproche beaucoup de celui de Haydn et Mozart, ses prédécesseurs dans le genre de la musique instrumentale. Le second nous montre Beethoven en possession de toutes ses facultés, quoique atteint déjà de l'infirmité qui devait faire le tourment de toute sa vie, et dans tout l'épanouissement d'un talent mûr et complet ; c'est celui dans lequel sont écrites ses compositions les plus généralement estimées. Enfin, la troisième porte plus particulièrement l'empreinte des sombres préoccupations qui assiégeaient

Beethoven dans sa solitude, devenue plus complète à mesure que son caractère ombrageux lui rendait la société de ses semblables de plus en plus insupportable. Ainsi isolé du monde, Beethoven se réfugia dans le domaine de l'abstraction qui, on le comprend, n'est pas précisément favorable à l'inspiration du musicien, et il en résulta que les œuvres de cette époque sont toutes plus ou moins entachées de certains défauts, dont les plus saillants sont le manque d'une juste proportion dans l'étendue même de ces compositions qui, par suite d'un développement excessif des idées, et trop souvent de redites fastidieuses, sont presque toutes démesurément longues, et l'emploi d'accords étranges qui sont de véritables cacophonies harmoniques; ce qui ne peut s'expliquer que par une manière toute particulière de considérer l'art musical, son but et ses moyens d'expression. Écoutons là-dessus ce que dit Fétis : « Au commencement de la troisième période, sa pensée éprouva une dernière transformation qui alla se développant de plus en plus jusqu'à son dernier ouvrage. Plus il avançait dans cette nouvelle carrière, plus il cherchait à faire entrer dans son art des choses qui sont hors de son domaine, et plus le souvenir de l'objet intime de cet art s'affaiblissait en lui. L'analyse que j'ai faite avec soin des œuvres 127 à 135, m'a démontré que dans ces dernières productions les nécessités de l'harmonie s'effaçaient dans sa pensée devant des considérations d'une autre nature. »

On ne saurait donc méconnaître l'influence que les circonstances extérieures eurent sur le développement de son génie. Et c'est ici qu'apparaît la différence profonde qui le sépare de Mozart. Tandis que celui-ci a tout vu, tout éprouvé, expérimenté la vie dans toutes ses manifestations, et qu'il a pu aborder avec un égal succès tous

26

les genres, Beethoven, lui, forcé par une cruelle nécessité de se replier sur lui-même, s'est abandonné sans réserve à la sombre mélancolie qui le dévorait; et s'est recueilli dans la contemplation du monde intérieur qu'il portait au dedans de lui. Aussi ses ouvrages ne réfléchissent-ils que la vie de son âme et le drame émouvant de ses luttes intérieures. Mais ces luttes sont celles d'un esprit inquiet, incessamment préoccupé des grands problèmes qui se posent et se poseront éternellement devant l'humanité souffrante, et que n'a pu satisfaire aucune des solutions proposées par la religion ou la philosophie. Son âme, on le sent, est la proie du doute; pour lui pas de providence : c'est l'idée de la fatalité, d'une fatalité aveugle, implacable, comme celle dans laquelle s'était débattu le monde païen, qui semble le poursuivre. « C'est ainsi que le destin frappe à la porte, » écrit-il en tête de la cinquième symphonie.

Quand cette idée de la fatalité est passée à l'état de dogme, on comprend qu'il aboutisse à une résignation toute passive, à une sorte d'abdication complète de la volonté ; mais si c'est là une de ces idées auxquelles un noble esprit ne s'attache que par désespoir, sans entendre renoncer pour cela à son libre arbitre, et contre laquelle l'être moral se soulève, on devine l'état permanent d'inquiétude, de révolte même, qui en est la conséquence. De là, chez Beethoven, ce fond d'ironie amère qui perce partout; de là, ces idées sombres ou fantasques qui surgissent de temps à autre dans bon nombre de ses compositions, où elles tranchent d'une manière inattendue, souvent même étrange, avec la couleur générale. Voilà ce qui fait la puissante originalité de Beethoven, et c'est ce qui explique l'intérêt sympathique qu'excitent tous ses ouvrages ; tous, en effet, sont pénétrés de la substance même de son âme ; ils sont les confidents de ses espérances et de ses joies, de ses tristesses surtout et de ses désespoirs.

On comprend par là que Beethoven ne pouvait se sentir à l'aise dans la musique vocale, et surtout dans la musique dramatique ; ce n'était point là son domaine, car ce genre demande un talent souple, accommodant, capable de se plier à toutes les exigences, de s'oublier soi-même pour entrer dans un ordre d'idées et de sentiments étrangers, et qu'il faut s'assimiler ; outre que la voix humaine, avec laquelle il faut forcément compter, n'a qu'une étendue limitée, circonscrite dans d'étroites bornes. Comment le génie indépendant, impérieux, despotique même de Beethoven aurait-il pu se mouvoir au milieu de toutes ces entraves ? Aussi lui est-il arrivé plus d'une fois de les briser, et ce n'est pas sans raison que Mme Sontag, la grande cantatrice pour qui il avait écrit la partie de soprano solo de sa seconde messe, l'appelait le tyran de la voix. Et il l'était, en effet, non-seulement parce que les parties vocales, dans ses œuvres dramatiques, sont généralement écrites trop haut, mais aussi et surtout parce qu'elles se trouvent presque toujours étouffées par les instruments, auxquels Beethoven était instinctivement porté à donner le rôle principal. Et ce qui prouverait, au besoin, que c'était de sa part un parti pris, et qu'il entrait dans ses vues de sacrifier l'effet vocal à l'effet instrumental, même dans les occasions où la voix humaine semblerait avoir comme un droit à la prééminence ; c'est que dans le *Benedictus* de la messe en *ré*, qui est peut-être le morceau capital de l'œuvre, la partie principale est confiée à un violon solo, dont le chant suave plane au-dessus des voix du chœur et du quatuor qui se trouvent presque complétement effacées.

Le vrai domaine de Beethoven, c'est donc celui de la musique instrumentale ; là il trône à la place la plus élevée. Dans toutes ses œuvres de ce genre on trouve une puissance de conception, une profondeur de pensée, en même temps qu'une plénitude d'harmonie et de mélodie telles, qu'elles dépassent tout ce qu'on avait écrit auparavant, et que c'est de lui que date l'essor prodigieux qu'a pris de nos jours la musique instrumentale.

C'est le piano qui a été son point de départ ; c'était le confident ordinaire de ses pensées et de ses sentiments les plus intimes, l'ami dans le sein duquel il aimait à épancher son âme. Aussi les nombreuses sonates qu'il a écrites pour cet instrument, trésor inappréciable pour le pianiste, suffiraient-elles presque à faire connaître le grand artiste, car sa personnalité s'y retrouve avec toutes les transformations par lesquelles elle a successivement passé. Mais il va sans dire que c'est dans sa musique de chambre, trios, quatuors, etc., et plus encore dans ses neuf symphonies, neuf chefs-d'œuvre de valeur presque égale, que Beethoven a donné toute la mesure de son génie. Nous avons déjà vu que c'est lui qui transforma définitivement l'ancien menuet en cette forme nouvelle du scherzo, si leste, si sémillante et dans laquelle il a déversé à flots son humeur capricieuse et fantasque. En perfectionnant ainsi les moyens d'expression employés avant lui, et en leur en ajoutant de nouveaux, Beethoven a donné plus d'ampleur à la symphonie, et considérablement élargi son domaine, en sorte que cette forme musicale, qui est sans contredit la plus haute manifestation de la musique instrumentale, est devenue capable, non-seulement d'exprimer et de peindre certains sentiments, certains états de l'âme, mais de réaliser de véritables drames, ou tout au moins des tableaux complets et multiples, empruntés soit à la vie de l'âme, soit même au monde extérieur. La symphonie *pastorale*, la symphonie *héroïque*, celle en *ut mineur*, peuvent être particulièrement citées comme les exemples les plus remarquables et les plus saisissants de cette manière bien autrement grandiose de traiter les compositions instrumentales pour l'orchestre, qui se présentent alors à nous avec l'imposante majesté de véritables épopées musicales. Mais cette tendance avait ses dangers : c'était de faire peu à peu sortir la musique du domaine dans lequel il semble qu'elle doive se renfermer, en voulant la forcer à exprimer ce qui est du ressort non plus de l'âme, mais de l'esprit, ou de tomber dans les abus de la musique imitative. Et si, à la vérité, Beethoven, qui d'ailleurs avait le génie pour excuse, ne s'est laissé entraîner que de loin en loin à dépasser les bornes, il n'est pas moins vrai que c'est lui qui a ouvert la voie où bon nombre de ses imitateurs n'ont pas manqué de le suivre, comme nous aurons l'occasion de le voir, en exagérant cette fâcheuse tendance.

Cette observation s'applique plus particulièrement aux œuvres de sa troisième période, telles que les cinq derniers quatuors, la messe en *ré*, et la neuvième symphonie, où le défaut que je viens de signaler et ceux dont j'ai eu l'occasion de parler plus haut, sont surtout saillants ; car, comme dit le proverbe : on tombe toujours du côté où l'on penche ; il en a été de Beethoven comme de bien d'autres grands artistes ou écrivains, chez lesquels telle qualité brillante de style, qui avait été justement admirée dans sa nouveauté, est devenue un défaut par l'abus qu'ils en ont fait. Et cependant, chose curieuse ! ce sont justement ces compositions, dans lesquelles, à côté de grandes, d'incontestables beautés, on rencontre le plus d'idées obscures, de formes étranges et de laborieux développements, qui ont trouvé dans ces dernières années les plus fervents admirateurs. On a même vu s'élever une véritable école qui a pris pour drapeau ces dernières œuvres de Beethoven, et dont les bruyantes prétentions ont mis en émoi toute l'Allemagne musicale. Pour les adeptes de cette école, tout ce que Beethoven a écrit avant les dernières œuvres de sa troisième période est indigne du maître : non-seulement il n'y a jamais eu de déclin dans son génie, mais le progrès a été continu, et c'est la neuvième symphonie qui marque le terme de ce développement.

Et pour faire comprendre aux profanes toute la sublimité de cette œuvre, on s'est mis en frais de critique transcendentale, et l'on a poussé l'exagération jusqu'à ses dernières limites. On y a vu « la solution du problème du temps et des rapports d'homme à homme, la rupture des barrières qui s'élèvent entre les cœurs, le poëme de la fraternité et de l'égalité. » On a été jusqu'à dire que c'était « l'Évangile de l'humanité, la religion de l'avenir, religion qui n'a pas besoin de demander à la Révélation l'aumône d'un ciel, parce qu'elle porte ce ciel dans son sein [1]. » Pour les plus raisonnables de ces enthousiastes, Beethoven est le représentant des idées libérales, démocratiques du dix-neuvième siècle ; ses œuvres sont une aspiration vers la liberté dont la réalisation est le but suprême de l'humanité. Est-il besoin de démontrer que prêter de pareilles intentions à Beethoven, c'est donner pleinement raison à ceux qui l'accusent d'avoir demandé à la musique ce qu'elle ne peut donner. Dieu merci, elle n'aura jamais rien à voir dans la politique ; il est certains ordres d'idées

---

[1] Brendel, *Geschichte der Musik*, etc., II, 50.

auxquels elle doit rester complétement étrangère. Si elle est le langage des sentiments généraux, universels du cœur humain, elle ne saurait servir de porte-voix aux partis ou aux opinions qui nous divisent.

Est-ce à dire que la critique a eu tort de s'exercer sur la neuvième symphonie? Non, sans doute; mais au lieu de se contenter, comme elle l'a fait, d'appliquer à l'œuvre du musicien l'interprétation qui ressort tout naturellement de l'œuvre du poëte, elle aurait mieux fait de chercher à pénétrer les motifs qui avaient pu engager le compositeur à modifier si profondément les conditions de la symphonie, et à en faire ainsi un mélange de deux genres qui jusqu'alors avaient été soigneusement séparés : elle aurait dû se demander, avant tout, si l'élément vocal, que Beethoven y a introduit, contribue vraiment à donner une plus haute valeur à son œuvre, et si l'entrée des voix humaines, qui doit être le moment capital, produit un de ces effets grandioses dont les auditeurs emportent une impression qui ne s'efface plus. Je crois pouvoir en appeler ici à tous ceux qui, sans parti pris d'avance, ont assisté à l'exécution de la neuvième symphonie; je serais bien étonné s'ils n'avouent pas avoir éprouvé une véritable déception, lorsque, après ces paroles prononcées par la basse récitante : « Amis, faisons entendre des chants plus agréables et plus joyeux, » on entend quoi? une voix seule qui répète la mélodie assez vulgaire de l'hymne de Schiller, mélodie que l'orchestre a déjà fait entendre à deux ou trois reprises. Si, du moins, les chœurs, une fois entrés dans l'ensemble harmonique, avaient la haute main, et planaient sur l'orchestre ! mais non; ici encore, c'est l'orchestre qui domine les voix, bien que celles-ci se meuvent presque continuellement dans les registres les plus élevés. On est donc fondé à penser que la tentative faite par Beethoven n'a pas atteint son but, et la conclusion qu'on en doit tirer, c'est que ce mélange de deux genres différents ne peut se faire sans que l'un soit sacrifié à l'autre, et sans que l'unité de conception de l'œuvre musicale soit compromise.

Mais ce qu'il y a de plus fâcheux, c'est que les compositeurs venus après Beethoven n'ont pas manqué d'aller plus loin que le maître dans la voie qu'il avait ouverte. Au lieu de réserver à la voix humaine la place d'honneur à laquelle elle a droit, on s'est habitué à ne plus voir en elle qu'un instrument comme tous les autres, et à la traiter en conséquence ; ce qui est la grande erreur musicale de notre temps. Aussi pourrait-on appliquer à Beethoven ce que Sainte-Beuve a dit si excellemment de Châteaubriand : « C'est de lui que viennent, comme de leur source, les beautés et les défauts que nous retrouvons partout autour de nous et chez ceux mêmes que nous admirons le plus ; il a ouvert la porte par où sont entrés en foule les bons et les mauvais songes. »

En résumé, et en dépit de tout ce qu'ont pu dire les panégyristes exclusifs de la neuvième symphonie, il est assez probable que le Beethoven qui restera, c'est l'immortel auteur de la symphonie en *ut mineur*, de l'*héroïque*, de la *pastorale*, et de tant d'autres chefs-d'œuvre de sa seconde période, qui sont, sans contredit, ce que la musique instrumentale a produit de plus grandiose, et où Beethoven s'est élevé à une hauteur qu'on peut appeler le sublime du genre.

CHAPITRE XVI

Rossini. Ses premiers essais dramatiques. Opéras composés à Naples. Le *Barbier de Séville*. Rossini à Paris. Le *Siège de Corinthe*. *Moïse*. Le *Comte Ory*, *Guillaume Tell*. Son *Stabat* et sa Messe. Appréciation générale de l'œuvre et de l'influence de Rossini. — **Weber.** Sa biographie et ses premiers opéras. Le *Freyschütz* et la musique romantique. **Spohr.** Ses compositions dramatiques, religieuses et instrumentales. **Schubert** et ses *lieder;* ses compositions instrumentales. — Essor du virtuosisme en Allemagne : **Hummel, Moschelès. Clementi** et autres pianistes. — Compositeurs italiens contemporains de Rossini : **Mercadante, Paccini,** etc. Décadence de l'art du chant en Italie. **Paganini,** l'homme violon.

Quoique plus jeune d'une douzaine d'années que Beethoven, Rossini peut être regardé comme son contemporain en raison de l'influence immédiate qu'il exerça sur son temps ; et sa place est d'autant mieux marquée à la suite du grand compositeur allemand, que le rapprochement de ces deux grandes existences si différentes servira à mieux mettre les personnages en lumière, et à mieux faire saisir leur individualité. Si, en effet, nous avons vu dans Beethoven l'artiste aux prises avec le côté douloureux de la vie, et se réfugiant dans son art, comme dans un sanctuaire, pour y chercher quelque consolation, quelque adoucissement à ces maux secrets et profonds de l'âme que le monde ne peut guérir, Rossini nous présente le plus frappant contraste, soit dans sa vie, qui ne fut qu'une longue série d'enchantements, soit dans ses ouvrages qui, facilement compris par la foule, jouirent d'emblée d'une immense popularité.

Rossini (Giacomo) naquit à Pesaro, petite ville de la Romagne, en 1792. Son père était un musicien ambulant, et sa mère une médiocre chanteuse de petit théâtre. Il annonça de bonne heure des dispositions remarquables pour la musique; mais ce n'est qu'à l'âge de douze ans qu'il reçut d'un professeur de Bologne les premières leçons de chant et d'accompagnement au piano. Plus tard, il entra au lycée de Bologne et suivit l'école du père Mattei qui avait succédé au père Martini. Mais l'étude aride du contre-point et l'enseignement sévère de l'école ne pouvaient avoir aucun charme pour le jeune Rossini; il avait déjà de la peine à retenir l'épanchement de la riche sève musicale qu'il sentait circuler en lui. Aussi laissa-t-il bientôt livres et leçons pour se livrer à la composition. Son premier essai dramatique remonte à l'année 1810; c'était un opéra-bouffe, la *Cambiale di matrimonio*, qui fut représenté à Venise, et que suivit, à un court intervalle, l'*Equivoco stravagante*, composé pour le théâtre de Bologne. Sa célébrité ne date toutefois que de l'*Inganno felice*, qu'il donna au théâtre de Venise pour le carnaval de 1812, ou mieux encore de *Tancredi*, joué l'année suivante sur le même théâtre. Le succès inouï de ce dernier opéra mit le jeune compositeur à la mode, et c'est à dater de ce moment que Rossini prit possession de la popularité constante dont il a joui jusqu'à nos jours.

A *Tancredi* succéda l'*Italiana in Algeri*, ouvrage bouffe rempli de la verve la plus comique, et quelques autres encore dont je ne saurais citer les noms, car il faut s'en tenir aux principaux, si l'on ne veut s'égarer dans le labyrinthe de son œuvre si considérable. L'année 1814 ouvre ce qu'on peut appeler la seconde époque de Rossini. C'est alors qu'engagé par le célèbre impresario Barbaja, il alla s'établir à Naples, où, suivant les conventions, il devait écrire deux opéras chaque année, et se charger, en outre, de la direction musicale des deux théâtres de San Carlo et du Fondo, besogne immense, qui l'obligea à transposer, rajuster, remanier, selon la portée des voix des cantatrices et chanteurs, une quantité incroyable de musique, mais dont Rossini s'acquitta sans trop de peine et d'assujettissement, grâce à sa merveilleuse force d'invention et à sa facilité extraordinaire de travail. La cantatrice Colbran était alors la reine du théâtre de San Carlo; mais elle devait ce privilége moins à ses talents et à la faveur du public napolitain qu'à la toute-puissante protection de Barbaja. Sa voix usée avait besoin, pour être supportable, de tous les ménagements du compositeur, et Rossini, pour qui l'art, comme nous le verrons, ne fut presque jamais une chose sérieuse, se prêta d'autant plus volontiers à toutes les concessions qui avaient pour résultat de faire ressortir les qualités de la Colbran et de dissimuler ses défauts, qu'il s'était épris de cette belle personne dont il fit plus tard sa femme. Aussi tous les opéras qu'il composa à Naples, de 1815 à 1821, tels que *Elisabetta*, *Otello*, *Mosè*, la *Donna del lago*, *Zelmire*, etc., écrits spécialement pour la Colbran, offrent-ils un style assez différent de celui de ses opéras précédents. Ils sont surtout surchargés d'une quantité d'ornements et de fioritures dans lesquelles la cantatrice pouvait encore produire de l'effet, et presque complétement dénués de mélodies larges, en *canto spianato*, qui ne convenaient guère plus à sa voix fatiguée. A côté de ces défauts, il va sans dire que la plupart de ces opéras offrent de réelles beautés; il suffit de citer l'*Otello*, rempli, dans le second acte, d'un si terrible pathétique, et le *Mosè*, dont les scènes grandioses ont inspiré au compositeur quelques-unes de ses plus belles pages ; ces deux opéras sont en outre remarquables par le rôle beaucoup plus important que Rossini y donnait déjà à l'orchestre.

Son engagement au théâtre de Naples ne l'empêchait cependant point d'écrire pour d'autres théâtres à ses moments perdus. C'est ainsi qu'en 1816 il donna au théâtre *di Argentina*, à Rome, l'une de ses plus charmantes productions, le *Barbier de Séville*, chef-d'œuvre de grâce et d'esprit, écrit d'un jet et en moins de treize jours, ouvrage qu'on ne se rassasiera jamais d'entendre et qui, à chaque audition, paraît plus frais et plus nouveau.

Et cependant, chose curieuse, mais qui n'est pas rare dans les annales de l'art dramatique, les Romains firent d'abord un très-froid accueil au *Barbier*, et ne permirent même pas que l'on achevât la pièce, qui tomba ainsi devant les huées et les sifflets du parterre. Le lendemain elle alla aux nues. L'année suivante (1817), il écrivit pour le même théâtre la *Cenerentola*, et la *Gazza ladra* pour le théâtre de Milan.

Les ouvrages de Rossini s'étaient rapidement répandus dans toute l'Europe; ils étaient devenus le fonds du répertoire de tous les théâtres; partout le public, enchanté de cette musique, ne voulait plus en entendre d'autre. Rossini se décida alors à quitter l'Italie à laquelle il fit ses adieux par un dernier ouvrage, la *Semiramide*, qui fut représenté à Venise, où il avait accepté un engagement comme compositeur et directeur de théâtre. Après un séjour de cinq mois à Londres, où il donna quelques concerts et des leçons également recherchées et fort productives, il se rendit à Paris qui devint dès lors sa résidence fixe. C'est là que, sous l'influence des traditions locales et des idées régnantes sur la musique dramatique, s'opéra, dans le génie de Rossini, une nouvelle et dernière transformation. Centre de l'esprit français, Paris a toujours exercé une puissante et irrésistible influence sur tous les compositeurs étrangers qui sont venus lui offrir le tribut de leur génie, et lui demander la consécration de leur renommée ou un abri et un appui pour de nouvelles idées. « Ce n'est, a fort bien dit Scudo, ni par la grandeur de l'inspiration, ni par la nouveauté des idées et l'originalité des systèmes que se distingue le génie de la France, aussi bien dans les arts et dans les lettres que dans la philosophie. Manquant d'initiative et de spontanéité, elle reçoit volontiers de toutes mains le germe et, pour ainsi dire, la matière première de ses conceptions; mais elle communique à ce germe les fécondes propriétés de son esprit et de son goût. C'est, en effet, par le goût, qui implique l'ordre, et qu'on pourrait définir : la qualité sociable de l'esprit humain, c'est par le goût que la France se distingue des autres nations de l'Europe. » L'influence du goût de la France sur le génie de Rossini est manifeste dans les quatre ouvrages qu'il a écrits pour l'Académie de musique : le *Siége de Corinthe*, *Moïse*, le *Comte Ory* et *Guillaume Tell*, qui marquent les développements successifs de sa troisième manière, la dernière évolution de son style.

Le *Siége de Corinthe* et *Moïse* n'étaient, à vrai dire, que des éditions corrigées et augmentées d'opéras antérieurement écrits en Italie. On peut cependant constater déjà, dans les morceaux ajoutés par le compositeur italien, qu'il avait compris les nouvelles exigences que lui imposait la scène française. Le *Comte Ory* était bien aussi un remaniement d'une pièce de circonstance, écrite à l'occasion du sacre de Charles X; mais elle avait été entièrement refondue, de sorte que cet opéra peut être considéré comme un ouvrage nouveau, d'autant mieux qu'il présente un ensemble parfaitement homogène, et qu'il semble avoir été composé d'un seul jet.

Cependant le *Comte Ory* ne donnait pas encore la mesure de ce que le génie de Rossini pouvait produire sous l'influence du goût français. Une année après (1829), parut *Guillaume Tell* qui réalisait et au delà toutes les espérances qu'on avait pu concevoir. Dans cet ouvrage, Rossini se surpassa, ou plutôt ce fut comme une transfiguration. Ce compositeur si léger, si insouciant, que l'on devait croire incapable de s'identifier avec un sujet sérieux, montre enfin une inspiration soutenue, et donne ainsi à son œuvre l'unité qui manque à la plupart de ses autres opéras. Du milieu de cette majestueuse unité les détails se détachent avec une vérité de coloris et d'expression qu'on ne saurait se lasser d'admirer. Quelle teinte douce, calme, sereine et véritablement alpestre il a su donner aux chœurs des bergers! Quelle grandeur héroïque, et en même temps simple et sans emphase, dans la magnifique scène du Grütli! Quels accents déchirants de piété filiale dans le trio et dans l'air final d'Arnold! Quel élan passionné, quoique toujours chaste et contenu, dans l'amour de Mathilde pour le pâtre de Melchthal! Mais il faudrait un volume pour analyser les beautés de ce chef-d'œuvre qui a rallié autour de Rossini les critiques les plus difficiles et ceux qui s'étaient jusqu'alors déchaînés avec le plus de passion contre sa popularité.

Par quelle bizarrerie Rossini, entré dans cette nouvelle voie, brisa-t-il tout d'un coup sa plume, et se décida-t-il à abandonner, dans toute la force de l'âge et de son talent, la carrière où tout lui promettait de nouveaux et plus

glorieux triomphes? c'est ce qu'il est difficile d'expliquer.
Il est possible qu'il ait conservé rancune aux Parisiens de
la froideur comparative avec laquelle son chef-d'œuvre fut
d'abord accueilli; il est possible aussi que, blasé depuis
longtemps sur les enivrements de la gloire, il ait saisi la
première occasion qui se présentait de se retirer honora-
blement, et d'échanger une vie de labeur contre les jouissances du *far niente*, qui fut peut-être la seule passion
constante de sa vie : « Un succès de plus, répondit Rossini
à quelqu'un qui lui demandait l'explication de son silence,
n'ajouterait rien à ma renommée; une chute pourrait y
porter atteinte. Je n'ai pas besoin de l'un et je ne veux pas
m'exposer à l'autre. »

Quoi qu'il en soit, *Guillaume Tell* fut le dernier ouvrage
que Rossini écrivit pour le théâtre; car on sait que *Robert
Bruce* n'est qu'un pastiche formé de morceaux tirés de
ses anciens opéras, et auquel il n'est pas même bien sûr
qu'il ait mis lui-même la main. Une année après l'apparition de *Guillaume Tell*, la révolution de Juillet ayant
renversé le gouvernement de la Restauration, Rossini perdit le riche traitement attaché à sa sinécure d'inspecteur
général du chant en France. Il se réfugia alors dans les
combles du théâtre italien; puis, se dégoûtant peu à peu
du séjour de Paris, il finit par se retirer à Bologne, où il
acheta un superbe palais qu'il meubla magnifiquement. Il y
passa plusieurs années, menant la vie d'un grand seigneur,
et mourut à Passy, village aux portes de Paris, en 1868.

On sait que Rossini a prétendu aux lauriers du compositeur d'église; sans compter quelques chœurs religieux
d'une assez belle facture, il a laissé deux œuvres d'importance dans ce genre : un *Stabat mater* et une *Messe*. Son
Stabat n'est entré dans le domaine public qu'en 1841,

bien qu'il eût été écrit plusieurs années auparavant pour
un grand personnage de Madrid. Quant à sa messe, elle
fut exécutée pour la première fois, et telle qu'il l'avait
écrite, c'est-à-dire avec un simple accompagnement de
piano, dans l'un des grands salons de Paris, et ce n'est que
tout récemment qu'elle a paru gravée. La critique de ces
deux compositions ressortira tout naturellement de celle
que nous allons faire de ses opéras; mais, s'il est vrai
qu'elles laissent beaucoup à désirer quand on les juge sur
les règles et les convenances du style d'église, on ne saurait nier qu'elles ne renferment de grandes beautés et
n'atteignent, grâce surtout à la richesse de l'instrumentation, à des effets d'une singulière puissance. On ne pouvait demander à Rossini de se transformer entièrement,
et cependant on ne peut s'empêcher de reconnaître que le
style de ces compositions religieuses, tout en restant trop
mondain, diffère essentiellement de celui de ses compositions dramatiques; il est certainement plus sévère et accuse un travail sérieux.

Bien peu de musiciens peuvent se vanter d'avoir reçu
en naissant une aussi riche mesure de dons naturels; la
nature semble, en effet, avoir tout fait pour lui et l'avoir
doté des qualités les plus précieuses: fertilité inépuisable
d'invention, facilité inouïe de conception et de travail, intelligence des effets dramatiques, il possède tout à un degré éminent; mais les lacunes de son talent proviennent
de son caractère. Gai, spirituel, sardonique même, insouciant, léger et sceptique, il a pris la vie non pas en stoï-
cien, mais en véritable fils d'Épicure qu'il était, et l'art
n'a été pour lui qu'un moyen de succès et de popularité; il
n'y a point vu un idéal à poursuivre. Né dans un pays et
à une époque où l'on ne demandait au compositeur drama-

tique que de beaux chants, et où les chanteurs régnaient
en maîtres sur le théâtre, il comprit que tout succès était
acquis au musicien qui saurait non-seulement inventer les
chants les plus agréables, les plus doux à l'oreille, mais
les accommoder le mieux aux talents des chanteurs. Partant de ce principe, il puisa à pleines mains à la source
intarissable de mélodie qui était chez lui un don naturel,
choisissant les chants les plus suaves, les plus agréablement rhythmés, ceux qui devaient chatouiller le plus délicieusement des oreilles italiennes, et tout cela, sans se
préoccuper le moins du monde de la convenance des mélodies aux situations du drame et aux sentiments des personnages, convenance qui est la base même de la vérité d'expression. De là des inégalités choquantes, des cabalettes
absurdes et banales dans les situations souvent les plus
pathétiques, et bien d'autres taches qui déparent ses plus
beaux ouvrages. Quant au chant lui-même, il le traita
en excellent chanteur qu'il était, ne demandant à la voix
que ce que peut donner un organe bien et convenablement exercé; il alla même, lorsqu'il eut lieu de se convaincre qu'il y avait de graves inconvénients à laisser
trop de latitude aux chanteurs, jusqu'à leur imposer les
fioritures, roulades et autres ornements, qu'il écrivit
comme il voulait qu'ils fussent exécutés. Cette innovation,
il faut le reconnaître, était en quelque sorte imposée à
Rossini, par suite de l'état de décadence dans lequel l'art
du chant commençait à tomber de son temps, décadence
qui n'a fait qu'empirer après lui, comme nous le verrons
plus loin. Une autre réforme importante, dont Rossini eut
l'honneur, fut l'introduction dans les compositions dramatiques de rôles écrits pour les voix basses de femme, qui
remplacèrent, au grand bénéfice de l'art et de l'humanité,

27

les sopranistes dont on n'avait pu, que par un raffinement
de mauvais goût et par un renversement de tous les principes, supporter si longtemps à la scène les ridicules airs
de bravoure. Les voix de ténor rentrèrent alors dans leurs
droits, et l'opéra s'enrichit de ces belles voix de contralto
qui ont illustré les noms des Malanotti, des Pisaroni, des
Pasta, des Malibran, des Alboni, etc. Malheureusement
les compositeurs italiens tombèrent d'une absurdité dans
une autre, en ne donnant aux contralti que des rôles
d'homme, et c'est tout au plus si, de nos jours, on commence à comprendre le ridicule de ce travestissement.
Quoi qu'il en soit, on peut dire que l'époque de Rossini a
été celle où le beau chant italien a jeté son dernier éclat.
Hegel, le philosophe Hegel, qu'on ne s'attendait pas sans
doute à trouver dans les rangs des admirateurs de Rossini,
avait parfaitement compris le caractère particulier de la
musique rossinienne quand, en 1824, il écrivait à sa
femme : « Je comprends maintenant pourquoi la musique
de Rossini est peu appréciée à Berlin ; c'est que, de même
que le satin est fait pour les dames, et les pâtés de foie
gras pour les gourmets, cette musique ne convient qu'à
des gosiers italiens ; ce n'est point pour la musique, mais
pour le chant que tout est calculé : la musique faite pour
elle-même, peut être jouée sur le violon ou sur le piano ;
celle de Rossini n'a de valeur que chantée. »

Cela ne veut point dire que l'instrumentation de Rossini
ne soit, comme dans les opéras des compositeurs italiens
de l'époque précédente, traitée que comme accessoire, bien
au contraire ; et chacun sait que l'un des principaux mérites de Rossini est d'avoir donné dans ses opéras un rôle
fort important à l'orchestre, prenant en cela modèle sur
son prédécesseur Mozart. Quant aux brillantes qualités

de son instrumentation, il suffit, pour en avoir une idée,
de se rappeler quelques-unes des grandes scènes de ses
opéras, un des finales de *Moïse*, par exemple, ou du *Siége
de Corinthe*, et plusieurs de ses ouvertures qui, comme
celles de la *Gazza ladra*, de *Semiramide*, de *Guillaume
Tell*, sont rangées parmi les chefs-d'œuvre du genre.

Avec cet ensemble de qualités et de défauts, Rossini
dut exercer, et exerça en effet, une influence considérable,
décisive sur l'art musical ; il a ouvert au genre dramatique une nouvelle voie dans laquelle une foule d'imitateurs
se sont engagés à l'envi, exagérant malheureusement,
comme c'est le cas ordinaire, les défauts du maître ; c'est
à lui qu'on doit rapporter en particulier le développement
immense qu'ont pris les morceaux d'ensemble ou finales
dans les opéras de notre temps, le luxe de l'instrumentation et la prédominance des instruments de cuivre, dont on
abuse tant de nos jours, les *crescendos* qui jouent aujour-
d'hui un si grand rôle, et quelques autres importations plus
ou moins heureuses et qui toutes tendent à un emploi
exagéré des ressources instrumentales ou vocales dont le
compositeur de théâtre peut disposer.

Brendel observe avec beaucoup de raison qu'au moment
où Rossini apparut sur la scène musicale, l'Europe, fatiguée par de longues guerres, avait besoin de repos, et as-
pirait aux jouissances faciles de la vie, et que les mélodies
légères et gracieuses du compositeur italien répondaient
on ne peut mieux à ce besoin ; aussi peut-on le nommer le
musicien de la Restauration. Mais, quand Brendel prétend
qu'après avoir été l'homme de cette époque, Rossini serait
à peine nommé aujourd'hui s'il n'était soutenu par son
Barbier et son *Guillaume Tell,* on est fondé à contester
la justesse d'un pareil jugement. Et quand bien même

cela serait vrai, il suffirait que ces deux chefs-d'œuvre soient aujourd'hui encore pleins de vie, et l'objet d'une admiration générale, pour qu'il soit prouvé que Rossini fut plus qu'un compositeur à la mode, et que s'il l'a été par un trop grand nombre de ses ouvrages, il a montré qu'il pouvait viser plus haut et prétendre à une célébrité de meilleur aloi.

Maintenant que nous connaissons les principaux traits de la vie des deux grands musiciens qui dominent leur époque de toute la hauteur de leur génie, et que nous avons apprécié et leurs travaux et l'influence générale qu'ils ont exercée sur l'art, il est temps de compléter le tableau de cette époque, en y donnant la place qui leur revient aux compositeurs qui ont brillé à côté d'eux. Le plus célèbre est sans comparaison Weber.

Weber (Carl-Maria von), né à Eutin, dans le Holstein, en 1786, montra tout jeune un grand goût pour les beaux-arts en général, et tout particulièrement pour la peinture et pour la musique. Cette dernière finit cependant par l'accaparer presque entièrement. Son père, qui avait embrassé la carrière militaire, avait la passion des changements de lieux; ne se trouvant jamais bien où il était, il en résulta un va-et-vient continuel, une espèce de vie nomade dont l'éducation du jeune Carl-Maria, pour laquelle le père faisait cependant tous les sacrifices, dut se ressentir d'une manière fâcheuse. Ses études musicales souffrirent particulièrement de ces fréquents changements de maîtres et de méthodes; mais peut-être son imagination y gagna-t-elle de pouvoir se développer avec plus de liberté. En 1798, son père, pour l'encourager, fit imprimer six petites fugues de sa composition, dont le journal musical de Leipzig fit une bienveillante critique. A Munich, son

éducation musicale put enfin se compléter, grâce aux le
çons de chant qu'il y reçut d'un des meilleurs professeurs
italiens, et à l'étude sérieuse qu'il fit de la composition,
sous la direction de l'organiste de la cour. A cette époque déjà, il se sentait entraîné vers le genre dramatique,
et il écrivit sous les yeux de son maître un petit opéra-
comique français et d'autres essais qu'il livra plus tard
aux flammes. La musique ne pouvait cependant fournir un
aliment suffisant à l'activité de son esprit, et nous le trouvons alors occupé de travaux de toute espèce, de litho-
graphie surtout, découverte toute récente et dont Weber
prétendait ravir la gloire à Sennefelder ; mais bientôt il se
remit avec plus d'ardeur que jamais à la composition. Il
écrivit alors deux petits opéras, *la Fille de la Forêt* et
Pierre Schmoll, qui eurent les honneurs de la représentation, et furent assez favorablement accueillis du public.

Mais sentant qu'il avait encore besoin d'apprendre,
Weber fit un voyage musical dans le nord de l'Allemagne,
et étudia avec ardeur tous les ouvrages de théorie qui lui
tombèrent sous la main. Il alla ensuite visiter Vienne,
où il fit la connaissance de Haydn et de l'original abbé
Vogler; celui-ci ouvrit généreusement au jeune adepte
tous les trésors de sa vaste érudition musicale, et l'engagea à discontinuer, pour quelque temps encore, ses
travaux de composition pour se livrer à l'étude des œuvres
des grands maîtres. Weber commença alors à se faire
connaître comme pianiste-virtuose; mais bientôt un engagement comme directeur de musique à Breslau ouvrit à
ses talents une plus vaste carrière : il eut à créer de toutes pièces un orchestre et un chœur, ce qui lui donna l'occasion de se former aux importantes et difficiles fonctions
de directeur. C'est à cette époque qu'il composa deux des

opéras qui commencèrent à le faire apprécier comme compositeur dramatique (*Rübezahl* et *Silvana*). Quelque temps après, on le retrouve auprès de l'abbé Vogler, en compagnie de Meyerbeer, avec qui il se lia d'une étroite amitié. Ces deux jeunes compositeurs, pleins d'un généreux patriotisme, rêvaient alors une ère glorieuse pour l'opéra allemand, auquel ils s'étaient promis de consacrer tous leurs talents ; mais Weber tint seul sa promesse, car Meyerbeer, infidèle à ses engagements, devait chercher la gloire sur un autre théâtre.

L'époque intéressante de la vie de Weber ne commence que lorsqu'il alla s'établir à Dresde, où il était chargé de la direction de l'opéra allemand (1817). C'est là qu'il écrivit son *Freyschütz* qui ouvrit une ère nouvelle à l'art allemand, car on peut dire que c'est le premier opéra véritablement national, par le sujet comme par le style. Cet ouvrage, qui parut pour la première fois en 1821, sur le théâtre de Berlin, excita de véritables transports dans toute l'Allemagne, et donna à Weber une popularité plus grande que celle d'aucun des compositeurs qui avaient succédé à Mozart. Dès lors, des offres lui arrivèrent de toute part : l'administration de l'opéra allemand de Vienne le chargea d'écrire *Euryanthe*, auquel il travailla assidûment pendant dix-huit mois ; malgré les grandes beautés répandues dans cet ouvrage, il eut peu de succès, ce que l'on doit surtout attribuer au peu d'intérêt que présentait le libretto. L'année suivante, il accepta l'engagement d'écrire un opéra pour le théâtre de Londres, et choisit *Oberon*, dont le sujet héroïque et merveilleux était emprunté à un poëme de Wieland. Dès qu'il l'eut achevé, il se rendit à Londres, quoique déjà dangereusement malade, pour en diriger l'étude et la mise en scène ; mais son état empira-

rapidement, et il mourut quelques semaines après avoir assisté à la première représentation de son opéra (1826).

L'*Euryanthe* et l'*Oberon* sont, sans contredit, des ouvrages d'un grand mérite, et l'on y retrouve presque toutes les grandes qualités du génie de Weber; mais le *Freyschütz* est incontestablement son chef-d'œuvre, et la postérité n'a fait que confirmer le jugement que le public en porta dès son apparition. Ce n'est pas seulement dans l'histoire de la musique dramatique en Allemagne que cet opéra a sa place marquée : il appartient à l'histoire de l'art musical en général, car il a été le point de départ de ce qu'on a appelé, et de ce qu'on appelle encore aujourd'hui la musique *romantique*, expression qui se justifie par les analogies qu'elle présente avec le romantisme littéraire. Il aurait été fort étonnant que, lorsque, par suite des bouleversements occasionnés en Europe par la révolution française, et de l'écroulement de toutes les institutions politiques et sociales, alors que tout se transformait, dans le domaine des faits comme dans celui des idées, la musique fût restée à l'abri de ces influences. Il n'en pouvait être ainsi; et si l'Allemagne littéraire fut la première à donner l'exemple, et à demander au moyen âge et aux légendes nationales de nouvelles sources d'inspiration pour ses poëtes, c'est l'Allemagne aussi qui devait être le berceau du romantisme musical caractérisé, comme l'autre, par une plus grande liberté d'allure et un élargissement de toutes les formes admises jusqu'alors, par la part considérable donnée à la fantaisie, au caprice, et enfin par un sentiment plus vrai de la nature extérieure qui y trouva sa place et son expression, grâce au rôle plus important donné à l'instrumentation en général, et aux instruments à vent en particulier. Ainsi envisagé, le romantisme musical aurait un droit incontestable à se réclamer du grand nom de Beethoven qui est bien véritablement le premier compositeur romantique; toutefois c'est Weber qui est généralement regardé comme le créateur de ce genre, sans doute parce que son *Freyschütz* en offre le type le plus complet. Berlioz déclare qu'il ne connaît guère de partition « aussi irréprochable, aussi constamment intéressante d'un bout à l'autre, dont la mélodie ait plus de fraîcheur dans les formes diverses qu'il lui plaît de revêtir, dont les rhythmes soient plus saisissants, les inventions harmoniques plus nombreuses, plus saillantes, et l'emploi des masses de voix et d'instruments plus énergique sans efforts, plus suave sans afféterie. » Le sujet, il faut le reconnaître, était on ne peut plus heureusement choisi : emprunté aux légendes populaires de l'Allemagne, il offrait, au milieu des situations les plus diverses et les plus émouvantes, un élément de surnaturel dont Weber ne pouvait manquer de tirer un excellent parti, car aucun des compositeurs qui l'avaient précédé dans la carrière dramatique, n'avait eu l'idée des piquants effets de sonorité qu'on peut obtenir par certains procédés d'instrumentation, effets qui trouvaient tout naturellement leur place dans les scènes fantastiques du *Freyschütz*. Telles étaient, d'ailleurs, la souplesse de son talent, sa force d'invention et la richesse de sa palette, qu'il a su donner une vie égale à tous les personnages de son drame; quelques-uns d'entre eux sont même devenus des types immortels.

A côté de ses grandes qualités, et d'un sentiment dramatique extrêmement développé, le génie de Weber offre cependant certaines lacunes : jamais il n'a pu parvenir à se rendre complétement maître de la forme, comme Haydn et Mozart, et à développer logiquement et savamment ses idées mélodiques ; mais si ce défaut diminue un peu le mérite de ses œuvres instrumentales, il est amplement racheté par la beauté idéale et populaire des mélodies, et par les riches couleurs de son instrumentation ; aussi la plupart de ses ouvertures, comme quelques-unes de ses sonates pour le piano, sont-elles classées parmi les chefs-d'œuvre. On doit observer que Weber traita l'ouverture dans un style différent de celui de ses prédécesseurs : c'est lui qui, le premier, y introduisit des motifs tirés de l'opéra même, donnant ainsi l'exemple fâcheux, et qui ne devait trouver que trop d'imitateurs, de ces espèces de pots-pourris qui servent d'ouvertures à la plupart des opéras de nos jours.

Weber n'avait point le travail facile, et ses compositions sont plutôt le produit d'une réflexion laborieuse que de la libre inspiration. J'ai dit qu'il mit dix-huit mois à composer son *Euryanthe;* il lui fallut le même temps pour écrire l'*Oberon.* Le directeur du théâtre de Londres lui avait donné trois mois pour ce travail, et Weber fut obligé de se récuser : « Trois mois ! répondit-il, mais ce temps me suffirait à peine pour lire ma pièce et pour en dessiner le plan dans ma tête. » Mais qu'importe la question de temps ? Le compositeur le plus fécond ne peut compter que sur quelques chefs-d'œuvre ; s'il attendait toujours le moment propice de l'inspiration, il écrirait moins, et ne chargerait pas la liste de ses œuvres de tant de non-valeurs dont la postérité ne peut lui tenir compte, en sorte qu'à tout prendre il n'a guère d'avantage sur le compositeur laborieux et lent au travail.

Les opéras de Weber avaient une couleur trop allemande pour être appréciés du public français de ce temps : aussi le *Freyschütz* ne réussit-il au théâtre de l'Odéon que grâce à un arrangement ridicule fait par

Castil-Blaze. Ce n'est que beaucoup plus tard qu'il a été donné en son entier, et avec son titre original, sur le théâtre du Grand-Opéra, mais avec des récitatifs écrits par Berlioz. Quant à l'*Oberon*, c'est au Théâtre-lyrique que revient l'honneur de l'avoir fait connaître au public parisien, et un éclatant succès a accueilli cette louable tentative.

Le second compositeur que l'histoire place auprès de Weber dans l'école romantique est Spohr (Ludwig). Né en 1783, dans le duché de Brunswick, il fut d'abord attaché à la chapelle du duc. Il parcourut ensuite l'Allemagne, et se fit une réputation distinguée par son talent éminent de violoniste. Il composa d'abord différentes pièces pour son instrument, puis s'essaya dans d'autres genres, tels que l'oratorio et l'opéra. Appelé aux fonctions de chef-d'orchestre de l'un des théâtres de Vienne, il écrivit dans cette ville l'opéra de *Faust*, qui est un de ses ouvrages les plus remarquables, une symphonie et un oratorio. Après avoir séjourné alternativement à Francfort, à Londres et à Dresde, il se fixa enfin à Cassel, où il trouva une seconde patrie. C'est là qu'il a composé la plus grande partie de ses œuvres, et en particulier ses derniers concertos de violon, sa symphonie intitulée *la Consécration des sons* (*Weihe der Töne*), son oratorio *Le jugement dernier* (*Die letzten Dinge*), et plusieurs opéras dont le plus célèbre est sans comparaison *Jessonda*; c'est là aussi qu'il est mort, en 1859.

On voit, par cette nomenclature abrégée de ses œuvres, que Spohr s'est essayé dans tous les genres. Pendant sa période la plus active, c'est plutôt comme compositeur dramatique qu'il a été apprécié en Allemagne. Aujourd'hui les choses sont changées : ses opéras ne jouissent plus guère chez ses compatriotes que d'un succès d'estime ; de plus, ils n'ont jamais pu franchir les limites de sa patrie, tandis que ses compositions instrumentales, aussi bien que celles qu'il a écrites pour l'église, sont connues et goûtées un peu partout, bien qu'on ne puisse songer à les mettre sur le même rang que celles de Haydn, de Mozart et de Beethoven.

Brendel fait un pompeux éloge de son *Faust*, et y constate quelques-unes des plus brillantes qualités du génie allemand. Comme cet opéra est inconnu en France, et n'est que bien rarement représenté en Allemagne, il faut s'en rapporter à son jugement; on peut toutefois hardiment avancer, en se fondant sur les défauts qu'on s'accorde à reconnaître dans Spohr, que ni son *Faust*, ni sa *Jessonda* ne sauraient être mis au même rang que le *Freyschütz*, parce que, quels que soient ses autres mérites, Spohr n'a jamais eu une vraie intelligence du style dramatique. Le champ de son imagination est, en effet, assez rétréci : il reste presque invariablement circonscrit dans le domaine des sentiments doux et élégiaques. Chose singulière, et qui forme un frappant contraste avec sa stature imposante, il se complaît dans les pleurs et les gémissements : la force lui manque pour s'élever jusque dans la région des sentiments puissants et énergiques. D'où résulte dans la plupart de ses compositions une uniformité de teinte qui ne peut manquer d'engendrer de la monotonie : il y manque, en effet, comme l'a dit un moderne critique allemand, les contrastes, les traits lumineux, les fortes ombres, les montagnes et les vallées. Et cette monotonie est rendue plus frappante encore par suite de certains procédés que Spohr affectionne et qu'il emploie souvent avec peu de discernement. Il faut ranger dans cette catégorie l'abus de certaines figures rhythmiques, et celui, plus caractéristique encore, de la modulation, et particulièrement des modulations enharmoniques.

Bien que Schubert se soit fait une place à part dans l'histoire de la musique allemande au temps de Beethoven, on peut le rattacher à l'école romantique. Né vers la fin du siècle dernier, il mourut tout jeune encore, puisqu'il ne survécut que d'une année à Beethoven. En dépit de cette courte existence, il a écrit de nombreux ouvrages, parce qu'il appartenait à ces artistes d'élite qui ne vivent que pour leur art, et que, pour lui, composer c'était vivre. Aujourd'hui encore, Schubert n'est guère connu en France que par ses *Lieder* qui ont répandu son nom un peu partout ; mais il faut savoir qu'il a écrit des œuvres instrumentales fort distinguées et dans lesquelles il s'est peut-être plus rapproché de Beethoven qu'aucun des compositeurs allemands de notre époque. C'est aussi par ses *Lieder*, et tout particulièrement par son *Roi des aulnes* (*Erlkönig*), qu'il s'était révélé à l'Allemagne. Dans ce domaine, qu'il a créé pour ainsi dire, il est maître et ne sera probablement jamais dépassé.

Le *lied* (il faut bien employer le mot allemand qui n'a pas d'équivalent exact en français) est la forme musicale par laquelle l'homme manifeste instinctivement ses joies ou ses souffrances ; il est la base, l'essence même de toute musique : c'est le chant populaire par excellence, que personne n'a créé, qui est né de lui-même dans la bouche du premier malheureux qui a mis la nature dans le secret de ses peines, du premier amant qui a raconté son bonheur aux étoiles. Aussi tous les peuples ont-ils leurs mélodies nationales dans lesquelles se reflètent inévitablement quelques traits de leur physionomie particulière. Le *lied* se distingue de l'air en ce qu'il n'est l'expression que d'un sentiment unique, limité, tandis que l'air embrasse une situation entière, dans laquelle plusieurs sentiments peuvent se succéder. Considéré dans sa forme mélodique, on peut dire que le *lied* sera d'autant mieux réussi qu'il se rapprochera davantage de la naïveté et du naturel de l'inspiration populaire; avant tout, la mélodie doit exister par elle-même, indépendamment de l'harmonie dont elle est accompagnée: elle doit avoir sa beauté propre.

La difficulté de satisfaire à ces conditions, si simples en apparence, est plus grande qu'on ne pense, parce que la connaissance la plus approfondie du contre-point et de la composition, en d'autres termes le talent acquis ne sert ici de rien. Le *lied* doit jaillir du cœur ; aussi les compositeurs qui ont prétendu suppléer au défaut d'inspiration mélodique par des effets d'accompagnement, ont-ils dû reconnaître qu'ils avaient fait fausse route. C'est dans ce style simple que les prédécesseurs de Schubert avaient traité le *lied*. Schubert, sans abandonner la route tracée, le perfectionna, en donnant à des mélodies l'expression la plus vraie et la plus sentie, un accompagnement soutenu dans lequel un dessin principal, qui revient obstinément et persiste jusqu'à la fin, renforce l'expression du sentiment général. C'est donc grâce à Schubert que le *lied* est devenu l'une des formes les plus populaires de la musique allemande moderne. Il a ouvert une voie nouvelle dans laquelle beaucoup de compositeurs se sont engagés après lui. On sait quel succès ses *lieder* ont eu non-seulement en Allemagne, mais en France où de nombreuses éditions les ont popularisés.

Dans la musique instrumentale, Schubert montre, sans doute, moins d'originalité ; néanmoins ses œuvres dans ce genre jouissent en Allemagne d'une faveur qui va crois-

sant depuis quelques années, et l'on s'accorde à reconnaître que ce compositeur possédait, à un degré éminent,
plusieurs des grandes qualités du génie, telles que l'imagination, l'invention, le goût, jointes à un profond sentiment
poétique. Mais il faut bien dire que dans la plus grande
partie de sa musique de chambre, et tout particulièrement
dans sa symphonie en *ut*, la seule qui ait été publiée, on
sent trop l'influence des dernières œuvres de Beethoven. Il
est regrettable, d'autre part, qu'avec toutes ses brillantes
qualités, Schubert ait laissé beaucoup d'ouvrages qui ne
semblent qu'ébauchés, et qu'il ne se soit pas donné le
temps de revoir ses compositions, afin de les débarrasser
des négligences qui les déparent. Mais c'était là un travail qui eût demandé du calme et de la liberté d'esprit :
la vie déréglée qu'il menait ne lui laissait ni l'un ni l'autre. A voir la quantité considérable de compositions de
toute espèce que Schubert a néanmoins trouvé le temps
d'écrire, on en vient à se persuader qu'il aurait sans aucun doute pris une place encore plus élevée à côté de
Haydn, de Mozart et de Beethoven, s'il n'eût comme à
plaisir abrégé sa vie par de déplorables excès.

Il nous reste maintenant à jeter un regard sur les principaux instrumentistes qui brillèrent pendant cette période. Le XIXᵐᵉ siècle a vu le virtuosisme prendre un développement qui, de nos jours, devient compromettant pour
l'art. De tous les instruments, celui qui fut le plus en
faveur, c'est le piano, qui se distingue de l'ancien clavecin
en ce que les cordes sont frappées par des marteaux, au
lieu qu'elles étaient auparavant mises en vibration par un
bec de plume ou de cuir. C'est l'instrument qui se prête
le mieux à toutes les combinaisons de l'harmonie, et qui
reproduit le plus complétement toute œuvre musicale. C'est

donc autant celui du compositeur que celui de l'amateur ;
et peut-être a-t-il contribué plus que bien d'autres causes
à propager le goût de la musique dans toutes les classes
de la société.

Mozart avait fondé en Allemagne une école de piano
qui se continua d'une manière brillante après lui, grâce
surtout à Hummel et à Moschelès. Par la pensée fondamentale comme par la forme de ses sonates, le premier
procède exclusivement de Mozart dont il fut l'élève ; mais
les passages brillants qu'il y intercala ouvrirent un plus
vaste champ à l'habileté des virtuoses ; il y a ainsi chez
Hummel, à côté du style le plus correct et le plus pur,
une tendance à se préoccuper outre mesure de ce qui
peut faire briller le talent de l'exécutant. Il n'en reste
pas moins le compositeur le plus remarquable de cette
école qu'on pourrait appeler l'école viennoise. Hummel a
aussi composé d'assez nombreux ouvrages pour d'autres
instruments, et quelques œuvres d'église d'un bon style,
quoique en général trop travaillées.

Moschelès, avec les mêmes tendances que Hummel,
était plus moderne que lui par le style et par le jeu. Ce
qui le caractérisait, c'est une agilité merveilleuse, un jeu
qui, sans rien perdre de sa fermeté et de sa solidité, brillait par l'élégance et le fini. C'est de Moschelès que date
proprement l'art du toucher, par lequel on arrive aujour-
d'hui à obtenir des nuances si délicates ; un autre grand
mérite de ce pianiste consiste dans l'excellence de ses ouvrages pour l'enseignement.

Czerny et Steibelt appartiennent également à cette
même école ; mais, quoiqu'ils aient rendu aussi de grands
services à l'enseignement, leurs ouvrages, dans lesquels
se manifeste une tendance fâcheuse vers le formalisme,

ont amené une première transformation dans l'art du piano, tel que Mozart et les deux maîtres ci-dessus nommés l'avaient compris. Quant à Weber, qu'il faut bien encore citer ici, il a imprimé à ses œuvres pour le piano le sceau de son génie ; on y retrouve les mêmes grandes qualités comme aussi les mêmes lacunes que dans ses autres compositions. Pour Weber, la sonate et le concerto étaient, comme pour Beethoven, les formes musicales dans lesquelles il aimait tout particulièrement à épancher son âme, et il était bien loin de n'y voir, comme tant de pianistes-compositeurs, que des pièces destinées à développer et à faire briller l'agilité des doigts et le talent du virtuose.

Clementi, qui débuta dans la carrière bien avant ceux que nous venons de nommer, se rattache aussi à Haydn et à Mozart, ses contemporains, bien que son style se distingue assez de celui des pianistes viennois pour qu'on puisse le considérer comme un chef d'école. Si on le range parmi les compositeurs allemands, c'est que, ayant passé la plus grande partie de sa vie en Allemagne et en Angleterre, c'est en dehors de l'Italie qu'il a exercé son influence, et formé des élèves parmi lesquels on peut citer Cramer et Field. Brendel a remarqué, avec beaucoup de justesse, que les qualités notablement différentes des pianos de Vienne et des pianos anglais ont dû influer sur le style des deux écoles : le mécanisme plus doux des premiers favorisant un jeu léger, élégant, visant à l'agilité et à la bravoure, tandis que le mécanisme plus lourd et le son plus fort des pianos anglais entraînaient le virtuose et le compositeur vers un style plus noble, plus contenu et plus sévère. C'est là, en effet, le caractère principal de l'école de Clementi. Le *Gradus ad Parnassum* de ce dernier, et les *Études* de Cramer font époque dans l'histoire de l'art du piano, et sont encore le fondement de tout enseignement solide.

Dussek ne saurait être rattaché ni à l'une ni à l'autre des deux écoles dont je viens de parler. Une sentimentalité, qui n'est pas dépourvue d'une certaine grandeur, est le cachet de ce maître ; avec Clementi et Steibelt il a transplanté en France les traditions de l'école allemande, dont Kalkbrenner et H. Herz ont été après lui les coryphées.

On peut encore ajouter aux noms de ces illustres pianistes allemands celui de Ries, le seul élève que Beethoven ait formé, si l'on excepte l'archiduc Rodolphe. Il passa en Angleterre une grande partie de sa vie ; mais il s'est fait au moins autant de réputation par ses compositions de chambre et de concert que par ses œuvres pour le piano. Il s'est aussi essayé dans le genre dramatique, mais y a été moins heureux.

Le piano étant pour la musique profane l'instrument spécial des combinaisons harmoniques, comme l'orgue l'est de la musique d'église, on comprend comment il se fait que l'Allemagne ait eu la gloire de créer ces écoles qui propagèrent dans toute l'Europe les principes d'un enseignement sérieux. En ce qui concerne les autres instruments, quoique les virtuoses allemands ne pussent prétendre, comme pour l'art du piano, à donner le ton à l'Europe, l'Allemagne peut à bon droit tirer gloire de quelques instrumentistes célèbres, tels que Spohr et Mayseder pour le violon, Fesca et Romberg (Bernard) pour le violoncelle, et d'autres encore, dont les talents comme virtuoses ont fait l'admiration de leurs contemporains, et dont les compositions instrumentales sont encore très-goûtées de nos jours.

28

Quant à l'Italie, pendant l'époque de Rossini, elle était
toute à son enthousiasme pour son héros. Devant cet astre
avaient pâli bien des célébrités qui auraient pu prétendre,
de leur vivant, à une plus grande popularité, et qui seraient sans doute moins ignorés aujourd'hui. Rossini avait
ouvert à l'opéra un champ vaste et dans lequel, une fois
la moisson faite, ses successeurs pouvaient trouver encore
à glaner. Aussi vit-on bientôt apparaître une foule d'imitateurs dont la plupart, manquant de talent réel, ne pouvaient reproduire que les défauts du maître, en les exagérant. Un bien petit nombre d'entre eux seulement surent,
tout en profitant des découvertes faites, conserver une
certaine originalité, et se faire une place modeste mais
honorable parmi les compositeurs dramatiques. Je mentionnerai en premier lieu Carafa et Mercadante. Le premier, né à Naples en 1785, n'étudia d'abord la musique
qu'en amateur, et suivit pendant quelques années la carrière des armes. Il donna son premier opéra à Naples, en
1814, et en écrivit ensuite plusieurs autres. Mais sa célébrité ne date guère que des ouvrages qu'il composa à Paris pour le théâtre Feydeau, en sorte qu'il doit être plutôt rangé dans l'école française. Mercadante, né en 1798,
dans la Pouille, fit des études sérieuses, et se familiarisa
de bonne heure avec les œuvres des grands maîtres allemands. Mais, manquant d'imagination, il se laissa bientôt
entraîner à la remorque de Rossini. *Elisa e Claudio*, l'un
de ses premiers ouvrages, et le *Giuramento* sont ce qu'il
a écrit de mieux : ce sont du moins ceux de ses opéras
dans lesquels il a le mieux su conserver son originalité et
son indépendance. Il a été longtemps à la tête du Conservatoire de Naples, partageant son temps entre l'enseigne-

ment et la composition d'ouvrages dramatiques : il y est mort aveugle, en 1870.

Vaccai et Pacini sont, après Mercadante, les compositeurs du même temps qui ont eu le plus de vogue en Italie. Mais leur style est servilement calqué sur celui de Rossini. Vaccai étudia sous Paisiello. Son opéra de *Romeo et Juliette* a joui en Italie d'une grande réputation, jusqu'au moment où la pièce du même nom, de Bellini, l'a fait oublier. Pacini vint tout jeune à Bologne, où il reçut des leçons du père Mattei. Le *Dernier jour de Pompéi* et les *Arabes dans les Gaules* sont ses deux principaux ouvrages ; ce dernier avait été, il y a quelques années, remis sur la scène du théâtre Italien de Paris ; mais il n'a pu se soutenir et n'a eu que quelques représentations.

Quant à l'art du chant, j'ai déjà dit ce qu'il était en Italie au temps de Rossini, et comment ce compositeur s'était vu dans l'obligation de remédier au mauvais goût et à l'incapacité des chanteurs, en ne leur laissant plus le choix des figures dont ils ornaient leur chant. Quelles étaient les causes de cette décadence ? C'est ce que Fétis va nous dire : « Par suite des événements de la révolution française, écrivait avant 1830 cet illustre critique, l'Italie fut envahie par nos armées et devint le théâtre de nos succès et de nos revers. Occupé tour à tour par les Français, les Autrichiens et les Russes, ce malheureux pays fut traversé en tout sens pendant sept années et dévasté par des soldats tantôt vainqueurs, tantôt vaincus. Effrayés par les dangers qui les environnaient, les plus grands artistes, chanteurs ou compositeurs, s'éloignèrent de leur pays et portèrent leurs talents dans les cours d'Allemagne, de Russie, d'Espagne et de Portugal, et en Angleterre. La suppression d'une partie des couvents, et les contributions dont le clergé fut frappé, dispersèrent les musiciens de chapelle et ruinèrent la musique d'église. Venise, déchue de son ancienne splendeur, vit se fermer la plupart de ses conservatoires et de ses théâtres; les querelles de Rome avec la France, et l'enlèvement des deux papes, Pie VI et Pie VII, causèrent les mêmes dommages aux établissements de musique et particulièrement à la chapelle pontificale; les diverses révolutions du royaume de Naples, la translation de la cour en Sicile, l'établissement et la chute d'une nouvelle dynastie portèrent aux écoles de Naples des coups dont elles n'ont pu se relever. Enfin l'importance politique qu'avait acquise l'Italie, l'amour de la liberté qui avait été substitué à celui des arts, et les événements qui détruisirent de si belles espérances et plongèrent de nouveau ce malheureux pays dans l'asservissement, ont achevé d'anéantir le goût des études sérieuses, les bonnes traditions et les moyens de reconstruire l'édifice musical tel qu'il était autrefois..... »

La voilà donc tarie cette source féconde qui, pendant plus de deux siècles, avait fourni à l'Europe charmée tant de chanteurs et de cantatrices incomparables; et comme, d'un autre côté, le style de la musique dramatique a subi certaines modifications qui équivalent à une véritable transformation, on peut hardiment affirmer que les Catalani, les Pasta, les Lablache, les Rubini ont été les derniers représentants du beau chant italien, et qu'ils ne seront plus remplacés.

Mais je ne puis terminer ce qui concerne l'Italie sans dire quelques mots de Paganini, de ce violoniste excentrique et bizarre, de cet homme-violon, comme on l'a appelé, dont le talent prodigieux a étonné l'Europe. Né à Gênes, en 1783, il reçut bien les leçons de quelques violonistes distingués, mais on peut dire que ce génie impatient de tout frein s'est formé de lui-même. Aussitôt qu'il se fut suffisamment rendu maître du mécanisme de son instrument, abandonnant les traditions classiques que son illustre compatriote et prédécesseur Viotti avait importées en France, il mit son esprit à la torture, cherchant les difficultés les plus compliquées, et n'ayant de repos que lorsqu'il était parvenu à les vaincre. Aussi est-ce de lui que datent ces effets bizarres, ces tours de force, tels que variations sur la quatrième corde, effets de double et même de triple corde, sons harmoniques imitant le flageolet, *pizzicati* de la main gauche combinés avec le trait d'archet, grands arpéges faisant entendre presque simultanément les notes les plus aiguës et les plus graves de l'échelle, et tant d'autres difficultés qui forment aujourd'hui le bagage obligé des violonistes de la nouvelle école. Il faut dire que ces excentricités étaient chez Paganini l'effet de la nature particulière de son génie et de la fougue puissante de son imagination ; en sorte qu'elles se retrouvent dans toutes ses compositions, et surtout dans ses *Caprices*, où elles se combinent généralement avec une grande richesse d'invention et une science réelle.

CHAPITRE XVII

Influence de Rossini sur la musique dramatique en France. **Auber**: ses principaux opéras ; la *Muette de Portici*. **Hérold** et ses opéras. Le Conservatoire de musique et ses Concerts. — Époque contemporaine. **Meyerbeer**: ses premiers opéras écrits en Italie. Opéras écrits pour l'Académie de musique : *Robert le Diable*, les *Huguenots*, etc. Appréciation de l'œuvre de Meyerbeer. **Halévy. Adam. Gounod**: son *Faust*; appréciation de son style. École romantique française. **Berlioz**: aperçu historique et critique de ses compositions dramatiques et instrumentales ; la musique imitative. **Félicien David** : ses odes-symphonies; ses opéras. Les Bouffes parisiens : **Offenbach**. — Considérations générales sur l'état actuel de la musique en France.

Les affinités d'origine et de race entre la nation italienne et la nation française n'ont jamais cessé de se manifester dans le domaine de l'art musical. L'influence de l'Italie sur la France s'est révélée à nous avec autant d'évidence dans le Florentin Lully, fondateur de l'opéra français, que dans le Napolitain Duni, créateur de l'opéra-comique. Il ne serait pas plus difficile de constater l'influence des maîtres italiens de la fin du XVIIIme siècle, tels que Piccinni, et même Cimarosa et Paisiello, sur la plupart des compositeurs français qui brillèrent sous l'Empire et sous la Restauration. D'un autre côté, on sait que les maîtres italiens qui s'établirent en France y modifièrent leur style pour s'accommoder au goût français. Rossini nous en a fourni une preuve assez frappante, et ce sera, on peut le dire, une des gloires de l'esprit français d'avoir inspiré *Guillaume Tell* au cygne de Pesaro, comme aussi c'est une des gloires de Rossini d'avoir élargi toutes les parties du grand opéra français et encouragé les compositeurs dramatiques à abandonner les proportions un peu étroites et les formes un peu raides dans lesquelles ils s'étaient jusqu'alors renfermés. L'opéra-comique lui-même ne pouvait échapper à ces influences ; mais quelle que soit la faveur avec laquelle ces changements furent accueillis, il est permis de se demander si le rôle plus modeste donné à la musique dans les anciennes pièces de ce genre, l'usage des accompagnements sobres et effacés, des chants simples et sans prétention, qui tenaient plutôt du couplet ou de la romance que du grand air, ne convenaient pas mieux à l'opéra-comique que ce style compliqué qui tend à en dénaturer complétement le caractère en le rapprochant de plus en plus du grand opéra. Quoi qu'il en soit, on peut dire que c'est de l'époque de Rossini que date cette transformation de l'opéra-comique, dont l'ancienne forme disparut avec Nicolo, son dernier représentant.

Boïeldieu, dans sa *Dame blanche,* avait ouvert une route nouvelle et posé, avec l'autorité de son talent, les bases des nouvelles conditions d'existence de l'opéra-comique. Il fut suivi dans cette voie par un compositeur célèbre, qui prit dès lors la haute main sur la seconde scène lyrique française, où il a régné en maître jusqu'à nos jours. Je veux parler d'Auber.

Auber (Daniel-François-Esprit), né à Paris, en 1780, étudia d'abord la musique en amateur, et ce furent des revers de fortune qui le forcèrent à demander une ressource à l'art qu'il n'avait jusqu'alors cultivé que comme un passe-temps. Élève de Cherubini et de Boïeldieu, il commença à se faire connaître par son *Concert à la cour* (1818), suivi bientôt de la *Neige* (1823) et du *Maçon* (1825), qui devinrent bien vite populaires et furent joués sur les théâtres de l'Allemagne avec autant de succès qu'en France. On trouvait déjà dans ces premiers ouvrages les qualités éminentes qui ont fait la réputation de cet aimable compositeur, une touche légère et spirituelle, une gracieuse coquetterie, des rhythmes piquants, le don des mélodies heureuses et l'entente des effets scéniques. Scudo appelle Auber « l'enfant de Voltaire et de Rossini ; » il a, en effet, l'esprit et la finesse du premier, avec le sentiment dramatique de l'école française, et du second, le coloris et la riche veine mélodique.

Auber eut le bonheur de rencontrer dans Scribe le librettiste qui pouvait le mieux faire briller les qualités de son talent ; et le succès de ses nombreux opéras tient en grande partie à la collaboration de cet écrivain, dont le tour d'esprit offrait une singulière analogie avec le sien, et dont la fécondité était pour le moins aussi grande. Ces deux hommes étaient faits l'un pour l'autre, et ils résument presque complétement en eux-mêmes toute une phase brillante de la musique française. Non pas qu'Auber puisse être regardé comme un compositeur de génie : il n'a ouvert à l'art aucune voie nouvelle ; mais il s'est servi avec une remarquable habileté de toutes les ressources qui se trouvaient à sa disposition. Il offre le modèle le plus accompli de l'esprit français par son goût fin et délicat, par sa brillante légèreté et la grâce coquette de son style. Ne lui demandons pas une peinture vraie, dramatique des grandes passions humaines ; ne cherchons dans ses ouvrages ni sombre tristesse, ni mélancolie rêveuse, ni émotions profondes ; toutes ces teintes manquent à sa palette ; mais il n'a point de rival pour l'entrain, la vivacité, l'esprit, le trait, l'élégance, le bon goût, et pour cette intarissable verve à laquelle on doit une longue série

d'œuvres charmantes, la *Fiancée*, *Fra Diavolo*, le *Philtre*,
le *Serment*, le *Domino noir*, les *Diamants de la couronne*,
la *Part du diable*, etc., etc. On peut bien reprocher, à la
vérité, à tous ces opéras un air de famille un peu trop prononcé; mais ils n'en ont pas moins joui d'une immense
popularité, et ils défrayent encore aujourd'hui, en très-
grande partie, le répertoire de l'opéra-comique aussi bien
en France qu'en Allemagne.

Un fait bien remarquable, c'est qu'Auber, que les tendances de son esprit semblaient vouer exclusivement au
domaine de la musique légère, s'est essayé aussi dans la
musique sérieuse, et que cette tentative a été couronnée du
plus brillant succès. La *Muette de Portici* a prouvé qu'Auber avait également l'intelligence des grandes scènes dramatiques; et l'apparition de cet opéra, dans l'année 1828,
fut un événement important dans l'histoire de la musique
française. Auber ne pouvait échapper aux influences de
Rossini, dont le *Moïse* avait été donné une année auparavant; mais tout en reproduisant l'éclatant coloris du maître italien, le compositeur français sut se tenir en garde
contre l'imitation servile des formules qui auraient ôté à
son œuvre toute originalité. Le libretto de la *Muette* était,
il faut le dire, un admirable canevas de grand opéra : il
réunissait tous les genres et tous les tons, sauf le trivial,
présentait une succession des scènes les plus variées et les
plus pittoresques, et donnait ainsi au compositeur l'occasion de s'essayer dans tous les styles, depuis la barcarolle
jusqu'à l'hymne religieux et aux morceaux d'ensemble les
plus grandioses. Le rôle même de la *Muette* était une innovation fort heureuse, et Auber en sut tirer de fort beaux
effets de musique mélodramatique.

Il n'en fallait pas tant pour assurer au compositeur un

triomphe éclatant. Le succès fut d'autant plus décisif que l'ouvrage d'Auber vit le jour au milieu d'une époque de singulière stérilité pour l'opéra français, qui depuis long-temps ne vivait plus que des deux ouvrages arrangés par Rossini pour la scène française, et des pièces de l'ancien répertoire. La *Muette de Portici* fut donc le signal d'un véritable réveil : elle ouvre glorieusement la période brillante illustrée par l'apparition du *Comte Ory*, de *Guillaume Tell* et de l'astre éclatant de Meyerbeer.

Auber ne se laissa cependant point aveugler par son triomphe, car, abandonnant le domaine du grand opéra, il revint à celui de l'opéra-comique. Cette détermination, en apparence si peu justifiée, semblerait indiquer qu'en écrivant la *Muette*, Auber s'était laissé entraîner comme malgré lui par le goût du jour pour le style à grand effet, popularisé par Rossini, et qu'en cédant à cette influence, il faisait violence à ses goûts et à ses talents naturels. Le succès qu'il obtint s'expliquerait alors par une exaltation momentanée produite par l'ambition d'égaler le compositeur à la mode ; et ce qui confirme cette supposition, c'est la faiblesse ou du moins l'infériorité relative d'un autre grand opéra qu'il a composé dans ses dernières années : l'*Enfant prodigue*, malgré un grand luxe de mise en scène, n'a pu se soutenir au théâtre de l'Académie de musique, et n'a eu qu'un petit nombre de représentations.

Auber avait succédé à Cherubini comme directeur du Conservatoire de Paris ; il conserva ces fonctions jusqu'à sa mort, en 1871.

A côté d'Auber, la France place avec un légitime orgueil le nom d'*Hérold* qui, né à Paris en 1791, étudia au Conservatoire, où Cherubini le distingua tout particulièrement. Il fit, comme lauréat, le voyage d'Italie, et débuta à Naples par un petit opéra qui n'eut pas grand retentissement. De retour à Paris, au moment de la chute de Napoléon, il se vit accueilli avec bienveillance par Boiëldieu qui lui donna à écrire un acte dans un opéra de circonstance dont il était chargé de faire la musique. Ses pas dans la carrière dramatique furent très-lents, et ce n'est que dix ans plus tard, en 1826, que son opéra de *Marie* éveilla l'attention du public : cet ouvrage, dans lequel règne d'un bout à l'autre une tendresse douce et mélancolique, trouva un accueil aussi favorable en Allemagne qu'en France. Dans *Zampa*, qui parut en 1831, Hérold chercha à élargir son style et visa davantage aux grands effets. Enfin le *Pré aux Clercs*, dans lequel on trouve une heureuse fusion de ses deux premières manières, vint mettre le comble à sa popularité. Mais ce fut son dernier ouvrage : un mois à peine après la première représentation de ce charmant opéra, la mort vint brusquement terminer une carrière qui s'annonçait aussi brillante que féconde (1833).

Hérold a presque toutes les qualités d'Auber, avec plus de profondeur et de sentiment. Son talent plus sérieux et plus consciencieux accuse son origine germanique. Sans doute que l'influence de Rossini se fait également sentir dans ses ouvrages, qu'il lui doit en particulier son instrumentation riche et vigoureuse ; mais l'imitation est judicieuse, raisonnée, et n'exclut point l'originalité de la pensée. Ce qui prouve la haute valeur des ouvrages de ce compositeur, c'est que, loin de vieillir et de passer de mode, ils se sont vus de plus en plus appréciés, et que le nom d'Hérold semble grandir à mesure que les années s'interposent entre lui et la postérité.

Après ces deux coryphées de l'opéra-comique sous la

Restauration, on peut nommer Onslow et Carafa qui se popularisèrent en France, le premier par son *Colporteur* (1827), le second par plusieurs ouvrages dont les plus connus sont le *Solitaire*, l'un des opéras-comiques qui jouit de son temps de la plus grande vogue, la *Prison d'Édimbourg*, et *Masaniello* (1828); ce dernier, qui précéda de quelques mois l'opéra d'Auber sur le même sujet, devait infailliblement être écrasé par cette redoutable concurrence.

On ne saurait, en faisant l'histoire de la musique française sous l'Empire et sous la Restauration, passer sous silence l'influence qu'exerça l'excellente institution du Conservatoire, qui date des premières années de la Révolution (1795), que Napoléon protégea et encouragea d'une manière toute spéciale, et qui, supprimée au début de la Restauration, fut enfin rétablie sur un pied convenable et confiée à la direction de Cherubini. Cette institution, à laquelle furent attachés les professeurs les plus habiles dans tous les genres, a fourni à la France, en dépit des récriminations plus ou moins injustes dont elle a été si souvent l'objet, des musiciens du plus grand mérite. Ses célèbres concerts ont grandement contribué, on peut le dire, à propager et à populariser le goût pour les œuvres classiques. Ce n'est guère, en effet, que par une exécution soignée des compositions des grands maîtres que l'on peut efficacement lutter contre l'envahissement du faux goût, et mettre le public à même d'apprécier à leur juste valeur les prétentions, bien souvent mal fondées, des novateurs.

A mesure que nous approchons de l'époque contemporaine, la tâche de l'historien se complique: il devient toujours plus difficile de se reconnaître au milieu de la foule des musiciens qui semblent réclamer avec des droits égaux notre attention, et d'assigner à chacun d'eux sa véritable place. Le jugement de la postérité, qui est pour le critique musical l'*ultima ratio*, la raison suprême, et sur lequel il peut se reposer avec d'autant plus de confiance qu'il est presque toujours sans appel, le jugement de la postérité, dis-je, fait ici complétement défaut, et il en est réduit à n'avoir d'autre guide dans son appréciation des productions de l'art, que ses impressions personnelles, qui ne sauraient, cela se comprend, être infaillibles.

Essayons toutefois, et sans nous laisser rebuter par les difficultés inhérentes au sujet même, de faire le tableau de l'époque à laquelle nous appartenons encore, en ayant soin de contrôler plus que jamais nos jugements par les divers ouvrages de critique musicale qui ont paru dans ces derniers temps. En consultant ainsi toutes les opinions, en les comparant les unes avec les autres, peut-être sera-t-il possible d'arriver à une appréciation juste et impartiale de la musique et des musiciens de notre époque.

Revenons donc à la France, et voyons ce que l'art musical y présente d'intéressant pendant ces trente à quarante dernières années. Comme on pouvait s'y attendre, c'est toujours l'opéra qui a eu le privilége d'accaparer la faveur du public; et c'est dans cette forme musicale que se résument presque toutes les productions de la musique française. Ici encore se présente un fait curieux, mais qui n'est pas nouveau, celui d'un compositeur étranger attiré à Paris par l'éclat de l'opéra et par les idées plus justes que l'on a sur les principes de la musique dramatique, qui s'y plaît, s'y fixe, et voue tout son génie à l'opéra français dont il devient l'un des plus illustres représentants.

On devine que je veux parler de Meyerbeer : c'est, en effet, dans ce compositeur allemand que se résume aujourd'hui tout le grand opéra français.

Meyerbeer (Jacob ou Giacomo), né à Berlin en 1791, et fils d'un riche banquier juif, montra de bonne heure des dispositions musicales que l'on eut soin d'entretenir et de cultiver. A l'âge de neuf ans, c'était déjà un pianiste distingué. Il alla plus tard à Darmstadt, et se mit sous la direction de l'abbé Vogler; là, il se lia d'amitié avec Weber qui étudiait sous le même maître, et qui, plus âgé et plus avancé que lui, devina son génie. Ces deux jeunes gens s'encourageaient alors mutuellement à vouer leurs talents à la patrie et à l'avancement de la musique allemande. On a vu comment Weber réalisa ces rêves alors confus de gloire nationale ; quant à Meyerbeer, il devait suivre une autre route, et ce fut pour son ami un véritable chagrin : « Quel malheur, disait-il plus tard, que la passion de la popularité, la soif des applaudissements ait poussé Meyerbeer hors de sa voie, lui qui avait un talent si grand, si véritablement allemand, talent que je redoutais à l'école de Vogler et que je m'efforçais d'égaler. »

Ce fut Rossini et ses bruyants succès qui décidèrent Meyerbeer, dans cette première période de sa vie, à abandonner, après quelques essais dramatiques qui n'avaient eu aucun succès, les traditions sévères de l'école allemande, à se jeter dans le style italien, et à demander à l'Italie la sympathie que l'Allemagne refusait à ses ouvrages. Son premier opéra italien fut *Romilda e Costanza* qui fut représenté avec un très-grand succès à Padoue. Vinrent ensuite *Margareta d'Anjou* et *Emma di Rosburgo*, qui consolidèrent sa renommée. Glorieux de ses triomphes, Meyerbeer revint en Allemagne et voulut faire représenter ses ouvrages sur le théâtre de Berlin ; mais il fit l'expérience de la justesse du proverbe : « Nul n'est prophète en son pays. » Malgré toute la peine que se donnèrent ses parents et ses amis, ses opéras ne purent surmonter l'indifférence d'un public qui ne pouvait pardonner à un compositeur allemand de se faire l'imitateur de Rossini. C'est alors que Meyerbeer songea à aller s'établir à Paris où son dernier opéra, *Il Crociato in Egitto*, joué sur le théâtre Italien, avait été favorablement accueilli. Là, au contact de la scène française, ses idées sur les conditions de la musique dramatique se modifièrent ; il s'imposa alors une retraite de quelques années, pendant lesquelles il eut le loisir de mûrir son plan ; puis, lorsqu'il sentit que ses pas étaient assurés, et qu'il pouvait entrer hardiment dans sa nouvelle voie, il demanda un libretto à Scribe qui lui offrit *Robert le Diable*. Cet opéra, qui parut sur la scène en 1831, eut un succès qui dépassa tout ce qu'on pouvait attendre, et les innombrables représentations qui en ont été données n'ont point encore refroidi l'enthousiasme du public pour ce chef-d'œuvre. C'est seulement cinq années après, en 1836, que parut l'ouvrage qui devait mettre le comble à la renommée de Meyerbeer : les *Huguenots* marquent, en effet, l'apogée de son talent, car ni le *Prophète*, qui fut donné en 1849, ni l'*Africaine*, qui, par suite de remaniements et d'ajournements sans nombre, provenant des hésitations ou des exigences du compositeur, ne put être représentée qu'après sa mort, n'ont eu un succès comparable à celui de cet opéra : il est de tous les ouvrages du compositeur le seul qui ait constamment partagé avec *Robert* la faveur du public.

On sait de quelle immense popularité jouissent tous les opéras français de Meyerbeer ; joués sur tous les théâtres de l'Ancien et du Nouveau Monde, ils ont partout conquis la faveur du public; c'est là un fait significatif. D'un autre côté, de nombreuses et amères critiques se sont élevées contre Meyerbeer, surtout de l'autre côté du Rhin, où ses œuvres dramatiques ont été anathématisées au nom de certains systèmes hardiment formulés et opiniâtrément soutenus par les coryphées d'une école nouvelle dont j'aurai à parler plus tard.

Cherchons, par une critique impartiale, à démêler ce qu'il y a d'exagéré, comme aussi ce qu'il peut y avoir de fondé dans ces critiques.

Ce qui frappe tout d'abord dans les opéras de Meyerbeer, c'est la puissance des moyens accumulés pour arriver à produire les effets les plus grandioses. Le compositeur se complaît à faire mouvoir de grandes masses vocales et instrumentales; aussi le voit-on rechercher avant tout les situations qui demandent un pareil déploiement de forces. Si l'effet ainsi obtenu n'était pas en proportion des moyens employés, il y aurait sans doute là un défaut capital; mais on sait assez avec quelle sûreté, avec quelle magistrale grandeur Meyerbeer atteint son but. Il suffit, pour s'en convaincre, de se rappeler quelqu'une des grandes scènes de ses opéras, le finale du quatrième acte des *Huguenots*, par exemple: il faudrait vraiment être de marbre pour écouter froidement un pareil morceau. Oui, sans doute, Meyerbeer vise à l'effet; mais il sait d'avance le genre d'effet qu'il lui convient de produire, et tout est combiné, calculé en vue de ce résultat: rhythmes compliqués, modulations étranges, instrumentation forte et sonore qui renferme les plus grands contrastes et les oppositions les plus saisissantes, accouplements piquants, bizarres même, des différents timbres d'instruments; il ne dédai-

gne aucun artifice pour arriver à l'expression qu'il cherche et pour donner à chaque situation le relief, la couleur et la vie. A ce déploiement imposant de toutes les
ressources musicales dont un habile compositeur peut
disposer, que l'on ajoute ces scènes où le luxe des décors
est rehaussé par les effets et les jeux de la lumière, ces
groupes gracieux formés par les corps de ballet, ces
chœurs d'hommes et de femmes du peuple, d'enfants, de
seigneurs et de dames de la cour, de soldats, d'étudiants,
tout cet ensemble qui saisit à la fois tous les sens, et l'on
comprendra l'enthousiasme avec lequel les opéras de
Meyerbeer devaient être reçus par le public.

C'est par là, en effet, qu'ils ont acquis l'immense popularité dont ils jouissent ; mais il est juste de reconnaître
que le compositeur et le poëte ont été trop loin dans cette
voie, qui ne pouvait manquer d'aboutir à un grossier réalisme ; ils n'ont même pas reculé devant certains tableaux,
tels que la scène des Baigneuses dans les *Huguenots,* et la
danse des Nonnes dans *Robert le Diable,* qui violent ouvertement toutes les convenances et ne sont là que comme
un appât à une basse sensualité. C'est par là que l'œuvre
de Meyerbeer prête le flanc à la critique et justifie, jusqu'à un certain point, les violentes attaques auxquelles ce
compositeur a été en butte en Allemagne de la part de
Richard Wagner et de ses adeptes.

Mais je n'ai encore examiné l'œuvre de Meyerbeer que
sous une de ses faces. Cette appréciation serait bien incomplète si elle ne faisait ressortir la grandeur et la vérité de coloris avec lesquelles il a peint quelques-uns des
personnages de ses opéras. Bertram, Alice, Marcel, Fi-
dès, sont autant de types marqués d'une empreinte ineffaçable, des caractères admirablement tracés et qui témoi-

gnent de la force de création que possédait Meyerbeer, aussi bien que de la souplesse de son génie, et je m'étonne que les Allemands, qui mettent, avec raison, un si grand prix à cette qualité de la *caractéristique*, comme ils l'appellent, n'aient pas su rendre justice à leur compatriote sous ce rapport.

Meyerbeer ne serait jamais arrivé à cette vérité d'expression et de coloris, s'il s'était contenté, comme Rossini, d'appliquer le plus souvent au hasard et sans réflexion les heureuses facultés naturelles dont il était doué ; mais il avait de plus que le maître italien la patience laborieuse, réfléchie, qui aime à retoucher, à reprendre en sous-œuvre et à ne rien livrer à l'imprévu ; c'est ce qui fait qu'à côté de tout ce qu'il peut y avoir de transitionnel et d'éphémère dans son œuvre, il s'y trouve, et en grand nombre, des beautés qui ne périront pas. Aussi ne peut-on s'empêcher de sourire en voyant certains critiques assurer de bonne foi que le règne de Meyerbeer est déjà passé, et que c'est l'école de Wagner qui l'a tué ; on trouve cette étrange assertion dans Brendel.

Le passage suivant, emprunté à Scudo, fait très-heureusement ressortir quelques traits particuliers du caractère de Meyerbeer, et achèvera de donner une idée complète du génie de ce maître : « Meyerbeer, dit-il, n'est pas seulement un grand compositeur, c'est aussi un tacticien de premier ordre. Il ne livre rien au hasard, qui est pour lui un mot vide de sens, et lorsqu'il se décide à mettre au monde une de ces grandes conceptions dramatiques qu'il a couvées avec tant d'amour, il est à peu près certain que l'existence lui sera douce et glorieuse. Toutes les chances favorables sont annotées par un procédé de calcul des probabilités qui ferait honneur à un Laplace ou à un d'Alembert. Esprit fin, caractère noble, généreux et prudent, plein de fermeté et de condescendance, de foi et d'hésitations, Meyerbeer porte dans ses œuvres ce mélange singulier de tendances et de qualités diverses, de grandes passions et d'effets curieux. Voyez-vous là-bas, dans cette loge éclairée par une lampe mystérieuse, ce petit homme courbé sur une partition manuscrite chargée de ratures et contenant deux et jusqu'à trois formules différentes de la même idée? C'est l'auteur illustre de *Robert le Diable*, des *Huguenots* et du *Prophète*, qui préside à la répétition générale et qui, ainsi qu'un astronome dans sa tour solitaire, observe comment s'élèvera sur l'horizon le nouvel astre de sa pensée [1]. »

En résumé, Meyerbeer, avec ses défauts et ses qualités, est avant tout l'homme de son temps et surtout l'homme de la nation qui l'a adopté. En renonçant à sa patrie allemande, il est entré franchement dans le goût et dans l'esprit français, et si le souffle du réalisme a terni ses œuvres, si une part trop grande y est faite à une sensualité malsaine, la faute en est peut-être moins au compositeur qu'au temps et au milieu dans lesquels il a vécu. Quand toutes les productions de l'art en France obéissent à ces tristes tendances qui le poussent de plus en plus hors du domaine de l'idéal, on ne pouvait espérer que la musique échappât à ces influences. Le nom de Meyerbeer restera malheureusement attaché à cette modification de la musique dramatique en France, parce que, plus qu'aucun des compositeurs contemporains, il l'a poussée dans cette funeste voie; aussi est-il à souhaiter qu'il ne trouve pas d'imitateurs, bien que d'un autre côté on ne puisse raison-

---

[1] Scudo, *L'art ancien et l'art moderne*, page 378.

nablement supposer que l'art retourne jamais à l'idéal et à la sérénité de l'époque de Mozart.

Quant à la tentative faite par Meyerbeer dans le domaine de l'opéra-comique, on ne peut que la considérer comme un funeste précédent, en dépit de l'incontestable valeur de l'*Étoile du Nord* et même du *Pardon de Ploermel;* car le genre de l'opéra-comique ne comporte point ce pompeux et bruyant étalage musical qui ne convient qu'au grand opéra, et si l'exemple donné par Meyerbeer avait été imité par ses successeurs, le sort de l'opéra-comique aurait été gravement compromis.

Avec tout son génie, Meyerbeer ne pouvait faire école, car il n'a rien innové et n'a pas ouvert à l'art de nouvelles voies. On doit donc le considérer comme le plus illustre et, suivant toute probabilité, comme le dernier représentant de l'école de Rossini; car c'est, de tous les compositeurs de cette école, celui qui a porté à sa plus haute puissance la manière du maître.

Après Meyerbeer, vient Halévy, dont les ouvrages occupent encore aujourd'hui une place élevée dans l'estime des contemporains. Né à Paris, de parents israélites, il fit son éducation musicale au Conservatoire, où il remporta le grand prix de Rome, en 1819. Après le voyage d'Italie, il se consacra à la musique dramatique, et écrivit plusieurs ouvrages pour les grands théâtres de Paris. Le *Dilettante d'Avignon,* représenté à l'opéra-comique, en 1829, attira sur lui l'attention du public. Mais son talent n'avait point encore atteint tout son développement, et ce n'est que six ans après, en 1835, qu'il produisit le grand et bel ouvrage qui est encore considéré comme son chef-d'œuvre. La *Juive* est certainement l'un des opéras qui ont jeté le plus d'éclat sur la scène française et qui ont eu en Europe le plus de retentissement. Il appartient à cette phase brillante de l'opéra français qui vit se succéder *Moïse*, la *Muette*, *Guillaume Tell* et *Robert le Diable*, à côté desquels l'œuvre d'Halévy occupe dignement sa place, tant par sa conception grandiose que par la vérité dramatique des caractères, de celui d'Éléazar surtout.

Halévy devint bientôt l'un des deux ou trois compositeurs français les plus recherchés et les plus populaires après Meyerbeer ; mais il va sans dire que dans aucun de ses ouvrages subséquents, malgré l'incontestable mérite du plus grand nombre, il n'a retrouvé la haute inspiration de la *Juive*. Parmi les ouvrages qu'il a écrits, soit pour l'Académie de musique, soit pour l'Opéra-comique, il faut citer comme ses meilleurs la *Reine de Chypre*, *Charles VI*, l'*Éclair*, les *Mousquetaires*, le *Val d'Andorre*, etc. Halévy possède quelques-unes des qualités les plus précieuses du compositeur dramatique, de l'imagination et une habileté consommée dans l'art de traiter les voix et les instruments ; mais dans ses ouvrages se reflètent tour à tour, et comme malgré lui, les qualités brillantes d'Auber et de Meyerbeer ; aussi peut-on dire qu'ils manquent d'originalité. Quoi qu'il en soit, Halévy a toujours occupé une des plus hautes positions parmi les compositeurs français. Comme secrétaire de l'Académie des Beaux-Arts, il a montré qu'il savait manier avec facilité la plume du critique, et s'est fait remarquer par des discours pleins d'aperçus fins et ingénieux.

C'est dans le domaine de l'opéra-comique, genre qui répond le mieux au caractère français, que la liste des compositeurs, qui, dans ces dernières années, se sont partagé la faveur du public, est de beaucoup la plus longue. Le plus populaire, sans comparaison, est Adam (Adolphe), dont la célébrité date du *Postillon de Lonjumeau*, qui fut représenté en 1836 et qui fit le tour des théâtres de l'Europe. Tout le monde connaît ses mélodies légères et faciles, qui ont fourni une si abondante moisson aux arrangeurs de valses et de quadrilles. C'est là sa gloire et son malheur; car on ne peut avoir une bien haute opinion d'un compositeur dont toutes les inspirations se traduisent en airs à danser; et cependant il faut tenir compte de la popularité qu'ont acquise auprès d'un certain public ces bluettes, charmantes dans leur genre et pétillantes d'esprit et de gaîté, qui eurent la vogue de la chansonnette. Toutes les partitions d'Adam ont plus ou moins ce caractère; mais pour le *Chalet*, il faut le classer à part dans les œuvres d'Adam; ce petit opéra est un vrai chef-d'œuvre de grâce et de sentiment.

Quant aux compositeurs encore vivants, et dont les œuvres dramatiques, dans le genre soit du grand opéra, soit de l'opéra-comique, ont joui et jouissent encore de la faveur du public, on ne s'attend pas, sans doute, à en trouver la liste dans un résumé qui ne saurait s'attacher qu'aux individualités saillantes, à celles surtout qui ont montré une certaine originalité. Aussi me contenterai-je de dire ici quelques mots de Gounod et d'Ambroise Thomas, dont les noms sont, sans contredit, plus en évidence, et les ouvrages plus appréciés que ceux de leurs confrères.

Né à Paris, en 1818, et élève du Conservatoire, Charles Gounod remporta à vingt et un ans le prix de Rome; pendant son séjour à la villa Médicis, il étudia curieusement et avec amour les compositions d'église des anciens maîtres de l'école romaine, vers lesquels il se sentait attiré par ses aspirations religieuses. De retour à Paris, il accepta les fonctions de maître de chapelle aux Missions étrangères, revêtit l'habit ecclésiastique, et fut sur le point d'entrer dans les ordres ; il ne renonça à ce projet que sur les instances de ses amis. Dans cette première époque de sa carrière musicale, il écrivit plusieurs compositions religieuses d'une belle facture et d'un style sévère. Son début dans la carrière dramatique date de *Sapho*, opéra en trois actes, qui fut représenté en 1851, et n'eut qu'un succès d'estime. Sa renommée ne remonte pas au delà de *Faust*, qui fut donné au Théâtre-lyrique, en 1859, et dont la popularité n'a fait que croître depuis lors ; en sorte qu'elle dépasse de beaucoup celle de toutes ses œuvres postérieures, même de ses meilleures, telles que *Mireille* et *Roméo et Juliette*. C'est donc l'opéra de *Faust* qu'il est le plus naturel de choisir pour porter un jugement sur Gounod.

On peut se demander d'abord si le sujet de *Faust*, de cette légende si foncièrement germanique, si profondément philosophique, pouvait être traité convenablement par un Français. Pour être de taille à s'essayer à une œuvre pareille, il faudrait être, semble-t-il, un Mozart, un Weber ou tout au moins un Meyerbeer. C'est dire que Gounod, quoique mieux qualifié que bien d'autres, ne pouvait en saisir que certains côtés ; et, en effet, s'il a réussi à donner au personnage de Marguerite un relief intéressant, s'il a su peindre, avec un grand charme, et les troubles secrets du cœur de l'amante de Faust et les scènes d'amour, s'il a eu d'heureuses inspirations en maint autre endroit de ce drame, il n'a su donner aucun caractère, aucune originalité à la figure principale, je veux dire à ce Méphistophélès si admirablement buriné par Gœthe, et que Meyerbeer avait sans doute dans l'esprit quand il créa son Bertram ; le docteur Faust lui-même n'apparaît que

comme un amoureux ordinaire; si bien qu'il manque précisément à cet opéra ce qui donne à l'œuvre du poëte sa
haute valeur et son cachet d'originalité. C'est, du reste,
s'il faut en croire les critiques les plus autorisés, le sort
qui attend presque infailliblement tous les essais faits ou à
faire pour mettre en musique les grandes œuvres littéraires que des écrivains de génie ont marquées de leur sceau.
Voilà la part de la critique ; celle de l'éloge reste encore
belle cependant, et la popularité croissante du *Faust* de
Gounod, bien qu'on puisse à un certain point de vue en
contester la légitimité, prouve assez qu'il s'y trouve de
solides qualités, et que c'est une œuvre sérieuse. Nous
avons dit qu'on ne peut contester à Gounod une certaine
originalité. Pour comprendre en quoi elle consiste, il faut
se rappeler que l'auteur de *Faust* a fait de fortes études,
et s'est initié au style sévère des anciens maîtres ; c'est là
ce qui donne à tout ce qu'il écrit une valeur intrinsèque,
indépendante des caprices de la mode. En outre, il a quelque chose du génie allemand ; et c'est, bien certainement,
celui de tous les compositeurs français, Berlioz excepté,
qui est le plus entré dans le point de vue des musiciens
allemands de l'école de Beethoven, sans toutefois donner
dans leurs écarts, et en conservant le goût distingué, l'ex-
quise élégance et la tendance vers l'idéal, qui sont les plus
précieuses qualités de son talent.

Ainsi s'explique le style nouveau que Gounod a appliqué
à ses opéras, et dont l'un des traits caractéristiques est
de donner à l'accompagnement instrumental le principal
rôle, en restreignant au plus strict nécessaire les développements de l'idée mélodique : il se trouve ainsi que les airs
ne sont souvent que des espèces de récitatifs obligés, dont
les différents membres ne sont liés les uns aux autres que

grâce à l'accompagnement. Cette nouvelle manière d'écrire, qui offre une certaine analogie avec celle de Richard Wagner, et qui n'est au fond que le style instrumental appliqué à la musique vocale, donne lieu quelquefois à des effets piquants, mais aussi à des longueurs et à une certaine monotonie; heureusement que, chez Gounod, grâce à des morceaux d'ensemble d'un grand effet, et à des chœurs d'une facture large et vigoureuse et d'un rhythme entraînant, grâce encore à une orchestration toujours intéressante, les inconvénients de cette monotonie se font à peine sentir.

Ambroise Thomas n'a point, tant s'en faut, l'originalité de Gounod, bien qu'il y ait entre eux certaines affinités. Élève d'Auber auquel il a succédé dans la direction du Conservatoire, et son plus digne héritier, il n'a pas cessé de se rattacher aux traditions de l'école française, tout en accueillant, dans une discrète mesure, les nouveautés romantiques venues d'outre-Rhin. Talent facile, souple, élégant, ingénieux, mais sans grande envergure, il est plus à l'aise dans la peinture des sentiments tendres et délicats, et dans les sujets de demi-caractère, que dans les situations pathétiques, qui demandent un certain déploiement de force et de grandeur. Grâce à un nombre assez respectable d'œuvres toutes favorablement accueillies, il a réussi à se faire, soit parmi les compositeurs français contemporains, soit dans l'estime publique, une place élevée et que personne n'a jamais songé à lui contester. Dans ces dernières années, il a cherché à élargir son style, et a donné à l'Académie de musique un grand opéra dont le sujet est emprunté à l'une des plus grandioses conceptions de Shakspeare. Mais cette tentative n'a eu qu'un succès d'estime; l'opéra d'*Hamlet* n'a rien ajouté à la gloire du

compositeur, et n'a pu faire oublier certains opéras plus
anciens, tels que le *Songe d'une nuit d'été* et le *Caïd*, qui
ont conservé toute leur valeur, et qui donnent, mieux que
d'autres, la vraie mesure du talent d'A. Thomas.

Par suite de ses tendances germaniques, Gounod, comme
nous venons de le voir, occupe une place à part parmi les
compositeurs français qui tous, plus ou moins, peuvent
être considérés comme les élèves d'Auber et de Rossini.
Il forme ainsi une transition toute naturelle à l'école romantique qui s'est formée en France beaucoup plus tard
qu'en Allemagne, puisqu'elle ne remonte guère au delà de
la révolution de Juillet. A l'exemple des écrivains romantiques rangés sous la bannière de Victor Hugo, les musiciens de cette école ont commencé, eux aussi, par déclarer la guerre aux règles, dans lesquelles ils ne voyaient
que des barrières propres à emprisonner le génie, et par
revendiquer pour le compositeur liberté entière de ne plus
obéir qu'aux caprices de son imagination ; et, pleins d'une
foi naïve dans leur mission, ces hardis apôtres se sont mis
à la recherche d'un nouveau monde musical. Nous verrons
que les résultats obtenus par ces novateurs n'ont pas été
proportionnés à leurs prétentions un peu bruyantes. Mais
le mouvement romantique ne mérite pas moins l'attention
de l'historien, car, outre qu'il est un des signes des temps,
il a laissé des traces dont il est juste de tenir compte.

Le coryphée de cette école est Berlioz qui, après avoir
eu à lutter pendant de longues années contre les obstacles
et les résistances de toute nature qu'il rencontra sur son
chemin, après s'être vu forcé d'aller demander à l'Allemagne l'appui et la sympathie qu'on lui refusait dans sa patrie, finit, à force de persévérance et de ténacité, par se faire
accepter en France : il a même vu, sur la fin de sa car-

rière, les portes de l'Institut s'ouvrir pour lui, distinction qui équivaut à une espèce de réhabilitation, mais qui ne pouvait fermer la bouche à ses détracteurs, et encore moins donner raison aux idées dont il s'était fait l'apôtre.

Berlioz (Hector) naquit en 1803, dans une petite ville (Côte St-André) du département de l'Isère. Son père voulait en faire un médecin, mais le jeune homme ne se sentait aucun goût pour cette profession. Il avait décidé à part lui qu'il serait musicien, et il persista dans sa détermination, en dépit des représentations et des menaces de son père qui finit par lui retirer la pension qui le faisait vivre à Paris, et qui lui avait permis de suivre les cours du Conservatoire. Berlioz chercha alors des leçons, et obtint à force de sollicitations une misérable place de choriste dans un des petits théâtres de Paris.

Tourmenté par le démon de l'inspiration, il écrit déjà alors un opéra, les *Francs-Juges*, dont l'ouverture seule est restée, et quelques compositions instrumentales qu'il fit entendre dans un concert. Un échec complet, provoqué autant par la bizarrerie de son style que par la mauvaise volonté des exécutants, fut le résultat de ce premier appel au jugement du public. Mais Berlioz ne se rebuta point, et sans songer à faire de son art une étude plus sérieuse, il se remit avec une nouvelle ardeur à la composition. Enfin, en 1830, au bruit du canon de Juillet, il entre en loge, et écrit la cantate officielle (*Sardanapale*) qui, malgré l'étrangeté du style, lui vaut le premier prix et, par conséquent, le voyage d'Italie. Mais dans les dispositions où il se trouvait, avec son dédain des règles et des maîtres, et le cœur tout plein d'une passion romanesque, un séjour en Italie ne pouvait être pour lui d'aucune utilité. Il en revint comme il y était allé, aussi entier dans ses idées, et aussi résolu que jamais à éviter les routes battues et à faire son chemin tout seul. A Paris, il fait exécuter sa *Symphonie fantastique*, et, quelque temps après, il est chargé d'écrire une messe de *Requiem* pour le service mortuaire célébré, aux Invalides, en mémoire des soldats morts à l'assaut de Constantine. Cette musique grandiose, mais bruyante à l'excès, provoque l'étonnement plus que l'admiration ; toutefois sa réputation s'établit, plus peut-être par les critiques et les sarcasmes que par les louanges qu'il recueille. Berlioz, de son côté, ne reste pas muet : il prend la plume du feuilletoniste, et répond à ses détracteurs avec une verve railleuse qui l'entraîne souvent au delà du but et lui fait plus d'ennemis que de partisans. Enfin, il réussit à se faire ouvrir les portes de l'Opéra : il y fait jouer *Benvenuto Cellini* qui éprouve un fiasco complet ; mais Berlioz trouve une compensation à cet échec dans le suffrage de Paganini qui lui témoigne sa satisfaction par un généreux et royal cadeau de vingt mille francs.

Berlioz continue à travailler avec une espèce de rage ; il lutte avec un courage indomptable, et qu'on ne peut s'empêcher d'admirer, contre les cabales organisées contre lui. Il écrit *Roméo et Juliette*, espèce de drame avec musique qu'il intitule *Symphonie dramatique, vocale et instrumentale*; il écrit encore une *Symphonie funèbre et triomphale*, organise des festivals ou concerts monstres pour lesquels il réunit des musiciens par centaines. Mais il a beau faire : tous ses efforts n'aboutissent point à cette popularité dont il a soif. Il recueille les applaudissements enthousiastes des jeunes gens des écoles, et des artistes chevelus qui lui font cortége ; mais la masse du public reste évidemment froide et indifférente.

Berlioz se décide alors à quitter la France et à en appeler à l'Allemagne, où il espère trouver plus de sympathie et qu'il parcourt dans tous les sens (1841), donnant des concerts dans toutes les villes où il peut réunir un nombre de musiciens suffisant pour exécuter ses compositions. Ce premier voyage n'eut cependant point le succès qu'il en avait espéré. Brendel, qui plus tard devint un partisan déclaré de Berlioz, cherche à atténuer cette espèce d'échec, en énumérant plusieurs raisons qui, en dehors de la question de talent et de mérite du compositeur, lui firent du tort dans l'esprit des Allemands. Comme, à l'exception de ce qui concerne son ignorance de la langue allemande, ces raisons ne sont au fond que les défauts dont les adversaires de Berlioz lui ont sans cesse fait un reproche, il vaut la peine de les rappeler ici. C'était, en premier lieu, la trop grande masse d'instruments dont il composait son orchestre, et sa prétention à y ajouter plusieurs instruments qui ne se trouvent point dans l'orchestre de Beethoven ; c'était, en second lieu, la manie du compositeur français de rechercher les effets de musique imitative, ce qui en faisait comme le singe ou la caricature de son maître ; c'étaient enfin ses programmes prétentieux et rédigés avec tout le charlatanisme de la réclame la plus impudente.

Plus tard, Berlioz reprit ses pérégrinations à travers l'Europe, visita la Russie et l'Angleterre, et repassa à plusieurs reprises par l'Allemagne où l'on commença alors à apprécier ses compositions et ses talents de chef d'orchestre. Il avait dans ce dernier pays un de ses plus fervents admirateurs, Liszt, qui, établi à Weimar où il dirigeait la chapelle du duc, invita Berlioz à se rendre auprès de lui, et organisa plusieurs grands concerts spécialement destinés à faire connaître ses compositions. C'est à cette òccasion que Brendel se laissa gagner à la musique de Berlioz et devint un de ses adeptes. Le récit qu'il a publié de ses impressions est intéressant à consulter parce qu'il indique le point de vue allemand dans l'appréciation des œuvres de ce compositeur. «A mesure, dit-il, que j'ai fait plus ample connaissance avec les ouvrages de Berlioz, ils ont gagné dans mon opinion en grandeur et en importance. J'ai trouvé dans ce compositeur une richesse d'imagination à laquelle j'étais loin de m'attendre. Dans un concert donné à Weimar, et dans lequel furent exécutées la trilogie l'*Enfance du Christ*, la *Symphonie fantastique* et la nouvelle suite à cette symphonie, intitulée le *Retour à la vie*, monodrame avec orchestre, solos et chœur, je fus frappé d'une si grande richesse des sentiments les plus variés, d'une si grande puissance de faculté créatrice, d'une telle profondeur de poésie, que je regarde Berlioz comme l'un des premiers parmi les modernes. »

A côté de cette critique toute louangeuse, Brendel fait la part de certains défauts qu'il met sans doute de l'impartialité à reconnaître, mais pour lesquels il semble montrer trop d'indulgence : «D'un autre côté, ajoute-t-il, je me suis convaincu qu'il ne faut pas chercher dans les ouvrages de Berlioz l'unité et la plénitude de la forme. Il n'a que bien rarement écrit des morceaux entiers, organiques dans le sens allemand : on ne pouvait l'attendre de son esprit français. » Brendel reconnaît que ce défaut vient de ce que Berlioz pousse trop loin le principe de l'imitation dans la musique purement instrumentale, principe qui, suivant le critique allemand, est la condition du progrès dans cette sphère de la musique, et la conséquence nécessaire de la direction imprimée à l'art, mais qui se fausse dès que le compositeur ne sait pas rat-

Et pour arriver à peindre ainsi, au moyen des sons, tant de situations et de scènes, dans la plupart desquelles la musique n'a rien à voir, Berlioz, qui est sans contredit l'un des compositeurs les plus dépourvus d'idées mélodiques, a recours à tous les procédés si perfectionnés de l'instrumentation; il a trouvé ainsi, on ne saurait le nier, d'heureuses et piquantes combinaisons de timbres et de rhythmes; mais ces combinaisons, il les emploie rarement à propos et presque toujours sans discernement. Mais son procédé de prédilection, celui dont il a peut-être le plus abusé et qu'on lui a reproché le plus souvent et avec le plus de raison, c'est le tapage instrumental. L'effet musical obtenu par l'intensité du son est le plus faux et le plus absurde des principes; il est certain, en effet, que la plus triviale des mélodies, chantée ou jouée par quelques centaines de voix ou d'instruments, produira autant d'effet, si ce n'est plus, que la plus belle et la plus noble; d'ailleurs, ces effets de sonorité, qui ont déjà des bornes dans l'heureuse faiblesse de nos organes, ne sont point en proportion des masses musicales employées; l'une des meilleures preuves, c'est le concert monstre que Berlioz eut l'idée de donner dans le bâtiment de l'Exposition de l'Industrie; chacun put alors constater que l'effet de ces milliers d'exécutants dont se composaient l'orchestre et les chœurs fut complétement nul, et que c'est à peine si les auditeurs les plus rapprochés purent entendre quelque chose.

Quant à ce qui concerne la nature de la forme musicale créée par Berlioz, il faut, pour s'en rendre compte, examiner la position particulière dans laquelle il s'est trouvé placé. Obligé de renoncer à la carrière dramatique par l'échec de son *Benvenuto Cellini*, et ne trouvant plus rien à glaner dans le champ de la symphonie épuisé par Beethoven, comme il ne se sentait probablement pas de force à élever autel contre autel, en inventant, à l'exemple de Wagner, une nouvelle forme d'opéra, il ne lui restait d'autre alternative que de s'essayer dans un genre intermédiaire entre l'opéra, le mélodrame et la symphonie. Ses compositions offrent, en effet, un mélange de parties vocales et de morceaux purement symphoniques, et dans leur forme mal arrêtée, mal définie, elles semblent n'être, comme le dit fort bien Brendel, que le résultat d'un besoin vague de sortir de l'ornière commune. Leur grand défaut, nous l'avons vu, c'est de manquer d'unité; ce ne sont que des scènes variées contrastantes, mises bout à bout et sans grand effort d'imagination, par le poëte musicien, pour servir de cadres à ses tableaux musicaux, dont la vérité de couleur locale fait tout le mérite.

Le dernier ouvrage de Berlioz, l'*Enfance du Christ*, a rencontré un accueil plus favorable et des dispositions plus bienveillantes dans le public. Mais il est difficile de croire que les Parisiens aient pris la peine de juger cette œuvre comme elle devait être jugée, c'est-à-dire comme une composition religieuse; ils auront sans aucun doute été plus frappés du contraste des situations, et du coloris pittoresque que le compositeur a su lui donner, que du sentiment, je ne dirai pas chrétien, mais religieux, qui ne s'y trouve guère. En effet, on est généralement plus touché en France par le côté poétique et légendaire du christianisme que par son côté divin ou moral. Quoi qu'il en soit, c'est à cette nouvelle production, qui donnait moins de prise à la critique, que Berlioz dût son admission à l'Institut. On pouvait alors se demander si cette nouvelle phase de son existence serait marquée par quelque modification dans son style, et si la société de ses nouveaux collègues aurait pour effet de tempérer un peu la fougue de son imagination. Mais l'attente du public a été trompée; car, soit fatigue physique, soit découragement, Berlioz n'a plus rien produit depuis lors qui ait attiré l'attention, et lorsqu'il mourut, en 1869, le bruit qui s'était fait autour de son nom avait fait place depuis assez longtemps à un silence qui avait bien l'air d'être de l'oubli. Malgré tous ses écarts, Berlioz est cependant une personnalité intéressante; il est, dans le domaine musical, le représentant d'une phase bien caractérisée du développement de la littérature et de l'esprit français, j'entends de l'époque romantique, qui a entraîné l'art français dans le réalisme.

Comme on pouvait le présumer, Berlioz a fait école; il a eu en France quelques imitateurs, parmi lesquels il faut citer en première ligne Félicien David, qui s'est fait connaître par une ode-symphonie, le *Désert*, composition dont l'idée lui fut inspirée par un voyage en Orient d'où il rapporta quelques mélodies originales qui lui parurent propres à charmer les oreilles parisiennes; la vogue était alors à l'Orient. Cet ouvrage qui, pour la forme, a beaucoup de rapport avec ceux de Berlioz, et qui est entremêlé de chant, de morceaux symphoniques et de déclamation, dut son immense et rapide succès à la vérité de la couleur locale. Le compositeur avait réussi à mettre, pour ainsi dire, sous les yeux de ses auditeurs les différents épisodes de la marche d'une caravane à travers le désert, en reproduisant soigneusement tout ce qui donnait à son œuvre une couleur orientale, et jusqu'au chant nasillard du muezzim jetant aux quatre points de l'horizon sa monotone prière.

Il n'en fallait pas tant pour enchanter un auditoire non

prévenu; d'autant plus qu'il y avait un véritable mérite
dans cette composition, et que le charme mélancolique des
mélodies, aussi bien que la piquante nouveauté et l'élégance des effets d'instrumentation, ne pouvait manquer
d'enlever tous les suffrages. Aussi le nom de Félicien David fit-il rapidement le tour de l'Europe: un grand génie,
disait-on, venait d'apparaître au monde, et on s'empressait
déjà de le placer à côté, si ce n'est même au-dessus de
Beethoven. On ne tarda cependant pas à s'apercevoir
qu'on avait été trop loin, et que Félicien David n'était
qu'un musicien ingénieux et agréable, qui avait eu à un
moment donné une heureuse inspiration, mais dont le génie de courte haleine s'était épuisé à ce premier effort.
Cette conclusion découlait tout naturellement de l'inferio-
rité évidente, je dirai même de la faiblesse des compositions du même genre qui succédèrent au *Désert*. *Moïse* a
fait, dès son apparition, une chute éclatante, et l'ode-symphonie *Christophe Colomb*, sur laquelle les amis de Félicien David comptaient pour le relever dans l'opinion publique, n'a point tenu tout ce qu'on en espérait. Si on y
retrouve, à la vérité, la plupart des qualités qui avaient
fait le succès du *Désert*, elles y sont amoindries par l'effet
de leur dispersion dans un cadre trop vaste pour le talent
du compositeur.

Découragé par ces deux échecs successifs, Félicien
David a voulu aborder la scène, pour laquelle son talent
gracieux et tout lyrique ne semblait point fait; aussi la
Perle du Brésil, jouée en 1851, malgré un grand luxe
de mise en scène, n'a pu se soutenir longtemps au répertoire. Il a cependant été plus heureux dans deux autres
opéras qui ont paru plus tard, *Herculanum* et *Lalla
Roukh*. Le premier de ces deux ouvrages a même valu à

son auteur un prix de vingt mille francs qui lui fut dé-
cerné par l'Institut. Évidemment Félicien David avait
cherché et réussi à modifier son style, et grâce à certaines qualités précieuses de son talent, il avait rencontré le
succès sans recourir aux excentricités qui ne sont guère
de mise dans la musique dramatique. Toutefois, Félicien
David n'est point un musicien de génie ; c'est plutôt,
comme a dit Scudo, « une imagination rêveuse, un poëte
élégiaque qui rencontre des accents délicieux, une âme
douce et indolente qui se complaît dans la contemplation
de la nature heureuse, dont il sait rendre les soupirs et les
mystérieuses harmonies. »

Il a composé aussi des œuvres instrumentales conçues
dans les anciennes formes et dont on vante généralement
la fraîcheur mélodique. Voilà donc l'un de ces novateurs,
autrefois impatient de toute règle, revenu sur la voie qu'il
avait quittée pour se jeter à l'aventure dans le domaine de
la libre fantaisie. C'est là un fait caractéristique et l'un
des indices de la réaction qui semble s'opérer peu à peu
dans les esprits. Au surplus, on peut dire que le romantisme en musique a eu le même sort que le romantisme en
littérature. Après avoir joui de quelques années de vogue,
il s'est discrédité par les exagérations des disciples de ceux
qui étaient à la tête du mouvement, et le public, après s'ê-
tre laissé momentanément entraîner par les explosions d'un
enthousiasme un peu factice, a fini par comprendre qu'il
avait fait fausse route, et les compositeurs sensés, se
voyant ainsi abandonnés à eux-mêmes, sont revenus à des
théories plus saines.

Pendant quelque temps on avait pu croire que les tentatives de Berlioz et de Félicien David allaient ramener en
France le goût de la musique instrumentale. Plusieurs com-

positeurs étaient entrés dans cette voie, et leurs premiers
essais avaient eu des résultats de nature à les encourager;
mais les espérances qu'on avait eues un moment ne se
réalisèrent point, et le public français revint avec plus de
ferveur que jamais à la musique d'opéra. Le régime impérial ne pouvait qu'encourager ces tendances, et son influence énervante, délétère, s'est fait sentir sur la musique
comme sur tout le reste; c'est à lui en particulier qu'il
faut attribuer la création des Bouffes-parisiens, théâtre
dont ce qu'on appelle le demi-monde fit la fortune, et qui
a mis un peu partout à la mode ces pièces d'une honnêteté
plus que douteuse, connues sous le nom d'*opérettes*, qui ont
donné une triste célébrité à leur inventeur Offenbach, et
où la musique est ravalée au rôle le plus indigne. Rien ne
démontre mieux la décadence du goût, et la démoralisation
qui, depuis l'Empire, a atteint presque toutes les classes
de la société, que la vogue de ce produit malsain de la littérature et de l'art. N'oublions pas, cependant, qu'à côté
de ce public frivole qui court encore aux opérettes d'Offenbach, il y a, dans la capitale de la France, à côté du Conservatoire de musique, plusieurs sociétés qui se sont donné
pour tâche de ne faire entendre que des œuvres classiques, et que les concerts qu'elles donnent chaque hiver
trouvent encore et ont toujours trouvé un public d'élite
empressé à témoigner son admiration pour les chefs-d'œuvre des maîtres. On peut encore signaler comme un fait
réjouissant le grand nombre de sociétés de chant qui, sous
le nom d'orphéons, se sont formées en France dans ces
dernières années, et qui tendent à faire pénétrer de plus
en plus le goût de la musique dans toutes les classes de la
société.

Il faudrait enfin, pour compléter ce tableau de l'état

actuel de la musique en France, y faire entrer tous les
virtuoses qui ont brillé dans ces derniers temps, et qui,
presque tous, ont écrit des compositions pour leur instrument. Mais une pareille tâche est de nature à effrayer les
plus hardis ; car que dire de la foule innombrable de ces
compositions de toute espèce que, sous les noms de *fantaisie, caprice, impromptu, bagatelle, rêverie*, etc., chaque
jour voit éclore, que les amateurs, pianistes ou instrumentistes, s'arrachent, mais sur lesquelles il en est bien
peu qui survivent à une vogue de quelques mois et à la
courte popularité de leurs auteurs ? Il y a cependant quelques exceptions à faire ; et il y aurait de l'injustice à confondre dans le nombre de ces enfants gâtés du public, des
virtuoses compositeurs tels que Baillot, Bériot, Ernst et
Vieuxtemps pour le violon, Franchomme et Servais pour
le violoncelle, Liszt, Thalberg, Döhler, S. Heller et quelques autres encore, pour le piano. Mais il est, parmi les
pianistes contemporains, un nom à côté duquel on ne saurait passer sans lui accorder la mention à laquelle lui
donne droit la place tout à fait à part qu'il s'est faite :
c'est Chopin. Polonais de naissance, et exilé de sa patrie
par suite des événements politiques, il vécut constamment
à Paris, mais dans une retraite presque absolue, dont son
excessive timidité, sa constitution frêle et délicate, sa nature de sensitive lui avaient fait une nécessité : ses œuvres
nombreuses pour le piano sont, comme pour Beethoven,
les feuillets du journal de son âme : toutes portent l'empreinte de la mélancolie de l'exil, et il y règne une profondeur de pensée dont il n'est pas toujours facile de pénétrer le sens ; aussi y faut-il une véritable initiation.

CHAPITRE XVIII

La musique contemporaine en Italie : **Bellini. Donizetti. Verdi** : caractère particulier et influence de ses opéras. — La musique contemporaine en Allemagne : **Mendelssohn**, ses œuvres et son influence.
Niels Gade. La nouvelle école romantique : **R.¹ Schumann. Richard
Wagner**, réformateur de l'opéra; exposition de son système. — Des
deux tendances entre lesquelles se partagent les compositeurs contemporains. — Conclusion.

La période contemporaine de la musique italienne se
résume tout entière dans trois noms : Bellini, Donizetti et
Verdi. Quoiqu'ils appartiennent tous trois également à l'é-
cole de Rossini, chacun de ces compositeurs a cependant
une physionomie assez distincte.

Bellini, né à Catane en Sicile, en 1802, étudia au
Conservatoire de Naples ; mais ce que ses maîtres lui apprirent devait se réduire à peu de chose, par suite de la
décadence dans laquelle nous avons vu que l'enseignement
et les études musicales étaient tombés partout en Italie
et surtout à Naples. Après y avoir débuté dans la carrière
dramatique, il fut appelé à Milan, où il composa le *Pirata*
pour le Grand-Théâtre. Le succès qu'eut cet opéra fut dû
en grande partie à l'illustre chanteur Rubini, pour qui le
principal rôle avait été écrit, et dont la renommée devait
être désormais indissolublement liée à celle du compositeur. Bellini donna encore dans la même ville la *Straniera*
et la *Sonnambula*. Ce dernier ouvrage écrit pour Rubini et
la Pasta, et représenté pour la première fois en 1831,
excita les plus vifs transports. Heureux de tant de succès

faciles, Bellini essaya alors d'agrandir son style, et écrivit la *Norma*, qui fut la dernière création de la Pasta, et *Beatrice di Tenda*. Puis il vint à Paris, où le Théâtre-italien possédait ces quatre admirables chanteurs, la Grisi, Rubini, Tamburini et Lablache, qui en ont fait la fortune pendant tant d'années. Il écrivit pour eux les *Puritani*, en 1835, et mourut peu de mois après la première représentation de cet ouvrage.

Le génie de Bellini était éminemment élégiaque, et c'est ce caractère qui, en pénétrant tous ses ouvrages, leur donne, à défaut de mérite dramatique, le charme particulier que l'on y trouve. Dans la première période de sa carrière, Bellini s'était laissé aller au courant de son génie, et avait écrit d'inspiration et sans intention dramatique lse mélodies tendres et expressives qui jaillissaient spontanément de son âme. C'était alors plutôt un musicien d'instinct, et le succès qui accueillit ses premiers ouvrages doit être attribué précisément à ce style simple et expressif qui contrastait avec l'éclat et les brillantes qualités de Rossini.

A Paris, Bellini étudia sérieusement le goût du public, et l'influence de la musique française se fit sentir d'une manière évidente dans les *Puritani ;* cet opéra se distingue en effet par une plus grande variété de teintes, par une instrumentation plus élégante et plus travaillée et par des formes plus développées. Aussi donna-t-elle de grandes et légitimes espérances à ceux qui s'intéressaient à cet aimable compositeur, et qui suivaient la marche toujours ascendante de son génie. Il est toutefois permis de se demander si, en persistant dans cette voie où Bellini ne s'était engagé qu'en faisant violence à sa nature qui le portait de préférence vers les sujets tendres, il aurait conquis une place plus élevée que celle qu'il s'est faite par ses premiers ouvrages, par la *Sonnambula* surtout, dans laquelle il a versé à flots ces douces et ravissantes cantilènes qui, dans leur accompagnement simple et même souvent banal, nous charment et nous émeuvent plus que les grands airs de bravoure rehaussés par toutes les forces de l'orchestre; aussi cet opéra, dans lequel il a mis toute son âme et qui reflète d'une manière si complète son individualité, est-il probablement destiné à vivre plus que tous ses autres ouvrages.

Donizetti (Gaetano) naquit à Bergame, la patrie de Rubini, en 1798. Il y fit ses premières études musicales dans le lycée que dirigeait Mayr, compositeur dramatique assez célèbre alors, qui initia le jeune adepte aux premiers secrets de la composition. Donizetti se rendit ensuite à Bologne, où, sous l'influence du père Mattei, se conservaient les débris des traditions classiques. Les études sérieuses auxquelles il se livra, et la lecture assidue qu'il fit des ouvrages des anciens maîtres le portèrent tout naturellement vers la musique d'église et de chambre; aussi ses premières compositions furent-elles des messes, des motets, des ouvertures et quatuors. Mais bientôt la célébrité de Rossini et sa bruyante popularité vinrent arrêter Donizetti dans cette voie; l'ambition entra dans son jeune cœur, et bientôt on le vit abandonner le contre-point et la fugue pour courir après les applaudissements que le public italien n'accordait qu'aux compositeurs dramatiques. Après avoir parcouru l'Italie et visité tous les théâtres, il comprit qu'il n'avait de chances de succès qu'à condition de renoncer complétement au style sévère qu'il s'était rendu familier, et d'entrer franchement dans la manière de Rossini.

Cette transformation lui fut facile, et ses premiers débuts dans la carrière dramatique furent accueillis avec toute la faveur qu'il pouvait espérer. Sa facilité prodigieuse de composition, facilité dont malheureusement il abusa souvent, lui permit de produire coup sur coup un grand nombre d'ouvrages qui furent successivement représentés sur les principaux théâtres d'Italie, et dont il n'est guère resté que l'*Elissir d'amore*. Son nom ne commença à devenir célèbre hors de l'Italie qu'à partir d'*Anna Bolena*, qu'il écrivit en 1831, à Milan, et qui balança presque la sensation produite tout récemment sur le même théâtre par la *Sonnambula* de Bellini. C'est aussi dans cette même ville qu'il donna sa *Lucrezia Borgia*.

En 1835, Donizetti vint à Paris, et s'y trouva encore une fois en présence de Bellini qui jouissait alors de toute la faveur des habitués du Théâtre-italien; c'est en partie à cette circonstance qu'on peut attribuer le peu de succès de son *Marino Faliero*. Il retourna alors en Italie, et écrivit à Naples, pour la Persiani et Duprez, *Lucia di Lammermoor*. Écrite dans une de ces heures suprêmes d'inspiration qui ne viennent que rarement dans la vie d'un artiste, cette partition restera comme l'une des plus belles productions de l'opéra moderne italien. Donizetti séjourna plusieurs années à Naples; puis il se décida à retourner à Paris, où il se sentait invinciblement attiré comme vers le foyer de toute lumière, vers l'aréopage auguste dont les décisions dispensent la renommée. Il y arriva en 1840 avec trois ouvrages : la *Figlia del Reggimento*, les *Martyrs* et la *Favorite*; c'est par ces deux derniers qu'il débuta sur la scène française. Il écrivit ensuite *Linda di Chamonix* pour le Théâtre-impérial de Vienne, *Don Pasquale* pour le Théâtre-italien de Paris, et enfin

Don Sébastien, qui lui fut commandé à l'improviste dans un moment où l'administration de l'Opéra se trouvait dans l'embarras, et qui n'eut pas plus de succès que les *Martyrs.* Depuis lors, la santé de Donizetti déclina rapidement; ses facultés intellectuelles s'altérèrent, et il tomba enfin dans un état d'aliénation mentale qui dura jusqu'à sa mort (1848).

Ce que je viens de dire des circonstances qui déterminèrent son entrée dans la carrière dramatique indiquent assez que, dans les ouvrages de Donizetti, tout se résume en une imitation de Rossini, imitation presque servile pendant la première période de sa vie et jusqu'à l'apparition d'*Anna Bolena,* imitation judicieuse, raisonnée, dans la seconde, et laissant place au talent individuel et à la personnalité distinguée du compositeur. Sa facilité de composition, avons-nous dit, était prodigieuse : on peut en citer pour preuve sa charmante partition de *Don Pasquale* écrite pour Lablache, qui s'y montra admirable de verve bouffonne ; elle ne coûta à Donizetti que huit jours de travail; c'est ce qui lui fit dire plaisamment en entendant raconter que Rossini n'avait mis que treize jours à écrire le *Barbier* : « Cela ne m'étonne pas; il est si paresseux. » Fétis assure qu'on a vu souvent Donizetti instrumenter toute une partition d'opéra en trente heures, temps à peine suffisant pour l'écriture matérielle, nonobstant les abréviations usitées en Italie.

Le dernier des compositeurs italiens dont nous avons à nous occuper est Verdi, qui est aujourd'hui en possession d'une renommée bien autrement retentissante que celle de ses prédécesseurs, mais à laquelle il est arrivé par des moyens si différents, et d'une nature en apparence si antipathique au goût italien, que la popularité dont il jouit auprès de ses compatriotes ne peut s'expliquer que par une modification profonde dans les conditions de l'art musical en Italie.

Né en 1814, dans un petit village du duché de Parme, Verdi fit ses études, on ne sait comment, à la grâce de Dieu, s'il est vrai qu'il n'eut pour maître de musique qu'un vieil oncle, curé de village, qui l'exerçait, tout enfant, à chercher des accords sur l'orgue de son église. Le premier ouvrage qui l'a fait connaître est *Nabucco*, qui fut représenté à Milan avec un très-grand succès. Depuis lors, les théâtres de la péninsule se sont arraché toutes les productions dramatiques du maestro, qui n'ont pas tardé à être transportées sur la scène du Théâtre-italien de Paris, et jouées avec des succès divers, mais suffisants pour acclimater peu à peu en France le nom de Verdi. Bientôt l'Académie de musique lui ouvrit ses portes, et après avoir fait traduire et représenter en français ses *Lombardi* sous le nom de *Jérusalem*, elle lui fournit le libretto des *Vêpres siciliennes* qui défrayèrent exclusivement son répertoire pendant toute la durée de la grande exposition de 1855. Plus tard, enfin, l'administration de ce théâtre s'empara, malgré l'opposition de l'auteur, de ses derniers opéras, le *Trovatore*, la *Traviata* et *Rigoletto*, qui avaient une très-grande vogue en Italie, et dont le premier avait été fort applaudi au Théâtre-italien de Paris, et les fit représenter sur la scène française. A l'heure qu'il est, l'étoile de Verdi est encore dans tout son éclat, et ses opéras plus récents, tels que *Un ballo in maschera*, la *Forza del destino, Don Carlos* et enfin *Aïda*, le dernier en date, comptent parmi les œuvres dramatiques les plus courues, non-seulement en Italie, mais en France, en Angleterre, en Russie et même en Allemagne. On sait, en outre, que c'est Verdi qui a écrit la messe de *Requiem* exécutée aux magnifiques funérailles que Milan a faites au poëte-romancier Manzoni. Cette composition a été beaucoup vantée ; on assure, et il n'y a pas de raison d'en douter, qu'elle a produit un très-grand effet.

Verdi est l'antipode de Bellini : comme Meyerbeer, avec lequel il a bien des analogies, il ne se complaît que dans les situations fortement dramatiques. Dépourvu de cette délicatesse de goût qui calcule les effets, et ignorant l'art de préparer et d'amener par des gradations convenables l'explosion des passions, il lui fallait des sujets qui saisissent, qui entraînent et captivent l'esprit de la foule, des sujets pleins de situations violentes et d'un pathétique poussé jusqu'à l'excès. Il trouva tout cela dans le drame moderne tel que l'avaient créé Victor Hugo et son école, et il s'empara hardiment de ce domaine. Aussi pourrait-on l'appeler le Victor Hugo de la musique ; on trouve, en effet, dans ses opéras les mêmes brillantes qualités, mais aussi les mêmes exagérations, les mêmes contrastes heurtés, le même style tendu, que dans les drames de l'illustre chef de l'école romantique. N'étant point assez maître du mécanisme de son art pour développer logiquement ses idées mélodiques, il est obligé de brusquer les effets dont il a le sentiment, et de frapper fort, sans s'inquiéter s'il frappe juste. De là ces phrases écourtées et brisées, ces unissons assourdissants, ces *strette* violentes qui ne sont que l'explosion d'une idée que le musicien n'a pas su préparer. Grâce à des rhythmes très-fortement accentués, et aux brusques transitions des nuances de sonorité les plus délicates aux fortissimos les plus formidables, ces effets, ou pour mieux dire, ces procédés d'expression ne sauraient manquer de faire sur les auditeurs une très-forte impression ; mais ils finissent vite par fatiguer, parce que l'instrumentation, quoique bruyante et souvent prétentieuse, est assez pauvre au fond et ne relève pas suffisamment la valeur du dessin mélodique.

A vrai dire, ces défauts qui n'en sont pas pour bien des gens, peut-être même pour la grande masse du public, ne sont que l'exagération de qualités précieuses auxquelles il est juste de rendre hommage, et sans lesquelles on ne s'expliquerait pas la popularité de Verdi. Outre cet instinct du rhythme qui donne à toutes ses mélodies une si piquante originalité, on trouve dans toutes les partitions de ce maître une grande richesse de coloris, l'intelligence des effets d'ensemble et de ces grandes scènes finales qui sont la pierre de touche des compositeurs dramatiques modernes, une incontestable puissance d'invention, et même une certaine souplesse de style qui sait, sans trop d'effort, s'accommoder aux différentes situations du drame.

Mais, un défaut de Verdi sur lequel il me semble essentiel d'insister, parce qu'il est peut-être le plus funeste de tous chez un compositeur italien, c'est que, sous le rapport de l'art d'écrire pour les voix, il a rompu avec toutes les traditions des anciennes écoles d'Italie. Au lieu de ménager sagement l'organe des chanteurs, comme l'avaient fait Rossini lui-même et tous ses prédécesseurs, il en exige des efforts si violents que ses opéras usent en peu de temps et ruinent les plus belles voix. Verdi ne demande pas aux chanteurs un organe exercé, souple, rompu à toutes les difficultés de vocalisation, d'intonation, d'émission, de port de voix, etc., il ne leur demande plus que de la force, de l'éclat et une certaine agilité fiévreuse qui n'a plus de charme. C'est l'indice d'une décadence profonde, irrémédiable peut-être, dans l'art du chant, qui était jusqu'alors la gloire de l'Italie. Il est triste de voir la terre classique du beau chant abandonner les anciennes traditions, et les chanteurs italiens se jeter dans l'imitation de l'*urlo francese* qu'on a tant reproché, et à si juste titre, à l'ancienne école française.

Et ce qu'il y a de plus triste, c'est que le public italien ne semble pas se douter qu'en applaudissant aux opéras de Verdi, en encourageant les compositeurs dans cette déplorable voie, il signe sa propre déchéance, et arrache de ses propres mains le dernier fleuron de sa couronne. Cette transformation complète dans les conditions du chant en Italie serait-elle l'indice d'un réveil politique, et l'Italie, lasse des chants qui l'ont mollement bercée dans sa servitude, demande-t-elle des chants plus énergiques aujourd'hui qu'elle a réussi à briser ses chaînes, à rentrer en possession d'elle-même, et à reprendre dans l'assemblée des nations le rang qui lui appartenait? Mais il resterait encore à examiner jusqu'à quel point cette musique, qui pèche par les mêmes défauts que celle de Rossini, et par une sensualité encore plus raffinée, est plus favorable au développement des instincts nobles, généreux, désintéressés, sur lesquels seuls l'Italie doit compter pour assurer le maintien de son unité et de son indépendance. C'est là une question de philosophie de la musique que je laisse à décider à de plus habiles.

Tournons maintenant nos regards vers l'Allemagne qui, pendant que l'art italien décline rapidement, montre à l'Europe une vitalité musicale bien digne d'attention. Ce n'est plus, en effet, seulement dans le champ de la musique instrumentale, dans celui de l'oratorio et du lied qu'elle a montré sa supériorité, mais aussi dans le domaine de la musique dramatique, comme nous le verrons plus

loin. L'influence de Rossini y avait été, à la vérité, pré-
pondérante pendant plusieurs années ; mais les Allemands
furent les premiers à secouer ce joug et à revenir aux compositeurs nationaux qu'ils avaient délaissés. Ce qui contribua surtout à cette réaction, ce fut l'heureuse tentative
faite par Weber pour doter l'Allemagne d'un opéra national. Dès lors, on fouilla dans le passé ; on s'éprit d'admiration pour des compositeurs qui avaient traversé leur
époque au milieu de l'indifférence générale, et c'est de ce
moment que date la popularité qui s'attacha en Allemagne
au nom de S. Bach. Ce mouvement des esprits ne pouvait
demeurer stérile : il donna à l'Allemagne son plus grand
compositeur depuis Beethoven.

Mendelssohn-Bartholdy (Félix) naquit en 1809 à Hambourg, de parents juifs, fort riches qui comptaient déjà
plusieurs illustrations littéraires dans leur famille. Son
père encouragea et favorisa par tous les moyens les dispositions musicales qu'il montra de bonne heure, et le mit
entre les mains des meilleurs maîtres. L'enfant dépassa
bientôt toutes les espérances, et à huit ans il jouait du
piano comme le virtuose le plus accompli, et la science du
contre-point n'avait plus de secret pour lui. Il se produisit
alors en public, et excita partout l'admiration qu'on ne
peut refuser à ces prodiges de précocité.

La publication de ses premières productions instrumentales date de 1824. Trois ans plus tard, on donnait à
Berlin un opéra de lui, intitulé les *Noces de Gamache*. Il
voyagea ensuite pendant plusieurs années, rencontrant
partout l'accueil distingué que méritaient et son talent
hors ligne de pianiste, et ses compositions déjà connues et
appréciées. En 1830, il remplit pendant quelque temps
les fonctions de directeur de musique à Dusseldorf, et y

composa l'oratorio *Paulus* qui marque la phase la plus importante du développement de son génie. Il fit ensuite un séjour prolongé à Francfort où il se maria, puis alla en 1836 s'établir à Leipzig : et c'est de ce moment que date l'époque brillante et tout particulièrement active de son existence. Grâce à lui et à l'impulsion qu'il donna à la musique, la patrie adoptive de S. Bach devint bientôt le foyer musical de l'Allemagne. Plus tard, le roi de Prusse l'appela à Berlin, et lui confia la direction de sa chapelle, fonctions que Mendelssohn put remplir sans abandonner sa position à Leipzig. C'est dans cette dernière ville, et au milieu des préparatifs faits en vue de l'exécution de l'œuvre nouvelle qu'il venait d'achever, l'oratorio d'*Elias*, qu'il fut atteint de la maladie qui devait l'emporter à trente-huit ans : en sorte que le laurier que l'Allemagne s'apprêtait à poser sur sa tête, se changea en une couronne mortuaire. Sa mort fut un deuil public : « Notre Élie a été enlevé au ciel, » s'écriait un journaliste, et ce cri était répété dans toute l'Allemagne. Les témoignages d'intérêt et de condoléance que reçut sa veuve, de la part même de têtes couronnées, les solennités funéraires qu'on célébra en son honneur dans presque toutes les villes de l'Allemagne, et même à l'étranger, prouvent combien fut profonde et universelle l'impression causée par cette mort. Un examen rapide de l'œuvre de Mendelssohn nous fera mieux comprendre encore la grandeur de la perte que le monde musical venait de faire.

Mendelssohn avait reçu de la nature les dons les plus heureux et les plus variés : il avait une égale aptitude pour tous les exercices de l'esprit et du corps. Dès sa plus tendre jeunesse, il saisissait avec une singulière promptitude tout ce qu'on lui enseignait. Sa mémoire prodigieuse

retenait tout, et lui amassa un trésor où il n'eut plus tard
qu'à puiser. C'est ce qui explique l'étendue de ses connaissances et le grand nombre d'ouvrages qu'il composa
pendant une vie relativement si courte. Dans les commen-
cements de sa carrière, il eut plus d'un point de ressemblance avec Mozart : la même passion pour la musique, le
même désir d'apprendre, la même promptitude d'intelligence, la même habileté précoce dans le maniement du
contre-point. Tous deux se distinguèrent également de
bonne heure comme virtuoses. Mais Mendelssohn n'eut
point à lutter contre les obstacles de toute nature qui em-
barrassèrent Mozart dans son développement. Il ne rencontra partout, au contraire, qu'encouragements et sympathie, et n'eut qu'à marcher devant lui, sans s'inquiéter des
hasards du chemin. Aussi ses ouvrages ne peuvent-ils se
classer d'après les phases de sa vie, qui n'eurent aucune
influence directe sur le développement de son génie. On
peut cependant, et en partant d'un autre point de vue, les
diviser en trois catégories : dans la première viennent se
placer ceux qui datent de l'époque où il subissait l'influence de l'enseignement rigide de son maître Zelter ;
dans la seconde, on peut ranger ceux qu'il composa sur
commande ou pour occuper utilement ses loisirs ; enfin la
troisième classe comprend ceux qui jaillirent de son cerveau par une inspiration spontanée, et indépendamment
de toute circonstance extérieure.

L'enseignement de Zelter, en arrêtant longtemps le
jeune Mendelssohn sur les exercices ardus du contre-point,
de la fugue, et de toutes les parties de la technique de
l'art, avait eu pour effet de lui rendre on ne peut plus familiers tous les procédés essentiels de la science musicale,
sans lesquels un compositeur est incapable de développer

ses idées mélodiques ; et c'est sans doute ce premier et sérieux enseignement qui entraîna Mendelssohn de préférence vers le genre instrumental et vers le genre d'église. Quant au genre dramatique, Mendelssohn, qui, comme nous l'avons vu, s'y était essayé dans sa première jeunesse, y revint à la fin de sa carrière, car, lorsque la mort vint le surprendre, il travaillait à un grand opéra intitulé *Lorelei*, et qui avait pour sujet l'une des plus touchantes légendes des bords du Rhin ; cet ouvrage est malheureusement resté inachevé, ce qui est d'autant plus à regretter que les quelques fragments qui en ont été publiés en donnent une haute idée, sans toutefois autoriser à croire qu'il eût atteint à la popularité des opéras de Mozart ou de Weber.

Dans l'ensemble de l'œuvre de Mendelssohn, il faut faire une place à part et privilégiée à ses *lieder* ou *romances sans paroles*, et à ses ouvertures. Les lieder, petites pièces pour le piano, qui ne se composent que d'une seule pensée mélodique entrelacée dans un tissu harmonique serré, sont tout particulièrement empreints de son individualité, et forment comme un tout organique dont l'âme du compositeur est le centre. Ils ont été le type et le point de départ d'une forme musicale nouvelle, malheureusement trop favorable à la médiocrité par leur peu de développement, et qui a donné naissance à ces mille productions éphémères que nous voyons éclore sous les noms les plus prétentieux.

Dans la plupart de ses ouvertures, telles que celles du *Songe d'une nuit d'été*, du *Calme de la mer*, de la *Grotte de Fingal*, de la *Belle Mélusine*, Mendelssohn semble avoir voulu payer tribut aux doctrines de la jeune école romantique dont nous aurons à parler tout à l'heure ; il entrait, en effet, résolûment dans le domaine de la musique imita-

tive ; mais son goût exquis ne pouvait manquer de le retenir dans de justes bornes, et la manière dont il a atteint
son but, est plutôt une leçon de modération et de convenance donnée à la susdite école. En distribuant avec une
judicieuse profusion sur ces admirables tableaux les brillantes couleurs de sa palette, en répandant sur chacun
d'eux la teinte générale qui convient à la scène qu'ils re-
présentent, il est parvenu à leur donner une unité que le
travail achevé des détails et des effets particuliers d'imitation ne saurait rompre. Aussi les ouvertures de Mendelssohn, pas plus que la *Symphonie pastorale* de Beethoven,
ne sauraient être considérées comme une atteinte au principe fort juste qui interdit à l'art musical l'imitation de la
nature extérieure comme but, mais qui ne va point jusqu'à
en condamner l'emploi judicieux dans certaines compositions où de pareils moyens d'effet trouvent tout naturellement leur place.

Quant aux autres compositions instrumentales de Mendelssohn, telles que symphonies, quatuors, trios, concertos, sonates, etc., elles appartiennent incontestablement
à ce que l'art a produit de plus excellent, et prouvent
d'une manière irréfragable, contrairement à ce que prétendent les adeptes de la nouvelle école, qu'un musicien
de génie peut encore trouver à glaner dans le champ mois-
sonné par Mozart et par Beethoven, et qu'il y a possibilité de se faire un nom, et un nom célèbre et honoré, sans
sortir du cercle des formes admises, en continuant l'œuvre des anciens, mais en s'inspirant et en se pénétrant de
l'esprit moderne.

Ces qualités particulières des compositions instrumentales de Mendelssohn se retrouvent dans tout ce qu'il a
écrit pour l'église, dans ses psaumes, dans ses hymnes, et

surtout dans ses oratorios. Là il se montre à nous comme le digne descendant de Bach et de Händel, du premier surtout, dont il avait étudié avec soin et avec fruit les ouvrages, et pour lequel il professait une admiration passionnée. Ses deux grands oratorios, *Paulus* et *Elias*, sont ses deux principaux titres de gloire, et donnent peut-être la mesure la plus complète de son génie. En Allemagne, c'est le *Paulus*, dans lequel l'influence de Bach se fait plus particulièrement sentir, qui est le plus généralement apprécié. Et cela se comprend, quand on réfléchit que cet oratorio fit et fait encore époque dans la musique allemande ; il parut, en effet, au milieu d'une génération vouée à des intérêts tout matériels, après une époque de véritable stérilité en fait de compositions d'église ; aussi son imposante unité, ses formes sévères, ainsi que le sentiment profondément religieux dont il est empreint, durent frapper tous les esprits et encourager les plus belles espérances. Cependant les Français donneront toujours la préférence à l'*Élie*, parce que ce sujet, tiré de l'Ancien Testament, offre une variété de situations qui lui donne plus d'intérêt dramatique, et qui a fourni au compositeur l'occasion de déployer une plus grande richesse de coloris. Cette appréciation d'une œuvre appartenant au style d'église pourrait sembler à quelques personnes une critique plus qu'un éloge, si je ne me hâtais d'ajouter que, bien que les situations de l'*Élie* soient généralement plus dramatiques que celles du *Paulus*, Mendelssohn a su par la constante élévation de son style mettre son œuvre à l'abri du reproche qu'on aurait pu lui faire avec toute justice s'il l'eût traitée comme un drame profane. On peut aussi rapporter au genre de l'oratorio la musique écrite par Mendelssohn pour l'*Athalie* de Racine, composition dans laquelle on retrouve toutes les grandes qualités du compositeur, bien qu'écrite dans un style moins sévère.

S'il fallait résumer en quelques traits la physionomie si intéressante de Mendelssohn, je dirais que ce qui domine et charme tout particulièrement dans ses œuvres, soit vocales, soit instrumentales, c'est la poésie dont elles sont imprégnées. Aucun compositeur peut-être n'a eu un génie aussi poétique, et comme toutes les ressources de l'art étaient à sa disposition, il est rare qu'il échoue dans l'expression de sa pensée ; aussi toutes ses créations respirent-elles l'idéal élevé sous le souffle duquel il les avait conçues. L'art était pour lui une chose sacrée ; il voyait dans la musique autre chose qu'un amalgame de sons destiné à produire sur l'oreille une impression agréable et passagère. Chez lui la forme est inséparable du fond, et c'est dans la fusion de ces deux éléments qu'il cherche le but suprême et la réalisation de l'art. Son travail polyphonique est ce qu'on peut imaginer de plus parfait, surtout au point de vue de la conduite des voix, qui toutes sont chantantes et se meuvent avec une incomparable aisance.

C'est probablement cette perfection du travail contrapontique qui a donné lieu au reproche que certains critiques ont fait à Mendelssohn, d'être un compositeur plus intelligent et plus habile qu'inspiré, et de montrer plus de science que de génie ; reproche injuste, s'il en fût jamais. Sans doute qu'il était passé maître dans la technique de son art, et que peu de musiciens, aucun peut-être depuis Bach et Mozart, n'en connaissaient mieux les ressources ; mais qu'on se donne la peine d'aller au delà des formes dans lesquelles il enveloppe ses pensées, et l'on trouvera que Mendelssohn est poëte jusqu'au fond de l'âme, que son inspiration est sincère et qu'elle jaillit du plus profond de son cœur. « Il est, comme le reconnaît fort bien Brendel, qui avait cependant tout intérêt à rabaisser le mérite de Mendelssohn, un de ces privilégiés qui, au milieu des opinions les plus opposées, et tout en se rattachant au passé, ont réussi à se constituer une unité en eux-mêmes, à se tracer une route, à se former un style particulier, et à produire, surtout dans le genre religieux, des œuvres qui ont un caractère déterminé et une unité de pensée qui manque à presque tous les compositeurs de nos jours. »

Quoique Mendelssohn n'ait point ouvert à l'art de nouvelles voies, et qu'il n'ait point, par conséquent, fondé d'école proprement dite, sa célébrité a attiré sur ses pas un assez grand nombre d'imitateurs ou de disciples, parmi lesquels un seul mérite d'être mentionné, parce que, tout en subissant l'influence du maître, il a su conserver une originalité qui donne à ses œuvres une haute valeur : c'est Niels Gade. Né en 1817, à Copenhague, il était encore complétement inconnu lorsqu'il vint à Leipzig, où il a séjourné pendant bien des années. Schumann, qui tenait alors le sceptre de la critique, enchanté de ses premières productions, déclara qu'un musicien, dont le nom était formé des lettres qui désignent les quatre cordes du violon (g, a, d, e), était un musicien prédestiné. Les compositions de Gade, presque toutes instrumentales, se distinguent par la fraîcheur des idées, et surtout par la piquante originalité des mélodies scandinaves qu'il y a très-heureusement intercalées. C'est ce qui lui valut plus tard l'épithète malsonnante de *musicien du nord*, que lui donnèrent les élèves de Schumann, jaloux de la réputation grandissante d'un compositeur étranger et qui n'appartenait pas à leur coterie.

Si l'Allemagne avait été dans un état d'apaisement po-

litique, philosophique et religieux lorsque parut Mendelssohn, elle se serait empressée d'adopter ce compositeur et
de s'en faire gloire, et n'aurait point cherché à lui susciter
de rival. Mais Mendelssohn arriva au moment où certains
esprits inquiets et mécontents du présent rêvaient un nouvel
ordre de choses, et cherchaient à saper les croyances et les
doctrines admises, en attendant de démolir les institutions
politiques. Un musicien qui, comme Mendelssohn, s'enra-
cinait dans le passé, ne pouvait être accepté par ceux qui
voulaient absolument du nouveau en musique; il leur
fallait un autre drapeau, et ils attendaient de l'homme
de leur choix qu'il brisât toute tradition et ouvrît à l'art
musical de nouveaux horizons; nul ne semblait mieux
qualifié pour ce rôle que Robert Schumann, qui, par ses
talents autant que par la hardiesse de ses idées, exerçait
sur le cercle de ses intimes une influence irrésistible, et
c'est autour de lui que se groupa le parti hostile à Mendelssohn.

Robert Schumann, né à Zwickau, dans la Saxe, en
1810, fit ses études universitaires à Leipzig et à Heidel-
berg. Après avoir ensuite voyagé en Suisse et en Italie, il
revint s'établir à Leipzig, où il se fit dès l'abord connaître
comme pianiste virtuose aussi bien que comme compositeur. Il se vit bientôt entouré d'un cercle d'amis, musiciens
et critiques, qui tous étaient mécontents des tendances
musicales de l'époque; les entretiens roulaient toujours
sur la musique; on rêvait pour elle un nouvel avenir,
sur lequel on n'avait, il est vrai, que des idées confuses. On s'accordait cependant sur un point, à savoir l'insuffisance manifeste des compositions contemporaines, et
l'on éprouvait un dédain général pour tout ce que l'art
musical avait produit jusqu'alors.. On n'exceptait de cet

ostracisme que Bach, Beethoven et Schubert, Beethoven
surtout, auxquels les novateurs aimaient à se rattacher, et
dont les dernières œuvres devinrent comme le signe de
ralliement, le drapeau du parti. En 1832 parurent en Allemagne les premières compositions de Chopin; interpré-
tées par la célèbre Clara Wieck, elles eurent sur Schumann une influence décisive et donnèrent à son imagination un nouvel essor. Il prit alors la plume du critique, et
fonda un journal de musique dans lequel il se fit l'a-
pôtre de l'école qui prit ou reçut le nom de *nouvelle école
romantique*. C'est dire assez quelles étaient ses tendances;
on peut, du reste, les caractériser en deux mots : renversement de tous les principes traditionnels et de toutes les
règles recommandées pour arriver à l'unité de pensée et
de conception, et portes toutes grandes ouvertes à la libre
fantaisie et aux capricieux mouvements de l'imagination.

Jusqu'alors Schumann ne s'était fait connaître que par
de petites pièces pour le piano, dans le genre des *Romances sans paroles* de Mendelssohn, et par des *lieder* ou mélodies vocales; on s'accordait à y reconnaître des beautés
réelles, une grande profondeur de pensée, relevée par la
richesse du coloris harmonique, et une incontestable habileté technique. Bientôt il s'essaya dans de plus vastes
compositions; sa première symphonie, quoique encore bien
loin de celles de Mendelssohn, présentait, on ne peut le
nier, de solides qualités et se distinguait par la clarté de
la forme et par une habile instrumentation; mais ensuite
il obéit à d'autres idées, et, en poursuivant dans ses œuvres
la réalisation de ses doctrines singulièrement abstruses sur
l'art, il tomba dans la recherche et l'obscurité; il va sans
dire qu'à l'inverse de l'opinion des juges impartiaux, les

élèves de Schumann mettent ses dernières symphonies bien au-dessus de la première.

Il n'y avait point dans Schumann l'étoffe d'un compositeur dramatique; mais comme la réforme qu'il prêchait devait être universelle, il fallait bien aussi écrire dans tous les genres, afin d'établir des types, des modèles destinés à faire mieux comprendre les enseignements contenus dans les livres. C'est ainsi, je l'imagine, et de parti pris, que Schumann aborda l'opéra dans *Genoveva* (1848) et un genre assez rapproché de la cantate dans le *Paradis et la Péri* (1844); cette dernière composition est peut-être l'ouvrage le plus important de Schumann dans le genre de la musique vocale, et celui qui l'a fait d'abord apprécier en dehors du cercle de ses adeptes. On trouve dans cet ouvrage d'incontestables qualités et un talent véritable à rendre, avec une grande richesse et une grande variété de coloris, certaines situations dramatiques; mais, à côté de ces beautés, il y a beaucoup de longueurs, de parties confuses, nuageuses, qui lassent l'attention et refroidissent l'intérêt. Au surplus, comme ces compositions, et tout particulièrement sa *Genoveva*, dans lequel il a prétendu se poser comme le réformateur de l'opéra, appartiennent par leur style à l'histoire de la réforme de R. Wagner dont il va être question, il est inutile de m'arrêter plus longtemps sur ce sujet. *Genoveva* est déjà une des productions de la dernière époque de Schumann, alors que ses idées s'obscurcissant de plus en plus, ses œuvres devenaient de plus en plus inintelligibles. On peut suivre dès lors, dans les compositions de Schumann qui succédèrent à *Genoveva*, les progrès de cet affaiblissement d'esprit qui devait aboutir à un bouleversement complet de ses facultés intellectuelles. On sait, en effet, que Schu-

mann, usé avant le temps, par le travail et par des déceptions de tout genre, est mort, en 1854, dans une maison
de santé, près de Bonn.

Il est juste de reconnaître que, dans ces dernières années, Schumann a vu s'accroître le nombre de ses admirateurs, que même il en compte actuellement en dehors de
l'Allemagne. Ses œuvres pour le piano, aussi bien que ses
trios, quatuors et quintettes, sont devenus partie intégrante du répertoire des virtuoses ; d'un autre côté, la
grande majorité des dilettantes, en France surtout, per-
sistent dans leurs préventions. Il y a peut-être exagération des deux côtés ; et probablement qu'en faisant un
choix convenable dans l'œuvre considérable de Schumann,
particulièrement dans les compositions de sa belle époque,
on pourrait arriver à une conciliation ; malheureusement il
arrive presque toujours que ce sont justement les œuvres
les moins intelligibles au gré des uns qui sont les plus
prônées par les autres ; de là une impossibilité absolue de
s'entendre. Mais il est temps de parler d'une autre individualité plus accusée encore que celle de Schumann, et dont
les opinions soutenues et défendues avec le même acharnement depuis bien des années, sont encore, à l'heure qu'il
est, un sujet de contestation. Je veux parler de Wagner.

Richard Wagner naquit à Leipzig, en 1813. Ayant
perdu son père de très-bonne heure, il fut livré à ses propres instincts et ne reçut d'autre éducation que celle que
donne le hasard. Il se livra d'abord à l'imitation de ce
qu'il voyait faire autour de lui, et apprit la musique comme tout le monde l'apprend en Allemagne. Mais c'est à la
poésie qu'il s'était voué d'abord, et il était en train d'écrire
une tragédie lorsque l'audition d'une symphonie de Beethoven lui révéla sa véritable vocation ; dès lors, ses études

se concentrèrent sur tout ce qui était du domaine de la musique. Nommé chef d'orchestre à Magdebourg, en 1834, il fit représenter sur le théâtre de cette ville un opéra intitulé la *Novice de Palerme*, dont le poëme et la musique étaient de sa composition. Cet opéra n'eut aucun succès, ce qui décida Wagner à aller chercher fortune ailleurs. De Magdebourg il se rendit à Kœnigsberg, puis à Riga, où il ne resta pas longtemps et d'où il partit pour venir à Paris au commencement de l'année 1839. Dénué de toute espèce de ressource, connaissant à peine la langue du pays où il voulait s'ouvrir une carrière, Wagner se trouva bientôt dans la plus triste position. Il fut obligé, pour vivre, d'arranger pour toute sorte d'instruments la musique des compositeurs en vogue, travail ingrat et obscur qu'il n'eut pas la force de continuer. Après avoir supporté avec beaucoup de courage les épreuves douloureuses qui sont le partage de tous les artistes pauvres, après avoir écrit quelques articles de journaux qui, traduits par ses amis, ne passèrent point inaperçus, Wagner dut renoncer à l'espoir qu'il avait toujours nourri de voir l'Académie de musique lui ouvrir ses portes, et retourna dans son pays. Il avait appris qu'à Berlin on se préparait à faire représenter son *Vaisseau fantôme*, et il apportait avec lui un autre ouvrage dramatique, *Rienzi*, dont il avait écrit également le poëme et la musique pendant son séjour à Paris. Cependant, c'est à Dresde que Wagner se rendit d'abord, et c'est sur le Grand-Théâtre de cette ville que fut joué, avec un assez grand succès, cet opéra de *Rienzi* qui tira tout à coup Wagner de l'obscurité profonde où il avait vécu jusqu'alors, et lui valut sa nomination de maître de chapelle du roi de Saxe, place qui avait été occupée, dix ans auparavant, par Weber. Heureux de la position inespérée qu'on venait de lui faire, Wagner travailla avec ardeur à la composition du *Tannhäuser*, sujet pris dans les légendes des *meistersænger* (maîtres chanteurs), et qui devait réaliser les réformes qu'il avait rêvées dans la musique dramatique. Mais, en dépit de toutes ses peines, de toutes les facilités qu'il avait, et des dispositions favorables du public de Dresde, cet ouvrage ne réussit point. Wagner se remit à l'œuvre, et il venait de terminer un nouvel opéra, le *Lohengrin*, lorsque éclata la révolution de février 1848, qui eut en Allemagne de si violents contre-coups. Oublieux alors des devoirs que lui imposait la reconnaissance, Wagner, emporté par ses convictions politiques, prit une part personnelle à l'insurrection par suite de laquelle le roi de Saxe dut quitter sa capitale. Quelques mois après, l'armée prussienne ayant rétabli le roi sur son trône, Wagner fut obligé, à son tour, de quitter Dresde et de prendre le chemin de l'exil. Il se retira alors à Zurich, où il résida longtemps et où il se posa résolûment en réformateur de l'opéra, par la publication de plusieurs ouvrages dans lesquels il exposait ses nouvelles idées sur la musique dramatique, et qui excitèrent de vives controverses en Allemagne. Ce n'est qu'avec bien de la peine que les amis du réformateur, parmi lesquels il faut citer en première ligne Liszt, qui mit à son service et sa chapelle et son talent de chef d'orchestre, réussirent à éveiller les sympathies du public ; peu à peu cependant, grâce à leur insistance, grâce aussi à l'apparition de plusieurs opéras nouveaux, tels que *Tristan et Yseult*, les *Meister Sænger* et la trilogie des *Niebelungen*, dont les sujets étaient tous empruntés aux légendes de la chevalerie allemande, les ouvrages de Wagner finirent par acquérir une certaine popularité. Bientôt le jeune roi de Bavière les prit ouvertement sous son patronage et ne recula devant aucune dépense pour qu'ils fussent dignement représentés sur le Grand-Théâtre de Munich. Enfin, comme la dimension et la distribution des théâtres existants ne suffisaient plus à l'opéra nouveau, on s'est mis en frais d'un théâtre spécial dont Wagner a fait lui-même les plans, et que l'on est aujourd'hui même en train de construire dans la ville de Bayreuth.

Il semble donc que la réforme prêchée par Wagner soit maintenant, en Allemagne du moins, sortie du domaine de la discussion pour entrer dans celui des faits. Mais, comme ses opéras ont, on ne saurait le nier, une valeur intrinsèque qui provient précisément de ce que le compositeur n'a pas toujours été fidèle à ses principes, il est permis de croire que c'est le talent du musicien qui est vraiment hors de cause, plutôt que les idées du réformateur. On comprend, en effet, la sympathie bien naturelle que doit éprouver le public allemand pour une forme d'opéra qui répond à ses goûts, à ses sentiments et à son caractère, et pour un compositeur foncièrement national, aussi bien par sa naissance que par ses idées et ses tendances. Et la couleur toute germanique qu'ont les opéras de Wagner expliquerait à elle seule, et abstraction faite de leur valeur musicale, le peu de succès qu'ils ont eu en France, malgré les deux tentatives faites par le compositeur lui-même pour les y acclimater, et malgré les efforts de quelques amis dévoués, et tout récemment de Schuré, auteur de deux volumes sur Wagner, pour expliquer aux Français la nature et l'importance de sa réforme.

Pour comprendre les idées de Wagner, il faut se rappeler qu'il est aussi grand poëte que grand musicien, si même il n'est pas encore plus poëte que musicien. Il ne faut donc pas trop s'étonner qu'il ait pu être choqué du rôle consi-

dérable, absorbant, que joue la musique dans l'opéra actuel, et qu'il se soit ingénié à trouver une forme nouvelle,
où une place plus importante fût faite au poème de telle
sorte que la musique n'empêchât pas le spectateur de suivre le développement de l'action dramatique avec tout
l'intérêt qu'elle mérite. Or, cette forme nouvelle imaginée
par Wagner, c'est ce qu'il a appelé le *drame musical*, dans
lequel les rapports entre la musique et la poésie sont in-
tervertis ; de manière que c'est la poésie qui y joue le rôle
principal, et la musique le rôle subordonné. Ce qu'il rêve,
c'est une œuvre dramatique dont le sujet soit si intéressant
et dont le mérite littéraire et la beauté poétique soient
tels qu'elle puisse subsister par elle-même, comme une
tragédie de Corneille ou de Racine, avoir sa valeur propre et indépendante de la musique qui ne s'y joindrait
qu'à titre d'accessoire destiné à en accroître l'effet. Et
comme Wagner savait par expérience que la mélodie a un
attrait irrésistible, et que là où elle s'unit à la poésie, celle-
ci doit céder le pas et s'effacer, il a recours à un moyen
héroïque, qui est de supprimer purement et simplement la
mélodie, et de la remplacer par une déclamation musicale
qui n'est là que pour faire valoir le texte, résultat auquel
doit, à la vérité, concourir l'accompagnement instrumental.

On comprend déjà la difficulté, ou, pour mieux dire,
l'impossibilité pratique d'un pareil système ; car il est clair
qu'il faut de deux choses l'une : ou que le compositeur et
le poëte soient réunis dans une seule et même personne,
ou qu'il se trouve des musiciens sérieux assez désintéressés pour se faire les humbles serviteurs du poëte : autant
vaudrait chercher la quadrature du cercle. Il est vrai que
R. Wagner peut se donner comme exemple : c'est lui qui a
fait les poëmes de tous ses opéras ; mais c'est un cas si

rare, qu'il ne s'était, que je sache, jamais présenté, et que, suivant toute probabilité, il ne se représentera plus.

Au reste, le système de Wagner n'est pas seulement irréalisable; il est faux par la base. Que les anciens Grecs, ou même que Caccini et Peri n'aient traité la musique que comme un accessoire de la poésie, cela se comprend, car ils ne pouvaient pas faire autrement. A ces deux époques, l'art musical disposait de trop peu de ressources pour avoir une vie propre; aujourd'hui tout est bien changé : grâce aux progrès inouïs qu'a faits la musique, et aux ressources qu'elle puise dans ses deux riches éléments, la mélodie et l'harmonie, elle a acquis une puissance d'expression à laquelle la poésie ne saurait atteindre, en sorte que c'est maintenant à celle-ci à céder le pas à sa rivale. Et c'est là une vérité si incontestable que l'exemple de Wagner lui-même peut être invoqué en témoignage. Malgré toutes les peines qu'il a dû se donner pour faire oublier le musicien, il n'y est point parvenu, et c'est bien toujours le musicien que l'on admire dans ses opéras et non pas le poëte.

On peut dire, il est vrai, que précisément en raison des grands progrès qu'a faits l'art musical depuis Monteverde, les compositeurs de nos jours trouvent dans l'instrumentation des ressources inépuisables pour donner de l'intérêt à la déclamation la plus vulgaire. Mais ces ressources ne sauraient suffire à tenir l'attention des auditeurs en éveil pendant toute une soirée, quel que soit d'ailleurs l'intérêt que présente le drame lui-même, abstraction faite de la musique; et nous sommes trop habitués à ces grands effets d'instrumentation, à ce déploiement de toutes les forces de l'orchestre, pour qu'ils nous tiennent longtemps sous le charme : l'impatience ne tarde pas à gagner les spectateurs, qui attendent alors comme une délivrance la fin d'un délassement qui est devenu pour eux une véritable fatigue. C'est le cas pour les opéras de Wagner, malgré les efforts qu'il a faits pour relever l'intérêt par le coloris et le travail compliqué de son instrumentation, dans laquelle, à défaut de mélodie, il est obligé de chercher tous ses moyens d'effet.

Je ne parle ici, bien entendu, que de l'impression générale produite par l'audition au théâtre de l'un de ses opéras : tout autre serait l'appréciation qu'on en ferait, quand on ne les jugerait que sur certains fragments que l'on exécute souvent dans les concerts, et dont on ne peut qu'admirer la facture large, la beauté mélodique et la richesse de coloris instrumental. Mais en composant ces belles pages, l'auteur semble avoir oublié son système ; rien, en effet, n'y rappelle ce vague mélodique, cette *mélodie des forêts*, comme il l'appelle, qui est l'idéal qu'il poursuit en théorie, et auquel il fait assez souvent infidélité dans la pratique, ce dont nous n'aurons garde de lui faire un reproche.

Si Richard Wagner, mû par le louable désir d'arracher la musique dramatique au réalisme dans lequel l'avaient entraînée Rossini et ses imitateurs, se fût contenté de prêcher d'exemple, c'est-à-dire de composer pour le théâtre des ouvrages qui fussent exempts des défauts ou abus qui se sont peu à peu introduits dans l'opéra, tels que les formes trop conventionnelles soit des airs, soit des duos, trios et autres morceaux d'ensemble, la part trop grande et souvent intempestive faite à la danse et au corps de ballet, le luxe exagéré de la mise en scène, etc., il est probable qu'il aurait rencontré moins de contradiction, et plus d'empressement à accueillir ce qu'il pouvait y avoir de bon dans ses idées. Malheureusement, il crut devoir, pour expliquer et soutenir son système, prendre la plume du critique, et dans plusieurs ouvrages qu'il a publiés coup sur coup (*l'Art et la révolution*, *Opéra et drame*, *l'Art de l'avenir*), battre en brèche tous les principes admis sur l'art en général, et sur la musique dramatique en particulier, et fonder, à grand renfort de considérations philosophiques empruntées à Hegel et à son école, une esthétique entièrement nouvelle. Il y a, dans tous ces ouvrages, un tel raffinement d'abstraction, et par suite, et de l'aveu même de ses plus chauds partisans, tant d'obscurité et même de parties totalement inintelligibles, que cela devait suffire pour rebuter les esprits non prévenus. De plus, à côté de ces défauts, on voit percer partout un ton si tranchant, une présomption si orgueilleuse, une vanité si peu dissimulée, et un dédain si superbe pour tout ce qui a été fait et admiré avant lui, que Wagner n'a fait ainsi que prêter le flanc à ses adversaires, et que ses opéras ont souffert, aussi bien que son projet de réforme, de tout ce que perdait sa personnalité.

De tout ce que j'ai dit, il ressort avec évidence que le grand tort de Richard Wagner, c'est d'avoir voulu tout renverser, quand il n'y avait lieu qu'à corriger et à améliorer, comme Gluck l'avait fait avant lui, et de s'être donné bien du mal pour construire, à son usage et pour la plus grande gloire de ses prétentions philosophiques, un système impossible qui ramènerait l'opéra à son point de départ, et qui ne tient compte ni des faits ni de l'expérience. Il est vrai qu'il compte plus sur l'avenir que sur le présent; mais il pourrait bien, ici encore, se tromper dans ses calculs, car il est plus que probable que l'homme sera le même dans cent ans que nous le voyons aujourd'hui.

Il ne faudrait cependant pas croire que sa tentative de

réforme ait été absolument stérile. Comme, au fond, le style qu'il a appliqué à ses opéras procède du même point de vue que celui de tous les élèves ou imitateurs de Beethoven, qu'il vise aussi à la prédominance de l'élément instrumental, son influence est venue tout naturellement s'ajouter à la leur ; aussi peut-on en constater les traces même chez certains compositeurs français, et tout particulièrement, comme on l'a vu plus haut, chez Gounod.

Il en résulte que deux tendances assez distinctes se trouvent aujourd'hui en présence : une tendance qu'on pourrait appeler mélodique ou vocale, et une tendance harmonique ou instrumentale : l'une, qui cherche ses moyens d'expression dans la beauté et le prestige de la mélodie, en donnant à la voix humaine la place d'honneur; l'autre, qui fait assez bon marché de la mélodie, et qui traite les voix comme des instruments, et l'opéra comme une espèce de symphonie instrumentale et vocale. Bien que l'Allemagne nous présente quelques compositeurs qui, fidèles aux traditions de Mozart, se rattachent à la première de ces deux tendances, Flotow, par exemple, chez qui le don heureux des gracieuses et fraîches mélodies s'unit à un réel talent d'instrumentation, et dont les opéras, l'*Ame en peine, Martha,* etc., sont joués sur tous les théâtres, il va sans dire que c'est à la seconde qu'appartiennent tous les compositeurs allemands contemporains formés à l'école romantique, et dont plusieurs, tels que Brahms et Max Bruch ont acquis, dans ces dernières années, une renommée qui a même franchi les frontières de leur patrie.

Si l'on a suivi avec attention les phases de l'histoire de notre musique, telles qu'elles se sont déroulées dans la suite de ce livre, chacun aura compris comment et pourquoi nous sommes aujourd'hui dans une époque de décadence. Cet état de décadence, qui s'est expliqué dans le passé, par l'examen que nous avons fait des chefs-d'œuvre des maîtres d'une époque antérieure, et tout particulièrement de Mozart, et par la constatation faite qu'ils possèdent tous les éléments du beau idéal, s'explique aussi dans le présent, et par la comparaison des productions contemporaines avec celles de l'époque classique, et par certains signes qui annoncent les époques de décadence. L'un de ces signes, c'est le développement qu'a pris de nos jours la critique musicale : on sait, en effet, que ce n'est jamais qu'après une époque de complet épanouissement que vient l'époque de la critique. On peut voir un autre signe de décadence dans l'envahissement du virtuosisme qui, s'il a droit à notre estime aussi longtemps qu'il s'applique à l'interprétation des œuvres des maîtres, ne mérite plus que notre réprobation, dès qu'il tend à substituer l'individualité du virtuose à celle du compositeur dont il interprète les productions.

Cette décadence, sur laquelle je me suis suffisamment expliqué, et dans laquelle on est libre de ne voir qu'une transformation amenée par la marche des idées, date, nous l'avons vu, de Beethoven. Quelque grande que soit l'admiration qui s'attache à ce génie sublime, il faut bien reconnaître que c'est lui qui, le premier, a de nouveau séparé les éléments que Mozart avait si heureusement réussi à fondre ensemble ; en sorte que, si celui-ci est le Raphaël de la musique, Beethoven en est le Michel-Ange. Depuis lors, les compositeurs se sont abandonnés de plus en plus à ce style qui tend aujourd'hui à supprimer l'élément mélodique comme base de la musique, pour lui substituer cette mélodie vague qui résulte de la modulation, et la recherche de l'effet au moyen de certains procédés, de certaines recherches d'instrumentation, ce qui n'est, à tout prendre, qu'une autre forme de réalisme.

Quant à prévoir les nouvelles transformations que l'art musical est appelé à subir, cela dépasse notre compétence. Chacun sait qu'à toutes les époques il y a eu des musiciens qui croyaient assister à l'époque de la plus brillante efflorescence de la musique, et qui ne pouvaient s'imaginer qu'elle pût encore progresser. Sommes-nous aujourd'hui dans la même situation que ces prophètes aveugles ? En tout cas, et sans vouloir préjuger l'avenir, il semble difficile que l'art musical puisse s'ouvrir de nouveaux horizons. La tonalité moderne a donné tout ce qu'on pouvait raisonnablement en attendre : tous les accords consonnants et dissonants, même les plus compliqués, ont été essayés ; on a même été dans cette voie plus loin que ce que nos oreilles pouvaient supporter. Peut-être, cependant, s'habituera-t-on avec le temps à ces combinaisons harmoniques qui nous effarouchent encore ; peut-être même arrivera-t-on à une tonalité fondée sur d'autres principes que ceux qui ont servi de base à la musique depuis Monteverde...... Mais ne nous aventurons pas sur la voie des hypothèses, et rappelons-nous que ce que l'on demande à l'historien de la musique, ce n'est pas de prononcer des oracles sur l'avenir de l'art musical, mais de tracer la route qu'il a suivie depuis son origine, et de mettre ainsi le lecteur en état de raisonner ses sympathies, de choisir avec jugement et en connaissance de cause, et de savoir reconnaître, parmi la foule innombrable des productions musicales que chaque époque a vues éclore, celles qui sont marquées du sceau de l'éternelle beauté.

TABLE ALPHABÉTIQUE

DES

NOMS DES ARTISTES, MUSICIENS ET COMPOSITEURS CITÉS

N.-B. — Les chiffres gras désignent les articles plus développés.

TABLE DES MATIÈRES

CHAPITRE III.

CHAPITRE IV.

CHAPITRE V.

CHAPITRE VI.

CHAPITRE VII.

CHAPITRE XI.

CHAPITRE XII.

CHAPITRE XIII.

CHAPITRE XIV.

CHAPITRE XV.

CHAPITRE XVI.

CHAPITRE XVII.

CHAPITRE XVIII.

PLANCHES

N.º 1 Hymne de St. Jean Baptiste.

Pl. I & II

Ut que ant la — — xis Re — so — na — ré fi — bris Mi — — — ra ges — to — rum

Famuli ta — — orum Sol — — ve polluti La-bi-i re-a — tum Sanc — te Jo-hannes

(Forkel)

N.º 2. Iudicii signum tellus sudore madescet

IX.º SIÈCLE
(Coussemaker)

N.º 3. Iudici signum tenas sudore madescet

XIII.º SIÈCLE
(Coussemaker)

N.º 4. GLORIA IN EXCELSIS DEO.

e t in terra pax hominibus bone uoluntas.

(Schubiger)

(Clef d'ut)

N.º 5. Nobilitas ornata moribus nul lam parem habet in seculo

XIII.º SIÈCLE

(Coussemaker)

Basse du faux bourdon à trois voix dont un fragment traduit en notation
moderne se trouve à la Planche VI. N.º 1

(Clef de fa)

N.º 6. Spiritus — vi —alme — ppha — noy paraclice

XIV.º SIÈCLE

(Coussemaker)

Lith. F. Noverraz, Genève

Pl. III.

N.º 1. Tableau de la notation
de **FRANCON**

N.º 2. Tableau de la notation
de **DUFAY**

	de FRANCON		de DUFAY
▬	double-longue ou maxime.	⌐	maxime ou double-longue.
▪	longue.	⌐	longue.
■	brève.	▫	brève.
◆	semi-brève.	◇	semi-brève.
	pliques.	◇	minime.
	ligatures.	◆	semi-minime.
		◆	fusa.

N.º 3. Déchant du XII.e Siècle

Da ———— mes sont en' grand

Et in fi —————

es . mai

nes

(Coussemaker)

Pl. IV

N° 1. Chanson du Châtelain de COUCY, 1180–1200

Com-men — ce — — ment de dou — ce 'sé-son bel — le

Que je vois re — — ve — — nir Remem — bran — ce d'amors

qui me ra — pel — le dont ja ne quiers par — tir Et la

mauvir qui com — men — — ce à ten — — tir Et

le doux son de ru par le ri-va — — ge que je

vois resclair — cir me fait re — : — — sou-ve —nir de

la outuit mi bon de-sir sont et se — ront jus — qu'au mo — —rir

(Kiesewetter)

N° 2. Chanson de THIBAUT de Champagne, roi de Navarre, 1201–1254

L'autrier par la mati-né-e Entre un bos et un ver-gier
U-ne pastore ai trouvé-e Chantant pour son en —voisier

Et di-sait un son premier Chi me tient li maus d'a—mor

Tantost cel — —le par en tor ka je l'oi de frainier

Si li dis sans dé— —lai-er Bel-le Diex vous doint bon jour.

(Kiesewetter)

* NB. Les dièzes et bémols placés au-dessus des notes ne se trouvent pas dans les manuscrits. On suppose qu'ils étaient observés d'instinct par les chanteurs; mais c'est encore là une
de ces hypothèses fondées uniquement sur les exigences de notre tonalité moderne.

Pl. V

Nº 1. Chanson à 3 voix d'ADAM DE LA HALE. (XIII Siècle)

Tant con je vi — — wai n'a —

— me — rai au — — trui que vous ja

NB. Les signes indiquent les suites de Quintes et d'Octaves

(Kiesewetter.)

n'en par — ti — — — rai.

Nº 2. Couplet chanté par Marion dans le jeu de Robin et Marion d'ADAM DE LA HALE (XIII SIÈCLE)

Robins m'aime Robins m'a Robins m'a deman — dé-e si m'ara.

Nº 3 Couplet chanté par Robin.

J'ai en core i tel pasté qui n'est mië delas-té Que nous mangerons Maro-te bec à

bec et moi et vous Chi me ratendez Ma-ro-te chi ven-rai parler à vous.

(Fétis)

Pl. VI

N.º 1. Fragment d'un faux-bourdon du XIVᵉ Siècle.

Spi — ri — — tus et al — me

Spi — ri — — tus et al — me

Spi — ri — — tus et al — me

Or — pha — — no — — — — rum pa — ra — de — toe

Or — pha — — no — — — — rum pa — ra — de — toe

Or — pha — — no — — — rum pa — ra — de — toe

(Coussemaker)

N.º 2. Chanson à 3 voix de F. LANDINO, . (1360)

Non avra

pietà, questa mia don — — na questa.

Pl. VII

mia don — na se tu non fai a — mo — — re

(Kiesewetter)

N.º 1. Fragment de la Messe de Guillaume de **MACHAULT**
exécutée au couronnement de Charles V, en 1364

TRIPLUM

Et in ter — — ra pax ho—

MOTETUS

CONTRATENOR

— mi — ni — — bus bo — næ vo — — luntatis laudamus te

(Kiesewetter)

Pl VIII

N.º 1. Fragment de la Messe de DUFAY: de la face ay pâle.

Ky - rie

Ky — — — — ri — e

Se la fa — — ce ay

Ky — — — — ri — e

pâ — le.

(Kiesewetter)

Pl. IX

N.º 1. Kyrie de la Messe d'OCKEGHEM „ad omnem tonum"
(en tout ton.) XVe Sècle

Ky – rie

Ky – rie

Ky – – – rie

Ky – – – – – rie

(Kiesewetter)

N.º 2. Spécimen des quatre parties de chant du fragment ci-dessous
dans la notation originale.

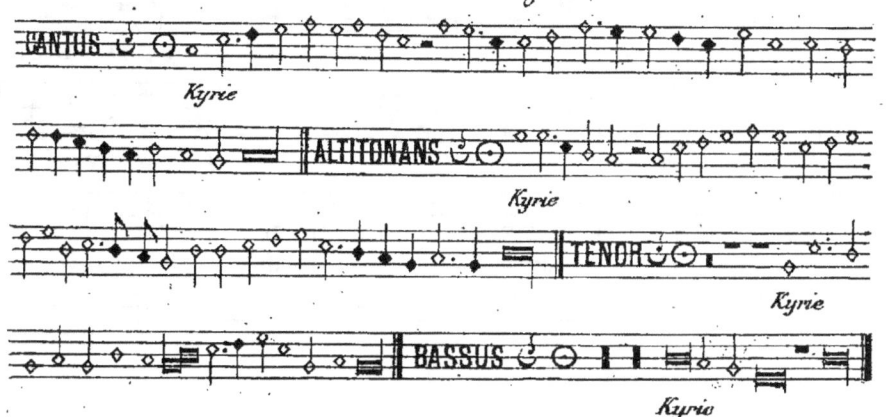

CANTUS

Kyrie

ALTITONANS

Kyrie

TENOR

Kyrie

BASSUS

Kyrie

type
type

Pl. X

Nᵒ 1. Choral de Luther.

Mélodie du Veni redemptor attribuée à St Ambroise
Harmonie de Walther, 1524.

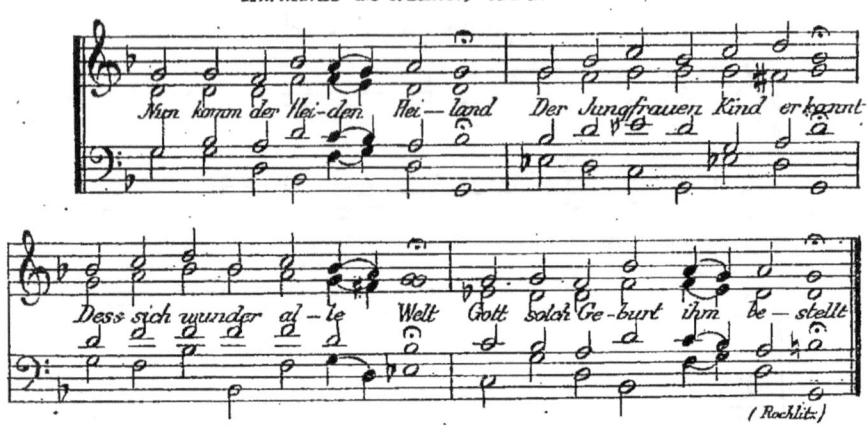

Nun komm der Hei-den Hei-land Der Jungfrauen Kind erkannt

Dess sich wunder al-le Welt Gott solch Ge-burt ihm be-stellt

(Rochlitz)

Nᵒ 2. Fragment d'un Madrigal de Luca **MARENZIO**, vers 1590.

Sᵒ *Dis — — si   a l'a— —ma-ta miu lu-*

Aᵒ *Dis — — si   a l'a— —ma-ta mia.*

Tᵒ *a l'a — ma-ta mia*

Bᵒ

—ci-da stel — — — — — — la che più d'ogn'al-tra

lu— ci da stel — — — — — la che più d'ogn'al-tra

lu— ci-da stel — — — — — — la   dis —

Dis —

Pl. XI

(Kiesewetter)

Pl. XII

N°1. *Populé meus fragment de l'un des Improperia de*

PALESTRINA

N°2. *Crucifixus de la Messe du pape Marcel.*

de PALESTRINA

Pl. XIII

Pl. XIV

Fragment d'un Madrigal de **CORTECCIA** tiré de l'Intermède joué aux noces du duc de Florence et de Léonore de Tolède, en 1539.

Sonato da Sileno con violone, sonendo tutte le parti, e cantando il Soprano —

1º TENOR (SILENO)

O begl'anni de l'o—ro O se—col di—vo al hor

2º TENOR

3º TENOR

BASSE

non rastr'o fal—ce al — hor non e—ra vis—co ne

lac — cio e no'l rio ferr'e'l tos — co

ETC.

(Kiesewetter)

Pl. XV

Air pour Soprano

comme Spécimen de l'une des premières mélodies pour voix seule,
tirée des **Nuove musiche** de Giulio CACCINI

(Kiesewetter)

Pl. XVI

Fragment d'un Madrigal chanté par la Signora Vittoria Archilei
dans l'un des intermèdes de la Comédie représentée à Florence en 1589, aux noces
du Grand-duc Ferdinand de Médicis.

Partie vocale telle que l'avait écrite le compos.ʳ

la même telle qu'elle fut chantée par la cantatrice.

Dalle più al - - te sfe - - re.

- - dalle più al - - - te sfe - re di ce -

- le - - sti si - - re -

- - ne di œ - le -

- sti Si - - re - - - ne

(Kiesewetter)

Pl. XVII

Fragment de la Scène d'Orphée aux Enfers
dans l'Euridice de J. PERI
représentée à Florence aux noces de Henri IV et de Marie de Médicis, 1600.

Venere si parte, e lascia Orfeo nell'inferno

Fu — ne — ste piag-ge om-brosi or — ri — di campi Che di stelle o di sole Non vedeste gia mai scintilla o lampi

Rimbombate dolen — — ti Al suon dell'angosciose mie paro-le

Mentre connesti accen - ti Il perduto mio ben con voi so — spiro

E voi, deh, per pietà del mio martire Che nel mise-ro cor di-mo-

- - -ra eter-no La-cri-mate al mio pianto Om — bre d'infer — —no

(Kiesewetter)

Pl. XVIII

Fragment de la Scène d'Orphée aux Enfers,
dans l'Euridice de CACCINI 1600

Fu-nes-te piagge om — brosi or — ri — di cam-pi

Che di stelle o di so—le nonve-de-ste già mai scintill'o lampi

Rimbom-ba-te do-len — — — — ti Al suon dell'angoscio -- se mie pa-

—ro-le Mentrecommesti ac — cen-ti Il perdu-to mio ben convoi sospi-ro

E voi deh per pie—tà del mio marti—ro Chenel mi-sero cor di-mo-

—ra e-ter-no La gri-mate al mio pian — to om—bre d'in—fer-no.

(Kiesewetter)

Pl. XIX

Nº 1 Complainte d'Ariadne
dans l'Arianna de MONTEVERDE

(Kiesewetter)

Nº 2. Duo de l'Orfeo de MONTEVERDE

Pl. XX

Pl. XXI

Récitatif d'Armide dans l'Armide de LULLY

Pl. XXII

nous!... je sou — pi—re. Est-ce ainsi que je doy me venger aujour-

d'hui Ma co-lè—re s'é — — teint quand j'appro-che de lui Plus je le

vois, plus ma vengeance est vai—ne Mon bras tremblant se re-fuse à la

hai—ne Ah! quel-le cru—au — — té de lui ra — vir le

jour: A ce jeu-ne hé — ros tout cè-de sur la ter—re Qui croi-

-rait qu'il fut né seule — ment pour la guerre: Il semble être fait pour l'a — — mour.

www.ingramcontent.com/pod-product-compliance
Lightning Source LLC
Chambersburg PA
CBHW061022030726
47504CB00002B/226